Os beijos de Lênin

Yan Lianke

Os beijos de Lênin

Tradução de
Alessandra Bonrruquer

1ª edição

EDITORA RECORD
RIO DE JANEIRO • SÃO PAULO
2018

CIP-BRASIL. CATALOGAÇÃO NA PUBLICAÇÃO
SINDICATO NACIONAL DOS EDITORES DE LIVROS, RJ

L661b

Lianke, Yan, 1958–
    Os beijos de Lênin / Yan Lianke; tradução de Alessandra Bonrruquer. –
1ª ed. – Rio de Janeiro: Record, 2018.

    Tradução de: Shou Huo
    ISBN 978-85-01-11354-2

    1. Ficção chinesa. I. Bonrruquer, Alessandra. II. Título.

18-47434

CDD: 895.13
CDU: 821.581-3

TÍTULO ORIGINAL:
SHOU HUO

Copyright © Yan Lianke 2004

Traduzido a partir do inglês *Lenin's Kisses*.

Texto revisado segundo o novo Acordo Ortográfico da Língua Portuguesa.

Todos os direitos reservados. Proibida a reprodução, no todo ou em parte,
através de quaisquer meios. Os direitos morais do autor foram assegurados.

Direitos exclusivos de publicação em língua portuguesa somente para o Brasil
adquiridos pela
EDITORA RECORD LTDA.
Rua Argentina, 171 – Rio de Janeiro, RJ – 20921-380 – Tel.: (21) 2585-2000,
que se reserva a propriedade literária desta tradução.

Impresso no Brasil

ISBN 978-85-01-11354-2

Seja um leitor preferencial Record.
Cadastre-se no site www.record.com.br e receba
informações sobre nossos lançamentos e nossas promoções.

Atendimento e venda direta ao leitor:
mdireto@record.com.br ou (21) 2585-2002.

EDITORA AFILIADA

LIVRO 1

RADÍCULAS

CAPÍTULO 1

Calor, neve e enfermidade temporal

Olhe só, no meio de um verão sufocante, no qual as pessoas não conseguiam se avivar,[1] de repente começou a nevar! Era uma neve quente.[3] O inverno retornou da noite para o dia. Ou talvez fosse mais apropriado dizer que o verão desapareceu num piscar de olhos e, como o outono ainda não havia chegado, o inverno voltou correndo. Durante o verão sufocante daquele ano, o tempo se perdeu. Ficou insano, completamente louco. Do dia para a noite, tudo se degenerou, restando apenas desordem e anarquia. E então começou a nevar.

De fato, o próprio tempo ficou doente. Enlouqueceu.

O trigo já havia amadurecido, mas o aroma suculento que cobrira a terra foi anulado pela nevasca. Quando os aldeões de Avivada[5] foram dormir naquela noite, não se preocuparam em pegar cobertores e se deitaram nus na cama, refrescando-se preguiçosamente com leques feitos de papel e folhas de tifa. Depois da meia-noite, contudo, um vento violento começou a soprar e todos correram em busca das cobertas. Mesmo enrolados nas roupas de cama, os aldeões sentiam como se aquele ar frio penetrante gelasse suas almas e, imediatamente, começaram a desempacotar as colchas de inverno.

Quando abriram a porta de casa na manhã seguinte, as mulheres exclamaram:

— Oh, está nevando. É uma neve quente de verão.

Os homens se detiveram, perplexos, e suspiraram:

— Droga, é uma nevasca quente. Vai ser outro ano de fome.

As crianças gritaram animadas, como se fosse dia de ano-novo:

— Está nevando! Está nevando!

Os olmos, os álamos, os mangues e as acácias-do-japão exibiam um branco ofuscante. No inverno, apenas os troncos e os galhos das árvores ficam cobertos de neve, mas, no verão, suas copas se transformam em imensos guarda-chuvas brancos. Quando as folhas já não são mais capazes de suportar seu peso, a neve cai como uma cascata.

A neve quente chegou logo depois de o trigo ter amadurecido e muitos locais[7] nas montanhas de Balou foram transformados em um país das maravilhas invernal. Nos campos, as hastes de trigo foram cruelmente esmagadas pela neve e, embora ainda fosse possível ver alguma haste aqui ou ali, a maioria estava esparramada no chão como se tivesse sido varrida por uma tempestade. Do alto das montanhas acima dos campos, contudo, ainda era possível sentir o cheiro do trigo, como o incenso que perdura muito depois de um caixão ter sido levado embora.

Olhe só, a neve quente que caiu no meio daquele verão sufocante transformou toda a região em um país das maravilhas invernal, deixando tudo imaculadamente branco.

Não é necessário dizer que, para a aldeia de Avivada — aninhada em um vale profundo das montanhas de Balou —, a nevasca no quinto mês do ano *wuyin* do Tigre, 1998, foi um verdadeiro desastre natural.

LEITURA COMPLEMENTAR

[1] *Avivar. DIALETO (usado majoritariamente em Henan ocidental e nas montanhas de Balou, na parte oriental de Henan). O termo significa experimentar "gozo, felicidade e paixão", além de carregar a conotação de encontrar prazer no desconforto ou transformar desconforto em prazer.*

[3] *Neve quente. DIALETO. Refere-se à neve de verão. As pessoas da região chamam o verão de "estação quente" e se referem à neve de verão como "neve quente". Às vezes também mencionam um "neviscar quente" ou uma "nevasca quente". É in-*

comum cair neve no verão, mas, após consultar os jornais locais, descobri que, em geral, ocorre ao menos uma nevasca dessa natureza a cada década e houve períodos em que caiu neve quente por vários verões sucessivos.

[5] *Avivada*. Diz a lenda que as origens da aldeia podem ser traçadas até a Grande Realocação Shanxi, no início da dinastia Ming, entre os reinados dos imperadores Hongwu e Yongle. As ordens imperiais previam que, nas residências com quatro membros, um estaria isento da realocação; nas residências com seis membros, dois; e, naquelas com nove membros, três. Os velhos e deficientes ficariam para trás, ao passo que os jovens e não deficientes seriam realocados. Durante o êxodo subsequente, lamentos de despedida ressoaram por toda a região. A primeira onda de realocação foi seguida por protestos vigorosos, o que levou a corte Ming a anunciar que aqueles que não estivessem dispostos a cooperar deveriam se reunir em torno de uma grande acácia-do-japão no condado de Hongdong, em Shanxi, enquanto os outros deveriam voltar para casa e esperar pela convocação. O anúncio se espalhou como fogo em mato seco e, logo, praticamente todo o condado se dirigia para a árvore. Há relatos de uma família em que o pai era cego e o filho mais velho era paraplégico. Para demonstrar devoção filial, o filho mais novo usou um carrinho para levar o pai e o irmão mais velho até a acácia, e então retornou para casa a fim de esperar pela realocação. Três dias depois, contudo, tropas Ming realocaram à força as cem mil pessoas que se reuniram em torno da árvore, permitindo que os que esperavam em casa ficassem para trás.

Para os objetivos da migração, não houve distinção entre cegos, aleijados e velhos ou mesmo entre mulheres e crianças. Consequentemente, o velho cego não teve escolha a não ser acompanhar os outros, com o filho aleijado amarrado nas costas. A visão do filho paraplégico guiando o pai cego, que o carregava com suas pernas cansadas, era de partir o coração. Todos os dias, a procissão começava ao amanhecer e continuava até o cair da noite, gradualmente abrindo caminho do condado de Hongdong, na província de Shanxi, até a região das montanhas de Balou, na província de Henan. As pernas do velho incharam e seus pés começaram a sangrar, enquanto seu filho chorava e repetidas vezes tentava se matar. Os outros observavam, desesperados, e imploravam aos oficiais que permitissem que eles se separassem da procissão e voltassem para casa. Cada um desses oficiais encaminhou o pedido ao seu superior, até que ele finalmente chegou ao ministro da Migração, Hu Dahai. A *resposta de Hu foi cruel: quem ousasse liberar uma única pessoa seria executado e sua família seria exilada para uma província distante.*

Todos, de Shandong a Shanxi e Henan, conheciam a história de Hu Dahai. Ele havia nascido em Shandong, mas, perto do fim da dinastia Yuan, tinha fugido da fome e fora para Shanxi. Tinha a reputação de ser feio, mas robusto; puritano, mas cruel; desleixado, mas heroico; franco, mas de pensamento limitado; poderoso, mas sem força de vontade. As pessoas o desprezavam profundamente e, quando ele começou a pedir esmolas, todos o evitavam como se fugissem de uma praga. Mesmo que ele aparecesse na casa de alguém durante uma refeição, as pessoas se recusavam a deixá-lo entrar. Um dia, ele, faminto e sedento, chegou a Hongdong e viu uma imponente casa de tijolos e telhas. Hu estendeu a mão, mendigando, mas o dono da casa não apenas se recusou a lhe dar comida como também caçoou dele, pegando uma panqueca fresca de cebolinha e usando-a para limpar a bunda do neto, antes de dá-la ao cão.

Como resultado, Hu desenvolveu um ódio profundo e eterno pelas pessoas de Hongdong. Depois disso, foi para a região das montanhas de Balou, na parte leste de Henan. Ao chegar, estava morrendo de fome e sede e à beira de um colapso. Avistou um casebre com teto de palha em um vale e, dentro dele, uma mulher idosa preparando uma refeição simples de grãos e pão de ervas selvagens. Hu hesitou, mas decidiu não pedir nada. Contudo, quando estava prestes a partir, a mulher idosa fez um gesto, convidando-o a entrar. Ela indicou um lugar para que ele se sentasse, trouxe água para que lavasse o rosto e preparou uma deliciosa refeição. Hu agradeceu profusamente, mas ela não disse uma palavra. Acontece que, além de ser extremamente magra, também era surda-muda. Hu decidiu que a generosidade de Balou era proporcionalmente inversa à depravação de Hongdong e jurou que expressaria sua gratidão à primeira e buscaria vingança contra a segunda.

Finalmente, parou de mendigar e se juntou às tropas, sob o comando do futuro imperador Ming, Zhu Yuanzhang. Arriscou bravamente a vida nos campos de batalha, ceifando os inimigos como folhas de erva e, seguindo por esse caminho, o antigo mendigo ajudou a estabelecer a dinastia Ming. No primeiro ano da nova dinastia, o imperador contemplou a terra destruída pela guerra e gritou de angústia. A região das Planícies Centrais era um descampado árido, com a população dizimada e os corpos formando pilhas enormes nas covas coletivas.

Assim, um dos primeiros projetos do imperador foi organizar uma série de realocações em massa para ajudar a repovoar as regiões desérticas. Ele nomeou Hu Dahai ministro da Migração. Usando o densamente povoado condado de Hongdong, na província de Shanxi, como base de operações, Hu organizou uma migração em massa de Shanxi para Henan. Seu primeiro alvo foi a família do homem rico de Hongdong que havia usado a panqueca de cebolinha para limpar a bunda do neto, oferecendo-a ao cão em seguida. Hu insistiu para que todos os habitantes da aldeia do sujeito — incluindo cegos e aleijados — fossem realocados à força.

Quando ouviu que o cortejo migratório incluía um velho cego e seu filho aleijado, Hu Dahai não apenas não sentiu simpatia como também foi dominado por uma raiva vingativa. Ele se recusou a considerar a possibilidade de permitir que os dois ficassem para trás, deixando-os sem escolha a não ser seguir em frente. Quando o grupo passou pelas montanhas de Balou, na província de Henan, vários meses depois, o cego e seu filho caíram, e as pessoas novamente imploraram para que Hu Dahai permitisse que ficassem para trás. Quando Hu estava prestes a pegar uma faca para matar os solicitantes, avistou a surda-muda que cozinhara para ele quando vagueava pela região de Balou. Imediatamente, largou a lâmina e se ajoelhou diante dela.

Sob os olhos súplices da mulher, Hu Dahai concordou em permitir que o cego e seu filho aleijado ficassem para trás. Ele lhes deu muitos taels de prata e ordenou que cem soldados construíssem uma casa e os ajudassem a cultivar dezenas de mu de terra que seriam irrigadas com a água do rio. Quando estava prestes a partir, Hu disse à surda-muda, ao cego e ao seu filho aleijado:

— Neste vale, o solo é rico e a água é abundante. Estou deixando muita prata e muitos grãos para que vocês possam se estabelecer, cuidar da terra e avivar.

Daquele momento em diante, o desfiladeiro ficou conhecido como desfiladeiro Avivado. Quando se espalhou a notícia de que uma surda-muda, um cego e um aleijado haviam se estabelecido e gozavam de uma existência celestial, deficientes de toda a região começaram a chegar. A surda-muda lhes deu terra e prata, permitindo que vivessem confortavelmente, cuidassem das suas famílias e criassem uma aldeia. Embora muitos dos descendentes desses primeiros habitantes tenham herdado deficiências similares, a surda-muda continuou fornecendo tudo de que precisavam. A aldeia passou a ser conhecida como Avivada e a mulher idosa se tornou sua mãe ancestral.

Isso é apenas uma lenda, mas uma lenda conhecida por todos.

Entretanto, uma matéria publicada no condado de Shuanghuai afirma que, embora Avivada exista desde a dinastia Ming, seu registro histórico data somente do século passado. Esses registros afirmam que a aldeia não é apenas o lugar onde pessoas deficientes criaram uma comunidade mas também um local sagrado e revolucionário que uma soldada chamada Mao Zhi, do Quarto Regimento do Exército Vermelho, escolheu para viver.

No outono do ano bingzi, 1936, o Quarto Regimento do general Zhang Guotao se separou do Exército Vermelho e, ao fim da Longa Marcha, não parou em Shanxi com o restante do exército, prosseguindo rumo a oeste. Inicialmente, a preocupação de Zhang era de que os soldados feridos ficassem para trás, mas, pouco depois, começou a temer que retornassem a Yan'an e revelassem a separação do Exército Vermelho. Assim, ordenou a todos os feridos que voltassem para casa. Contudo, logo depois de os soldados com olhos cheios de lágrimas se despedirem dos camaradas, ao lado dos quais lutaram dia e noite, foram atacados por forças nacionalistas e mais da metade deles foi dizimada, deixando os sobreviventes sem alternativa senão despir as fardas e seguir até suas casas disfarçados de camponeses.

A matéria relata que Mao Zhi era a mais jovem soldada do Exército Vermelho, afirmando que tinha apenas 11 anos ao se alistar e 15 ao deixar o Quarto Regimento. No ano guihai, 1923, quando tinha 1 ano de idade, seu pai fora preso e morto durante o Grande Ataque Ferroviário de Zhengzhou e sua mãe se unira às forças revolucionárias. Depois de sua mãe ser morta na Quinta Campanha de Cerco, Mao Zhi se tornou uma órfã revolucionária que sabia que sua cidade natal ficava em algum lugar da província de Henan, mas não tinha certeza do nome da cidade ou do distrito. Em seguida, ela se uniu ao Quarto Regimento com os camaradas da mãe e, juntos, eles embarcaram na Longa Marcha. Quando as tropas cruzaram as montanhas cobertas de neve, Mao Zhi perdeu três dedos por causa do frio e quebrou a perna ao cair em uma ravina, ficando incapacitada de caminhar sem a ajuda de uma muleta.

A maior parte dos soldados feridos de Zhang Guotao morreu ou simplesmente desapareceu depois que ele ordenou que voltassem para casa, mas Mao Zhi conseguiu sobreviver escondendo-se em uma cova aberta. Em seguida, perdeu contato com o exército e teve de recorrer à mendicância. Quando chegou às montanhas de Balou e viu os deficientes vivendo em Avivada, decidiu ficar com eles. A matéria relata que, embora não haja registro de ela ter feito parte do Exército Vermelho, todos na *aldeia — e no condado — a viam como uma líder revolucionária leal. Graças a ela, Balou conheceu a glória, Avivada se pôs no caminho certo e os aldeões, a despeito de serem fisicamente deficientes, foram capazes de levar vidas felizes e realizadas na nova sociedade.*

Quando a matéria foi revisada e publicada no ano gengshen do Macaco, 1980, a seção sobre Mao Zhi relatava que ela e os outros aldeões estavam felizes. Desse modo, a aldeia Avivada fez jus ao seu nome.

[7] **Local.** DIALETO. *Lugar, locação. Aquele local. Aquele lugar, aquela locação.*

CAPÍTULO 3

Os aldeões de Avivada ficam ocupados novamente

Céus! A neve caiu sem parar por sete dias — sete longos dias que praticamente apagaram o sol.

Esses sete dias de neve quente transformaram o verão em inverno.

Quando a neve finalmente começou a rarear, alguns aldeões tentaram iniciar a colheita do trigo. Em vez de usar foices, retiravam o trigo de sob a neve com as mãos nuas e cortavam as hastes com tesouras. Em seguida colocavam as hastes em sacolas ou cestos, que carregavam para a frente do campo.

A primeira pessoa a se dirigir ao campo foi Jumei, à frente de três das suas sobregêmeas[1] — suas três nainhas.[3] Elas se espalharam como flores em um campo coberto pela relva, carregando caixotes, sacolas e cestos de vime, enfiando uma das mãos na neve profunda para erguer a haste e cortá-la com a tesoura que seguravam na outra.

Todos os outros aldeões, incluindo cegos e aleijados, seguiram a iniciativa de Jumei e foram colher seu próprio trigo coberto de neve.

Todos estavam ocupados naquele dia.

As pessoas colhendo trigo se espalharam como um rebanho de ovelhas nas colinas brancas e o clique-claque de suas tesouras ecoava pela paisagem coberta de neve.

O campo da família de Jumei ficava junto ao paredão do desfiladeiro, cercado por dois outros campos e se abrindo para uma trilha que levava à montanha dos Espíritos de Balou. O campo de *vár* *mu* tinha um formato estranho, mas era basicamente um grand quadrado. Sua filha mais velha, Tonghua, era cega e nunca trabalhava nos campos. Ela ficava sentada em um canto do pátio depois de cada refeição, até eventualmente voltar para dentro. Nunca se aventurava para além da entrada da aldeia, onde começava a trilha para o alto das colinas e, aonde quer que fosse, tudo o que conseguia ver era uma névoa indistinta. No auge do dia, conseguia ver uma leve cobertura cor-de-rosa. Ela não sabia que o que estava vendo era a cor rosa e a descrevia como sendo igual a mergulhar a mão em água lamacenta. No fim, contudo, o que via era basicamente cor-de-rosa.

Tonghua não sabia que a neve era branca ou que a água era transparente. Não sabia que as folhas ficavam verdes na primavera, amarelas no outono e brancas no inverno, antes de caírem. Assim, esperava-se apenas que pudesse se vestir e se alimentar sozinha, e ela havia prestado pouca atenção à nevasca quente no meio do verão sufocante. Enquanto isso, a segunda e a terceira filha de Jumei, Huaihua e Yuhua, juntamente com a mais jovem, Marileth, seguiam a mãe como pintinhos para colher o trigo coberto de neve.

A terra estava completamente transformada. Uma camada branca imaculada cobria as montanhas e os vales, interrompida apenas por um rio que, visto de cima, parecia preto como petróleo. Jumei e as filhas colhiam trigo nesses campos cobertos de neve, e suas mãos ficavam vermelhas por causa do frio, embora suas testas estivessem cobertas de suor.

Afinal, ainda era verão.

Jumei conduzia as filhas pelas fileiras. Elas lembravam uma meadeira de três braços e faziam com que o campo coberto de eve parecesse uma rinha de cães ou galos. Alguns vizinhos s proxi maram pela trilha das colinas e um deles, ao ver as pil de trigo ao longo do caminho, gritou para Jumei:

— Velha Ju, este ano eu gostaria de ir até su e pegar um pouco de trigo...

— Se sobrar algum, você certamente p com ele — res pondeu ela.

— Se não houver nenhum sobrando, você pode casar uma das
suas filhas — acrescentou outro homem.

Jumei sorriu, feliz, mas não falou nada.

Os vizinhos voltaram a colher trigo em seus próprios campos.

As colinas cobertas de neve foram tomadas pela atividade dos
aldeões. Se a família de alguém cego precisasse de mais mãos para
o trabalho, até mesmo ele teria de ir para os campos ajudar. Uma
pessoa com visão poderia guiá-lo até lá, puxar uma haste de trigo
e colocá-la em sua mão: ele seguiria pela fileira até não haver mais
hastes e, então, faria o caminho inverso. Aleijados e paraplégicos
também tinham de trabalhar, exatamente como os inteiros.[5] Eles se
sentavam em uma tábua de madeira que escorregasse com facilidade
e, depois de cortar um punhado de trigo, impulsionavam o corpo
para a frente, levando a tábua junto. Ao fazerem isso, eram capazes
de se deslocar pela neve mais rápido que os inteiros. Os que não
tinham tábuas usavam uma pá de vime, arrastando-se sobre a neve
ao longo das bordas inferiores da pá. Os surdos-mudos não estavam
incapacitados para o trabalho e, como não podiam falar nem ouvir,
tinham menos ainda com que se distrair e, portanto, trabalhavam
mais rápida e diligentemente que os outros.

Ao meio-dia, as colinas estavam tomadas pelo cheiro de trigo
recém-cortado.

Quando Jumei e as filhas chegaram ao outro lado do campo,
avistaram três homens esperando por elas. Eram inteiros da cidade e
sussurravam entre si enquanto contemplavam os campos cobertos de
neve. A imensidão nevada abafava o som das suas vozes, do mesmo
modo que um poço poderia engolir um floco de neve errante.

— Vão lá ver o que eles estão fazendo — pediu Jumei.

Ainda mesmo que as palavras saíssem de sua boca — e antes que
Huaihua tivesse a chance de acatar —, Marileth já havia se levantado
da neve e deslizava pelo espinhaço.

— Marī e deslizava pelo espinhaço.

— Irmã, você parece um espírito — comentou Huaihua.

— perguntou, espera que eu morra e volte como um fantasma?
h, olhando para trás.

Marileth parecia flutuar como um inseto ou um pardal. Sua figura minúscula surpreendeu os homens. Um deles deu um passo à frente e se ajoelhou diante dela.

— Quantos anos você tem?

— Dezessete.

— Qual é a sua altura?

Ela ficou envergonhada.

— Cuide da sua própria vida.

— Você parece só ter três *chi* — comentou ele, rindo.

— *Você* é que só tem três *chi* — retrucou ela, irritada.

Ele riu de novo e afagou a cabeça de Marileth, dizendo que era o chefe do município. Então, apontou para os outros dois, explicando que um deles era o chefe do condado e o outro era seu secretário. Então pediu a ela que fosse buscar o encarregado da aldeia e dissesse que o chefe do município viera pessoalmente investigar as dificuldades enfrentadas pelos aldeões.

Marileth riu e respondeu:

— A Vovó Mao Zhi é minha avó, e minha mãe está bem ali, colhendo trigo.

O chefe do município olhou para ela com uma expressão estranha antes de também rir.

— Sério?

— Sério.

O chefe do município se virou para o chefe do condado, que empalideceu. Os cantos de sua boca se contraíram, como se alguém estivesse arrancando seu coração ou esticando a pele do seu rosto. Lentamente, ele deslocou o olhar do alto da cabeça de Marileth para a vasta região coberta de neve perto da montanha e, ao fazer isso, seu rosto readquiriu alguma cor.

O secretário do chefe do condado tinha um rosto de bebê, além de ser alto e magro, e encarava Yuhua e, especialmente, Huaihua, cujo físico delgado era acentuado por um vívido suéter vermelho que fazia com que ela parecesse uma chama ardendo na neve. Como resultado, não conseguiu olhar para Marileth, que intuiu o que ele estava pensando e o encarou, irritada. Por fim, ela gritou para trás:

— Mãe, tem alguém aqui perguntando por você; ele está procurando a vovó!

Flutuando como uma mariposa, Marileth retornou ao campo.

As outras garotas se viraram para a mãe, como se fosse algo inusitado e, de certo modo, inapropriado que alguém perguntasse por ela. Os bolsos da frente de Jumei estavam cheios de trigo, fazendo com que parecesse grávida. Ela se inclinou, tirando a bolsa dos ombros e depositando-a no chão coberto de neve. Então secou o suor da testa com as mãos geladas e encarou Marileth.

— Quem está lá em cima?

— O chefe do município e o chefe do condado com o secretário.

Jumei se sentiu desfalecer, mas imediatamente recuperou a compostura. Embora já tivesse secado a testa, o suor voltou a brotar como vapor saindo de uma panela de pressão. Ela ficou de pé e usou a mão para apoiar a bolsa de trigo pendurada no peito. Olhando para as filhas, disse com frieza:

— Eles são oficiais; oficiais à procura da sua avó.

Quando Huaihua ouviu que eram os chefes do município e do condado, seu rosto primeiro congelou de descrença e depois explodiu de alegria. Não é preciso dizer que as nainhas se pareciam umas com as outras, mas, com um olhar cuidadoso, seria possível notar que Huaihua era mais atraente e tinha feições mais distintas que as das irmãs. Ela também sabia disso e sempre tentava assumir a liderança. Olhou para os homens no alto da colina durante muito tempo antes de se virar para a mãe e dizer:

— Mãe, a vovó é maluca. Se aquele realmente é o chefe do condado, não seria melhor você falar com ele? Por que você não vai até lá? Eu vou com você.

— Se os visitantes disseram para chamar a vovó, ela não deve ser tão maluca assim — comentou Marileth.

Jumei enviou Marileth de volta à aldeia para procurar a avó.

Huaihua continuou encarando o espinhaço, parecendo desapontada. Corando de ansiedade, chutou a neve várias vezes.

A avó das garotas era a heroica Mao Zhi, descrita pelo jornal do condado, e agora vinha claudicando pelo campo atrás de Marileth. Àquela altura, já estava com 70 anos e usara dezenas de muletas, embora, ao contrário dos outros aldeões, usasse muletas hospitalares, feitas de dois tubos de alumínio encaixados para separar duas hastes perfeitamente proporcionais com uma tampa de borracha em uma das pontas para evitar que escorregasse e várias camadas de tecido enrolado, encaixando-se confortavelmente sob sua axila. Ninguém na aldeia tinha muletas tão refinadas. No máximo, usavam bengalas de salgueiro ou acácia-do-japão. Um carpinteiro serrava a ponta de um galho, fazia um buraco na lateral e prendia o conjunto com um prego de madeira ou de metal.

As muletas de Vovó Mao Zhi não só eram bonitas e duráveis como também conferiam uma sensação de dignidade e autoridade. Onde quer que houvesse uma crise, tudo que Mao Zhi tinha a fazer era bater no chão com a muleta e as coisas se resolviam imediatamente. Por exemplo: quando o governo municipal enviou vários inteiros imponentes à aldeia para exigir que os aldeões pagassem uma taxa de transporte de cem yuans, eles não recuaram imediatamente quando ela brandiu a muleta? E, no inverno em que o governo tentou fazer com que cada aldeão pagasse trinta *tael* de algodão em impostos, não foi ela quem tirou a jaqueta e a jogou nos oficiais, exibindo os peitos murchos e perguntando, indignada, se era algodão suficiente? E, antes que pudessem reagir, não começou a abrir o cinto?

— Vovó Mao Zhi, o que a senhora está fazendo? — perguntaram os oficiais.

— Se quiserem mais algodão — respondeu ela na época, sacudindo a muleta —, eu vou tirar as calças aqui e agora.

Os oficiais se esquivaram da muleta e partiram.

A muleta de Vovó Mao Zhi era sua arma, e ora ela se apoiava nela, ora dava um puxão para tirá-la da neve. Ela claudicava atrás de Marileth, seguida pelos cães aleijados que havia adotado. A essa altura, todos na aldeia sabiam que os chefes do condado e do município estavam lá para investigar a crise. Como a região tinha sofrido com uma nevasca quente que caíra por sete dias consecutivos e deixara mais de um *chi* de neve acumulada, soterrando por completo as plantações de trigo, era natural que o governo investigasse as dificuldades dos aldeões e tentasse confortá-los, oferecendo dinheiro, grãos, ovos, açúcar e roupas.

Administrativamente, a aldeia pertencia ao condado de Shuanghuai e ao município de Boshuzi.

Os aldeões notaram que o chefe do condado, à espera no espinhaço, estava ficando impaciente.

Também viram Vovó Mao Zhi avançando a passos largos ao seu encontro.

Ela passou por dois cegos conduzindo um ao outro pela descida do espinhaço. Cada um carregava um cesto de trigo e um deles disse, como saudação:

— É a Vovó Mao. Eu sei disso por causa do barulho da muleta. As dos outros emitem um baque seco quando tocam a neve, mas a dela parece o sopro de uma brisa.

— Vocês estavam colhendo trigo? — perguntou ela.

O cego respondeu com um pedido.

— Peça dinheiro ao chefe do condado. Peça dez mil yuans para cada família da aldeia.

— E vocês conseguiriam gastar tanto dinheiro assim? — retrucou ela, cética.

— Se não conseguirmos gastar tudo, podemos guardar debaixo do colchão, para nossos netos.

— Vovó Mao Zhi — gritou um surdo, aproximando-se —, diga ao chefe do condado que tudo o que ele precisa fazer é dar a todos em Avivada um par daqueles fones de ouvido que fazem sucesso na cidade.

Um mudo se aproximou e usou seu bloco para comunicar o fato de que sua família havia passado por sofrimentos consideráveis e seu trigo estava enterrado tão profundamente na neve que não conseguiam colhê-

-lo. Ele estava com medo de não conseguir uma esposa e pediu a Mao Zhi que requisitasse a ajuda do chefe do condado para encontrar uma.

— Que tipo de esposa você quer?

Ele gesticulou, indicando uma figura alta, uma baixa, uma gorda e uma magra, antes de sacudir as mãos no ar.

Um carpinteiro com um braço só se aproximou e compreendeu imediatamente o que ele queria dizer.

— Ele diz que qualquer tipo serve, desde que seja mulher.

Mao Zhi se virou para o mudo e perguntou:

— É isso mesmo?

Ele fez que sim com a cabeça.

Assim, ela recolheu as esperanças e os desejos de toda a aldeia, levando-os consigo ao subir o espinhaço.

Os dois chefes aguardavam ansiosamente, com a impaciência estampada no rosto. Quando o chefe do município viu Mao Zhi claudicando, ele imediatamente deu um passo à frente para ajudá-la. Para sua surpresa, antes de chegar até ele, ela parou em frente ao chefe do condado e o saudou com um olhar gélido. Ele imediatamente desviou os olhos e contemplou a montanha do lado oposto do espinhaço.

— Mama Mao Zhi — começou o chefe do município —, este é o chefe do condado e aquele é seu secretário.

Ela empalideceu e colocou a muleta nas costas, em busca de apoio. Sempre que estava prestes a usar a muleta para bater em algo, ela começava posicionando-a atrás do corpo.

— Este é o recém-nomeado chefe do condado — continuou o chefe do município —, chefe Liu...

Mao Zhi olhou para o chefe do condado, desviou o olhar e gritou:

— *Este* é o chefe do condado? Meu Deus, como *ele* pode ser o chefe? Ele é um porco, um bode, um verme que se arrasta sobre um pedaço pútrido de carne de porco! Ele é uma mosca no corpo petrificado[7] de um cão!

E então... E então ela franziu a boca desdentada e cuspiu no rosto do chefe do condado. O som foi surpreendentemente alto, reverberando no ar e empurrando para longe as nuvens sobre o espinhaço.

Quando a situação começou a se acalmar, Mao Zhi se virou e se pôs a claudicar de volta à aldeia, deixando o chefe do município, o chefe do condado e seu secretário — juntamente com Jumei e as filhas sobregêmeas — encarando-a em estado de choque.

Após uma longa pausa, o chefe Liu chutou uma pedra e xingou:

— Ela que se dane! Qual é o problema dela? *Eu* sou o único revolucionário de fato por aqui!

CAPÍTULO 5

LEITURA COMPLEMENTAR: *O corpo petrificado de um cão*

[1] ***Sobregêmea**. Em Balou, três ou mais crianças nascidas ao mesmo tempo são chamadas de sobregêmeas. Em meados do décimo segundo mês do ano gengshen, 1980, nada particularmente notável estava acontecendo em Balou — aliás, nem no restante do país. À exceção de uma assembleia do Partido em Beijing, tudo continuava como sempre. Na televisão e nos jornais, contudo, a assembleia foi comparada ao momento em que Mao Zedong fundara a República Popular da China, trinta e um anos antes. O evento durou cinco dias e, no último, Jumei entrou em trabalho de parto. Seu ventre estava inchado e esticado como um tambor e ela gritou de agonia ao dar à luz três filhas — esse foi o parto triplo das fênix do qual todos em Balou já ouviram falar, mas ninguém o havia presenciado. Embora os bebês não fossem maiores que gatinhos, cada um deles era uma pessoa minúscula, capaz de chorar e se alimentar. Enquanto Jumei se recostava na cama, com sangue escorrendo pelas pernas e a testa banhada de suor, Mao Zhi, exultante, entregava à parteira balde após balde de água fervente. A parteira lavou as mãos, colocou uma toalha quente na testa de Jumei e perguntou:*

— Seu ventre já está avivando?

— Está doendo — respondeu Jumei —, e parece que ainda tenho contrações.

A parteira comia uma tigela de macarrão que Mao Zhi havia preparado e perguntou, surpresa:

— Você ainda está com contrações? Eu ajudei bebês a nascer durante toda a minha vida, mas esse é meu primeiro parto triplo. Como ainda pode haver um quarto ou um quinto bebê?

Após terminar o macarrão, a parteira se preparou para ir embora. Antes de partir, contudo, fez outro exame em Jumei e gritou, perplexa:

— Céus, realmente há outro bebê!

Jumei deu à luz uma quarta filha.

Esse foi o lendário parto das sobregêmeas de Balou. Todas meninas. A mais velha foi chamada de Tonghua, ou "flor de tungue"; a segunda, de Huaihua, ou "flor de acácia-do-japão"; a terceira, de Yuhua, ou "flor de olmo"; e, como havia uma mariposa no quarto quando a quarta nasceu, ela foi chamada de Si'e, ou "quarta mariposa", e recebeu o apelido de Marileth.

[3] **Nainha**. *Uma menina de crescimento atrofiado. Como Jumei teve quadrigêmeas, elas nasceram muito pequenas e, em consequência, todos as chamavam de nainhas.*

[5] **Inteiro**. *Termo respeitoso usado em Avivada para se referir aos não deficientes. Designa aqueles de nós que são normais, e não cegos, surdos, mudos ou desprovidos de algum membro.*

[7] **Petrificado**. DIALETO. *Originalmente, a palavra era usada para fazer referência aos efeitos do clima muito frio, mas aqui é empregada para sugerir que o coração de alguém é frio e duro como o de uma pessoa morta.*

Há uma razão para Mao Zhi ter xingado o novo chefe do condado dessa maneira. Ele se chamava Liu Yingque e, outrora, era apenas uma pessoa comum como nós. Antes do ano dingji, 1977, fora cria da soc-escola[1] do condado e terminara como trabalhador temporário em Boshuzi. Todos os dias, varria o pátio da prefeitura e fervia água para o refeitório, recebendo vinte e quatro yuans e cinquenta centavos por mês.

Naquela época, as pessoas de todo o país estavam profundamente envolvidas na dança da Revolução, embora, na remota Balou, estivessem mais preocupadas em encher a barriga. O povo de Balou enfim percebeu que precisava de conhecimento e instrução, assim como a nação precisava desenvolver um movimento socialista de educação, promover a soc-ed[3] e enfatizar a racionalidade e a pedagogia. Precisavam de pessoal qualificado e Liu Yingque foi convocado. Como era jovem, estava em boa forma e era visto como cria de soc-escola, foi enviado para Avivada, a cem li de distância, para ajudar a promover a soc-ed e liderar o povo.

Em Avivada, Liu perguntou aos aldeões se já tinham ouvido falar de Wang, Zhang, Jiang e Yao.

Os aldeões olharam para ele com rostos inexpressivos.

Ele explicou que Wang, Zhang, Jiang e Yao faziam parte da infame Gangue dos Quatro e perguntou como era possível que não soubessem nada a respeito deles.

Os aldeões continuaram olhando para ele com rostos inexpressivos.

Liu convocou uma reunião, durante a qual leu alguns documentos oficiais. Ele explicou que a Gangue dos Quatro era formada pelo vice-conselheiro do Partido, Wang Hongwen; pelo conspirador Zhang Chuqiao; pela esposa do presidente Mao, Jiang Qing; e pelo vândalo Yao Wenyuan. Os aldeões concordaram com acenos de cabeça e Liu, tendo terminado sua tarefa, preparou-se para retornar à comuna. Enquanto se preparava para partir, notou uma inteira se aproximando pelo outro lado da cidade. Ela parecia ter 16 ou 17 anos e, ao caminhar, suas tranças balançavam, como se fossem um par de gralhas negras empoleiradas em seus ombros.

Pode-se imaginar como deve ter sido convocar uma reunião em Avivada e contemplar, de cima do palco, aquela multidão de cegos, aleijados, surdos e mudos. Os olhos de Liu devem ter lhe parecido um par de lanternas; suas pernas, mastros de bandeira; seus ouvidos, antenas de satélite. Ele teria se sentido um comandante em chefe ou mesmo um imperador, mas, mesmo assim, não teria desejado permanecer por mais tempo; teria temido que, se o fizesse, sua visão pudesse esmorecer, suas pernas pudessem enfraquecer e sua audição pudesse se deteriorar.

Era o terceiro mês lunar. A vegetação estava verdejante, as flores desabrochavam e uma fragrância refrescante inundava o ar. Avivada tinha um par de alfarrobeiras de um século de idade e suas copas lançavam sombras por toda a aldeia. Ela estava localizada em um desfiladeiro na base de um penhasco e era composta por casas esparsas conectadas por uma rua. A região a oeste do espinhaço era comparativamente plana e povoada; a maioria dos habitantes era cega, mas não precisava de bengalas, desde que ficasse perto de casa. A região central era mais elevada e menos povoada; a maioria dos habitantes era aleijada, mas, como sua visão era boa, podia claudicar em qualquer direção, apoiando-se em muletas ou nos muros. Na região mais a leste, o terreno se tornava extraordinariamente escarpado e a estrada era extremamente precária. A maioria dos aldeões era surda-muda, mas, como tinha bons olhos e pernas fortes, não estava particularmente preocupada com as condições da estrada.

A rua principal de Avivada tinha dois li *de comprimento e se estendia do rio à montanha. A região a oeste, com sua concentração de habitantes cegos, era chamada de zona cega; a região a leste, com preponderância de surdos-mudos, de zona surda; e a região do meio, onde os aleijados predominavam, de zona aleijada.*

A inteira vinha caminhando pela zona aleijada, embora não o fosse e, em vez disso, parecesse flutuar como uma folha soprada pelo vento. Liu Yingque saíra da comuna bem cedo na manhã anterior e, após passar a noite na estrada, chegara à aldeia por volta do meio-dia. Ele tinha planejado organizar a reunião sob uma das alfarrobeiras, ler os documentos oficiais e partir daquele mundo de aleijados, cegos e surdos-mudos o mais rapidamente possível — passando a noite na estrada e chegando à comuna no dia seguinte. Ao ver a jovem inteira, contudo, resolveu ficar mais uma noite. Ficou parado no meio da rua, esperando que a mulher se aproximasse, para poder examinar sua figura delicada, seu rosto corado, sua blusa florida e seus sapatos bordados. Na cidade, aqueles sapatos eram polivalentes como as folhas de bambu zongzi, *que sempre acabavam espalhadas no Festival Duanwu, mas, em Avivada, ela era a única pessoa a usá-los, aqueles sapatos que pareciam flores em meio à paisagem invernal. Liu ficou parado no meio da rua como se tentasse bloquear o caminho e perguntou:*

— Ei, como você se chama? Por que não foi à reunião de hoje?

Ela corou e olhou para os lados, como se tentasse escapar, então explicou:

— Minha mãe está doente e eu precisava conseguir um remédio para ela.

Ele se apresentou como oficial Liu, da comuna, e perguntou se ela sabia quem eram Wang, Zhang, Jiang e Yao. Como ela não respondeu, ele começou a ensiná-la, explicando que acontecera algo na China, algo tão memorável que era celebrado em todo o país como uma segunda revolução. Ele perguntou como era possível que ela não soubesse quem eram Wang Hongwen e Zhang Chuqiao ou mesmo que Jiang Qing era esposa do presidente Mao. Depois disso, continuou sem querer partir e permaneceu por mais uma noite. Estava determinado a ensinar à garota e à sua aldeia isolada muitas coisas do mundo exterior — coisas sobre a comuna, a capital da província e toda a nação.

Foi somente depois de muitos dias — durante os quais conheceu a garota muito bem — que Liu finalmente retornou à comuna.

No fim daquele ano, Jumei milagrosamente deu à luz quatro filhas.

Após o nascimento, a mãe de Jumei, Mao Zhi, foi até a comuna em busca do oficial Liu. Dada sua disposição para promover a soc-ed em aldeias montanhosas e remotas, ele se tornara conhecido como o mais proeminente oficial de educação socialista da comuna — ou talvez de todo o país — e, consequentemente, já não era mais encarregado de tarefas subalternas como varrer o pátio e ferver a água, sendo uma importante figura nacional. Assim, quando Mao Zhi chegou à comuna, que funcionava como gabinete municipal, perguntando por ele, rapidamente deu meia--volta e retornou para casa. Ao chegar, depois de ter passado dois dias na estrada, disse apenas uma coisa a Jumei: que Liu Yingque morrera, que ficara esmagado como uma panqueca ao cair de um barranco enquanto promovia a soc-ed no interior.

LEITURA AINDA MAIS COMPLEMENTAR

[1] **Cria de soc-escola.** *Essa designação data de quando o chefe Liu era criança, produto de várias páginas inesquecíveis da história da nação. Logo após a fundação da nova China, surgiram muitas academias socialistas e centros de treinamento de oficiais, que se desenvolveram e se transformaram em institutos do Partido ou em academias marxista-leninistas. As pessoas chamavam essas instituições de escolas socialistas ou soc-escolas e, uma década depois, podiam ser encontradas em cada cidade e condado, com algumas províncias e distritos chegando a ter três ou quatro delas. Algumas continuaram a ser chamadas de institutos de educação socialista, mas a maioria era conhecida apenas como soc-escola.*

O Instituto do Condado de Shuanghuai também era chamado assim. Ficava em um campo ao norte da cidade e consistia em vários prédios de tijolos vermelhos arrumados em torno de um pátio de ladrilhos brancos. A escola fora fundada nos primeiros anos da República do Povo, e o secretário do Partido do condado agia como seu presidente, enquanto o chefe do condado atuava como vice. Oficiais de todo o condado chegavam regularmente para estudar e, se alguém quisesse ser promovido, tinha de frequentar a escola entre três e seis meses. Também havia períodos em que a frequência era muito baixa. A escola tinha apenas um professor em tempo integral, chamado Liu, e todas as outras matérias eram ensinadas pelo secretário, pelo chefe do condado e por vários especialistas em visita. Na temporada de colheita, o governo não iniciava novas políticas ou movimentos, e a escola enviava os funcionários para casa, a fim de que cuidassem das plantações, deixando apenas o professor Liu para supervisionar as instalações.

Liu Yingque cresceu nessa escola e foi adotado pelo professor Liu.

Tudo aconteceu no ano gengzi, 1959, ou o primeiro daqueles que as pessoas passaram a chamar de os três anos de desastres naturais, quando todo o país sofreu uma terrível série de ondas de fome. O condado parou de enviar oficiais e membros do Partido para a soc-escola de Shuanghuai, e os oficiais e professores que já estavam lá receberam ordens de voltar para casa, deixando para trás apenas o professor Liu e sua jovem esposa. Um dia depois de o professor Liu, de 40 anos, e a esposa terem ido colher plantas selvagens, retornaram à gélida escola e encontraram uma trouxa dentro da qual havia um bebê de muitos meses, tão magro que suas pernas eram finas como os braços. O professor e a esposa se viraram para os campos e começaram a praguejar.

— Maldito pai! Maldita mãe! Deixaram o filho para morrer na nossa porta? Se têm alguma consciência, venham buscá-lo. Se vierem, nós lhes daremos um quartilho de sorgo. Estão mortos? Se estiverem, não merecem uma boa morte e torcemos para que seus corpos sejam desenterrados por cães e lobos famintos.

Quando o professor Liu e a esposa terminaram de praguejar, o sol já se pusera atrás das montanhas e os campos estavam novamente envoltos pela escuridão. A esposa do professor Liu queria arremessar o bebê nos campos, mas ele se recusou a considerar essa ideia. Anos antes, quando o Exército da Oitava Rota havia passado por Shuanghuai, fora necessário um curso emergencial de treinamento para os membros do Partido e, como o professor Liu tinha boa caligrafia, havia sido escolhido — a despeito de ser um "camponês rico" — para fazer as transcrições. Posteriormente, foi admitido no Partido e, com a derrota dos nacionalistas no ano jichou e a fundação da nova China, seu barco subiu com a maré crescente e ele foi promovido a secretário do chefe do condado. Quando a soc-escola de Shuanghuai foi criada, alguns anos depois, ele se tornou o único professor em tempo integral. Como membro do Partido, oficial e intelectual, como poderia permitir que a esposa jogasse fora uma criança ainda viva? Consequentemente, ele a pegou no colo e a criou como sua.

O menino sobreviveu e recebeu o sobrenome Liu. Como havia gaviões circulando nos céus quando o professor Liu encontrou a trouxa, ele decidiu chamá-lo de Yingque, ou "gavião".

Por fim, a epidemia de fome foi atenuada e a soc-escola voltou a ser um lugar agitado. Membros do Partido e oficiais de todo o condado — e, às vezes, até mesmo *de condados vizinhos — retornaram à escola. Todos os dias, quando a chaminé de tijolos começava a cuspir chamas vermelhas e fumaça preta, Liu Yingque ia até o refeitório. Todos sabiam que era o bebê abandonado que o professor Liu havia encontrado em sua porta e, como os que estudavam ali eram oficiais e membros do Partido — o que significava que eram pessoas esclarecidas e de bom coração que haviam devotado a vida à luta pelo Partido —, achavam perfeitamente apropriado que uma criança comesse no refeitório sempre que desejasse.*

Como resultado, Liu Yingque não apenas sobreviveu como também se desenvolveu.

Ele carregava sua tigela até o refeitório quando era hora de comer e depois seguia os oficiais até a sala de aula, sentando-se em um banquinho nos fundos. À noite, dormia em um quartinho no depósito da escola.

Quando Liu Yingque tinha 6 anos, a esposa do professor Liu deu à luz uma garotinha. Diziam que ela se casara com ele — que era dez anos mais velho — justamente porque não podia conceber. Quem poderia imaginar que, aos 47 anos, ele conseguiria engravidá-la? Uma vez que tinha sua própria filha, a atitude dela em relação a Yingque se tornou cada vez mais fria, até que, por fim, ele se viu forçado a comer no refeitório todos os dias. Os oficiais e os membros do Partido o consideravam filho da escola, a ponto de muitos pararem de chamá-lo pelo nome e se referirem a ele como "filho da soc-escola" ou "cria da soc-escola". Quando Yingque estava com 12 anos, a esposa do professor Liu deixou a filha para trás e fugiu com um homem de outro condado que estudava na escola, e foi então que o professor Liu realmente aceitou Yingque como seu filho e passou a criá-lo como irmão mais velho de sua filha.

[3] **Soc-ed.** *Termo técnico que se refere ao movimento de educação socialista.* **Oficiais soc-ed.** *Os encarregados de implementar o movimento de educação socialista.*

LIVRO 3

RAÍZES

CAPÍTULO 1

Olhando para aquela pessoa, aquele oficial, aquele chefe Liu

A neve finalmente parou de cair. Como um visitante que havia chegado a Balou e descansara os pés por uma semana, a neve, por fim, se levantou e partiu.

Ninguém sabia para onde tinha ido.

O verão retornou às montanhas e à aldeia.

Tendo suportado a nevasca, o verão, ao retornar, não tinha um único traço de felicidade em sua face cheia.[1] O sol se recusou a sair e uma névoa pesada pairou sobre a aldeia e a colina — uma névoa tão espessa que escorria pelos dedos como se eles estivessem embaixo d'água. De fato, a neblina era tão densa que, se você se levantasse pela manhã e estendesse as mãos, elas ficariam molhadas o suficiente para lavar os vestígios de sono de seus olhos. O único problema é que eles ficariam ligeiramente enlameados por causa da neblina suja.

A neve derreteu.

O trigo que não havia sido colhido durante a nevasca embolorou. Sem sol, o ar ficou abafado e o trigo — tanto os grãos como o gérmen — começou a ficar preto e as pessoas que o comiam sofriam uma diarreia severa.

As hastes de trigo mofaram e, no inverno seguinte, o gado não tinha feno para se alimentar.

Naquele outono, não houve sementes para plantar.

Foi quando o chefe do condado, o chefe do município e o secretário do chefe do condado chegaram para investigar as dificuldades enfrentadas pelos aldeões. Os três estavam hospedados em um pátio dentro[3] da aldeia. Antes da Libertação, o pátio fora um templo budista adornado com estátuas de bodisatvas; de lorde Guan, deus da guerra; e de dama Avivante, a ancestral sagrada da aldeia. Dizia-se que Avivada devia sua existência à surda-muda dama Avivante, uma vez que fora ela quem havia preparado a saborosa refeição para Hu Dahai — humilhado ao mendigar no condado de Hongdong, em Shanxi —, fazendo com que, subsequentemente, ele permitisse que o cego de Hongdong e seu filho aleijado se separassem do cortejo migratório e lhes desse prata, terras e água. Assim, puderam gozar de uma existência celestial e os deficientes de toda a região se juntaram a eles. O resultado fora a aldeia Avivada.

Tudo isso graças àquela surda-muda.

No fim das contas, entretanto, as estátuas dos bodisatvas desapareceram, assim como as de lorde Guan e dama Avivante. O pátio foi varrido, as camas foram arrumadas e o prédio de três andares foi transformado em hospedaria. Dezessete ou dezoito anos antes, quando Liu Yingque ensinava na soc-escola, ele se hospedara no templo e agora estava lá outra vez. O local era o mesmo, mas as pessoas haviam mudado. Num piscar de olhos, o chefe do condado, de quase 40 anos, chegara à meia-idade. Ao olhar para o passado — do início humilde, como varredor de pátio e fervedor de água para a soc-escola do município, passando pela época em que era professor em Avivada, sua nomeação como oficial do município, sua promoção a vice-chefe do município e, então, a vice-chefe do condado, chegando a chefe do condado —, Liu sentiu uma distinta pontada de nostalgia.

Shuanghuai sempre fora muito pobre. Enquanto grande parte da nação experimentava uma onda de expansão econômica sem precedentes, até mesmo a rua diretamente em frente ao edifício governamental permanecia sem pavimentação. Quando chovia, as poças eram profundas o bastante para engolir um boi e, certa vez, uma criança havia caído em uma delas e se afogado. O condado não tinha fábricas ou minas, somente montanhas e desfiladeiros e, até poucos anos antes, seus oficiais sequer tinham dinheiro suficiente para pagar por eletricidade ou linhas telefônicas. A certa altura, os representantes do comitê e do governo do condado tiveram uma acalorada discussão sobre quem deveria consertar um pneu de bicicleta furado. Durante a discussão, o chefe do condado espatifou o pote de vidro com vegetais em conserva que estava segurando e o secretário do comitê partiu ao meio um esfregão para limpar janelas. Foi então que o secretário do comitê distrital do Partido, secretário Niu, chegou para resolver a situação. Ele conversou com cada um dos oficiais separadamente.

Ele abordou o chefe do condado e perguntou:

— O que você pretende fazer para ajudar o condado a ficar rico?

— Isso é fácil — respondeu o chefe do condado. — Basta cortar a minha cabeça.

O secretário Niu abordou o secretário do comitê do condado e disse:

— Se você não consegue ajudar o condado a se livrar da pobreza, não deveria estar aqui.

O secretário do comitê do condado se curvou abjetamente e retrucou:

— Se puder me transferir para outro lugar, eu vou imediatamente.

— Então vou fazer com que seja demitido!

— Desde que eu saia daqui, ficarei feliz em ser demitido.

Furioso, o secretário Niu espatifou sua xícara de chá sopé.[5]

E continuou a abordar os oficiais do condado.

— Seus campos são muito bem cuidados — comentou ele com o vice-chefe do condado Liu.

— Não importa quão bem cuidemos das plantações — respondeu o vice-chefe Liu —, continuaremos pobres.

— Você tem alguma sugestão para ajudar o condado a ficar rico?

— Isso é fácil.

O secretário Niu o observou atentamente e disse:

— Então me diga como.

— Como não temos fábricas nem minas, precisamos usar nossa paisagem para produzir prazer.

— Que tipo de prazer pode ser fabricado com terra amarelada e água lamacenta?

— Secretário Niu, Beijing tem muitos residentes amantes do prazer?

— Beijing é a capital nacional e foi a capital histórica de muitas dinastias anteriores.

— Muitas pessoas visitam o mausoléu do presidente Mao?

— Claro, muitas. E daí?

— Deveríamos reunir uma grande soma de dinheiro e financiar uma viagem à Rússia, a fim de comprar o corpo embalsamado de Lênin e trazê-lo para cá. Poderíamos exibi-lo na montanha dos Espíritos de Shuanghuai. Você já esteve lá? O local fica a duzentos *li* daqui e tem uma floresta de ciprestes e pinheiros, com veados, macacos, javalis e pés de kiwi. É um verdadeiro parque florestal. Se exibíssemos o corpo de Lênin, a montanha se tornaria pico[7] importante, e pessoas do país inteiro, ou mesmo do mundo inteiro, viriam apreciá-la. Se cobrássemos cinco yuans por ingresso, dez mil visitantes renderiam cinquenta mil yuans; se cobrássemos dez yuans, dez mil visitantes renderiam cem mil yuans. Se, em vez disso, cobrássemos cinquenta yuans, dez mil visitantes renderiam quinhentos mil yuans. Ingressos não são diretamente convertidos em cédulas? Quantas cédulas dez mil visitantes trariam? O país inteiro conseguiria reunir cem mil cédulas apenas lavrando a terra? O caralho que conseguiria! Caralhodecãocaralhodeporcocaralhodeboicaralhodecavalo! Se as pessoas viessem de toda parte para a montanha dos Espíritos, poderíamos facilmente ter mais de dez mil visitantes por dia. Poderíamos ter visitantes de Jiudu, Henan, Hubei, Shandong, Hunan, Guangdong e Xangai. Visitantes de todo o país e mesmo de todo o mundo. Poderíamos, regularmente, ter dez mil, trinta mil, cinquenta mil, setenta mil e até mesmo noventa mil visitantes por dia. Além disso, cerca de dez por cento dos visitantes seriam estrangeiros, que, naturalmente, não usariam o nosso dinheiro, mas sim dólares americanos. Seria demais cobrar cinco, quinze ou mesmo vinte e cinco dólares por ingresso? Para ver os restos mortais de Lênin, vinte e cinco dólares não seriam demais. Se cobrássemos vinte e cinco dólares por pessoa, onze pessoas renderiam duzentos e setenta e cinco dólares e dez mil pessoas renderiam duzentos e cinquenta mil.

O vice-chefe Liu continuou:

— Também haveria despesas com alimentação e hospedagem, assim como artigos turísticos e especialidades locais. Eu até ficaria preocupado com o fato de as ruas serem muito estreitas, levando a engarrafamentos, e contarmos com poucos hotéis e hospedarias, deixando os visitantes sem lugar suficiente para visitar e gastar dinheiro.

O vice-chefe Liu discutia seu plano na hospedaria do condado e, enquanto ouvia, o secretário Niu preguiçosamente cutucava um buraco de cigarro no braço do sofá em que estava sentado, até que o buraco do tamanho de uma ervilha cresceu gradualmente para o de uma tâmara, uma noz e, por fim, um caqui. O secretário Niu estava perto dos 60 anos, era alto e esguio e usava roupas simples. O pouco cabelo que lhe restava era grisalho. Havia trabalhado pela Revolução durante toda a vida e conhecera incontáveis oficiais. De fato, ele mesmo promovera Liu Yingque das fileiras de oficiais do município.

Quando chegara ao condado, vários anos antes, o secretário Niu tinha ouvido dizer que havia um município com ruas pavimentadas, onde todas as residências tinham eletricidade e água corrente e todas as cozinhas contavam com uma torneira que, se deixada aberta, inundaria a casa. Ele havia perguntado de onde viera o dinheiro para a água corrente e lhe responderam que alguém pagara por ela. Ele quisera saber quem e ouvira que, antes da Libertação, alguém do município tinha se mudado para o Sudeste Asiático e abrira um banco. Certo dia, o banqueiro decidira retornar à cidade natal. Ao saber disso, Liu Yingque, que na época era chefe do município, havia proibido os camponeses de trabalhar nos campos, a despeito de ser a época da colheita, e decretara feriado escolar para as crianças.

Como resultado, todo mundo, jovem ou velho, reunira-se ao longo da estrada para saudar o visitante. Havia, na ocasião, cinquenta e sete *li* de estrada de terra entre o centro do município e a aldeia do visitante, e a maior parte era tão enlameada que carros e caminhões não conseguiam passar. Quando o visitante partira do centro do município, descobrira que havia camponeses em ambos os lados da estrada, por toda a sua extensão. A estrada estava coberta de vermelho, embora não fosse o convencional tapete vermelho, e sim uma colcha de retalhos de tecido vermelho, papel vermelho e seda vermelha, que os locais usavam apenas para casamentos. Cada aldeia tinha sido designada para um trecho diferente, e os aldeões que não possuíam seda ou tecido vermelho usaram as saias e as jaquetas vermelhas de suas mulheres. Chovia naquele dia e, quando o visitante desceu do carro que o levara até aquele ponto, imediatamente deparou com uma liteira recoberta com seda vermelha. Ao avistar a infindável extensão de estrada vermelha, ele inicialmente havia se recusado a subir na liteira, mas os carregadores se ajoelharam à sua frente e ele não teve escolha.

Quando finalmente subira na liteira, os carregadores começaram a abrir caminho pela longa estrada vermelha de cinquenta e sete *li* até Avivada.

Os camponeses ao lado da estrada tocavam tambores, soavam trompas e batiam palmas ritmadamente.

De tempos em tempos, o visitante tentava descer da liteira e caminhar por si mesmo, mas, todas as vezes que o fazia, os carregadores se ajoelhavam. Mesmo quando tentava prosseguir apasso,[9] não ousava pisar no tecido vermelho, na seda vermelha e no brocado vermelho. Os camponeses imediatamente paravam de bater palmas, tocar tambores e soar trompas, e todos, jovens e velhos, se ajoelhavam. Diziam que ele levara glória à sua terra natal e, se recusasse a liteira para percorrer o caminho vermelho, isso significaria que não havia apreciado as boas-vindas que lhe foram preparadas. Assim, ele não tivera escolha senão retornar à liteira. Quando por fim havia chegado à aldeia, ajoelhara-se diante dos anciões e, em lágrimas, prometera pagar o que fosse necessário para pavimentar a estrada de cinquenta e sete *li* e abastecer todo o município com água corrente e eletricidade.

Mais tarde, o secretário Niu fora até o município para dar uma olhada e conhecer o chefe Liu Yingque.

— Você seria capaz de fornecer eletricidade e água potável a todas as aldeias do condado? — perguntou.

— Eu sou chefe do município — respondeu Liu — e responsável apenas por ele. Como poderia ser responsável por um condado inteiro?

Logo depois, Liu Yingque fora promovido a vice-chefe do condado, tornando-se responsável por todas as aldeias. O secretário Niu sabia que Liu havia consertado a estrada até a aldeia, permitindo que os carros viajassem com tanta suavidade quanto os navios no mar.

Agora, olhando para aquela pessoa, aquele oficial, aquele chefe Liu, o secretário Niu reconhecia que era um bom oficial e detentor de uma sabedoria surpreendente. Mesmo assim, quando ele expôs a ideia de comprar o corpo de Lênin e de exibi-lo na montanha dos Espíritos, o secretário Niu ficou tão alarmado quanto se tivesse visto alguém destruir uma rocha com apenas um toque do pé descalço ou o mero som da voz. No começo, olhou de forma desdenhosa para aquele vice-chefe do condado baixinho e robusto, como se o sujeito estivesse modelando uma estátua de argila umedecida com a própria urina. Quando ouviu Liu calcular a renda para a venda de ingressos, contudo, sua expressão de desdém gradualmente foi substituída por um sorriso. Quando Liu fez uma pausa, o secretário Niu parou de cutucar o buraco de cigarro no braço do sofá e lhe lançou um olhar severo, como um pai olha para um filho usando roupas esfarrapadas e coberto de argila mijada, sem saber se deve lhe dar um abraço ou um soco.

Ele refletiu por um tempo, baixou o tom de voz e perguntou:

— Você sabe o nome original de Lênin?

O vice-chefe Liu olhou para os próprios pés e deu uma risada.

— Sim, é claro. Como não saberia? Enquanto estudava, repeti várias vezes, a fim de memorizá-lo. Seu nome tem treze caracteres chineses: *Fuo-la-sai-mi-er Yi-li-qi Wu-li-yang-nuo-fu*. Vladimir Ilitch Ulianov. Lênin nasceu no quarto mês lunar do ano *gengwu* do Cavalo, há sessenta e dois ciclos *jiazi*, e morreu no décimo segundo mês do décimo terceiro ano da República Chinesa. Faltavam três meses para seu quinquagésimo quarto aniversário, o que significa que ele morreu dez anos antes de sua expectativa de vida.

— Você sabe quais livros ele escreveu?

— Suas obras mais famosas são *Que fazer?*, *Materialismo e empiriocriticismo*, *O imperialismo: fase superior do capitalismo* e *O Estado e a revolução*. Lênin foi progenitor do nosso sistema socialista e pai do nosso Estado socialista. Que filho não estaria consciente das particularidades do pai?

— Mas por que os russos estariam dispostos a vender seu corpo?

Nesse momento, o vice-chefe Liu puxou uma pasta de documentos de sua maleta e retirou um exemplar do *Reference News*, juntamente com dois documentos internos disponíveis apenas aos oficiais do condado ou superiores. Era uma edição antiga do *Reference News*, do ano *gengwu* do Cavalo, 1990, e, no canto inferior direito da segunda página, havia um artigo de trezentos e um caracteres intitulado "Rússia deseja cremar os restos mortais de Lênin", descrevendo como, após o fim da União Soviética, uma questão crítica enfrentada por todos os partidos políticos fora a de preservar ou cremar o corpo embalsamado de Lênin, em exibição na praça Vermelha de Moscou. O artigo dizia que os que defendiam a cremação eram maioria.

O primeiro documento interno fora escrito havia três anos, e o outro, seis anos e seis meses depois de o artigo do *Reference News* ser publicado, tendo sido distribuído apenas três meses antes do encontro entre Niu e Liu. Ambos falavam de situações em que alguns camponeses cometeram suicídio ou causaram problemas ao governo por protestar contra a taxação excessiva ou haviam se reunido para destruir portões, mobiliário e veículos do condado, em retaliação por pretensas injustiças. Também descreviam um caso em que oficiais de um município do sul foram até uma aldeia para coletar impostos e uma mulher que não podia lhes pagar tinha ido para a cama com um dos coletores, a fim de receber isenção. Daquele dia em diante, todas as mulheres incapazes de pagar impostos tentaram dormir com oficiais do governo, mostrando-se profundamente ressentidas com os que rejeitavam suas investidas.

O secretário Niu tinha de ler os documentos imediatamente, antes de ir para a cama — assim como as crianças do mundo inteiro precisam tomar um copo de leite antes de dormir. Ele não reparou em nenhuma das notícias internacionais assombrosas publicadas no mesmo período de seis anos e meio e focou somente nos relatórios — cada um com apenas uma centena de caracteres — que detalhavam as dificuldades econômicas da Rússia. Os documentos descreviam como não havia recursos suficientes para manter o corpo preservado de Lênin, como partes dele haviam se deteriorado por causa de problemas de financiamento e como os oficiais que cuidavam dele com frequência tinham de correr até o escritório governamental para solicitar fundos adicionais. Também afirmavam que alguns oficiais russos de alta patente recomendaram que o corpo fosse confiado a uma empresa ou a um partido político — mas, como os partidos políticos dispostos a aceitar o corpo não dispunham dos recursos necessários e as empresas privadas que contavam com recursos não tinham interesse, a proposta não tinha dado em nada.

O secretário Niu examinou cuidadosamente os dois documentos e leu mais uma vez o artigo do *Reference News*. Então, voltou a ler o artigo e conferiu de novo os documentos. Colocou ambos os documentos internos e o jornal amarelado em cima da mesa e olhou atentamente para o vice-chefe Liu pelo que pareceu uma eternidade. Por fim, disse:

— Liu Yingque, traga-me um copo d'água.

O vice-chefe Liu foi buscar um copo d'água e, na volta, perguntou:

— Secretário Niu, por que você acha que deveríamos nos preocupar com a situação econômica do condado? Existem tesouros por toda a parte. A verdadeira questão é se estamos ou não dispostos a procurar por eles.

— Vice-chefe Liu, quantos anos você tem?

— Eu nasci no ano da grande fome.

— Essa água não está suficientemente quente. Traga-me outro copo.

O vice-chefe Liu foi buscar outro copo, e o secretário Niu, sozinho na sala, novamente voltou os olhos para o artigo do *Reference News* e para os dois documentos internos. Ele os pegou e decidiu lê-los mais uma vez, porém, em vez disso, colocou-os novamente em cima da mesa.

Cerca de um mês depois, houve mudanças no governo do condado. O chefe foi transferido para um gabinete na sede do distrito de Jiudu e o secretário do comitê do Partido foi enviado para longe, a fim de estudar. Assim, o vice-chefe Liu foi promovido a chefe do condado.

Sob a direção hábil do comitê permanente, o chefe Liu definiu uma data para comprar o corpo de Lênin e foi até uma área fora da cidade para refletir sobre a decisão. A perspectiva de comprar os restos mortais de Lênin lhe parecia fria e trágica, embora ele não tivesse certeza se essa sensação se devia aos seus sentimentos sobre Lênin ou a apreensões quanto à ideia em si. Era fim de outono, a lua crescente pairava sobre os beirais dos campos[11] já arados de trigo e o cheiro intenso de grãos e terra estava por toda parte. O chefe Liu ficou sentado durante a noite inteira, beliscando a perna e dando tapas no rosto para se manter acordado, antes de se ajoelhar desajeitadamente e se prostrar três vezes na direção da cidade natal de Lênin, na Rússia, oferecendo desculpas silenciosas. No dia seguinte, elaborou um documento intitulado "Diretivas do condado de Shuanghuai em relação à arrecadação de fundos e à atração de investimentos para a compra dos restos mortais de Lênin" e o distribuiu a cada conselho, gabinete, município e aldeia do condado.

Vários meses se passaram num piscar de olhos, e a indústria de turismo do condado começou a dar sinais de vida. Foi construída uma estrada ligando a sede do condado à floresta da montanha dos Espíritos e, embora a rodovia inicialmente fosse pavimentada com cimento, o visitante do Sudeste Asiático que fornecera estradas, eletricidade e água corrente ao condado concordou em subsidiar a repavimentação com pretóleo.[13] Na montanha dos Espíritos, várias rochas e marcos receberam nomes memoráveis. Uma rocha foi chamada de rocha do

Relincho, e outra, de rocha do Veado Olhando para Trás. Um cipreste com um cinamomo crescendo em seu tronco foi chamado de Marido e Mulher se Abraçando. Também havia o penhasco da Guilhotina, o poço do Dragão Negro e a caverna da Serpente Verde e Branca.

A cada marco nomeado, as pessoas eram convidadas a oferecer histórias explicativas. Por exemplo, o nome rocha do Relincho tinha sido inspirado no rebelde Li Zicheng, que ajudara a derrubar a dinastia Ming. (Dizia-se que, após a derrota de Li Zicheng no monte Funiu, ele passara pela montanha dos Espíritos com uma dúzia de seguidores, sem perceber que mais de dez mil soldados imperiais Qing aguardavam em uma emboscada na montanha seguinte. Quando Li e sua companhia chegaram àquela pedra em particular, seu cavalo empacara e começara a relinchar. Li não havia tido escolha a não ser dar a volta e se dirigir para oeste, frustrando a emboscada.)

A rocha do Veado Olhando para Trás teria sido inspirada em um caçador que havia atirado em um veado e o perseguira durante três dias e três noites, até finalmente encurralar o animal na beira de um penhasco. Quando o veado estava prestes a cair no precipício, ele se virara e olhara para o caçador, transformando-se em uma bela jovem. O caçador, então, havia se casado com a jovem, desistido de caçar e se tornado fazendeiro, e os dois viveram felizes para sempre. Marido e Mulher se Abraçando tinha uma história muito comovente, e o penhasco da Guilhotina, muito trágica. O poço do Dragão Negro já abrigara um espírito maligno, e a caverna da Serpente Verde e Branca tinha sido nomeada em homenagem a Xiao Qing e Bai Suzhen, protagonistas da popular ópera *A lenda da serpente branca*.

Além disso, estava sendo construída uma queda-d'água que seria chamada de catarata dos Nove Dragões, e cada conselho e cada comitê do condado financiaria a construção de um novo hotel ou hospedaria na montanha, no clássico estilo Ming-Qing. Os líderes dos conselhos e comitês locais começaram a ir ao banco pedir empréstimos e alguns deles — como os opulentos conselhos postal-elétrico e dos transportes — investiram seus próprios fundos.

A construção do Mausoléu de Lênin já havia começado. Por fora, seria parecido com o mausoléu do presidente Mao, em Beijing e, por dentro, exibiria um ataúde de cristal com o corpo preservado. Na parte da frente, haveria um salão com o corpo de Lênin, uma galeria de imagens e um apanhado de textos, ao passo que, na parte de trás, haveria uma pequena sala de cinema, exibindo filmes sobre sua vida e obra. Em ambos os lados, haveria máquinas para regular a temperatura e a umidade, a fim de preservar os restos mortais. Seria construída uma sala de descanso para os funcionários, assim como um salão de chá e uma sala de reuniões para os convidados mais importantes. Em frente ao edifício, ficaria o jardim, para além do qual haveria um campo coberto de relva flanqueado por estacionamentos, cabines para venda de ingressos e lojas de souvenirs. Perto do memorial, é claro, seriam construídos muitos restaurantes e banheiros. A comida nos restaurantes não seria muito cara e, embora houvesse alguma discussão quanto a cobrar ou não pelo uso dos banheiros, todos concordavam que, definitivamente, precisavam ser muito limpos. O caminho de pedras até a montanha teria um número específico de voltas, e cada uma das árvores centenárias da floresta receberia uma placa certificando sua idade em trezentos ou mesmo quinhentos anos, ao passo que as árvores de quinhentos anos seriam cercadas e receberiam placas dizendo que tinham mil e cem, mil e novecentos ou mesmo dois mil anos. Tudo isso já estava em andamento.

No momento, a consideração mais importante era como arrecadar dinheiro suficiente para financiar a viagem à Rússia e comprar os restos mortais. O distrito informou ao chefe Liu que forneceria metade do que fosse necessário, mas ele teria de conseguir sozinho a outra metade. Durante os vários meses precedentes, Liu havia arrecadado o máximo que conseguira, mas só obtivera uma pequena fração do valor total. Estava doente de preocupação diante da necessidade de obter os fundos que faltavam para enviar alguém à Rússia, a fim de negociar o preço e assinar o contrato pelo corpo.

Leitura complementar

[1] **Cheia**. DIALETO. Significa "inteira" e face cheia significa a "face inteira" de alguém.

[3] **Dentro**. DIALETO. Significa "no meio de", "no centro de".

[5] **Sopé**. DIALETO. Significa "sob seu pé".

[7] **Pico**. DIALETO. Significa "a mais" ou "muito".

[9] **Apasso**. DIALETO. Significa "caminhando".

[11] **Beirais do campo**. A frente e as laterais de um campo.

[13] **Pretóleo**. Asfalto. Como ele é preto, os locais o chamam de "pretóleo".

CAPÍTULO 3

Armas disparam, nuvens se dispersam e o sol emerge

O chefe Liu, juntamente com seu secretário e o chefe do município, estivera a caminho da montanha dos Espíritos, onde o Mausoléu de Lênin já estava em construção havia três meses. O terreno em frente ao mausoléu tinha sido preparado, e os tijolos e as pedras para a estrutura foram trazidos do platô mais abaixo. No entanto, os operários haviam retirado as placas de jade de Hanbai das extremidades do platô e as colocaram nas paredes das latrinas provisórias do canteiro de obras. Por causa disso, elas estavam manchadas de urina e excrementos. A montanha dos Espíritos ficava sob a jurisdição do município de Boshuzi e, consequentemente, o chefe Liu pedira ao chefe da municipalidade que cuidasse da situação.

O chefe do município ordenou:

— Tirem as placas de jade de Hanbai das paredes das latrinas.

— É apenas temporário — retrucou o empreiteiro-chefe —, e, além disso, por que se preocupar? No fim, vamos lavá-las e elas vão ficar como novas.

— Eu vou é foder a sua mãe, isso sim. Esse jade será usado no mausoléu.

— Não precisa insultar a minha mãe. Quando construímos um banco em Jiudu, quase usamos tijolos de ouro para construir os banheiros.

— Eu *vou* foder a sua mãe. Você vai tirar as placas ou não vai?

— Você realmente não precisa falar assim da minha mãe. O chefe do condado supervisionou todo o projeto e qualquer mudança tem de ser aprovada por ele.

O chefe do município passou o dia inteiro dirigindo até a sede do condado para falar com o chefe. Quando chegou, o chefe Liu estava amaldiçoando energicamente a mãe de um homem de Cingapura. Ela havia morrido. Era da aldeia de Shiliu, na parte oriental do condado, e seu filho se alistara no Exército muitos anos antes e fora enviado para algum lugar de Taiwan. Por algum tempo, não se soube se estava vivo ou morto. Alguns anos depois, descobrira-se que não apenas estava vivo como também havia se tornado um executivo bem-sucedido em Cingapura. Diziam que era tão rico que podia construir um edifício com tijolos feitos de dinheiro vivo.

A despeito de todo esse dinheiro, não podia transferir os restos mortais da mãe da aldeia onde fora enterrada até a costa. Sua irmã tinha ido dar uma olhada, assim como seu irmão e muitos outros parentes que lhe deviam favores. Porém, como estava morta, concluiu-se que os restos mortais deviam permanecer na aldeia. As pessoas do condado disseram que ela morrera havia dois meses. O filho estava com 60 anos e, embora fosse homem, com frequência usava trajes floridos que lembravam uma açofeifeira coberta de bananas e mangas tropicais. Quando retornara a Shuanghuai, o próprio chefe Liu fora até a estação ferroviária para se juntar à escolta de honra e, durante a viagem de volta, o presenteara com a descrição dos planos fabulosos do condado. Ao terminar, anunciara:

— Nós planejamos comprar o corpo de Lênin dos russos.

— Isso é possível? — questionou o visitante de Cingapura, atônito.

— Com dinheiro, tudo é possível — concluiu o chefe Liu, rindo.

O visitante refletiu por um instante e, então, contou, melancolicamente, que a mãe havia falecido. Quando era viva, não fora capaz de aproveitar sequer meio dia de felicidade com ele, mas, agora que estava morta, ele queria lhe dar um funeral *sheng* magnífico. Tinha ouvido dizer que um funeral *sheng* não era necessariamente muito caro e só exigia alguns tijolos e pedras para a tumba. O problema era que sua família era muito pequena e o funeral pareceria desolado se não houvesse mais pessoas para acompanhar o caixão.

— Chefe Liu, se você encontrar um fiel para acompanhar o cortejo fúnebre, doarei dez mil yuans para o condado e, se encontrar onze, doarei cento e dez mil. Isso o ajudará a conseguir os fundos necessários para comprar o corpo de Lênin.

— E se eu encontrar cento e um fiéis?

— Doarei um milhão e dez mil yuans.

— E se eu encontrar mil e um?

— Doarei dez milhões e dez mil yuans.

Ele acrescentou que, qualquer que fosse o número de fiéis para acompanhar o cortejo fúnebre, doaria um máximo de cinquenta milhões de yuans, pois qualquer valor acima disso prejudicaria seus negócios. Felizmente, com isso, o condado teria cem milhões de yuans, e os líderes distritais forneceriam outros cem milhões, em um total de duzentos milhões, com os quais certamente seria possível comprar o corpo de Lênin.

O chefe Liu depositou todas as suas esperanças no visitante de Cingapura e, no dia do funeral, não apenas chegou com mais de setecentos moradores da aldeia de Shiliu — homens e mulheres, jovens e velhos —, todos usando roupas e chapéus apropriados, como também recrutou mais de mil devotos adicionais em aldeias e municípios vizinhos. Os chapéus e as túnicas eram de produção local e as lojas do município e de todo o condado esgotaram seu estoque de tecido branco. As fábricas trabalharam incessantemente durante sete dias. Mas, mesmo assim, algumas pessoas não tinham trajes apropriados. Foi acordado que os que recebessem trajes fúnebres poderiam mantê--los e, depois de lavados, seriam usados como roupas normais.

O resultado pareceu menos uma procissão fúnebre que uma infinidade de fiéis vestidos de branco descendo a montanha como um mar de névoa. Eles esmagaram os brotos de trigo de ambos os lados da estrada e foram até a colina onde estava a sepultura. Seus lamentos espantaram gralhas e pardais, que se dispersaram como nuvens no céu distante. Após o funeral, o visitante retornou a Cingapura e ninguém viu o dinheiro prometido. Como resultado, os proprietários de lojas de tecidos e gerentes de fábricas de roupas foram até o chefe Liu para exigir o pagamento.

O chefe Liu engolira a isca do visitante — com anzol, linha e chumbada — e ficou tão ansioso com o engodo que sua boca ficou cheia de feridas dolorosas que só saravam se comesse melão-de-são-caetano. Ele decidiu que não havia necessidade de reembolsar as lojas pelos tecidos dos trajes fúnebres, uma vez que isso representaria uma contribuição coletiva para o Fundo Lênin.[1] E acrescentou que as fábricas de roupas tampouco precisavam ser reembolsadas e que, se exigissem pagamento, os gerentes simplesmente seriam substituídos. Os gerentes ficaram tão aterrorizados que não ousaram pedir novamente. Entretanto, todos os que participaram do funeral foram recompensados, no sentido não apenas de receberem um conjunto novinho de trajes brancos como também, durante vários dias, de terem algo novo para conversar quando se sentiam entediados. No fim, contudo, o Fundo Lênin não atingiu seu objetivo.

E, como se não bastasse a questão do visitante de Cingapura, havia outra coisa, algo que o enfurecia tanto que ele sequer conseguia falar. Na noite anterior, ele e a mulher haviam brigado — algo tão inesperado quanto a nevasca de verão que atingiria Avivada. Enquanto estava fora, arrecadando fundos para comprar os restos mortais de Lênin, ela estava em casa vendo televisão. Por volta da meia-noite, ele voltara para casa e eles foram para a cama. Como era fim de semana, teoricamente deveriam ter seu costumeiro avivamento conjugal. Esse era o acordo, que haviam escrito, assinado e selado com suas digitais. Eles concordaram que precisavam ter seu avivamento conjugal todo fim de semana para evitar que o chefe ficasse excessivamente confiante e se esquecesse da própria esposa. Ela era quase sete anos mais nova e, depois de terem dormido juntos na primeira noite depois de sua nomeação como chefe do município, tirara vantagem de seu bom humor e o fizera escrever os votos. Assim, todos os fins de semana eles tinham de assegurar um bom avivamento.

Mas, desde que havia começado a planejar a compra do corpo de Lênin e percebera que precisaria de uma grande soma de dinheiro para instalá-lo na montanha dos Espíritos, ele esquecera tudo sobre os avivamentos conjugais semanais. Sua cabeça[3] estava cheia de planos para construir um mausoléu para abrigar o corpo, mas o visitante de Cingapura desaparecera e o Fundo Lênin, que devia ter se tornado maior que uma montanha e mais alto que o céu, falhara igualmente em se materializar. Ele estava exausto e furioso com o visitante de Cingapura e, quando saiu da arrecadação de fundos naquele fim de semana e voltou para casa após a meia-noite, adormeceu assim que encostou a cabeça no travesseiro, com seu ronco reverberando pela casa. Pouco antes do alvorecer, sua esposa o acordou e disse algo surpreendente:

— Liu Yingque, eu quero o divórcio.

Ele esfregou os olhos e a encarou.

— O quê?

— Eu refleti a respeito disso a noite inteira e decidi que vai ser melhor se nos divorciarmos.

O chefe Liu finalmente entendeu do que ela estava falando. Ele se sentou na cama e estremeceu de frio quando a brisa noturna o atingiu como um balde de água gelada. Ele enrolou uma grande colcha vermelha nos ombros e ficou parecendo alguém que segura uma imensa bandeira ao vento. Sua mulher estava sentada em uma cadeira no meio do quarto, usando a mesma roupa de baixo cor da lua da noite anterior, além da regata cor-de-rosa que recentemente se tornara moda entre as mulheres da sede do condado. Sob o traje branco e rosa, sua pele era alva, macia e imaculada como jade branco, enquanto seu cabelo parecia ter sido pintado de preto. Embora fosse apenas sete anos mais nova que ele, ela parecia não ter nem 13 anos, bela e refinada. Sentada na cadeira, parecia uma garota coquete[5] em frente ao irmão muito mais velho.

— Merda! Isso é porque eu não tenho avivado você ultimamente?

— Não é nada disso. Além do mais, o avivamento não é só para mim.

— Você não encontraria uma professora da pré-escola disposta a se divorciar do chefe do condado em lugar nenhum.

— Eu quero o divórcio. Eu realmente quero.

Foi nesse momento que o chefe do município chegou ao prédio governamental onde o chefe Liu e a esposa moravam. Ele parou à porta, ficou ouvindo durante algum tempo e entrou no quarto, sorrindo. Então, parou ao lado do chefe Liu e perguntou:

— Garota, você esqueceu? Esqueceu que ele é o chefe do condado e você é casada com ele? Quando ele for comissário ou secretário do comitê do Partido para o distrito, você será esposa do comissário ou do secretário distrital do Partido e, se ele for promovido a governador ou secretário do comitê do Partido para a província, você vai ser a esposa do governador ou do secretário provincial do Partido.

Ela encarou o chefe do município com um sorriso desdenhoso no canto da boca e nos olhos.

— Ouça o que estou dizendo — acrescentou o chefe Liu. — Ao se casar comigo, você caiu em um ninho de riquezas e sua família queimará incenso por três gerações.

— Eu não quero gozar de riquezas — retrucou ela suavemente, mas com firmeza. — Eu não quero ser sua esposa.

— Quando eu me tornar tão famoso quanto Lênin, mesmo que você morra, alguém lhe dedicará uma placa e construirá um memorial. Você não entende?

— Eu só me interesso pelo que acontece enquanto estou viva. Não ligo a mínima para o que vai acontecer depois que eu morrer.

— Como seus pais puderam gerar alguém como você? — perguntou ele, após uma pausa.

— Chefe Liu, esqueça isso — interrompeu o chefe do município.

— Não discuta com ela. Ela é só uma mulher. Você deveria ir até a montanha dos Espíritos e ver se os empreiteiros colocaram jade de Hanbai na parede das latrinas outra vez.

— Eles que se fodam! — exclamou o chefe Liu. — Faça com que tirem.

— Que se fodam as oito gerações dos seus ancestrais — concordou o chefe do município. — Eles disseram que não vão obedecer a ninguém além do chefe do condado.

O chefe Liu chamou seu secretário.

— Vamos embora. Secretário Shi, mande o motorista trazer meu carro.

— Vá, vá — disse sua mulher. — Se puder, fique longe por dez dias ou duas semanas.

O chefe Liu deu uma risada fria.

— Na verdade, eu não vou voltar para esta casa durante um mês.

— Você deveria ficar longe por dois meses.

— Vou ficar longe por três.

— Se voltar, não merecerá ser chamado de ser humano.

— Se eu cruzar aquela porta em menos de três meses, você pode me considerar um bastardo e destruir o memorial que acabei de construir. Assim, quando trouxermos os restos mortais de Lênin, não vamos ser capazes de vender nem meio ingresso. Você poderá me ver vagueando pelas ruas, torrando quando o sol brilhar no inverno e congelando até a morte quando a neve cair no verão.

E, de fato, nevou naquele verão.

Quando pegaram a estrada, o motorista se queixou:

— Merda. Esse dia desgraçado está ficando cada vez mais frio e as janelas do carro estão cobertas de neve.

O chefe Liu e o chefe do município colocaram as mãos para fora, tentando pegar alguns flocos.

— O clima é assim aqui em Balou — observou o chefe do município. — Todo ano, neva um pouco durante o terceiro mês lunar e há uma grande nevasca a cada poucos anos.

— Isso é loucura — comentou o secretário Shi. — Não acredito.

— Secretário Shi — disse o chefe do município —, tudo o que eu disse é absolutamente verdadeiro e, se houver em minhas palavras a mais ligeira incorreção, que o sol de inverno me torre e a neve de verão me congele até a morte.

— Sério?

— Sério. Você já viu tâmaras vermelhas brotarem de um pessegueiro? Ou um homem com uma perna só correr mais rápido que outro com duas? Ou um cego que usa a audição para saber onde estão as coisas? Ou um surdo que, tocando as orelhas com os dedos, consegue ouvir tudo que é dito? Ou alguém que esteve morto por sete dias e enterrado durante quatro voltar à vida? Já viu algo assim? Ou uma gralha preta que choca filhotes que se parecem com pombas? Se não acredita nessas coisas, quando chegarmos a Avivada, eu lhe mostrarei e expandirei seus horizontes. Ok?

E acrescentou:

— Secretário Shi, esses são eventos comuns nas montanhas de Balou. Felizmente, você ainda é estudante universitário, porque eu realmente gostaria de cagar nos seus livros e mijar no seu quadro-negro. Depois de estudar tantos anos, você ganha mais que eu e dorme com mais mulheres, mas sequer sabe que, aqui em Balou, a temperatura pode cair para quatro ou cinco graus negativos no verão e chegar a trinta e quatro ou trinta e cinco graus no inverno. Você não concorda que eu deveria cagar nos seus livros e mijar no seu quadro-negro?

— Chefe, sua boca é uma latrina — comentou o secretário Shi.

— Pergunte ao chefe do condado se isso não é verdade.

Ambos se viraram para o chefe Liu e notaram que seu rosto tinha ficado roxo e que ele tremia da cabeça aos pés. Na sede do condado, normalmente usava apenas uma camisa, mas agora todo o seu corpo estava arrepiado. Ele abraçava os ombros e batia os dentes como um louco. Na frente do carro, a neve caía incessantemente e os limpadores de para-brisa tentavam manter os vidros limpos.

Toda a montanha estava coberta por uma camada imaculada de neve.

— Chefe Liu, você está com frio? — perguntou o chefe do município.

Ele estremeceu, mas não disse nada.

Para chegar à montanha dos Espíritos, eles tinham de atravessar as montanhas de Balou e pegar a estrada para Avivada. A base da montanha ficava a dezessete *li* da aldeia. O carro era velho e, no começo da viagem, eles baixaram todos os vidros, mas, mesmo assim, o suor escorria pelos seus corpos. O cheiro quente de trigo envolvia o carro e os camponeses ao lado da estrada desapareceram a caminho dos campos. Havia mais de cem *li* entre a sede do condado e as montanhas de Balou, e eles levaram mais de meio dia para cobrir essa distância, pois o motorista tinha medo de estourar um pneu se fosse rápido demais. Ao chegarem às montanhas de Balou, passaram por uma floresta de acácias-do-japão e aproveitaram a brisa. À medida que a temperatura baixava, contudo, o aroma de trigo se desvanecia. O cheiro de verão gradualmente se transformou no de outono e, quando começaram a subir a montanha, ficou realmente frio. Se os ocupantes do carro não tivessem mantido as portas e as janelas fechadas, teriam se sentido como se estivessem nos campos durante o auge do inverno.

— Está ficando cada vez mais frio — disse o motorista. — O que está acontecendo?

— Que se fodam oito gerações da sua família — respondeu o chefe do município. — O clima daqui é assim mesmo. No terceiro mês lunar, às vezes todos os pessegueiros ficam em flor, ao passo que, no meio do inverno, pode ficar terrivelmente quente.

— Que merda! — reclamou o motorista. — Se realmente está nevando, tenho de ligar os limpadores de para-brisa.

— Chefe Liu, você está com frio? — perguntou o secretário Shi.

— Por que se preocupar se ele está ou não com frio? — interrompeu o chefe do município. — Deixe que o calor o cozinhe e que o frio o congele até a morte.

— Eu não trouxe roupas — comentou o chefe Liu. — Se estiver frio assim em Avivada, onde conseguirei roupas quentes?

— Se vestir roupas pesadas — respondeu o chefe do município —, você vai torrar, mas, se ficar sem elas, vai congelar até a morte. Está nevando. Precisamos conseguir uma jaqueta forrada para você.

— Vamos parar na próxima aldeia — sugeriu o secretário Shi.

— Merda — disse o chefe Liu —, não consigo acreditar que ficou frio demais para mim.

Enquanto dizia isso, o carro parou em uma aldeia na encosta da montanha e estacionou diante de um moinho de trigo, onde eles pediram emprestado uma jaqueta e um casaco do Exército. Depois que o motorista guardou as roupas, eles continuaram subindo a montanha. Foi naquele dia de neve que conversaram com Jumei e suas três filhas nainhas e se encontraram com a Vovó Mao Zhi.

Eles chegaram à hospedaria de Avivada, onde passaram a noite. A neve enfim parou de cair.

A temperatura, contudo, permaneceu implacavelmente baixa. Quando acordaram na manhã seguinte, o céu ainda estava nublado e havia neve por toda parte. O chefe Liu não dormira bem. As estátuas dos bodisatvas, de lorde Guan e da dama Avivante, que ficavam no antigo templo budista, já não estavam mais lá. A construção com teto decorado havia sido dividida em três cômodos, usando-se duas partições. O chefe Liu dormira na parte norte, com uma cama só para ele. A cama tinha dois forros e duas colchas; assim, certamente era quente o bastante, mas ele não conseguira dormir. Em vez disso, tinha ficado pensando nas coisas que ocorreram dezoito anos antes, quando era professor de soc-escola, especialmente em uma mulher que tivera quadrigêmeas.

Ele achava que, se conseguisse trazer os restos mortais de Lênin e instalá-los na mont. dos Espíritos,[7] isso promoveria o turismo no condado e traria prosperidade para todo o distrito. Certamente seria promovido a vice-comissário ou vice-secretário do comitê distrital do Partido. Quando isso acontecesse, seria uma figura importante e nem mesmo o secretário do comitê distrital seria seu igual. Quatro quintos dos doze condados do distrito ou algo assim eram pobres, mas ele já decidira que, quando fosse vice-comissário ou vice-secretário distrital, ordenaria a construção de um memorial em todos os condados e os restos mortais de Lênin circulariam por eles, criando renda adicional e trazendo prosperidade. Também instituiria o Dia de Lênin. Nesse dia, exibiria o corpo na praça de Jiudu, a sede do distrito, e todos poderiam reverenciá-lo e compreendê-lo melhor. Todos que quisessem ler suas obras — juntamente com as de Marx, Engels e, é claro, Mao Zedong — poderiam se reunir. O chefe Liu ainda não decidira se os que reverenciavam Stálin e liam suas obras poderiam ou não visitar o corpo de Lênin, pois ouvira dizer que chineses e estrangeiros tinham opiniões distintas a esse respeito.

Ele havia pensado sobre muitas coisas durante a noite, enquanto ouvia o chefe do município e o secretário Shi roncarem no quarto ao lado como uma velha melodia *erhu*, a ponto de querer ir até lá e colocar meias sujas em suas bocas e algodão e sapatos velhos em seus narizes.

Mas, como era o chefe do condado, não tinha escolha senão simplesmente tolerar o barulho.

Assim, acordou cedo e saiu da cama.

O pátio do templo tinha meio *mu* e vários ciprestes antigos, um olmo jovem e dois tungues de meia-idade. O peso da neve havia feito com que os galhos e as folhas dos tungues se envergassem em direção ao chão. Também tinha derrubado os ninhos dos ciprestes e quebrado um galho, que caíra na base do muro. Dois filhotes eclodiram durante o verão, mas eles caíram e congelaram, transformando-se em pequenas bolas de gelo — somente os minúsculos bicos estavam de fora, como se tentassem sair de um ovo. O muro era de tijolos de argila e estava coberto por palha de milho. A palha havia secado e, uma a uma, caído no chão. Sob a influência dos elementos, várias partes do muro inevitavelmente começaram a desmoronar.

O chefe Liu colocou o casaco sobre os ombros e ficou parado à porta, olhando para o pátio.

Na rua, um aleijado que acabara de sair da cama tirava água do poço. Ele claudicava com o auxílio da muleta e, enquanto caminhava, a neve sob seus pés não fazia o som convencional, *ziza, ziza*. Em vez disso, o som da perna aleijada descendo era seguido pelo da outra perna se erguendo vigorosamente e então descendo sobre a neve. Essa alternância de baques leves e pesados tinha uma qualidade melódica e, para o chefe Liu, soava como se, a distância, um par de marretas de madeira, uma grande e outra menor, batessem alternadamente no chão. Quando o aleijado se afastou e tudo voltou a ficar em silêncio, o chefe Liu se virou e viu que, por trás das nuvens a leste, havia uma camada branca que poderia ter se dispersado, mas fora mantida no lugar pelas montanhas. Havia fissuras minúsculas entre as nuvens, permitindo que vários desses filamentos branco-prateados se infiltrassem como líquido.

O chefe Liu observou o líquido branco atentamente.

Ele se dispersava e voltava a se aglutinar como uma piscina de mercúrio, mas, gradualmente, foi encoberto pelas nuvens negras.

Enquanto o chefe Liu observava o líquido branco que desaparecia rapidamente, ele olhou de relance para o pátio outra vez e viu que, perto do muro do lado sul, havia uma pá enferrujada. Ele foi até lá, a retirou da neve e apoiou seu cabo em uma saliência do muro. Com a lâmina da pá pressionada no colarinho, mirou nas nuvens prateadas a leste e, enquanto mirava, o indicador direito cutucava seu peito como se ele estivesse pressionando um gatilho. Cada vez que apertava o gatilho, ele gritava *bang*, imitando o som de uma arma.

Preparar, apontar, *bang*!

Preparar, apontar, *bang*!

Preparar, apontar, *bang*!

Preparar, apontar, *bang*!

Enquanto gritava *bang*, as nuvens negras na frente do líquido branco começaram a se abrir, permitindo que o líquido se dispersasse em maior quantidade, formando uma pequena piscina.

Quando o chefe Liu ouviu o som do líquido branco gotejando das nuvens, seu rosto imediatamente ficou vermelho. Ele passou a atirar ainda mais rápido, sempre emitindo um minucioso[9] som de *bang*. Por fim, o sol reapareceu e o líquido branco-prateado se tornou amarelo-dourado, criando um mundo amarelo-dourado.

— Chefe Liu, o céu se abriu — comentou o secretário Shi, aproximando-se por trás e esfregando os olhos sonolentos. — Enquanto você atirava para leste, o céu se abriu e o sol saiu.

— Como o sol ousaria *não* sair? — questionou o chefe Liu, virando-se e sorrindo, feliz como um general que tivesse acabado de vencer uma batalha. — Venha até aqui, secretário Shi. Por que você não tenta?

O secretário Shi pegou a pá e, apoiando-a no muro do pátio, mirou no céu a leste e apertou o gatilho imaginário com o indicador direito, gritando *bang, bang, bang*. Mas, mesmo enquanto atirava e gritava, as nuvens voltaram ao meio do céu, cobrindo a maior parte da piscina amarelo-dourada e branco-prateada.

— Eu não consigo — disse o secretário Shi.

— Deixe o chefe do município tentar — sugeriu o chefe Liu.

O chefe do município saiu da latrina e rapidamente amarrou as calças. Então, também usou a pá como arma e mirou nas montanhas a leste. Ele atirou mais de dez vezes, no entanto, enquanto o fazia, as nuvens voltaram a se acumular e o líquido branco--prateado foi mais uma vez encoberto.

O céu estava cheio de nuvens negras.

Mesmo no pátio do templo, o ar ficou úmido e cheio de vapor.

O chefe Liu deu um tapinha no ombro do chefe do município e disse:

— Com seu talento, eu o nomearei secretário do Turismo depois que trouxermos o corpo de Lênin para cá.

Ele retomou a pá, mudou de posição e mirou, atirando três vezes. Como era de esperar, surgiu outra fissura nas nuvens.

Quando a arma disparava, as nuvens se dispersavam e, em pouco tempo, o sol surgiu novamente.

Ele atirou dez vezes e, sobre o cume da montanha mais a leste, surgiu uma esteira prateada.

Atirou mais umas dez vezes e surgiram várias esteiras douradas.

Atirou mais umas dez vezes e as esteiras prateadas e douradas cresceram até ficar do tamanho de um campo de trigo.

Num piscar de olhos, um céu azul reluzente surgiu por trás da montanha mais a leste e as nuvens negras que ainda não haviam se dispersado ficaram cobertas de esteiras prateadas e douradas. A neve brilhava ao sol. Os galhos das árvores se esticavam em todas as direções, prateados. Em todos os campos cobertos de neve que se estendiam pela cordilheira, havia hastes de milho espetadas, como espinhos no lençol branco que cobria o chão. O ar estava incomumente fresco e, quando se respirava fundo e se saboreava o ar, era possível sentir um gosto residual distinto na boca — mas esse gosto, embora inicialmente prazeroso, rapidamente se tornava nauseante.

Por toda a aldeia, ouvia-se o som de pessoas vomitando.

Depois de pararem de tossir, essas pessoas que tinham acabado de sair da cama bateram na testa.

— Ah, o céu se abriu — disseram os homens. — Ao menos agora poderemos fazer a colheita e salvar alguma coisa do desastre.

— Ah, o céu se abriu — disseram as mulheres. — Ao menos agora poderemos estender as cobertas mofadas para secar. Mesmo durante um desastre natural, não se pode deixar que as cobertas mofem.

— Ah, o céu se abriu — disseram as crianças. — Os próximos dias serão muito divertidos. Cada dia de neve é um dia em que podemos ficar na cama e não precisamos ir à escola. Ir à escola é pior que morrer de fome.

Algumas pessoas olharam para a hospedaria do templo e disseram:

— Ah, o chefe do condado chegou e o céu imediatamente se abriu. Até o tempo reconhece que ele não é como nós.

O chefe Liu ouviu todos esses comentários do outro lado do muro do pátio. Ele largou a pá e enfiou um punhado de neve na boca, que tinha ficado seca com todo o seu *bang, bang, bang*. Refletiu por um instante, virou-se para o chefe do município e perguntou:

— É normal nevar aqui no meio do verão?

— Houve uma nevasca assim antes dos três anos de desastres naturais — respondeu o chefe do município — e outra durante a década perdida, mas nenhuma tão grande quanto essa. Aquelas foram apenas neves ligeiras que derreteram assim que o sol saiu.

— Em outras palavras — interrompeu o secretário Shi —, essa nevasca de verão realmente foi um evento único no século?

— Porra — exclamou o chefe do município —, se esse incidente miraculoso não for digno da atenção da mídia, eu não sei o que seria.

— Quero contribuir para amenizar os danos do desastre — disse o chefe Liu ao chefe do município. — Por que você não vai até a montanha dos Espíritos e pega um pouco de jade de Hanbai da parede das latrinas? Faça com que sejam lavadas cuidadosamente e que a água da lavagem seja usada para preparar comida.

E sugeriu ao seu secretário:

— Por que você não volta para o município e insiste em que cada integrante do conselho doe dez yuans a Avivada? Eles devem doar mesmo que passem fome. Registre quanto o município doou e envie relatórios para as sedes do distrito e da província. Depois que o dinheiro for recebido, farei com que a aldeia organize um festival de avivamento[11] de sete dias, a fim de expressar gratidão ao governador.

Depois de terminar o café da manhã, o chefe do município foi para a montanha dos Espíritos.

O secretário Shi retornou à sede do condado.

O chefe Liu permaneceu em Avivada.

LEITURA COMPLEMENTAR

[1] *Fundo Lênin. Fundo destinado especificamente à compra do corpo de Lênin. Tornou-se o termo mais frequentemente usado quando Shuanghuai resolveu comprar seus restos mortais.*

[3] *Cabeça. Crânio.*

[5] *Coquete. Um pouco coquete.*

[7] *Mont. dos Espíritos. Abreviação de montanha dos Espíritos.*

[9] *Minucioso. Contínuo.*

[11] *Festival de avivamento. Grande festival realizado todos os anos após a colheita do trigo, sendo uma tradição única de Avivada.*

CAPÍTULO 5

O festival de avivamento do quinto mês
intercalar do ano wuyin *do Tigre*

A colheita estava quase terminada.

O período de andar com pressa estava quase terminado.

Afinal, ainda era verão. Quando o sol saía por alguns instantes, a neve derretia rapidamente, deixando o chão encharcado — a ponto de, ao se recolher um punhado de terra, metade ser água. E, justamente quando o sol era mais necessário, houve dias de neblina. Ela era tão espessa que o dia não era muito mais claro que a noite e, embora o chefe Liu continuasse apontando a pá para o céu todos os dias, ela continuava a envelopar tudo o que os olhos conseguiam ver. Diariamente, quando ninguém estava olhando, agachado no chão coberto de excrementos da latrina, ele apontava a pistola imaginária para a área onde o sol deveria estar e atirava várias vezes, mas a neblina continuava se aproximando inexoravelmente. No quinto dia, ele estava tão ansioso que pegou um rifle de verdade e atirou três vezes. As três balas atingiram o meio das nuvens e da neblina.

Como resultado, ela finalmente se dispersou.

O solo encharcado secou a ponto de ser possível caminhar sobre ele.

O trigo havia mofado. O sedimento era esverdeado e, quando as pessoas o comiam, vomitavam e tinham diarreia. As hastes também mofaram, ficando verdes e pretas e emitindo um odor fétido. O gado se recusava a comê-las, embora estivesse faminto. Naquele inverno, não haveria feno para o gado e nenhuma família teria grãos ou uma tigela de macarrão a cada três ou cinco dias. Não haveria farinha suficiente para o pão chato[1] consumido tradicionalmente no Ano-Novo. Tampouco haveria sementes para o plantio no outono.

Por toda a região, o ano foi realmente desastroso. No rosto dos aldeões não havia nenhum traço da felicidade que normalmente sentiriam após a colheita do trigo. No passado, a Vovó Mao Zhi organizaria um festival de três dias após a colheita. As famílias apagavam seu fogo e iam para o maior campo da aldeia, onde se reuniam para comer e beber por três dias inteiros. Nesse período, aleijados com apenas uma perna competiam com pessoas de duas pernas para ver quem corria mais rápido. Surdos demonstravam sua habilidade de repetir o que alguém dizia simplesmente tocando as orelhas e usando as mãos para sentir o som das palavras. Cegos competiam para ver quem tinha a audição mais aguçada, fazendo com que alguém derrubasse uma agulha sobre pedra, madeira ou terra e tentando determinar onde caíra. Também havia pessoas com apenas um braço que realizavam suas próprias competições.

O festival de três dias era como o Ano-Novo, e os jovens percorriam quilômetros para participar do evento. Durante as festividades, as pessoas se encontravam e, com frequência, homens de fora se casavam com mulheres deficientes da aldeia, ao passo que homens deficientes da aldeia se casavam com mulheres de fora. Mas, às vezes, ocorriam tragédias. Certa vez, por exemplo, um jovem atraente e não deficiente de outra aldeia foi assistir às festividades e notou uma jovem não muito atraente, mas que, embora fosse deficiente, conseguia bordar cerca de setenta a noventa flores num piscar de olhos. Ele sentiu que, se não se casasse com ela, simplesmente não seria capaz de continuar vivendo e tentou se matar quando seus pais se recusaram a aprovar a união. Em seguida, ela engravidou e teve um filho, deixando os pais do jovem sem alternativa senão reconhecer o novo membro da família. Também houve uma bela jovem que veio a Avivada para participar das festividades e conheceu um surdo que não apenas não havia perdido a habilidade de falar como também era capaz de compreender o que as outras pessoas diziam com base em suas expressões e no movimento de seus lábios.

— Sinto pena da mulher que se casar com você — disse a jovem.

— Por que você sentiria pena dela? — perguntou o surdo. — Eu lavarei seus pés, buscarei água, prepararei as refeições e a deixarei descansar em casa, em vez de trabalhar nos campos. Por que você sentiria pena dela?

— Suas palavras são mais belas que uma canção — comentou a jovem, rindo.

— Isso não é verdade — retrucou o surdo. — Você devia me ouvir cantar.

Ele baixou a voz e entoou uma canção de Balou.[3] A canção dizia assim:

Quando o sol desponta no inverno, o solo se aquece.
Duas pessoas se deitam ao sol.
O jovem corta as unhas da esposa,
E a esposa limpa as orelhas do marido.

Há um fazendeiro rico em uma aldeia a leste daqui,
Com pilhas de prata e ouro e uma casa com telhado.
Mas um dia ele bateu na esposa oito vezes.
Eu pergunto: quem tem uma vida amarga e quem tem uma vida doce?

A jovem não riu ao ouvir a canção. Em vez disso, refletiu por um tempo e, gentilmente, colocou a mão sobre a dele, perguntando se conseguia ouvi-la. Ele segurou sua mão e respondeu:

— Desde que a toque, não sou surdo, pois posso sentir o que você diz.

Ela retirou a mão e anunciou que tinha de voltar para casa e consultar os pais — e, mesmo que a família não concordasse com o casamento, voltaria à aldeia para se casar com ele.

Também houve um cego cujos olhos eram poços de escuridão, mas cujo coração era profundo e que podia roubar o coração de uma mulher com poucas palavras. Ele estava indo para o campo, a fim de ouvir o festival de avivamento, quando tropeçou em uma pedra e quase caiu. Felizmente, uma jovem de fora da aldeia estava lá para segurá-lo.

— Por que você me ajudou? — perguntou ele. — Por que não me deixou cair e morrer?

— Irmão, não seja assim. É sempre melhor viver que morrer.

— É fácil para você dizer isso. Você não apenas pode ver como também é muito bonita. É claro que, para *você*, é melhor viver.

Ela o encarou.

— Como você sabe que eu sou bonita?

— Justamente porque não posso ver, consigo ver tudo o que é belo no mundo, incluindo tudo o que é belo em você.

— Eu sou baixa e gorda.

— Posso ver que sua cintura é esbelta como um salgueiro.

— Você não pode ver. Eu sou escura e tisnada.

— Como não posso ver, consigo ver sua pele clara e macia, exatamente como a da minha irmã. Você é uma bela jovem.

— Você não pode ver e seus olhos são puros e limpos.

— Você pode ver e vê sujeira no mundo inteiro. Eu não posso ver e vejo tudo imaculado e puro. Não posso ver e estou sempre repetindo que deveriam me deixar cair e morrer. Mas não quero morrer. Você pode ver e, embora nunca tenha dito que deseja morrer, estou certo de que pensa na morte muitas vezes ao dia.

Não se sabe se a jovem realmente pensava na morte, mas, quando ele disse isso, seus olhos imediatamente se encheram de lágrimas.

— Irmão, eu o conduzirei até o campo para assistir ao festival de avivamento.

O cego estava prestes a lhe estender uma de suas bengalas, mas ficou com medo de que ela sujasse as mãos. Assim, decidiu manter a bengala que havia caído no chão para seu próprio uso e lhe entregou a que estava usando. Ela conseguia sentir o calor de sua mão sobre a bengala e as partes nas quais o uso constante havia amaciado a madeira.

Juntos, eles foram assistir ao festival de avivamento.

Depois, decidiram passar o resto da vida juntos. Tiveram um filho e uma filha, pois uma geração cria a seguinte.

Contudo, o festival de avivamento daquele ano não foi organizado pela Vovó Mao Zhi nem dedicado à celebração da colheita. Em vez disso, foi organizado pelo chefe Liu e dedicado à celebração de algo que ele mesmo preparava. Ele foi ver a Vovó Mao Zhi, que estava no pátio alimentando os cães como se fossem seus filhos. Os cães também eram deficientes — alguns eram cegos, alguns eram aleijados e outros haviam perdido todo o pelo e tinham os dorsos cobertos de sarna, parecendo a superfície irregular de um muro de barro. Também havia um cão que, por alguma razão, não tinha nem o rabo nem uma das orelhas. O pátio terminava em um penhasco e, do lado oposto, havia uma pequena construção. No lado sul, havia um casebre de palha que servia de cozinha e, no lado norte, dois buracos no chão que serviam como canis. Em frente aos buracos, havia um cocho para porcos, uma velha bacia, uma panela *wok* sem cabo e um pote de barro novinho, todos usados para alimentar os cães. Os cães não brigavam por comida como fazem os porcos e lambiam a pasta de milho que a Vovó Mao Zhi colocava em seus cochos, potes e *woks*. O pátio estava tomado pelo cheiro suave do milho maduro e pelo som dos cães comendo. Um dos vira-latas tinha mais de 20 anos, o que, em anos caninos, equivale a uns noventa. Era tão velho que já não conseguia mais se mover e, quando a Vovó Mao Zhi colocava meia tigela de mingau de milho à sua frente, ele permanecia deitado e, lentamente, estendia a língua até a tigela para lamber a comida.

Àquela altura, o sol já estava alto no céu e o pátio se encontrava completamente silencioso. Era possível ouvir os aldeões trabalhando e gritando com seus bois enquanto aravam os campos — suas vozes oscilavam como a música da canção de Balou "Pássaros voando". Enquanto ela alimentava os cães, ouviu a porta se abrir e, ao se virar, lá estava o chefe Liu.

Olhou para ele, virou-se novamente e continuou a alimentar os cães.

O chefe Liu permaneceu na porta, como se tivesse esperado por isso e não se sentisse constrangido. Ele observou a casa e a fileira de cães se alimentando. Os cães, por sua vez, o encaravam silenciosamente. Ele queria entrar, mas, ao ver os cães parados como se estivessem prontos para persegui-lo a uma ordem da Vovó Mao Zhi, decidiu esperar na porta.

De costas para o chefe Liu, ela perguntou:

— O que você quer?

O chefe Liu tentou avançar alguns passos ao responder:

— Você cuida de um bocado de cães.

— Você veio ver os meus cães?

— Eu vim oferecer ajuda.

— Então ajude.

— Nossos fundos de auxílio e reservas de grãos estão quase no fim. Quando choveu granizo no município de Lianshu, no ano retrasado, não fui até lá e não ofereci dinheiro nem grãos. No ano passado, houve uma seca no município de Zaoshu e toda a colheita foi perdida, mas eu não fui até lá, apenas enviei quarenta e cinco quilos de sementes para cada *mu* de terra. Mas este ano, quando nevou em Avivada no meio do verão e muitos tiveram de retirar o trigo de baixo da neve, eu vim avaliar a situação e distribuir pessoalmente dinheiro e grãos. É bem possível que, dessa maneira, vocês recebam mais trigo do que teriam se simplesmente o colhessem.

Ela despejou o restante da comida nas tigelas dos cães e disse:

— Nesse caso, agradeço em nome de toda a aldeia.

O chefe Liu olhou para as tamareiras. Elas haviam perdido todas as folhas durante a nevasca, mas, com o sol dos últimos dias, vários brotos surgiram, como se a primavera tivesse acabado de chegar.

— Não precisa agradecer. Você deve agradecer ao governo. Quero que você organize um festival de avivamento, como fazia no passado.

— Eu estou velha e não tenho mais energia para isso.

— Nesse caso, eu mesmo farei.

— Desde que seja capaz.

Ainda atrás da Vovó Mao Zhi, o chefe Liu começou a rir.

— Não se esqueça de que eu sou o chefe do condado.

Ela também riu e, sem se virar, replicou:

— Como eu poderia esquecer? Ainda me lembro de quando os superiores[5] me pediram para ser chefe do município e eu recusei. Você nem era nascido, muito menos professor de soc-escola na comuna de Boshuzi.

O chefe Liu não falou nada. Ficou mais algum tempo parado atrás dela, fungou com desdém e foi embora.

Na verdade, Avivada não tinha um quadro administrativo. De fato, não tinha um desde a Libertação e, em vez disso, era estruturada como uma grande família. Quase quarenta anos antes, no ano *renchen*, 1952, os membros da comuna tentaram se juntar a uma brigada maior, mas descobriram que nenhuma delas estava disposta a aceitar uma aldeia constituída por mais de duzentos deficientes. Foi sugerido que formassem sua própria brigada, mas não havia aldeões suficientes e eles seriam capazes de formar apenas uma pequena brigada de produção. No fim, não foram considerados nem uma brigada grande, nem uma pequena, sendo vistos meramente como uma aldeia em Boshuzi. Como todos foram atraídos ao município e ao condado pela Vovó Mao Zhi após a Libertação, era natural que ela se encarregasse de todos os assuntos. Era ela, por exemplo, a responsável por organizar reuniões, distribuir grãos, vender algodão e ajudar a repassar os anúncios políticos urgentes que vinham dos superiores. Quando dois vizinhos brigavam ou sogra e nora se desentendiam, ela resolvia as diferenças. Se não tivesse concordado em se estabelecer na aldeia, provavelmente já seria chefe do município ou do condado. Mas, como tudo que queria era passar seus dias em Avivada, naturalmente se tornou diretora.[7]

Se a aldeia organizasse um festival de avivamento em um campo de trigo, esperava-se que ela fosse a responsável. À exceção dos anos de fome, ela havia organizado o festival durante várias décadas e, de modo mais geral, era responsável por todas as atividades, grandes ou pequenas. Ela não era exatamente o que as pessoas chamariam de quadro administrativo — como chefe da aldeia, secretária da seção do Partido ou líder da brigada de produção —, uma vez que os aldeões, ao contrário das pessoas de outras cidades, não haviam selecionado um, e nem o município ou a comuna anteriores nem o atual governo municipal foram até lá para anunciar quem deveria fazer parte dele. Sempre que algo precisava ser feito, contudo, os superiores invariavelmente procuravam por ela. Vovó Mao Zhi analisava a solicitação e cuidava de algumas coisas ou declinava de outras em nome dos aldeões, fazendo com que os superiores fossem embora de mãos vazias. Sem ela, não havia ninguém para assumir a liderança.

Por exemplo, se as pessoas quisessem abrir uma estrada, erigir uma ponte sobre o riacho que corria no fundo do desfiladeiro, construir um reservatório ou limpar as ruas depois que folhas, galhos, chapéus ou sapatos de crianças tivessem caído — ou se alguém pulasse no poço em um momento de desespero, contaminando a água e tornando necessário esvaziá-lo e esfregá-lo por dentro —, ela assumia a responsabilidade, pois não havia mais ninguém para fazê-lo.

E, é claro, também havia o festival anual de avivamento.

Mas, naquele ano de fome, o festival acabou sendo organizado pelo próprio chefe Liu. Avivada era uma comunidade agitada. Quando o chefe Liu saiu da casa da Vovó Mao Zhi, ele já estava na aldeia havia nove dias. Em quatro deles, o tempo tinha ficado bom e muitas pessoas já haviam começado a plantar milho nos campos esburacados, mas, como tanto os declives quanto os campos planos absorveram água demais, era aconselhável deixá-los secando por vários dias antes de plantar. Quanto aos fundos para grãos que foram arrecadados na sede do condado, o secretário Shi retornaria com o relatório e algum dinheiro antes de a noite cair. É claro, seria necessário realizar um festival de avivamento para distribuí-lo entre as pessoas. O governo cuidava do povo, e o povo devia se lembrar da bondade do governo; era assim que as coisas funcionavam havia milhares de anos.

No fim, a Vovó Mao Zhi não apareceu para organizar o festival de avivamento. Mas, na verdade, o chefe Liu não quisera realmente que ela o organizasse, temendo que dissesse e fizesse coisas que deixariam todos confusos. Para o bem ou para o mal, contudo, ela estava com 71 anos e sobrevivera aos eventos do ano *bingzi*, 1936, e era a única na aldeia que estivera em Yan'an. Os superiores a viam como membro da geração que havia participado da Revolução e, portanto, como alguém que devia ser respeitado. Assim, o chefe Liu não havia tido escolha senão ir até lá e conversar com ela. Mas como Vovó Mao Zhi podia pensar que ele não conseguiria organizar um festival minúsculo?

Que piada!

Após visitá-la, o chefe Liu foi diretamente até a velha alfarrobeira no centro da aldeia e tocou o sino. O sol estava a pino e um grupo de aleijados se reunira na clareira perto da árvore para almoçar. Entre eles estavam um velho carpinteiro e vários homens mais jovens. À exceção de um sujeito sem uma perna, nenhum deles jamais havia usado muletas. Segurando tigelas de arroz, eles se levantaram para saudar o chefe Liu. Ergueram as tigelas e perguntaram, sorrindo:

— Chefe do condado, você já comeu?

— Já. E vocês?

— Terminamos agora. Por que você não vem até nossa casa e come alguma coisa?

— Não, obrigado. Vocês gostariam de participar de um festival de avivamento?

Os rostos dos aleijados mais jovens começaram a brilhar e eles disseram:

— Sim, é claro. Quem não gostaria? Estamos esperando que a Vovó Mao Zhi organize tudo.

O chefe Liu os encarou.

— Se ela não organizar, vocês não participarão?

— Se ela não organizar, quem o fará? — perguntou um jovem aleijado.

— Eu — respondeu o chefe Liu.

— O chefe do condado certamente tem senso de humor!

— Estou falando sério. Eu vou organizar o festival.

Os aleijados o encararam com assombro no olhar. Após estudá--lo cuidadosamente e perceberem que não estava brincando, todos se viraram. O aleijado mais velho contemplou o horizonte enquanto fazia sua refeição e disse:

— Chefe Liu, há cento e noventa e sete de nós aqui, dos quais trinta e cinco são cegos, quarenta e sete são surdos e trinta e três são aleijados, além de várias dezenas com braços ou dedos faltando ou um dedo a mais, crescimento atrofiado ou algum outro problema. O chefe do condado quer que passemos vergonha?

O chefe Liu empalideceu ligeiramente.

— Eu sei que você é carpinteiro — disse ele ao velho aleijado — e pode entalhar à velocidade da luz. Certamente não quero que passe vergonha. Eu sou o oficial responsável por vocês, o que significa que, de fato, sou seu pai. Todos os oitocentos e dez mil habitantes do condado são praticamente meus filhos e preciso cuidar para que cada um tenha o que comer e o que vestir. Cheguei aqui um dia depois da nevasca de verão, com fundos de auxílio e grãos. Amanhã, quero organizar um festival de avivamento durante o qual distribuirei tudo isso pessoalmente. Quem comparecer ao festival receberá grãos e dinheiro, possivelmente mais do que receberia em um ano normal. Quem não comparecer, no entanto, não receberá nada.

Todos o encararam.

O chefe Liu se afastou.

Foi embora antes que pudessem ver seu rosto. Só havia uma estrada na aldeia, que também era uma rua. O sol brilhava furiosamente e até mesmo as galinhas e os porcos tentavam se esconder na sombra dos muros. O chefe do condado era forte, mas baixo e gorducho, e sua sombra tinha apenas metade da sua altura. Essa sombra negra o seguia como uma bola silenciosa. Ele usava sandálias de couro que estalavam no chão e caminhava rapidamente e sem olhar para trás, como se estivesse irritado.

O sino da aldeia, preso a uma estrutura que lembrava uma roda de carroça, estava pendurado na alfarrobeira. A árvore era tão grossa quanto a cintura de um homem e, na altura da cabeça, havia um galho largo como um prato, no qual o sino estava pendurado. Como os aldeões temiam que o arame que prendia o sino cortasse o galho, eles o haviam forrado com solados de borracha. O chefe Liu viu não somente o sino mas também o forro de borracha. A velha alfarrobeira tinha um aroma de brotos frescos e a borracha cheirava a mofo. O sino, a borracha e o arame emitiam um odor metálico acre. Não é preciso dizer que o sino não era usado havia anos. A última vez que alguém o tinha tocado fora durante a campanha de distribuição de terras do ano *wuwu* do Cavalo, 1978. Quando os aldeões organizavam uma reunião, eles tocavam o sino para impor ordem, mas apenas se não tivessem uma trompa para soar. Em Avivada e nos municípios e condados vizinhos, contudo, todos se lembravam dos horários das reuniões e era muito raro que alguém tocasse o sino.

Mas era evidente que o chefe Liu pretendia tocá-lo, usando-o para reunir os aldeões. Ele caminhou até onde o sino estava pendurado e começou a procurar um tijolo para fazê-lo soar quando Macaco Perneta, que estivera comendo com o velho aleijado, agarrou a muleta e claudicou até lá.

— Chefe Liu! — gritou ele, de rosto vermelho.

O chefe Liu se virou.

— Não precisa tocar o sino. Eu vou de porta em porta para avisar a todos. No passado, sempre que havia um evento de qualquer natureza, era isso que a Vovó Mao Zhi me mandava fazer.

Tendo dito isso, ele agarrou a muleta e foi até a área cega da aldeia. Caminhava rapidamente, com a muleta do lado direito tocando levemente o solo quando o pé esquerdo se erguia. Enquanto esperava que o pé esquerdo descesse novamente, ele se apoiava na perna direita. Mais pulava que caminhava, porém era capaz de avançar tão rápido quanto qualquer inteiro. Logo, chegou à casa de um cego e atravessou o portão principal.

O chefe Liu estava bem atrás dele, encarando, atônito, seu modo de pular-correr, como se estivesse observando um veado ou um pequeno cavalo galopando pelo desfiladeiro da montanha.

Macaco Perneta notificou todas as casas.

— Ei, Cego Guia, amanhã de manhã haverá um festival de avivamento. O chefe do condado vai distribuir grãos e dinheiro. Quem não comparecer corre o risco de morrer de fome!

— Ei, Quarto Cego, amanhã haverá um festival de avivamento. Claro, se planeja morrer de fome na primavera, não precisa comparecer!

— Ei, Tia Aleijada, você não disse que queria ver o chefe do condado? Apareça para o festival de avivamento amanhã.

— Leitãozinho, por que você não corre para casa e diz aos seus pais que, ao amanhecer, começará um festival de avivamento de três dias?

No dia seguinte, quando o sol saiu e o céu adquiriu um brilho rosáceo, todos terminaram seus desjejuns e foram para o campo principal da aldeia. O tempo estava cálido e agradável e corria uma brisa suave. Os homens vestiam túnicas largas e as mulheres usavam blusas confortáveis. O campo era uma grande clareira, plana como a superfície de um lago. Originalmente, fora usado como campo coletivo de debulha, mas, quando a terra foi redistribuída, passara a ser usado como campo de debulha dos cegos e, sempre que havia um evento, todos tentavam incluí-los. Os cegos eram muito bem cuidados, como bebês que sempre recebem alguns goles a mais de leite do peito. Embora aquele fosse seu campo, a aldeia o usava quando um evento público exigia que todos se reunissem. Assim, o local era usado como espaço de reunião e palco para apresentações. Tinha um *mu* de área, limitado pela estrada, por outros dois campos e por uma barragem de três *chi* sobre a qual havia um declive esburacado.

O dono do declive tinha 53 anos. Ele só tinha um braço; o outro era apenas um toco. Mas, mesmo com apenas um braço, ainda era capaz de arar o campo, revolver o solo e até mesmo usar uma enxada para amaciar a terra. Quando as pessoas iam admirar as festividades, se não houvesse espaço no campo principal, elas subiam e se sentavam no declive. Ele tinha sido arado e carpido, mas, após ser pisoteado por três dias consecutivos, ficara achatado como uma panqueca. Após o festival de avivamento, o dono precisava novamente capinar e revirar o solo e, enquanto conduzia o boi para arar pela segunda vez, queixava-se com veemência das pessoas que haviam destruído o campo. Mas, mesmo enquanto vociferava, sorria abertamente.

Certa vez, alguém notou que, todos os anos, após a colheita, o homem de um braço só invariavelmente arava o campo com antecedência. Essa pessoa disse:

— Tio, o festival de avivamento ainda não chegou. Para que arar o solo agora, se ele será pisoteado até ficar duro outra vez?

Após olhar em torno para se assegurar de que ninguém estava ouvindo, ele riu baixinho e disse:

— Sobrinho, você não sabe de nada. Quando aro o campo e permito que seja pisoteado, toda a poeira dos sapatos e toda a sujeira dos corpos das pessoas vão diretamente para o solo, e isso faz com que seja desnecessário acrescentar qualquer fertilizante pelo resto do ano.

Naquele ano, o homem de um braço só novamente arou o declive. Inicialmente, ele imaginara que, em função da nevasca de verão, não haveria festival de avivamento, mas ficara sabendo que haveria um, organizado pelo próprio chefe do condado. Assim, foi o primeiro a chegar ao campo e os outros aldeões logo o seguiram. Eles levaram cadeiras, bancos e esteiras, e alguns avisaram aos seus parentes nas aldeias vizinhas, convidando-os a participar de toda aquela agitação. Também levaram bancos, a fim de reservar lugar para a família. Quando o sol chegou a três varas de altura, uma hora na qual todos normalmente estariam trabalhando, o campo estava lotado. Havia vigas amarradas com arame e apoiadas em pilhas de madeira, sobre as quais se assentavam tábuas cobertas com esteiras de junco, funcionando como um palco improvisado. O palco havia sido construído pelo Carpinteiro Coxo, que só tinha uma perna, com a ajuda de vários jovens. Eles haviam levado serras, martelos, machados e outras ferramentas, e o trabalho fora rapidamente concluído.

Os bancos em frente ao palco foram dispostos em fileiras organizadas.

Homens e mulheres das aldeias vizinhas foram convidados a entoar canções de Balou.

No passado, as trupes musicais chegavam a Avivada vários dias antes do festival, a fim de discutir o pagamento, mas, como naquele ano o festival estava sendo organizado pelo chefe Liu, as trupes musicais e de percussão não sabiam como se organizar ou a quem procurar. A notícia de que o chefe do condado organizaria pessoalmente o festival de avivamento se espalhou rapidamente pelas aldeias, como ocorre com cheiro de comida durante as refeições. Quando o sol nasceu naquela manhã, todo o desfiladeiro da montanha estava lotado de visitantes das aldeias vizinhas que queriam partilhar de toda aquela agitação. Quando o sol chegou à ponta da aldeia, uma grande multidão estava reunida no campo e o declive sobre a barragem estava repleto de gente. O homem de um braço só de 53 anos caminhava pelo campo gritando:

— Vocês estão pisoteando meu campo! Estão pisoteando meu campo! Eu acabei de arar o campo, mas, se soubesse que iam pisoteá-lo, não teria me dado a esse trabalho.

Mesmo enquanto se queixava, ele sorria abertamente. Quando viu parentes e conhecidos de outras aldeias que não tinham onde ficar, sugeriu:

— Por que não se sentam lá em cima no meu campo? Depois vou ará-lo novamente.

Como resultado, havia cada vez mais pessoas sentadas em seu campo.

Uma aleijada que trabalhava como farmacêutica da aldeia levou um fogareiro a carvão portátil para o campo e o usou para preparar um pote de ovos cozidos feitos no chá, cujo cheiro rapidamente se espalhou por toda parte.

Um surdo tostava amendoins na lateral do campo.

Alguém vendendo sementes de girassol montou uma barraca bem ao lado.

Uma mulher de uma aldeia vizinha cozinhava tiras de tofu. As tiras eram mergulhadas em óleo quente, escorridas em uma peneira e mergulhadas em água fervente. Embora o pote contivesse apenas água, e não óleo, e a água estivesse temperada apenas com sal, pimenta, anis e glutamato, as tiras de tofu eram tão perfumadas que o cheiro podia ser sentido a quilômetros de distância. Chegou um vendedor de balões, assim como um de apitos. Pessoas vendendo maçãs caramelizadas e peras cozidas. Alguém vendendo imagens de Buda e bonequinhos gordos de argila colocou uma tigela de água em cima de um banco alto e, quando as imagens e os bonequinhos eram mergulhados na água, adquiriam uma cor vermelha bem viva. Como a água estava quente, quando o vendedor tirou um bonequinho da água, seu pauzinho ficou todo esticado e um tênue fluxo de líquido saiu dele, como se um menino de verdade estivesse mijando no ar. Todos riram e alguém apareceu com dinheiro para comprar o menino gordo e a imagem de Buda que ainda estava na água. O campo era um turbilhão, com cada vez mais pessoas chegando a todo instante. Era como uma cerimônia do templo nas montanhas. Até mesmo vendedores de incenso e de papel-moeda estavam presentes.

As cerimônias de avivamento tipicamente organizadas pela Vovó Mao Zhi também tinham a intenção de celebrar a colheita do ano. Após trabalhar duro durante o ano inteiro, os aldeões tinham permissão para relaxar e se reunir durante três dias para comer e beber. Mas, naquele ano, a cerimônia tinha sido organizada pelo chefe do condado e, por isso, as pessoas invadiram o campo como uma maré cheia. Não apenas lotaram o campo do homem de um braço só no declive como também ocuparam as laterais.

O sol subiu mais uma vara no céu.

A trupe de percussão e os músicos estavam prontos no canto leste do palco.

Jumei e Mao Zhi não foram ao festival, mas as filhas de Jumei estavam espalhadas pelo campo. O sol estava causticante. Um homem havia tirado a camisa e a túnica e sua cabeça e suas costas, cobertas de suor, reluziam ao sol.

— Por que as coisas ainda não começaram? — perguntou alguém, impaciente.

— O chefe do condado e seu secretário ainda não chegaram — respondeu outra pessoa. — Como podemos começar sem eles?

Meio enlouquecidos pelo sol escaldante, até mesmo os bodes pastando nas montanhas distantes foram perturbados pelo tumulto e, surpresos, ficaram olhando para a multidão.

No céu azul-cobalto, havia alguns traços de nuvens. Elas eram brancas como algodão e o céu estava azul como uma poça d'água.

O mundo inteiro era um reservatório ilimitado de calma, e somente o campo, na entrada da aldeia, estava tumultuado. Era bastante agitado, mas, ao mesmo tempo, bastante solitário. Era como um pote de água fervente no meio de um campo de calmaria. As crianças que haviam subido nas árvores ao lado da estrada ficaram impacientes e começaram a sacudir os galhos, fazendo com que gravetos e folhas danificados pela neve caíssem no chão.

— O chefe do condado e seu secretário chegaram! — gritou alguém subitamente. — O chefe do condado e seu secretário chegaram!

A multidão se dividiu espontaneamente para abrir caminho. Os aleijados e as pessoas que não tinham braços ou pernas se amontoaram bem em frente ao palco. Os surdos e mudos se sentaram atrás dos aleijados. Os cegos, que podiam ouvir, mas não ver, e desse modo não competiam por espaço, simplesmente procuraram um canto protegido no qual pudessem ouvir as canções de Balou. Obviamente, os que realmente lotavam a frente do palco eram os velhos meio surdos. Como eram apenas parcialmente surdos e conseguiam ouvir sons altos, os aldeões os empurravam para a lateral do palco. Em Avivada, sempre houvera um estrito conjunto de regras ditando quem, em qualquer reunião, apresentação ou festival de avivamento, deveria ficar na frente e quem deveria ficar atrás.

Um cego se adiantou e algumas pessoas disseram:

— Já que não pode ver, por que precisa ficar na frente?

O cego riu e foi lá para o fundo.

A maioria dos mudos também era surda. Um surdo-mudo se aproximou da beira do palco, mas alguém perguntou:

— Já que não pode ouvir, por que precisa de um lugar tão bom?

O surdo-mudo cedeu seu lugar.

Para os surdos-mudos que ainda conseguiam ouvir alguma coisa, algumas pessoas gritavam:

— Terceiro Tio, se sentar aqui, você conseguirá ouvir.

Ou:

— Quarta Tia, se sentar aqui, você ficará perto dos músicos.

E, assim, todos os lugares foram distribuídos. É claro que todos os inteiros se sentavam na frente e, se chegassem cedo, conseguiam bons lugares. Ou enviavam os filhos para guardar lugar. Uma vez que um lugar estava reservado, não havia nada que alguém pudesse fazer. Entre os que pertenciam à mesma aldeia, todos se tratavam como se fossem da mesma família e, naturalmente, ninguém se queixava. Mas, quando as pessoas vinham de outras aldeias, compreendiam que aquele era o festival de Avivada, e não delas, e naturalmente se sentavam ou ficavam de pé nos anéis mais periféricos.

Na verdade, era possível ver e ouvir lá de longe, mas o problema é que esses espectadores ficavam mais perto dos vendedores e, consequentemente, tudo era muito esfumaçado. As crianças corriam em torno das barracas e entre as pernas das pessoas, dificultando a concentração nas apresentações das habilidades especiais[9] dos aldeões. Se as pessoas estivessem assistindo do nono anel ou além, as cabeças dos artistas pareceriam pontos negros em um campo de trigo no outono. Por outro lado, todo mundo havia comparecido em busca de alegria e, em geral, se contentava em ficar lá atrás.

O chefe Liu e seu secretário chegaram. A essa altura, o sol já estava sabe-se lá a quantas varas de altura no céu. Quando chegaram, sorriam abertamente e entraram no campo acompanhados por Macaco Perneta. A multidão se dividiu para abrir caminho. Os músicos arriaram as gaitas de junco, as flautas de bambu e as rabecas de três cordas. O chefe do condado e seu secretário receberam os melhores lugares da casa: duas cadeiras vermelhas com apenas alguns *cun* de altura. Eram feitas de bambu e haviam sido pintadas de vermelho, mas o ideograma matrimonial amarelo de "dupla felicidade" ainda era visível debaixo da tinta. É desnecessário dizer que as cadeiras eram parte do dote que os pais de alguma jovem haviam lhe dado quando ela se casara com um homem da aldeia, mas agora eram gloriosamente usadas pelo chefe do condado e seu secretário como assentos especiais.

O chefe Liu havia tirado o casaco do Exército vários dias antes e por baixo usava uma camisa branca de gola redonda enfiada na roupa de baixo. Ele tinha o rosto vermelho, o cabelo raspado dos lados e alto em cima e uma barriga ligeiramente protuberante. Seu cabelo estava pontilhado de cinza, de modo que, ao ficar mais velho, ele adquirira a aparência de um chefe de condado confiável, muito diferente dos outros camponeses da região das montanhas de Balou. Ao mesmo tempo, tampouco se parecia com aquelas figuras importantes de Jiudu ou da sede do condado que frequentavam restaurantes de luxo. Em vez disso, parecia um pouco rústico, embora, em comparação aos outros camponeses de Balou, na verdade fosse bastante ocidentalizado. Mas mesmo sua aparência ocidentalizada, comparada à de outros estrangeiros, era bastante rústica.

O que importava, é claro, não era quão provinciano ou cosmopolita era, mas sim o fato de que seu secretário era alto, magro e de pele clara, com uma camisa branca como a neve enfiada nas calças e cabelo preto e brilhante cuidadosamente dividido, como se fosse uma figura importante. Ser acompanhado por um secretário que poderia se passar por uma celebridade fazia crescer imensamente o prestígio do próprio chefe do condado. Assim, o chefe Liu caminhou de mãos vazias até a frente, enquanto o secretário seguia atrás, com um copo d'água. O copo fora originalmente um pote de vegetais em conserva, mas o chefe Liu era uma das únicas pessoas no festival a ter seu próprio copo e, por isso, caminhou de cabeça erguida enquanto o secretário olhava ao redor na altura dos olhos. As pessoas de Avivada e os visitantes que vieram para o festival não tinham escolha a não ser olhar para cima ao contemplá-los. Todos observaram enquanto passavam, e os gritos dos vendedores de ovos cozidos no chá, tiras de tofu e frutas caramelizadas silenciaram, e até mesmo as crianças pararam de correr. O campo ficou tão silencioso que o único som que se ouvia eram os músicos depositando os instrumentos no chão.

O festival de avivamento estava prestes a começar.

Primeiro, alguém tinha de falar. No passado, sempre fora a Vovó Mao Zhi. Ela poderia dizer, por exemplo:

— Na noite passada, um cachorro cego foi até a minha casa. Seus olhos foram arrancados, pobrezinho, e há pus vazando das órbitas vazias. Tenho de voltar para casa e cuidar dele, mas, enquanto isso, vocês podem cantar e assistir às apresentações. Ninguém tem permissão para trabalhar nos próximos três dias, tampouco para cozinhar e, se parentes vierem visitar, eles podem comer no festival de avivamento.

Ou poderia dizer:

— Não direi nada hoje. Vocês querem cantar canções de Balou ou de Xiangfu?[11]

Alguém gritava que deviam cantar uma canção de Balou e faziam exatamente isso. Se, em vez disso, alguém se levantasse e gritasse que queria ouvir canções de Xiangfu, eles cantavam primeiro essas.

Ou, alternativamente, ela poderia não subir ao palco, e simplesmente ficar ali de pé e dizer:

— Vamos começar!

Com isso, os músicos começariam a tocar rabeca e os artistas começariam a cantar. As apresentações que eram a marca registrada de Avivada ocorriam apenas após o evento principal.

Dessa vez, contudo, ela não apareceu. Em vez disso, Macaco Perneta caminhou até a frente, seguindo o caminho que tinha sido aberto pelo chefe Liu. Ao chegar à frente do campo, foi até a beira do palco de três *chi* de altura, jogou a muleta no chão e subiu, gritando:

— Deem as boas-vindas ao chefe do condado, que agora dirá algumas palavras!

E desceu do palco.

Quando Macaco Perneta estava de volta ao chão, cutucou o ombro de um surdo que observava o palco e puxou o banco em que estava sentado, a fim de usá-lo como degrau de palco.[13]

O chefe Liu usou o degrau para subir ao palco e, ficando de pé na área elevada no meio da plataforma, observou a multidão de camponeses que viera assistir ao festival. O reluzente sol amarelo refletia em suas cabeças, fazendo com que parecessem brilhar. As pessoas que estavam de pé no declive se inclinaram para a frente, prestando atenção. O chefe Liu estava prestes a começar a falar, mas, depois de abrir a boca, imediatamente voltou a fechá-la, dando-se conta de que as cento e tantas pessoas na plateia ainda não haviam aplaudido. Assim, em vez de falar, ele simplesmente esperou.

Talvez porque as pessoas de Avivada não participassem de reuniões com tanta frequência quanto as de fora ou porque aquela fosse a primeira vez que o chefe do condado organizava um festival de avivamento, elas não perceberam que, onde quer que o chefe do condado estivesse, antes que começasse a falar, as pessoas deviam irromper em aplausos, do mesmo modo que alguém deve levar a comida à mesa antes de começar a comer. Talvez hesitassem por não entender por que Vovó Mao Zhi não o acompanhara para dizer algumas palavras. Afinal, ela costumava ser a responsável por tudo aquilo, mas, por alguma razão, o completamente insignificante Macaco Perneta parecia estar assumindo tal responsabilidade. Como resultado, o chefe Liu e os aldeões se viram em um impasse, com o chefe esperando que eles aplaudissem e eles, por sua vez, esperando que o chefe Liu começasse a falar. O secretário Shi estava paralisado de confusão, observando o chefe do condado no palco e a multidão abaixo.

Um pardal voou sobre o campo, e o som de suas asas ecoou sobre a multidão.

O chefe Liu estava cada vez mais ansioso e pigarreou para lembrar à multidão o que era esperado dela.

A multidão ouviu claramente quando ele pigarreou, assumiu que estava prestes a falar e ficou ainda mais silenciosa. De fato, todos ficaram tão quietos que de um lado do campo era possível ouvir a água dos ovos ferver lá do outro lado. Enquanto o chefe Liu esperava no palco e a multidão permanecia congelada abaixo dele, parecia que o próprio tempo havia parado. O secretário Shi não sabia direito qual era o problema, mas caminhou até a frente do palco, ergueu o copo e sussurrou:

— Chefe Liu, você quer um pouco de água?

Ele não respondeu, mas seu rosto ficou ligeiramente esverdeado. Nesse momento, Macaco Perneta pulou para o palco e, sem dizer uma palavra, começou a aplaudir. Com isso, o secretário Shi percebeu o que estava errado e, subindo ao palco, também começou a aplaudir freneticamente, dizendo:

— Todos, por favor, palmas para o chefe do condado!

Assim como a chuva se segue às trovoadas, a multidão imediatamente caiu em si e começou a aplaudir entusiasticamente. De suaves a altos e de esparsos a intensos, os aplausos rapidamente se tornaram uma massa de som sólida. Enquanto o secretário Shi não parasse de aplaudir, naturalmente a multidão tampouco o faria. O secretário Shi continuou batendo palmas até que suas mãos ficaram vermelhas, assim como Macaco Perneta, e a multidão também aplaudiu até estar com as mãos em agonia. Os pardais nas árvores próximas ao campo se assustaram e voaram para longe, e os porcos e as galinhas da aldeia ficaram com tanto medo que correram para casa. Foi somente nesse instante que o rosto do chefe Liu começou a readquirir sua cor normal. Ele ergueu as mãos e fez um gesto pedindo a todos que parassem de aplaudir — e o secretário Shi parou.

O som de aplausos cessou abruptamente.

O chefe Liu avançou até a beira do palco e, embora seu rosto ainda apresentasse alguns traços de verde, a cor avermelhada original retornara quase por completo. Ele tossiu mais uma vez para pigarrear e disse, lentamente:

— Habitantes e anciões da aldeia, eu sou o chefe do condado Liu. A maioria de vocês nunca me viu antes e, assim, não os culpo.

Ao prosseguir, sua voz soou mais alta.

— Vocês tiveram uma nevasca quente aqui em Avivada, um desastre natural. Embora cada família tenha sido capaz de salvar parte da colheita, das cento e noventa e nove pessoas da aldeia, vinte e duas são cegas, quarenta e sete são surdas e cinquenta e tantas não têm um braço ou uma perna, sem mencionar as pouco mais de uma dúzia que são retardadas ou loucas. Os inteiros não representam mais que um sétimo da população, portanto a nevasca quente foi um desastre para vocês.

Ele fez uma pausa e encarou a multidão.

— Habitantes e anciões da aldeia. Temos oitocentos e dez mil pessoas em nosso condado e sou o oficial responsável por todos vocês. Desses oitocentos e dez mil cidadãos, todos, a despeito de seus sobrenomes serem Zhao, Li, Sun ou Wang, desde que tenham nascido no condado, são meus filhos. Eu sou o oficial responsável por todas essas oitocentos e dez mil pessoas. Não tolero ver uma única criança faminta, de onde quer que seja, e certamente não permitirei que meus filhos morram de fome.

Ele olhou para a multidão.

O secretário Shi também olhou para a multidão e, enquanto fazia isso, ele e Macaco Perneta começaram a aplaudir. A multidão novamente irrompeu em aplausos.

O chefe Liu fez um gesto para que parassem e disse:

— Decidi, diante da nevasca quente que causou grandes dificuldades a Avivada e considerando que a colheita de trigo foi devastada, compensar as famílias por suas perdas.

Ele olhou novamente para a multidão de cegos, surdos, aleijados e inválidos e, dessa vez, o secretário Shi não precisou aplaudir para que tivessem início aplausos ensurdecedores. As palmas continuaram indefinidamente, como chuva caindo no telhado, envolvendo toda a aldeia. Elas continuaram por tanto tempo que, por fim, as folhas das árvores caíram no chão. O chefe do condado observou o brilho rosado nos rostos da multidão e a expressão sombria que atormentara sua face desapareceu, deixando para trás um sorriso satisfeito.

— Por favor, não aplaudam. Se aplaudirem por tempo demais, machucarão as mãos. Para dizer a verdade, nenhum pai no mundo permitiria que os filhos morressem de fome. Sou pai de um condado inteiro e, enquanto tiver um único pão doce, todo mundo poderá comer um pedaço, e, enquanto tiver meia tigela de sopa, todos poderão tomar uma colherada. Não apenas distribuirei grãos como também quero que todos no condado que recebem salário peguem suas carteiras. Em alguns dias, farei com que alguém traga os grãos e distribua um pouco para cada família. Quanto ao dinheiro, meu secretário já o trouxe e dividiu. Após o festival, todos receberão mais de cinquenta yuans. Se sua família tiver duas pessoas, vocês receberão mais de cem yuans; se tiver três pessoas, mais de cento e cinquenta yuans; se tiver quatro pessoas, mais de duzentos yuans; se tiver sete ou oito pessoas...

Ele queria continuar calculando, mas a multidão novamente irrompeu em aplausos. Ele não apenas havia organizado um festival de avivamento como também distribuiria dinheiro e grãos. Macaco Perneta ficou de pé no lado esquerdo do palco com ambas as mãos sobre a cabeça, como se tentasse alcançar algo. Não era alto o bastante para ser visto e, normalmente, quando ficava de pé, apoiava-se na muleta de salgueiro encaixada na axila, jogando a maior parte do peso sobre ela. Mas agora que tentara endireitar o corpo, a muleta caíra no palco, deixando-o sem alternativa senão ficar de pé. Ninguém sabia que ele podia ficar sobre um pé só durante tanto tempo. Ele parecia disposto a ficar lá enquanto os aplausos continuassem, ao passo que a multidão parecia preparada para continuar aplaudindo entusiasticamente enquanto ele não caísse.

A essa altura, o sol estava quase no zênite. Os rostos de todos estavam corados, seus corpos estavam cobertos de suor e eles aplaudiam com tanta força que suas mãos começaram a inchar. O chefe Liu ficou profundamente comovido com os aplausos e gesticulou repetidas vezes para que a multidão parasse. Mas, quanto mais gesticulava, mais altos os aplausos se tornavam, até parecerem preencher o mundo inteiro, alternando-se entre palmas ritmadas e uma cacofonia profunda. O som ecoava pelo topo das montanhas e pelas laterais dos desfiladeiros, reverberando enquanto se dispersava cada vez mais. Era como se o festival de avivamento não tivesse sido organizado para os shows e as apresentações, mas sim pelo mero prazer de aplaudir. Uma sensação de felicidade percorreu o coração do chefe Liu como uma corrente de água fresca em um campo assolado pela seca. Ele se virou, pegou um dos bancos dos músicos, colocou-o na frente do palco e subiu nele. Gritando para o muro de aplausos, disse:

— Eu sei quem não está aplaudindo. Os que estão conduzindo os aplausos são todos da aldeia e os que não estão aplaudindo são todos de fora.

Ao gritar isso, os aplausos gradualmente morreram, pois todos se viraram para trás e os aldeões de Avivada olharam ao redor à procura das pessoas de outras aldeias. Imediatamente, o campo ficou em silêncio e instalou-se certa frieza no ar. Os de fora olharam para o chefe Liu e alguns tentaram se esconder atrás de outras pessoas ou de árvores, mas ele continuou sorrindo animadamente.

Ele desceu do banco e tomou vários goles do copo que o secretário Shi segurava. Em seguida, gritou com toda a força dos pulmões:

— Amigos de outras cidades e aldeias, vocês não deveriam achar que demonstro favoritismo simplesmente porque estou dando grãos e dinheiro aos aldeões de Avivada. Eu sei que, enquanto Avivada teve uma nevasca de verão, cada uma de suas cidades e aldeias também experimentou neve quente e, mesmo nos lugares onde não nevou, houve ventos fortes que afetaram a lavoura. Quero dar uma boa notícia a todos. Vocês sabem que irei até a Federação Russa para comprar os restos mortais de Lênin? Sabem que, na montanha dos Espíritos, criamos um parque florestal nacional e já começamos a construção do que será o Mausoléu de Lênin? Estou feliz em relatar que já arrecadamos parte do dinheiro necessário para a compra, e o governo do distrito concordou em duplicar os fundos que arrecadarmos. Se arrecadarmos dez milhões de yuans, o governo doará outros dez milhões, em um total de vinte milhões; se arrecadarmos cinquenta milhões, o governo doará outros cinquenta, em um total de cem milhões. Como Lênin era um líder mundial, a Rússia certamente não nos dará desconto. O preço ficará nos milhares de milhões e, consequentemente, pedi a todos no condado que doassem. Ouvi que um camponês vendeu seus porcos e galinhas e chegou a arrastar os caixões dos pais até o mercado para conseguir dinheiro. Algumas pessoas venderam as sementes que planejavam plantar no ano seguinte, enquanto outras casaram as filhas. Gostaria de oferecer minhas desculpas a todos da região das montanhas de Balou e a todos do condado. Eu falhei com vocês e com os oitocentos e dez mil habitantes do condado.

Enquanto falava, ele fez uma mesura formal e a multidão se tornou ainda mais solene.

— Que boa notícia tenho para relatar aqui? Estou feliz em dizer que já amealhei um valor considerável para o Fundo Lênin. Preciso apenas arrecadar outra grande soma para conseguir cinquenta milhões de yuans, os quais, combinados ao valor equivalente dado pelo governo, nos deixarão com cem milhões.

"Cem milhões de yuans: isso é mais dinheiro do que vocês conseguiriam carregar em uma canga de ombro ou mesmo em um carro de boi ou carruagem puxada a cavalo. Para carregar tanto dinheiro, precisariam de um caminhão Dongfeng, e eu pretendo dirigir esse caminhão de dinheiro até o país chamado Rússia e assinar um contrato para comprar o corpo de Lênin. Se não tiver dinheiro suficiente, posso dar um sinal e assinar uma promissória, trazendo os restos mortais de Lênin e depositando-os aqui no Mausoléu de Lênin em nossa montanha dos Espíritos. Prezados aldeões e anciões, quando chegar a hora, vocês terão mais turistas que formigas. Aqueles que vendem ovos cozidos no chá por vinte centavos poderão vendê-los por trinta ou cinquenta centavos ou mesmo um yuan ou mais. Se abrirem um pequeno restaurante de beira de estrada, descobrirão que jamais vão conseguir fechar as portas, pois os clientes chegarão em bandos, como estudantes recém-saídos da escola. Se quiserem abrir um hotel, descobrirão que, mesmo que os lençóis estejam sujos, o teto tenha infiltrações, o edredom seja recheado com palha, e não algodão, e o colchão esteja infestado de piolhos e pulgas, vocês não conseguirão manter os clientes longe, mesmo que quebrem suas pernas com um pedaço de pau.

"Estou dizendo que, após as calamidades deste ano, no ano que vem teremos dias celestiais. O sol nasce no leste, mas brilhará apenas em suas casas e quintais. As pessoas de outros condados podem ter montanhas, árvores e água, mas não têm o corpo de Lênin. Nem o sol nem a lua brilharão sobre eles.

"Tudo bem se não me aplaudirem hoje, mas, depois que eu trouxer o corpo de Lênin, será tarde demais para se prostrarem.

"Hoje, todos podem assistir ao festival de avivamento. Não direi mais nenhuma palavra e, em vez disso, ouvirei as canções de Balou com vocês. Elas servirão como minha abertura para o festival deste ano."

Assim que disse isso, o palco ficou completamente em silêncio.

Não por muito tempo, contudo — apenas o bastante para que uma folha caísse no chão, quando a multidão novamente irrompeu em aplausos desenfreados e os músicos no palco começaram a tocar seus tambores e gongos. Os músicos tocando flauta de cabaça e percussão olhavam para cima, ao passo que os que tocavam rabeca e bumbo olhavam para baixo e, ocasionalmente, voltavam os olhos para o céu, como se houvesse uma cena extraordinária lá em cima. Eles interpretaram *O voo dos pássaros para saudar a fênix*. A música parecia reproduzir o som de milhares de pássaros voando e cantando em uma floresta.

O sol brilhava, esquentando o campo e fazendo com que todo mundo suasse. O chefe Liu e seu secretário se sentaram nos assentos vermelhos de bambu em frente ao palco e, de vez em quando, usavam os lenços para secar o rosto. Macaco Perneta não tinha um assento e ficou de pé em um canto do palco, apoiado na muleta. Ele olhou em volta para tentar encontrar um leque para o chefe Liu e, ao fazê-lo, Huaihua, filha de Jumei, apareceu em uma saia rosada, com um sorriso que fazia seu rosto parecer uma flor. Ela carregava dois grandes leques de folhas de tifa e entregou um deles ao chefe Liu, e o outro, ao secretário. Macaco Perneta notou que, quando o secretário Shi aceitou o leque, ele sorriu e inclinou a cabeça para Huaihua, e ela também sorriu e inclinou a cabeça para ele, como se os dois se conhecessem há mais de cem anos.

Macaco Perneta se sentiu meio perdido, como se algo que fora de sua responsabilidade tivesse sido confiado a outra pessoa. Quando Huaihua passou perto dele, Macaco Perneta sibilou:

— Huaihua, você parece um fantasma.

Huaihua olhou para ele, chocada, cerrou os dentes e respondeu:

— Você acha que, só porque minha avó não está aqui, você é o novo oficial da aldeia?

Então eles se separaram. A apresentação de *O voo dos pássaros para saudar a fênix* estava quase no fim. Em seguida, houve um interlúdio musical que fez com que todos se aproximassem. A isso, seguiu-se o evento principal, com destaque para uma cantora chamada Cao'er, que se especializara em canções de Balou e fora convidada para o festival de Avivada especialmente para isso. Cao'er não era seu nome original, mas um nome artístico que havia adotado ainda na adolescência, após interpretar uma personagem chamada Cao'er em *Sete vezes ela olhou para trás*. A cantora Cao'er agora tinha 47 anos e, após interpretar *Sete vezes ela olhou para trás* durante 33 anos, tornara-se mais famosa em Balou que todos os chefes do condado juntos. Mas, independentemente de quão famosa era, ainda tinha de se reportar ao chefe Liu e, quando o secretário Shi disse que ele queria que ela se apresentasse em Avivada, nas montanhas de Balou, ela não tivera escolha senão concordar.

A animação do festival de avivamento daquele ano se devia, em grande parte, a ela.

O figurino da apresentação era o mesmo costumeiramente usado em ocasiões auspiciosas, enquanto o acompanhamento era feito pela trupe pessoal de Cao'er, que sempre viajava com ela. Quando ela chegou, a multidão imediatamente parou de aplaudir e todos olharam para cima — até mesmo os vendedores que tentavam empurrar suas mercadorias olharam para o palco. Nesse momento, as crianças, que esperavam pela oportunidade, roubaram alguns ovos cozidos no chá do pote e agarraram várias peneiras de tiras de tofu e maçãs caramelizadas no palito. O vendedor gritou:

— Vocês estão roubando minhas maçãs caramelizadas! Estão roubando minhas maçãs caramelizadas!

No fim, contudo, ele apenas gritou com as crianças e não ousou correr atrás delas, que fugiram rindo. Isso porque o espetáculo já havia começado, ninguém ligava para o fato de algo ter sido roubado e o vendedor tinha medo de deixar a barraca para correr atrás das crianças e, ao voltar, descobrir que o restante também fora roubado. Assim, não pôde prestar atenção ao espetáculo, pois vigiava cuidadosamente a barraca.

No palco, estavam apresentando *Sete vezes ela olhou para trás*, também conhecida como *O caminho das sombras intermediárias*.[15] A peça tratava de uma mulher inválida chamada Cao'er, que era paraplégica, cega, surda e muda e, embora tivesse sofrido tormentos inimagináveis durante a vida, após a morte tivera a oportunidade de se tornar uma inteira abençoada com uma bela voz. Ou seja, tivera a oportunidade de ir para o céu. Eram necessários sete dias para atravessar o caminho florido e relvado do mundo mortal até o paraíso e, desde que ela seguisse seu guia pelo caminho por sete dias, sem olhar para trás, seria capaz de se livrar daquele mar de amargura. Mas, durante esses sete dias, ela descobriu que não conseguia suportar a ideia de abandonar o marido cego, o filho surdo-mudo ou a filha paraplégica, nem os porcos, as galinhas, os gatos, os cavalos e os bois da família. Assim, olhava para trás a cada passo. Quando, no sétimo dia, por fim chegou aos portões do paraíso, acabou entrando pela porta errada e perdeu a chance de reencarnar. Como resultado, voltou à Terra novamente como uma mulher severamente deficiente.

Cao'er interpretava o papel da inválida chamada Cao'er, enquanto um homem que com frequência contracenava com ela interpretava o papel do monge superior que a conduzia ao paraíso. Um deles estava no mundo mortal, ajoelhado no altar fúnebre e cantando sutras budistas, enquanto o outro estava no mundo espectral, cantando à medida que avançava rumo ao paraíso. Enquanto caminhavam, eles conversavam e cantavam:

O monge superior canta:
Os bodisatvas e outros espíritos são misericordiosos
E protegem todos que tentam cruzar o mar de amargura.
Cao'er foi inválida durante a vida inteira
E deveria ser capaz de escapar deste mundo amargo e entrar no paraíso.

Você deve percorrer o caminho florido.
E avançar sem olhar para trás.
Este foi o primeiro dos sete dias,
Mas daqui a sete dias você cruzará o caminho sombrio.

Cao'er canta:
A fragrância do caminho ensolarado invade minhas narinas,
Um aroma azul.
Confortavelmente sigo em frente,
Mas meu marido chora diante do caixão.
Enquanto sinto cheiro de flores e relva,
Ele sente cheiro de incenso.
Dirijo-me ao paraíso para conhecer a felicidade,
Como posso deixá-lo, cego, para cuidar de nossos filhos?
(Olha para trás) — *Ó meu marido!*

O monge superior canta:
Cao'er, você pode ouvir claramente enquanto percorre o caminho sombrio.
Hoje já é o segundo dia da primeira semana.
As flores e a relva são tão perfumadas quanto antes,
E mesmo assim você olha para trás.

Cao'er canta:
O sol nasce no segundo dia da primeira semana.
O sol parece ouro e a lua parece prata.
O lado esquerdo da estrada está repleto das flores vermelhas dos
[pessegueiros,
E o direito está repleto das flores recém-desabrochadas das pereiras.
Esta é a estrada vermelha e branca para o paraíso,
Mas meu filho surdo-mudo não terá uma mãe para cuidar dele.
Como sua mãe, como posso seguir adiante?
Ao ver meu filho órfão,
Só posso me perguntar quem fará sinais quando ele não puder ouvir,
E quem falará por ele quando ele não puder fazê-lo?
Enquanto ainda são pequenos, quem fará suas roupas?
E, quando crescerem, quem arranjará seus casamentos?
(Pausa e olha para trás) — *Meu filho!*

O monge superior canta:

Hoje é o terceiro dia no caminho sombrio.
Cao'er, ouça cuidadosamente ao longo da estrada,
O caminho florido e relvado para o paraíso.
Após sete dias, você entrará no paraíso.
Enquanto isso, há romãs doces para matar sua sede.
E grãos de trigo fritos para matar sua fome.
Nos últimos três dias, você aproveitou como se fosse Ano-Novo.
Mas, se olhar para trás, não poderá cruzar os portões do paraíso.
Lembre-se, lembre-se:
Seu destino está em suas mãos.

Cao'er canta:

Todo dia que passo no caminho sombrio,
É como o primeiro dia do novo ano.
Nuvens brancas, céus azuis e sol dourado,
Mas minha filha sofre para caminhar com suas pernas aleijadas.
Se suas roupas se rasgarem, quem as remendará?
Quando for a hora de comer, quem trará os hashis?
Grito para minha filha:
Você está chorando em frente ao caixão de sua mãe.
(Olha para trás e diz) — *Ó minha filha!*

O monge superior canta com urgência:

Cao'er, Cao'er, você ouviu com clareza,
Dos sete dias, já usou três,
E o quarto já se vai pelo meio.
Quando olha para trás, não há terra firme nem luz,
Viva, você não tinha pernas com que caminhar,
Mas no caminho sombrio pode andar como o vento.
Viva, só via um manto de escuridão,
Mas nas sombras pode ver um manto de luz.
Viva, não podia ouvir o trovão,
Mas nas sombras pode ouvir um alfinete cair.

Viva, abria a boca e nada dizia.
Nas sombras, abre a boca e surge uma bela canção.
Lembre-se, lembre-se, lembre-se,
Se olhar para trás, verá um mar de infinita amargura e eterno remorso
Como relva sem raízes,
Como árvore sem tronco,
Como brotos de arroz sem água,
Como um rio sem margem, sem movimento e sem umidade.
Se olhar para trás, verá infinita amargura e eterno remorso.
Se continuar, encontrará profundo mar de boa fortuna.
Pense cuidadosamente antes de agir,
E não deixe que essa oportunidade se perca nas sombras.

Cao'er canta:
Alternando entre vaguear e seguir em frente,
Alternando entre nuvens de chuva e céu claro,
Alternando entre perfume floral
E amargas lágrimas de exaustão.
Quando chegar ao paraíso, serei tão abençoada quanto o mar do leste?
Se retornar ao mundo mortal, experimentarei um mar de eterna amargura
e meus punhos ficarão molhados de lágrimas?
Vagueio e vagueio e vagueio um pouco mais.
Sigo em frente e volto para trás, meu coração não sossega.
Se as roupas de meu marido ficarem sujas, quem as lavará?
Se meus filhos ficarem com fome, quem lhes dará macarrão?
Quando os porcos entrarem no chiqueiro, quem fechará o portão?
Quem dará comida às galinhas?
Quem dará lavagem aos patos?
Quem cortará feno para os bois?
Quem dará aveia aos cavalos?
Quem dará água ao gato?
Quem cortará o pelo sujo do cão? Quem varrerá o pátio no outono?
Quem cuidará da casa nos agitados meses de verão?

Ah, minha casa, minha casa, minha casa,
Como posso gozar sozinha de minha fortuna e abandonar minha casa?
(Olha para trás e diz) — *Minha casa, minha doce casa!*

O monge superior canta:

Você seguirá pelo caminho sombrio por sete dias.
Neste quinto dia, garoa.
Você não deve perder essa oportunidade.
Se olhar para trás novamente, perderá essa oportunidade.
Os portões do paraíso se fecharão à sua frente.

Cao'er canta:

As flores já não estão tão perfumadas,
A relva já não é mais verde.
Se olhar para trás e hesitar, perderei essa oportunidade.
Após refletir, não posso me permitir olhar para trás.

O monge superior canta:

Cinco dias já se passaram e este é o sexto.
Ontem você não olhou para trás e hoje a chuva e o vento cessarão e o sol
                                                    [sairá outra vez.
A relva ainda é verde como antes.
E as flores ainda são perfumadas.
Os bodisatvas e outros espíritos já estão nos portões, esperando para
                                                    [recebê-la.
Os portões do paraíso emitem um feixe de luz em sua direção.

Cao'er canta:

Seis dias já se passaram.
Quando o sol se puser, deixará um brilho rosado.
Hesito em seguir adiante.
Debato-me se olho ou não para trás.

O monge superior canta:
O sétimo dia já está sobre nós.
As nuvens purpúreas e a aurora rosada.
Os portões do paraíso estão bem abertos.
Cao'er, você deve seguir em frente.
Se seguir em frente, será afortunada como o eterno mar do leste.
Mas, se retroceder, sofrerá um mar de eterna amargura.

Cao'er canta:
O sol do sétimo dia já está sobre nós.
Nuvens purpúreas e aurora rosada.
Os portões do paraíso estão abertos.
E não tenho pensamentos sombrios.
Se seguir em frente, serei afortunada como o eterno mar do leste.
Se retroceder, sofrerei um mar de infinita amargura.
Já posso ver os bodisatvas sorridentes de pé no portão.
O portão para o paraíso está belamente iluminado.
A estrada dourada é ampla,
E os muros prateados são brilhantes.
Já posso ver vários espíritos de pé ao lado do bodisatva.
Com suas mangas longas, seus cintos largos e suas expressões
                                        [benevolentes.
Jovens felizes me recebem com covinhas em seus rostos,
e riem as garotas de longas tranças, belas como jade.
Se avançar, lá está a estrada para o paraíso.
Mas, se recuar, lá está a estrada para o inferno.
Se avançar, lá está o portão para o paraíso,
Mas, se recuar, lá estão as profundezas do inferno.
Se avançar, lá está a felicidade eterna,
Mas se... Mas se...
Mas como posso suportar ver meu marido cego entrar na cozinha
Cuidando sozinho do plantio da primavera e da colheita do outono?
Fazendo a colheita sozinho,
Lágrimas escorrendo pelo rosto enquanto corta as vagens.

Quem o ajudará a afiar a foice?
Quem o ajudará a lavar a roupa?
Como posso suportar, como posso suportar?
Como posso suportar ver meu filho surdo-mudo caminhando sozinho
[pela rua,
Querendo pedir informações, mas não tendo voz?
Quando outras pessoas falam com ele, ele meramente as encara, confuso.
Como posso suportar? Como posso suportar?
Como posso suportar ver minha filha paralisada na cama?
Tentando se arrastar para a frente,
Quando tenta fechar a gaiola das galinhas, é incapaz de andar até ela.
Quando tenta alimentar os porcos, é incapaz de erguer meio balde de
[sobras.
Quando tenta alimentar o cavalo, é incapaz de cortar o feno,
Quando tenta conduzir o cavalo, não consegue desamarrar as rédeas,
Quando o cão está faminto, tudo o que ela pode fazer é ficar na porta,
E, quando o gato se perde, ela simplesmente chora.
Minha casa, minha doce casa!
Embora esse casebre de palha esteja em ruínas e decrépito,
Ainda é minha casa.
O galinheiro e o chiqueiro também são minha casa.
Como poderia esquecer? Não ouso esquecer.
O mudo, a aleijada e o surdo-mudo ainda são minha família.
Sou a mulher de meu marido e a mãe de meus filhos.
Qualquer que seja a fortuna oferecida pelo paraíso, não seria capaz
[de aproveitá-la.
As estradas são pavimentadas com ouro e prata, mas não consigo ver
[seu brilho.
Dificuldades e labutas voluntariamente avivarei.
O infinito mar de amargura é meu destino.
(Ela se vira e grita)
— Ó meu marido, meus filhos, meu gado, meu cavalo, meus porcos,
[bodes e galinhas!

Leitura complementar

[1] **Pão chato.** Bolinho, mas, como é achatado, eles o chamam de "pão chato".

[3] **Canções de Balou.** Espécie de teatro popular das montanhas de Balou. São um híbrido entre a ópera de Henan e o drama, porém com mais ênfase na canção que na interpretação. Desse modo, não se prestam a ser interpretadas por grandes grupos.

[5] **Superiores.** Agências e organizações de nível hierárquico superior. Essas agências e organizações são chamadas de superiores pelos aldeões de Avivada, na região das montanhas de Balou e mesmo em toda a província, suscitando reverência entre as pessoas comuns.

[7] **Diretores.** É assim que os aldeões chamam os membros do quadro administrativo da aldeia ou as pessoas que usam a autoridade desse quadro para resolver problemas.

[9] **Habilidades especiais.** Técnicas especiais. Os aldeões de Avivada e da região das montanhas de Balou se referem à técnica como uma espécie de habilidade. Técnica mista, assim, torna-se habilidade mista, enquanto técnica artística se torna habilidade artística. Técnicas especiais, coerentemente, são na verdade uma espécie de atividade especial praticada por aqueles que possuem habilidades incomuns.

[11] **Canções de Xiangfu.** Um antecedente da ópera de Henan. Originalmente, as canções se desenvolveram no município de Xiangfu, província de Henan, e, portanto, são chamadas de "canções de Xiangfu".

[13] **Degrau de palco.** Escada de palco.

[15] **Sombras intermediárias.** Refere-se à lendária região entre luz e sombras. Após passar pelas sombras intermediárias, chega-se à região sombria.

CAPÍTULO 7

*Cao'er parte e o afeto das pessoas
se volta para o chefe Liu*

O chefe Liu se sentia estranhamente furioso.

Quando Cao'er terminou de cantar *Sete vezes ela olhou para trás*, sua voz soava completamente rouca. A Cao'er real havia soluçado ao cantar, encharcando dois lenços com lágrimas, mas a Cao'er fictícia tinha passado a vida como cega, aleijada e surda-muda. Teria sido muito fácil para ela simplesmente morrer e ir para o paraíso, mas, no fim, ela não conseguira suportar a ideia de abandonar a vida mortal e, quando chegou aos portões de ouro e prata do paraíso, olhara para o mundo mortal, resolvendo retomar a antiga vida de amarga labuta. Como esse espetáculo não levaria os aldeões deficientes às lágrimas? Quando Cao'er terminou de cantar, a multidão era uma confusão chorosa e todos — cegos, surdos, aleijados e outros — soluçavam inconsolavelmente. Ainda chorando, a plateia aplaudiu de forma estrondosa quando Cao'er ficou de pé na frente do palco para os agradecimentos finais.

Os aplausos foram muito mais altos que os que se seguiram ao discurso de abertura do chefe do condado e muito mais longos que o cabo de uma enxada. Cao'er desceu do palco e caminhou até o chefe Liu para cumprimentá-lo. Ela despira o figurino do espetáculo e vestira roupas normais, mas, mesmo assim, viu-se cercada de pessoas aplaudindo. Isso fez com que o chefe Liu se sentisse meio desavivado.[1]

Estava certo de que os aplausos para ele não haviam sido tão longos nem tão altos. Contudo, não era um fracote nem um perdedor. Assim, ficou de pé em frente ao palco e gritou:

— Caros compatriotas, meus caros compatriotas! Vocês sofreram um desastre natural. Agora todos devem formar uma fila e eu darei a cada um cinquenta e um yuans. Venham pegar o dinheiro!

Era verdade que cinquenta e um yuans eram mais que cinquenta yuans. Ele entregou pessoalmente a cada morador do município a verba de "mais de cinquenta" yuans: uma nota de cinquenta yuans e uma nota de um yuan. Sentou-se a uma mesa e entregou o dinheiro aos chefes dos domicílios. Se a família tivesse dois membros, ele entregava uma nota de cem yuans e duas notas de um yuan; se tivesse cinco, duas notas de cem yuans, uma nota de cinquenta yuans e cinco notas de um yuan. No total, havia o bastante para que cada um recebesse exatamente cinquenta e um yuans.

O campo estava muito agitado. Os de fora com família na aldeia acompanhavam os parentes para comer vegetais cozidos do ensopado coletivo e os que não tinham parentes na aldeia compravam comida dos vendedores locais. Os que terminavam de almoçar se preparavam para ver os aldeões apresentarem suas especialidades. Essas apresentações, contudo, tiveram um fim diferente da canção de Balou *Sete vezes ela olhou para trás*. Em vez de chorarem, as pessoas gargalharam e ficaram boquiabertas. Por exemplo, quase fora da aldeia, havia alguém que perdera um olho e tinha de ver o mundo apenas com o outro. Mas, se você colocasse cinco agulhas enfileiradas, ele conseguia passar a linha por todas elas em uma única tentativa. É claro, os que não conseguiam passar linha pelo buraco de uma agulha simplesmente riam, enquanto as mulheres e as garotas encaravam atônitas. Também havia Macaco Perneta — também conhecido como Macaco de Uma Perna Só e Uma Perna —, que seguia o chefe Liu como uma sombra. Ele ousava correr contra os mais rápidos homens de duas pernas da aldeia e, desde que tivesse uma boa muleta, sempre ganhava. E também havia Mulher Paraplégica, que podia bordar ambos os lados de um tecido com imagens idênticas de um gato, um cão ou um pardal. Isso era conhecido como bordado dupla face e ela podia bordar até mesmo em uma folha de árvore — desde que fosse grande, como a de um álamo ou tungue.

Essas apresentações de habilidades especiais eram conhecidas em toda a região de Balou.

Ao distribuir o fundo de auxílio para os aldeões, o chefe Liu entregava o dinheiro aos inteiros sem fazer perguntas, mas, se a pessoa fosse deficiente, indagava:

— Que espécie de habilidade especial você pode apresentar?

A pessoa sorria e, em vez de especificar sua habilidade especial, dizia:

— Chefe Liu, por favor, faça com que Cao'er cante outra ópera dramática.

O rosto dele endurecia de desprazer.

Um cego de meia-idade se aproximou. Apalpou cuidadosamente o dinheiro que o chefe Liu lhe entregara e o ergueu no ar, segurando-o cegamente contra o sol.

— Fique tranquilo — disse o chefe Liu. — Como é que eu, o chefe do condado, usaria dinheiro falso?

O cego riu e pegou o dinheiro, implorando:

— Cao'er canta tão agradavelmente bem, por favor, peça a ela que faça um bis.

— O que é mais importante, dinheiro ou ópera?

— Se convencê-la a cantar de novo, ficarei perfeitamente satisfeito em devolver o dinheiro.

Era quase como se o chefe Liu não tivesse lhe dado dinheiro para ajudá-lo a sobreviver à fome da primavera, mas meramente um punhado de cédulas novas.

Mulher Paraplégica, a bordadeira, foi até o centro da aldeia para receber o fundo de auxílio para a família. Ela se sentou em uma tábua com rodas e, cada vez que se arrastava para a frente, as rodas rangiam.

— Você precisa lubrificar essas rodas — aconselhou o chefe Liu.

— Já exauri minhas lágrimas — retrucou ela. — Por favor, faça com que Cao'er cante outra canção.

— Para a segunda parte do espetáculo, por que você não apresenta sua especialidade de bordar em uma folha?

— Depois de ouvir Cao'er cantar, quem suportaria me ver bordar?

Ela aceitou duzentos e cinquenta e cinco yuans em fundos de auxílio para a família de cinco pessoas. Ao aceitar o dinheiro, não disse uma palavra — não agradeceu ao governo nem curvou a cabeça —, simplesmente ficou olhando com reverência para a direção que Cao'er tomara ao se afastar.

O chefe Liu ficou furioso.

Ele chamou Cao'er e disse:

— Você interpretou muito bem, mas agora está competindo comigo pelos holofotes.

Desse modo, entregou a ela uma nota de cem yuans e disse:

— Parta agora mesmo e conseguirá sair das montanhas de Balou antes do anoitecer.

Cao'er o encarou, confusa, e perguntou:

— Chefe Liu, eu não cantei com paixão suficiente?

— Vá agora — reforçou ele com determinação.

Cao'er afastou o dinheiro que ele oferecia e disse:

— Se não cantei bem o bastante, para o bis, interpretarei *A injustiça feita a Dou E*.

— Você vai embora ou não? — perguntou ele calmamente. — Se não for, eu vou. Você pode ficar e ajudar essas pessoas e, no ano que vem, se elas não tiverem grãos, mandarei chamar você.

Cao'er olhou para o secretário Shi, de pé ao lado do chefe Liu, e notou que ele meneava a cabeça discretamente. Assim, guardou o figurino que havia usado durante o espetáculo e foi embora, seguida de perto pelos músicos. Nesse momento, o sol estava a pino, cobrindo as montanhas com uma aura dourada. No meio do palco, incontáveis grãos de poeira voavam como estrelas minúsculas. Depois que Cao'er partiu, todos voltaram a atenção para o chefe Liu, que voltou a distribuir dinheiro. Cada vez que o chefe de um domicílio se aproximava, Macaco Perneta registrava o nome em um livrinho e, se ele relatasse haver três pessoas em sua casa, o secretário Shi entregava ao chefe Liu cento e cinquenta e três yuans.

— Sei que não é muito dinheiro — dizia o chefe Liu. — Por favor, aceite-o como um gesto de boa vontade do condado. Juntamente com os grãos, sua família será capaz de sobreviver ao inverno e à fome da primavera.

Após pegar o dinheiro, a pessoa olhava agradecida para o chefe Liu ou dizia algumas palavras de agradecimento e ele corava em resposta. Alguns dos mais velhos, com 60 ou 70 anos, aceitavam o dinheiro e curvavam o corpo inteiro, fazendo com que ele ruborizasse como uma flor prestes a desabrochar, vermelho como folhas de caqui no outono. Mas havia apenas quarenta e tantos domicílios em Avivada e, antes de Cao'er ir embora, ele já distribuíra dinheiro para cerca da metade. Portanto, o constrangimento da cor de folhas de caqui em seu rosto não durou muito.

A essa altura, algumas pessoas haviam terminado o almoço e retornavam ao campo. Os bancos altos e baixos originalmente arrumados no campo foram devolvidos às suas posições originais, e os tijolos e as pedras que haviam sido usados como assentos foram devolvidos aos locais de origem. A primeira pessoa a retornar ao campo, contudo, sub-repticiamente rearranjou os assentos, levando os mais baixos para o terreno mais alto e colocando os mais altos no meio do campo. Quanto aos visitantes que não tinham parentes na aldeia, após comprarem lanches nas barracas de comida na beira do campo, também retornaram aos seus lugares.

Eles esperavam para assistir à segunda parte do festival de avivamento.

O chefe Liu ainda não tinha almoçado. Após ele ter distribuído dinheiro, os aldeões naturalmente lhe prepararam vários pratos, incluindo frango ensopado, ovos mexidos e cebolinhas fritas, juntamente com ave de caça e lebre fresca, que viera sabe-se lá de onde. Todos esses pratos foram colocados em uma mesa em um dos quartos da hospedaria do templo. Originalmente, os pratos foram preparados também para Cao'er e os músicos, mas agora a mesa inteira era apenas para ele e o secretário. O chefe do condado lavou o rosto e as mãos, e o secretário Shi disse:

— Chefe Liu, por favor, coma.

Ele ficou sentado à mesa, sem se mexer.

— Devo fazer com que preparem outros pratos deliciosos?

— Esses bastam.

Mesmo após dizer isso, ele não moveu os *hashis*. Estava sentado em um banquinho, com as costas viradas para a porta e olhando para a frente, com as mãos na nuca, como se temesse que a cabeça pudesse cair. Era como se as mãos e a cabeça estivessem lutando, puxando em direções opostas, mesmo enquanto seus olhos continuavam encarando os jornais colados na parede branca do templo.

— Cao'er já foi embora — avisou o secretário Shi. — Melhor assim. Você deveria parar de pensar nela.

Ele permaneceu em silêncio.

— A segunda parte do espetáculo será uma apresentação de habilidades especiais e, depois de comer, você precisará dizer algumas palavras.

Ele olhou para um par de moscas zunindo à sua frente. Observou enquanto uma pousava em um prato e beliscava, voava até outro e beliscava um pouco mais.

O secretário Shi afastou as moscas e disse:

— Chefe Liu, se já terminou de comer, por que não vamos até a montanha dos Espíritos para ver o futuro local do Mausoléu de Lênin? Quando estiver lá, você não terá nenhuma razão para se sentir infeliz.

Ele olhou para o secretário Shi e perguntou:

— Não é verdade que dei a cada um deles cinquenta e um yuans?

— Não é pouco dinheiro — comentou o secretário Shi. — Com cinquenta e um yuans, é possível comprar quarenta e cinco quilos de grãos.

— Achei que eles se prostrariam. Mas, no fim das contas, não fizeram nada.

O secretário Shi compreendeu o que estava errado e prontamente se dirigiu à porta.

— Aonde você vai?

— Vou pedir ao cozinheiro que prepare outra sopa.

E, com isso, saiu do quarto.

Mas retornou logo em seguida.

Quando retornou, carregava uma tigela de uma deliciosa sopa azeda apimentada, com cebolinha e coentro boiando e emitindo um cheiro pungente de pimenta. Atrás dele, havia mais de uma dúzia de aldeões, homens e mulheres, todos com mais de 40 anos. Quando entraram, eles prontamente se ajoelharam diante do chefe Liu e da mesa cheia de comida e alguns até mesmo se ajoelharam no pátio do lado de fora do templo. Foram convocados por Macaco Perneta e Carpinteiro Coxo, que naturalmente se ajoelharam na frente e, como porta-estandartes, anunciaram:

— Chefe do condado Liu, esta manhã você distribuiu verba de auxílio para todos nós. Não tínhamos como nos prostrar em sinal de gratidão enquanto estávamos no campo de apresentações e, desse modo, estamos aqui para expressar nossos agradecimentos.

A multidão se prostrou três vezes, em uníssono.

O chefe Liu se sentiu um pouco ansioso e imediatamente largou os *hashis*. Seu rosto ficou nitidamente vermelho e ele perguntou, com tom de urgência na voz:

— O que é isso? O que é isso?

Enquanto falava, rapidamente ajudou o carpinteiro a se levantar e fez o mesmo com vários dos outros aldeões, repreendendo-os rispidamente. No fim, convidou-os a se sentar e comer com ele. Naturalmente, os aldeões não ousavam comer e beber com o chefe do condado e, assim, ele os acompanhou até o pátio do templo. Quando voltou, seu rosto estava vermelho e ele repreendeu o secretário, ordenando que jamais fizesse com que as pessoas se prostrassem para ele novamente. Depois disso, os dois finalmente começaram a comer o frango ensopado, a lebre fresca e as asas de galinha com cogumelos e vegetais.

Ele devorou a comida e, rapidamente, sentiu-se satisfeito.

— Você come rápido demais, chefe Liu — comentou o secretário Shi.

— Estão todos no campo para a segunda parte do espetáculo — explicou ele. — Como podemos fazer com que fiquem esperando?

Com isso, ele afastou a tigela e os *hashis* e foi até o campo. Ao chegar, descobriu que, de fato, o lugar já estava lotado de aldeões ávidos para assistir à apresentação, enquanto os que esperavam para demonstrar suas habilidades especiais se reuniam ao lado do palco.

Foi durante essa segunda parte que muitas coisas enfim vieram à luz, como se a apresentação fosse capaz de afastar uma imensa cortina. Ele teve uma epifania e percebeu que não resgatara os aldeões dos seis meses de fome que se seguiriam à nevasca de verão. Ele é que havia sido resgatado pela nevasca. Mais especificamente, a nevasca de verão tinha resgatado seu grandioso plano de comprar o corpo de Lênin.

LEITURA COMPLEMENTAR

[1] *Desavivado. DIALETO. Significa "incapaz de suportar". É o antônimo de avivado.*

CAPÍTULO 9

Penas de galinha crescem em uma árvore arranha-céu

A segunda parte do espetáculo incluía vários atos. A corrida entre aleijados e inteiros era uma das atividades favoritas. Macaco Perneta e um jovem chamado Niuzi ficaram lado a lado em uma ponta do campo e, quando alguém gritou "Vai!", dispararam como flechas. É desnecessário dizer que o jovem corria como a brisa, ao passo que Macaco Perneta — que tinha acabado de completar 23 anos — havia pegado emprestada uma muleta de sândalo vermelho que era macia por fora, mas tinha um núcleo flexível e se curvava ligeiramente todas as vezes que tocava o solo. Quando ele se apoiava na muleta, ela se curvava tanto que parecia prestes a quebrar. Todos acharam que se partiria e ele cairia no chão. Quem poderia ter imaginado que, em vez disso, ela se curvaria sempre que ele se inclinasse, fazendo-o voar? Dessa maneira, foi capaz de saltar e, embora tenha ficado atrás do outro jovem durante a maior parte da corrida, quando chegaram à linha de chegada, Macaco — inspirado pelos gritos de encorajamento da multidão — de algum modo estava na frente.

Na frente de todos, o chefe Liu lhe entregou uma nota de cem yuans e também concordou em dar à sua família mais duzentos yuans do fundo de auxílio. Além disso, Um Olho, que no ano anterior fora capaz de passar a linha por cinco agulhas ao mesmo tempo, foi capaz de passá-la por oito em dez. Mulher Paraplégica conseguiu bordar não apenas um porco, um cão e um gato em um papel fino e em trapos mas também dois cães e gatos idênticos em cada lado de uma folha de árvore. Surdo Ma, que vivia quase fora da aldeia, conseguiu acender fogos de artifício perto dos ouvidos com apenas uma tábua muito fina para proteger o rosto. Então foi a vez da filha mais velha de Jumei, Tonghua, que, como todos sabiam, era cega.

Tonghua já estava com 17 anos, mas não sabia que as folhas eram verdes, que as nuvens eram brancas e que a ferrugem em pás e enxadas de ferro era marrom. Não sabia que os raios de sol eram dourados pela manhã e vermelho-sangue ao anoitecer.

— Vermelho é a cor do sangue — explicava sua irmã Marileth.

— E de que cor é o sangue? — perguntava Tonghua.

— O sangue é da cor das plaquinhas que penduramos na porta durante o Ano-Novo.

— E de que cor são as mensagens?

— As plaquinhas são da cor de folhas de caqui no outono.

— E de que cor são as folhas de caqui no outono?

— Sua cega! As folhas de caqui são da cor de folhas de caqui.

Marileth ia embora, não querendo prolongar a discussão.

Tonghua permanecia na completa escuridão, mesmo quando o sol brilhava à sua volta. Desde o dia em que nascera, jamais vira nada além de puro negrume. O dia era negro e a noite também. O sol era negro e a lua também. Durante dezessete anos, tudo fora absolutamente negro. Desde que tinha 5 anos, ela andava usando uma bengala feita de madeira de tamareira, tateando o caminho. Com a bengala, ia até o lado de fora da casa e, de lá, até o centro da aldeia. Durante os festivais de avivamento anteriores, comparecera com a mãe e a bengala e havia encontrado um lugar na lateral do campo, ouvindo atentamente as canções de Balou e Xiangfu, juntamente com peças, músicas e danças, mas ia embora antes do *grand finale*, pedindo à mãe que assistisse no seu lugar. Afinal, tudo o que podia ver era completa escuridão.

Mas, naquele ano, Jumei dissera estar ocupada demais para sair de casa. Tonghua tinha dito à mãe que o chefe do condado daria cem yuans a quem assistisse à apresentação. A mãe havia ficado em silêncio por um longo tempo, como se estivesse se lembrando dos festivais a que já comparecera, mas, no fim, insistira que não poderia sair de casa. Ela esperara as irmãs Huaihua, Yuhua e Marileth saírem e ficara parada na porta, ouvindo o som dos passos na rua e o burburinho no campo. Então, *tap, tap, tap*, tinha ido até a lateral do campo, onde ficara perto da multidão e ouvira toda a apresentação de habilidades especiais. Ela ouvira os gritos negros e ensurdecedores das pessoas, suas risadas negras e avermelhadas e seus aplausos negros e esbranquiçados indo e voltando pelo ar. Tinha ouvido o chefe Liu aplaudir Macaco Perneta e gritar:

— Vai! Vai! Se vencer, eu lhe darei cem yuans!

Ouvira os gritos do chefe Liu indo e voltando diante dos seus olhos e perto dos seus ouvidos e o ouvira dar a Macaco Perneta uma nota de cem yuans. Ouvira Macaco se prostrar em sinal de gratidão, batendo a cabeça no chão com um som negro reluzente. (O chefe Liu ficara tão comovido com o gesto que lhe dera mais cinquenta yuans.)

Tonghua também ouvira Mulher Paraplégica bordar um pardal dupla face em uma folha de tungue. Quando o chefe Liu lhe entregara o dinheiro, olhara para a folha e perguntara:

— Você também consegue bordar em folhas de álamo?

— As folhas de álamo são muito pequenas e eu só conseguiria bordar um grilo ou uma borboleta.

— E quanto a folhas de uma acácia-do-japão?

— As folhas de acácia são ainda menores e eu só conseguiria bordar alguns rostos de bebê.

O chefe Liu segurara sua mão e colocara sabe-se lá quanto dinheiro na palma estendida, dizendo:

— Que habilidade, que habilidade maravilhosa! Antes de partir, eu definitivamente mandarei fazer uma placa dizendo: A mais habilidosa do mundo.

Durante a segunda parte do espetáculo, parecia que toda a montanha estava cheia de gente e o empurra-empurra e os aplausos soavam como se o mundo estivesse tomado pelo som da chuva negra. Quando o chefe Liu entregava o dinheiro do prêmio aos participantes, o som da chuva negra parava e a multidão ficava em silêncio, tão quieta que era possível ouvir um alfinete cair. Depois que ele entregava o dinheiro, contudo, a pessoa que o recebia se prostrava e o intensamente negro som dos aplausos novamente soava como chuva negra, envolvendo a cordilheira, a aldeia, as árvores e as casas, como se mosquitos voassem na escuridão.

Essa era a primeira vez que ela ouvia claramente o festival de avivamento da aldeia, incluindo as apresentações das habilidades especiais dos aldeões: a corrida de uma perna só, a pessoa surda acendendo fogos de artifício, a passagem da linha pelo buraco das agulhas com apenas um olho, o bordado da mulher paralítica, a queda de braço com apenas um braço. Também havia o sobrinho do carpinteiro, que vivia na parte de trás da aldeia. Ele tinha apenas 10 anos e era pequeno como um inseto. Contraíra pólio quando bebê, o que tornara uma das suas pernas tão fina quanto um graveto e seu pé minúsculo como a cabeça de um pássaro. Todavia, ele era capaz de colocar o pé minúsculo dentro de uma garrafa e usá-la como sapato.

Os olhos do chefe Liu foram abertos pelas apresentações de habilidades especiais dos aldeões, e ela o ouviu aplaudir com tanta força que suas mãos ficaram azuis e pretas. Ela o ouviu distribuir dinheiro, falar e rir até ficar com a voz rouca, de modo que cada uma das palavras era negra e brilhante como a lâmina negra da serra do carpinteiro. No fim, quando o sol estava prestes a se pôr e a temperatura havia passado de quente para fria, muitos dos de fora conversaram e brincaram enquanto se preparavam para voltar às suas próprias aldeias. O chefe Liu ficou de pé no palco e gritou palavras completamente negras:

— Quem mais tem uma habilidade especial para apresentar? Se não falarem agora, não terão outra oportunidade. Amanhã eu e meu secretário partiremos e, depois disso, não haverá mais ninguém para entregar prêmios!

Nesse momento, ela subiu ao palco e usou a bengala de tamareira para tatear o caminho até o centro. Quando chegou ao local onde as pessoas que apresentavam suas habilidades especiais deviam ficar, parou, deliciando as irmãs, que começaram a gritar "Tonghua! Tonghua!" enquanto corriam para a frente do palco. A essa altura, o sol estava negramente vermelho e causticamente quente, brilhando sobre a cordilheira a oeste. Tonghua usava uma blusa cor-de-rosa, uma calça azul e sapatos de bico quadrado e ficou lá parada como uma muda de árvore, com a blusa e a calça farfalhando à brisa negramente fria que soprava do fundo do palco. Seus belos olhos cegos eram reluzentes e negros como um par de uvas cobertas de orvalho. Sua figura era imaculada e intocada pela poeira e, embora não fosse ofuscantemente bela como a irmã Huaihua, fora abençoada com uma forma delicada. A multidão agitada ficou em silêncio. Suas irmãs também pararam de gritar seu nome. Todos esperavam que o chefe Liu oferecesse algo e que ela oferecesse algo em troca. Parecia que o mundo inteiro mergulhara em silêncio. Ele olhou para ela como se o sol escaldante tivesse desaparecido e sido substituído pela lua.

Tonghua esperou na escuridão e o ouviu parado ligeiramente a sul do centro do palco, o que significava dizer à sua esquerda. Ouviu o secretário Shi de pé atrás dele e Macaco Perneta à sua direita. Quando ouviu seus olhares, ficou um pouco surpresa, sentindo como se as folhas do fim do outono estivessem prestes a cair sobre seu corpo. Ouviu as irmãs observando-a, com os olhares voando para o palco como uma brisa soprando em seu rosto através de uma rachadura no vidro da janela.

— Como você se chama?

— Tonghua.

— Quantos anos tem?

— Dezessete.

— É filha de quem?

— Minha mãe se chama Jumei e minha avó se chama Mao Zhi.

Ele empalideceu, mas rapidamente recobrou a compostura.

— Qual é sua habilidade especial?

— Eu não consigo ver nada, mas ouço tudo.

— O que você consegue ouvir?

— Consigo ouvir uma folha ou uma pena caindo no chão.

Ele pediu a alguém que fosse buscar uma pena de pardal, branca com haste cinza. Segurou a pena firmemente e estendeu o punho na direção dela, sacudindo-o para a frente e para trás.

— Eu estou segurando a pena de um galo Plymouth Rock. De que cor ela é?

— Preta.

Ele pegou uma caneta-tinteiro branca e a balançou na frente dela, perguntando:

— O que é isso?

— Não há nada aí.

— Isso é uma caneta. De que cor ela é?

— Preta.

Ele passou a pena de uma das mãos para a outra e a segurou atrás da cabeça.

— Ouça onde essa pena irá cair.

Ela abriu bem os olhos e a névoa que os cobria desapareceu. Seus olhos negros ficaram tão brilhantes que pareciam falsos — indescritivelmente ágeis e sedutores. O campo se tornou mortalmente silencioso e as pessoas que se preparavam para partir imediatamente retornaram aos seus lugares. As pessoas sentadas em cadeiras ou tijolos se levantaram para ver melhor e as crianças que haviam descido das árvores voltaram a subir. Os espectadores paralíticos, aleijados e cegos não conseguiam ver a apresentação e ficaram imóveis, esperando que as pessoas em torno narrassem o que acontecia. O mundo inteiro se imobilizou, a ponto de ser possível ouvir o sol se pondo do outro lado das montanhas. Todos os olhos estavam grudados na pena que ele segurava.

O chefe Liu soltou a pena e ela flutuou lentamente até o chão, girando algumas vezes antes de pousar perto do pé direito dela.

— Onde ela caiu?

Tonghua não respondeu. Simplesmente se agachou, com a cabeça ereta, e pegou a pena.

Todos em frente ao palco ficaram perplexos. Yuhua corou intensamente, assim como Marileth. Mas Huaihua, parecendo surpresa, corou de inveja. Seu rosto não ficou apenas vermelho como também ligeiramente amarelo-esverdeado. Quanto a ele, observou cuidadosamente os olhos de Tonghua. Então pegou a pena de sua mão e, novamente, sacudiu-a em frente ao seu rosto, notando que seus olhos negros permaneciam belamente vagos. Entregou a pena ao secretário Shi e fez um sinal para que ele a soltasse.

O secretário Shi gentilmente deixou a pena cair no chão.

— Onde ela caiu?

— Em uma reentrância do piso, bem na minha frente.

Após fazer com que alguém pegasse a pena, ele a segurou no ar, sem soltá-la, e perguntou novamente:

— Onde ela caiu dessa vez?

Tonghua ponderou por um longo tempo e sacudiu a cabeça com tristeza.

— Dessa vez, não ouvi nada.

Ele caminhou até ela e ficou parado por muito tempo. Então colocou trezentos yuans em sua mão, dizendo:

— Você respondeu corretamente três vezes e estou lhe dando trezentos yuans como prêmio.

Ele a viu aceitar o dinheiro e seu rosto se iluminar enquanto ela acariciava as cédulas novinhas de cem yuans. Olhando atentamente para ela, perguntou:

— Existe algo mais que você consiga ouvir?

Ela colocou o dinheiro no bolso e perguntou:

— Você oferecerá outro prêmio?

— Se a apresentação não envolver audição, eu lhe darei outro prêmio.

Tonghua riu e disse:

— Consigo bater em uma árvore com a bengala e dizer se é salgueiro, acácia-do-japão, olmo, mogno ou tungue.

Ele a levou até um olmo, um cinamomo e duas velhas acácias-do--japão na lateral do campo e, de fato, ela foi capaz de identificar cada uma das árvores corretamente. Assim, o chefe Liu lhe deu outra nota de cem yuans. Ele pediu a alguém que conseguisse uma pedra e um tijolo, além de uma peça de quartzito, e pediu a ela que batesse neles com a bengala — e, sem surpresa, Tonghua foi capaz de identificar cada um deles. Deu-lhe outra nota de cem yuans. A essa altura, todos, no palco e fora dele, estavam em rebuliço. Ao vê-la ganhar quinhentos yuans num piscar de olhos, todos se maravilharam e passaram a conversar com entusiasmo. Sua irmã Huaihua foi a primeira a subir ao palco e agarrar suas mãos, dizendo:

— Irmã, irmã, amanhã eu a levarei ao mercado e comprarei tudo o que você quiser.

O sol escorregou para trás das montanhas a oeste, cobrindo Avivada com um brilho vermelho. Os que ainda queriam se apresentar já não podiam mais, pois a noite havia caído. Aos poucos, os visitantes de outras aldeias foram se recuperando da surpresa e da empolgação e voltaram para casa. A pessoa que havia cozinhado uma grande panela no meio da aldeia chamou todos para comer repolho e carne cozida. Nesse momento, a confusão inicial do chefe Liu se dissipou, sendo substituída por uma enorme árvore de clareza.

Ele decidiu criar uma trupe de artistas com habilidades especiais e fazer com que ela se apresentasse por todo o país. Os ingressos para as apresentações lhe renderiam dinheiro suficiente para comprar o corpo de Lênin.

LIVRO 5

CAULE

CAPÍTULO 1

*Ocorre um tumulto, como se alguém tivesse saído
pela porta e esbarrado em uma árvore*

Num piscar de olhos, Avivada se viu em um tumulto, como se, no meio da noite, o sol tivesse nascido, substituindo a lua que brilhava todas as noites. Fora decidido que a aldeia teria uma trupe que faria turnês pela região das montanhas de Balou. Os aldeões usariam figurinos e se apresentariam em teatros. Cada uma das pessoas com habilidades especiais recebeu um título do chefe Liu, enquanto o secretário Shi anotava seus nomes artísticos e o nome de suas apresentações:

> *Macaco Perneta: salto voador com uma perna só*
> *Surdo Ma: fogos de artifício nos ouvidos*
> *Um Olho: linha pelas agulhas com apenas um olho*
> *Mulher Paraplégica: bordado em folhas de árvore*
> *Cega Tonghua: audição aguçada*
> *Garotinho com Pólio: pé na garrafa*

Também havia Quarto Vovô Cego, de 63 anos, que vivia na parte da frente da aldeia. Como era cego de nascimento, seus olhos eram um mero campo vazio e ele conseguia pingar cera quente neles. Terceira Titia, que também vivia na parte da frente da aldeia, quebrara a mão na infância, mas, com apenas uma das mãos, era capaz de cortar nabos e repolhos em fatias mais finas e uniformes que qualquer um que tivesse ambas as mãos. Nos fundos da aldeia, havia Seis Dedos, que tinha um dedo extra na mão esquerda — um segundo polegar crescendo na base do primeiro. Em Avivada, ele quase não contava como deficiente, uma vez que era praticamente inteiro. Mas, desde criança, desprezava o dedo extra e o mordia todos os dias, até que, gradualmente, foi reduzido a um pedaço de carne com uma unha dura como uma crisálida. Ele não tinha medo de arrancar o dedo e até ousara colocá-lo no fogo certa vez, como se fosse um pedaço de madeira velho, um martelo ou algo assim. Todos na aldeia, jovens e velhos, tinham alguma habilidade especial[1] por causa de sua deficiência e foram registrados no caderno do secretário Shi, que os informava se fariam parte da trupe de artistas com habilidades especiais.

Eles deixariam de cuidar da terra imediatamente e iriam embora da aldeia, recebendo um salário mensal. O salário seria espantosamente alto. O chefe Liu anunciou que daria cem yuans por apresentação para qualquer um cujas habilidades especiais pudessem ser incluídas no show. Assim, se eles se apresentassem todos os dias, em vinte e nove dias teriam se apresentado vinte e nove vezes e, em trinta e um dias, teriam se apresentado trinta e uma vezes. Se fossem pagos a cada apresentação, receberiam uma grande soma de dinheiro todo mês. Se uma família com dois inteiros permanecesse em Avivada para cuidar da terra, mesmo que o tempo fosse perfeito durante o ano inteiro e eles transformassem toda a terra em campos celestiais,[3] gozando de dias invertidos,[5] provavelmente não conseguiria ganhar uma quantia equivalente.

Quem não gostaria de se apresentar em uma trupe de artistas com habilidades especiais?

Macaco Perneta já pedira ao carpinteiro que fizesse uma daquelas muletas especiais. Mulher Paraplégica voltara à casa da mãe para pegar algum dinheiro emprestado, a fim de pagar pelas roupas de viagem. Surdo Ma tinha partido em busca de um cedro duro para fazer uma caixa com divisórias para os fogos de artifício. Os pais do Garotinho com Pólio, de 13 anos, já haviam arrumado sua mala.

A trupe de artistas com habilidades especiais da aldeia foi criada da noite para o dia e partiria no dia seguinte. Era composta de sessenta e sete artistas, incluindo onze cegos, três surdos, dezessete aleijados, três pessoas com pernas quebradas e sete com mãos ou braços deformados. Também havia um integrante com seis dedos, três com apenas um olho e um com uma cicatriz de queimadura no rosto. Os demais eram inteiros ou praticamente inteiros. Os deficientes eram as estrelas e os inteiros desempenhavam apenas o papel de apoio, como deslocar caixas e arrumar cenários. Podiam ajudar os deficientes com os figurinos e preparar comida. Podiam consertar ou substituir os acessórios de palco quando quebrassem e, depois que tivessem terminado as apresentações em um lugar e todos estivessem se preparando para partir, auxiliar na extenuante tarefa de mover tudo de um lado para o outro.

Tonghua, é desnecessário dizer, era uma das estrelas da trupe. Quando Huaihua ouviu que a aldeia criaria uma trupe de artistas com habilidades especiais para se apresentar pela região, imediatamente foi procurar o secretário Shi. Ele perguntou que tipo de habilidade especial ela possuía e ela respondeu que não tinha nenhuma, mas sabia pentear e faria com que todos os artistas estivessem impecavelmente arrumados. O secretário Shi anotou seu nome em um caderno e sorriu ao acariciar seu rosto, tratando-a com tanta ternura quanto se fosse sua própria filha.

Após aquele sorriso e aquela carícia, Huaihua não conseguiu dormir e, na manhã seguinte, tinha um grande sorriso no rosto. Estava adoravelmente rosada, como uma borboleta, e passou o dia inteiro saltitando pelas ruas da aldeia, dizendo a todos que seria a cabeleireira da trupe. Tampouco tinha dormido na noite anterior de tão animada que estava e, quando o sol nasceu na manhã após o encontro com o secretário Shi, enfim adormeceu e sonhou que estava saltando de um penhasco.

— Tio, você acha que eu cresci? — perguntou ela. — Ouvi dizer que, se você sonha que está saltando de um penhasco, isso significa que está crescendo. Tia, você acha que eu estou um pouquinho mais alta?

Seus tios e tias de fato acharam que havia crescido um pouco e era mais bela que Tonghua, Yuhua e Marileth. Suas três irmãs eram como flores em botão no início da primavera em um campo esburacado, ao passo que ela era uma flor de peônia já totalmente desabrochada, uma bela rosa vermelha. Ela sentia que já não era mais uma nainha, e sim uma inteira *petite*, um pequeno e atraente beija-flor. Quando voltou para casa e comparou sua altura com as de Tonghua e Yuhua, confirmou que, de fato, estava um pouco mais alta. Elas concluíram que o crescimento tinha sido um resultado direto da carícia do secretário Shi e ela torceu para que ele a acariciasse novamente, talvez até mesmo a beijasse, ajudando-a a crescer de nainha para inteira. Ela se sentia capaz de ser não apenas a cabeleireira da trupe mas também a apresentadora.

É desnecessário dizer que a pessoa que interpretasse o papel de apresentadora precisava ser uma bela inteira.

Yuhua, entretanto, não era tão alta quanto Huaihua, mas mesmo assim estava determinada a ser bilheteira. Somente Marileth obedeceu à mãe e à avó, dizendo que não tinha intenção de partir e permaneceria na aldeia. Cerca de metade dos quase duzentos habitantes partiria e só ficariam para trás as crianças e os velhos, juntamente com os deficientes mentais, que jamais desenvolveram qualquer habilidade especial e, portanto, não tinham escolha senão ficar e cuidar da terra.

Naquele dia, a aldeia era uma confusão completa, como se alguém tivesse assaltado o celeiro. Todo mundo estava nas ruas, pegando coisas emprestadas. Um Olho, que se preparava para apresentar o ato com linha e agulhas, coletou vários conjuntos de agulhas novas e foi de casa em casa trocando-as por agulhas usadas, tanto grandes quanto pequenas. Como essas agulhas estavam cegas por terem sido usadas para costurar roupas e consertar sapatos, seus buracos eram muito escorregadios e tornavam mais fácil a inserção da linha. A mãe de Garotinho com Pólio se sentou na porta de casa e fez um sapato para o pé esquerdo do filho, dado que, daquele momento em diante, ele sempre usaria uma garrafa no pé direito e a sola do sapato esquerdo precisaria ser especialmente firme. Também havia muitas pessoas que, ao se preparar para partir, descobriam que várias gerações de suas famílias jamais haviam saído de casa, à exceção de uma viagem à cidade para ir ao mercado, e que, portanto, não possuíam bolsas, mochilas nem mesmo um bolso para enfiar roupas e outras coisas. Como resultado, precisaram pegar emprestado algum tipo de bolsa de uma das outras famílias.

A costureira da aldeia ficou muito ocupada, costurando roupas para todos.

Os carpinteiros também ficaram muito ocupados, fazendo muletas e bengalas para os dezessete aleijados, as três pessoas com pernas quebradas e os onze cegos — no total, trinta e uma pessoas precisavam de muletas e bengalas, das quais dezoito não podiam ficar sem muleta, incluindo treze que queriam trocar as suas por outras novas. Como resultado, o som dos carpinteiros trabalhando ecoava ininterruptamente pela aldeia. O som das pessoas tentando coletar ou pegar emprestado coisas para a viagem era como um rio incessante. Uma família tinha um filho meio cego que, por não ter nenhuma habilidade especial, fora removido da trupe pelo chefe Liu e seu secretário. A criança se sentara no meio da estrada, soluçando e contribuindo para a confusão. Enquanto chorava, batia ambos os pés no chão, criando uma nuvem de poeira.

Esse era o estado em que a aldeia se encontrava.

Na manhã seguinte, sessenta e sete aldeões, todos com nomes artísticos especiais, aprontavam-se para partir. Jumei não saía de casa havia dez dias — desde que o chefe Liu e o secretário Shi se mudaram para o templo da aldeia.

Mas agora suas filhas Tonghua, Huaihua e Yuhua corriam pela casa, preparando roupas e bagagens a fim de seguir a trupe.

Jumei se sentou em uma pedra no meio do pátio, transformado em sauna pelo sol do meio-dia. Não havia brisa, e o suor escorria pelo seu rosto. A sombra das árvores se movera do lugar onde estava sentada, deixando-a sob o sol escaldante e fazendo com que se sentisse como um punhado de ervilhas jogado em uma *wok* quente. O pátio consistia em duas alas com quatro cômodos cada, entre as quais ficava a ala principal, com dois cômodos. Jumei e Tonghua dormiam na ala principal, enquanto Huaihua e Yuhua viviam juntas nas alas laterais. Todas mantinham as roupas na cabeceira da cama. Não havia cômoda, pois não haveria espaço suficiente para se virar. Elas viveram naqueles quartinhos por mais de dez anos, como pássaros em um ninho lotado, e agora finalmente estavam prontas para partir.

— Onde está minha saia cor-de-rosa? — perguntou uma das meninas. — Lembro perfeitamente que, ontem, estava dobrada na cabeceira da cama. Como pode ter desaparecido?

— Onde estão meus sapatos de veludo? — perguntou a irmã. — Há alguns dias, eu os tirei e coloquei embaixo da cama.

Sem dizer uma palavra, ela ficou sentada vendo as filhas se movimentarem. Seus pensamentos eram um turbilhão; ela se sentia como um campo imenso que fora cultivado, semeado na primavera e colhido no outono, mas agora estava prestes a ser abandonado pelos responsáveis. O campo ficaria árido, assim como seu coração. Ela sabia que, nos últimos dias, grandes mudanças haviam ocorrido. Sabia que a trupe transformaria o destino da aldeia, assim como seu próprio destino tinha sido transformado pela mesma pessoa. Mas, dessa vez, a aldeia inteira estava em jogo. Era como uma chuva súbita durante a seca e, se essa chuva se transformasse em enchente, ninguém seria capaz de impedir que os aldeões se afogassem. Ela achava que, se as filhas quisessem partir, partiriam, assim como a água sempre encontra uma maneira de descer a montanha e até mesmo uma gralha eventualmente precisa deixar o ninho. Enquanto elas se preparavam para partir, contudo, Jumei suspirava desolada e, finalmente, levantou-se da pedra em que estivera sentada.

Caminhou até a porta.

Sabia que não tinha escolha a não ser procurar por ele.

Assim, foi até a hospedaria do templo.

Isso aconteceu durante a sesta, embora, naquela tarde em particular, todos estivessem correndo de um lado para o outro, como se estivessem se preparando para uma grande apresentação. Era como se todos estivessem prestes a se transformar em outras pessoas e viver a vida de outras pessoas. Os aldeões, independentemente de serem cegos, aleijados ou fisicamente aptos, estavam corados de empolgação.

Ela deu um encontrão em alguém, que disse:

— Jumei, como vai? Três das suas quatro filhas se juntaram à trupe.

Ela deu um sorriso débil, mas não falou nada.

— Jumei, em breve sua família terá mais dinheiro do que conseguirá gastar. Quando eu pedir um pouco emprestado, espero que você seja generosa!

Ela deu um sorriso débil, mas não falou nada.

Foi até a hospedaria do templo, onde um casal estava ajoelhado no chão — um inteiro e a mulher imploravam ao chefe Liu em benefício do filho. Ele estava sentado em uma cadeira no meio do cômodo. Era meio da tarde e ele se sentia um pouco tonto, como se uma onda de lassidão cobrisse seu rosto e seu corpo como lama amarela. O secretário Shi saíra, deixando-o sozinho com os visitantes. Como estava tonto, encarou o casal com raiva e disse:

— Se vocês têm algo a dizer, digam logo.

O casal se prostrou mais resolutamente e falou:

— Chefe do condado, se não concordar com nosso pedido, ficaremos prostrados aqui até morrer.

— O que seu filho sabe fazer? — indagou ele, mais pacientemente.

— Embora nosso filho seja muito feio, ele consegue sentir cheiro de trigo a quilômetros de distância.

— Até eu consigo sentir cheiro de trigo a quilômetros de distância.

— Ele consegue dizer qual família da aldeia está cozinhando bolinhos no vapor e quais bolinhos estão recheados com gergelim, cebolinha ou chalota.

Ele ponderou por um instante e perguntou:

— É verdade?

— Nós o traremos aqui e você poderá ver por si mesmo. Ele será capaz de dizer que parte deste quarto está úmida, onde há fumaça de carvão e onde há fezes velhas de rato.

Mas, enquanto descreviam a precisão do filho, ele os mandou embora com um aceno, dizendo:

— Por favor, deixem-me descansar. Tragam-no mais tarde e veremos.

O casal se prostrou novamente, levantou e partiu. Os velhos ciprestes forneciam sombra ao pátio do templo, mas, mesmo à sombra, Jumei ficou imediatamente banhada de suor. Ela viu o casal partir e notou que eram o pedreiro da aldeia e sua esposa. Eles a encararam e pareceram prestes a dizer algo, mas não o fizeram. Ela notou que o casal parecia infeliz e percebeu que era porque três das suas filhas haviam entrado na trupe, ao passo que o filho deles não conseguira. Estavam ressentidos e a encararam friamente. Seus passos ecoaram distintamente no chão de ladrilhos, como a madeira macia de um tungue batendo na rocha.

Ela parou na porta do templo e olhou para dentro. O chefe Liu já fechara os olhos para cochilar. Ele estava inclinado na cadeira, com as mãos cruzadas na nuca. Balançava gentilmente a cadeira, mas corpo e alma já estavam no processo de entrar em sono profundo. Tendo criado a trupe, ele tinha a sensação de que havia encontrado uma árvore de dinheiro e como se os fundos de que precisava para comprar o corpo de Lênin tivessem subitamente caído no chão. Sequer precisara se esforçar para obtê-los. Como não se sentir relaxado e avivado?

O templo permanecia como sempre havia sido e os três quartos eram separados por duas divisórias. Ao longo das vigas no topo das divisórias havia desenhos de dragões, fênix e espíritos, ao passo que as paredes em si eram cobertas por jornais velhos. Havia quatro retratos pendurados na parede do meio e os três primeiros eram de Marx, Lênin e do presidente Mao. Os barbados tinham poeira nas barbas, ao passo que o barbeado tinha poeira no nariz e nos lábios. O papel começava a amarelar e parecia prestes a se rasgar. O último retrato, contudo, era novo em folha. Mostrava um homem de meia--idade de cabelo liso e sorriso largo.

Parada na porta e encarando aquela fileira de retratos, Jumei ficou chocada. Ocorreu-lhe que, antes de sair de casa, deveria ter penteado o cabelo e colocado roupas novas. Arrependeu-se de não ter se trocado e, ao olhar para os quatro retratos, sentiu um nó de ansiedade pressionar o coração, transformando-se em uma bola de terror. A quarta imagem era um retrato formal do próprio chefe Liu, e ela ficou surpresa ao vê-lo ao lado dos outros três. Olhou para ele, atônita, e o nó de ansiedade se solidificou. Ainda imóvel na soleira da porta, era como se tivesse encontrado um antigo conhecido. E finalmente começou a entender por que havia um nó de ansiedade em seu peito. Primeiro, porque ele havia ganho peso: seu rosto parecia gordo e ele não tinha mais um porte esguio. Segundo, porque pendurara o próprio retrato ao lado dos outros três, o que imediatamente fez com que surgisse uma imensa distância entre eles.

Parada na porta, ela descobriu que seus pés haviam congelado. Olhou para ele e para as paredes do quarto. Após o que pareceu uma eternidade, pigarreou suavemente.

Ocorre que ele já estava acordado. Ouviu-a pigarrear, mas, como estava tentando dormir, não abriu os olhos. Em vez disso, virou-se impacientemente na cadeira e perguntou:

— O que quer que você queira, não pode esperar até depois do meu cochilo?

— Sou eu, Jumei.

Ele imediatamente apoiou as quatro pernas da cadeira no chão, abriu os olhos e olhou ao redor. Encarou-a por algum tempo e olhou friamente para o portão da hospedaria do templo.

— Como não pedi que você viesse, o que está fazendo aqui?

— Eu vim ver você.

— Eu admiti suas filhas na trupe. Elas receberão um salário e você viverá confortavelmente de agora em diante. Deveria guardar algum dinheiro. Depois que eu comprar o corpo de Lênin e instalá-lo na montanha dos Espíritos, haverá um fluxo constante de turistas na estrada do desfiladeiro. Se abrir um restaurante, hotel ou algo assim na beira da estrada, terá uma existência celestial. Ainda melhor que a minha.

Jumei tinha mais a dizer, porém, ao ouvir isso, não soube o que responder. Olhou novamente para os três retratos na parede, voltou os olhos para ele, virou-se e, lentamente, saiu da hospedaria.

Ele hesitou por um momento antes de se levantar e olhar para os retratos. Então a chamou, explicando:

— Eles foram pendurados pelo meu secretário, que está tentando me agradar.

Jumei diminuiu o passo, mas tudo o que ele disse foi:

— Volte sozinha. Não vou acompanhá-la.

Ela saiu do antigo templo. O sol brilhava, gerando onda após onda de calor, mas um ar frio emanava do pátio nas sombras. Ela sentiu a cabeça girar, como se tivesse sido mergulhada em água fervente. Não se arrependia de tê-lo procurado, mas também não estava nem um pouco satisfeita por não ter chegado a lugar algum com ele. Mas, ao entrar na viela que conduzia até sua casa e ver que estava sozinha, começou a soluçar inconsolavelmente. Ficou parada por algum tempo, estapeando o próprio rosto e praguejando amargamente.

— Que humilhação! Como pude me rebaixar dessa maneira?

Quando terminou de bater em si mesma, também parou de chorar. Ficou imóvel por mais alguns instantes e voltou para casa.

LEITURA COMPLEMENTAR

[1] *Habilidade especial. DIALETO. Uma habilidade extraordinária. Como muitos dos aldeões são deficientes, eles precisam de alguma área na qual possam compensar essas limitações, simplesmente para sobreviver. Pessoas cegas, por exemplo, usam audição precisa e pessoas surdas usam tato requintado.*

[3] *Campos celestiais. Um campo celestial não fica literalmente no céu, sendo tão atraente quanto o paraíso. Muitos anos antes, o vale onde Avivada estava localizada tinha solo fértil e água abundante. Havia campos planos que podiam ser facilmente irrigados nas épocas de seca e campos inclinados que podiam ser drenados em caso de enchente. Independentemente da deficiência que tivessem, as pessoas sempre conseguiam colher algo se trabalhassem na terra. Durante todo o ano, tinham mais grãos do que conseguiam comer. Assim, plantavam e colhiam abundantemente e não temiam os desastres naturais. Os aldeões sempre podiam ser encontrados nos*

campos, semeando com pressa ou colhendo lentamente e, dessa maneira, um ano se seguia ao outro. No entanto, tudo mudou no ano gengyin do Tigre, 1950, quando as terras foram coletivizadas e esse padrão de existência tranquilo chegou ao fim. Como resultado, as terras de uma família já não eram mais trabalhadas da mesma maneira relaxada e abundante e os aldeões perderam um modo de vida, um sonho e uma fantasia. Tornou-se um dos objetivos da Vovó Mao Zhi voltar a plantar nos campos celestiais e isso se transformou em fonte de orientação e sustento para toda a aldeia.

[5] **Dias invertidos.** Refere-se a uma espécie de nostalgia estreitamente relacionada ao paraíso. É um modo especial de existência que apenas os aldeões de Avivada já experimentaram ou conseguem compreender. Sua singularidade repousa em sua liberdade, relaxamento, substância, ausência de competição e ócio. Os aldeões chamam esse tipo de era despreocupada de "dias invertidos", "dias perdidos" ou "dias caídos".

CAPÍTULO 3

A Vovó Mao Zhi cai como um fardo de feno

A Vovó Mao Zhi emergiu de casa, com o tom esverdeado das rugas profundas em seu rosto parecendo lama congelada às margens de um rio no auge do inverno. A muleta hospitalar que carregava produzia um som alto e retumbante cada vez que tocava o solo. Ela caminhou rapidamente e sem dizer uma palavra, como se flutuasse rio abaixo feito um pedaço seco e duro de bambu. O sol já começara a se mover para oeste e as ruas estavam muito mais calmas que nos dias anteriores. Parecia que todos os aldeões com habilidades especiais que haviam corrido de um lado para o outro se preparando para partir finalmente estavam prontos. Muitos tomaram bolsas de viagem emprestadas e aqueles que não o fizeram simplesmente rasgaram lençóis ao meio e usaram as metades para enrolar roupas e objetos. As mulheres que haviam se apressado para mandar fazer roupas e sapatos novos voltaram a bordar calmamente. Os carpinteiros que trabalharam freneticamente para produzir novas muletas baixaram machados e serras e alongaram as costas doloridas. Tudo ficou muito mais calmo, e mesmo os cachorros e as galinhas perambulavam a esmo pela rua, como costumavam fazer.

Foi somente quando a Vovó Mao Zhi finalmente se aprontou para sair de casa que soube que o chefe Liu decidira criar uma trupe itinerante, para a qual recrutara sessenta e sete aldeões. À exceção de um punhado de inteiros, os recrutados eram todos surdos, cegos, paralíticos ou aleijados. Dez dias antes, ela cuspira no rosto dele, mas, quando ele, o secretário Shi e o chefe do município informaram seu intento de permanecer na aldeia, ela pedira a Macaco Perneta que enviasse alguém para arrumar a hospedaria do templo e providenciasse para que as famílias se alternassem para cozinhar. Ela explicou que, se a casa estivesse arrumada, a família deveria preparar a refeição e convidá-los para comer; se estivesse bagunçada, deveria levar sopa, bolinhos cozidos no vapor, vegetais fritos e arroz até a hospedaria.

Ocorreu-lhe que também deveria preparar algo para os hóspedes, uma vez que, a despeito de odiá-lo, ele era chefe do condado e estava visitando Avivada. Assim, enviou Macaco Perneta para tomar as providências. Ele vivia a leste de sua casa e era muito rápido. Sempre que ela precisava anunciar algo, ele ia de porta em porta transmitindo a informação. Também tocava o sino da aldeia, subia em uma pedra e gritava as notícias. Ela não fazia parte do quadro administrativo da aldeia, mas, com frequência, parecia que sim. Do mesmo modo, Macaco Perneta não era uma pessoa particularmente expressiva, mas, como ela sempre o despachava para fazer coisas em seu nome, ele se tornara uma figura importante.

— Você cuidará para que os visitantes tenham tudo de que precisarem enquanto estiverem na hospedaria do templo? — perguntara ela.

Macaco Perneta havia concordado em cuidar deles.

Contudo, dez dias depois, quando já havia se passado um terço do mês, ela percebeu que, no período em que Macaco Perneta cuidara dos hóspedes, nem uma vez sequer ela perguntara como estavam nem ele dera notícias. Era como se tudo fosse responsabilidade dele e não houvesse necessidade de informá-la. Era como se Macaco Perneta realmente fizesse parte do quadro administrativo da aldeia. Ainda que suas casas fossem separadas por uma única parede, ele não havia se preocupado em informá-la de que a aldeia decidira criar uma trupe itinerante ou que, no dia seguinte, metade dos habitantes sairia em turnê, deixando apenas os velhos, as crianças e os deficientes mentais para cuidar da terra.

Ela soubera de tudo isso por intermédio de Marileth. Estava em casa, sentada em uma esteira de palha sob uma árvore no meio do pátio, costurando as roupas com que seria enterrada. Usando seda leve e seda pesada, tecido áspero e tecido fino importado, pano preto e pano verde, ela cortava e costurava, produzindo uma peça após a outra. Sempre que terminava uma peça, ela a dobrava e guardava em uma caixa vermelha na cabeceira da cama. Ninguém sabia quantas peças já fizera ou quantas planejava fazer. Dez anos antes, quando completara 59, ela havia preparado um conjunto de trajes fúnebres para si mesma. Desde então, costurara doze anos de novos trajes e, sempre que tinha tempo, usava a oportunidade para costurar mais. Como não queria encontrar o chefe Liu enquanto ele estivesse na aldeia, ela havia se trancado em casa e trabalhava nos trajes fúnebres. Fora assim que passara os últimos dez dias. Quando estava prestes a começar a barra de um vestido fúnebre de seda preta, Marileth entrou correndo no pátio.

— Vó, vó, venha rápido. Nossa mãe não quer deixar minhas irmãs entrarem na trupe. Elas estão determinadas a partir, mas mamãe chorou e elas brigaram.

Vovó Mao Zhi parou de costurar e perguntou o que tinha acontecido na aldeia nos dez dias anteriores. Depois de ouvir Marileth, as rugas em seu rosto começaram a parecer lama congelada.

Então ela saiu de casa.

A matilha de cães viu sua expressão irritada. No começo, pretendiam segui-la, mas, em vez disso, apenas a observaram, levantaram-se por alguns instantes e se deitaram outra vez. Ela bateu a porta com tanta força que Marileth — que a acompanhava — levou um susto. Vovó Mao Zhi saiu na frente, com a pequena Marileth esvoaçando atrás dela. Inicialmente, Marileth achou que a avó estava indo até sua casa, mas, em vez disso, ela foi até a casa de Macaco Perneta.

— Perneta, venha aqui fora. Venha me explicar o que está acontecendo.

Era uma daquelas casas que consistiam em um casebre de palha de três cômodos, um pátio cercado por muros de tijolo cru e um portão frontal que parecia prestes a desmoronar, mas, de algum modo, conseguia ficar de pé. Ele estava sentado na soleira da porta, usando um pano de algodão macio para polir a muleta nova que o carpinteiro tinha feito. Ao ouvir o chamado, apoiou-se na muleta e claudicou até o portão.

— Vovó Mao Zhi, por que diabos você está tão irritada?

— É verdade que o chefe Liu recrutou sessenta e sete aldeões para partir de Balou e ficar se apresentando?

— É verdade. Ele contratou sessenta e sete aldeões e a trupe foi batizada de Trupe de Artistas com Habilidades Especiais do Condado de Shuanghuai.

Ela o encarou como se não o reconhecesse e perguntou:

— Por que você não me informou sobre um acontecimento tão importante?

Ele também a encarou como se não a reconhecesse e respondeu:

— O chefe Liu me disse para não incomodá-la, uma vez que você não faz parte da administração da aldeia.

Ela ficou momentaneamente perplexa e disse:

— É verdade que eu não faço parte da administração da aldeia, mas, se não autorizar, como aquele Liu vai tirar sessenta e sete pessoas de Avivada?

Ele começou a rir.

— Como ele *não* as tiraria da aldeia?

— Você vai junto?

— É claro. Sou administrador e vice-diretor da trupe. Como poderia não ir junto?

— Se eu o proibir de sair da aldeia, como você fará para ir embora?

— Vovó Mao Zhi, o chefe Liu disse que você está velha e já não pode mais cuidar dos assuntos da aldeia. Ele disse que, de agora em diante, eu serei responsável por tudo. Em alguns dias, ele anunciará que Avivada é uma unidade administrativa e me nomeará líder da aldeia. Serei eu a dar ordens para que ninguém saia.

Ela ficou paralisada, em choque, no portão da casa de Macaco Perneta. O calor escaldante da tarde parecia depositar uma camada dourada sobre sua cabeça grisalha. Ela parecia feita de ouro e tanto seu rosto quanto seu corpo estavam rígidos. Ele olhou para ela e começou a rir como uma criança.

— Vovó Mao Zhi, você já está velha e costurando trajes fúnebres. Por que não me deixa administrar a aldeia por algum tempo? Quando eu for líder, a vida de todos vai melhorar consideravelmente, tornando-se ainda melhor que aqueles campos celestiais plantados pelos nossos oitocentos antepassados.

Depois de dizer isso, ele se virou e entrou em casa, fechando o portão e batendo a porta na cara dela, como se fosse apenas uma mendiga.

A cordilheira e a aldeia ficaram mortalmente silenciosas.

O som da batida da porta ecoou pelas ruas como uma furadeira.

Marileth estava parada atrás da avó, com o rosto pálido e chocado. Ela gritou "Vovó!" e correu para apoiá-la, temendo que caísse como um pedaço de madeira podre.

Mas Vovó Mao Zhi permaneceu firme, estável como uma árvore. Encarou fixamente o portão de salgueiro, ergueu a muleta e golpeou várias vezes, fazendo um buraco.

— Perneta, você está sonhando! — gritou ela pelo buraco. — Sua fantasia é morrer e virar líder da aldeia!

Com isso, ela se virou e, apoiando-se na muleta, claudicou até o meio da rua. Seus passos estavam ligeiramente mais altos do que quando ela havia saído de casa e o claudicar estava significativamente mais pronunciado. A muleta ecoava toda vez que tocava o solo e quase parecia que ela fingia mancar para chamar a atenção — usando o claudicar e a muleta para demonstrar a urgência da situação. Estava determinada a impedir as tentativas de abandonar a aldeia e começou pela casa de Surdo Ma. O ato de explodir fogos de artifício nos ouvidos era uma das principais atrações da trupe e, se ele não fosse, a trupe perderia um de seus artistas-chave. Surdo Ma estava no processo de enfiar sapatos, meias, calças e camisas em uma bolsa.

A caixa de fogos de artifício era quase tão larga quanto a lâmina de uma pá e estava apoiada na perna da mesa. Ela entrou na casa, parou atrás dele e pigarreou, dizendo:

— Surdo Ma!

Ele imediatamente parou o que estava fazendo.

— Vire-se — gritou ela.

Ele se virou, de modo que a orelha esquerda, com a qual conseguia ouvir um pouco, ficou voltada para ela.

— Você também vai se juntar à trupe?

Surdo Ma parecia temer que ela não pudesse ouvi-lo, pois pigarreou e gritou também:

— Por vários milhares de yuans por mês, como poderia recusar?

— Você vai se arrepender.

— Não vou. Será melhor que arar os campos celestiais ou viver dias invertidos. Jamais me arrependerei.

— Ouça o que estou dizendo. Você não deve ir.

— Durante toda a minha vida, eu lhe dei ouvidos e jamais tive a oportunidade de me divertir. Dessa vez, vou embora da aldeia nem que isso me mate.

Ela foi à casa de Um Olho. As malas já estavam prontas e ele estava sentado no quarto, calçando os sapatos que a mãe havia feito.

— É uma humilhação profunda, tanto para você quanto para seu olho, enfiar linha em uma agulha para uma plateia. É uma humilhação e basicamente o reduz ao status de um macaco treinado — comentou ela.

— Ser de Avivada não é humilhação. O que *é* humilhante é o fato de eu ter 29 anos e ainda não ter uma esposa. Como poderia não ir? — retrucou ele.

Ela foi à casa de Mulher Paraplégica e disse:

— Você também acha que não tem escolha senão partir?

— Se ficar aqui, vou morrer de pobreza.

— Não se esqueça de como ficou paralítica. Não se esqueça de como chegou aqui.

— Eu me lembro. E é precisamente porque me lembro que não tenho escolha senão partir com os outros.

Ela foi ver Garotinho com Pólio, de 13 anos.

— Essa criança tem só 13 anos — disse ela aos pais.

— Em alguns anos — retrucaram eles —, seu pé já não caberá mais em uma garrafa. Ele não é jovem demais e devemos lhe dar a oportunidade de sair de casa.

— Vocês não podem transformar a deficiência do seu filho em um espetáculo para que todos vejam.

— Se não virem isso, o que verão?

Ela foi embora da casa de Garotinho com Pólio. A aldeia estava cada vez mais tranquila. O sol da tarde se refletia nas folhas de verão, fazendo-as brilhar. A hospedaria do templo estava vazia, como um velho silencioso que, com o passar do tempo, já não sentia mais necessidade de falar. Os velhos ciprestes lançavam sombras nas ruas, deixando-as na semiescuridão. Ela não caminhava mais tão rápido quanto antes, e seu claudicar estava cada vez mais pronunciado. O brilho duro e amarelado em seu rosto desapareceu e foi substituído por uma palidez acinzentada. Ela claudicava lentamente, com vários fios grisalhos caindo na testa. Quando chegou à hospedaria, parou, olhou para dentro e entrou.

O chefe Liu bebia chá e o secretário Shi dobrava e guardava as roupas de baixo que tinha acabado de lavar.

— Deixe-me guardar minhas próprias roupas de baixo — disse o chefe Liu.

— Não é preciso — disse o secretário Shi. — Não estão sujas. Mesmo que tivessem sido usadas para cobrir uma tigela de bolinhos, não estariam sujas.

Assim, o chefe Liu o deixou guardar as roupas de baixo — observando com ar de deleite e prazer, como um pai ao observar um filho que cresceu e é capaz de ajudá-lo, permitindo que se recoste e descanse um pouco. Enquanto bebericava chá, lembrou-se de algo. Virou-se e olhou para o retrato na parede.

— Tire aquilo de lá, não é apropriado — avisou ele ao secretário Shi.

— Vamos mantê-lo. Não há nada inapropriado a esse respeito — retrucou o secretário.

— Se vamos mantê-lo, temos ao menos de baixá-lo um pouco. Como posso estar no mesmo nível dos outros?

Assim, o secretário Shi subiu na mesa e baixou o retrato em uma distância equivalente a dois *hashis*, de modo que a cabeça ficou na altura do ombro do presidente Mao.

— Está bom assim?

Ele pensou um pouco e respondeu:

— Suba um pouquinho.

O secretário Shi subiu o retrato um pouco, de modo que agora estava apenas meia cabeça abaixo do retrato do presidente Mao, e prendeu os cantos novamente. Nesse momento, a Vovó Mao Zhi entrou e parou bem na soleira, sem dizer uma palavra, olhando para ele. Já não tinha mais o olhar de desdém com que o encarara dez dias antes, quando o vira no alto da colina coberta de neve, nem o ar majestoso de uma mãe diante do filho. Em vez disso, parecia alguém que tinha algo a pedir ao filho e temia que ele não atendesse aos desejos de uma velha patética e talvez fosse até capaz de agredi-la. Ela parecia tímida e fraca, como se a muleta fosse a única coisa que a impedisse de tropeçar e cair. Ele olhou para ela da mesma maneira que ela olhara para ele dez dias antes, com impaciência e desdém. Continuou sentado à mesa, segurando a xícara, sem falar ou se mexer. E continuou olhando para a frente, como se não a tivesse visto.

— Você realmente vai seguir adiante com essa trupe de deficientes?

— É uma trupe de artistas com habilidades especiais. Partiremos amanhã. Faremos nossa primeira apresentação na sede do condado e já enviamos gente para espalhar os cartazes.

— Você destruirá Avivada.

Ele começou a rir.

— O que há aqui para destruir? Vou possibilitar que cada família tenha uma casa com telhas brancas e darei a cada morador deficiente mais dinheiro do que será possível gastar. Eles gozarão de dias celestiais.

— Se concordar em não levá-los embora, eu me prostrarei em sinal de gratidão.

— Eu não preciso disso. Quando eu trouxer os restos mortais de Lênin, *todos* se prostrarão.

— Se deixar os aldeões permanecerem aqui, pendurarei seu retrato na ala central de minha casa. Não pendurarei nenhum outro retrato, somente o seu, e queimarei incenso o dia inteiro.

Ele sorriu e disse com suavidade:

— Eu sei que, no momento em que deixou os aldeões entrarem na sociedade,[1] você esperava que eles queimassem incenso para você todos os dias. Mas você falhou com Avivada e não permitiu que os aldeões tivessem uma boa vida. Ao contrário de você, não estou tentando fazer com que queimem incenso para mim. Não estou em busca de fama; espero apenas que pensem em mim com afeto. Sei que, com sua perna aleijada, você é capaz de predizer o tempo. Na verdade, poderia se unir à trupe e apresentar um ato de previsão do tempo. Se vier conosco, eu lhe pagarei um salário que será ao menos cinquenta por cento, e talvez até cem por cento, maior que o de todos os outros.

Ao dizer isso, ele olhou para ela como se fosse uma garota que estivesse exortando, como se achasse que o que ele dissera entraria em seu coração e a faria cruzar um rio. Um olhar de imensa felicidade surgiu em seu rosto. Vovó Mao Zhi, contudo, cravou os olhos nele sem dizer uma palavra. Era como se ele lhe tivesse dado um tapa. Seu rosto ficou roxo, como se ela quisesse sacudir lhe muleta para ele, como fizera dez dias antes. Mas, quando estava prestes a fazer exatamente isso, percebeu que seu corpo já não estava mais firme e, mesmo antes de erguer a muleta, tombou para a frente, como um fardo de feno. Enquanto caía, seu rosto se contraiu e ela começou a espumar pela boca. Gritou para o céu palavras que somente ela — ou alguém da aldeia — poderia realmente compreender.

— Eu falhei com Avivada. Ajudei-a a entrar na sociedade e, nesse processo, falhei com a aldeia e os aldeões...

Era como se estivesse tendo um ataque epilético. Quando Marileth, que estava parada na entrada da hospedaria do templo, viu a avó cair, correu para dentro, mas, no meio do caminho, recuou. Em vez disso, correu para casa gritando:

— Mãe! Mãe! Venha rápido! A vovó não está boa! — E gritou: — Rápido, rápido! A vovó não está boa!

Os aldeões correram para a hospedaria imediatamente. Jumei e as filhas os seguiram. A aldeia inteira se transformou em uma cacofonia de pés correndo.

CAPÍTULO 5

LEITURA COMPLEMENTAR: *Entrando na sociedade*

[1] *Entrar na sociedade. Termo histórico que apenas as pessoas de Avivada reconheceriam, pois está relacionado a uma história pertinente apenas à aldeia. Várias décadas antes, no ano jichou do Boi, 1949, houvera um acontecimento monumental. A Vovó Mao Zhi tinha apenas 27 ou 28 anos. Mesmo assim, já era esposa do pedreiro havia vários anos. Mas ainda não tinha filhos. Sua perna era meio capenga, mas não excessivamente, e, se andasse devagar, ninguém diria que era deficiente. O pedreiro a havia escolhido quando fora às montanhas de Balou trabalhar como polidor de pedras. Ninguém sabia de onde ela viera ou para onde ia. Estava muito magra por causa da fome e mais morta que viva. O pedreiro a carregara por mais de vinte li, das profundezas das montanhas até a aldeia, onde lhe dera água e sopa. Alguns anos depois, ela se tornou sua esposa.*

Na época, era comum que os homens de Balou trouxessem mulheres quando voltavam de viagem e, desse modo, não havia nada de especial nisso. O que era extraordinário a respeito de Mao Zhi era que, mesmo sendo de fora, ela usava as roupas tradicionais da aldeia. A despeito de já ter quase 17 anos, ainda não sabia lavrar nem costurar, embora fosse capaz de reconhecer muitos caracteres chineses. Tinha sido resgatada pelo pedreiro, que na época já estava com 30 anos — quase quinze mais velho que ela — e estava ansioso para se casar o mais rápido possível. Como Mao Zhi era jovem e ele era comparativamente velho, não se casaram de imediato. Ela ficou em sua casa, mas eles dormiam separados. Mesmo depois de se casarem, ela flertava com a ideia de partir de Avivada e do coração de Balou. Embora vivesse fisicamente na aldeia, seu coração vagava pelo mundo. Mao Zhi nunca havia tomado a decisão de partir e todos presumiam que isso se devia ao fato de o pedreiro ser muito bom para ela.

Na verdade, esse não era exatamente o caso. Quando era criança, ela havia marchado dezenas de milhares de li com a mãe e o Exército Vermelho e, certa noite, durante a Batalha da Quinta Campanha do Cerco, quando ela e a mãe dormiam em uma caverna, a mãe tinha sido capturada por um grupo de soldados do Exército Vermelho. Ao nascer do sol na manhã seguinte, a mãe fora executada juntamente com dois outros soldados do Exército e seu corpo havia sido deixado na margem do rio.

Somente três dias depois havia tomado conhecimento de que a mãe fora executada por um coronel que ela chamava de "tio" e que a mãe e os outros dois soldados — que ela também conhecia como tios — foram considerados traidores. Por vários meses, o regimento fora incapaz de escapar da perseguição inimiga e dizia-se que isso se devia ao fato de sua mãe e os dois outros soldados estarem secretamente revelando a posição do regimento para o inimigo. Como ela era filha de uma traidora, nenhum soldado ousara lhe dar comida e, como consequência, ela passara três dias sozinha na caverna, sem se alimentar.

Por fim, no quarto dia, um comandante de batalhão havia ido até a caverna e a carregara para fora. Ele lhe dera uma tigela de sopa e três ovos cozidos e lhe dissera que a traidora não era sua mãe, e sim vários outros soldados que já haviam sido executados. O contingente poderia eliminar seus inimigos com segurança e se juntar novamente ao exército principal. O soldado lhe dissera que sua mãe tinha sido oficialmente reconhecida como mártir revolucionária, o que a tornava descendente de uma mártir e da Revolução. Desse modo, ela havia se tornado a mais jovem soldada do Exército Vermelho.

Mao Zhi seguira o contingente do exército de Sichuan de volta para noroeste. Um ano se seguira ao outro e, com o tempo, ela havia crescido e aprendido a lutar e a carregar uma arma. Quando o contingente enfim chegara ao noroeste, ele fora dispersado por um ataque surpresa e todas as suas irmãs soldadas fugiram. Durante sua estada no contingente, ela havia sentido medo, com os tiros inimigos e os da execução da mãe reverberando em seus sonhos. Sob esse terror inimaginável, declarara seu desejo de partir, mas, no fim, permanecera em Avivada.

Ela ficou, mas nunca esqueceu o desejo de partir. Sempre que tinha tempo livre, ia até a estrada do desfiladeiro e, quando encontrava viajantes do outro lado das montanhas, fazia muitas perguntas: como é lá fora? Ainda estamos em guerra? Os *juponeses chegaram às províncias de Shandong e Henan? Mas a maioria das pessoas que encontrava não sabia de nada e ela finalmente compreendeu quão isoladas do restante do mundo eram as montanhas de Balou — como um fragmento de rocha em um longo barranco ou um terreno coberto de relva em uma vasta floresta. Quando encontrava pessoas no caminho do desfiladeiro, elas eram quase invariavelmente de Balou e sabiam muito pouco sobre o mundo exterior. Notícias sobre o Japão iam e vinham, mas era impossível determinar o que era confiável e o que não era. Aos poucos as pessoas de Avivada se deram conta de que ela havia marchado com o regimento e, nesse processo, seu coração fora ferido; seu corpo, marcado; e sua perna, aleijada. Depois que Mao Zhi começou a criar raízes, não podia se afastar muito, mesmo que quisesse. A aldeia era tão isolada que não havia notícias confiáveis nem mesmo sobre a Revolução e essa se tornou a melhor razão para ficar. Era como se estivesse tentando deixar o tempo engolir o passado.*

Avivada tinha campos abundantes e grãos inexauríveis, e ela gradualmente se acostumou a viver na aldeia. Aprendeu a lavrar a terra e a costurar e, nesse processo, tornou-se nativa. A mãe do pedreiro era uma paraplégica de 73 anos. Era a mais antiga moradora de Avivada e conhecia a aldeia melhor que ninguém. Tudo relacionado a suas origens e lendas vinha de sua boca. Mao Zhi conversava com ela todos os dias e a chamava de "avó".

— Você deveria fazer com que ela a chamasse de "mãe" — disse um dos aldeões.

— Não se preocupe com coisas que não lhe dizem respeito. Sei muito bem como quero que ela me chame.

— Você deveria dizer ao seu filho para dormir com ela — insistiu o morador.

Ela cravou os olhos nele e falou:

— Se você não tem nada melhor a fazer, dê um descanso para a boca e vá cuidar da sua vida.

Como resultado, os aldeões passaram a respeitá-la ainda mais.

Mas, embora os aldeões tivessem passado a acreditar que Mao Zhi nunca se casaria com o pedreiro, em um inverno os dois finalmente se juntaram. Foi somente mais tarde que os aldeões perceberam que eles se casaram no mesmo inverno em que a mãe dele havia adoecido. Chorando, ela contara muitas coisas a Mao Zhi, e Mao Zhi também chorara e lhe dissera muitas coisas. Durante décadas, ninguém soube o que as duas discutiram, embora, no fim das contas, ela tenha concordado em se casar com o pedreiro.

Depois que concordou, a mãe do pedreiro morreu em paz.

Naquela noite, ela e o pedreiro finalmente dormiram juntos.

Naquele ano, Mao Zhi tinha 19 anos, e o pedreiro, quase 35.

No dia seguinte, os dois a enterraram e ele nunca mais saiu para polir pedras. Em vez disso, ficou em casa, cuidando dela e da terra. Quanto a Mao Zhi, às vezes ela ouvia notícias de fora da aldeia — incluindo relatos de que os japoneses haviam chegado ao paralelo 90 — e empalidecia ligeiramente. Quando ouvia histórias de que os japoneses estavam indo até as cidades do interior para coletar grãos e que, quando encontravam crianças, distribuíam doces estrangeiros, ficou bastante desconfiada. Ouvia cuidadosamente as notícias sobre o tempo e a guerra, mas nunca mais falou em ir embora.

Ela se tornou uma verdadeira nativa. Quando o pedreiro saía para arar o campo, ela conduzia o boi e, quando ele começava a colheita, ela ia atrás para empilhar os grãos. Quando ele tinha febre, ela ia até a cidade comprar alho e chalotas para fazer sopa. Eles eram como todas as outras famílias da aldeia, que — embora pudessem ter membros cegos ou surdos — semeavam e colhiam diligentemente, trabalhando durante o verão e o outono, de modo que cada casa tinha tantos grãos e vegetais que era impossível comer tudo. Os eventos do mundo externo permaneciam distantes, como se a aldeia estivesse localizada a cento e oitenta li de qualquer outro lugar. À exceção de um punhado de aldeões que viajavam para cidades próximas a fim de comprar óleo e sal e que, com isso, traziam notícias da guerra — que podiam ser verdadeiras ou falsas —, eles permaneciam completamente isolados.

Dessa maneira, um dia se seguia ao outro.

E um mês se seguia ao outro.

Primavera, verão, outono e inverno chegavam e partiam.

Logo depois do ano jichou *do Boi chegou o ano* gengyin *do Tigre, ou seja, o trigésimo nono ano da República. Foi naquele ano — mais especificamente, no outono daquele ano — que ela foi a um mercado a vários li de Avivada. Antes, eram sempre os homens — especificamente, os inteiros — que iam ao mercado, levando os vários itens que as famílias queriam vender e trazendo os outros que precisavam comprar.*

Naquele outono, quando as folhas cobriam o solo e ela colhia caqui, viu ao longe alguém usando o traje tradicional de Mao, vindo da montanha. Do caquizeiro, gritou:

— Ei! Você sabe o que está acontecendo lá fora?

O homem olhou para ela.

— O que você quer saber?

— Até onde os japoneses avançaram?

O homem respondeu, surpreso, que os japoneses voltaram para casa havia muito tempo. Cinco anos já haviam se passado desde a sua rendição no ano do Galo — no oitavo mês do trigésimo-e-qualquer-coisa ano da República — e estava claro que não somente a República já não mais existia como também que muitas cidades em torno de Avivada estavam organizadas em sociedades cooperativas.

O homem ao pé da árvore não podia imaginar o tipo de surpresa e confusão que esse simples comentário causaria na mulher em cima da árvore. O sujeito foi embora, enquanto ela olhava para além das montanhas de Balou. As nuvens brancas de outono deslizavam pelo céu e o sol brilhava tanto que parecia ter sido recém-lavado. Tudo que era iluminado por esse sol passava por uma transformação notável. Ela lançou um último olhar para a sombra do homem no traje de Mao, desceu da árvore e foi para casa.

No dia seguinte, ela acordou cedo para ir ao mercado. Uma viagem de ida e volta entre a aldeia e a rua Boshuzi tinha bem mais de cem li e, desse modo, ela acordou com o primeiro galo e já estava na estrada quando o segundo cantou. No terceiro canto de galo, já viajara mais de dez li e, no quarto, já havia deixado as montanhas para trás.

Quando ficou claro o bastante para enxergar a vários li de distância, ela testemunhou uma cena notável. Avistou uma aldeia com um campo de trigo no topo de uma colina. O campo tinha vários mu e algumas dezenas de homens e mulheres carpiam o solo, percorrendo o campo sistematicamente de um lado para o outro. Ela não conseguia entender quem poderia possuir um terreno tão grande ou que família teria tantas pessoas. O maior campo de Avivada era o de Surdo Ma, com oito mu e meio. Mas aquele campo era tão grande que cobria a colina inteira. Não importava quão grande uma família pudesse ser, não poderia contar com mais de vinte jovens capazes de trabalhar nos campos. Tal família precisaria ter mais de cinquenta membros no total, incluindo crianças e idosos.

Como uma família de cinquenta e tantos membros não dividiria a terra entre si?

Como uma família de cinquenta e tantos membros prepararia comida suficiente para todos?

Como uma família de cinquenta e tantos membros teria roupas suficientes para todos?

Como uma família de cinquenta e tantos membros encontraria uma casa grande o bastante para todos viverem e dormirem?

Mao Zhi ficou parada em frente ao campo banhado pelo sol. O solo recém-arado estava vermelho e úmido, como se houvesse um rio invisível correndo pelo ar. Foi precisamente em meio a essa cor vermelho-escura que ela notou, na extremidade do campo, uma placa de madeira na qual se lia: Segunda equipe de auxílio mútuo do vilarejo de Songshu. A placa tinha sido soprada pelo vento e encharcada pela chuva e, consequentemente, as palavras estavam meio desbotadas. Parecia que a placa estava lá havia pelo menos dois anos, se não mais. Ela não sabia o que era uma equipe de auxílio mútuo e ficou olhando para a placa, perplexa. Nesse momento, um jovem saiu da vala na lateral do terreno e gritou:

— Ei, o que você está olhando?

— O que é uma equipe de auxílio mútuo?

O jovem olhou para ela e perguntou:

— Você sabe ler?

Ela o encarou com desdém e perguntou:

— Por que eu não saberia ler?

— Se sabe ler, como não sabe o que é uma equipe de auxílio mútuo?

Ela corou.

— Será possível que sua aldeia nunca tenha organizado uma equipe de auxílio mútuo ou uma sociedade cooperativa?

As equipes de auxílio mútuo reuniam domicílios que não tinham bois com aqueles que tinham, explicou ele. Emparelhavam os trabalhadores fortes com os fracos e os que tinham arados com aqueles que tinham apenas enxadas. Reuniam domicílios que tinham muita terra com os que tinham menos. Reuniam todos para que alguns carpissem, outros colhessem e outros ainda dividissem a colheita para consumo. Como resultado, já não havia mais proprietários de terra, mão de obra paga ou pobres que precisavam vender os próprios filhos. Todos os dias havia uma nova e harmoniosa sociedade. Quando parou de falar, o jovem amarrou o cinto, pegou uma enxada que estava enfiada no chão e foi se juntar à multidão trabalhando no campo.

Ela continuou ali parada, estupefata. Era como se as observações do jovem tivessem aberto uma janela em um quarto que durante muito tempo estivera envolto nas sombras, deixando entrar um raio de luz que iluminava seus pensamentos mais íntimos. Ela ficou observando o jovem e o grupo carpindo e percebeu que mudanças profundas haviam ocorrido no mundo. As pessoas de Avivada não sabiam absolutamente nada dessas mudanças. Era como se o restante do mundo tivesse um sol e uma lua, enquanto geração após geração de aldeões viviam na escuridão. Era como se estivessem tão isolados do restante do mundo que nem mesmo uma brisa conseguia passar. Ela não sabia por que os inteiros da própria aldeia, que iam ao mercado na rua Boshuzi, não falavam das fazendas coletivas. Não sabia se simplesmente não viam nada quando iam ao mercado ou se viam, mas não mencionavam o fato ao voltar para casa. Ou talvez, nos dias em que discutiam o assunto, ela não estivesse presente.

O mundo havia mudado enormemente nos anos anteriores.

Por todo o país, as pessoas foram libertadas.

Depois de Beiping ter sido escolhida como nova capital da nação, os camponeses foram convocados ao centro da cidade. Suas terras haviam sido redistribuídas e eles foram enviados para trabalhar em parceria. Toda a terra passara a pertencer ao governo e não mais era designada a famílias ou indivíduos específicos. Era alocada para os que realmente a usavam e lavravam, mas não pertencia a eles do modo como suas roupas de cama pertenciam. Quando o mundo entrou em desordem, as pessoas também entraram em desordem. Domicílios foram divididos em categorias finamente calibradas de proprietários, camponeses ricos, camponeses pobres, camponeses de classe média e camponeses de classe média-baixa, mas as pessoas de Avivada não sabiam disso. Não ouviram absolutamente nada sobre tais acontecimentos. Tantas coisas grandiosas aconteceram no mundo, mas a aldeia permanecia ignorante a todas elas.

Mao Zhi seguiu em frente, com o coração pesado, como se não pertencesse àquele mundo. Quando passou por uma cidade e chegou a outra aldeia, o sol já saíra e o ar estava quente. Ela viu pessoas voltando para a aldeia, vindo da colina atrás da cidade, carregando enxadas e cestos de vime. Um grupo se seguia ao outro e, se não carregassem enxadas e pás, traziam cestos de vime. É desnecessário dizer que eram grupos de auxílio mútuo e, sempre que uma equipe ia trabalhar nos campos, outra voltava para casa. Eram como soldados voltando para o alojamento após terem vencido uma batalha, cantando enquanto carregavam troféus de guerra. Eles entoavam canções de Henan e, embora ela não conseguisse ouvir a letra com clareza, podia ver a melodia alegre reluzindo como orvalho no céu da manhã. Ficou parada em um ponto elevado do desfiladeiro, olhando para os camponeses lá embaixo enquanto entravam na cidade, e seus olhos se encheram de inveja.

Contudo, inveja é apenas inveja e, aos poucos, esse sentimento se transformou em uma forma de dor. Ela viu slogans pintados nos muros da cidade com cal branca, todos elogiando as equipes de auxílio mútuo e a sociedade cooperativa ou tendo sido escritos muitos anos antes. Ela vira alguns desses slogans quando era adolescente e ajudara a pintar alguns sobre depor proprietários de terras ou tiranos locais e dividir a terra. Os slogans estavam velhos e desbotados, mas ainda brilhavam ao sol. Ao ver os slogans em letras garrafais, seu coração acelerou, como se um riacho subterrâneo represado tivesse voltado a correr. O riacho originalmente fora um pequeno fluxo, atravessando tiros e chuva, de norte a sul, das montanhas cobertas de neve às planícies cobertas de relva e, por fim, fora transportado nos ombros e no lombo de cavalos.

Naquela época, como Mao Zhi ainda era jovem, ela ficava rapidamente exausta e ansiava por parar e descansar. Ao viajar sozinha de aldeia em aldeia, desde as colinas amareladas de Shaanxi até Henan ocidental, sempre que encontrava outro regimento ela o seguia e, se encontrasse uma família apropriada, estava preparada para ficar com ela. Dessa maneira, abriu caminho de aldeia em aldeia, dia após dia, até que finalmente chegou às montanhas de Balou, onde encontrou o pedreiro e Avivada. Era como se a aldeia estivesse esperando por ela havia vários séculos — ou mesmo milênios — e, assim que a vira, a forçara a ficar. Quanto a ela, era como se procurasse pela aldeia enquanto abria caminho de Shaanxi a Henan ocidental e a tivesse visto precisamente quando já não conseguia mais dar nenhum passo.

Depois de viver em Avivada por vários anos, ela descobriu que suas feridas iam cicatrizando lentamente e, mesmo quando a mãe do pedreiro morrera e ela chorara e soluçara sobre o corpo da sogra, não tinha feito menção às feridas, que já havia começado a esquecer. Além dela, não havia uma alma no mundo que tivesse qualquer conhecimento daqueles eventos. Ninguém sabia que, quando fora parte do Exército, ela havia conhecido um líder de pelotão do Exército Vermelho que era de Hubei. Depois da ordem secreta para debandar o contingente, ela e o líder do pelotão partiram juntos. Mais tarde, ao encontrar tropas inimigas, esconderam-se em uma tumba. Chovia muito e ela estava com febre. Perdera a consciência e não sabia quanto tempo se passara até a chuva cessar, o sol sair e ela finalmente voltar a si.

O líder do pelotão, que a vira como uma irmã, tinha desaparecido. Ainda mais importante, ela descobrira que suas pernas estavam grudentas e cheiravam a sangue menstrual. Mais tarde, percebeu que ele havia se aproveitado dela enquanto estava inconsciente. Fora deflorada pelo líder do pelotão, que, de certa forma, a amara. Mao Zhi havia se agachado no interior da tumba e chorado inconsolavelmente. O líder do pelotão jamais retornara e ninguém passara por lá. Ao cair da noite, finalmente arrastara o corpo, degradado pelo líder do pelotão, para fora da tumba.

E cambaleara em direção à sua cidade natal.

Fora então que encontrara o futuro marido, o pedreiro. Também fora então que encontrara a aldeia, que estivera esperando por ela havia séculos ou mesmo milênios, e decidira ficar por lá. Suas feridas não choradas haviam cicatrizado gradualmente, seu corpo tinha amadurecido e ela recuperara as forças. O mundo havia mudado significativamente. Ela precisava cuidar das coisas — cuidar de algumas coisas em Avivada.

É claro, não conseguia esquecer que estivera em Yan'an ou que contribuíra para a Revolução. Mesmo que agora, depois de tantos anos, fosse a esposa de um pedreiro e aldeã de Avivada, ainda era uma revolucionária do Quarto Vermelho.[1] Ainda mantinha seu uniforme do Quarto Regimento do Exército Vermelho em um baú e era jovem e cheia de energia. Como poderia não fazer algo?

Ela pensou: quero ajudar o progresso da Revolução. Quero liderar os aldeões para que entrem na sociedade.

CAPÍTULO 7

LEITURA COMPLEMENTAR DA LEITURA COMPLEMENTAR: *Quarto Vermelho*

[1] *Quarto Vermelho. Assim como "entrar na sociedade", o termo "Quarto Vermelho" deriva de um período da história pessoal de Mao Zhi. Ela havia sido uma famosa soldada do Quarto Regimento do Exército Vermelho na adolescência, mas, no outono do ano* bingzi, 1936, *era como uma pedra rolando ladeira abaixo, incapaz de retornar à posição elevada em que começara e, desse modo, sem escolha a não ser esperar silenciosamente ao pé da colina. Na década seguinte, ela amadureceu e se tornou membro de uma aldeia de pessoas deficientes. Ainda que vários anos tivessem se passado desde que fora soldada, o Quarto Vermelho era como uma semente plantada em seu coração que só então começava a germinar.*

Ela queria uma revolução. Queria que os aldeões formassem uma equipe de auxílio mútuo e uma sociedade cooperativa.

Havia uma distância de sessenta e nove li *entre Avivada e a rua Boshuzi, o que significava que uma viagem de ida e volta totalizava cento e trinta e oito* li. *Tradicionalmente, quando os aldeões precisavam ir ao mercado, saíam de casa em um dia e retornavam no dia seguinte. Se não conseguissem encontrar um lugar na estrada para passar a noite, pelo menos paravam para descansar. Mas, na única vez que Mao Zhi foi ao mercado, ela partiu e voltou no mesmo dia. O marido esperava por ela à luz da lua e, quando a viu descendo a montanha aos saltos, como um veado, gritou:*

— Aonde você foi? Eu acordei cedo e não a vi. Passei o dia inteiro procurando por você e esperei aqui a noite inteira!

Ela olhou para o homem quinze anos mais velho e disse, animada:

— Pedreiro, você sabe no que se transformaram todas as outras cidades e aldeias? Todos combinaram suas terras em equipes de cinco domicílios ou grupos de oito domicílios. Eles até mesmo partilham bois e arados. Cada domicílio renunciou à terra que possuía e, quando os sinos tocam após cada refeição, a aldeia inteira sai alegremente para lavrar a terra. Se o campo for longe, alguém retorna à aldeia para buscar água para todos. Depois de beber água, alguns entoam canções de Xiangfu ou árias de ópera.

Ela perguntou se ele já havia visto ou ouvido falar de algo assim quando estivera no mercado.

Mas não esperou pela resposta, agarrando sua mão e se jogando sobre uma rocha.

— Estou exausta! — exclamou. — Andei mais de cem li hoje e meus pés estão cheios de bolhas. Se você não me carregar, eu não terei como voltar para casa.

Embora os dois vivessem juntos, aquela foi a primeira vez que a viu expressar raiva por ele. Ele se sentou na rocha ao lado de Mao Zhi e tentou levantá-la, mas, assim que segurou suas mãos, ela desabou em seu colo, como se estivesse paralisada. Ele a carregou para casa à luz da lua.

Quando chegaram, ele lhe serviu um pouco de água morna e lavou seus pés, massageando os dedos e as solas e estourando as bolhas.

— Então você foi ao mercado apenas para observar as parcerias agrícolas das pessoas? — perguntou ele.

— O mundo mudou — disse ela. — Você sabe quem está no controle de tudo?

— Não.

— O Partido Comunista. Você sabe como as parcerias agrícolas são chamadas?

— Não.

Ela pareceu desapontada, mas, justamente por causa do seu desapontamento, parecia feliz e empolgada, então disse:

— Não é só você que não sabe! Suspeito que ninguém aqui saiba! Agora que fomos libertados, nossos líderes são o Partido Comunista e o presidente Mao, e todas as famílias e domicílios devem se unir em equipes de auxílio mútuo para lavrar a terra. Essas equipes se agrupam em sociedades cooperativas. Pedreiro, quero coordenar a entrada da aldeia na sociedade e organizar as famílias em equipes para plantarmos juntos, colhermos juntos e distribuirmos juntos a colheita.

Ela ia pendurar um sino na árvore no meio da aldeia e, quando ele soasse, todos largariam seus hashis e suas tigelas imediatamente para ir trabalhar no campo, *e, quando desse meio-dia, faria o sino badalar, o que indicaria que todos deveriam voltar para casa e comer.*

— *Na cidade, eles têm água corrente e, com um gesto da mão, a água enche panelas, baldes e bacias. Ainda temos de carregar água todos os dias, do desfiladeiro até a aldeia. As pessoas contam que em Jiudu eles têm lâmpadas elétricas em vez de lamparinas a gás e, atrás de cada porta principal, há uma corda. Quando a corda é puxada, a casa inteira se enche de luz, como se estivesse banhada pelo sol.*

"Pedreiro, leve-me até a cama e, hoje à noite, poderá fazer o que quiser comigo. Eu sou sua mulher e você é meu homem. Você poderá fazer o que quiser comigo. Quero liderar a entrada da aldeia na sociedade e permitir que os aldeões gozem de uma existência celestial. Quero lhe dar um filho e uma filha. Quero lhe dar um punhado de filhos e netos. Quero que eles tenham mais grãos do que podem comer e mais roupas do que podem vestir. Quero que tenham uma vida boa, com lâmpadas que não precisam de querosene e farinha que não precisa ser moída. E, quando saírem, não precisarão andar em uma carroça puxada por bois."

O pedreiro nunca mais voltou a ejacular como ejaculou naquela noite, enquanto jazia sobre ela. Antes disso, ela não estivera bem e ele não ousara tocá-la. Mas, naquela noite, esfregou o corpo no dela como se estivesse polindo uma pedra, enquanto ela jazia como argila macia sob ele. Quando terminaram e estavam ofegantes, ela perguntou:

— *Você avivou?*

— *Sim — respondeu ele.*

— *Depois que entrarmos na sociedade, eu o avivarei todas as noites.*

— *Quando entraremos na sociedade?*

— *Amanhã faremos uma reunião e entraremos na sociedade.*

— *Você diz que temos de entrar na sociedade, mas será que entraremos? Não temos uma cidade acima de nós. Se tivéssemos, poderíamos pedir que enviassem alguém para organizar a reunião e, se nos dissessem para entrar na sociedade, as pessoas não teriam opção senão fazer exatamente isso. Mas não temos superiores e não há ninguém para enviar. Você diz que temos de entrar na sociedade, mas, se alguém na aldeia não concordar, o que você fará?*

Ela não disse uma palavra.

No fim das contas, Avivada era uma aldeia esquecida pelo mundo. Localizada nas montanhas de Balou, na junção de três diferentes condados, ficava a mais de dez li *da aldeia mais próxima. Desde a sua origem, na dinastia Ming, fora composta por cegos, surdos e aleijados. Homens e mulheres não deficientes se casavam com pessoas de fora. Os deficientes do mundo externo chegavam e os inteiros da aldeia partiam. As coisas haviam sido assim durante séculos. Contudo, não havia um único cantão ou condado disposto a aceitá-la sob sua responsabilidade.*

Um ano se seguiu ao outro, e o reinado Kangxi foi substituído pelos reinados Yongzheng e Qianlong e, em seguida, pelo reinado da imperatriz viúva Cixi, pela Revolução Xinhai e pela República. Durante vários séculos, a aldeia não pagou impostos sobre a colheita a qualquer dinastia, província, cantão, distrito, condado ou município, e ninguém dos outros distritos, cidades ou aldeias nos condados adjacentes de Dayu, Gaoliu ou Shuanghuai foi até lá para coletá-los.

Era uma aldeia fora do mundo.

Naquela noite, Mao Zhi se sentou na cama, aturdida. Então se levantou e começou a se vestir.

— O que você está fazendo? — perguntou o pedreiro.

— Estou indo para Gaoliu — respondeu ela. — Você vem comigo?

— O que você vai fazer lá?

— Vou ver os superiores.

Seu marido acendeu o fogo, preparou um pouco de massa, colocou-a na grelha sobre o fogo e assou cinco biscoitos de azeite. Eles partiram antes do amanhecer, na direção de Gaoliu.

Gaoliu ficava a trezentos e nove li *de distância e eles foram pedindo informações conforme avançavam. Todos os dias, retomavam a jornada ao amanhecer e paravam para descansar ao cair da noite. Comiam quando tinham fome e bebiam quando tinham sede. Sempre que precisavam de algo, o pedreiro se oferecia para polir pedras.*

Vinte e cinco dias depois, enfim chegaram a Gaoliu. A sede do condado tinha duas ruas, e o prédio do governo ficava no cruzamento delas. O edifício era uma estrutura com três pátios, cada qual com uma entrada individual. No fim da dinastia Qing, fora usado como yamen e, durante o período republicano, como sede do condado. Na nova era, era chamado de governo do condado. O pedreiro se sentou no jardim em frente ao edifício governamental e esperou, enquanto Mao Zhi entrava no segundo pátio. O chefe do condado empurrava um carrinho estrangeiro[1] ligeiramente usado e ela correu até ele quando estava prestes a entrar.

— O que você quer? — perguntou ele.

— Eu sou de Avivada, nas montanhas de Balou — respondeu ela. — Vi que todo o país foi libertado e há sociedades cooperativas em toda parte. Por que em nossa aldeia ainda operamos como propriedades individuais? Por que ninguém foi até lá para nos organizar e nos ajudar a entrar na sociedade?

O chefe do condado olhou boquiaberto para ela, convidou-a a ir até seu escritório e fez muitas perguntas. Então se dirigiu a um mapa pendurado na parede e procurou por muito tempo. Na borda do mapa, encontrou várias das aldeias que ela havia mencionado, mas, por mais que tentasse, não encontrou Avivada. Por fim, saiu da sala e foi falar com alguém no escritório adjacente. Ao retornar, disse muito solenemente:

— Você não devia ter vindo até Gaoliu. De acordo com o plano geográfico, vocês pertencem ao condado de Dayu. Foi Dayu que se esqueceu de vocês. O chefe do condado de Dayu realmente é uma figura.

Assim, ela e o marido foram até Dayu e, após outro mês caminhando durante o dia e descansando durante a noite, finalmente chegaram. A sede do governo de Dayu funcionava em uma mansão que havia pertencido a um proprietário de terras rico, e o chefe do condado era alguns anos mais velho que o de Gaoliu. Ele era dali e conhecia as cidades e as aldeias vizinhas como a palma da mão. Quando Mao Zhi foi vê-lo, ele sabia por que ela estava lá antes mesmo de ela falar.

— Que merda, o chefe do condado de Shuanghuai realmente tem colhões! Como ele ousa tratar uma das suas próprias aldeias desse modo, fazendo com que todos se dividissem em sociedades cooperativas e deixando uma única aldeia operando com propriedades individuais? O que ele ganha deixando uma das aldeias esquecida, a ponto de os aldeões sequer saberem a que distrito pertencem?

Enquanto praguejava, o chefe do condado pegou um mapa de Dayu, esticou-o sobre a mesa e pediu a ela que o examinasse cuidadosamente. Ele usou uma régua para medir as distâncias e desenhou um ponto no papel, fora das margens do mapa.

— Olhe — disse ele. — A cordilheira de Balou fica aqui e Avivada deve ficar mais ou menos por aqui. Há cinco vírgula três cun entre a aldeia e o município de Honglianshu, em nosso condado, ao passo que há apenas três vírgula três cun até o município de Boshuzi, em Shuanghuai. Você não concorda que a aldeia deveria pertencer a Shuanghuai?

Após mais quinze dias, Mao Zhi e o marido enfim chegaram a Shuanghuai. O chefe do condado Yang fora até o centro do distrito para uma reunião de vários dias relacionada ao estabelecimento de equipes de auxílio mútuo e sociedades cooperativas. Assim, ela e o marido ficaram em um moinho perto do portão da frente do edifício do governo por vários dias. Quando o chefe Yang finalmente retornou à sede do condado, montado em uma mula, já era verão e o tempo estava muito quente, mas ele tinha um passado militar e vestia uma farda completa. Ao chegar ao escritório, seu secretário, o pequeno Liu, serviu água e relatou as várias coisas que ocorreram durante sua ausência, incluindo o fato de que uma mulher chamada Mao Zhi, que estava em um moinho do lado de fora do edifício governamental, alegara que sua aldeia ainda não sabia a que condado ou distrito pertencia. Ela havia afirmado que, mesmo agora, as propriedades da aldeia trabalhavam de forma independente e nenhum dos seus ancestrais jamais pagara impostos sobre a colheita. Ninguém na aldeia sabia o que era um proprietário, um camponês rico, um camponês pobre ou um operário agrícola. O secretário Liu relatou tudo isso solenemente ao chefe Yang, que manteve uma atitude plácida e inexpressiva, como se nada disso fosse novidade para ele.

— Vá dizer a essa Mao Zhi que venha até aqui — ordenou ele.

Com suor escorrendo pelo rosto, ela se aproximou do escritório do chefe Yang. No interior, havia uma mesa, uma poltrona antiquada e um retrato do presidente Mao pendurado na parede. Perto do retrato, havia uma pistola. Quando ela entrou, o chefe Yang estava no processo de lavar o rosto com água fria, e depois disso pendurou a toalha no suporte de pinho, virou-se e perguntou:

— Quantas pessoas cegas há nessa aldeia?

— Não há muitos que sejam completamente cegos. Talvez cinco ou seis.

— E quantos aleijados?

— Também não temos muitos aleijados. Dez ou mais, no entanto todos capazes de trabalhar nos campos.

— Quantos surdos-mudos?

— Há nove domicílios com pessoas surdas e oito com pessoas mudas.

— Todas essas deficiências são hereditárias?

— Também existem algumas famílias que chegaram a Avivada anos atrás, fugindo da fome. Ninguém reclamou quando se estabeleceram na aldeia, e nós as respeitamos como deficientes.

— Que proporção da aldeia é composta por deficientes?

— Cerca de dois terços.

— Enquanto estava na sede do condado, vi os chefes dos condados de Gaoliu e Dayu e disse a mim mesmo: "Que merda, esses dois não prestam." Veja o chefe de Dayu. Ele alega que Avivada está a cento e vinte e três li do município de Boshuzi, no nosso condado, e a cento e sessenta e três li do município de Honglianshu, no condado dele. O que não diz é que, embora seja verdade que a aldeia está a cento e vinte e três li do município de Boshuzi, está a apenas noventa e três li e meio do município de Chunshugou, ou seja, trinta li mais perto. Quanto ao chefe do condado de Gaoliu, ele está correto ao dizer que Gaoliu fica longe da aldeia, mas, no quinto mês intercalar do décimo primeiro ano da República, ou seja, no ano renxu do Cão, no calendário lunar, houve uma grande seca em Henan e muitas pessoas morreram de fome, embora nas montanhas de Balou houvesse vários desfiladeiros onde as pessoas tinham mais grãos do que podiam comer, incluindo aquele onde sua aldeia está localizada. Naquele ano, Gaoliu enviou pessoas até lá para coletar grãos. Eles os levaram para Gaoliu e salvaram a vida de muitas pessoas.

"Olhe, em termos estritamente geográficos, Avivada fica um pouco mais perto de Chunshugou, em Dayu, e tecnicamente vocês deveriam estar sob a jurisdição deles. De uma perspectiva histórica, contudo, Gaoliu certa vez coletou grãos da aldeia e vocês poderiam argumentar que pertencem a ele. Mas esses canalhas enviaram você a Shuanghuai, mesmo que não tenhamos nenhum tipo de conexão."

A essa altura, o sol havia chegado ao zênite e várias acácias-do-japão no pátio balançavam gentilmente de um lado para o outro. O secretário estava ao lado da porta molhando as plantas. O chefe Yang apontou para ele e disse:

— Secretário Liu, vá até o refeitório e diga a eles que preparem dois almoços a mais. Queremos que nossos convidados tenham uma boa refeição enquanto estão aqui.

Por um longo tempo, Mao Zhi olhou para o chefe Yang. Então se levantou abruptamente e disse:

— Chefe Yang, nós dois contribuímos para a Revolução e, dessa forma, eu gostaria de lhe fazer algumas perguntas.

O chefe Yang pareceu ligeiramente surpreso, mas respondeu:

— Vá em frente.

— Chefe Yang, você concorda que o povo de Avivada pertence à China?

— Sim.

— E também não pertence à província de Henan?

— Sim.

— E também não é de Jiudu?

Ele não discordou.

— Nesse caso, por que Shuanghuai, Dayu e Gaoliu não nos querem? Não temem que possamos ir até a sede do distrito e delatá-los?

O chefe Yang pareceu surpreso que uma mulher aleijada do interior tivesse coragem de falar com ele dessa maneira. Olhou para o revólver pendurado na parede, fungou desdenhosamente e disse:

— Céus, você ousaria nos delatar para o distrito?

Então ficou de pé e esbravejou:

— Foda-se, vá em frente e delate! Vá se encontrar com o secretário do Partido. Quando estava em Yan'an, fui eu que apresentei o secretário ao Partido.

O chefe Yang olhou friamente para ela ao dizer isso, como se quisesse devorá-la com os olhos. Mao Zhi, contudo, não pareceu nem um pouco abalada. Apenas o encarou por algum tempo e disse:

— Chefe Yang, você esteve em Yan'an. Eu também e, se o regimento feminino não tivesse sido dispersado no outono do ano bingzi, eu não estaria aqui agora.

Ao dizer isso, ela repousou o olhar no rosto dele. A princípio, planejara esperar que o chefe Yang olhasse para ela e, então, iria se virar e partir. Mas, para sua surpresa, notou que ele havia empalidecido. Olhava para ela, boquiaberto, como se não pudesse acreditar no que via e tivesse acabado de reconhecê-la.

— Em que regimento feminino você esteve? Você realmente esteve em Yan'an?

— Você não acredita em mim, não é? — disse ela, virando-se e claudicando para fora do escritório.

Ela voltou ao moinho em frente ao edifício do governo do condado e pediu ao pedreiro que alcançasse sua bolsa. Levou-a até o escritório do chefe Yang e a abriu em cima da mesa, retirando dois pares de sapatos e colocando um em cada canto. Então pegou uma algibeira branca de lona, cuidadosamente dobrada, e removeu uma velha e desbotada farda militar, que esticou em cima da mesa. No ombro da jaqueta, havia um grande remendo, feito não com o tecido padrão das fardas, e sim com um espesso pano preto. Também havia um par de calças cuidadosamente dobradas, tão desbotadas e amareladas quanto a jaqueta. As barras das calças já haviam começado a esgarçar e era óbvio que a farda era muito velha. Depois que colocou a farda e a bolsa de viagem em cima da mesa do chefe Yang, ela se afastou e disse:

— Chefe Yang, ambos sofremos no ano bingzi e, se o Quarto Regimento não tivesse debandado, eu não estaria aqui hoje lhe pedindo isso.

Ele corou profundamente. Olhou para a farda e de volta para ela. Olhou novamente para a farda e gritou para a porta:

— Secretário Liu, diga ao refeitório que prepare duas refeições a mais. E me consiga uma garrafa de bebida!

Era o fim do quinto mês e, quando ela e o pedreiro voltaram para casa, foram acompanhados pelo secretário Liu, pelo chefe do município de Boshuzi e por dois soldados da milícia do município. Os soldados carregavam rifles e, quando chegaram à entrada da aldeia, atiraram três vezes em rápida sucessão. Todos os aldeões — cegos ou aleijados — foram até o centro da aldeia para realizar sua primeira Assembleia do Povo. Desse modo, Avivada foi formalmente inserida na jurisdição do município de Boshuzi e do condado de Shuanghuai.

Com o som dos tiros, uma equipe de auxílio mútuo foi formada e a aldeia entrou na sociedade cooperativa. Assim, todos passaram a gozar de dias celestiais.[3]

CAPÍTULO 9

LEITURA COMPLEMENTAR DA LEITURA COMPLEMENTAR DA LEITURA COMPLEMENTAR: *Dias celestiais*

[1] *Carrinho estrangeiro*. Bicicleta. *Na região das montanhas de Balou que fica perto de Henan, as bicicletas costumavam ser chamadas de "carrinhos estrangeiros" e, mais tarde, "motocicletas de pedal". Após muitos anos de ataques dos Quatro Velhos — velhas ideias, velha cultura, velhos costumes e velhos hábitos maoistas —, o povo de Balou já não podia mais pronunciar a palavra "estrangeiro" e começou a chamar os veículos de bicicletas. Mesmo atualmente, contudo, ainda existem algumas pessoas idosas que insistem em chamá-las de "carrinhos estrangeiros" ou "motocicletas de pedal".*

[3] *Dias celestiais*. *Os dias celestiais se referem ao período de trabalho coletivo incomum que se seguiu à instituição das equipes de auxílio mútuo em Avivada, no outono do ano gengwu, 1960.*

Os terrenos de todas as famílias foram combinados, e seus bois, arados, enxadas e semeadeiras foram coletivizados. As famílias que já tinham essas coisas obviamente saíram perdendo e, embora no início quisessem gritar e fazer cena, após ouvir alguns tiros se acalmaram e entregaram o que possuíam.

Desse modo, as equipes de auxílio mútuo foram formadas. O chefe do município e os dois milicianos ficaram na aldeia por três dias e, quando partiram, levaram consigo uma das armas que haviam trazido, deixando a outra para trás.

A arma ficou com Mao Zhi.

Ela fora originalmente membro de um contingente do Exército. Havia lutado em batalhas e tinha mais experiência que qualquer miliciano.

Fora revolucionária desde a infância. Fora líder.

Depois que o sino foi pendurado na árvore no meio da aldeia, sempre que ela o tocava as pessoas saíam juntas para trabalhar nos campos. Se lhes dissesse que fossem até a montanha do leste e capinassem o solo, elas iam até a montanha do leste e capinavam o solo. Se lhes dissesse que fossem até a montanha do oeste e espalhassem fertilizante, elas iam até a montanha do oeste e espalhavam fertilizante. A princípio, as equipes de auxílio mútuo funcionaram bem, mas, por milhares de anos, as famílias de Avivada haviam cuidado de sua própria terra, arando e semeando em seus próprios campos, com algumas famílias no topo das colinas e outras nos desfiladeiros. Quando precisavam de algo, elas simplesmente davam um grito. Contudo, se um aleijado quisesse tomar emprestado um cesto de um surdo, ele não poderia simplesmente gritar. Saindo do fundo do desfiladeiro, ele se arrastaria lentamente até o cume e se arrastaria novamente para descer. Mas, com o estabelecimento das equipes de auxílio mútuo, isso se tornou desnecessário. Quando Mao Zhi tocava o sino no meio da aldeia e dizia a todos que levassem pás, tudo que precisavam levar eram pás. Se dissesse que levassem cestos de vime, precisavam levar apenas cestos de vime.

A caminho dos campos, as pessoas que gostavam de falar já não se sentiam mais sozinhas e as que não gostavam de falar já não sentiam mais que seus ouvidos estavam solitários.

Depois de terminarem nos campos e se encaminharem de volta à aldeia, os que gostavam de cantar árias e canções de Balou e Xiangfu o faziam, sem precisar se preocupar em estarem desperdiçando a voz e seus talentos porque não havia ninguém para ouvi-los.

O inverno veio e passou e, por fim, chegou a primavera. Quando Mao Zhi tocava o sino, todos — homens e crianças, jovens e velhos, à exceção de cegos e paraplégicos — desciam para capinar os campos de trigo. Primeiro capinaram o campo maior, a leste da aldeia. Ele tinha mais de dez mu *e ficava na diagonal da colina, como se um pedaço de céu tivesse caído na montanha. Todos que podiam carregar enxadas — incluindo homens e crianças, jovens e velhos, aleijados e surdos-mudos — iam para os campos. Trabalhavam em grupos, erguendo e baixando as enxadas ritmicamente, com o reluzente som amarelo de suas ações ecoando pelo topo da cordilheira.*

Havia uma mulher aleijada que não conseguia ficar de pé. Naturalmente, ela não capinava. Assim, Mao Zhi a posicionou em um canto do campo e fez com que cantasse enquanto todos trabalhavam. Também havia um cego que jamais soubera a cor do céu ou da terra, mas, desde que era jovem, gostava de ouvir as pessoas cantarem. Sempre que ouvia alguém cantar, começava a cantar também. Mao Zhi fez com que cantasse com a mulher aleijada.

Os aldeões também cantavam enquanto trabalhavam. Cantavam as canções de Xiangfu "Um par de andorinhas de jade" e "História de uma borboleta" e as canções de Balou "História dos fora da lei" e "Duas mulheres amorosas". Quando se esgotavam as canções, inventavam outras, como "Eu não tenho mulher e você não tem marido":

O cego canta:
O trigo nos campos está arrumado em vinte e uma pilhas.
Quem poderia prever que eu terminaria sem mulher?
Uma única cabeça de alho não pode ser dividida em dentes separados.
Sinto pena de mim por ser solteiro.

A paraplégica canta:
Balou tem dois foles,
Mas eu fiquei para trás, viúva.
Na frente da carroça há uma mula, e atrás, um cavalo.
Quem poderia prever que eu acabaria viúva?

O cego canta:
Preciso de uma mulher, assim como meu cavalo precisa de cabresto.
Quando o sol desaparecer nas montanhas do oeste, onde será minha casa?
Quando o sol desaparecer no desfiladeiro das montanhas do oeste,
Quem aceitará minha companhia solitária?

A paraplégica canta:
O forno está cheio de fumaça e eu abano o fogo.
Embora, viúva, tenha ficado sozinha.
A lua brilhante desponta.
Uma pessoa dorme sozinha.
A porta, a janela e o jarro d'água se estilhaçam,

O vento sopra e eu estou nua,
Um ganso solitário pousa na praia e faz seu ninho.
É difícil imaginar alguém que sofra mais que eu.

O cego canta:
O sol se põe no desfiladeiro das montanhas do oeste,
Quem aceitará minha companhia solitária?
Os foles estão vazios,
E eu, sem mulher, de coração partido.
Subo metade da colina.
Quem saberá que um homem solteiro foi prejudicado?
Meu casebre de palha tem dezoito vigas.
Quem saberá como sofro?
Se alguém planta cebolinhas, eu planto alho.
É difícil viver solteiro.

Os aldeões cantavam enquanto trabalhavam. Por fim, o verão chegou e todos passaram metade do mês colhendo trigo. Havia chuva quando precisavam de chuva e sol quando precisavam de sol. Quem poderia ter imaginado que, embora aquele fosse seu primeiro ano na sociedade, o trigo seria tão abundante que, em todos os campos da aldeia, grandes e pequenos, o peso dos grãos entortaria as hastes? Quando os aldeões saíam para a colheita, toda a terra estava tomada pelo aroma perfumado do trigo. Inicialmente, haviam planejado colher trigo o dia todo e dividi-lo, para não deixá-lo empilhado nos campos. Mas esse processo de distribuição durou quinze dias e cada família teve de carregar seu trigo para casa.

Os potes e as latas de todas as famílias ficaram completamente cheios. Mesmo os caixões que prepararam para os pais estavam lotados e os que não tinham caixões jogavam o trigo sobre as camas. No fim, todos ficaram sem espaço e os cantos das casas ficaram cheios de sacas e sacas, e até mesmo a latrina mais imunda estava tomada pela doce fragrância do trigo. Eles empilharam o excedente em dois armazéns nos campos e concluíram que, depois de terem entrado na sociedade, haviam genuinamente entrado nos dias celestiais. Contudo, juntamente com os dias celestiais, chegou a grande Tragédia do Ferro.[1]

CAPÍTULO 11

Leitura complementar da leitura complementar da leitura complementar da leitura complementar: *A Tragédia do Ferro*

[1] **Tragédia do Ferro.** *Refere-se à tragédia com cheiro de ferro que ocorreu na China durante o Grande Salto Adiante. Nas montanhas de Balou, era chamada simplesmente de "Tragédia do Ferro". Mas, em contraste com desastres naturais como enchentes ou incêndios, a Tragédia do Ferro foi causada pelo homem. O problema começou no ano xinmao, 1951. Naquela época, o distrito inteiro, incluindo Avivada, gozava de um clima excelente. A colheita de trigo no verão tinha sido boa e a colheita de milho no outono fora inesperadamente farta. É desnecessário dizer que a comida era abundante, o que, por sua vez, melhorava todo o resto. A vida era de fato celestial.*

Mas, no ano renchen, 1952, Mao Zhi foi à cidade para uma reunião que durou vários dias e, ao retornar, tocou o sino da aldeia e fez dois anúncios. Primeiro, que havia comprado uma garrafa de glucose. Era uma garrafa clara de vidro com tampa de borracha e ela a usou para distribuir óleo de gengibre para todos. Segundo, que o governo do distrito fora transformado em comuna do povo e que as sociedades colaborativas e as equipes de auxílio mútuo foram divididas em pequenas e grandes brigadas. Como a agricultura era uma forma de produção, elas eram chamadas de pequenas e grandes brigadas de produção. Mao Zhi anunciou que as grandes brigadas não teriam secretário do Partido, chefe de distrito, comandante de milícia ou líder da equipe de produção, enquanto as pequenas brigadas não teriam chefe de brigada de produção, contador ou trabalhadores assalariados. Como Avivada estava localizada no meio do nada, até mesmo uma grande brigada de produção independente seria necessariamente uma pequena brigada de produção. A comuna lhe pedira que assumisse as responsabilidades de secretária do Partido para a aldeia, chefe de distrito, comandante da milícia e líder da equipe de produção.

Antes que alguém percebesse, chegara o ano wuwu, 1958, e o país começou a passar por uma grande reconstrução para produzir mais, mais rápido e com mais eficiência. Em todo o país, o cheiro de ferro começou a ser sentido.

Todas as árvores foram cortadas.

Em Avivada, todos ficaram extraordinariamente ocupados. Mao Zhi finalmente engravidou e seu ventre começou a crescer. A comuna ordenou que, a cada dez dias, cada aldeia e cada cidade fundisse uma peça de aço e a entregasse em um terreno vazio na frente da comuna. Mao Zhi empinou a barriga e foi com os outros, de carro de boi, entregar uma peça de aço tão grande quanto um punhado de bagaço de soja. Foi somente então que percebeu que os aldeões deficientes, após trabalharem arduamente dia e noite, haviam conseguido produzir apenas metade do aço levado pelas outras aldeias. O secretário da comuna disse a ela e aos outros aldeões que ficassem em frente ao retrato do presidente Mao, com a cabeça curvada, e fizessem um autoexame.

— Mao Zhi, felizmente você esteve em Yan'an e dizem que até mesmo viu o presidente Mao. Por que não bate no peito e reflete sobre como poderia estar à altura dele?

"A partir de hoje, Avivada não precisa mais derreter aço. Vocês estão nos atrasando e, por isso, estou expulsando a aldeia da comuna de Boshuzi. Vocês já não são mais habitantes de Boshuzi."

Ao retornar à aldeia, Mao Zhi retirou das casas todos os utensílios de ferro considerados não essenciais: velhas panelas e baldes, enxadas e pás cegas, bacias, atiçadores, cavilhas para pendurar coisas nas paredes e até mesmo as dobradiças dos baús de madeira que ficavam ao pé das camas. Depois que todos esses itens foram coletados e entregues, a comuna concedeu à aldeia um certificado emoldurado, designando-a terceira aldeia modelo de fundição de ferro. Mas, quinze dias depois, a comuna enviou mais dois líderes de milícia armados, que conduziam um carro de boi e carregavam um certificado declarando Avivada a segunda aldeia modelo de fundição de ferro. Eles levaram embora um carro cheio de utensílios agrícolas. Alguns dias depois, outros quatro soldados do Exército do Povo armados com rifles chegaram em dois carros de boi, carregando um certificado que declarava Avivada a primeira aldeia modelo de fundição de ferro. Também trouxeram uma carta escrita pelo próprio secretário da comuna, Mai. Mao Zhi leu a carta e ficou em silêncio durante muito tempo. Então, com o ventre bastante aparente, liderou os visitantes de casa em casa, recolhendo as ferramentas de ferro.

Quando chegaram à casa de um cego, ele estava preparando o jantar, com o filho agachado ao seu lado.

— Quem está à porta? — perguntou o cego.

Seu filho respondeu que eram vários inteiros carregando armas. O cego ficou surpreso e, obedientemente, entregou a panela que estava usando.

Enquanto servia a comida que estivera preparando, os soldados do Exército do Povo vasculharam o pátio. Encontraram um prego de ferro, que levaram embora. Quando viram duas enxadas apoiadas na parede, retiraram as lâminas e levaram embora. Nesse momento, o cego chamou Mao Zhi à parte e disse:

— Eles querem até a minha panela! E se minha família não entrar na sociedade nem se tornar membro da sociedade? Estaria tudo bem?

Ela rapidamente tapou sua boca com a mão.

Quando chegaram à casa de uma aleijada que gostava de bordar, a mulher entregou a panela. Também tinha uma bacia de bronze, mas, como era o único dote que trouxera ao se casar com um aldeão, mostrava-se relutante em entregá-la. Os soldados do Exército do Povo confiscaram panelas, conchas e outros utensílios de cozinha de ferro e os jogaram no carro de boi. Soluçando, a mulher largou a bacia de bronze e correu para fora, a fim de agarrar a panela de ferro. Enquanto fazia isso, os soldados confiscaram também a bacia. A aleijada abraçou as pernas de Mao Zhi e soluçou:

— Devolva minha panela e minha bacia! Se não devolver minha panela e minha bacia, minha família não se tornará membro da sociedade.

Os soldados armados olharam com raiva para a aleijada, que prontamente ficou em silêncio.

Eles também foram até a casa de um dos surdos da aldeia. Ele era muito inteligente e, embora não pudesse ouvir, nada escapava ao seu olhar. Os soldados chegaram com suas armas e pararam o carro de boi bem em frente à porta. O surdo trouxe uma panela e a entregou, juntamente com as dobradiças de ferro do baú. Ele até removeu as dobradiças da porta e as jogou no carro de boi. Finalmente, os soldados perguntaram se havia qualquer outra coisa feita de ferro na casa. O surdo pensou por um momento, removeu os anéis de ferro dos sapatos e os jogou no carro.

O carro de boi partiu.

Após sua partida, o surdo puxou a mão de Mao Zhi e perguntou, atônito:

— Mulher do pedreiro, aquela era a comuna do povo?

Ela olhou para os soldados, que seguiam o carro de boi, e rapidamente tapou a boca do surdo com a mão.

O céu começou a ficar vermelho-escuro e os dois carros de boi da comuna estavam cheios. Cada carro estava repleto de ferramentas de ferro novas e velhas — incluindo arados e pás, panelas e conchas, trincos de portas e dobradiças de baús. Os carros estavam tão pesados que os bois ofegavam de exaustão ao puxá--los laboriosamente.

Após se despedir dos carros de boi e dos soldados rudes, Mao Zhi se virou para voltar para casa. Ela viu toda a aldeia, incluindo cegos e aleijados, velhos e crianças e, particularmente, as mulheres responsáveis pelo preparo das refeições, todos de pé, sentados ou paralisados no chão. Todos a encaravam com uma expressão de irritação. Alguns claramente a odiavam — particularmente as mulheres jovens e fortes, na frente da multidão, mordendo o lábio de raiva e olhando em silêncio para ela enquanto caminhava rumo à aldeia, como se estivessem se preparando para pular sobre ela e espancá-la. Mao Zhi notou que o pedreiro estava pálido enquanto aguardava em uma casa ligeiramente afastada. Ele acenou e ela ficou parada por um instante, antes de caminhar até o marido. É desnecessário dizer que um mar de olhares furiosos a seguiu. Assim, ela caminhou bem lentamente, um passo de cada vez, e, embora tentasse evitar os olhares, era como se estivesse esperando que as pessoas gritassem seu nome e a amaldiçoassem.

Contudo, não havia som algum.

Tudo estava silencioso. Até mesmo o som dos olhares estava abafado, como se uma janela tivesse sido fechada. O sol começou a se pôr atrás das montanhas e as fornalhas de fundição de ferro atrás da cordilheira começaram a se acender. Havia um punhado dessas fornalhas nas cavernas atrás da aldeia e elas também se iluminaram. Mao Zhi caminhou até as fornalhas e, enquanto se afastava dos olhares dos cegos, surdos e aleijados, era como se tudo tivesse terminado.

Mas, subitamente, ouviu alguém gritar:

— Mao Zhi, não vá. Agora que entramos na sociedade, nossa família precisa usar uma bacia de louça para cozinhar. Tudo bem se sairmos da sociedade?[1]

— Mao Zhi, nossa família tem de usar uma panela de barro para cozinhar. Tudo porque você liderou nossa entrada na sociedade. Pode nos liderar para fora dela novamente?

— Ei, minha família não tem nem mesmo uma bacia de louça ou uma panela de barro. Amanhã, teremos de usar a gamela de pedra dos porcos para preparar a comida. Ouça o que digo, Mao Zhi: se não nos tirar da sociedade, não espere mais dias agradáveis em sua vida!

Ela ficou parada sob aquela enorme quantidade de gritos, como se estivesse no meio da correnteza furiosa de um rio.

LEITURA AINDA MAIS COMPLEMENTAR

[1] *Sair da sociedade. Frase utilizada em referência à entrada de Avivada na sociedade. A participação nas equipes de auxílio mútuo e nas sociedades cooperativas fora chamada de "entrar na sociedade" e, desse modo, quando os aldeões, posteriormente, desejaram deixar as comunas do povo, chamaram isso de "sair da sociedade".*

LIVRO 7

GALHOS

CAPÍTULO 1

Contudo, aquele evento súbito ocorreu

O chefe Liu finalmente estava prestes a liderar a trupe que havia organizado em Avivada.

A primeira parada seria na cidade, com o objetivo de arrecadar dinheiro para comprar o corpo de Lênin.

O ato de Macaco Perneta era o salto voador com uma perna só; o de Surdo Ma era fogos de artifício nos ouvidos; o de Um Olho, linha pelas agulhas com apenas um olho; o de Mulher Paraplégica, bordado em folhas; o de Cega Tonghua, audição aguçada; o de Garotinho com Pólio, pé na garrafa; e o de Tio Mudo, sessão espírita. Todos os aldeões deficientes, desde que tivessem uma habilidade especial, acompanhariam o chefe Liu até a cidade. Quanto a Huaihua, como era bela e graciosa, tinha sido autorizada a ir para apresentar o espetáculo. O papel de apresentadora dava tanta visibilidade que, depois que o secretário Shi o mencionara, ela deixara que ele acariciasse seu rosto belo e delicado. Não só isso como também tinha dado um sorriso sedutor e até permitira que ele a beijasse no rosto.

Naquele dia, um grande caminhão saiu da sede do condado e parou na entrada da aldeia. Fosse cego, surdo, aleijado ou mudo, todo aldeão, desde que tivesse uma habilidade especial, correu até o veículo. O carro do chefe Liu ainda não havia chegado e ele disse que economizaria gasolina viajando no caminhão porque, afinal, o motorista na torre[1] não o levaria de volta à sede do condado exatamente do mesmo jeito? Ele se sentou na torre com o secretário Shi e todos se prepararam para partir.

O sol já estava alto no céu e os aldeões haviam feito o desjejum bem cedo. Eles se reuniram na entrada da aldeia para colocar a bagagem no caminhão e partir para a cidade. Tonghua, Huaihua e Yuhua também levaram suas malas até o pátio e, quando o sol começou a esquentar, o sino da aldeia tocou. O secretário Shi começou a gritar o anúncio no ar da manhã:

— Todos os integrantes da trupe de artistas com habilidades especiais devem ir até a entrada da aldeia para embarcar no caminhão. Quem se atrasar não será mais membro da trupe.

Sua voz era sonora como um ventilador, translúcida como uma pera-nashi e doce como açúcar. Quando Huaihua o ouviu, corou imediatamente. Yuhua olhou para ela, que perguntou:

— O que foi? O que você está olhando?

Yuhua não respondeu e olhou friamente para a irmã, recolhendo as malas.

Yuhua foi buscar a bengala de Tonghua. Preparando-se para partir, elas foram primeiro se despedir da mãe, que estava sentada no pátio, imóvel. A mãe era como um cepo podre, com o rosto acinzentado e sem vida. Ela ficou sentada, encarando o portão, e olhou para a cega Tonghua como se ela já estivesse morta, mas ainda segurasse uma estátua de Buda.

— Mãe, estão nos chamando. Temos de ir — avisou Yuhua.

— Mãe, você está preocupada? — perguntou Huaihua. — Você ainda tem Marileth para lhe fazer companhia. Não se preocupe. Enviaremos dinheiro em um mês. Planejo ganhar mais que todos e simplesmente não consigo imaginar que alguém seja capaz de me vencer. No futuro, você não precisará mais lavrar se não quiser.

Tonghua sabia que a mãe estava preocupada. Jumei não disse nada, apenas se ajoelhou diante dela e segurou sua mão. Ao fazê-lo, lágrimas começaram a escorrer dos seus olhos. Do lado de fora, soou a voz de oficial de Macaco Perneta, urgindo-as:

— Tonghua e Huaihua, venham! Estão todos esperando!

O grito era como um chicote e, ao ouvi-lo, Jumei secou os olhos e acenou para que as filhas fossem embora.

Elas foram.

Tudo o que permaneceu no pátio foi a solidão. O sol já havia passado da casa e agora estava logo abaixo do muro da frente, fazendo com que o pátio parecesse estar coberto de um vidro reluzente. Era o fim do quinto mês, uma época do ano na qual eles normalmente estariam começando a colher o trigo, mas não havia o menor sinal de trigo no ar, somente o cheiro de terra úmida por causa da neve derretida. Os pardais estavam no telhado, chilreando alto, enquanto as gralhas estavam nas árvores do pátio, carregando gravetos para reconstruir os ninhos destruídos pela nevasca de verão. Jumei ainda estava sentada na porta de casa, sem mover um músculo. Ela acenou para as filhas. Teria gostado de acompanhá-las até a entrada da aldeia, mas, temendo encontrar certo alguém, permaneceu no pátio.

Ela estava com medo de encontrar certo alguém, mas, ao mesmo tempo, queria muito vê-lo. Assim, manteve o portão fechado e ficou sentada na porta, encarando o pátio.

Os oficiais na hospedaria do templo estavam prestes a partir e passariam pela sua porta.

O secretário Shi já passara, carregando uma mala grande e uma pequena. O som do sino ecoava por toda parte, mas, por alguma razão, o chefe do condado, Liu Yingque, ainda não tinha aparecido. Jumei estava bastante perturbada e achou que, talvez, ele tivesse passado e embarcado no caminhão, já prestes a partir. O som de passos que havia dominado a rua se esvaíra, e malas cheias de lençóis, roupas e louças já tinham sido colocadas no caminhão. As cerimônias de partida alegres e chorosas já haviam sido realizadas e o único som na rua era o chilrear dos pardais. Jumei já não olhava para o portão quando finalmente o viu. Ela se levantara para recolher uma pilha de lixo que as filhas deixaram para trás, e, nesse momento, vira duas pernas passando pela porta da hospedaria. Essas pernas estavam enfiadas em uma bermuda que fazia parte de uma farda marrom-avermelhada, meias de seda e sandálias de couro. As meias brilhavam ao sol e a luz refletiu nos olhos de Jumei.

Ela olhou para a porta. No começo, não havia pretendido dizer nada àquela pessoa e, em vez disso, meramente permaneceu em silêncio. Mas, ao vê-lo prestes a ir embora, gritou:

— Ei! Ei!

As sandálias imediatamente pararam e deram a volta.

— O que foi agora?

Ela refletiu por um instante e lhe ocorreu que talvez não devesse tê-lo chamado. E disse, em tom de desculpas:

— Nada. Então, entreguei minhas filhas a você?

O chefe do condado olhou para ela, irritado.

— Você entregou suas filhas para a trupe, não para mim, chefe do condado Liu.

Atônita, Jumei olhou para ele sem saber o que fazer. Então, disse em voz baixa:

— Você devia ir agora.

Ele se virou novamente e partiu. Caminhou rápido, como se tentasse escapar de algo. Uma grande multidão se reunira na entrada da aldeia. Todos os aldeões, jovens e velhos, estavam presentes. Os deficientes com habilidades especiais embarcaram na caçamba. Eles empilharam as malas e as bolsas e se sentaram em cima delas. Também havia uma pilha de itens diversos, incluindo panelas e farinha para cozinhar, fogareiros para esquentar os bolinhos, panelas de barro para preparar a massa, jarras para guardar água, baldes para carregar água e sacos de grãos e farelo.

Todos esperavam pelo chefe Liu. O secretário Shi e o motorista estavam de pé ao lado da torre do caminhão, olhando para a extensão da viela. As pessoas no caminhão olhavam para a frente, esticando o pescoço para tentar ver o chefe.

É desnecessário dizer que o caminhão não podia partir antes de ele chegar e, quanto mais o chefe Liu demorava, mais ansiosos ficavam aqueles que foram até lá para se despedir. Mães e filhos estavam separados, e as crianças do lado de fora do caminhão tentavam subir no colo das mães do lado de dentro — e, como não lhes deixavam fazer isso, simplesmente se sentavam no chão e choravam. Quanto aos homens no caminhão, as esposas lhes davam incontáveis tarefas para realizar, como se, uma vez que partissem, jamais fossem retornar. Havia algumas garotas no caminhão e as pessoas idosas do lado de fora repetiam as mesmas coisas, dizendo a elas que lavassem suas roupas regularmente para que não mofassem. Também diziam às jovens encarregadas de cozinhar que, ao usar farinha, acrescentassem um pouco de fermento para que a massa crescesse mais rápido e não ficasse pesada. Até sugeriam que, quando as pessoas tivessem sede, bebessem água fervida — enfatizando que, se usassem bacia ou panela, não era seguro beber antes que a água fervesse por completo. Também diziam que, quando chovesse, todos deviam usar guarda-chuva e os que não tinham deviam usar o dinheiro que a trupe lhes daria no fim do mês para comprar uma capa ou algo assim. Uma capa tinha lá seus benefícios, pois, ao contrário do guarda-chuva, podia ser usada como esteira para arejar os grãos.

Huaihua era a única pessoa no caminhão que não falava. Ela voltava o olhar repetidas vezes para a torre, onde o secretário Shi estava sentado. Quando ninguém estava prestando atenção, ele se virava para ela e sorria.

O chefe Liu estava atrasado porque ele tinha precisado usar o banheiro assim que saíra da hospedaria. Ele havia se agachado na latrina por tanto tempo que seus pés ficaram dormentes. Ao se aproximar do caminhão, olhou para todos, dentro e fora do veículo, e disse:

— Parece que todos estão aqui.

— Sim — respondeu o secretário Shi.

— Não falta nada?

— Fiz com que todos se certificassem de ter todos os acessórios para as apresentações.

Ele se virou para o motorista e disse:

— Vamos embora.

O motorista imediatamente deu a partida no motor.

Não havia uma única nuvem no céu ao longo da cordilheira. O dia estava tão claro que a vista chegava a cem *li* em qualquer direção. O sol brilhava, e todos no caminhão estavam cobertos de suor. Huaihua estava na frente e pegara algumas folhas para se abanar. Outras pessoas se sentaram na frente do leque e em pouco tempo havia um grande grupo. Ela foi coberta pelo cheiro de suor, então jogou as folhas fora. Um aroma fresco de milho e painço pairava nos campos que ladeavam a estrada. Todos estavam ansiosos para partir. Avivada estava de pernas para o ar, mas subitamente ocorreu aos aldeões que, embora fizessem parte de uma trupe de artistas com habilidades especiais, ainda assim estavam partindo. E, ao perceber que estavam prestes a levar a cabo um evento portentoso, ficaram em silêncio.

Tudo ficou em silêncio.

Assustadas com o silêncio súbito, as galinhas que ciscavam em busca de comida ergueram a cabeça e olharam ao redor com olhos inexpressivos.

Os cães escondidos na sombra atrás do muro também se assustaram e olharam para os aldeões no caminhão.

As crianças pararam de chorar e seus pais interromperam suas exortações. O som do motor diminuiu quando o caminhão se preparava para partir. Os passageiros estavam prontos. O chefe Liu viajaria no banco do passageiro e, desse modo, o secretário Shi subiu primeiro na torre. Embora Huaihua continuasse observando-o, ele não se virou, dedicando toda a sua atenção ao chefe. Após subir na torre, ele estendeu a mão para o chefe Liu, que a aceitou, agarrou a maçaneta e embarcou.

A porta se fechou atrás dele.

O caminhão começou a se mover.

O caminhão partiu.

Depois de percorrer alguns metros de estrada, contudo, *aquilo* aconteceu. Quase como se tivesse sido previsto, assim que o caminhão começou a se mexer, *aquilo* aconteceu. Sob o beiral da casa do cego, *aquilo* aconteceu. *Aquilo* foi a Vovó Mao Zhi correndo até o caminhão como alguém que tivesse acabado de retornar dos mortos. Era meio do verão e ela vestia o traje de seda de nove camadas que havia costurado para si mesma. As três camadas internas consistiam no que os falecidos deveriam vestir durante o clima quente, as três camadas do meio continham uma jaqueta que deveria ser usada na primavera e no outono, ao passo que as três camadas externas incluíam calça e casaco forrados e o vestido fúnebre que deviam ser usados no inverno. O vestido fúnebre era feito de seda preta com barra dourada e, nas costas, havia um ideograma dourado que dizia *homenagem*, grande como uma bacia de banho. A seda preta e o bordado amarelo reluziam ao sol. Banhada pela luz dourada do sol, ela pulou como um cometa, aterrissando com um baque no meio da rua.

Vovó Mao Zhi aterrissou bem na frente do caminhão.

— Ei, mulher! — gritou o motorista, pisando no freio.

A aldeia inteira se reuniu em torno, gritando:

— Mao Zhi! Mao Zhi! Vovó Mao Zhi! Tia Mao Zhi!

Na verdade, ela permanecia bem calma, uma vez que a roda da frente do caminhão ainda estava a dois *chi* do seu rosto. Estava a dois *chi*, mas Mao Zhi rolou para a frente até estar sob ela, com o ideograma *homenagem* em suas costas virado para o céu e reluzindo sob o sol.

A aldeia inteira a encarou. Todos em Avivada a encararam, petrificados.

Inicialmente, o chefe Liu pareceu apenas surpreso, mas, ao perceber que era ela, a surpresa se transformou em fúria, que permaneceu congelada em seu rosto.

— Mãe, você está tentando se matar? — gritou o motorista.

Huaihua e Yuhua correram até a frente do caminhão, gritando:

— Vó! Vó!

A cega Tonghua gritava com elas:

— Vó, o que está errado? Huaihua, o que há de errado com a vovó?

Em meio aos gritos, o secretário Shi abriu a porta do caminhão e desceu. Primeiro ele pareceu furioso, querendo puxá-la de baixo do pneu, mas, ao perceber que vestia roupas fúnebres e ver o ideograma *homenagem* em suas costas reluzindo ao sol, ficou parado na frente do caminhão, sem se mexer. O olhar de fúria em seu rosto gradualmente se transformou em derrota.

— Vovó Mao Zhi — começou ele —, por favor, saia daí e diga o que tem a dizer.

Ela não falou nada e agarrou o pneu do caminhão com ambas as mãos.

— Você é nossa anciã e deve ser razoável.

Ela não falou nada e continuou segurando o pneu com ambas as mãos.

— Se não sair daí de livre e espontânea vontade, terei de puxá-la.

Ela não falou nada e continuou agarrando o pneu com todas as forças.

— Você está desobedecendo às leis ao obstruir o caminhão do chefe Liu. Vou tirá-la daí!

Vovó Mao Zhi enfim falou, gritando:

— Então tire!

O secretário Shi olhou para o chefe Liu e, quando se abaixou e estendeu a mão, Vovó Mao Zhi sacou uma tesoura de dentro do vestido. Era uma tesoura Wang Mazi de excelente qualidade, e ela colocou a ponta na altura da garganta, gritando:

— *Tente* me tirar! Se alguém me tocar, juro que enfio a tesoura na minha garganta! Eu tenho 76 anos e já perdi a vontade de viver. Meu caixão e minhas roupas fúnebres já estão prontos.

O secretário Shi se levantou e, com uma expressão de súplica, olhou novamente para o chefe Liu e para o motorista do caminhão.

— Vamos passar por cima dela e acabar logo com isso! — gritou o motorista.

O chefe Liu tossiu e o motorista acrescentou, em voz baixa:

— Quem ousaria fazer isso? Eu estava só tentando assustá-la.

O chefe Liu não comentou. Após refletir por um instante, desceu do caminhão.

Os aldeões se afastaram para permitir que se aproximasse.

Ele caminhou pelo espaço que se abrira na multidão.

O sol estava bem na frente do caminhão, e as roupas fúnebres de Vovó Mao Zhi cintilaram em seus olhos. Tudo estava quieto, de modo que era possível ouvir os aldeões prendendo a respiração. Os raios de sol pareciam cacos de vidro caindo do céu. Ele ficou em frente ao caminhão, com o rosto tão sombrio quanto o tronco de uma árvore na primavera. Mordia o lábio inferior com tanta força que parecia que o arrancaria fora. Mantendo as mãos na frente do peito, o chefe Liu fechou a mão esquerda sob a direita e, repetidamente, estalou os dedos da mão direita. Então trocou as mãos de posição e passou a estalar os dedos da mão esquerda. No fim, todos os dedos foram estalados e seus dentes deixaram marcas no lábio inferior, que começou a sangrar.

Ele se agachou na frente do pneu.

— Se tem algo a dizer, simplesmente diga.

— Você deve deixar os aldeões permanecerem em Avivada.

— Eu estou fazendo isso para o bem deles.

— Nada de bom virá de sua partida.

— Você deve acreditar em mim e no governo.

— Você deve deixar os aldeões permanecerem em Avivada.

— Eles estão aqui por livre e espontânea vontade. Suas próprias netas estão no caminhão.

— Você deve deixar os aldeões permanecerem em Avivada.

— Suas próprias netas estão no caminhão; todo mundo está aqui por livre e espontânea vontade.

— De qualquer modo, você deve deixá-los permanecer em Avivada. Nada de bom acontecerá se os aldeões saírem da região de Balou.

— Em consideração aos oitocentos e dez mil habitantes do condado e ao Fundo Lênin, não tenho outra escolha senão criar essa trupe.

— Se você quer levá-los embora, fique à vontade, mas terá de fazer isso sobre o meu cadáver.

— Que tal isto: você deixa que todos partam e simplesmente me diz quais são as suas condições.

— Mesmo que eu dissesse quais são, tenho certeza de que você não concordaria.

Ele deu uma risada fria.

— Você esquece que eu sou o chefe do condado.

— Eu sei que você quer arrecadar dinheiro para comprar o corpo de Lênin. Se quer que os aldeões ganhem dinheiro para você, tudo bem. Mas deve permitir que a aldeia saia da sociedade, de modo que já não esteja mais sob a jurisdição do condado de Shuanghuai e do município de Boshuzi.

— Depois de tantas décadas, como você ainda pode pensar nisso?

— Se a aldeia tiver permissão para sair da sociedade, não sentirei que falhei com ela.

Ele ponderou por muito tempo. Por fim, levantou-se e falou:

— Você acha que Shuanghuai deve essa aldeia a você? Acha que eles devem a você essas várias dezenas de quilômetros quadrados de terras montanhosas? Se sair daí debaixo, concordarei.

Os olhos dela se iluminaram, ficando muito mais reluzentes que o traje fúnebre.

— Um verdadeiro acordo só existe no papel. Se escrever, eu o deixarei ir.

Ele pegou um caderno na bolsa do secretário, sacou a caneta e redigiu várias sentenças, que ocuparam metade da página:

Concordo que, no início do próximo ano, a aldeia Avivada já não estará mais sob a jurisdição do município de Boshuzi. Representantes de Boshuzi não terão permissão para entrar na aldeia sob qualquer pretexto. Além disso, no início do próximo ano, Avivada tampouco estará sob a jurisdição do condado de Shuanghuai. Dentro de um ano, o condado imprimirá um novo mapa administrativo que não incluirá Avivada em suas fronteiras. Ao mesmo tempo, ninguém da aldeia poderá usar de quaisquer meios para impedir que outros aldeões voluntariamente se unam à Trupe de Artistas com Habilidades Especiais do Condado de Shuanghuai.

A última linha continha sua assinatura.

Após terminar, ele leu em voz alta, arrancou a página do caderno e a entregou a Vovó Mao Zhi.

— Várias décadas se passaram — disse ele — e você ainda pensa nisso todos os dias. Sair da sociedade é um grande passo e você deve me dar meio ano para explicar as coisas aos superiores no nível distrital.

Ela ouviu e aceitou a folha de papel. Pensou por alguns instantes, olhou para o papel e, subitamente, lágrimas surgiram em seus olhos.

Vovó Mao Zhi segurou o documento como se um imenso fardo tivesse se tornado tão leve quanto aquela folha de papel. Embora não ousasse acreditar que era real, sua mão tremia ligeiramente, fazendo com que o papel balançasse. Ela usava nove camadas de trajes fúnebres, mas, mesmo através delas, era possível ver que o tremor fazia com que as roupas também tremessem. Um suor quente encharcara as camadas internas e, embora seu rosto fosse tão idoso quanto antes, sem um traço de transpiração, havia uma camada vermelho-sangue debaixo da palidez amarelada. Já passara por mais desafios e tribulações do que havia folhas de relva na encosta da montanha e, quando pegou a folha de caderno, disse uma única frase. Ela se virou para o chefe Liu e disse:

— Você deveria usar os carimbos do comitê e do governo do condado.

— Não apenas usarei os carimbos como também retornarei à sede do condado e publicarei uma nota oficial comunicando a cada município, unidade e comitê.

— Quando essa notificação será enviada?

— No fim do mês. Em dez dias, você pode ir até a sede do condado para receber uma cópia.

— Como devo fazer para receber o documento?

— Você pode vestir o traje fúnebre e ficar na minha casa. Pode vestir essas roupas e se deitar na minha cama, matar vários galos vermelho-sangue[3] e enterrá-los na frente do edifício do comitê e do governo do condado.

Ela contou os dias e, treze dias antes do fim do mês, finalmente saiu da frente do pneu.

Naquele dia, o caminhão enfim partiu, deixando a aldeia envolta em solidão.

Leitura complementar

[1] *Torre do caminhão. A cabine do caminhão.*

[3] *Galo vermelho-sangue. Em Balou, Shuanghuai e na região ocidental de Hunan, as pessoas frequentemente usam galos como oferendas de sacrifícios. Assim, as lendas e a crença popular afirmam que, se um galo vermelho-sangue for enterrado em frente à porta de alguém, a família pode esperar uma catástrofe e, se uma galinha vermelho-sangue for enterrada em frente ao edifício de uma unidade de trabalho, o líder da unidade terá uma carreira e um destino desafortunados.*

CAPÍTULO 3

Muito depois de os aplausos morrerem e os destilados serem bebidos

A noite estava escura como o fundo de um poço e a lua pendia do céu como um cubo de gelo.

Quando a trupe fez sua primeira apresentação informal na sede do condado, o sucesso excedeu amplamente as expectativas de todos.

A data havia sido marcada para o início do sétimo mês lunar. Como três, seis e nove eram números auspiciosos, o chefe Liu escolheu o nono dia do sétimo mês e, cerimoniosamente, escreveu o número nove com caracteres chineses bem grossos.

Aquela noite, no nono dia do mês, foi o começo do momento mais inesquecível da trupe. Inicialmente, o auditório do condado estava praticamente silencioso e havia apenas um punhado de pessoas sentadas em frente ao palco, abanando-se. Estava muito quente e, durante o dia, o asfalto da estrada se transformara em pretóleo, fazendo com que as solas dos sapatos e as rodas dos carros ficassem presas. Dizia-se que, ao meio-dia, algumas pessoas chegaram a desmaiar por causa do calor e só se recuperaram depois de receber um banho gelado no hospital municipal, mas algumas tinham morrido por causa da mudança abrupta de temperatura.

Desse modo, quem poderia esperar que o auditório acabasse lotado — especialmente considerando que, como se tratava apenas de um ensaio geral, ninguém providenciara uma plateia? O chefe Liu havia feito com que o secretário Shi pedisse ao seu escritório que notificasse apenas os departamentos mais importantes, incluindo o gabinete de turismo, o gabinete de cultura e o centro cultural, encarregados de arranjar horários para as apresentações, e o comitê do condado, o governo do condado e outros oficiais relevantes. Eles esperavam ter apenas cento e tantas pessoas na plateia. Quando o chefe Liu se sentou na primeira fileira do teatro, contudo, os oficiais do comitê e do governo se amontoaram atrás dele, sentando-se de acordo com sua posição e status. O ventilador estava ligado, em consideração à presença do chefe do condado, e, quando a sala começou a esfriar, mais pessoas chegaram. Como não era preciso pagar pela entrada, as pessoas que vagueavam do lado de fora entravam no auditório para fugir do calor.

Rapidamente o auditório ficou lotado.

Do lado de dentro havia um manto de escuridão.

Do lado de dentro havia um rebuliço cacofônico.

O chefe Liu chegara pontualmente e, assim que havia entrado, todos se calaram, como se não tivessem ido até lá para assistir à apresentação ou fugir do calor, e sim para esperar sua chegada. Ele exercia um fascínio diferente ali e, ao entrar, todos no auditório aplaudiram, da maneira como as pessoas em Beijing saúdam um líder estrangeiro. Na verdade, ali na sede, ele era visto como um imperador ou presidente e era comum que as pessoas o aplaudissem ao vê-lo — já se tornara um hábito. Ao ouvir os aplausos, ele caminhou até o auditório, corando profundamente, e se sentou na terceira fileira da frente. Então se virou e fez um gesto para que todos parassem de aplaudir e se sentassem. Ele chamou o secretário Shi e sussurrou algo em seu ouvido. O secretário Shi foi até os bastidores para anunciar que o chefe do condado tinha chegado. Isso aumentou em dez, ou até mesmo cem vezes o nervosismo dos artistas, colocando ainda mais pressão nas pessoas encarregadas de supervisioná-los — profissionais anteriormente afiliados à trupe de canções de Balou que, com a dispersão da trupe, até recentemente tiveram de se apresentar em casamentos e coisas assim.

Dias antes, espalhara-se a notícia de que o chefe Liu queria organizar uma trupe de artistas com habilidades especiais composta por deficientes — incluindo cegos, aleijados, surdos, surdos-mudos, gente sem uma perna e jovens vítimas da pólio — de uma aldeia das montanhas de Balou sobre a qual todo mundo já havia ouvido falar, mas ninguém nunca visitara. Inicialmente, os aldeões não prestaram muita atenção ao anúncio, mas, uma vez que o próprio chefe do condado o fizera e os convidara a se apresentar, não lhes restara escolha a não ser fazer isso.

O secretário Shi sugerira que Huaihua atuasse como apresentadora; ele achava que, embora fosse baixa, ela era atraente. Então disse que haveria um ensaio geral no nono dia do sétimo mês e que ela devia começar a se preparar imediatamente. Ele reconhecia que a plateia estava mais interessada em se refrescar no ventilador. No início, os espectadores não estavam prestando atenção e ficaram espantados com a chegada do chefe Liu. Não se esperava que ele estivesse presente, uma vez que era apenas um ensaio geral e diziam que estava resfriado, com o nariz tão entupido que parecia recheado de penas de galinha. Diziam que voltara à sede do condado para cuidar de alguns assuntos e retornaria para assistir à apresentação.

Quem teria imaginado que apareceria para um ensaio geral? Quando chegou, os oficiais do comitê e do governo do condado vieram com ele. Como resultado, o ensaio foi transformado na estreia formal. O secretário Shi foi até os bastidores e disse ao líder da trupe de canções de Balou, de 50 e poucos anos, que o chefe Liu havia tomado um pouco de sopa de gengibre e decidira comparecer. Seu nariz ainda estava um pouco congestionado e, por isso, ele não subiria ao palco para falar. Teria de presidir uma reunião do comitê do condado naquela noite para discutir um plano de construção para o Mausoléu de Lênin, e pedira ao diretor da trupe que se apressasse e começasse logo a apresentação.

O diretor ficou bastante agitado. Ele reuniu todos os aldeões em um canto do palco e disse três coisas:

— Não fiquem nervosos enquanto se apresentam. Fiquem relaxados como se estivessem em seu próprio festival de avivamento.

"Não olhem diretamente para a plateia. Se fizerem isso, ficarão alarmados. Em vez disso, olhem para o teto.

"Quando terminarem suas apresentações, lembrem-se de fazer uma reverência para a plateia. O chefe Liu estará sentado no meio da terceira fileira; ao se curvarem, assegurem-se de que ele sinta que estão fazendo uma reverência diretamente para ele, ao mesmo tempo fazendo com que a plateia sinta que estão se curvando para ela."

Ao terminar, ele chamou Huaihua e perguntou:

— Você está nervosa?

— Um pouco.

— Não precisa ficar com medo. Você é a garota mais bonita da trupe. Espere um pouco e encontrarei alguém para fazer sua maquiagem. Desse modo, quando estiver no palco, será bela como um pavão. Quando a virem, todos ficarão embasbacados com sua beleza. Anuncie calmamente que a apresentação está prestes a começar e qual será o ato de abertura. Isso é tudo.

Huaihua corou profundamente e concordou com a cabeça.

O diretor da trupe acariciou seu rosto e lhe deu um beijo. Então pediu a alguém que a maquiasse.

A apresentação começou. Ninguém havia previsto que, quando Huaihua, aquela minúscula nainha, caminhasse até o palco usando saltos altos e um vestido de seda azul, com blush e batom, pareceria um papa-figo recém-saído do ninho. Como usava saltos, já não parecia mais uma nainha, como as irmãs Tonghua, Yuhua e Marileth. Contudo, como não era muito alta, as pessoas não tinham a percepção de sua verdadeira idade, 17 anos, mas talvez imaginassem que tinha 11 ou 12. Seus olhos eram poços de escuridão e seus lábios estavam cobertos de um brilhante esplendor vermelho. Tinha um nariz fino e pontudo como uma faca. Quando surgiu no palco do sufocante teatro com seu vestido azul, foi como o sopro de uma brisa fresca. Sua aparição surpreendeu a todos, e até o chefe Liu perdeu a fala quando a viu. Sabia que ela era pequena, mas não esperava que sua voz fosse tão doce e delicada ou que, tendo treinado pouquíssimas vezes, fosse capaz de abandonar o sotaque de Balou e falar com um perfeito sotaque da cidade. Ela pronunciou ritmicamente uma sílaba após a outra, cada palavra jorrando como suco de melão.

Huaihua ficou de pé na frente do palco e o teatro inteiro ficou em silêncio. Então, disse com a voz doce e delicada:

— Nossa apresentação está prestes a começar. O primeiro ato será o salto voador com uma perna só.

Após terminar o anúncio, ela saiu do palco e o diretor da trupe agarrou sua mão entusiasmado, como se sua própria filha tivesse feito algo extraordinário. Ele acariciou seu rosto, deu-lhe um tapinha na cabeça e a beijou. Quando Huaihua saiu do palco, uma onda de aplausos irrompeu da multidão. Quando cessaram, a segunda cortina vermelha se abriu lentamente, como se nuvens estivessem se partindo para dar lugar ao sol. As luzes do palco foram acesas.

Na verdade, o salto de Macaco Perneta não era tão extraordinário assim. Como lhe faltava uma perna desde seu nascimento, ele havia aprendido a andar, carregar coisas e escalar montanhas usando apenas uma. Como resultado, a perna se tornara muito forte, permitindo-lhe saltar vastas distâncias. Contudo, o diretor da trupe tinha acrescentado suas próprias ideias à apresentação, tornando-a terrivelmente perigosa. Assim que a cortina foi erguida, o ator que em geral interpretava o papel de palhaço nas tradicionais apresentações de ópera surgiu no palco fazendo malabarismos com três chapéus de palha. Duas pessoas começaram a espalhar feijão-da-china, soja e ervilhas no chão, depois de cobri-lo com um pano vermelho e verde do tamanho de três esteiras tradicionais. Em seguida, fizeram com que Macaco Perneta subisse ao palco e saltasse o mar de grãos com uma perna só. No lado leste do palco, havia duas almofadas para que ele pousasse sobre elas. Fora Yuhua quem as trouxera. Ela também usava o figurino, blush e batom e estava bastante atraente, como uma inocente garota do interior.

Assim, em um lado do palco, havia uma jovem garota do interior e, do outro, um homem apresentando seu salto com uma perna só. O contraste era como aquele entre flores frescas e grama seca. É desnecessário dizer que, se ele não conseguisse completar o salto, cairia em cima dos grãos e, muito possivelmente, quebraria a perna. O teatro estava tomado pelo cheiro de ervilhas. A ideia de cobrir o chão para o ato de abertura tinha sido uma ideia de gênio e até mesmo o chefe Liu sorria abertamente.

Macaco Perneta surgiu no palco, com a perna vazia da calça balançando no ar. Ele era bonito, mas seu rosto estava coberto de óleo e brilhava, de modo que não era possível dizer se era bonito ou feio. Mas todos estavam impressionados com sua única perna. O chefe Liu já conhecia o salto, mas a plateia não havia percebido que Macaco tinha uma perna só. Alguém no palco anunciou que ele saltaria com a única perna a piscina de grãos de dois por três metros e, se não conseguisse, cairia no meio dela. A pessoa no palco pediu à plateia que mantivesse os olhos bem abertos. Como solicitado, a plateia começou a transpirar de ansiedade. Como viam de baixo, o artista perneta no palco parecia pequeno e magro e, quando caminhava, ele se apoiava na muleta.

Huaihua anunciou que ele saltaria uma distância de três metros: isso era mais que a maioria dos inteiros conseguia saltar, e agora um *aleijado* estava prestes a tentar. A plateia estava nervosa, e o próprio Macaco Perneta — fosse porque estava genuinamente preocupado com sua habilidade de vencer os três metros, fosse por fingimento — mediu a distância com as mãos, como se estivesse disposto a alterar a posição das almofadas ou da piscina caso não estivesse correta. Nesse momento, Yuhua, parecendo muito preocupada, gentilmente lhe disse que tivesse cuidado. Ele fez que sim com a cabeça.

Por fim, estava pronto para saltar.

Os holofotes eram tão claros quanto o sol, e a plateia prendeu a respiração. Até o chefe Liu se inclinou para a frente na poltrona. Música e tambores começaram a tocar, como se ele fosse um bravo guerreiro prestes a partir para a batalha. Macaco Perneta surgiu na lateral do palco, segurando a muleta e correndo como um veado de três pernas. A perna direita batia no chão como um malho de madeira atingindo uma tábua, e a muleta esquerda batia no chão como um martelo de pedra. Após várias rodadas desse som, a plateia viu brevemente uma figura vestindo camiseta verde e calças vermelhas, claudicando desajeitadamente no palco. A muleta aterrissou na piscina de grãos e, ao ver que ele estava prestes a cair, todos esticaram o pescoço, parecendo árvores prestes a tombar. Mas Macaco Perneta tirou vantagem da flexibilidade da muleta e saltou no ar, voando por cima do mar de grãos e aterrissando elegantemente do outro lado.

A plateia permaneceu mortalmente quieta enquanto ele saltava e aterrissava na almofada. Então, todos explodiram em aplausos desvairados. De fato, os aplausos eram tão altos que quase partiram as vigas do prédio. O chefe Liu estava inclinado para a frente, mas, depois que Macaco Perneta completou o salto, reclinou-se novamente e liderou os aplausos, que continuaram por muito tempo, até que Yuhua entrou carregando duas tábuas de madeira de três *chi* de largura e cinco de comprimento. Elas estavam cobertas por fileira após fileira de pregos de três *cun*, a um *cun* uns dos outros. A plateia não notara que Yuhua era nainha e só quando ela chegou à frente do palco foi que perceberam que era minúscula como um pardal. Surpresos com seu tamanho, viram-na colocar as tábuas no meio da piscina de grãos e perceberam que, quando Macaco Perneta saltasse, também precisaria superar a cama de pregos. Como ela era mais larga que a piscina e estava coberta de pregos afiados, a plateia novamente se calou de espanto.

Todos olharam para o palco quando Macaco Perneta conseguiu pular a cama de pregos.

O terceiro salto, entretanto, era ainda mais surpreendente. O ato era chamado de "atravessando um mar de fogo". No chão do palco, havia duas lâminas de ferro bem finas, ainda mais largas e longas que a cama de pregos, além de cobertas de querosene e algodão. Ao contato com um fósforo, irromperam em chamas, iluminando o teatro. À luz das chamas, Macaco Perneta novamente caminhou até a frente do palco. Com os lábios contraídos, curvou-se para a plateia e, depois de receber uma rodada de aplausos, claudicou novamente até sua posição. Então, como uma gazela de três pernas, correu e saltou o mar de fogo.

Contudo, enquanto estava no ar, aconteceu um acidente. Como sua perna direita consistia apenas em uma perna de calça vazia, quando ele passava sobre as chamas o tecido pegou fogo. Ao aterrissar na almofada do outro lado, as calças estavam em chamas e ele começou a gritar de agonia. Huaihua e Yuhua, que observavam da lateral, começaram a gritar, e a plateia ficou de pé. Embora o fogo tenha sido apagado rapidamente, quando ele foi saudar a plateia, a perna vazia da calça não existia mais e tudo que restava era uma abertura circular e chamuscada.

A perna da calça chamuscada era claramente visível sob os holofotes, permitindo que a plateia visse o toco da perna. Aquele apêndice parecido com um cepo tinha duas grandes bolhas, que brilhavam sob as luzes. Ele agradeceu à plateia e fez uma reverência, sendo envolvido por uma onda de aplausos ofegantes.

As mãos de todos estavam vermelhas de tanto bater palmas, e os aplausos eram tão altos que começou a cair tinta branca das paredes do teatro.

Quando ele claudicou para fora do palco, o diretor da trupe o esperava nos bastidores. Com um sorriso empolgado, ele disse:

— Parabéns! Foi um belo primeiro número! Você vai se tornar rapidamente uma sensação. Até o chefe Liu aplaudiu sua apresentação como um louco!

— Diretor — interrompeu Macaco Perneta —, onde fica o banheiro? Eu mijei nas calças.

O diretor imediatamente o levou até o banheiro atrás do palco. Ele disse a Macaco que não se preocupasse e confessou que, quando era jovem, também havia molhado as calças na primeira vez que se apresentara.

De qualquer ângulo que se olhasse, a noite de abertura havia sido um sucesso absoluto. A apresentação tinha começado ao anoitecer e continuado até o céu ficar cheio de estrelas. Os aplausos não cessaram. Quem já ouvira falar de uma trupe cujos integrantes eram todos cegos, surdos, mudos, aleijados ou paralíticos? Quem já vira alguém como Cega Tonghua, que não sabia que as nuvens eram brancas e o pôr do sol era vermelho, mas conseguia distinguir entre estacas de salgueiro, tungue, acácia ou cinamomo simplesmente tocando-as com a bengala? Quem já vira alguém como Mulher Paraplégica, que podia pegar uma folha de olmo ou tungue, ou mesmo a mais fina e quebradiça folha de acácia, e bordar a imagem de um passarinho, crisântemo ou flor de ameixeira? Quem já vira alguém como Garotinho com Pólio, que podia torcer o pé aleijado, enfiá-lo em uma garrafa e sair caminhando, usando a garrafa como sapato, fazendo clique-claque ao correr de um lado para o outro do palco e até mesmo fazendo piruetas e cambalhotas? Um Olho podia usar uma única linha vermelha para atravessar várias agulhas ao mesmo tempo. A pequena e bela Tonghua, completamente cega dos dois olhos, possuía uma audição incrivelmente aguçada. A plateia inteira permaneceu imóvel enquanto ela estava no meio do palco e, quando alguém no lado leste derrubou uma agulha, disse que caíra no chão no lado leste. E, se alguém derrubasse um centavo em um tapete no lado oeste, ela diria que uma moeda caíra sobre um pedaço de tecido. Algumas pessoas da plateia não acreditavam que ela era realmente cega e, quando Tonghua voltou ao palco, cobriu os olhos com uma venda preta e, quando alguém rasgou um maço de cigarros e espalhou os pedaços, anunciou que uma folha de árvore flutuava à sua frente.

O ato de audição aguçada de Tonghua foi o evento final da apresentação de estreia da trupe. Como envolvia a participação da plateia, funcionava como clímax e marcava a conclusão do espetáculo. Huaihua agradeceu e anunciou que a apresentação durara uma hora e meia a mais que o esperado e que os artistas e os líderes do condado precisavam ir para casa e descansar.

Com isso, a apresentação foi encerrada.

Como convidados de uma festa que estão aproveitando o jantar apenas para descobrir que a comida acabou ou saboreando suas bebidas apenas para perceber que a garrafa está vazia, a plateia não teve escolha senão se levantar e ir embora. O chefe Liu e os oficiais do condado sentados nas fileiras da frente ficaram de pé e aplaudiram. Tinham uma expressão de empolgação e encantamento no rosto.

Quem teria imaginado que o chefe Liu, após uma única viagem ao interior, pudesse trazer de volta esse tipo de trupe, cujas apresentações eram absolutamente únicas e inacreditáveis? Ninguém poderia acreditar que os artistas eram camponeses deficientes do interior remoto. Porém, ainda mais importante, os membros do comitê e do governo do condado perceberam nas apresentações o primeiro traço da glória de Lênin — uma árvore de dinheiro da qual obteriam os fundos para comprar o corpo. Com a ajuda dessa árvore de dinheiro, conseguiriam instalá-lo na montanha dos Espíritos, transformando-a em um banco inexaurível.

O sucesso do ensaio geral fez o sangue do chefe Liu ferver de empolgação. Ele foi até os bastidores para trocar um aperto de mão com todos, urgindo-os a preparar uma deliciosa refeição noturna.

— O tempo está muito quente — comentou ele. — Para a próxima apresentação, todos devem trazer um leque de papel. Se tiverem de comprar um, lembrem-se de pedir o recibo e serão reembolsados pelo condado. Isso contará como seu primeiro benefício.

Após um aperto de mão com cada um, ele saiu do teatro, cercado pelos oficiais do condado, e foi para a hospedaria.

Uma vez lá, o secretário Shi e o chefe da hospedaria trocaram algumas palavras. Em seguida, o secretário Shi pegou papel timbrado e redigiu um convite, que estendeu ao chefe Liu. O documento dizia:

Convite para um banquete de celebração pelo sucesso do ensaio geral da trupe de artistas com habilidades especiais.

Chefe do condado Liu:

A fim de celebrar o sucesso do primeiro ensaio geral da trupe de Avivada, apresentamos o cardápio do jantar de celebração. Por favor, aprove.

Dez pratos frios: repolho-coração-de-boi, tofu de chalota, amendoins cozidos, amendoins fritos, edamame, gengibre e folhas verdes picadas, pepinos em conserva, cebolas assadas na brasa, aipo e lírios.

Dez pratos quentes: lebre refogada, picadinho de faisão, pato com cogumelos, miúdos ao alho, bife, carneiro com cenouras, cubos de carne de porco com vegetais, fígado de frango, gafanhoto com açofeifa e cobra-verde com pitaia.

Três sopas: sopa de três sabores, sopa picante e azeda e mingau agridoce.

O chefe Liu recebeu o cardápio e o leu cuidadosamente. Usou a caneta para fazer duas correções, escreveu "Aprovado" e assinou. O cardápio foi rapidamente repassado ao chefe da hospedaria. Dez pratos de vegetais e dez pratos de carne foram imediatamente trazidos à mesa.

Ele e os oficiais do condado fizeram um brinde de celebração na cafeteria da hospedaria. Sob o efeito do álcool, ele começou a revelar a verdade, disse várias coisas surpreendentes e fez algo que todos acharam positivamente chocante.

A cafeteria tinha duas grandes mesas e, depois de todos comerem e beberem, quando já eram altas horas da noite e os garçons cochilavam do lado de fora, ele encheu seu copo novamente e o ergueu no ar. Olhou para os oficiais ao seu redor e lhes pediu que também erguessem seus copos, explicando que queria fazer algumas perguntas.

Os oficiais do comitê permanente e do governo do condado encheram seus copos e os ergueram.

— Hoje é como se eu estivesse presidindo uma reunião geral do comitê do condado e, como chefe nominal do comitê, quero fazer uma pergunta, que também é um pedido de opinião. Espero que vocês se expressem livremente.

Todos se levantaram para se unir ao brinde e disseram:

— Chefe Liu, diga o que quiser. Estamos aqui para isso.

— Vocês acham que minha decisão de comprar o corpo de Lênin foi sábia? — perguntou.

Todos responderam que havia sido uma decisão brilhante, a mais brilhante já tomada em Shuanghuai, pois asseguraria que os oitocentos e dez mil habitantes do condado fossem abastados por dez mil gerações.

— Vocês concordam que eu trabalhei duro nos projetos para o parque florestal Lênin e para o Mausoléu de Lênin?

Todos responderam que ele havia trabalhado muito nesses projetos e que constataram esse fato por si mesmos.

— Vocês concordam que a trupe será a árvore de dinheiro de Shuanghuai?

Todos responderam que seria não simplesmente uma árvore de dinheiro, pois uma árvore ainda precisaria ser sacudida para se obter o dinheiro. Em vez disso, a trupe seria um rio de ouro, que fluiria para todas as bocas sem que ninguém precisasse fazer nada.

— Vocês veem como agora temos esperança de comprar o corpo de Lênin?

Todos riram, mas ninguém respondeu. Quando se lembraram de como haviam rido do chefe do condado por ser tão extravagante, sentiram uma pontada de culpa. Ele estava muito sério, sem um traço de sorriso no rosto. Ficou de pé e entornou o copo em um único gole, anunciando, animado:

— Considerando isso verdadeiro, eu tenho uma sugestão. Se concordarem, virem suas bebidas como fiz com a minha. Se não concordarem, apenas baixem os copos e será como se tivéssemos apenas comparecido a um espetáculo e partilhado uma refeição, sem nenhum tipo de reunião subsequente.

Todos olharam atentamente para ele, à espera de seu surpreendente anúncio.

— Sugiro — começou ele solenemente — que, à direita do Mausoléu de Lênin, na montanha dos Espíritos, façamos uma construção com apenas um cômodo, que será diretamente adjacente ao grande salão do mausoléu. Depois que comprarmos o corpo de Lênin e o trouxermos para cá, promoveremos uma democracia e conduziremos uma votação secreta na qual será decidido qual de vocês realizou a maior contribuição para a criação do parque florestal Lênin e para a compra do corpo e quem fez o máximo em benefício dos habitantes do condado. Isso determinará quem, após a morte, será enterrado nesse cômodo lateral perto de Lênin, como um gesto de eterna lembrança e apreciação.

Ao terminar de falar, viu que os colegas pareciam embasbacados com a proposta e, inicialmente, não sabiam como responder. A sala estava tomada pelo cheiro de bebida e pelo ar fresco de verão. O brilho da lua na janela estava bloqueado pela luz no interior do cômodo. Mas era possível vê-la suspensa no céu de Shuanghuai, como um disco estreito e reluzente no firmamento. Enquanto ele esperava com o copo vazio, os colegas ergueram seus copos e olharam uns para os outros. Houve um estremecimento coletivo. Após uma longa pausa, o chefe Liu pensou em algo. Ele atirou o copo na mesa, quebrando-o, então o vice-secretário do comitê do condado perguntou:

— Chefe Liu, foi a bebida que o levou a dizer isso?

— Eu, Liu Yingque, nunca fiquei bêbado — retrucou ele.

— Estou de acordo — reforçou o vice-secretário, esvaziando seu copo.

Com isso, toda a mesa pareceu acordar de um sonho e, um após o outro, todos disseram "Estou de acordo" e esvaziaram seus copos.

O céu estava escuro como o fundo de um poço. O chefe Liu e seus colegas cambalearam para fora da hospedaria e ficaram perambulando sob a luz da lua. Eles acabaram encontrando os aldeões de Avivada que claudicavam por ali, sendo conduzidos ou apoiados pelos outros. Depois de arrumar o auditório após a apresentação inicial e fazer suas refeições, entoavam canções de Balou enquanto seguiam para o lado oeste da cidade.

Estavam hospedados em uma pequena aldeia a oeste da sede do condado.

CAPÍTULO 5

Em frente à porta, há uma bicicleta
pendurada em uma árvore

Algumas pessoas neste mundo nascem apenas para realizar feitos maravilhosos e é apenas para realizar feitos maravilhosos que vivem. Outras, contudo, vivem apenas para observar esses feitos e é observando que são capazes de levar vidas ordinárias. Veja o chefe Liu, por exemplo. Num piscar de olhos ele conseguiu criar uma trupe que gozou de um sucesso extraordinário no primeiro ensaio geral. Ou veja os habitantes da sede do condado, que naquela noite finalmente puderam assistir à extraordinária apresentação pela qual esperavam havia tanto tempo.

Nos dias que se seguiram, nas ruas e nos becos da cidade só se falava da trupe. O feito de Macaco Perneta ao saltar a cama de pregos rapidamente se transformou na história de que ele havia saltado uma montanha de facas e o salto sobre a lâmina em chamas se tornou um salto sobre um mar de fogo. Quanto a Um Olho, seu feito de passar a linha por sete a nove agulhas rapidamente se transformou na história de que podia passar a linha por dezessete ou dezenove agulhas ao mesmo tempo. O ato dos fogos de artifício nos ouvidos de Surdo Ma originalmente consistia em colocar pequenos fogos de artifício em cada ouvido, mas, conforme o relato circulava, gradualmente se transformou na história de que ele usava um pequeno canhão. A habilidade de Mulher Paraplégica de bordar uma cigarra ou um gafanhoto em uma folha de tungue se transformou na história de que ela era capaz de bordar dragões e fênix. E havia Cega Tonghua e o velho surdo-mudo. Suas apresentações envolvendo as habilidades especiais também se tornaram míticas, transformando-se em algo de outro mundo, como se, na verdade, não fossem deficientes, mas tivessem se tornado deficientes justamente para realizar feitos tão magníficos.

No fim das contas, a trupe era realmente impressionante e, assim, o chefe Liu fez com que ela se apresentasse novamente no teatro, dessa vez cobrando pela entrada. Um ingresso adulto custava cinco yuans, e um infantil, três. Como os ingressos para um filme de sucesso custavam cinco, quem teria previsto que a trupe, cobrando o mesmo preço, esgotaria os bilhetes em pouco tempo? A fila para comprar ingressos dava a volta no quarteirão e ficou tão agitada que a polícia teve de ser chamada para restabelecer a ordem. Mas, mesmo depois de a situação se acalmar, o guichê da bilheteria continuou tão lotado que dezenas de pessoas perderam os sapatos. Algumas compraram ingressos, encontraram os sapatos e foram embora sorrindo. Outras compraram ingressos, concluíram que não precisavam mais dos sapatos e foram embora descalças, mas sorrindo. Algumas crianças perderam os sapatos no tumulto, mas não conseguiram comprar ingressos. Em vez disso, ficaram na frente do teatro, debaixo do sol quente, chorando e xingando:

— Essa merda desse sol e eu não sei onde os meus sapatos foram parar.

— Eu estou torrando debaixo dessa merda desse sol e ainda não consegui um ingresso.

Ao anoitecer, era a polícia que estava na frente do teatro, vendendo ingressos. As pessoas espertas que compraram muitos ingressos de três yuans já haviam vendido todos por cinco cada. As que tinham comprado ingressos de cinco yuans os vendiam por sete ou nove yuans cada.

No dia seguinte, o preço tinha subido para algo entre nove e treze yuans.

Um dia depois, chegou a quinze. Embora quinze yuans por um ingresso fosse um preço alto, ainda assim havia pouquíssimos assentos vazios no auditório.

Após a terceira apresentação, o foco do comitê e do governo do condado foi discretamente redirecionado para a trupe de artistas com habilidades especiais. Eles não apenas publicaram uma declaração anunciando o estabelecimento da Trupe de Artistas com Habilidades Especiais do Condado de Shuanghuai como também confirmaram a nomeação de um diretor honorário, um diretor em exercício, um vice-diretor de negócios e um oficial de publicidade, juntamente com pessoas encarregadas de maquiagem, luzes, supervisão e várias tarefas que não precisam ser mencionadas aqui. O diretor honorário da trupe era o chefe Liu e o diretor em exercício era o ex-diretor da trupe de canções de Balou.

Quanto aos aldeões deficientes, embora estivessem um pouco nervosos na primeira apresentação, na terceira já estavam completamente à vontade. No palco, não eram diferentes das pessoas que conversavam e trabalhavam na aldeia, mas, levando em consideração seus esforços, o condado pagou a cada um deles cem yuans. Eles aceitaram o dinheiro de bom grado, conversando e rindo, claudicando e pulando. Alguns pegaram o dinheiro e foram imediatamente comprar roupas para os pais, que entregaram a outras pessoas para que fossem levadas até Avivada. Alguns compraram brinquedos para os filhos. Os jovens compraram cigarros e álcool.

Huaihua comprou batom e o creme para o rosto que as mulheres da cidade usavam. Certa noite, ela não voltou para dormir com o restante da trupe e, ao aparecer na manhã seguinte, explicou que havia se perdido e passara a noite caminhando em círculos, até, por fim, encontrar o secretário Shi, que a levara para a hospedaria do governo do condado. Ela descreveu quão agradável era a hospedaria e disse que havia água corrente mesmo quando não era necessário. Também disse que, durante todos aqueles anos, sempre quisera se casar com alguém da cidade, um inteiro respeitável como o secretário Shi.

Os outros aldeões riram e disseram:

— Esqueceu que você é apenas uma nainha de Avivada?

— *Vocês* são as nainhas! — rebateu, irritada.

Ela alegava estar crescendo e já ser mais alta que as irmãs. Quando foi medida, Huaihua de fato estava um dedo mais alta, e concluíram alegremente que começara a crescer apenas alguns dias depois de sair da aldeia. Se continuasse crescendo nesse ritmo, como milho na época da safra, em menos de três meses se tornaria uma inteira. Ela continuou crescendo até que, alguns dias depois, a trupe deixou a sede do condado.

Na noite anterior à partida, Huaihua mais uma vez não voltou para dormir na própria cama e, no dia seguinte, disse que, depois da apresentação, tinha ficado na casa de uma amiga que acabara de conhecer. Além de Yuhua, ninguém ousava sequer cuspir na sua presença e, desse modo, nenhum aldeão fez qualquer comentário e ninguém conseguia pensar no que dizer. Então, foram se apresentar em Jiudu.

A primeira noite em Jiudu foi cuidadosamente planejada. A apresentação seria no fim de semana e eles não venderiam ingressos. Em vez disso, o chefe Liu traria a trupe teatral do condado para acompanhar a trupe de artistas com habilidades especiais durante sua estada na cidade, oportunidade em que todos aproveitariam a boa vontade de amigos e familiares e competiriam para ver quem distribuía mais ingressos e convidava os espectadores mais proeminentes. O chefe Liu convidou o secretário Niu, ao passo que outros convidaram amigos de jornais, rádio e televisão. Como o secretário Niu, que estava diretamente ligado ao condado de Shuanghuai, iria ao teatro, os líderes de vários gabinetes do distrito também compareceram.

É desnecessário dizer que todos ficaram perplexos ao assistir à apresentação, e os aplausos ecoaram pelas traves do teto. O secretário Niu aplaudiu com tanta força que suas mãos ficaram vermelhas e inchadas. Ainda mais importante, no dia seguinte os jornais do distrito e da cidade publicaram muitos comentários sobre a apresentação. A mídia impressa, o rádio e a TV declararam que cada um dos aldeões estava entre os melhores artistas do mundo e que a trupe certamente seria a fonte de um enorme incentivo à economia de Shuanghuai, tornando-a mais vigorosa que uma águia e mais bela que uma fênix. Como resultado, a trupe se tornou uma história miraculosa e as notícias se espalharam por ruas e becos de todo o distrito. Até mesmo crianças de 3 anos sabiam que uma trupe de deficientes havia chegado à cidade e faziam um escândalo se não pudessem assistir.

As escolas cancelaram as aulas e foram *en masse* comprar ingressos e assistir às apresentações.

As fábricas estabeleceram um sistema de feriados rotativos para que todos pudessem ter um dia de folga e comparecer.

Os filhos devotos de pais que jaziam paralisados na cama havia muitos anos carregavam-nos até o teatro. Depois, voltavam para casa e se queixavam:

— Você passou metade da vida deitado nessa cama; por que não aprendeu a bordar em uma folha? Por que não consegue nem comer sozinho?

Pais com filhos surdos ou mudos os levavam para assistir às apresentações e, depois, faziam com que praticassem os números de sentir as palavras e ver as cores e de fogos de artifício nos ouvidos. Como resultado, os tímpanos das crianças se rompiam e começavam a sangrar. Os jornais imediatamente passaram a publicar matérias a respeito, dedicando várias colunas para avisar aos leitores que, embora fossem bem-vindos às apresentações, não deveriam forçar os próprios pais e filhos deficientes a tentar feitos similares.

A trupe foi uma grande sensação em Jiudu e, no quarto dia, quando fez sua primeira apresentação com ingressos pagos, eles custavam quarenta e nove yuans. Mais de mil ingressos foram vendidos em menos de uma hora. Foi como aquela ocasião, várias décadas atrás, em que um condado inteiro tinha ido até Avivada em busca de grãos e pegara tudo o que conseguira encontrar.

No dia seguinte, os ingressos subiram para setenta e nove yuans.

Na terceira apresentação, os preços já estavam em cem por ingresso.

Por fim, estabilizaram em cento e oitenta e cinco yuans por um assento na primeira fileira, cento e sessenta e cinco na segunda e cento e quarenta e cinco na terceira, com o preço médio de cento e sessenta e cinco. Esses valores excediam largamente qualquer expectativa. No mercado negro, um ingresso de cento e oitenta e cinco yuans podia facilmente ser vendido por duzentos e oitenta e cinco. Mesmo um de duzentos e cinco podia chegar a duzentos e sessenta e cinco. Era uma verdadeira inflação. As pessoas da cidade haviam enlouquecido e era como se todos, adultos e crianças, tivessem ficado insanos. À simples menção da Trupe de Artistas com Habilidades Especiais do Condado de Shuanghuai, todos largavam suas tigelas de arroz e seus *hashis* imediatamente e começavam a ofegar de empolgação. Quando alguém falou que um aldeão de uma perna só conseguia fazer acrobacias sobre um mar de fogo, os meninos locais começaram a dar cambalhotas na rua com as mochilas nas costas, obrigando os motoristas a frear subitamente. Quando as pessoas descreveram como uma paralítica conseguia bordar em uma folha a imagem de um pássaro ou um gato, todas as meninas passaram a desenhar galinhas, gatos, dragões e fênix nos livros da escola.

De fato, as ruas e as vielas da cidade estavam enlouquecidas com as apresentações da trupe. Havia muitos operários desempregados que, quando chegava a época da colheita, voltavam para o interior, colhiam trigo e ganhavam o bastante para sobreviver. Mas agora estavam tomados pelo entusiasmo dos vizinhos e agiam como se suas vidas tivessem sido em vão se não aproveitassem a oportunidade de ver a trupe. Assim, angustiados, retiravam de baixo dos colchões o dinheiro que conseguiram catando lixo e vendendo papel reciclável e garrafas e iam comprar o ingresso mais barato para assistir à apresentação. Havia inválidos que estavam na cama fazia meses, sem se mexer, calculando se a medicina ocidental era mais barata que a oriental, mas que agora pegavam o dinheiro dos remédios e iam comprar ingressos, argumentando que não importava quão maligna fosse a doença ou quão bom fosse o remédio, nada era tão importante quanto a felicidade. Eles diziam que, desde que se tivesse ânimo, qualquer doença podia ser curada. Dessa forma, colocavam tudo de lado e iam assistir às apresentações.

Antes, o ônibus não parava no teatro Chang'an, mas tinha mudado o itinerário para parar bem em frente à entrada principal. Quando fazia isso, estava lotado e, consequentemente, o bônus mensal concedido ao motorista e ao cobrador era muito mais alto que o normal. Os carros enlouqueceram, assim como as bicicletas. Toda a área em frente ao teatro estava cheia de bicicletas de pessoas que iam assistir às apresentações. Se alguém não conseguisse encontrar um lugar para deixar a bicicleta, simplesmente a pendurava em uma árvore, em um muro ou em uma placa. O rapaz encarregado de cuidar das bicicletas descobriu que tinha ficado sem recibos de bambu. Assim, passou a cortar pedaços de papelão que marcava com sua digital para entrega-los às pessoas que usavam o estacionamento. Depois, amarrava com cordas todas as bicicletas no chão àquelas que estavam nas árvores e nos muros.

Assim como as bicicletas, os postes elétricos também enlouqueceram. Antes, o fornecimento de eletricidade de Jiudu era cortado antes da meia-noite e, durante a segunda metade da noite, a cidade mergulhava na escuridão, mas agora a noite era tão clara quanto o dia. Lâmpadas queimavam rápido e tinham de ser substituídas. Como a trupe se apresentava duas vezes por noite, os postes precisavam iluminar o caminho para as pessoas que saíam do teatro.

Tendo chegado a uma terra tão insana, a trupe, embora originalmente tivesse planejado se apresentar no teatro Chang'an por apenas uma semana, acabou ficando duas vezes mais. Quando os aldeões finalmente foram para o teatro seguinte, o gerente ficou aborrecido e jogou um copo no palco, perguntando:

— O que eu fiz de errado? Por que vocês estão indo embora?

Mas, como a trupe já havia assinado um contrato com o teatro seguinte, não restava escolha senão partir.

Para sua surpresa, os teatros começaram a competir pelo direito de fazer as apresentações, e alguns gerentes até se envolveram em brigas. No fim, a trupe recusou os teatros com ar-condicionado, escolhendo os que tinham, no máximo, ventiladores. Isso porque os teatros com menos conforto dispunham comparativamente de mais lugares, com capacidade para receber até mil, quinhentas e setenta e nove pessoas, ao passo que os teatros de boa qualidade tinham uma capacidade máxima de mil, duzentos e um lugares.

A estada da trupe em Jiudu foi insana, absolutamente insana — como se uma árvore com um único tronco e um único galho, das profundezas das montanhas de Balou, tivesse entrado na cidade e, em alguns dias, ficado alta o bastante para chegar ao céu. Era como se a grama amarelada crescendo sob uma casa da aldeia entrasse na cidade e, num piscar de olhos, ficasse luxuriosamente verde, com enormes flores vermelhas, amarelas, verdes e azuis.

Era simplesmente incompreensível. Quando o chefe Liu retornou do distrito para a sede do condado, a trupe já havia se apresentado trinta e três vezes em vinte e um dias. Ao chegar, ele não foi para casa imediatamente. Em vez disso, encaminhou-se até a sala de conferências do comitê do condado e solicitou uma reunião. A sala de conferências ficava no terceiro andar do prédio do comitê e tinha uma mesa oval com mais de doze cadeiras de madeira. Havia vários retratos de figuras importantes pendurados nas paredes, juntamente com um mapa administrativo do condado. As paredes estavam caiadas e o chão era de cimento bruto. No edifício simples de três andares, o sol do meio da manhã brilhava no céu, mas as nuvens brancas impediam que sua luz entrasse na sala. Quando abriu a janela, uma brisa refrescante varreu o ambiente, resfriando-o de imediato. Ele não cochilara e, durante a viagem de cem *li*, ficara cada vez mais empolgado com o sucesso da trupe. Por isso, começou a se sentir sonolento. O chefe Liu tirou os sapatos, deitou na mesa de reuniões e tirou um cochilo com os pés descalços virados para a janela. Os roncos ecoavam pela sala e sacudiam os mapas nas paredes.

Depois de um tempo, os sete membros do comitê chegaram.

Ele sabia que tinham chegado mas também sentia que precisava dormir mais um pouco, então fez com que esperassem. Quase uma hora depois, finalmente foi capaz de vencer a sonolência. O chefe Liu se levantou, esfregou os olhos e se espreguiçou. Sentia-se revigorado. Descalço, sentou-se na mesa de reuniões, bem no meio, para que os outros tivessem de se sentar às pontas. Como era seu costume, passou algum tempo cutucando os dedos dos pés. Não fazia isso porque estivessem inchados, mas porque os vãos entre eles coçavam. Na frente de convidados que incluíam o vice-secretário do comitê do condado e o vice-líder do comitê permanente, placidamente coçou os dedos enquanto todos observavam em silêncio.

Quando um líder participa de uma reunião, ele deve sempre chegar um pouquinho atrasado. Entretanto, o chefe Liu jamais se atrasava e era sempre o primeiro a chegar. Depois que todos os outros chegavam, ele se sentava e se preparava para a reunião, mas, antes, cutucava os dedos dos pés por algum tempo. Dessa maneira, os presentes eram lembrados de quão talentoso e prestigiado ele era, junto ao fato de serem seus subordinados e precisarem ser deferentes em sua presença.

Ele não cutucou os dedos por muito tempo — apenas o bastante para que os membros do comitê permanente preparassem um pouco de chá. Quando terminou, bateu na mesa com ambas as mãos, emitindo um som parecido com o que as pessoas de Balou faziam ao carpir o solo. Tirou o pé esquerdo da cadeira à sua frente, calçou os sapatos e tomou um gole de chá. Então riu e disse:

— Vocês precisam me desculpar, estou desgrenhado e pareço um lobo esfarrapado.[1]

Em seguida, ficou sério e anunciou solenemente:

— Peguem canetas e blocos e me ajudem a fazer um cálculo.

Os membros do comitê permanente pegaram canetas e blocos e se prepararam para começar a anotar.

— Calculem. Um ingresso especial custa duzentos e cinquenta e um yuans, um ingresso na segunda fila custa duzentos e trinta e cinco, e na terceira, duzentos e cinco. Se presumirmos que custarão em média duzentos e trinta e um yuans e fizermos uma apresentação por dia, com cada uma delas comportando mil, cento e cinco pessoas, quanto ganharemos por dia? E quanto se fizermos duas? Rápido, façam os cálculos.

Ele fez uma pausa e olhou para os membros do comitê permanente. Viu que anotavam os números que tinha acabado de fornecer e os transformavam em equações. Parecia uma sala de aula cheia de estudantes fazendo exercícios.

O chefe Liu pigarreou e disse:

— Na verdade, não é preciso calcular. Eu já fiz a conta por vocês. Se cada apresentação vender uma média de mil, cento e cinco ingressos e cada ingresso custar duzentos e trinta e um yuans, teremos duzentos e cinquenta e cinco mil, duzentos e cinquenta e cinco yuans por apresentação. Merda, vamos ser generosos: não precisamos dos cinco mil, duzentos e cinquenta e cinco yuans. Mesmo sem eles, ainda ganharíamos duzentos e cinquenta mil yuans por dia e, se fizéssemos duas apresentações por dia, quinhentos mil. Com isso, teríamos um milhão de yuans em dois dias, dez milhões em vinte dias e um bilhão em duzentos dias. Quanto dinheiro é um bilhão de yuans? Se pegássemos notas recém-impressas de cem yuans e separássemos em maços de dez mil cada, um bilhão de yuans seriam dez mil maços. Se os empilhássemos, a pilha chegaria ao teto deste prédio.

Ao mencionar o teto do prédio, ele olhou para cima. Quando voltou a olhar para a frente, viu que os membros do comitê permanente também olhavam para o alto. Notou que seus rostos estavam corados como o céu a leste durante a alvorada e seus olhos brilhavam como bolas de gude ao sol. Também notou que, como falava rápido e mantinha a boca bem aberta, a mesa de reuniões estava coberta de cuspe.

O membro mais próximo do comitê, temendo que seu rosto ficasse encharcado, havia se afastado o máximo possível. O chefe Liu ficou irritado com sua atitude e o encarou, fazendo com que o conselheiro rapidamente puxasse a cadeira para mais perto, como se esperasse um banho de saliva. Como se quisesse se vingar, ao voltar a falar, ele se inclinou ainda mais para perto do conselheiro, de modo que a saliva que, de início, se espalhava pela mesa agora ia parar diretamente nele. Deliberadamente, o chefe Liu abriu a boca ainda mais e ergueu a cabeça, de modo que toda a sala, todo o prédio, todo o país e mesmo todo o mundo fossem cobertos pela sua voz retumbante. Era como se não houvesse apenas alguns poucos membros do comitê na reunião, mas os oitocentos e dez mil habitantes do condado. Era como se fosse uma missa frequentada por cem mil ou mesmo um milhão de pessoas. Ele concluiu seus cálculos com a voz ressoando por toda a região.

— Desse momento em diante, o condado de Shuanghuai irá progredir rapidamente. Se uma trupe pode ganhar dez milhões de yuans em duzentos dias, em quatrocentos dias pode ganhar vinte milhões. É claro, não se pode garantir que a trupe será capaz de realizar duas apresentações por dia. Quando se deslocam de um teatro para o outro, por exemplo, após terem cuidado dos acessórios de palco, das luzes e de vários outros itens, eles podem muito bem perder um dia, o que resultaria em um prejuízo de quinhentos mil yuans. De modo similar, quando se deslocarem de uma cidade para outra ou de um distrito para outro, poderão errar o caminho e perder vários dias no caminhão ou no trem, o que resultaria em um prejuízo de vários milhões. Há também os salários e os bônus a considerar. Cada artista deve receber ao menos cinquenta yuans por apresentação e, portanto, uma nota de cem yuans a cada duas. Ou seja, cada um deles deve receber cem yuans por dia e três mil yuans por mês. Três mil yuans equivalem ao dobro do salário do chefe do condado. Mas devemos fazer esses cálculos com cuidado: se um artista ganhar três mil yuans, dez artistas ganharão trinta mil e sessenta e sete artistas ganharão duzentos e um mil por mês. Assim, fica claro que, em duzentos dias, na verdade não ganharemos dez milhões de yuans. Mas poderíamos conseguir em trezentos dias? Talvez em um ano?

A última frase havia sido formulada como uma pergunta, mas era uma afirmação, tranquilizando todos ao dizer que definitivamente poderiam ganhar dez milhões em um ano. Ele ficou de pé na cadeira e começou a dançar como uma águia no céu.

— Estou dizendo, eu calculei as despesas enquanto voltávamos de Jiudu. Como todos os nossos artistas são deficientes, o governo não cobra impostos. Se não pagam impostos, cada centavo que ganham vai diretamente para os cofres do condado. Durante os vinte e um dias em que fiquei afastado, fizemos trinta e três apresentações e, como resultado, sete milhões e dez mil yuans foram depositados nos cofres. Cientes disso, vocês ainda temem que não consigamos o suficiente para comprar o corpo de Lênin? Não se esqueçam de que o governo do distrito também vai fazer uma grande doação, mas, mesmo que não faça, não precisamos ter medo de não conseguir a quantia necessária.

Com esse último argumento, ele jogou os braços para o alto e logo voltou a baixá-los. O chefe Liu se inclinou para pegar o copo e tomar um gole de água, então começou a pular em cima da mesa de reuniões do comitê do condado. Os membros do comitê ficaram tão surpresos que se afastaram da mesa, mas ele não percebeu. Afinal, era o chefe do condado e não precisava prestar atenção a coisas assim. Ficou de pé na longa mesa vermelha, sem olhar para os membros do comitê, sentados abaixo. Como estava de pé, conseguia ver pela janela que o corredor fora da sala de conferências estava apinhado de oficiais do comitê permanente. Uma massa escura que lotava as portas e as janelas da sala, esticando os pescoços para vê-lo, como a plateia durante uma apresentação da trupe. Quanto às pessoas do lado de fora do prédio, de algum modo todas sabiam que ele havia trazido boas notícias e se reuniram para ouvir o discurso que faria. Por isso, a área em frente à porta estava repleta de oficiais do comitê e do governo do condado, juntamente com oficiais públicos.

O sol do sétimo mês estava escaldante. Como o piso em frente ao prédio era de cimento, depois que o sol brilhava sobre ele o dia inteiro era possível fritar um ovo no chão. Mas todos insistiam em permanecer lá, com os rostos cobertos de suor, na ponta dos pés e olhando para cima, tentando ver de relance a sombra do chefe Liu pela janela do terceiro andar e ouvir sua brilhante proclamação.

Então ele a recitou, com uma voz poderosa como um trovão:

— Asseguro que, no fim deste ano ou no início do próximo, Shuanghuai já não será mais o mesmo condado de agora, pois traremos o corpo de Lênin e o instalaremos no mausoléu do parque florestal Lênin. Milhares de turistas chegarão todos os dias. Ingressos serão vendidos por cem yuans, e dez pessoas vão pagar mil yuans, cem pessoas vão pagar dez mil, mil pessoas vão pagar cem mil e dez mil pessoas vão pagar um milhão de yuans!

Ele pulava e gritava em cima da mesa de conferências, sua voz parecendo uma tempestade, deixando todo o edifício e o pátio encharcados. Calculava tão furiosamente que seus dedos estalavam. Enquanto explicava a todos quanto dinheiro seria e, especificamente, quanto ganhariam com os ingressos do parque Lênin diariamente depois que trouxessem o corpo de Lênin, fez uma pausa e apoiou os punhos no peito, como uma águia no céu que dobra as asas ao descer como uma flecha em direção à terra. O chefe Liu olhou para os integrantes do comitê, de modo que pudessem ouvir cada frase com mais clareza. Os membros do comitê, por sua vez, inclinaram-se ainda mais nas cadeiras para ver melhor seus gestos e suas expressões faciais. Ele notou que as pessoas no corredor tinham aberto a porta da sala de conferências e pressionavam seus rostos na porta e na janela, tentando vê-lo. Percebeu que havia pessoas não apenas no terreno em frente ao pátio mas também em torno e em cima da fonte. Viu que todos os rostos reluziam de assombro e que os olhos estavam radiantes como o sol e a lua. Então ergueu a voz a ponto de envolver montanhas e nuvens, rugindo:

— Um milhão em um dia, dez milhões em dez dias, cem milhões em três meses e trezentos e setenta milhões em um ano. E isso apenas com a venda de ingressos. Além do Mausoléu de Lênin, o parque florestal Lênin também terá a catarata dos Nove Dragões, uma floresta de pinheiros e ciprestes com mil *mu* de extensão e dez mil *mu* de área montanhosa para observar a vida selvagem. É possível escalar a montanha para ver o pôr do sol e descer para ver o lago Celestial, a rocha do Veado Olhando para Trás, o tanque das Fadas, a caverna da Serpente Verde e Branca e o jardim das Cem Ervas. A montanha dos Espíritos terá cenários infinitos para serem apreciados. Quem escalar a montanha para visitar o Mausoléu de Lênin precisará comprar um fluxo constante de ingressos, a ponto de ser necessário permanecer no topo por um ou dois dias. Isso, por sua vez, implicará pagar por um quarto de hotel e refeições. Mesmo uma caixa de lenços de papel custará dois yuans. Pensem nisso, um turista visitando a montanha precisará gastar no mínimo quinhentos yuans. Quanto dinheiro dez mil turistas gastariam? Eles nos dariam cinco milhões de yuans! E se cada um deles gastasse mil, mil e trezentos ou mesmo mil e quinhentos yuans? E se, na alta temporada, durante a primavera, tivéssemos não dez mil turistas por dia, mas quinze, vinte e cinco ou mesmo trinta mil?

Ele olhou para os oficiais e espectadores dentro e fora do prédio, tomou um gole de água e pigarreou, agindo como se estivesse chegando à conclusão da reunião. Então sorriu e disse:

— É tanto dinheiro que sequer consigo calcular. Por favor, ajudem-me a descobrir quanto dinheiro Shuanghuai ganharia em um ano. Quando isso acontecer, a pergunta não será quanto dinheiro conseguiremos ganhar, mas como gastá-lo. Nosso principal desafio será encontrar maneiras de gastá-lo.

Ele olhou novamente para a plateia, que ouvia com atenção e com os rostos radiantes. E anunciou, o mais alto que conseguiu:

— Gastar o dinheiro que ganharemos será nosso desafio mais difícil. Seja para fazer compras ou construir edifícios, quanto dinheiro é possível gastar? Mesmo que estiquemos o prédio do comitê e do governo do condado até o céu, construamos prédios diferentes para cada departamento e conselho, pintemos as paredes de prata e cubramos as ruas com ouro, o fluxo infinito de dinheiro continuará a entrar nos cofres do governo, como um rio. Quanto vocês conseguem comer? Quanto uma pessoa pode gastar? Mesmo que todos os camponeses do condado parem de lavrar a terra e continuem a receber um salário do condado todos os meses apenas para ficar sentados, no fim das contas ainda teremos mais dinheiro do que conseguiremos gastar. Se ficarem ansiosos sobre a terra, podem plantar flores e grama para que os campos sejam coloridos e perfumados durante o ano inteiro, atraindo ainda mais turistas. Se tivermos mais turistas, contudo, acabaremos com mais dinheiro ainda. Shuanghuai se tornará um condado onde será ridiculamente fácil ganhar dinheiro, mas excruciantemente difícil gastá-lo. O que vocês propõem que façamos quando chegarmos a esse ponto? O que faremos? Nem mesmo eu, chefe do condado, sei o que faremos. Tudo o que sei é que, se trouxermos o corpo de Lênin e o alojarmos no parque florestal Lênin, acabaremos com mais dinheiro do que conseguiremos gastar; dinheiro que será abundante como as folhas de outono no chão. A essa altura, cada família e cada domicílio terá tanto dinheiro que a comida já não será saborosa e eles nem mesmo serão capazes de dormir à noite. Cada domicílio passará por tremendas dificuldades em suas tentativas de gastar o dinheiro. Contudo, essa não é minha preocupação como chefe do condado, mas antes uma questão que vocês mesmos precisarão enfrentar, pois será um problema novo encontrado pela revolução e pela reconstrução de Shuanghuai. Seria preciso um chefe do condado muito mais capacitado para resolver esse problema. O distrito ou a província precisariam enviar alguém para avaliar a situação, e essa investigação duraria entre dez dias e duas semanas, antes que pudéssemos ter a esperança de resolver esse difícil problema...

LEITURA COMPLEMENTAR

[1] **Lobo esfarrapado**. *DIALETO. Refere-se às pessoas que, como filhotes de lobo em uma toca, não sabem se cuidar sozinhas.*

CAPÍTULO 7

Criando duas trupes de artistas com habilidades especiais e, em pouco tempo, há uma camada de neve no telhado

O sol estava a oeste no céu quando foi encerrada a reunião do comitê permanente do condado. No pátio, as coisas já haviam começado a se aquietar e todos partiram, trêmulos de empolgação. Os escritórios com ventiladores desligaram os aparelhos e trancaram os arquivos e as portas. Os corredores estavam em silêncio, à exceção dos funcionários temporários varrendo o chão e esvaziando as lixeiras. O chefe Liu — caminhando cuidadosamente como se andasse sobre algodão — emergiu de seu escritório.

Ele tinha de voltar para casa — para a Sala da Devoção.[1] Tinha de voltar para casa e dormir com a esposa.

Fazia muito tempo que não ia para casa nem entrava na Sala da Devoção.

Por causa do sucesso das apresentações da trupe e do fato de que havia falado sem parar durante a reunião do comitê permanente, sentia-se exausto. O chefe Liu voltou para o escritório e, após se despedir do secretário Shi e dos outros oficiais, sentou-se por um instante e bebeu água. Saboreou a memória da agitação provocada pelo discurso e a antecipação por cada etapa dos preparativos para comprar o corpo de Lênin. Quando o sol passou pela janela como um disco de seda sendo empurrado para longe, o chefe Liu finalmente começou a se livrar da agitação e da fadiga.

O céu lá fora da janela estava encoberto, e as ruas, silenciosas. Ele conseguia ver e ouvir vagamente os morcegos voando em frente aos prédios, aguardando pela noite. Ocorreu-lhe que fazia dois meses que não ia para casa. Na última vez, dissera à esposa, durante um momento de fúria, que só voltaria depois de três meses. Mas aquilo tinha sido dito por pura raiva. Como poderia estar falando sério? Ele iria até lá para ver como estavam as coisas, iria à Sala da Devoção e faria uma prece pelos esforços dos meses anteriores, a fim de criar a trupe e iniciar a turnê. Jantaria, assistiria a um pouco de televisão e dormiria com a esposa.

Pensou desapaixonadamente sobre avivar a esposa.

Ocorreu-lhe que haviam se passado vários meses desde que a avivara. Ele parecia uma criança desejando um doce, sem conseguir se obrigar a comê-lo e, dessa maneira, escondendo-o e esquecendo-se dele. Assim, com um sorriso, ele se levantou, bebeu o restante da água e tomou o caminho de casa.

Mas, então... em uma coincidência do tipo que se vê em óperas, quando estava abrindo a porta para partir, encontrou a última pessoa que queria ver: a Vovó Mao Zhi, de Avivada, apoiada em sua muleta empoeirada e segurando uma trouxa. O chefe Liu olhou para ela consternado. Sabia que Vovó Mao Zhi estava esperando para discutir a perspectiva de permitir que a aldeia saísse da sociedade. Um mês antes, ele havia escrito um documento concordando que, em dez dias ou duas semanas, iria até a sede do condado e cuidaria da documentação necessária. Seu desejo de voltar para casa e avivar a mulher desapareceu imediatamente, como se um balde de água fria tivesse sido virado sobre sua cabeça. Mesmo assim, limitou-se a sorrir e disse, como se estivesse surpreso:

— Vovó Mao Zhi, por favor, entre.

Ela entrou no escritório. O local não lhe era inteiramente estranho. No ano *renchen*, ela e o marido, o pedreiro, foram àquele pátio esperando que um oficial do Quarto Exército Vermelho ajudasse Avivada a entrar na sociedade. Desde que o marido havia morrido, no ano *gengzi*, ela jamais deixara de lado a ideia de retornar até ali e fazer com que o chefe Liu e o secretário do Partido a ajudassem a tirar a aldeia da sociedade. Lutava por isso havia mais de trinta anos e, durante todo esse tempo, o comitê do condado trocara as construções de telhas vermelhas por edifícios comerciais, mas eles estavam velhos e caindo aos pedaços. O prédio do comitê do condado era tão iluminado que as pessoas produziam sombras no chão de cimento, o qual, por sua vez, estava tão desgastado que tinha ficado cheio de buracos, e a cal nas paredes já começara a amarelar e descascar. Havia uma luminária pendendo do teto que, quando ela vira a sala mais de uma década antes, era branca como a neve, mas agora estava coberta de teias de aranha. Mesmo acesa, não iluminava muito, porque duas lâmpadas fluorescentes estavam queimadas, embora a do meio ainda funcionasse.

Ela entrou no escritório e olhou em torno. Por fim, seu olhar concentrou-se no mapa do condado de Shuanghuai, na parede perto da mesa. Vovó Mao Zhi pegou o bilhete que ele escrevera, afirmando que a aldeia tinha permissão para se retirar da jurisdição do condado de Shuanghuai e do município de Boshuzi, e o colocou em cima da mesa.

— Estou esperando por você há duas semanas. Ouvi dizer que você levou os aldeões para se apresentar na sede do distrito. Correu tudo bem?

O chefe Liu sorriu e disse:

— Adivinhe quanto cada artista pode ganhar por mês.

Ela colocou a trouxa no chão, sentou-se e respondeu:

— Não me importo com quanto eles podem ganhar. Vim pegar a assinatura nos documentos.

Ele pegou o documento que tinha escrito e disse:

— Cada um deles pode ganhar entre dois e três mil yuans por mês. Com dois mil yuans, é possível comprar uma grande casa com telhado. Depois de se apresentar por três meses, cada um deles poderá retornar à aldeia e construir uma casa.

Vovó Mao Zhi pegou a trouxa e a segurou colada ao peito, como se estivesse com medo de que alguém pudesse roubá-la. Então olhou desdenhosamente para o chefe Liu e disse:

— Você pode dizer todas as palavras vazias que quiser. Vim preencher os formulários que permitirão que saiamos da sociedade.

Ele endireitou o pescoço e respondeu:

— Estou falando sério. Todos que veem a apresentação da trupe enlouquecem. As apresentações ficam completamente lotadas. Se você entrasse na trupe, garanto que também ganharia entre dois e três mil yuans por mês.

Ela mais uma vez sacudiu a trouxa azul que segurava e falou:

— Eu não vou entrar.

— E se eu oferecesse cinco mil yuans?

— Eu não entraria nem que você me desse dez mil yuans.

— São suas roupas fúnebres nessa trouxa?

— Andei pensando a respeito e decidi que, se você não assinar os documentos nos autorizando a sair da sociedade, vou vestir as roupas e morrer na sua casa ou no seu escritório.

— Acabamos de fazer uma reunião do conselho permanente para discutir a questão. Os membros do comitê concordaram que, entre o fim deste ano e o início do próximo, permitiremos que a aldeia se separe do condado de Shuanghuai e do município de Boshuzi. No primeiro dia do ano que vem, a aldeia já não fará mais parte dessa jurisdição.

Ela olhou para ele como se não conseguisse acreditar no que ouvia. Então, falando rapidamente, perguntou:

— Chefe Liu, você não vai mudar de ideia?

— Sempre fui um homem de palavra.

— Já anoiteceu, mas será que amanhã você poderia providenciar a papelada para que eu leve uma cópia para casa?

— No próximo documento oficial que enviarmos para o comitê e o gabinete do condado, assim como para os comitês das cidades e das aldeias, enviarei junto os formulários impressos. Hoje, contudo, um dos membros do comitê permanente levantou uma questão.

Ela olhou para o chefe Liu atentamente.

— O membro do comitê sugeriu uma condição. Ele observou que há cento e sessenta e nove habitantes deficientes na aldeia, mas estamos empregando apenas sessenta e sete na trupe. Avivada poderia criar uma segunda trupe, fazendo com que outros surdos praticassem o número de fogos de artifício nos ouvidos, que outros aleijados aprendessem a saltar sobre uma montanha de facas e cruzar um mar de fogo e que outros cegos desenvolvessem a capacidade de audição aguçada. O membro do comitê permanente disse que, desde que vocês criem uma segunda trupe, no fim do ano o condado enviará um documento oficial e, no início do ano que vem, vocês já não mais pertencerão ao condado de Shuanghuai ou ao município de Boshuzi. Vocês seriam completamente livres. Nem os céus nem a terra prestariam atenção em vocês, e vocês poderiam gozar de dias celestiais.

Depois de dizer isso, Vovó Mao Zhi o observou atentamente. Eles estavam separados apenas por alguns *cun* de mesa. O sol já começara a se pôr no oeste e a noite estava chegando. Os morcegos continuavam a esvoaçar do lado de fora. Tinha ficado um pouco escuro na sala, mas ele conseguia ver claramente o canto da boca de Vovó Mao Zhi se contraindo ansiosamente. Sua original expressão vivaz, porém cética, havia sido substituída por uma palidez que se misturava ao anoitecer.

— Tanto o comitê quanto o governo do condado agem em nome dos melhores interesses de Avivada — continuou. — Se você ajudar na criação da segunda trupe e recrutar uma pessoa de cada domicílio, no fim do ano todos os domicílios receberão altos salários. No ano que vem, todas as famílias serão capazes de construir uma casa com telhado. A aldeia inteira será um mar de telhados vermelhos e paredes brancas como a neve.

"Mas, se vocês se retirarem da sociedade no ano que vem, a aldeia não terá um carimbo e as famílias não terão mais os livros sobre sua linhagem. Vocês estariam vivendo neste tempo, mas, mesmo assim, não pertenceriam a este mundo. Se quisesse ir ao mercado, você poderia, mas não teria nenhuma carta de apresentação e, sem ela, não seria capaz de fazer negócio. E certamente não poderia haver duas trupes de artistas com habilidades especiais sob o nome do condado de Shuanghuai.

"Pense nisso com cuidado. Se concordar, podemos assinar um contrato aqui e agora. Se criar outra trupe para o condado e fizer com que as duas se apresentem até o fim do ano, garanto que cada artista receberá ao menos três mil yuans por mês e que, no fim do ano, enviarei um documento declarando que, no início do ano que vem, Avivada será completamente independente do município de Boshuzi e do condado de Shuanghuai.

"Da Libertação até hoje, Shuanghuai teve sete chefes de condado e nove secretários do Partido. Você passou os últimos trinta e sete anos tentando sair da sociedade e eu acabo de concordar com todos os seus pedidos.

"Se eu a ajudar, você também deve me ajudar. Tudo tem sua contrapartida. Se concordar em criar uma segunda trupe, concordarei que, no início do ano que vem, a aldeia terá permissão para sair da sociedade. Esse é um acordo perfeitamente razoável e deve ser mutuamente justo para ambas as partes.

"Você concorda? Já é quase noite.

"Por favor, pense com cuidado. É algo que eu gostaria de fazer por Avivada antes que vocês saiam da sociedade. Depois que eu tiver comprado o corpo de Lênin da Rússia e o alojado na montanha dos Espíritos, o condado não terá que se preocupar com falta de dinheiro; em vez disso, se preocupará apenas com sua incapacidade de gastar todo o dinheiro. A essa altura, contudo, a aldeia pode muito bem se tornar tão pobre que vocês não terão dinheiro suficiente nem para comprar sal ou vinagre. A questão passaria a ser como se unir ao distrito e ao condado. Você deve criar uma segunda trupe para que cada domicílio possa ganhar muito dinheiro. Dessa forma, estará ajudando não apenas a mim mas também a si mesma e a todos os aldeões.

"Por favor, pense cuidadosamente. Você precisa me dar uma resposta quando eu partir amanhã.

"Olhe, o sol já se pôs. Onde você está hospedada? Farei com que alguém a leve até lá e providencie refeições e alojamento.

"Vá. Você deve ir agora."

Quando disse isso, ele se levantou. Do outro lado da janela, o sol obedeceu à sua ordem e deslizou para trás do muro do prédio. As luzes da sala pareceram ficar mais brilhantes. Vovó Mao Zhi olhou para ele e colocou a trouxa de trajes fúnebres perto da perna da cadeira. A ponta do vestido fúnebre de seda preta estava saindo de uma abertura na trouxa e, como tinha uma barra de seda amarela reluzente, o conjunto parecia uma flor negra fúnebre com miolo amarelo.

O chefe Liu olhou para a flor negra.

— Quantas pessoas teríamos de recrutar para a segunda trupe? — perguntou ela.

Ele desviou os olhos da flor negra fúnebre e disse:

— Se estivermos falando de cegos, surdos, aleijados e paraplégicos, de trinta a cinquenta seriam o suficiente.

— E se eles não tiverem nenhuma habilidade especial?

— Desde que tenham algo, vai ficar tudo bem — comentou ele, e riu.

— Nesse caso — disse ela, erguendo a voz —, escolherei alguns, mas você deve escrever o que disse hoje e usar os carimbos oficiais do comitê e do governo do condado, além de sua própria digital. Independentemente de você conseguir ou não comprar o corpo de Lênin e trazê-lo para cá, os aldeões só se apresentarão até o fim do ano. No início do ano que vem, já não pertenceremos mais à jurisdição do condado ou do distrito. Além disso, quaisquer que sejam as circunstâncias, você deve dar a cada artista um salário mensal de três mil yuans.

Os dois rapidamente chegaram a um acordo. Vovó Mao Zhi não tinha razões para discordar e simplesmente cedeu às condições impostas por ele. O chefe Liu também concordou com tudo estabelecido por ela.

Todas as luzes do prédio haviam se apagado e mesmo a equipe de limpeza havia desaparecido, mas ele abriu a porta do escritório e gritou para o corredor:

— Há alguém aí?

Alguém apareceu do nada e ele o instruiu a dizer às pessoas remanescentes que largassem imediatamente suas tigelas de arroz e corressem até o escritório. Em uma única noite, Vovó Mao Zhi conseguiu assinar um contrato com o comitê do condado, com o governo do condado e com o chefe Liu, que estava encarregado de supervisionar todos os trabalhos do condado. Cada cláusula do contrato foi escrita com clareza e cada palavra era legalmente vinculativa.

O contrato de duas páginas dizia o seguinte:

Parte A: A aldeia de Avivada, nas profundezas das montanhas de Balou.

Parte B: O comitê e o governo do condado de Shuanghuai.

Por razões históricas, durante várias décadas a aldeia de Avivada tem solicitado permissão para se retirar da sociedade e retornar à assim chamada existência livre e avivada de que gozava anteriormente. Com o acordo mútuo de ambas as partes, o comitê e o governo do condado chegaram ao seguinte acordo com relação à proposta de saída de Avivada da sociedade:

1) Avivada deve criar duas trupes de artistas com habilidades especiais, conhecidas como Primeira e Segunda Trupe de Artistas com Habilidades Especiais do Condado de Shuanghuai, respectivamente. Cada trupe deve ter ao menos cinquenta artistas. A primeira dessas trupes já foi criada e a segunda deve ser criada dentro de dez dias.

2) Os direitos administrativos e artísticos das duas trupes serão controlados pelo condado de Shuanghuai, que garantirá que cada artista receba ao menos três mil yuans por mês como salário.

3) As duas trupes se apresentarão somente até o último dia deste ano lunar, ou seja, o trigésimo dia do décimo segundo mês. Depois desse momento, não terão mais nenhuma relação administrativa ou econômica com o condado de Shuanghuai.

4) No último dia deste ano, Avivada já não estará mais sob a jurisdição administrativa do condado de Shuanghuai nem do município de Boshuzi, tornando-se uma aldeia completamente independente. As pessoas, as plantas, os rios, os territórios e outros aspectos da aldeia não terão relação com o condado ou o distrito. De modo similar, ninguém do condado ou do distrito deverá interferir nos assuntos da aldeia. Mas, se Avivada experimentar um desastre natural, o condado de Shuanghuai e o município de Boshuzi ainda terão a responsabilidade de oferecer assistência gratuita.

5) Com a aproximação da data final estipulada nos contratos das trupes, o condado deve, antes do fim do ano, apresentar um documento formal afirmando que "Avivada já não está mais sob jurisdição de qualquer condado ou município" a todos os departamentos e conselhos do condado, assim como ao governo municipal e aos comitês de todas as aldeias do país.

Naturalmente, a página final do acordo continha o brilhante carimbo vermelho do comitê e do governo do condado, juntamente com as assinaturas de Vovó Mao Zhi e do chefe Liu, em suas funções como representantes das partes. Não apenas ambos assinaram os documentos como o chefe Liu, a pedido de Vovó Mao Zhi, afixou seu carimbo pessoal e sua digital abaixo da assinatura e ela afixou sua própria digital. Dessa maneira, a última página do documento estava marcada por um carimbo vermelho, como ficariam as montanhas nevadas de Balou se florescessem rosas vermelhas na região.

Depois de tudo ser resolvido e de Vovó Mao Zhi ser levada até a hospedaria do condado para descansar, concordou-se que, no dia seguinte, ela seria acompanhada até a aldeia, onde criaria a segunda trupe. Como o número de trupes dobrara, a quantidade de tempo necessária para comprar o corpo de Lênin seria reduzida pela metade. Como resultado, projetava-se agora que, no fim do ano, o condado de Shuanghuai seria capaz de comprar o corpo e alojá-lo na montanha dos Espíritos.

Com tudo resolvido satisfatoriamente, o chefe Liu não teve escolha a não ser se retirar para a Sala da Devoção.

CAPÍTULO 9

LEITURA COMPLEMENTAR: *Sala da Devoção*

[1] *Sala da Devoção. Também conhecida como Salão Divino. Para explicar as origens do termo, é preciso voltar aos anos* xinchou *e* renyn, *ou 1961 e 1962 — o período de fome e desastres naturais, quando o bebê Liu Yingque foi abandonado na frente da soc-escola. Ele acabaria se tornando filho adotivo do professor Liu e, nesse processo, se transformaria em um legítimo filho da soc-escola — ou seja, cria da soc-escola. Durante as refeições, ele carregava sua tigela de arroz até a cantina e, durante as aulas, carregava seu banquinho até a sala, junto de oficiais e membros do Partido. Ele ouvia o professor lendo em voz alta documentos oficiais, jornais ou editoriais. Folheava os grandes livros escritos pelos líderes nacionais. Alguns membros do Partido e oficiais fumavam ou cochilavam durante a aula, mas Yingque sempre ouvia atentamente o que o professor ensinava e lia em voz alta. Ele observava o pai adotivo escrever uma linha após a outra no quadro-negro, em cuidadosas letras de forma.*

Como se tratava de uma soc-escola, as lições naturalmente estavam relacionadas à teoria do Grande Homem, abordando tópicos como economia marxista-leninista, política e filosofia. Yingque não entendia a teoria do Grande Homem, mas, enquanto ouvia, gradualmente aprendeu a ler e a escrever e, antes dos 10 anos, conseguia ler sozinho uma matéria de jornal inteira. Depois que a esposa do professor fugiu com um funcionário do condado vizinho, quando Liu Yingque completou 12 anos, ele foi formalmente promovido de cria da soc-escola a filho adotivo do professor e começou seus estudos formais.

Contudo, foi justamente nessa época que começou a Revolução Cultural sem precedentes. A Revolução Cultural via o professor daquela soc-escola rural como um camponês rico e, por isso, um inimigo da classe — um inimigo que passava o dia inteiro lendo grandes livros. Um memorando com o carimbo vermelho do comitê do condado chegou à soc-escola, que dispensou o professor Liu das suas funções de ensino, designando-o para varrer o chão e cuidar do portão. O professor Liu entrou em depressão e passou a precisar de remédios da medicina chinesa constantemente.

Um dia, vários anos depois — quando Yingque tinha 16 anos, sua irmã, 9, e seu pai, 56 —, o professor Liu começou a sentir dores no peito. Ele ficou deitado na cama, com a cabeça coberta de suor e os lençóis encharcados. Isso aconteceu durante a época da colheita de outono, enquanto a escola estava em recesso. Os oficiais tinham voltado para casa, e a irmã de Yingque, Liu Xu, fora visitar uma colega na cidade. As únicas pessoas na escola eram ele e o pai adotivo. O tempo estava abafado, as folhas das árvores não paravam de cair e os gritos das cigarras eram longos como uma chicotada. Agachado em frente à cama, o professor Liu agarrou a camisa e bateu repetidamente no peito, com o rosto pálido. Nesse momento, Yingque voltou para casa e gritou: "Pai! Pai!" Ele estava pronto para correr até o hospital do condado com o pai nos braços.

O professor Liu fez um gesto pedindo a ele que se afastasse. Então examinou Yingque por um instante e disse:

— Yingque, você tem 16 anos e já é mais alto que eu. Se eu lhe confiar sua irmã, Liu Xu, você será capaz de criá-la?

Liu Yingque percebeu a gravidade da situação e concordou solenemente com a cabeça. O que o pai disse em seguida, contudo, o deixou totalmente surpreso. O professor Liu perguntou se ele estava disposto a cuidar de Liu Xu para sempre.

— Minha preocupação é que ela cresça e se torne parecida com a mãe, inquieta e pouco confiável. Mas você, desde jovem, cresceu na soc-escola e, aos 13 anos, era capaz de realizar os exames tão bem quanto os próprios oficiais. Estou convencido de que você terá muito sucesso na vida. Se tiver, sua irmã não acabará como a mãe. A mãe dela se ressentia da minha falta de sucesso e, por causa disso, fugiu com outro. Se você tiver sucesso e estiver disposto a se casar com sua meia-irmã, eu morrerei contente. Saberei que não foi em vão que cuidei de você e de Liu Xu pelos últimos dez anos.

Quando o pai adotivo chegou a esse ponto, uma lágrima surgiu em seu olho — embora não estivesse claro se era porque sofria com as dores no peito ou com a tragédia da existência humana. Seu rosto estava pálido e amarelado, e a lágrima escorreu por sua face como se rolasse por uma folha de papel amassada.

Yingque olhou para o pai, assentiu e perguntou:

— Mas que tipo de sucesso devo ter?

O pátio da escola estava completamente silencioso. O som das gralhas nas árvores ecoava pela escuridão. Quando Yingque assentiu, seu pai adotivo sorriu e foi como se uma pequena lâmpada fluorescente tivesse sido acesa na noite de verão. Seu pai se arrastou até a beirada da cama, sentou-se e secou o suor da testa. Ele pegou uma chave e a colocou na mão de Yingque, então disse:

— Use isso para abrir a porta do depósito leste da escola. Depois que der uma olhada naquela sala, você com certeza terá sucesso na vida. Saberá o que precisa fazer. Se terá um sucesso modesto ou grandioso, isso dependerá de você, do destino e da sorte, mas, se visitar aquela sala, mesmo que se torne apenas secretário da comuna, sentirei que você fez tudo o que podia para ser bem-sucedido. Depois de ser chamado de "professor" pelos oficiais durante toda a minha vida, sinto que consegui criar um filho que entrará no governo e se tornará oficial.

Yingque agarrou a chave molhada de suor e ficou parado em frente à cama divina[1] do pai, como se tivesse encontrado uma estrada para um lugar sagrado, mas não tivesse coragem de dar o primeiro passo.

No quarto do pai, Liu Yingque mal conseguia enxergar qualquer coisa, mas, ao mesmo tempo, era como se visse um caminho na escuridão e uma luz bruxuleante. O sol brilhava lá fora, iluminando todos os cantos da soc-escola. Yingque atravessou o portão, cruzou o pátio e chegou aos depósitos. Não tinha a menor ideia do que encontraria lá dentro. Ele abriu a porta, caminhou discretamente até o depósito mais a leste, parou e se recompôs. Então destrancou e abriu a porta. A primeira coisa que viu foi a luz do sol, que brilhava no muro externo e agora penetrava na sala escura.

Era um depósito como os outros. Com a única diferença de que, enquanto os outros estavam cheios de bicicletas, carrinhos, escadas, quadros-negros, bancos, cadeiras e carteiras, junto de panelas, tigelas, hashis e travessas que os oficiais do Partido e do governo deixavam para trás quando não estavam na escola, aquele depósito em particular não tinha nenhum desses objetos. Em vez disso, estava repleto de textos e outros documentos. Era, na verdade, uma grande biblioteca ou um depósito de livros, exceto pelo fato de que os livros não estavam arrumados em prateleiras, mas sim empilhados em mesas redondas encostadas na parede. As paredes estavam cobertas de velhos jornais, o chão era de tijolos, e o teto, de palha. A sala tinha um cheiro forte de mofo. Liu Yingque ficou parado na porta, achando que havia chegado ao lugar errado. Inicialmente, não notou nada diferente na sala — não viu nada que pudesse garantir seu sucesso na vida, como seu pai adotivo prometera.

A sala estava extraordinariamente silenciosa e foi em silêncio que ele entrou. Primeiro olhou para as mesas e notou que o arranjo de livros em cada uma delas era completamente diferente do que se encontraria em uma biblioteca ou em uma sala de obras de referência. As obras de cada autor estavam agrupadas em pilhas. O primeiro nível cobria metade da mesa, o segundo era dois cun mais estreito, e o terceiro, dois cun mais estreito que o segundo, até o último nível, que era como o topo de uma torre, com apenas alguns volumes. Como aquela era uma soc-escola, os livros não eram romances divertidos; tratavam apenas de política, economia ou filosofia. Havia a coleção completa das obras de Marx e Engels, encapadas com tecido, e volumes individuais de cada um deles. Havia as obras completas de Lênin e Stálin e também livros de Hegel,[3] Kant,[5] Feuerbach,[7] Saint-Simon,[9] Fourier,[11] Ho Chi Minh,[13] Dimitrov,[15] Tito,[17] Kim Il Sung[19] e assim por diante. Havia vários exemplares dos mesmos títulos, como O manifesto comunista, O capital, Discurso sobre a mais-valia *e* As obras completas de Lênin, *mas também havia exemplares únicos de alguns títulos, como* O cristianismo exposto, *de Holbach,[21]* Princípios da filosofia do futuro, *de Feuerbach,* Ensaio acerca do entendimento humano, *de Locke,[23] e* A riqueza das nações, *de Adam Smith.[25]*

Havia um volume em particular enterrado na enorme pilha de livros, como uma folha no meio da floresta. Era um volume que o pai adotivo de Yingque tinha retirado da pilha e colocado no topo, de modo que se destacava. É desnecessário dizer que a maioria dos livros na sala era de autoria de Mao Zedong, incluindo os quatro volumes de suas Obras completas, *juntamente com* Citações do presidente, *também conhecido como* O pequeno livro vermelho, *do qual havia centenas ou mesmo milhares de exemplares. Os livros do presidente Mao ocupavam três das oito mesas na sala e estavam arrumados em pilhas lado a lado, e cada pilha era mais alta que a outra, a menos de dois cun da anterior, de modo que a pilha final quase tocava o teto.*

É claro que, se os livros tivessem sido meramente arrumados em pilhas pelo professor Liu, que passara metade da vida ensinando na soc-escola e a outra metade trabalhando nos campos, isso dificilmente poderia ser chamado de ápice das suas realizações na vida. Yingque olhou para a primeira mesa e viu que os livros da primeira pilha eram todos de Marx; os da segunda, de Engels; os da terceira, de Lênin; os da quarta, de Stálin; os da quinta, de Mao Zedong; os da sexta, de Dimitrov; os da sétima, de Ho Chi Minh; os da oitava, de Tito; e, depois disso, de Hegel, Kant e Feuerbach. Seguindo essa ordem, ele notou que, entre as páginas de cada livro no topo de cada pilha havia uma folha de papel. Yingque pegou a folha do alto da pilha de livros de Marx e viu que continha um desenho de uma pilha de livros, cada qual com uma legenda.

A legenda da primeira linha dizia: Marx nasceu no ano wuyin *do Tigre, na cidade de Tréveris, na Prússia.*

A segunda linha dizia: No ano gengyin *do Tigre, quando tinha 11 anos, ele e a família se mudaram para o Centro Wilhelm, em Tréveris.*

A terceira linha dizia: No ano yiwei *do Bode, quando tinha 17 anos, ele se matriculou na faculdade de direito da Universidade de Bonn e se filiou ao hegeliano "Clube de doutoramento".*

A quarta linha dizia: No ano renyin *do Tigre, quando tinha 23 anos, ele escreveu sua primeira tese,* Sobre a censura prussiana, *e se tornou editor do* Rheinische Post. *No ano seguinte, casou-se com Jenny von Westphalen.*

A sétima linha dizia: No ano yisi *da Serpente, quando tinha 27 anos, ele foi expulso da França e se mudou para Bruxelas.*

A décima sétima linha dizia: No ano renxu *do Cão, quando tinha 43 anos, ele começou a escrever* O capital.

A trigésima linha dizia: No ano guiwei *do Bode, quando tinha 73 anos, morreu entre o segundo e o terceiro termos solares, após se tornar um dos grandes líderes da revolução proletária mundial.*

Yingque retirou a folha de papel da pilha de livros de Engels.

Ele removeu a folha de papel da pilha de livros de Stálin.

E removeu a folha de papel da pilha de livros do presidente Mao...

E notou que, na pilha de livros de Engels, havia uma folha de papel que dizia que ele tinha nascido no ano guichen *do Dragão, em uma pequena família capitalista em Barmen, no Reno. Abaixo disso, havia uma linha feita a lápis vermelho.*

E notou que, no topo da primeira pilha dos livros de Lênin, havia uma folha de papel que dizia que ele nascera no ano gengwu *do Cavalo, em uma família comum da classe trabalhadora, com uma linha vermelha abaixo disso. Notou também que a folha da trigésima quinta pilha dizia que, no ano* dingsi *da Serpente, a Revolução de Outubro da União Soviética tivera sucesso e, aos 47 anos, Lênin se tornara secretário-geral do Partido Comunista da União Soviética, com duas linhas vermelhas abaixo disso.*

Yingque observou que, no fundo da pilha de Stálin, havia uma folha de papel que dizia que, no ano jimao da Lebre, Stálin nascera em uma família pobre na Geórgia. Seus pais eram ambos servos e toda a família dependia do trabalho do pai como sapateiro. Havia três linhas vermelhas abaixo disso. No topo da pilha, a folha dizia que, no ano jiazi do Rato, o que significava o décimo terceiro ano da República, Lênin morrera em decorrência de uma doença e Stálin se tornara secretário-geral do Partido Comunista da União Soviética. Havia três linhas vermelhas abaixo disso.

No topo da pilha de Mao Zedong, havia uma folha de papel que dizia que, no ano guisi da Serpente, o presidente Mao nascera em uma família camponesa em Shaoshan. Havia duas linhas vermelhas abaixo disso. No nono nível, a folha dizia que, no ano dingmao da Lebre, Chiang Kai-Shek iniciara um golpe de Estado contrarrevolucionário e todo o país fora assolado pelo Terror Branco. O Partido Comunista realizara seu Primeiro Congresso em Hankou, onde Mao Zedong fora eleito membro suplente do Gabinete Central de Política. Havia duas linhas vermelhas abaixo disso. No décimo nível, o papel continha duas palavras, "Levante do Outono", e três linhas vermelhas. No ano yihai, o presidente Mao acabara de completar 51 anos e, na Conferência Zunyi, confirmara seu status como líder. Havia cinco linhas vermelhas abaixo disso. No topo, o papel dizia que, no ano renzi, Mao fora nomeado presidente do Partido, presidente da nação e comandante das Forças Armadas. Havia nove linhas vermelhas abaixo disso.

A pilha final continha obras de vários autores. Do topo da pilha, Yingque retirou outra folha, também com várias fileiras. Essas fileiras, contudo, não continham nomes nem datas de nascimento de figuras importantes, como as das outras folhas, mas estavam em branco, sendo áridas como o campo após a colheita do outono. Yingque não sabia o que o pai adotivo planejara colocar nas fileiras vazias. As entradas de cada fileira eram bastante comuns. A primeira continha apenas as inócuas palavras "mensageiro da comuna".

A segunda dizia "funcionário da soc-escola".

A terceira dizia "oficial nacional"; a quinta dizia "secretário da comuna"; a oitava, "vice-chefe do condado"; e a nona, "chefe do condado". Abaixo disso, havia meramente fileiras vazias, sem nenhum texto. Em particular, não havia nenhuma fileira para comissário do distrito ou chefe da província. Talvez o pai adotivo de Yingque achasse que chefe do condado era uma posição quase celestial e, se alguém fosse nomeado para o cargo, seria tudo de que precisaria. Talvez achasse que o chefe do condado já era como um imperador, sem necessidade de continuar subindo na cadeia de comando, sendo essa a razão para as linhas estarem em branco. Yingque contou cuidadosamente e descobriu que havia dezenove fileiras adicionais em branco. A décima nona era a última e deveria conter um título como "presidente do Partido", "presidente da nação" ou "comandante das Forças Armadas", mas estava em branco. Embora as dezenove fileiras não estivessem preenchidas, cada uma delas tinha uma ou mais linhas vermelhas abaixo, e a fileira final continha tantas delas que parecia um bloco vermelho sólido.

O que mais ele viu na sala? Nada. Apenas livros, pilhas de livros e folhas de papel enfiadas entre as pilhas. Cada folha estava marcada com quadrados nos quais estavam escritas as datas de nascimento e as realizações de algum líder famoso. Também havia aquelas linhas vermelhas, que eram mais numerosas quando a pessoa em questão tinha uma origem humilde e eram particularmente numerosas ao sublinhar feitos extraordinários que a pessoa viria a realizar.

O que mais Yingque descobriu? Não havia mais nada, na verdade. Enquanto olhava para as pilhas de livros e para as folhas de papel contendo a biografia de líderes importantes, era como se já soubesse sobre os livros, as pessoas, os eventos — como se já tivesse ouvido tudo sobre eles na sala da soc-escola. A única coisa que o surpreendeu foi que um homem tão extraordinário quanto Engels tivesse vindo de uma família capitalista. Ele não esperara que o filho de uma família capitalista dedicasse a vida a falar e trabalhar em benefício dos trabalhadores pobres. Também não esperara que Lênin tivesse vindo de uma família operária comum, nem que a família de um homem tão grandioso fosse tão ordinária quanto uma árvore na floresta da montanha. Ficou surpreso ao descobrir que Stálin viera de uma família de servos e que seu pai fora sapateiro. E que o filho do sapateiro se tornaria alguém que o mundo inteiro veria com assombro. Ficou ainda mais surpreso ao descobrir que o presidente Mao, que por fim se tornara maior que qualquer outro, viera de uma família de camponeses que trabalhavam nos campos para viver.

Yingque ficou sentado na sala, enquanto o brilho do sol entrava pela porta e pelas janelas, e durante muito tempo observou em silêncio as pilhas de livros, as biografias e as linhas vermelhas nas folhas de papel. Era como se finalmente percebesse o que o pai adotivo quisera dizer ao afirmar que, quando os visse, Yingque aspiraria à grandeza. Ao mesmo tempo, contudo, era também como se não tivesse percebido nada, mas, em vez disso, sentisse uma brisa soprando no rosto — que desapareceria sem deixar rastro. Ele tentou se lembrar do que havia ganho daquela brisa e, silenciosamente, ponderou a respeito até ouvir um baque seco vindo do pátio da escola.

Era como se uma árvore morta tivesse tombado.

Era como se um grande saco de algodão ou farelo tivesse caído no chão.

Yingque parou por um instante e saiu correndo da sala. Voou pelo pátio silencioso, sem parar até chegar ao portão principal.

Fora seu pai adotivo que caíra da cama.

Seu pai havia morrido.

Antes de morrer, agarrara a camisa com firmeza.

O pai adotivo de Yingque era o professor mais antigo da escola e até mesmo o chefe do condado e o secretário foram seus alunos. No dia em que Yingque enterrou o pai adotivo, o chefe do condado compareceu e disse que, três dias antes, recebera uma carta dele dizendo que insistira durante toda a vida em instilar a teoria marxista-leninista em todos os oficiais do condado e membros do Partido e que agora pedia ao chefe do condado que ajudasse sua filha a terminar os estudos e seu filho a conseguir um emprego, idealmente em sua velha casa na comuna de Boshuzi. Mas Yingque ainda era jovem e talvez fosse melhor nomeá-lo mensageiro, dizia a carta, para que, em mais alguns anos, ele pudesse ir ao campo e continuar sua educação socialista. Se ele se saísse bem, poderia ser um oficial.

O condado providenciou para que fosse enviado à comuna de Boshuzi para trabalhar como mensageiro.

Naquele momento, o jovem Liu Yingque finalmente compreendeu por que seu pai adotivo desenhara as tabelas sem título — para planejar o futuro do próprio Yingque. O pai havia sido tão otimista a respeito de suas perspectivas que colocara a tabela ao lado da de grandes homens. Usara as linhas vermelhas para lembrar a Yingque que grandes homens haviam começado como pessoas comuns e que, desde que trabalhasse duro, ele poderia se tornar tão grande quanto eles.

No dia em que Yingque deixou a soc-escola e foi para a comuna de Boshuzi, ele retornou à sala de livros e retirou as folhas de papel das pilhas. Observou especialmente a folha que dizia "mensageiro da comuna" na fileira de baixo, "membro da soc-escola" na segunda fileira, "secretário da comuna" na quinta e "chefe do condado" na nona, ao passo que as fileiras de dez a dezenove foram deixadas em branco.

Enquanto olhava para a tabela, seu coração começou a martelar no peito. Ele sentiu uma onda de energia saindo da sola dos pés e percorrendo seus ossos e vísceras.

Naquele instante, foi dominado pela memória da morte do pai adotivo; era como se o sol brilhasse diante dele, fazendo com que se sentisse crescido, como se 16 anos fossem mais que 26. Ele sentiu que a morte do pai adotivo abrira uma porta e que, se ele a atravessasse, estaria pisando em uma estrada que conduzia diretamente ao paraíso.

Assim, foi trabalhar na comuna de Boshuzi como mensageiro, entregando jornais e cartas, fervendo água e varrendo o chão.

Dez anos depois, no dia em que foi nomeado secretário da comuna, quando se sentiu tão poderoso quanto um imperador, ele solicitou um quarto extra na hospedaria da comuna e o organizou como uma réplica precisa da sala de livros que o pai adotivo tinha criado. Na parede, pendurou retratos de dez grandes líderes internacionais, incluindo Marx, Engels, Lênin, Stálin, o presidente Mao, Tito, Ho Chi Minh e Kim Il Sung. Abaixo deles, pendurou retratos de dez grandes líderes militares chineses: Zhu Du, Chen Yi, Jia Long, Liu Bocheng, Lin Biao, Peng Dehuai, Yi Jianying, Xu Xiangqian, Luo Ronghuan e Nie Rongzhen. Abaixo deles, havia tabelas contendo as biografias e realizações profissionais de cada um. Na parede em frente a essa fileira dupla de vinte retratos, havia um retrato ampliado e emoldurado do próprio pai adotivo. Bem ao lado do quadro, havia uma folha de papel quadriculado do tamanho dele, com dezenove fileiras. A fileira de baixo estava preenchida com o seguinte: Liu Yingque, nascido no condado de Shuanghuai no ano gengzi da fome. Quando tinha 1 ano, os pais o abandonaram em um campo. O pai adotivo era professor da soc-escola do condado de Shuanghuai. Yingque era brilhante e precoce e já conseguia ler jornal e escrever cartas antes de entrar na escola. Ele tinha até mesmo um entendimento geral da teoria marxista-leninista.

O segundo nível tinha duas linhas de texto: No ano yimao da Lebre, quando tinha 16 anos, seu pai adotivo faleceu. A vida de Yingque ficou difícil e ele começou a trabalhar para a Revolução como mensageiro da comuna de Boshuzi.

O terceiro nível dizia: No ano gengshen do Macaco, quando completou 21 anos, ele se tornou oficialmente um funcionário público e foi nomeado o mais avançado funcionário de soc-escola do condado.

O quinto nível dizia: No ano wuchen do Dragão, quando tinha 29 anos, ele foi nomeado secretário do Partido da cidade de Liulin e era o maior arrecadador do condado.

Começando no sexto nível e indo até o topo, todas as outras fileiras estavam em branco, aguardando pelo futuro.

Nesse quarto decorado com retratos de grandes homens e tabelas detalhando biografias e realizações, havia também o retrato do pai adotivo, ao lado de uma tabela detalhando a biografia de Liu Yingque. O quarto seguira Liu Yingque durante várias promoções, enquanto ele era realocado do município para a cidade e da cidade para aqueles dois quartos no lado sul do pátio do prédio do comitê e do governo do condado de Shuanghuai. Os quartos eram muito solenes e sagrados e, desse modo, Liu Yingque, em seu coração, os via como uma Sala da Devoção.

LEITURA AINDA MAIS COMPLEMENTAR

[1] *Divina. Sagrada e dignificada.*

[3] *Hegel. Georg Wilhelm Friedrich Hegel, filósofo alemão (1770–1831).*

[5] *Kant. Immanuel Kant, filósofo alemão, fundador do idealismo filosófico (1724–1804).*

[7] *Feuerbach. Ludwig Andreas von Feuerbach, filósofo materialista alemão (1804–1872).*

[9] *Saint-Simon. Henri de Saint-Simon, socialista utópico francês (1760–1825).*

[11] *Fourier. François Marie Charles Fourier, socialista utópico francês (1772–1837).*

[13] *Ho Chi Minh. Presidente da República Popular do Vietnã (1890–1969).*

[15] *Dimitrov. Georgi Dimitrov, secretário comunista e presidente do Conselho de Ministros da Bulgária socialista (1882–1949).*

[17] *Tito. Josip Broz Tito, premiê do Partido Comunista da Iugoslávia socialista (1892–1980).*

[19] **Kim Il Sung.** Premiê do Partido Comunista da República Democrática Popular da Coreia (1912–1994).

[21] **Holbach.** Paul Holbach, filósofo materialista e ateísta francês (1723–1789).

[23] **Locke.** John Locke, filósofo e teórico político inglês (1632–1704).

[25] **Adam Smith.** Economista capitalista inglês, fundador da disciplina da política econômica tradicional (1723–1790).

CAPÍTULO 11

Uma fileira de retratos de grandes homens à frente, o retrato do pai adotivo atrás

Sempre que o chefe Liu alcançava um grande sucesso, ele naturalmente queria voltar à Sala da Devoção.

A noite havia começado a entrar na sua hora mais escura. A lua tinha desaparecido, mal dava para ver as estrelas e as nuvens envolviam a sede do condado como névoa. Parecia que ia chover a qualquer momento. A umidade cercava o chefe Liu como um muro. Poucas lâmpadas da iluminação pública estavam acesas, a maioria permanecia apagada — ou porque estavam queimadas ou porque a energia elétrica tinha sido cortada. Embora a sede do condado de Shuanghuai tivesse crescido e embora, ao assumir o cargo, ele tivesse emprestado um pouco de dinheiro do Fundo Lênin para expandir algumas ruas e acrescentar mais cruzamentos, a cidade parecia tão precária quanto sempre fora. Apenas a nova rua em frente à entrada do prédio do comitê e do governo do condado estava com todos os postes acesos.

Mas ele não queria caminhar pela nova rua, pois era provável que houvesse muitos idosos e crianças aproveitando a noite. Entre essas pessoas, não haveria ninguém que não reconhecesse o chefe do condado, assim como, logo após a Revolução Cultural, no ano *bingwu* do Cavalo, todos sabiam quem era o presidente Mao. Desde que Liu Yingque fora nomeado chefe do condado e resolvera comprar o corpo de Lênin e criar o parque florestal da montanha dos Espíritos e o Mausoléu de Lênin, não havia uma única criança nos becos da cidade que não soubesse quem ele era. Como dissera em um documento que havia escrito à mão e enviado cópias aos oitocentos e dez mil habitantes do condado, assim que conseguisse comprar o corpo de Lênin e instalá-lo na montanha dos Espíritos, o condado de Shuanghuai se tornaria tão rico que os camponeses não precisariam mais pagar para ir ao médico ou para pegar o ônibus até o mercado na cidade, as crianças não precisariam mais pagar pelos livros e os moradores da cidade não precisariam mais pagar por eletricidade ou água corrente. Ele tinha dito que, dois anos após a inauguração do memorial, ele daria uma casa a cada família.

Cópias desse documento choviam em cada pátio e casa do condado e entravam no coração de cada residente. Naturalmente, todos começaram a vê-lo como uma divindade e até os camponeses, de algum modo, conseguiam comprar cópias da sua foto para pendurar na parede. Eles penduravam a fotografia do chefe Liu ao lado das dos bodisatvas, do deus do forno e do presidente Mao. Na sede do condado, havia até mesmo pessoas que, ao pendurar imagens dos deuses na porta no Ano-Novo, penduravam uma imagem de lorde Guan em um lado da porta e a foto do chefe Liu do outro, ou uma foto do chefe Liu de um lado e uma imagem de Zhao Ziyun do outro.

Certa vez, o chefe Liu foi para o interior e conheceu um pequeno restaurante chamado Casa do Viajante. Ele deixou um autógrafo no local, o que levou os negócios a melhorar imediatamente, com um fluxo constante de clientes. Em outra situação, o chefe Liu passou metade da noite em uma hospedaria de beira de estrada, e depois disso o proprietário recolheu a bacia, a toalha e o sabonete que havia usado, enrolou tudo em um tecido vermelho e colocou em uma caixa para servir como relíquia.[1] O proprietário pendurou uma placa na porta do quarto em que ele dormira, dizendo que em tal mês de tal ano, o chefe do condado Liu Yingque havia passado a noite ali. Antes disso, o pernoite do quarto custava doze yuans, mas agora custava vinte. Antes disso, a hospedaria não tinha muitos clientes, no entanto, após a visita, havia um fluxo constante de pessoas que queriam ver a cama em que dormira e se sentar na cadeira em que se sentara. Motoristas de caminhão em longas viagens desviavam centenas de *li* das suas rotas para passar a noite na hospedaria em que ele tinha dormido.

Em Shuanghuai, o chefe Liu era visto como uma figura extraordinária, comparável aos lendários imperadores da dinastia Qing Qianlong e Kangxi ou aos fundadores das dinastias Ming e Song, os imperadores Zhu Yuanzhang e Song Taizu.

Ele não podia caminhar casualmente pelas ruas porque, aonde quer que fosse, as pessoas se agrupavam ao seu redor imediatamente, tentando fazer perguntas e lhe dar um aperto de mão. Elas lhe entregavam seus bebês e lhe pediam que os beijasse, então exibiam os filhos para todos, dizendo que, em tal mês de tal ano, o chefe do condado os havia beijado.

A essa altura, todos sabiam que a trupe de Avivada obtinha dinheiro com tanta facilidade quanto se estivesse recolhendo as folhas de outono e que o corpo de Lênin seria comprado em breve e levado até Shuanghuai, o que significava que os bons dias não estavam longe. O chefe Liu já era visto como uma divindade em Shuanghuai e idolatrado por cada um dos oitocentos e dez mil habitantes do condado. Naturalmente, não podia andar sozinho pelas ruas. Felizmente, contudo, naquela noite em particular o céu estava completamente escuro e quando ele, carregando uma pesada carga emocional, caminhou até o complexo residencial do governo do condado, não foi detido por nada nem por ninguém.

O complexo residencial ficava em um terreno ao norte do prédio do governo, onde também ficava a Sala da Devoção. Sua família vivia na parte mais interna e a Sala da Devoção ficava em um grande escritório de três salas na área sul do complexo. O escritório originalmente era uma sala de conferências de um gabinete do condado, mas, depois que o gabinete se mudara para outro local, o chefe Liu havia se apropriado dela para instalar a Sala da Devoção. A noite estava em sua hora mais escura e as pessoas que tinham saído às ruas para tomar ar fresco já começavam a voltar para casa. Quando ele atravessou o portão principal do complexo residencial, o porteiro, de 63 anos, ainda não tinha ido dormir e, ao vê-lo, rapidamente saiu da guarita e fez uma mesura.

— Por que você ainda não foi dormir?

— Depois de ouvir o discurso no prédio do comitê, eu fiquei tão empolgado com a ideia de que em breve teremos mais dinheiro do que poderemos gastar que não consegui dormir.

Com um sorriso largo, ele assentiu e acrescentou algumas palavras de encorajamento. Então se dirigiu ao edifício na área sul do complexo, com o som dos seus passos ecoando na noite silenciosa. Quando chegou à porta, olhou ao redor e retirou a chave de uma ranhura no batente. Abriu a porta, entrou e a fechou. Em seguida, acendeu a luz.

Imediatamente, o cômodo ficou tão claro quanto a neve varrida pelo vento. As três lâmpadas fluorescentes pendendo do teto banhavam as três salas com uma luz brilhante. As paredes eram caiadas, e a porta e as janelas estavam seladas para que nem mesmo um grão de poeira pudesse entrar. À exceção de uma mesa e de uma cadeira, não havia nenhuma outra mobília. Se olhasse para as paredes, contudo, veria retratos de grandes homens. A fileira de cima continha dez retratos de grandes líderes, incluindo Mao, Engels, Lênin, Stálin, Ho Chi Minh e Kim Il Sung, ao passo que a fileira de baixo continha retratos dos dez maiores líderes militares da China. Mas, na fileira de baixo, havia onze retratos, com o décimo primeiro sendo o do próprio chefe do condado, Liu Yingque. Na parede atrás dele havia apenas um retrato, o do seu pai adotivo, e, abaixo dele, uma inscrição feita pelo chefe Liu: *Disseminador do marxismo-leninismo no condado de Shuanghuai.*

Abaixo de cada retrato havia legendas detalhando biografias e realizações, incluindo as idades com que cada homem havia assumido suas respectivas posições. Ele destacara os pontos importantes em vermelho, assim como fizera o pai adotivo. Por exemplo, Lin Biao tinha acabado de completar 23 anos ao ser nomeado comandante de divisão; Jia Long tinha apenas 31 anos quando foi nomeado comandante do Exército; Zhu De tinha 19 quando, no ano *yisi* da Serpente, participara do levante contra o governo de Yuan Shikai e, no ano *bingwu* do Cavalo, participara da Guerra de Proteção Nacional contra o senhor da guerra Duan Qirui e assim por diante. Esses detalhes estavam destacados em vermelho.

O destaque servia como lembrete para que, sempre que entrasse na Sala da Devoção, sentisse ainda mais reverência por aqueles grandes homens cujos retratos estavam pendurados na parede e, dessa forma, se esforçasse ainda mais para atingir a excelência na própria vida. Todas as vezes que via a legenda explicando que, com apenas 23 anos, Lin Biao organizara uma extraordinária vitória na passagem Pingxing, ele se lembrava de como fora nomeado professor da soc- -escola na comuna de Boshuzi com apenas 21 anos e, anualmente, ia até o interior para ajudar a despertar os camponeses, encorajá-los a ler matérias de jornais e urgi-los a afiar as foices na época da colheita e arar o campo na época da semeadura.

Ele sentia um pouco de pesar, mas, ao mesmo tempo, uma onda de energia surgia em seus pés, fazendo com que sempre tentasse trabalhar ainda mais. Não apenas os ajudava a guardar os grãos no depósito antes das chuvas de verão como também, no inverno, retirava os brotos do chão antes da primeira geada. Informava aos camponeses que em Beijing, em tal mês de tal ano, tal reunião estava sendo realizada. Relatava quais documentos oficiais estavam sendo enviados e até mesmo citava os pontos mais importantes de cada um. Algumas pessoas na aldeia tinham parentes em Taiwan e Cingapura e ele as ajudava a permanecer em contato e fazia tudo o que podia para encorajar os parentes a visitar sua terra natal. Quando os chineses de além-mar retornavam a Shuanghuai, chegavam com um grande sorriso no rosto, mas imediatamente começavam a chorar e não tinham escolha senão doar as economias de toda uma vida às suas cidades natais para ajudar a pavimentar as ruas, instalar linhas elétricas e construir fábricas.

No fim, as áreas rurais onde ele ficava se tornaram mais prósperas que as regiões vizinhas e, consequentemente, foi promovido de funcionário da soc-escola a vice-secretário do Partido para a comuna e membro do comitê do Partido. Capaz, desde jovem, de administrar oficiais dez ou vinte anos mais velhos que ele, conseguiu desenhar uma linha vermelha sob sua ocupação aos 23 anos.

Três anos depois de a comuna ter sido convertida em município, Liu Yingque foi transferido da comuna de Boshuzi para o município de Chunshu. Embora fosse apenas vice-chefe do município, o chefe fora hospitalizado e, dessa maneira, ele se viu responsável por tudo. Convocou uma reunião com todos os chefes das aldeias e disse que cada uma delas deveria deixar dez homens para trás, a fim de liderar um grupo de mulheres e anciões que trabalhariam nos campos, enquanto os demais jovens deveriam encontrar trabalho. Eles podiam roubar e pilhar se precisassem, mas não podiam permanecer no campo. Ele entregou a cada jovem uma carta de apresentação e usou vários caminhões para levá-los até o ponto de ônibus distrital e provincial. Depois que desceram dos caminhões, contudo, não lhes prestou a menor atenção, dizendo que, mesmo que estivessem morrendo de fome, não deveriam voltar para casa em menos de três a seis meses. Disse que multaria em cem yuans qualquer um que voltasse para casa antes disso por qualquer razão que não doença ou desastre e, se a pessoa não tivesse dinheiro, confiscaria seus porcos e ovelhas, até que ela, sem dúvida gemendo e gritando, fosse embora de casa novamente.

Um ano depois, o município contava com um grupo de jovens e crianças trabalhando na cidade — ainda que apenas lavassem louça, cozinhassem ou retirassem o lixo —, de modo que todas as aldeias tinham dinheiro para comprar sal e carvão. Casa após casa, todas foram reconstruídas e transformadas em residências com telhado. Na aldeia de Huangli, havia uma casa na qual todas as crianças eram meninas. Assim, ele enviou as duas filhas mais velhas à capital da província para que encontrassem trabalho. Quinze dias depois, elas haviam gasto todo o dinheiro e estavam passando fome e começando a vender sua carne.[3] Após seis meses, a família conseguiu construir uma nova casa e ele convocou todos os oficiais do município para que fossem até lá para organizarem uma reunião improvisada, levando flores para os pais e pendurando uma placa na parede da casa. Os oficiais até mesmo escreveram cartas de congratulação com o carimbo do município para as duas garotas que vendiam sua carne. Embora ele tenha cuspido no chão após sair da casa das duas garotas vendedoras da própria carne, todos os meninos e meninas da aldeia passaram a competir para ir embora e procurar trabalho, e o município usufruiu de alguns dos seus melhores dias.

Um ano depois, quando o chefe do município recebeu alta do hospital, o condado não permitiu que mantivesse sua posição e, em vez disso, promoveu Liu Yingque de vice-chefe a chefe.

Depois que foi promovido, ele começou a falar e agir como um imperador.

Um dia, um dos homens do município que partira em busca de trabalho foi escoltado até sua casa por um dos moradores da cidade. O chefe Liu perguntou:

— O que houve?

— Ele roubou! — respondeu o homem da cidade. — Por que as pessoas deste distrito são enviadas até lá para roubar?

O chefe Liu deu um tapa no rosto do ladrão e gritou:

— Amarrem-no!

Alguém da delegacia pegou uma corda para amarrar suas mãos e acompanhou o acusado até o município para comer. Depois da refeição, o chefe Liu acompanhou o acusador até o carro, e, assim que o sujeito partiu, fez com que os oficiais libertassem o ladrão.

— O que você roubou? — perguntou ele.

O ladrão baixou a cabeça.

— O que você roubou? — gritou ele novamente.

— Um motor de uma fábrica — respondeu o ladrão.

— Suma daqui! — disse ele com rispidez. — Sua punição será esta: em três anos, você terá de construir uma fábrica na sua aldeia. Se não fizer isso e alguém mais o acusar de roubo, eu o enviarei para a prisão.

O ladrão partiu. Não voltou à aldeia para ver a mãe e o pai, retornando imediatamente à cidade. Então ou foi até a capital da província ou às cidades do sul para desenvolver suas habilidades. Pouco depois, de fato conseguiu estabelecer uma pequena fábrica em sua aldeia natal — de farinha, cordas ou pregos.

Em outro dia, alguém ligou do distrito pedindo a Liu Yingque que fosse buscar alguém e ele não teve escolha. Pegou uma carona até a cidade, onde visitou o Gabinete de Segurança Pública do distrito, e encontrou mais de uma dúzia de garotas, de 17 a 19 anos, que vendiam sua carne no distrito de entretenimento. As mulheres estavam agachadas viradas para a parede, seminuas e agarradas às suas roupas. Quando o funcionário do Gabinete de Segurança Pública o viu, perguntou:

— Você é o chefe do município?

— Sim.

O oficial semicerrou os olhos e cuspiu nele, dizendo:

— Que merda, as fábricas do seu município produzem putas em vez de grãos?

O chefe Liu o encarou, pasmo, baixou a cabeça e limpou o cuspe, amaldiçoando o oficial entre os dentes. Então, sorriu e disse:

— Eu as levarei embora e, quando voltarmos, farei com que desfilem pela aldeia carregando sapatos velhos. Isso será suficiente?

Ele acompanhou as mulheres para fora do gabinete, e, assim que estavam do lado de fora, disse:

— Vocês têm a habilidade de fazer com que um oficial do Gabinete de Segurança Pública se divorcie, incomodando tanto sua família que sua mulher e seus filhos o abandonem. Têm a habilidade de se tornar madames e ensinar outras mulheres a seguirem seus passos. Têm a habilidade de mandar dinheiro para casa, possibilitando que suas famílias construam casas com telhado e que toda a aldeia tenha eletricidade e água corrente. A aldeia erigirá um marco de pedra em homenagem às suas boas ações.

Então cuspiu repetidamente nelas antes de dar a volta e se dirigir à estação rodoviária.

Depois disso, alguns dos aldeões montaram salões de cabeleireiro e de massagem na cidade. Eles trabalhavam como gerentes e as jovens do interior eram suas funcionárias. Outros passaram a coletar lixo para iniciar um centro de reciclagem. Havia um aldeão que carregava tijolos e cimento para ajudar os moradores da cidade a montar cozinhas, consertar paredes e construir galinheiros, e, eventualmente, ele começou a dar conselhos sobre a construção de edifícios. Por exemplo, indicava como, entre o primeiro e o segundo andar, a parede externa do novo edifício se inclinava para leste, mas, entre o segundo e o terceiro, endireitava-se e se inclinava para oeste, chegando ao quinto ou ao sexto andar perfeitamente reta. No fim, tornou-se um empreiteiro e sua carteira de trabalho indicava que ele era gerente de uma equipe de construção.

Três ou quatro anos se passaram, e o município de Chunshu gradualmente começou a adquirir um ar de prosperidade. Todas as rodovias que levavam às aldeias foram pavimentadas e linhas elétricas foram instaladas. Em frente à casa recém-construída de cada família havia um leão de pedra. Chunshu se tornou um modelo para todo o condado, e o secretário do Partido foi pessoalmente até lá para realizar um discurso. Liu Yingque desenhou uma linha vermelha sob sua linha da vida, com a idade de 27 anos, e escreveu que fora promovido de chefe a secretário do município. Quando tinha 33 anos, a linha vermelha se estendera para cima, pois ele havia sido promovido novamente, de secretário do município a vice-chefe do condado, sendo o mais jovem a ocupar essa posição em todo o distrito.

Agora tinha 37 anos e sua tabela de realizações já estava marcada com vermelho vivo. A Sala da Devoção era extraordinariamente silenciosa, a ponto de ser possível ouvir o ar entrando pela fenda sob a porta. A noite estava escura como o fundo de um poço e as pessoas que tinham saído para uma caminhada noturna já haviam voltado para casa para dormir. O velho que guardava o portão do complexo residencial para os oficiais do governo há muito o trancara. O chefe Liu se sentou à mesa no centro da Sala da Devoção, observando incessantemente cada um dos retratos na parede. Vezes sem conta, leu em voz alta a descrição de suas realizações. Por fim, seu olhar pousou sobre seu próprio retrato, no último lugar da fileira de dez grandes marechais.

Na foto, ele estava com corte de cabelo *flat top*, cabeça quadrada e rosto vermelho. Embora sorrisse abertamente, seus olhos carregavam um inconfundível traço de pesar e ansiedade, como se algo realmente difícil de aceitar tivesse acabado de ser revelado. O terno cinza era muito elegante, e ele usava uma gravata vermelha brilhante. Mas, olhando mais de perto, era possível notar que o terno parecia estranho, como se ele não o estivesse vestindo quando a foto havia sido tirada, assemelhando-se a um acréscimo pintado mais tarde. O chefe Liu olhava para o retrato e o retrato olhava para ele. Mas, embora ele parecesse empolgado, a foto mantinha sua expressão melancólica.

Seu entusiasmo desapareceu imediatamente.

Ele continuou a encarar o retrato, e as solas dos seus pés começaram a esquentar e coçar. Sabia que estava prestes a sentir outra explosão de energia. Sempre que era promovido, ia até a Sala da Devoção e olhava para os retratos na parede. Quando seu olhar finalmente pousava no próprio retrato, ele invariavelmente sentia uma explosão de energia que começava nos pés e abria caminho por todo o corpo, até uma onda de sangue invadir sua cabeça. É desnecessário dizer que isso significava que precisava fazer algo — caminhar até o retrato, anotar sua idade e a posição para a qual fora promovido, e desenhar uma linha vermelha espessa sob a fileira especificando que, em tal mês de tal ano, havia sido promovido para tal posição. Em seguida, queimava três palitos de incenso em frente ao retrato do pai adotivo, meditava um pouco e fazia uma mesura. Então voltava para casa, trancando a porta ao sair.

Daquela vez, contudo, ele fora até a Sala da Devoção não porque tinha acabado de ser promovido, mas por causa do sucesso da trupe da aldeia, porque ele e Vovó Mao Zhi haviam acabado de assinar um contrato concordando que ela criaria outra trupe e porque, no fim do ano, eles teriam arrecadado mais dinheiro do que precisavam para comprar o corpo de Lênin. Ele não esperava que, mesmo então, uma onda de energia emanasse das solas dos seus pés, como se ele estivesse de pé sobre um braseiro em um dia frio. As palmas das suas mãos ficaram suadas e ele sentiu a irresistível necessidade de anotar uma nova promoção, sublinhando-a em vermelho. Sabia que, se não escrevesse algo, não conseguiria dormir.

Ele hesitou, com o suor escorrendo das palmas das mãos para os dedos. Sua cabeça latejava e, enquanto o sangue pulsava em suas veias, ele sentia como se uma manada de cavalos selvagens galopasse através do seu corpo.

O chefe Liu se levantou.

Abruptamente, retirou uma caneta do bolso e carregou um banquinho até o retrato. Contando de baixo para cima, cuidadosamente acrescentou uma frase à décima linha vazia:

No ano jimao *da Lebre, quando Liu Yingque tinha 39 anos, foi promovido a vice-comissário do distrito.*

Originalmente, ele pretendera escrever que, no ano *wuyin* do Tigre, fora promovido a comissário, mas, ao pegar a caneta, sentiu um impulso de modéstia. Assim, retrocedeu a data em um ano e atribuiu para si mesmo uma posição mais baixa. Revisou a frase e escreveu que, no ano *jimao* da Lebre, com 39 anos, Liu Yingque havia sido promovido a vice-comissário do distrito. Afinal, o corpo de Lênin ainda não fora comprado e só no ano seguinte as pessoas teriam mais dinheiro do que conseguiriam gastar. A questão sobre se seria promovido primeiro a vice-comissário ou se passaria diretamente a comissário ainda não tinha sido decidida. Ele sabia que era inapropriado alegar antecipadamente algo que ainda não fora conquistado e que nem mesmo a esposa o deixaria fazer isso, mas, mesmo assim, escreveu e sublinhou em vermelho.

As primeiras linhas vermelhas haviam ficado escuras com o tempo e pareciam aguardar impacientemente por uma nova. Depois que desenhou uma brilhante linha vermelha, ele desceu do banquinho e deu um passo para trás. Olhou para a nova linha de texto e para a espessa linha vermelha e seu rosto se abriu em um sorriso. Sentiu uma onda de paz, e a energia e o sangue quente que percorriam seu corpo começaram a esmorecer.

Ele tinha de voltar para casa. Já estava no meio da noite.

No entanto, quando estava pronto para partir e pôs a mão na maçaneta, ela começou a tremer e o chefe Liu teve a sensação incômoda de que estava se esquecendo de algo. Inicialmente, achou que era porque tinha se esquecido de queimar incenso para o pai adotivo. Assim, retirou três palitos de uma gaveta e um porta-incenso cheio de areia de outra. Acendeu os palitos e os prendeu no porta-incenso, empurrando a mesa até o retrato do pai. Observou enquanto três colunas de fumaça espiralavam no ar. E reconheceu que, como já era chefe do condado e quase imperador, seria completamente inadequado se ajoelhar e se prostrar perante o retrato. Mas ainda o contemplou solenemente e fez três mesuras com as mãos no peito, entoando:

— Pai, descanse em paz. No ano que vem, comprarei o corpo de Lênin e o levarei até a montanha dos Espíritos. Em dois ou três anos, serei promovido a comissário do distrito.

Ao terminar, sentiu que fizera tudo o que precisava fazer e podia partir. Quando estava se preparando para ir embora, contudo, novamente teve a sensação incômoda de que deixara de fazer algo. Ao pensar com cautela, percebeu que o que encontrara em suas viagens não era aquilo pelo que estivera buscando. Foi só então que lhe ocorreu que a tarefa que sentia que precisava terminar não era queimar incenso em frente ao retrato do pai adotivo. Em vez disso, ele se virou e examinou as duas fileiras de retratos. Contemplou cada imagem separadamente e, ao chegar ao quinto retrato da segunda fileira, o de Lin Biao, hesitantemente pegou seu próprio retrato e o colocou naquele lugar.

Depois de pendurar seu retrato na nova posição, ele se sentiu completamente à vontade, como se finalmente tivesse conseguido fazer algo que tentava fazer havia décadas. Sentiu esmorecer a inconfessável inveja que sentira de Lin Biao por ter sido promovido a comandante de divisão com a tenra idade de 23 anos. Ficou de pé no mesmo lugar onde costumava ficar para contemplar o retrato de Lin Biao, mas agora olhava para sua própria imagem. Parecia-lhe que o retrato estava perfeitamente reto e que o traço de melancolia em seus olhos fora substituído por um olhar de declarada alegria. Após olhar com adoração para seu retrato oficial, pendurado ao lado do retrato de Liu Bocheng, ele sorriu por muito tempo. Em seguida, limpou a poeira das mãos e saiu da Sala da Devoção.

Ele notou que as luzes de casa ainda estavam acesas e que a janela parecia tão reluzente quanto o sol. Olhou para a luz, perplexo, e começou a caminhar para casa.

LEITURA COMPLEMENTAR

[1] *Relíquias*. DIALETO. *Refere-se a souvenirs.*

[3] *Vender a carne*. DIALETO. *Refere-se à prostituição, mas não possui nenhuma conotação pejorativa.*

CAPÍTULO 13

Ei, quem era aquele sujeito que acabou de sair da nossa casa?

— Que merda! Eu estou batendo há horas. Por que você não abriu?

— Ah, é você! Achei que fosse um ladrão!

— Fique aqui. Diga, quem diabos era aquele sujeito que acabou de sair da nossa casa?

— Se você o viu, por que está me perguntando?

— Eu só vi uma sombra. Me diga quem diabos era.

— O secretário Shi.

— O que diabos ele estava fazendo aqui às três da manhã?

— Eu pedi a ele que trouxesse um remédio para gripe. Foi você quem disse que, quando estivesse ausente, ele deveria ser diligente e atender sempre que eu chamasse.

— Estou dizendo que você não deveria fazer com que as pessoas trouxessem coisas às três da manhã.

— Você está suspeitando de mim? Vá até lá e pergunte a ele.

— Eu posso demiti-lo com uma única palavra.

— Vá em frente.

— Com uma única palavra, posso fazer com que a polícia o prenda.

— Vá em frente. Faça isso.

— Com uma única palavra, posso fazer com que os tribunais façam com que ele passe anos na prisão. Posso fazer com que ele jamais saia vivo da prisão.

— Então faça isso.

— ...

— Ok. Você não disse que passaria três meses sem voltar para casa?

— Aqui é a minha casa. Posso voltar quando eu quiser.

— Agora você se lembra de que aqui é a sua casa. Por que não ficou mais um mês fora?

— Eu não resisti. Você sabe quanto eu fiz pelo condado no último mês? Sempre que me veem na rua, as pessoas deveriam se prostrar como se eu fosse um imperador.

— Eu sei que você criou uma trupe de artistas com habilidades especiais e que, no ano que vem, planeja comprar o corpo de Lênin da Rússia e trazê-lo para cá. Sei que, em dois ou três anos, você espera ser promovido a vice-comissário do distrito. Mas você sabe como esteve nossa filha no último mês? Como eu estive?

— Onde está nossa filha?

— Na casa da avó.

— Como vocês estiveram?

— Pegamos uma gripe terrível. Nossa filha teve febre de trinta e nove graus e passou três dias no hospital tomando injeções.

— Oh, eu achei que era algo importante. De qualquer modo, também quero que você saiba que assinei um contrato com Vovó Mao Zhi, de Avivada, concordando que, em algumas semanas, ela criará uma segunda trupe de artistas com habilidades especiais. A renda dos ingressos das duas trupes fluirá para os cofres do condado como um rio. No fim do ano, teremos dinheiro suficiente para comprar o corpo de Lênin da Rússia. Assim que trouxermos o corpo e o alojarmos na montanha dos Espíritos, os cofres do condado ficarão tão cheios que o dinheiro irá vazar por portas e janelas, e todos no condado serão capazes de gozar de boa vida. Eles se preocuparão apenas por terem mais dinheiro do que conseguem gastar. A essa altura, quando o inverno chegar, darei a todos no condado uma vacina grátis contra gripe, importada, e ninguém ficará doente novamente. Ei, você dormiu?

— Você sabe que horas são?

— Ok. Se você quer dormir, durma. Não vou tomar banho hoje.

— Você pode dormir no outro quarto.

— E onde você vai dormir?

— Bem aqui.

— Você quer fazer aquilo?

— Estou menstruada.

— Estou dizendo, seu marido não é o mesmo professor da soc--escola da comuna de Boshuzi que você conheceu. Não é o mesmo funcionário tolo de antes. Ele agora é o chefe do condado, imperador do condado de Shuanghuai, com oitocentos e dez mil súditos sob seu comando, incluindo dezenas — ou mesmo centenas — de milhares de mulheres mais jovens e bonitas que você. Ele poderia dormir com qualquer uma delas, se quisesse.

— Senhor Liu, também quero lhe dizer que não se esqueça de onde cresceu e quem o criou. Você acha que chegou até aqui por causa dos próprios esforços? Não se esqueça de que foi o secretário da comuna de Boshuzi que o promoveu a membro do Partido, e isso porque foi aluno do meu pai. E não se esqueça de que o senhor foi nomeado chefe do município de Chunshu porque o diretor do Departamento Organizacional também foi aluno do meu pai. E não se esqueça de que o senhor conseguiu ser o mais jovem vice-chefe de condado em todo o distrito porque o secretário do distrito Niu já foi diretor da soc-escola da comuna e também era próximo do meu pai. Foda-se! Saia já daqui! Vá pegar suas coisas no quarto e quebre tudo! Se puder, pegue suas colheres, conchas, panelas e pratos, leve tudo para o pátio de um parente e quebre tudo. Isso fará com que todos saibam que você, o chefe do condado, também pode quebrar louças.

— Ei, você pode continuar dizendo isso, se quiser, mas eu nunca traí seu pai. Sou chefe do condado agora e, em dois ou três anos, serei promovido a comissário do distrito. Embora seu pai fosse apenas meu pai adotivo, mesmo assim queimo incenso todos os meses, como filho piedoso que sou.

— Onde você queima incenso?

— Em meu coração.

— Babaca. Você vai dormir no outro quarto? Porque, se não for, vou eu.

— Eu não vou dormir no outro quarto nem neste. Todo o condado é minha casa e posso dormir onde quiser. Você acha que, como chefe do condado, se eu abrir mão desses dois quartos, não terei onde dormir? Vou lhe dizer uma coisa: dormirei melhor em outro lugar. Se seu pai não tivesse segurado minha mão antes de morrer e me pedido para cuidar de você, eu ficaria três meses sem voltar para casa ou pensar em você.

— Se é isso que quer, você realmente deveria ficar três meses sem voltar para casa. Deveria ficar três meses sem me tocar.

— Você acha que não consigo viver sem você?

— Vá, vá para a montanha dos Espíritos construir o Mausoléu de Lênin. Vá para a Rússia comprar o corpo. Se, nos próximos três meses, você descobrir que não consegue resistir e voltar para casa, não deveria ser chefe do condado! Não deveria nem *pensar* em ser promovido a comissário do distrito. Mesmo que fosse promovido a comissário do distrito, deveria ser enviado para a prisão.

— O quê? Você acha que, se eu comprar o corpo de Lênin e o trouxer para cá, não serei capaz de resistir à tentação de voltar para casa? Quando concordamos que eu ficaria fora por quinze dias, fiquei ausente por um mês e três dias. Dessa vez, concordamos que eu ficaria fora três meses, mas, como me faltou disciplina, acabei retornando após apenas dois. Agora estou dizendo que eu, chefe do condado Liu Yingque, não voltarei para casa por pelo menos seis meses. Após trazer o corpo de Lênin, não voltarei para casa por pelo menos seis ou talvez doze meses.

— Ok, vá. Se realmente ficar seis meses sem voltar para casa, esperarei por você o tempo que for. Se quiser que eu faça mesuras feito uma criada saudando o imperador enquanto saio do cômodo, ficarei feliz em atender.

— Muito bem. E se você não se curvar para mim?

— Então você pode ir até a tumba do meu pai na soc-escola e desenterrar os restos mortais dele.

— Combinado.

— E se *você* não conseguir ficar seis meses sem me tocar e acariciar?

— Então concordarei em transferir os restos mortais do seu pai para o Mausoléu de Lênin, na montanha dos Espíritos.

— Combinado. Se você descumprir sua palavra, espero que morra atropelado por um carro, engasgado com água, infectado por uma lasca de madeira no pé ou envenenado em plena luz do dia.

— Não precisa me amaldiçoar assim. Diga apenas que não conseguirei trazer o corpo de Lênin, o que, para mim, seria um destino pior que a morte.

— ...

Ele bateu a porta de casa com toda a força.

LIVRO 9

FOLHAS

CAPÍTULO 1

Todos erguem as mãos,
criando uma floresta de braços

Avivada se tornou praticamente uma cidade-fantasma, uma vez que a maioria dos seus habitantes deficientes havia partido para se apresentar com a trupe. Mesmo que a deficiência de uma pessoa fosse ter seis dedos em vez de cinco, desde que pudesse usar o dedo extra para levantar duas tigelas do tamanho de uma bola, ela poderia apresentar um número de levantamento de tigela com seis dedos.

Até mesmo Aleijado, de 61 anos, uniu-se à trupe. Como ele tinha um irmão mais novo com quem se parecia, o vice-líder da trupe de canções de Balou decidiu modificar seu registro no livro da família, alterando sua data de nascimento do vigésimo primeiro ano da República para o mesmo ano no ciclo *jiazi* de sessenta anos antes, tornando-o um homem de 121 anos. A decisão de mudar sua idade para 121 anos, em vez de um agradável número redondo, foi deliberada por parte dos inteiros, que achavam que, dessa maneira, pareceria mais realista.

Mas, se Aleijado tinha 121 anos, o que havia acontecido ao seu irmão mais novo? Como o irmão originalmente era três anos mais novo, agora que Aleijado tinha sessenta anos a mais, isso significava que era sessenta e três anos mais velho que o irmão mais novo. O mais jovem, portanto, já não podia mais chamá-lo de "irmão", e sim de "avô". O irmão mais novo empurrou Aleijado até o palco em uma cadeira de rodas e mostrou à plateia o livro da sua família e a carteira de identidade do irmão, declarando que tinha 121 anos. De pé diante de uma plateia de mais de mil pessoas, o homem de 58 anos chamou o irmão mais velho de "avô". A plateia ficou maravilhada ao ver que a audição e a visão do sujeito de 121 anos ainda eram razoavelmente boas e que ele se parecia muito com o neto de 50 e tantos. De fato, à exceção de ter perdido alguns dentes e precisar ser empurrado em uma cadeira de rodas, Aleijado não parecia nada mal. A apresentação foi uma sensação e alguém na plateia gritou, maravilhado:

— Ei, o que o velho come?

Aleijado, de 121 anos, fingia não ouvir muito bem e, dessa forma, o neto de 58 anos respondeu, com sotaque de Balou:

— O que ele come? Uma mistura de grãos.

— Ele faz exercícios?

— Ele trabalhou nos campos a vida inteira. Trabalhar nos campos é um tipo de exercício.

— Como ele ficou aleijado?

— No início deste ano, ele estava escalando uma montanha depois de ter cortado um pouco de lenha e caiu em um barranco.

— Céus! Um homem de 121 anos ainda subindo montanhas e cortando lenha? Quantos anos tem seu pai? Ele ainda trabalha?

— Meu pai tem 97 anos. Ele está em casa, cuidando do gado e arando a terra.

A plateia ficou cada vez mais empolgada, fazendo uma série de perguntas. Esse número de adivinhar a idade do velho se tornou uma sensação e foi recebido com aplausos animados. Dessa maneira, a Segunda Trupe de Artistas com Habilidades Especiais do Condado de Shuanghuai ficou pronta e começou sua turnê para além das montanhas de Balou. Para a surpresa de todos, foi tão bem-sucedida quanto a primeira. Ela consistia em quarenta e nove aldeões, todos selecionados pela Vovó Mao Zhi. Desses quarenta e nove, também havia, além de Marileth, oito nainhas entre 13 e 17 anos. Todas tinham menos de quatro *chi* e pesavam menos de vinte e seis quilos. Com isso, o condado fez com que as três mais jovens se vestissem e se maquiassem da mesma forma; assim, de longe, iriam se parecer umas com as outras. Elas receberam um único livro de família que afirmava que eram um excessivamente raro conjunto de nônuplas e que seu parto havia durado três dias inteiros.

A plateia observou, maravilhada, enquanto elas permaneciam lá de pé, sem se mexer, e seu ato ficou conhecido como as nove Marileths. Eram a *pièce de résistance* da segunda trupe e apresentavam o segundo ato, amolecendo o coração da plateia. A apresentação continuava com uma série de números similares aos popularizados pela primeira trupe, incluindo o da pessoa cega ouvindo, o da pessoa surda acendendo fogos de artifício e o do aleijado saltando. A plateia arfava admirada e seus olhos não desgrudavam do palco.

Eles também acrescentaram a mão de seis dedos, acompanhada por uma canção local de Balou, seguida pelo número de adivinhar a idade do velho que animava a plateia ainda mais, como a brisa de outono com aroma de trigo que emana de campos distantes. A segunda trupe, como a primeira, também tinha os números do bordado em folhas e do pé na garrafa, embora a nova bordadeira não conseguisse bordar um pardal, como a da primeira trupe. O ato ainda consistia em uma mulher paralítica bordando em uma folha de árvore, mas a mulher da segunda trupe era capaz de bordar apenas peônias e crisântemos. Contudo, em uma folha de tungue ou álamo, conseguia bordar flores em menos tempo que se leva para fumar um cigarro ou comer um doce. Era uma habilidade bastante incomum. Embora o garoto responsável pelo pé na garrafa tivesse um pé razoavelmente grande e sua perna atingida pela pólio fosse mais grossa que uma bengala, o que significava que ele só conseguia enfiar o pé em algo com uma abertura grande como a de um pote, mesmo assim ele estava disposto a dar cambalhotas no palco com seu sapato-garrafa e, embora a garrafa não quebrasse quando ele aterrissava, a plateia gritava apreciando o número. Essas apresentações não eram tão boas quanto as da primeira trupe, mas as nove Marileths eram um ato que a primeira trupe não conseguiria reproduzir.

Nônuplas. Quem já ouvira falar de dar à luz nônuplas? E todas sobreviverem? O fato de todas as garotas serem nainhas tornava a afirmação de que eram nônuplas ainda mais convincente.

Embora elas se apresentassem como nainhas, ainda eram seres humanos. Mas quem já ouvira falar de alguém dando à luz nove crianças ao mesmo tempo? Antes do ato, a apresentadora dizia muitas coisas comoventes e pedia que alguém da plateia que tivesse gêmeos se apresentasse e fosse até o palco. Durante dez apresentações, em somente uma ou duas ocasiões alguém relatou ter gêmeos — quando, então, a constrangida mãe os acompanhou até o palco e a plateia os encarou com inveja. A apresentadora perguntava:

— Alguém tem trigêmeos?

A plateia olhava ao redor, na expectativa, achando que alguém poderia ter trigêmeos, mas logo ficava desapontada.

— Alguém tem quádruplos?

Algumas pessoas olhavam em torno, mas eram relativamente poucas.

— Quíntuplos? — insistia ela.

Ninguém se virava e todos começavam a se cansar das perguntas. Mas ela continuava:

— Sêxtuplos?

"Sétuplos?

"Óctuplos?"

Por fim, gritando com todo o ar dos pulmões, ela perguntava:

— Alguém tem nônuplos?

Nesse momento, as nônuplas corriam para o palco de mãos dadas, parecendo uma turma pré-escolar. Tinham todas a mesma altura, peso e tipo corporal e, após aplicar maquiagem, até as bochechas coradas das crianças. Vestiam aquela espécie de camisa vermelha de algodão e calças verdes de seda que normalmente apenas as pré--adolescentes usam e tinham o cabelo dividido em duas tranças.

Ainda mais importante, eram todas anãs, ou seja, nainhas.

As nove nainhas ficavam juntas no palco como nove pequenas Marileths e a plateia as encarava, assombrada. O teatro ficava em um silêncio quase religioso que só era perturbado pelo som do canhão de luz atravessando as sombras da plateia, como se acariciasse o rosto dos espectadores.

Nesse momento, a apresentadora dizia o nome das garotas, uma a uma. A primeira se chamava Marileth, tinha 15 anos e pesava vinte e cinco quilos e setecentos gramas. A segunda se chamava Segunda Marileth, tinha 15 anos e pesava vinte e cinco quilos e oitocentos gramas. A terceira se chamava Terceira Marileth, tinha 15 anos e pesava vinte e cinco quilos e novecentos gramas. E assim por diante, até a última, que se chamava Pequena Marileth, tinha 15 anos e também pesava vinte e cinco quilos e novecentos gramas.

Depois das apresentações, as garotas começavam seu ato.

A abertura do número era diferente dos outros. Como eram muito pequenas, depois de começarem com uma dança marileth, elas colocavam sua pequenez em ação. Quão pequenas eram? Um homem aleijado usando um traje de artista subia no palco e anunciava que suas galinhas tinham desaparecido. Ele começava a procurar pelas galinhas no palco e, toda vez que encontrava uma, colocava no saco. Ao encontrar a nona, já havia enchido dois grandes sacos. Então carregava os sacos pelo palco. Por fim, um dos sacos se rasgava e uma minúscula galinha pintalgada caía pelo buraco, seguida de duas brancas e uma preta. Juntas, nove galinhas pretas, brancas e pintalgadas caíam do saco e começavam a dançar. Todas cantavam uma canção de Balou.

Como se poderia esperar, as nainhas eram de fato tão pequenas quanto galinhas e, quando abriam a boca, emitiam um gritinho agudo, parecido com o de uma faca sendo afiada. Elas cantavam juntas, com as vozes afiadas como adagas flutuando até a plateia e provocando comoção em todo o auditório. Os sons explodiam por portas e janelas, sacudindo as luminárias e fazendo pó cair das paredes. A plateia cobria os ouvidos, aterrorizada.

Mas, quanto mais cobriam os ouvidos, mais alto as nove nainhas cantavam:

Irmão, você partiu das montanhas de Balou.
Em casa, eu e minhas irmãs esveramos ansiosamente.

Partindo de uma aldeia e olhando para outra,
Estou esperando ansiosamente.

Escalando uma montanha e cruzando um rio,
Fiquei quase louca procurando meu irmão.

Avançando um passo, recuando um passo,
Não sabemos que filha enredou nosso irmão.

Avançando dois passos, recuando dois passos,
Não sabemos que mãe levou nosso irmão para longe.

Avançando três passos, recuando três passos,
Não sabemos que filha roubou o coração de nosso irmão.

Avançando sete passos, recuando sete passos,
Não sabemos se nossos corações trarão a alma de nosso irmão.

O fim da canção marcava a conclusão da apresentação e do espetáculo.
Os moradores da cidade assistiam a essa inesperadamente deslumbrante apresentação e, durante dias, não paravam de falar do cego que conseguia ouvir um alfinete caindo, da mulher paralítica que podia bordar em uma folha, do homem de 121 anos e das nônuplas que eram capazes de cantar com tanto vigor que quase botavam o teto abaixo. As histórias aumentavam e aumentavam e, cada vez que a trupe chegava a um novo local, os jornais e as estações de TV invariavelmente lhe davam muita publicidade gratuita. Assim, em cada novo local, todos se asseguravam de conseguir ingressos. Como esperado, as apresentações da segunda trupe selecionada por Vovó Mao Zhi eram tão assombrosas quanto as da primeira e em cada local eles se apresentavam quatro ou cinco vezes. O condado providenciou

para que uma trupe se apresentasse na região leste do distrito, e a outra, na oeste, alternando depois. Após terem se apresentado em todas as cidades da província, uma das trupes iria até Hunan, Hubei, Guangdong e Guangxi, concentrando-se na área ao longo da ferrovia e da rodovia que ligavam as respectivas províncias, enquanto a outra seguiria até Shandong, Anhui, Zhejiang e Xangai.

O sudeste é uma das regiões mais prósperas do mundo e a área ao longo da costa é particularmente abastada. Algumas famílias de lá são tão ricas que, quando as crianças fazem cocô, limpam-se com notas de um ou dois yuans se não tiverem papel higiênico. Quando ouviram sobre a trupe de deficientes, as pessoas não acreditaram, mas, por fim, começaram a lotar o teatro para assistir, assombradas, às apresentações da segunda trupe.

Às vezes, a trupe não parava em uma apresentação por dia, fazendo duas ou três. O dinheiro dos ingressos começou a entrar, fluindo pelos canais bancários até chegar aos cofres do condado. Todos os dias, o contador do condado corria até o banco, indo até lá com tanta frequência quanto ia ao banheiro.

Enquanto a trupe original seguia seu caminho de Hubei a Hunan e de lá para Guangdong, é desnecessário dizer que, com frequência, apresentava-se duas ou três vezes por dia, e o dinheiro das vendas de ingressos formou uma pilha alta o bastante para tocar o céu. Algumas pessoas alegavam que, enquanto a trupe fazia sua turnê, Huaihua continuava crescendo, a ponto de já não ser mais considerada nainha. Mesmo sem salto alto, era mais alta que muitas inteiras e, de salto, era uma das mais altas de todas. Não apenas cresceu descontroladamente durante aqueles meses como também sua aparência mudou de forma drástica. Diziam que, enquanto estava em turnê, ela dormia com o diretor da trupe e começou a crescer a uma velocidade incrível, tornando-se uma inteira de beleza extraordinária. Também diziam que, quando o secretário Shi soube que ela e o diretor estavam dormindo juntos, ele realizou uma viagem especial para visitar a trupe, trazendo consigo uma carta do chefe Liu, e bateu no diretor até o sujeito se ajoelhar e implorar por misericórdia.

Não se sabe se isso é verdade, mas Huaihua de fato cresceu até se tornar uma inteira. Depois disso, suas irmãs Tonghua e Yuhua deixaram de falar com ela. As pessoas também diziam que, quando ela ficava de pé na frente do palco, como apresentadora, a plateia chorava ao contemplar sua beleza. Muitas pessoas iam às apresentações simplesmente para vê-la e, como resultado, o preço dos ingressos continuou subindo e os cofres do condado ficaram cada vez mais cheios de dinheiro.

No outono, o dinheiro nos cofres chegara aos dez dígitos — uma soma tão grande que nem dois ábacos foram capazes de calculá-la, sendo necessários cinco ou seis para descobrir quanto dinheiro as duas trupes haviam conseguido arrecadar e que bônus cada um dos oficiais do banco deveria receber.

Quase imediatamente, as trupes conseguiram arrecadar todo o dinheiro de que o Fundo Lênin precisava.

Já era quase fim do ano e, embora estivesse terrivelmente frio no norte, em algumas áreas do sul o clima permanecia quase tão quente quanto o verão nortista. A essa altura, a primeira trupe já havia chegado a Guangdong, enquanto a segunda estava em Jiangsu, em uma das principais cidades do norte da China, onde os arranha-céus eram tão altos que desapareciam nas nuvens e as casas eram tão próximas quanto árvores na floresta. Dizia-se que algumas das pessoas mais ricas eram capazes de passar a noite inteira apostando e perder cem mil — ou mesmo oitocentos mil — yuans. Assim, depois que os artistas selecionados por Vovó Mao Zhi já haviam feito várias apresentações, descobriram que simplesmente não conseguiam parar.

Todo mundo enlouqueceu.

Ninguém podia acreditar que havia uma trupe formada inteiramente por pessoas cegas, surdas, aleijadas e mudas, juntamente com pessoas que não tinham um membro, tinham um dedo a mais ou eram nainhas minúsculas com menos de quatro *chi*. Que esses artistas deficientes eram todos da mesma aldeia. Que, nessa aldeia, uma mãe dera à luz nove garotas ao mesmo tempo. Que uma criança completamente cega conseguia ouvir uma folha de árvore ou de papel cair no chão. Que um surdo de meia-idade, por ser surdo, ousava acender uma fieira de fogos de artifício pendurada no pescoço, separados do seu rosto apenas por uma tábua de madeira grossa. Que garotas nônuplas podiam cantar canções das montanhas do norte de forma tão intensa que, se um balão pairasse no ar acima delas, estouraria.

Não havia um único número em todo o espetáculo em que as pessoas conseguissem acreditar.

Quanto mais inacreditáveis pareciam os números, mais as pessoas corriam para vê-los, a ponto de todas as casas, fábricas e escritórios fecharem as portas. O preço do ingresso subiu de trezentos para quinhentos yuans e, se a trupe não tivesse aumentado os preços, os cambistas teriam acumulado uma fortuna. Jornais, rádios e emissoras de televisão locais passaram a ter muito material para trabalhar. Chegou-se a ponto de, após fazer vinte e nove apresentações em uma única cidade, a trupe ainda não ser capaz de embalar as coisas e partir para um novo destino.

Mas o fim do ano chegou e as trupes, de acordo com o contrato com o condado de Shuanghuai, precisavam encerrar a turnê. A data de Avivada sair da sociedade estava próxima.

Certo dia, começou a chover tanto que a cidade inteira ficou debaixo d'água. Carros e caminhões tiveram de parar e até as motos se viram incapazes de se mexer. Ficou difícil se deslocar e os membros da trupe olharam para o céu e suspiraram. Quando chegavam a um novo destino, eles invariavelmente dormiam no auditório atrás do palco, prática comum entre as trupes teatrais do norte. Depois de estenderem suas esteiras, os homens dormiam em um lado do cômodo, e as mulheres, no outro. Os jovens jogavam cartas, as mulheres paralíticas dobravam as roupas de todos e cinco das nove nainhas se sentavam a um canto, lavando os figurinos. Os artistas mais velhos se retiravam para áreas mais sossegadas e contavam o dinheiro que haviam ganho nos cinco meses anteriores. Vovó Mao Zhi havia feito consideráveis esforços para revisar os termos do contrato com o condado para que os aldeões não ganhassem apenas três mil yuans por mês; em vez disso, o contrato dizia claramente que cada um deles receberia um "assento" por apresentação. No jargão do teatro, um "assento" se refere ao preço do ingresso. Se os ingressos estivessem sendo vendidos a trezentos yuans, cada artista receberia trezentos yuans. Se os preços subissem para quinhentos yuans, cada um deles receberia quinhentos yuans por apresentação.

Calculado dessa maneira, das províncias de Henan e Anhui para as cidades de Heze e Yantan, em Shandong, até Nanjing, Suzhou e Yangzhou, em Jiangsu, juntamente com a cidade-estrela ao norte de Jiangsu, o preço dos ingressos para cada apresentação ficou em uma média de trezentos yuans. Como havia pelo menos trinta e cinco apresentações por mês, cada artista receberia trinta e cinco assentos por mês, ou dez mil e quinhentos yuans. Disso, teriam de descontar a comida e as despesas — embora, para dizer a verdade, não houvesse despesas, uma vez que cada artista recebia um assento por mês para comprar comida e, portanto, todos tinham mais peixe, carne, arroz e macarrão do que conseguiam comer. Falando de despesas gerais, os homens compravam vários pacotes de cigarros, enquanto as mulheres e as garotas compravam batom e sabonete importado para lavar roupas e rostos, mas, quando tudo era somado, cada um gastava menos de cem yuans por mês. Ganhar mais de dez mil yuans por mês era algo tão assombroso para eles que seus ancestrais deviam estar se revirando nas tumbas.

O que se pode fazer com dez mil yuans? Se estiver construindo uma casa, dez mil yuans são suficientes para uma de três quartos. Se estiver se casando, são suficientes para pagar à família o preço da noiva, em troca da permissão para se casar com ela. Se gastasse dez mil yuans no funeral de alguém, isso seria suficiente para transformar uma cova ordinária em uma tumba imperial.

No primeiro mês em que os aldeões receberam salário, eles estavam tão empolgados que suas mãos tremiam. Enfiaram o dinheiro nas roupas de baixo e não as tiravam nem para dormir. Alguns costuraram um bolso interno na roupa e guardaram o dinheiro nele. Quando se apresentavam, o dinheiro batia em seus corpos como um martelo. Embora não fosse conveniente se apresentar com todo aquele dinheiro, eles o faziam ainda mais entusiasticamente porque o dinheiro estava lá. Ao apresentar os fogos de artifício nos ouvidos, o surdo podia usar duzentos fogos em vez de cem; e, ao apresentar o ato de audição aguçada, o cego, para provar que realmente era cego, deixava alguém colocar um holofote de cem watts diretamente em seu rosto, seguido por um de quinhentos ou mesmo de mil watts.

No mês seguinte, todos receberam mais de dez mil yuans de salário. Eles descobriram que não havia nada a temer no palco. Quando o Garotinho com Pólio enfiava o pé na garrafa e dava uma cambalhota, não a quebrava, esperando até o fim, para que ela se quebrasse sob seu pé. Se ele ficasse de pé em cima dos cacos ao se curvar, a plateia veria claramente o sangue escorrendo do seu pé.

E irrompia em aplausos.

O Garotinho com Pólio ficou ainda menos preocupado com a dor.

Posteriormente, ele começou a ganhar ainda mais dinheiro.

No fim do ano, após cinco meses de apresentações, todos haviam ganho dezenas de milhares de yuans e os domicílios com dois ou três artistas teriam recebido mais de cem mil. Como quase todos os aldeões estavam se apresentando, a aldeia se tornara praticamente uma cidade-fantasma e, quando os artistas queriam enviar dinheiro, descobriam que não havia ninguém confiável para recebê-lo. Assim, costuraram maços de notas grossos em cada travesseiro e edredom, colocando-os em seus baús. Dessa maneira, o dinheiro formou pilhas como folhas no outono, a ponto de os aldeões não ousarem mais sair, a não ser para se apresentar. Mesmo quando era hora de comer, faziam turnos, de modo que sempre havia alguém de guarda nos bastidores. Quando chovia, todos se amontoavam nas esteiras e alguns se escondiam em um canto, alegando que os edredons estavam rasgados e precisavam ser remendados. Ou então rasgavam os edredons e os recheavam com os ganhos recentes.

Alegavam que os baús estavam quebrados e precisavam ser repregados. Então acrescentavam várias camadas de notas a eles, reforçando-os com pregos e um grande cadeado.

Queixavam-se de que os travesseiros já não eram mais confortáveis e precisavam ser afofados. Em seguida, retiravam o trigo e o farelo de dentro deles e os enchiam com roupas cuidadosamente dobradas e recheadas com maços e maços de notas novinhas em folha. Como resultado, os travesseiros ficavam duros como uma tábua ou um tijolo.

Quando chovia, todos cuidavam do dinheiro e, uma vez que ele estava guardado, gritavam:

— Ei, você já terminou de costurar o edredom?

— Quase.

— Quer jogar cartas quando acabar?

— Claro. Venha até aqui para jogarmos.

— Venha até aqui você. Traga o edredom.

Então eles meneavam a cabeça e, olhando um para o outro, abriam sorrisos largos.

Chovia lá fora, ao passo que, no teatro, uma camada de névoa espessa flutuava sobre o chão. Os assentos estavam cobertos de gotas de água e até mesmo a cortina do palco parecia ter sido lavada e pendurada para secar. Os inteiros do condado de Shuanghuai que haviam organizado as duas trupes de artistas com habilidades especiais tiraram vantagem da chuva e foram fazer compras na cidade, e apenas os artistas deficientes permaneceram no teatro, que se chamava Imperador e Concubina.

Foi nesse momento que Vovó Mao Zhi partilhou com todos uma lembrança inesquecível que lhe pesava nos ombros. Era como se a questão tivesse criado raízes em seu coração e, nos cinco meses e três dias anteriores — um total de cento e cinquenta e três dias desde a apresentação inicial da trupe em Jiudu —, crescesse até se transformar em um tronco largo, que, em seguida, começou a brotar e dar flores. Ninguém esperava que, tanto tempo depois de todos terem se esquecido do assunto, fossem lembrados dele. Era como se estivessem seguindo em frente, um dia após o outro, vissem a abertura de um poço profundo e voltassem a si pouco antes de cair nele.

Cada família cavara seu próprio buraco.

Cada família caíra em sua própria armadilha.

Cada família envenenara sua própria tigela de arroz.

— Alguém lembra que dia é hoje? — perguntou Vovó Mao Zhi.

Os aldeões olharam para ela.

— Hoje é o solstício de inverno — respondeu ela mesma — e, daqui a nove dias, no décimo terceiro dia do mês lunar, será o último dia do ano no calendário ocidental.

Os aldeões continuaram olhando para ela, sem saber o que era significativo a respeito do último dia do ano.

— Nesse dia — explicou Vovó Mao Zhi com um sorriso luminoso —, nosso contrato com o condado de Shuanghuai expirará e Avivada sairá formalmente da sociedade. O condado de Shuanghuai e o município de Boshuzi já não terão mais qualquer jurisdição sobre nós.

Nesse momento, todos se lembraram dos contratos que haviam assinado cinco meses antes, quando as trupes foram criadas, e perceberam que só faltavam nove dias para que expirassem. A data tinha sido antecipada, mas, enquanto os aldeões se apresentavam dia após dia, ganhando pilhas e pilhas de dinheiro, esqueceram completamente que ela se aproximava. A chuva caía e a névoa era tão espessa que ninguém conseguia ver a própria mão estendida. Havia um holofote iluminando o palco, tão brilhante que era como se o próprio sol estivesse pendurado no teto. Vovó Mao Zhi estava sentada perto do seu edredom, remendando várias fantasias. Nesse momento, todos voltaram o olhar para ela, como se houvesse uma nuvem escura escondendo seu rosto.

— A hora chegou? As trupes serão desfeitas?

— A hora chegou e teremos de retornar para a aldeia.

A pessoa que fez a pergunta foi Garotinho com Pólio. Ele estava jogando cartas e, abruptamente, ergueu a carta que segurava, como se tivesse pensado em algo de uma importância monumental. Encarando Vovó Mao Zhi com bastante atenção, ele perguntou cautelosamente:

— O que acontecerá depois de sairmos da sociedade?

— Depois de sairmos da sociedade, ninguém mais terá autoridade sobre nós.

— E o que acontecerá quando ninguém mais tiver autoridade sobre nós?

— Quando ninguém mais tiver autoridade sobre nós, você será tão livre e avivado quanto uma lebre selvagem.

— Se ninguém mais tiver autoridade sobre nós, poderemos apresentar nossas habilidades especiais?

— Não se trata das nossas habilidades especiais, mas sim da nossa dignidade explorada.

O menino jogou a carta que estava segurando na mesa.

— Estou disposto a permitir que minha dignidade seja explorada — anunciou ele. — Se sair da sociedade significa que as trupes serão extintas, minha família lutará com todas as forças contra essa saída.

Ela ficou surpresa diante dessa explosão, como se alguém tivesse jogado um balde de água fria em sua cabeça. Vovó Mao Zhi olhou atentamente para o Garotinho com Pólio por um momento e voltou os olhos para a mulher aleijada que bordava folhas. Olhou para o surdo que explodia fogos de artifício nos ouvidos e para o cego com audição aguçada. Para o homem de seis dedos, para os outros aleijados e mudos e para os dois inteiros responsáveis por carregar as malas e as valises da trupe. Ela pediu que qualquer um que não estivesse disposto a sair da sociedade erguesse a mão — e sugeriu que, se todos quisessem sair, o Garotinho com Pólio podia ficar sozinho, apresentando seu número do pé na garrafa dia após dia. Depois de dizer isso, olhou para as nainhas, tão parecidas com mariposas, e para o grupo de aldeões nos fundos do teatro, achando que tudo fora resolvido e que os comentários do Garotinho com Pólio haviam sido respondidos.

O que não esperava era que os quarenta e tantos membros da trupe olhassem uns para os outros, tentando descobrir algo no rosto das pessoas ao lado. Eles continuaram se encarando por muito tempo até que, por fim, olharam para os dois inteiros.

Sem olhar para ela, encarando a cortina vermelha, um dos inteiros disse:

— Se sairmos da sociedade e Shuanghuai deixar de ter qualquer jurisdição sobre nós, não poderemos nos apresentar e ganhar dinheiro. Mas, se não pudermos ganhar dinheiro, de que adianta sair da sociedade?

Depois de dizer isso, ele levantou a mão, hesitante.

Ao ver o primeiro inteiro erguer a mão, o segundo fez o mesmo, dizendo:

— Todos sabem que em breve o condado de Shuanghuai trará o corpo de Lênin da Rússia e o alojará na montanha dos Espíritos e que, depois disso, todos no condado ficarão incrivelmente ansiosos por não serem capazes de gastar todo o dinheiro que ganharão. Eles dizem que já existem muitas pessoas nos condados vizinhos secretamente alterando seus livros de família para dizer que são de Shuanghuai. Não seria a maior estupidez sair da sociedade agora?

Era como se ele estivesse perguntando aos outros aldeões. Seu olhar percorreu seus rostos, urgindo-os silenciosamente a erguerem as mãos.

E, de fato, o surdo ergueu a mão.

O cego também.

A mulher paralítica também.

Sob a luz brilhante que iluminava a sala, uma floresta de mãos se ergueu no ar.

Vovó Mao Zhi empalideceu, como se aquelas mãos a estivessem esbofeteando. Todos — à exceção da neta Marileth — estavam sentados ao seu redor, com os rostos vermelhos de empolgação, erguendo as mãos tão alto que as mangas escorregavam, revelando uma floresta de antebraços.

O frio da chuva do lado de fora era opressivo e a luz que pendia do teto brilhava como fogo.

No palco, tudo estava perfeitamente imóvel — tanto que a respiração de todos ficou tão áspera quanto uma corda. Ao ver a floresta de braços, ela sentiu a garganta seca e começou a ficar tonta. Queria amaldiçoá-los, mas, quando se virou e viu que Marileth, de pé ao seu lado, também tinha erguido a mão delicada, sentiu como se tivesse sido atingida por algo dentro do peito — com tanta força que o peito se abriu. Sentia um odor de sangue pútrido emanando do peito e, imediatamente, sentiu vontade de vomitar catarro ensanguentado e usá-lo para assustar aquela floresta de braços nus e obrigá-los a voltar à posição original. Tossiu ruidosamente, mas não produziu nada senão o mesmo odor pútrido. No fim, limitou-se a olhar para os aldeões e, em seguida, seus olhos passaram pelo velho mudo, pela mulher paralítica e por vários inteiros e semi-inteiros de 40 e tantos anos. Ela fungou com desdém e perguntou friamente:

— As crianças podem não saber sobre o Ano da Grande Pilhagem[1] e sobre a construção dos campos nos socalcos, mas como é possível que até vocês tenham esquecido?

"Vocês esqueceram completamente como, durante o Ano da Grande Pilhagem, toda a aldeia virou um tumulto só, querendo sair da sociedade? Vocês não têm a menor auralidade?[3]

"Sair da sociedade é uma dívida que tenho para com vocês, seus pais e seus avós. É uma dívida que pagarei mesmo que isso me mate. Se não querem sair da sociedade, sintam-se livres para entrar novamente mais tarde. Entrar na sociedade é tão fácil quanto fazer compras, mas sair dela é tão difícil quanto reencarnar após a morte."

Enquanto dizia isso, sua voz começou a ficar rouca, como se houvesse algo preso em sua garganta. Suas palavras soavam forçadas, mas sua dor e seu pesar ficaram absolutamente claros. Quando ela terminou de falar, Marileth imediatamente baixou a mão e olhou para o rosto da avó, como se lhe devesse algo. Mas Vovó Mao Zhi não olhou para a neta nem para os outros aldeões, que imediatamente baixaram as mãos.

Em vez disso, levantou-se e endireitou a coluna, como uma árvore que tivesse sido dobrada pelo vento. Agarrando a parede, claudicou lentamente para fora do palco.

Atravessou o teatro vazio. Como não havia trazido a muleta, sempre que dava um passo seu corpo magro como um graveto pendia para a esquerda e para a direita. Dessa maneira, ela tomava impulso desajeitadamente, fazendo um esforço enorme para não cair. Atravessou o auditório com dificuldade, como uma velha ovelha lutando para cruzar um rio. Subindo e descendo enquanto se movia para a frente, Vovó Mao Zhi saiu do teatro e ficou de pé, sozinha, sob a chuva.

CAPÍTULO 3

LEITURA COMPLEMENTAR: *O Ano da Grande Pilhagem*

[1] **Ano da Grande Pilhagem.** *A Grande Pilhagem é um termo histórico para o que também foi chamado de Tragédia da Fundição de Ferro.*

Depois que o Grande Salto Adiante, que começou no ano wuxu, *1958, varreu a região de Balou como um tornado, a Grande Campanha de Fundição de Ferro fez com que todas as árvores da montanha fossem cortadas, e todos os campos, queimados. Como resultado, a cordilheira se tornou estéril. No inverno do ano seguinte, tudo estava seco e sem neve, ao passo que, no verão seguinte, houve apenas uma leve garoa, seguida por cem dias de seca. Naquele outono, contudo, choveu ininterruptamente, o que resultou em uma praga de gafanhotos histórica. Em Balou, os gafanhotos são chamados de grilos. Esses "grilos" haviam chegado de fora da montanha, cobrindo o céu e obscurecendo o sol. A quilômetros de distância, era possível ouvir o ruído de tempestade que produziam.*

O céu estava completamente coberto de grilos e os campos de vagens ficaram devastados.

Os campos de gergelim ficaram devastados.

As flores douradas da canola desapareceram.

À noite, depois que os grilos passaram, o sol ficou vermelho-escuro. Os grilos moribundos cobriram as ruas da aldeia como um véu vermelho.

Mao Zhi estava no processo de fundir aço quando deu à luz a filha. Como sua bela e inteira filha nascera durante a transição do outono para o inverno e como ju *floresce no outono e* mei *floresce no inverno, ela a chamou de Jumei, em homenagem aos crisântemos e às flores de ameixeira. Naquela noite, saiu de casa carregando a filha e viu a praga de gafanhotos. Imediatamente colocou Jumei no chão e gritou para a aldeia:*

— Essa é uma tragédia de outono, o que significa que, no próximo inverno, não haverá o suficiente para comer e todas as famílias terão de economizar.

"Essa é uma tragédia de outono, o que significa que precisamos reservar comida para o inverno e nos preparar para a possibilidade de penúria."

No fim, foi assim que as coisas terminaram: em um ano de penúria.

O outono chegava quase ao fim e o inverno estava prestes a começar. Estava terrivelmente frio nas montanhas e até a água no fundo dos poços tinha congelado. As novas cascas nos tungues e salgueiros que tinham crescido após as campanhas de fundição de ferro e aço também haviam congelado. Os aldeões que iam até a comuna para fazer compras no mercado se apressavam para voltar para casa e exclamavam:

— Deus! É um ato de Deus. Não apenas nossos campos de trigo estão destruídos como também o trigo na região para além das montanhas de Balou não germinou.

Após umas duas semanas, um morador voltou apressado do mercado e, assim que entrou na aldeia, disse a todos, com um olhar de terror:

— É um desastre! Nem mesmo na comuna as pessoas têm grãos para comer! Só podem servir uma refeição por dia e dizem que estão passando fome. Algumas pessoas tiraram as cascas dos olmos e as usaram para fazer sopa. Todos estão pálidos como fantasmas e suas pernas estão inchadas como rabanetes maduros.

Mao Zhi deixou a filha em casa e desceu a montanha. Ela caminhou trinta e tantos li até encontrar um pequeno cortejo fúnebre carregando um corpo.

— De que doença ele morreu? — perguntou ela.

— Ele não morreu de doença, morreu de fome.

Quando viu outro cortejo fúnebre carregando um corpo, perguntou novamente:

— De que doença ele morreu?

— Nenhuma doença; ele morreu de fome.

Encontrou ainda outro cortejo fúnebre. Dessa vez, o corpo não estava em um caixão, mas enrolado em um tapete. Ela perguntou:

— Ele também morreu de fome?

— Não, não foi de fome. Ele morreu de constipação.

— O que ele comeu?

— Comeu terra e bebeu água com casca de olmo.

As pessoas descreveram a morte do homem com tanta frieza quanto teriam descrito a de uma galinha, de um pato, de um boi ou de um cão. Não demonstraram nenhum traço de pesar, como se o falecido não fosse um parente ou vizinho. Os filhos seguiam o cortejo, mas sem lágrimas, agindo como se não fosse seu pai. O clima estava incomumente frio e o vento cortava como uma faca. Mao Zhi continuou seu caminho até chegar a uma pequena aldeia, onde notou uma fileira de covas recentes, como um punhado de cogumelos recém-brotados. As sepulturas estavam distribuídas ao acaso e havia dezenas — ou mesmo centenas — delas enfeitadas com folhas de papel em branco, como se fossem peônias ou crisântemos.

Ela ficou em frente às sepulturas por um instante, se virou e voltou rapidamente para Avivada, querendo chegar antes do anoitecer. Ao chegar à casa do primeiro cego, viu que a família estava sentada em torno do fogo, comendo uma sopa com macarrão, temperado com alho e óleo. Ficou parada na porta e perguntou, com a voz cortante:

— Como vocês ousam comer macarrão? As pessoas estão morrendo de fome, a ponto de a morte de alguém ser algo tão comum quanto a morte de uma galinha. E, mesmo assim, vocês estão enchendo a barriga de macarrão?

Ao chegar à casa seguinte, descobriu que a família não estava comendo macarrão, mas, quando viu a panela de sopa de milho e notou que era cremosa o bastante para manter uma colher em pé, jogou uma concha de água fria na panela e gritou:

— Há fome em toda a região e as pessoas estão morrendo de fome como galinhas. Vocês não sabem que precisam racionar?

Na casa seguinte, as crianças estavam brincando e comendo biscoitos. Antes que o restante dos biscoitos estivesse completamente assado, ela tirou a grelha do fogo e usou uma concha de água para apagar as chamas. Depois gritou:

— Vão lá fora e deem uma olhada. As pessoas estão morrendo de fome, como cães, e sua família ousa assar biscoitos de portas fechadas! Vocês não querem viver? Estão preparados para ver sua família morrer de fome no próximo inverno?

Ela chegou à casa de Aleijado Bo, nos fundos da aldeia. Embora a família estivesse sentada em torno do fogo, tomava apenas uma sopa aguada com macarrão e comia biscoitos feitos de uma mistura de farinha branca e preta. Tinham uma única tigela de repolho picado.

Mao Zhi ficou parada na porta da casa.

— O que foi? — perguntou Aleijado Bo.

— Aleijado Bo, realmente haverá falta de grãos. Em toda a região, as pessoas estão passando fome como cães.

Aleijado Bo ponderou por um instante e sugeriu que cada família cavasse um buraco, no qual poderiam enterrar um ou dois barris de grãos.

Ela convocou uma reunião e instruiu cada família a cavar um buraco e enterrar grãos.

Depois que todos obedeceram, criou três regras para a aldeia. Em primeiro lugar, nenhuma família tinha permissão para comer macarrão. Em segundo, nenhuma família tinha permissão para assar biscoitos de azeite de oliva. E, por último, ninguém podia acordar no meio da noite e fazer um lanche. Ela anotou as regras e distribuiu uma cópia para cada domicílio, dizendo a todos que a pregasse ao lado da pintura do deus da cozinha. Além disso, criou uma milícia, composta por vários inteiros com cerca de 20 anos, armados. Ela lhes disse que patrulhassem a aldeia dia e noite. Particularmente antes das refeições, eles instruiriam cada família a carregar as tigelas e comer do lado de fora, como haviam feito no passado. Nenhuma família poderia se alimentar a portas fechadas. Se desobedecessem às duas primeiras regras, a milícia de inteiros confiscaria o macarrão e os biscoitos, levando-os até a entrada da aldeia, onde a família com o mingau mais ralo poderia comê-los, ao passo que a outra família beberia o mingau.

Um dia se seguiu ao outro e, após o décimo segundo mês, veio o primeiro mês do novo ano lunar. Um grande evento ocorreu naquele mês. O secretário da comuna, Mai, liderou vários inteiros robustos até a aldeia, montados em uma carroça com rodas de aço. Após dizer algumas palavras, eles partiram com duas trouxas de grãos. O secretário Mai solicitou que Mao Zhi fosse até a entrada da aldeia, onde perguntou:

— Por que não há uma única nova sepultura no cemitério da aldeia?

— E isso não é uma coisa boa? — questionou ela.

— Sim, é uma coisa boa. Quantas refeições os aldeões daqui fazem por dia?

— As mesmas três de sempre.

— As pessoas estão vivendo em condições infernais em toda a região e apenas em Avivada gozam de uma existência celestial. Já faz meio ano que a colheita do trigo terminou e agora estamos no meio do inverno. Mesmo assim, quando passamos pela aldeia, sentimos um doce aroma de trigo vindo dos campos. Quando seguimos esse aroma, descobrimos que, no silo, há várias latas de trigo não distribuído.

"Meu Deus! — exclamou o secretário. — Em toda a região famílias inteiras estão morrendo de fome e vocês têm mais grãos do que conseguem comer."

Ele olhou para um grupo de aldeões e perguntou:

— Digam, vocês conseguem suportar ver pessoas da mesma comuna morrendo de fome, uma após a outra? Conseguem suportar ver refugiados da fome implorarem à sua porta, enquanto vocês se recusam a lhes dar comida? Não vivemos todo sob o Partido Comunista? Não somos todos irmãos de classe?

Os inteiros pegaram três das cinco latas de trigo, colocaram-nas na carroça e partiram, sem deixar um único grão para trás.

Levaram tudo embora. Mas, três dias depois, vários inteiros chegaram, carregando cangas e uma carta escrita pelo secretário. A carta dizia:

Mao Zhi,

Cento e treze das quatrocentas e vinte e sete pessoas da brigada de produção de Huaishugou já morreram de fome. Não há uma casca sobrando em nenhuma árvore da aldeia e até a terra já foi comida. Depois de ler esta carta, você deve coletar um quartilho de grãos de cada casa da aldeia. Não esqueça que as pessoas de Avivada são membros da família socialista e somos todos irmãos de classe.

Com a carta do secretário na mão, ela conduziu os visitantes de casa em casa, a fim de coletar um quartilho de grãos de cada família. Os visitantes partiram e, vários dias depois, outros chegaram com uma carta do secretário e também foram de porta em porta, coletando duas porções de trigo. Antes de o primeiro mês do ano terminar, entre três e cinco grupos de pessoas já haviam ido até Avivada, exigindo grãos e carregando uma canga, um saco de viagem e uma carta com o selo da comuna e a assinatura do secretário. Se os aldeões não entregassem nada, os visitantes se alojavam na entrada da aldeia ou em frente à casa de Mao Zhi e se recusavam a partir. No fim das contas, os aldeões tiveram de lhes dar um quartilho de cereal da casa do cego e uma tigela da casa do homem aleijado. Desse modo, a aldeia passou a funcionar como um celeiro para toda a comuna, até que, por fim, os tonéis de todas as famílias ficaram vazios. Quando usavam uma tigela ou concha para pegar grãos, ouviam-na bater nas laterais do tonel e cada chefe de família estremecia, sentindo um frio no coração.

No último dia do primeiro mês, dois outros jovens do condado chegaram à aldeia. Seus trajes, contudo, eram completamente diferentes daqueles dos visitantes da comuna. Eles vestiam ternos como os de Mao com várias canetas enfiadas no bolso da camisa. Mao Zhi imediatamente reconheceu um deles como o antigo secretário do chefe do condado Yang, que era conhecido como professor Liu, da soc-escola. O professor Liu tinha uma carta manuscrita do próprio chefe do condado, que dizia:

Mao Zhi,

Somos ambos veteranos do Quarto Exército Vermelho. No atual momento, a revolução socialista chegou a outro ponto crucial e até os membros do conselho e do governo do condado estão passando fome. Após receber esta carta, por favor, envie um pouco dos grãos da aldeia o mais rápido possível para ajudar a resolver essa questão urgente.

A carta estava escrita em uma folha de papel vegetal amarelo, e a escrita era torta e desigual, como se um torrão de relva estivesse crescendo no papel. No fim da carta, havia não apenas a assinatura do chefe do condado como também sua digital em tinta vermelha. Perto da digital, havia o broche vermelho do quepe do chefe Yang, que ele preservara de seu tempo no Quarto Exército Vermelho. A digital era vermelha como sangue fresco, com sulcos redondos e ovais, ao passo que o broche era tão velho que o vermelho parecia sangue seco e os cinco cantos haviam desbotado para uma cor de chumbo. Ela olhou para a carta, retirou a insígnia de cinco estrelas e a segurou. Sem dizer uma palavra, levou os visitantes até um local atrás de sua casa, removeu as tampas de dois grandes barris e anunciou que havia trigo em um e milho no outro. Disse aos visitantes que podiam pegar quanto quisessem.

— Mao Zhi, quanto você acha que conseguimos carregar? Amanhã uma carroça virá até a aldeia.

— Deixe-a vir — respondeu ela. — Quando chegarem, eu os levarei a cada casa para coletar grãos.

No dia seguinte, não apenas uma carroça chegou à aldeia, mas duas, com pneus de borracha. Elas pararam no meio da aldeia e as crianças, que nunca tinham visto pneus de borracha antes, se reuniram em torno, tocando, cheirando e cutucando os pneus com pedaços de pau. Elas notaram que a borracha tinha um odor peculiar e a mesma textura do couro de boi. Cutucaram os pneus com martelos e galhos, mas descobriram que eles simplesmente quicavam. Um aleijado e um surdo que jamais haviam se aventurado para longe de casa foram olhar as carroças, enquanto um cego ouvia atentamente o que as outras pessoas diziam. Enquanto os aldeões olhavam e faziam perguntas, Mao Zhi conduziu os oficiais de casa em casa para coletar grãos.

Quando chegaram ao extremo leste da aldeia, ela disse:

— Terceiro Tio Cego, eles vieram do condado para coletar grãos e têm uma carta assinada do chefe do condado. Por favor, abra o barril e deixe que peguem o que precisarem. Dizem que até o chefe do condado está tão faminto que suas pernas estão inchadas.

Quando chegaram ao extremo oeste da aldeia, ela disse:

— Quarta Tia, o Quarto Tio está em casa? Esses visitantes vieram da sede do condado. Essa é a primeira vez em um século que pessoas vêm do condado para coletar grãos. Você deve abrir o barril e deixar que peguem quanto quiserem.

— Depois disso, eles voltarão para coletar mais? — perguntou a Quarta Tia.

— Essa será a última vez — respondeu Mao Zhi.

A Quarta Tia Aleijada removeu a tampa do barril de grãos da família, permitindo que os visitantes do condado pegassem o que havia dentro. Os visitantes seguiram para a família seguinte, cujo líder tinha só um braço. Ele era cunhado de Mao Zhi, o irmão mais novo do seu marido, e a primeira coisa que disse quando a viu foi:

— Tia, você trouxe ainda mais pessoas para pegar nossos grãos?

— Por favor, abra o barril — pediu ela. — Será a última vez.

O cunhado levou os visitantes até o cômodo principal da casa e permitiu que eles pegassem grãos. As duas carroças dos visitantes estavam cheias até a borda com sacos pequenos e grandes e, no fim, eles levaram embora todos os grãos da aldeia. Já era o quarto mês lunar e a primavera não estava longe. Houve um acordo de que a comuna e o condado não enviariam mais ninguém para exigir grãos e as famílias ficaram exultantes. Mas, depois que o comitê e o governo do condado levaram embora o que haviam coletado, um representante do Ministério da Agricultura do condado chegou com uma carta do comitê exigindo ainda mais. Um representante do Gabinete de Organização chegou com uma carta similar. E um representante do Departamento das Forças Armadas não apenas levou uma carta como também chegou em um carro e portando armas.

Após o primeiro ano lunar, depois que o anúncio do condado havia sido distribuído, as famílias já não estavam mais exultantes e, no máximo, forneciam aos visitantes uma única refeição. Mas, mesmo assim, as pessoas vinham de dezenas de li de distância com o único objetivo de pedir comida. Em geral, não havia mendigos em qualquer parte da aldeia, mas, na hora das refeições, eles surgiam sabe-se lá de onde, levando os filhos pela mão a todas as casas, passando as tigelas por cada porta e cada panela.

Do fim do ano gengzi até o início do ano seguinte, Avivada experimentou uma severa falta de grãos e a crise se tornou ainda mais grave. Havia refugiados de outras aldeias alojados na frente de cada casa. Os refugiados eram todos inteiros. Sob os beirais das casas e em qualquer lugar onde o sol estivesse brilhando era possível ver famílias de refugiados. À noite, dormiam nas soleiras das portas, atrás das casas ou mesmo nas áreas abrigadas das ruas. Quando estava tão frio que não conseguiam dormir, iam para o meio da rua e batiam os pés, corriam e, geralmente, faziam tanto barulho que, durante toda a noite, a aldeia ecoava com o som de seus passos.

Certa noite, Mao Zhi saiu de casa e encontrou vários homens descascando o tronco dos olmos da aldeia. Foi até eles e disse que, se fizessem isso, as árvores morreriam. Um homem parou, olhou para ela e perguntou se era oficial de Avivada.

— Sim — respondeu ela —, eu sou.

— Tenho uma filha de 15 anos em casa — disse o homem. — Por favor, ajude-a a encontrar um marido na aldeia. Pode ser até um cego ou um aleijado, desde que ele nos dê um quartilho de cereal.

Ela foi ao centro da aldeia, onde uma família estava sentada em torno de uma fogueira.

— Por que vocês ainda estão aqui? — indagou.

— Nossa aldeia não tem mais nenhuma comida.

O pai olhou para ela e disse:

— Vejo que você é oficial. É verdade que qualquer um que seja cego ou aleijado pode ficar e morar aqui?

— É verdade que esta é uma aldeia de cegos, surdos e aleijados — respondeu ela.
— Os inteiros não conseguem viver aqui nas profundezas das montanhas de Balou.

— Se é esse o caso, amanhã toda a minha família de inteiros terá perdido um braço ou uma perna e você certamente nos dará algo para comer.

Ela não ousou continuar. Toda vez que dava alguns passos, alguém se ajoelhava à sua frente e implorava por comida. As pessoas se ajoelhavam e, soluçando, abraçavam suas pernas. A noite estava terrivelmente fria e a lua parecia gelo. As pessoas dormindo ao relento foram até os campos e arrancaram a palha do trigo, espalhando-a pelas ruas. Elas pegaram os tetos de palha dos casebres nos campos de trigo e os espalharam no chão. Algumas pessoas dormiram no estábulo em frente à aldeia e, como fazia frio, pressionaram os corpos contra a barriga dos bois. Se o boi se comportasse, os pais deixavam os filhos abraçarem suas pernas enquanto dormiam.

Também havia o chiqueiro do Sétimo Aleijado, perto da entrada da aldeia. Os porcos eram quase adultos e, no chão, havia uma camada nova de palha. Uma família dormia no chão com os porcos, com os filhos abraçados aos filhotes, e todos comiam do cocho.

Quando ela visitou a família que dormia com os porcos, perguntou aos pais se não temiam que os porcos comessem seus filhos.

Eles responderam que os porcos se comportavam melhor que os humanos, e o risco não era de que eles mordessem os humanos, mas sim de que os humanos os mordessem. Eles disseram que, em sua aldeia, houvera até mesmo um caso de canibalismo.

Mao Zhi não ousou dizer mais nada. No dia seguinte, notificou a cada família de Avivada que, a cada refeição, duas tigelas extras deveriam ser preparadas, levadas até a entrada da aldeia e entregues aos refugiados da fome.

Depois disso, a situação simplesmente piorou, pois cada vez mais refugiados chegaram à aldeia, e parecia que Avivada estava organizando uma grande convenção. Quando os aldeões faziam suas refeições, já não mais se reuniam na área de jantar em frente à aldeia. Em vez disso, fechavam e trancavam as portas. Contudo, Avivada tinha comida e o cemitério não tinha uma única sepultura nova. As notícias se espalharam como fogo e todos diziam que bastava chegar à aldeia de Avivada com uma carta contendo o selo da comuna ou do condado que seria possível coletar cereal. Se levasse sua tigela, você poderia receber comida.

Pessoas de toda a região de Balou e de além surgiram como uma onda na aldeia nas profundezas das montanhas. O número de refugiados da fome excedia vastamente o número de aldeões locais. Alguns eram do mesmo município ou condado, ao passo que outros vinham de províncias distintas, como Anhui, Shandong e Hebei. Da noite para o dia, Avivada ficou famosa. Os condados de Dayu e Gaoliu enviaram pessoas com autorizações e, enfatizando a história da aldeia ou de seu ambiente geográfico, alegavam que, previamente, haviam pertencido ao mesmo cantão ou condado e que, no mínimo, eram condados vizinhos e pertenciam ao mesmo distrito, razão pela qual esperavam receber grãos.

No meio do mês, Avivada parou de dar comida a qualquer um que pedisse. As famílias se comportavam como se estivessem enfrentando um inimigo implacável e mantinham as portas fechadas. Comiam em casa, cagavam em casa e não falavam ou tinham qualquer tipo de interação com qualquer um de fora. Mesmo que ouvissem um velho ou velha chorando nas ruas, permaneciam pouco dispostas a abrir as portas e distribuir comida ou bolinhos assados no vapor.

Mao Zhi era oficial e, como tal, esperava-se que se comportasse de forma diferente. Assim, durante as refeições, mantinha a porta completamente aberta. Preparava uma panela de sopa de batata-doce e, depois que todos de sua família se serviam, deixava a panela do lado de fora da porta. Após três dias, contudo, seu marido parou de preparar uma panela cheia e passou a preparar apenas meia. Após três outros dias, passou a fazer apenas metade de uma panela pequena. Ela o encarou e disse com rispidez:

— Pedreiro, você não tem consciência?

— Olhe o pote — disse ele abjetamente — e veja quão pouca farinha ainda temos.

Ela não falou nada.

Após mais três dias, sua casa já não tinha mais grãos e ela precisou pegar dos vizinhos. Alguns dos que mendigavam comida acabaram morrendo de fome.

Foram enterrados ao lado da estrada da cordilheira.

Mais pessoas morreram de fome e foram enterradas na entrada da aldeia.

Uma noite, algo muito importante aconteceu. Foi como se uma explosão sacudisse o âmago da aldeia. Ao fim do primeiro mês de cada ano, sempre havia alguns dias terrivelmente frios nas montanhas de Balou. Se aquele ano tivesse sido frio como os anteriores, os refugiados nas ruas teriam batido os pés no chão para se manter aquecidos. Naquela noite em particular, contudo, não havia som de passos ou sinal de fogueiras. A aldeia estava tão silenciosa que parecia não haver um único refugiado presente. Vez ou outra, uma criança em uma das casas chorava de fome, mas parava após um ou dois gritos e o silêncio retornava.

Mao Zhi não percebeu que, enterrada no silêncio, havia uma explosão iminente. Dessa forma, como sempre, cozinhou uma panela de sopa de batata-doce para dar aos refugiados em sua porta. Quando voltou, o marido já havia esquentado a cama. Ela tirou a roupa e disse:

— Pedreiro, você não precisa esquentar a cama para mim. Você não tem o suficiente para comer e seu corpo não tem nenhum excesso de calor.

O marido riu, sentou-se na cabeceira da cama e disse:

— Mao Zhi, o cinzel, o martelo e o avental que eu limpei hoje estavam pendurados na parede e, do nada, caíram no chão. Temo que seja um presságio de que algo calamitoso acontecerá, o que significa que não esquentarei a cama por muito tempo.

— Pedreiro, como você ainda pode ser tão supersticioso sob a nova sociedade?

— Mao Zhi, diga-me a verdade: você se arrepende de ter se casado comigo?

— Por que está perguntando isso?

— Por favor, apenas diga a verdade.

Ela desviou os olhos e não respondeu.

— Por que você está com medo de responder?

— Você realmente quer que eu responda?

— Sim, quero.

— Ok, vou responder.

— Responda.

— Eu sempre me arrependi um pouco.

O pedreiro imediatamente empalideceu e olhou para ela, chocado. Viu que, embora ainda fosse muito jovem, com apenas 30 e poucos anos, ela parecia ter quase 50.

— É porque eu sou tão velho?

— Eu me arrependo porque Avivada é isolada e cheia de cegos, surdos e aleijados. Se não fosse por você, quando nos unimos à comuna, eu teria me mudado para a sede do condado e me tornado presidente da federação local de mulheres ou mesmo chefe do condado. Mas ainda estou aqui, orientando as pessoas a cuidar da terra, e nem mesmo sei se isso conta ou não como parte da Revolução. Sempre lamentarei o fato de ter passado metade da vida aqui, sem ter uma chance de contribuir para a Revolução.

Quando chegou a esse ponto, a situação saiu do controle. Primeiro, alguém começou a bater no portão e, depois de algum tempo, alguém pulou o muro.

— Quem está aí? — perguntou o pedreiro.

Os passos se aproximaram da porta.

— Quem é você? Está com fome? — perguntou Mao Zhi. — Se estiver, faremos um pouco de sopa.

A pessoa não disse uma palavra e, em vez disso, escancarou a porta, deixando entrar cinco ou seis inteiros grandalhões. Todos carregavam porretes e pás e, ao entrarem, pararam em frente à cama, sacudindo os porretes e as pás na cabeça do pedreiro e no rosto de Mao Zhi.

— Sentimos muito por isso — disseram eles. — Mas estamos morrendo de fome, ao passo que ninguém, nessa aldeia de gente com um só braço ou perna, cega, surda ou aleijada, experimentou a fome, a ponto de não haver uma única nova sepultura em todo o cemitério.

O homem pegou uma carta de apresentação do condado — carimbada tanto pelo comitê como pelo governo — que o orientava a coletar grãos em Avivada. Ele jogou a carta, escrita com pincel sobre papel vegetal, na cama em frente a Mao Zhi e disse:

— Você já viu esse tipo de carta e, mesmo assim, não permite que a aldeia distribua grãos? Você não nos deixa escolha senão coletar o que o governo disse que já é nosso por direito.

Ao dizer isso, ele fez um sinal para alguém atrás dele e, imediatamente, dois homens de meia-idade pegaram um saco de tecido e foram para o outro cômodo procurar farinha. Eles abriram as panelas na cozinha, em busca de algo para comer.

A essa altura, o pedreiro já havia saído da cama. Ele pegou seu saco de limpeza e retirou um martelo. Mas, nesse momento, alguém sacudiu uma enxada sobre sua cabeça e gritou:

— Não se esqueça de que você veio de uma família de aleijados!

O pedreiro olhou para Mao Zhi e ficou imóvel. Outro homem sacudiu um porrete em cima da cabeça dela e disse:

— Seja esperta. Como você, que lutou no Exército Vermelho e contribuiu para a Revolução, não sabe que deve distribuir grãos para as massas?

Nesse momento, a filha deles, Jumei, acordou com todo aquele alvoroço e começou a chorar, enquanto tentava subir no colo da mãe. Mao Zhi fez com que ela ficasse em silêncio e olhou para o homem forte que agarrava seu cabelo. Ela o reconheceu, era o pai das crianças a quem dava uma tigela de sopa todos os dias. Olhou para ele friamente e disse:

— Como você pode ser tão sem compaixão?

— Não temos escolha — disse o homem. — Temos de encontrar uma maneira de ajudar nossas famílias a sobreviver.

— Você está disposto a roubar para sobreviver? Você não tem princípios?

— O que você quer dizer com princípios? Nós somos os seus princípios. Como você pode falar de princípios quando as pessoas estão morrendo de fome? Eu também lutei no Exército Vermelho, no Oitavo Regimento.

Ouviu-se o som de uma tigela vindo da cozinha. É desnecessário dizer que era o som de uma tigela se espatifando no chão. Também era possível ouvir o som de potes e barris, enquanto os homens procuravam desesperadamente por comida. Olhando para fora, o pedreiro viu que um dos homens havia encontrado o milho e o despejava no saco, em seguida enfiando um punhado na própria boca.

— Você devia comer mais devagar — comentou o pedreiro. — Esse pote contém veneno de rato.

— Eu ficaria feliz em morrer envenenado — retrucou o sujeito. — Ao menos seria mais agradável que morrer lentamente de fome.

— Nesse caso, você devia colocar o veneno dentro de um pãozinho para não envenenar também sua mulher e seus filhos.

O homem ergueu a lanterna até a boca do saco, retirou um pãozinho seco de dentro e o jogou atrás da porta.

Na casa, havia um tumulto generalizado. Jumei estava no colo de Mao Zhi, com seus soluços agudos reverberando no aposento. Mao Zhi abriu a blusa e colocou o mamilo na boca de Jumei, silenciando-a imediatamente. Os únicos sons que permaneceram foram os dos passos e das gavetas sendo abertas e fechadas. Um homem não encontrou cereal ou qualquer outra coisa e saiu da cozinha desapontado. Parou em frente a Mao Zhi e, com uma faca na mão, disse:

— Eu não encontrei nada e não peguei nada. Meu filho tem só 3 anos e está com fome e com frio. Você tem de me dar alguma coisa.

Ela pegou a jaqueta forrada de Jumei que estava em cima da cama, entregou a ele e perguntou:

— Essa jaqueta é pequena demais?

Ele respondeu que serviria, mesmo que fosse um pouco pequena.

Ela disse que era uma jaqueta de menina.

Ele disse que não importava.

Nesse momento, houve uma pausa. Tudo o que podia ser comido ou vestido fora tomado e os homens retornaram à cama de Mao Zhi. Um deles, um pouco mais velho que os demais, olhou para ela e depois para o pedreiro. Ele se prostrou e disse:

— Perdoem-me, estou apenas pegando essas coisas emprestadas.

Então liderou os outros inteiros para fora.

Era como se um tornado tivesse devastado a casa.

O quarto estava em silêncio. O pedreiro olhou para a parede onde sua arma estava pendurada e disse que tinha sido bom que a milícia não a tivesse levado. Mao Zhi olhou ao redor, viu a parede vazia e colocou Jumei na cama. Em seguida, ela e o marido se vestiram. Quando foram para o pátio, descobriram que os homens haviam trancado o portão por fora, deixando a família presa do lado de dentro.

Ela e o marido ficaram sozinhos no pátio. Podiam ouvir as pessoas gritando nas ruas, dizendo:

— Eles enterraram os grãos embaixo da cama, embaixo da cama!

Ouviram alguns inteiros na casa ao lado, procurando picaretas, pás e enxadas, juntamente com o som de alguém cavando um buraco e o enchendo novamente de terra. Ouviram uma casa ser pilhada após a outra, como se uma guerra estivesse acontecendo. O pedreiro percebeu que Mao Zhi estava cada vez mais ansiosa e não parava de repetir:

— O que vamos fazer? Como os inteiros podem ser tão sem coração? O que vamos fazer? Como os inteiros podem ser tão sem coração?

Ele pegou um banquinho, encostou-o no muro do pátio, pulou o muro e abriu o portão pelo lado de fora.

A lua brilhava e era possível ver praticamente metade da aldeia. Nos campos, havia muitos grupos de figuras sombrias se movendo apressadamente. Não dava para ver o que carregavam. Algumas pessoas chegavam correndo enquanto outras partiam, também correndo, e era possível ouvir seus passos ressoando. Alguns inteiros conduziam os bois, enquanto outros dois carregavam um porco e alguns jovens carregavam as galinhas. Toda a área estava tomada pelo cacarejo das galinhas, pelo grunhido dos porcos e pelo estalo dos chicotes no lombo dos bois. Alguns inteiros estavam correndo e, por isso, com frequência as coisas que carregavam caíam das suas costas e rolavam para a beira da estrada. Eles depositavam no chão o que estavam carregando e iam procurar o que havia caído. Outros inteiros passavam e pegavam as coisas que os primeiros haviam colocado no chão e as levavam embora. No caos instaurado, parecia que o mundo inteiro estava tumultuado.

Todos os aldeões de Avivada estavam chorando. Sob a lua brilhante, era possível ver seus gritos como trapos manchados de sangue seco. O cego cuja casa fora roubada estava sob os beirais do telhado, abraçado à mulher e aos filhos, que também eram cegos. Ele implorava, soluçando:

— Toda a nossa família é cega. Por favor, deixem-nos ao menos um punhado de cereal.

Um inteiro que saía com um saco de grãos perguntou:

— E por que vocês, cegos, vivem melhor que nós? Quem já ouviu falar de gente deficiente levando uma vida melhor que gente saudável? Não viemos roubar, somos enviados do governo.

Não havia nada que a família cega pudesse dizer e eles apenas encararam cegamente os inteiros que levavam embora toda a sua comida.

Um dos surdos era bastante forte, mas, como não podia ouvir os passos dos inteiros invadindo seu pátio, eles o agarraram e o amarraram aos pés da cama. O surdo-mudo não podia ouvir, mas podia sentir o que estava acontecendo, e por isso os inteiros bateram nele com um pedaço de pau até que desmaiasse. Um aleijado de 77 anos queria impedir os inteiros, mas eles disseram que, se ele não saísse da frente, quebrariam sua perna. O aleijado se lembrou de que era deficiente e não lhe restava opção senão observar, desamparado, enquanto os inteiros roubavam todos os bens da sua família.

— Onde há uma lamparina? — perguntou um inteiro.

A mulher ergueu a mão e apontou:

— Lá, no canto da mesa.

— Vá acendê-la — mandou o inteiro.

Ela acendeu a lamparina e a entregou a ele, dizendo:

— Há fome por toda parte e eu sei que você está faminto. Mas meu filho só tem 1 ano. Você não poderia ao menos deixar um quartilho de farinha?

— Também somos da comuna de Boshuzi — retrucou o inteiro — e temos uma carta da comuna nos autorizando a coletar grãos. A carta está carimbada pelo governo do condado e, se você não acredita em mim, posso buscá-la. Não há uma única pessoa na aldeia que tenha passado fome, ao passo que quatro das sete pessoas da minha família já morreram. Com base em que você se recusa a nos dar grãos, se temos uma carta da comuna?

Enquanto falava, ele puxou o pote de grãos que estava escondido embaixo da cama, retirou o último quartilho de farinha e o levou embora.

Quando chegou à outra extremidade do pátio, virou-se e disse:

— Pense bem nisto: quem já ouviu falar de gente deficiente vivendo melhor que gente saudável?

Todas as casas foram saqueadas.

As ruas foram tomadas pelo som dos passos.

A aldeia inteira foi tomada por gritos e soluços.

A região inteira estava tumultuada.

Mao Zhi e o pedreiro ficaram no pátio à luz da lua, observando enquanto os ladrões desapareciam na noite como água escorrendo pelos dedos. Viram que havia quatro ou cinco pessoas conduzindo o boi amarelo da aldeia e, quando eles passaram, ela claudicou até o meio da rua, agarrou as rédeas do boi e disse:

— Deixe o boi aqui! Amanhã, a grande brigada e a brigada de produção ainda precisarão arar os campos!

Uma das pessoas olhou para ela, deu um chute na sua perna boa e a derrubou no chão. Mao Zhi se arrastou para a frente e agarrou a perna do homem, dizendo:

— Vocês não podem nos tratar assim, somos todos membros da comuna de Boshuzi!

— Nós não ligamos para a comuna — retrucou o sujeito. — Quando as pessoas estão morrendo de fome, o que importa ser ou não ser membro da comuna?

Ele levou o boi embora, mesmo com Mao Zhi agarrada à sua perna. Ele parou e deu outro chute na sua perna boa. Nesse momento, o pedreiro correu até lá e se ajoelhou diante do inteiro, juntando as mãos e se prostrando.

— Se quiser bater em alguém — implorou ele —, bata em mim.

— Ela é sua mulher? — perguntou o inteiro. — Diga a ela que largue a minha perna.

O pedreiro se prostrou e disse:

— Por favor, deixe o boi. Se não tivermos um boi, como vamos arar o campo no ano que vem?

O homem deu mais um chute na perna boa de Mao Zhi.

Ela gritou de dor e agarrou a perna do inteiro com mais força. O pedreiro se prostrou ainda mais rápida e urgentemente, então implorou:

— Por que você não bate em mim? Minha mulher esteve em Yan'an e contribuiu para a Revolução. Ela ajudou a estabelecer a nova sociedade.

O inteiro olhou para o pedreiro e de volta para Mao Zhi. Rangendo os dentes, disse:

— Que sua avó morra! É culpa sua que a sociedade tenha virado uma bagunça. Se não fosse pela Revolução, nossa família ainda teria um boi e dois mu de terra. Graças à Revolução, fomos chamados de camponeses ricos e perdemos nosso boi e nossa terra. Durante a fome, três dos cinco membros da minha família morreram.

Enquanto dizia isso, ele lhe deu mais um ou dois chutes e continuou:

— Você, mulher, não estava contente em levar sua vida e decidiu seguir adiante com sua Revolução de merda. Vou revolucionar você, isso sim. Submeterei você à Revolução!

E, ao dizer isso, ele lhe deu vários chutes, dessa vez na barriga.

Mao Zhi olhou para ele, chocada, e largou sua perna.

O inteiro fungou com desdém e seguiu os outros homens, ainda conduzindo o boi. Quando já haviam se afastado vários passos, ele se virou e disse:

— Vozinha, se vocês não tivessem feito essa Revolução, não estaríamos passando fome.

Depois de dizer isso, saiu furioso da aldeia e voltou para a cordilheira.

Aos poucos, a aldeia foi se acalmando.

O último grupo de inteiros a deixar Avivada murmurava, desesperançado:

— Eu não consegui pegar nada. Que merda, eu não consegui pegar nada!

Contudo, não estava claro se estavam amaldiçoando os aldeões ou os outros inteiros, que não haviam deixado nada para saquear.

O sol nasceu.

A aldeia estava silenciosa. Não havia galos cantando, bois mugindo ou patos grasnando.

Por toda parte, havia cestos e sacos vazios, e o chão estava coberto de milho e trigo, juntamente com cartas de apresentação carimbadas e assinadas da comuna.

O sol nasceu, como sempre fazia, reluzindo sobre a cordilheira, a aldeia e os pátios. Os carimbos governamentais vermelhos brilhantes que adornavam as cartas de apresentação pareciam belas flores. Alguém saiu de casa e ficou parado na porta e, imediatamente, os outros aldeões — jovens e velhos, incluindo cegos, surdos, mudos e aleijados, assim como inteiros — saíram de casa e ficaram em silêncio em suas respectivas portas, olhando uns para os outros. Seus rostos estavam calmos, sem nenhum traço de dor ou pesar. Permaneceram completamente impassíveis enquanto olhavam uns para os outros com as expressões congeladas.

Depois de algum tempo, um dos surdos disse:

— Minha família não tem sequer um punhado de farinha. Estamos morrendo de fome e até o pote de painço que havíamos escondido embaixo da cama foi levado.

Um dos cegos disse para o surdo:

— Alguém falou que nossa família não precisava de luz e levou embora nossa lamparina. Aquela lamparina era feita de bronze e, da próxima vez que houver escassez de aço, não teremos nada com que contribuir.

Nesse momento, os aldeões notaram que Mao Zhi se aproximava, com o claudicar mais pronunciado que nunca. Ela agarrava a muleta com força e, a cada passo, parecia prestes a desmaiar. Seu rosto estava cinzento e seu cabelo parecia não ser penteado há oitocentos anos. Ela visivelmente envelhecera de um dia para o outro: seu rosto estava enrugado como uma teia de aranha e seu cabelo tinha ficado grisalho. Ela parou embaixo da alfarrobeira, onde o sino costumava ficar, e olhou para as pessoas reunidas dos dois lados da rua. Os aldeões começaram a caminhar em sua direção, como faziam quando ela convocava reuniões. Eles se reuniram e esperaram.

Nesse momento, a voz da filha do aleijado de 77 anos se fez ouvir dos fundos da aldeia. Sua voz rouca parecia o vento soprando de forma inconstante pelos galhos de uma árvore. Ela pulava, batendo as mãos nas coxas e gritando:

— Venham rápido! Meu avô morreu e está deitado no buraco embaixo da cama! Venham rápido! Meu avô morreu de raiva e está deitado no buraco embaixo da cama!

O velho de 77 anos havia morrido. Havia morrido dentro do buraco onde sua família guardava grãos. Perto do buraco, havia uma carta exigindo cereais, com um carimbo da comuna e outro do comitê do povo. Mao Zhi liderou os aldeões até o buraco e recolheu a carta. O homem ainda estava vivo e suas últimas palavras foram:

— Mao Zhi, permita que os aldeões saiam da sociedade. Avivada jamais deveria ter feito parte desta comuna ou desta província.

Depois de dizer isso, morreu.

Depois de morrer, foi enterrado.

Depois de ser enterrado, os aldeões começaram a sofrer com a fome voraz.

Nos primeiros dias, as pessoas não saíram de casa. Em vez disso, conservavam a energia para retardar o processo de inanição. Alguns dias depois, algumas começaram a sair — indo até a montanha à procura de raízes. Mais tarde, começaram a raspar as cascas das árvores para comer, como faziam as pessoas do outro lado das montanhas. Depois de remover a camada externa de casca seca, removiam a camada interna, viva, e a levavam para casa para ferver e transformar em uma sopa gosmenta. Continuaram fazendo isso por quinze dias, até que todas as raízes das montanhas foram arrancadas e os olmos já não tinham mais casca. Foi quando algumas passaram a comer a própria terra da montanha.

As pessoas começaram a morrer de fome.

Uma pessoa morria após a outra.

Novas sepulturas começaram a surgir no cemitério da aldeia. Quinze dias depois, as sepulturas começaram a irromper como brotos de bambu após uma chuva de primavera e, por fim, um grupo de sepulturas tão vasta quanto um campo de trigo surgiu na frente da aldeia. Quando pessoas jovens e solteiras morriam, não podiam ser enterradas nos terrenos ancestrais e iam parar na frente da aldeia.

Quando crianças com 5 anos ou menos morriam de fome, não valia a pena comprar um caixão e, em vez disso, os corpos eram enrolados em uma esteira vermelha e colocados em um cesto de bambu, que era jogado na encosta atrás da aldeia ou colocado perto de uma pilha de rochas na cordilheira.

O céu era uma extensão de azul e a montanha estava perfeitamente imóvel. A aldeia foi deixada para trás naquela extensão de azul, como uma pilha de relva ou alguma relíquia histórica. Águias guinchavam no céu e mergulhavam, pousando em frente aos cestos de bambu que continham corpos de crianças. Inicialmente, os pais das crianças vigiavam os cestos e jogavam pedaços de bambu nas águias. Depois de alguns dias, contudo, abandonaram a vigia, pois estavam tão famintos que não conseguiam mais sair de casa. Como resultado, as águias e os cães selvagens ficaram muito ocupados. Alguns dias depois, até os pais das crianças foram para outro lugar em busca de comida, deixando para trás os cestos, em um trecho de relva selvagem.

Em seguida, aos cestos agora vazios uniram-se muitos outros. A área se tornou um campo desolado, um parque de diversões para águias, cães selvagens, lobos e raposas.

O som de soluços não aumentou, mas as sepulturas e os cestos vazios na montanha, sim. Com o fim do inverno e a aproximação da primavera, o clima ficou mais *quente e algumas pessoas começaram a emergir lentamente de suas casas, tomando sol na porta da frente. Diziam algumas poucas palavras aos vizinhos e conversavam sobre apenas uma coisa. Mencionavam como, no passado, a vida na aldeia fora de avivamento e conforto e como fora apenas depois que Mao Zhi os levara a se unir às cooperativas e à comuna do povo que havia ocorrido esse desastre — o único em um milênio. Diziam que, como fora ela quem arranjara para que a aldeia entrasse na sociedade, devia agora ajudá-los a sair para que pudessem retornar à vida de que gozavam antes. Diziam que, se a aldeia não tivesse entrado na sociedade, as pessoas de fora sequer saberiam que havia um desfiladeiro nas montanhas de Balou e que, nesse desfiladeiro, havia uma aldeia onde pessoas deficientes gozavam de uma vida feliz e despreocupada durante todo o ano, onde não faltavam roupas e havia abundância de grãos. Por tudo o que o mundo externo sabia sobre a existência da aldeia, o condado de Shuanghuai acreditava que pertencia a Dayu, Dayu acreditava que pertencia a Gaoliu e Gaoliu acreditava que pertencia a Shuanghuai.*

Se pudessem sair da sociedade, jamais ficariam novamente sob a jurisdição de qualquer condado ou comuna e levariam vidas despreocupadas e avivadas. Quem, nessas circunstâncias, seria capaz de trazer uma carta de apresentação e exigir grãos? Quem pensaria em pilhar? As pessoas diziam que tudo aquilo era culpa de Mao Zhi e que, como ela havia introduzido a aldeia na comuna e no condado, eles agora sofriam com a fome.

Resolveram se reunir na casa dela.

Chamaram-na à porta e, quando foi aberta, viram-na emergir com dificuldade. Como todos, seu rosto estava inchado e com um tom esverdeado. As pessoas viram que, no pátio em frente à cozinha, havia uma bacia com água na qual estava de molho a sacola que o pedreiro usava para carregar seu martelo e seu cinzel. A sacola do pedreiro era feita de couro de boi e, depois de ficar mergulhada na água, seria fervida e comida. Todos os dias, ela cortava várias tiras do couro, mergulhava na água, temperava com sal, fervia e dava de comer à filha.

Ela ficou lá de pé, observando os aldeões irritados. Até o primo do pedreiro estava no meio da multidão. Ela percebeu que algo estava prestes a acontecer e o tom esverdeado do seu rosto ficou imediatamente cinzento.

— Por que vocês vieram até aqui? — perguntou. — O que querem?

Os aldeões se acalmaram. Falando em nome da multidão, o primo do pedreiro disse:

— Irmã, cada família da aldeia tem um membro que morreu de fome. Eles estão preocupados com você e com sua família e por isso vieram vê-la.

Um sorriso surgiu nos lábios de Mao Zhi e ela disse:

— Obrigada, obrigada por pensar na nossa família.

O primo disse:

— Irmã, há outra coisa que devo mencionar. Todos se lembram da vida avivada que costumávamos levar. Irmã, se você ainda for capaz de caminhar, poderia ir até a comuna e à sede do condado e providenciar para que possamos retornar ao modo como as coisas costumavam ser, quando não tínhamos de dar ouvidos a nenhuma comuna ou condado?

Ela continuou sorrindo, mas começou a parecer desconfortável.

O aleijado que tinha sido forçado a entregar seu boi sob a mira de uma arma quando a aldeia se unira à sociedade cooperativa perguntou:

— Por que não podemos fazer isso? Quando entramos na sociedade, nenhum dos três condados nos queria.

A mulher de um olho só cujo arado tinha sido confiscado sob o comando furioso de um chefe de distrito disse:

— Irmã, quando entramos na sociedade, você disse que isso permitiria que os aldeões gozassem de uma existência celestial, de modo que não precisaríamos de bois para arar os campos nem de querosene para acender as lamparinas. Por favor, explique onde estão esses dias celestiais.

Dezenas de mulheres inteiras e deficientes começaram a gritar, dizendo:

— Você devia ir ao cemitério e à área em frente à aldeia para ver quantas pessoas morreram e quantas novas sepulturas nós temos. Você devia ir à montanha e ao desfiladeiro e contar em quantos cestos as pessoas guardaram suas crianças mortas. Essa é a existência celestial de que você nos falou? É esse o paraíso que nos prometeu se entrássemos na comuna?

Um depois do outro, os cegos, surdos e aleijados se queixaram furiosamente, como uma chuva torrencial. Os surdos-mudos apontaram para Mao Zhi e fizeram sinais irritados.

Ela ficou ainda mais pálida e o suor começou a escorrer pelo seu rosto. O sol de inverno brilhava. Não havia vento, e toda a aldeia estava tomada pela silenciosa luz do sol e pelas árvores desfolhadas. Os bois, os porcos e as galinhas foram levados embora. A aldeia era como uma cidade-fantasma e, à exceção das pessoas que estavam *desesperadas de fome, as outras mal davam sinal de vida. Ela ficou olhando para a multidão reunida; alguns estavam de pé, enquanto outros se ajoelhavam no chão. Algumas mulheres estavam sentadas com os filhos no colo, filhos tão desnutridos que nem sequer conseguiam chorar.*

Ela examinou o povo, olhando de relance para as montanhas áridas e para o céu vazio acima da aldeia e ficou tonta. Sentiu que o chão estava girando. Apoiou a mão no batente da porta e se deixou escorregar até o chão. Terminou ajoelhada em frente aos aldeões e disse:

— Tios, tias, irmãos e irmãs. Todos devem relaxar. Enquanto eu estiver viva, assim como encontramos um meio de entrar na sociedade, igualmente encontraremos um modo de sair dela. Duas semanas atrás, o pai de Jumei, o pedreiro, morreu de fome. Ele se recusou a comer a sacola de couro. Disse que havia sido pedreiro a vida toda, mas que jamais tinha imaginado que sua sacola seria a posse mais preciosa que deixaria para a mulher e a filha. Tios, tias, irmãos e irmãs, ainda resta metade da bolsa e cortarei um pedaço para cada um. Contudo, peço que me deem uma mão e me ajudem a cavar um buraco atrás da aldeia para que eu possa enterrar meu marido. O clima está esquentando e será preciso enterrá-lo. Eu falhei com vocês. Falhei com todos vocês. Meu marido, todavia, era um homem bom e imploro que, em honra à memória dele, vocês me ajudem.

Ela se ajoelhou ao dizer isso e, quando terminou, curvou a cabeça e se prostrou três vezes. Em seguida, apoiou-se na porta e se levantou, convidando os aldeões a entrar em sua casa.

Eles olharam uns para os outros, sem conseguir acreditar.

— Estou implorando — disse ela. — Vocês têm minha palavra de que, como falhei com vocês, não ousarei sair de casa durante duas semanas, por medo de ver alguém. Hoje vocês vieram até aqui e perguntaram por que eu não permito que a aldeia saia da sociedade e retorne à vida despreocupada de que já gozou. Aceito a responsabilidade pelo que aconteceu. Se eu não tiver grãos, que morra de fome, e, se tiver, que morra por comer demais. Que, após a minha morte, meu corpo seja consumido por vermes, devorado por cães, destroçado por lobos e bicado por abutres. Mas, se a fome poupar a minha vida, juro que assegurarei que Avivada se retire da comuna e do município de Boshuzi. Agora, contudo, imploro que me ajudem a carregar o corpo do meu marido para fora da aldeia para enterrá-lo. Jumei ainda é muito pequena e está aterrorizada com o cadáver.

O primo de Mao Zhi foi o primeiro a entrar na casa, seguido por um inteiro. Lá dentro, viram que o pedreiro alto de fato jazia rígido na cama, com o corpo coberto por um lençol, e que no chão havia um estrado sobre o qual Mao Zhi e a filha dormiam. Jumei estava deitada nessa cama improvisada, mastigando uma tira de couro fervido. Enquanto mascava, ela viu os visitantes entrarem e seu rosto emaciado e inchado se abriu em um sorriso.

Os aldeões carregaram o corpo e o enterraram. Depois de agradecer, ela se ajoelhou em frente à sepultura e jurou:

— Tios, tias e irmãos, não contribuirei mais para a Revolução. Quero apenas viver. Como fui eu que arranjei para que nossa aldeia entrasse na sociedade, farei tudo o que puder para me assegurar de que sairemos novamente.

Esses foram os eventos do Ano da Grande Pilhagem.

[3] *Auralidade.* DIALETO. *Significa "memória". Dizer que alguém não tem auralidade é dizer que esqueceu o que não deveria ser esquecido.*

CAPÍTULO 5

Todos se ajoelharam perante ela e o mundo inteiro estava repleto de lágrimas

Vovó Mao Zhi jamais esperara que as coisas pudessem ser distorcidas daquela maneira, como uma trilha sem saída nas montanhas que podia tanto levar a uma floresta ou à margem de um rio iluminada pela lua como à beira de um precipício. Aquela cidade de tamanho médio em Subei não era diferente das outras que vira. Os edifícios eram altos o bastante para chegar às nuvens e, em muitos casos, suas paredes eram feitas inteiramente de vidro. Passar perto de um desses edifícios no meio do dia era como ficar ao lado de uma chama. O calor era tamanho que seria capaz de cozinhar a gordura do corpo, e dava para sentir o cheiro de cabelo queimado. As ruas eram muito largas e, se fossem usadas para secar grãos, poderiam conter milho ou trigo suficientes para alimentar o mundo inteiro.

Mas não havia um único grão de trigo em nenhuma rua. Em vez disso, estavam cheias de pessoas e carros. A gasolina fedia muito mais que o estrume dos chiqueiros e currais de Avivada, que tinham um odor bastante familiar e característico. O cheiro dos chiqueiros e dos currais parecia circular em filamentos. Enquanto isso, o fedor da gasolina era pior e envolvia a rua principal, os becos escuros e tudo entre eles. Felizmente, estava chovendo naquele dia e, por conta disso, o cheiro pegajoso não era tão intenso quanto de costume, pois tinha sido parcialmente lavado pela água.

A cidade inteira havia sido lavada.

Ela saiu sozinha do teatro e caminhou pela rua. Não esperava que os aldeões decidissem não sair da sociedade nem que não quisessem deixar a trupe. Também não esperava que, depois de sair do teatro e ficar de pé sob o toldo do prédio, gotas de chuva fossem cair do teto nos degraus em frente e que fosse ver o diretor da trupe e vários inteiros do condado encharcados, parecendo frango ensopado. Quando a viram, todos pareceram animados, como se tivessem encontrado uma fogueira no auge do inverno. Ela não sabia aonde tinham ido durante seu passeio, mas, ao vê-los, logo percebeu que estavam de volta de algum lugar e haviam parado debaixo da chuva para discutir alguma coisa. Quando a viram, pareceram chegar a algum tipo de acordo e foram até ela.

— Vovó Mao Zhi — disseram eles —, que bom que você está aqui fora, pois há algo que gostaríamos de discutir. O chefe Liu acabou de ligar e disse que o Fundo Lênin está quase completo. No fim do mês, o contrato da trupe itinerante chegará ao fim e o condado concordou que, no primeiro dia do próximo ano, Avivada já não estará mais sob sua jurisdição.

"Mas — acrescentaram — o chefe Liu disse que tudo deve ser feito de acordo com a vontade das pessoas e, antes que as levemos de volta a Shuanghuai, ele quer que façamos uma votação. Ele disse que os aldeões devem votar para ver quantos desejam permanecer em Shuanghuai, sob a jurisdição administrativa de Boshuzi, e quantos desejam que a aldeia se retire da jurisdição do condado e desfrute de uma existência despreocupada."

Chovia mais forte que nunca, porém todos continuaram de pé na escadaria em frente ao teatro. Alguns tinham guarda-chuvas enquanto outros simplesmente deixavam a chuva cair em suas cabeças. De uma forma ou de outra, seus rostos estavam encharcados, e o cheiro da água abafava seus odores. Não dava para dizer sobre o que haviam discutido ou o que as discussões tinham prenunciado. Era como se tivessem acabado de receber a ligação quando a encontraram e tivessem lhe contado tudo imediatamente.

O coração de Vovó Mao Zhi disparou, como se um instrumento pesado martelasse seu peito. Os inteiros não sabiam que a trupe tinha acabado de votar atrás do palco e que a vasta maioria declarara que, após ter integrado a trupe nos últimos cinco meses, já não mais desejava sair da sociedade, querendo permanecer sob a jurisdição do condado de Shuanghuai. Ela não mencionou a votação. Em vez disso, perguntou:

— E quanto ao outro grupo?

— Que outro grupo? Você quer dizer a outra trupe itinerante? Já votaram em Guangdong e, de todos os sessenta e sete membros, nenhum escolheu sair da sociedade. Todos declararam que esperam que a trupe nunca se desfaça e continue viajando e se apresentando.

Vovó Mao Zhi sentiu um nó na garganta. Ela queria dizer alguma coisa, mas não saiu nada.

Parecendo entender sua reação, os oficiais do condado que supervisionavam as duas trupes tiraram vantagem da situação para anunciar sua decisão e descrever o plano que formularam debaixo da chuva.

— Vovó Mao Zhi, temos uma proposta para apresentar. Sabemos que você lutou durante toda a sua vida para ajudar a aldeia a manter a independência e que agora, para usar sua expressão, deseja que ela saia da sociedade e desfrute de uma existência despreocupada. Mas também sabemos que os aldeões que participaram das trupes ganharam muito dinheiro e temem sair da sociedade e não poderem mais se apresentar. Se você quer sair da sociedade, precisa apenas concordar com uma coisa e diremos ao condado que os aldeões votaram unanimemente pela saída. Dessa forma, quando retornar a Shuanghuai no ano que vem, já não estará mais sob a jurisdição do condado e do município de Boshuzi e terá saído completamente da sociedade.

Ela olhou para os oficiais e esperou que dissessem com o que queriam que ela concordasse.

— Na verdade, o que estamos pedindo não é nada extraordinário. Lideramos as trupes há cinco meses e estamos exaustos. Queremos dividir a renda dos ingressos desses últimos dias e só precisamos que você assine o formulário de registro declarando que, como estava chovendo, a trupe não teve como se apresentar.

"Já discutimos isso com a outra trupe e todos os integrantes concordaram. Todo mundo sabe que chove muito no sul e ninguém duvidaria que o tempo ruim impediu as apresentações.

"Nas próximas apresentações, podemos aumentar o preço dos ingressos de quinhentos para setecentos yuans e, cada vez que vocês se apresentarem, receberão dois assentos, ou seja, mais mil e quatrocentos yuans por dia.

"Por setecentos yuans o ingresso, teremos de acrescentar um novo ato, algo que todos sintam que precisam ver.

"Hoje à noite, vamos empacotar tudo e nos preparar para a próxima cidade, Wenzhou. Não chove por lá e o sol está brilhando. As pessoas de Wenzhou são ainda mais ricas que as daqui. Quando se casam por lá, as famílias colam notas recém-impressas de yuan em folhas de papel vermelho para formar um auspicioso ideograma duplo de "felicidade"; em seguida, colam esses imensos ideogramas nos muros da cidade. De fato, muitas famílias sequer queimam dinheiro falso atualmente, elas usam pilhas de notas verdadeiras, uma atrás da outra.

"Não seria difícil acrescentar um novo número ao programa. Você também poderia apresentar alguma coisa. Poderia contribuir para o ato final.

"Poderíamos transferir o ato do homem de 121 anos para o final e, depois que a plateia expressar sua surpresa, colocar você no palco, de cadeira de rodas, e anunciar que tem 241 anos e que as nônuplas são suas decanetas. Poderíamos dizer que são a nona geração da sua família. Esse ato seria chamado de nove gerações sob o mesmo teto.

"Temos de pensar em uma forma de alterar seu livro de família e sua carteira de identidade. Na verdade, não faz diferença se você pretende se apresentar ou não. Ou se concorda ou não em escrever no registro de apresentações que as últimas foram canceladas por causa da chuva. Ou nem mesmo se seremos capazes de manter o dinheiro dessas apresentações finais. O importante é se você permitirá ou não que os aldeões saiam da sociedade. *Essa* é a questão crucial.

"Pense a respeito. Se concordar com a partida para Wenzhou, amanhã à noite começaremos a nos apresentar lá.

"A cada apresentação, você pode ganhar trezentos assentos. Se isso não for suficiente, podemos aumentar sua parte para quatrocentos."

Ela ouviu, pensou e disse:

— Eu não quero o dinheiro.

— O que você quer?

— Preciso de um tempo para pensar.

— Use o tempo que precisar. Levaremos a maior parte da noite para chegar a Wenzhou. Além disso, está chovendo e as estradas estarão escorregadias.

O grupo se afastou e entrou no teatro. Ela claudicou pela rua, sem olhar para os lados, vez ou outra erguendo os olhos para os carros e para a chuva torrencial. Por causa da chuva, todos os moradores da cidade estavam dentro de casa, deixando as ruas completamente vazias, como um cemitério sem visitantes. A água da chuva escorria pelas fendas do chão e havia muitas poças. Os edifícios ressoavam com o som da chuva, assim como, no meio do verão na cordilheira de Balou, os álamos ressoavam com o vento. Ao longe, as casas e os prédios desapareciam na névoa, como se estivessem congelados. Pareciam cinzentos e pretos, mas havia um vapor reluzente que emanava deles e se dispersava lentamente.

De fato, ela acreditava que havia uma enorme extensão de água à frente. Ficou lá parada, examinando-a com atenção, então percebeu que, na verdade, não era água, e sim a rua de asfalto e o chão cinza se fundindo sob a chuva. Vovó Mao Zhi notou que, não muito longe dali, havia um cruzamento onde dois carros haviam colidido. Não conseguia ouvir o que os motoristas estavam dizendo, mas, depois de algum tempo, eles voltaram aos seus carros e foram embora. Ela começou a caminhar até o cruzamento onde o acidente tinha ocorrido e, ao chegar, notou que não apenas o chão estava coberto de vidro quebrado como também havia um cachorrinho malhado que tinha sido atropelado por um dos carros, imóvel debaixo da chuva. O sangue do cachorro se misturava à água da chuva, diluindo-se e passando de um carmim profundo para um vermelho-claro reluzente, de vermelho-claro a cor-de-rosa e, por fim, dissolvendo-se completamente.

As gotas de chuva emitiam um som cortante ao cair na piscina de sangue. Bolhas vermelhas emergiam da piscina, como as sombrinhas vermelhas de papel que cobrem as ruas da cidade nos dias de sol. Quando as bolhas estouravam, era como se as sombrinhas tivessem sido fechadas. Até o som era parecido, embora as sombrinhas produzissem um estalo mais longo que o das bolhas. Quando as bolhas estouravam, um cheiro débil emanava delas e desaparecia rapidamente. Ela ficou parada perto do vidro quebrado, perto da cacofonia de cheiros, e observou silenciosamente o cachorrinho ferido. Ele, por sua vez, olhava para ela, como se implorasse para que o pegasse nos braços.

Vovó Mao Zhi se lembrou dos cães deficientes que tinha em casa.

Ela se agachou e acariciou a cabeça e as patas traseiras do animal, cobertas de sangue. Ocorreu-lhe que, se um ingresso realmente pudesse ser vendido por setecentos yuans, dez ingressos seriam vendidos por sete mil, cem ingressos por setenta mil e mil ingressos por setecentos mil. Durante os meses anteriores, a trupe sempre vendera ao menos mil e trezentos ingressos por apresentação. Mil e trezentos ingressos seriam o equivalente a novecentos e dez mil yuans e, mesmo que fosse subtraído o dinheiro que os inteiros haviam prometido dar aos artistas, eles ainda ficariam com pelo menos oitocentos e cinquenta mil yuans, que seriam distribuídos entre os oito oficiais do condado, além do contador, do caixa, do vendedor de ingressos e dos guardas. No total, além dos quarenta e cinco artistas deficientes, a trupe incluía cerca de quinze inteiros e, a cada apresentação, eles ganhavam oitocentos e cinquenta mil yuans.

Ou seja, cada um dos aldeões receberia dois assentos por apresentação enquanto os inteiros podiam ganhar, no mínimo, uma média de cinquenta mil yuans por dia.

Ou seja, se ela não assinasse o formulário declarando que as apresentações haviam sido canceladas por causa da chuva, cada um dos inteiros perderia a oportunidade de ganhar cinquenta mil yuans.

Ou seja, tudo dependia dela.

A chuva estava cada vez mais forte. Vovó Mao Zhi ficou agachada na chuva, perto do cachorro ferido, e começou a sentir frio, como se não estivesse vestindo roupa nenhuma. Ao mesmo tempo, contudo, começou a sentir calor. Lembrou que, caso se recusasse a acrescentar sua digital ao formulário, os inteiros não receberiam um único centavo de compensação. Sentiu uma onda de calor surgindo nas regiões baixas e, quando a onda chegou à sua cabeça, pareceu-lhe que seu corpo inteiro estava quente. Imediatamente, o frio desapareceu, sem deixar rastros.

Vovó Mao Zhi acariciou a cabeça do cachorro novamente. Limpou as gotas de chuva do focinho do animal como se enxugasse lágrimas dos olhos de uma criança. Gentilmente, levou-o até um lugar seguro na lateral da rua. Ela o observou por algum tempo, virou-se e foi embora. Parecia que tinha acabado de tomar uma decisão e, embora sua perna certamente ainda fosse aleijada, seus passos estavam mais ágeis que antes. Vovó Mao Zhi dava um passo pesado seguido de um leve e, cada vez que o pé bom tocava o chão, ela precisava usar mais força para mover a perna esquerda, aleijada, o que fazia a água espirrar ainda mais. Depois de dar poucos passos, sua calça estava completamente encharcada.

Não havia mais ninguém na rua.

Ela caminhou lentamente pela chuva como uma velha camponesa passeando pela cidade. Mas notou um som baixinho atrás dela, como se uma criança perdida chamasse pela mãe.

Quando olhou para trás, viu que o cachorro rastejava atrás dela, arrastando as patas traseiras. Ao perceber que ela havia se virado, ele começou a rastejar energicamente, como uma criança encontrando a mãe, olhando para ela com uma expressão dolorosa.

Era um dos cachorros de rua da cidade. Vovó Mao Zhi hesitou por um instante, voltou alguns metros claudicando e o recolheu, abraçando-o próximo ao peito. Segurou-o como se fosse um saco de farinha ensopado e, imediatamente, o sentiu tremer, tanto de frio quanto de gratidão. Enquanto voltava para o teatro com o cachorro que tivera as patas quebradas por um carro, notou que um grupo de quatro ou cinco cachorros surgira do nada e a seguia. A chuva havia grudado os pelos aos seus corpos, o que destacava seus ossos, como as pessoas emaciadas durante o Ano da Grande Pilhagem.

Ela parou.

Os cães a encararam atentamente, como mendigos observando uma pessoa caridosa com comida.

— Eu sou uma mulher velha — disse ela. — Vocês não podem me seguir assim.

Os cães não emitiram nenhum som e continuaram olhando para Vovó Mao Zhi.

— Não sei por que estão me seguindo. Eu não dei nada a vocês.

Eles continuaram olhando.

Ela começou a caminhar e eles a seguiram.

Ela parou e eles pararam.

Gentilmente, Vovó Mao Zhi empurrou o cão que estava na frente com o pé. Ele soltou um ganido e os outros recuaram alguns passos. Mas, quando ela voltou a caminhar para o teatro, eles a seguiram novamente, como se fossem sua cauda.

Ela deixou de se preocupar com o fato de a estarem seguindo e focou em claudicar para a frente. Quando chegou à fachada do teatro, olhou para trás e viu que os cachorros agora formavam uma matilha com mais de doze. Aqueles cachorros velhos e fedorentos eram animais abandonados pelos moradores da cidade. Como os aldeões de Avivada, havia cães cegos cujos olhos estavam cheios de remela e vazando pus amarelado. Havia cães que tinham quebrado uma das patas e precisavam se apoiar nas outras três, como uma pessoa aleijada com uma muleta. Também havia um que parecia ter vagueado pelos vários restaurantes da cidade, procurando algo para comer, até que alguém jogara uma panela de sopa fervendo no seu dorso. O corpo emanava um cheiro de carne podre e era um prato cheio para mosquitos e moscas.

A essa altura, a chuva já havia começado a diminuir e o céu estava coberto por uma luz intensa.

Ela foi engolfada pelo fedor nauseante dos cães. Vovó Mao Zhi parou em frente ao teatro e estava prestes a mandá-los embora quando o cachorro na frente da matilha — um animal velho e aleijado que caminhava de modo hesitante — se adiantou e se ajoelhou. Vovó Mao Zhi sentiu a própria perna aleijada começar a tremer, como se alguém estivesse beliscando seus nervos. Ela olhou atentamente para a pata dianteira aleijada do cachorro e notou que, quando o animal se ajoelhava, ele parecia cair sobre uma poça de água. Para distinguir os atos de se ajoelhar e de se deitar, o cão mantinha as patas traseiras eretas, de modo que seu corpo se inclinava para a frente, com o rabo e as ancas no ar. Ao mesmo tempo, contudo, mantinha a cabeça ereta e a observava, assumindo uma postura bastante peculiar.

— O que você quer?

Ela olhou para o cachorro que segurava nos braços.

— É seu filhote? Se for, eu devolvo.

Ela colocou o cãozinho malhado no chão. Ele imediatamente se virou, olhou o cachorro mais velho nos olhos, virou-se novamente e se arrastou até Vovó Mao Zhi.

Ela voltou a pegá-lo no colo.

O cachorro mais velho olhou para trás e latiu várias vezes, como se dissesse algo aos demais. Todos os outros cães se ajoelharam. Eles começaram a se arrastar até ela, olhando tanto para Vovó Mao Zhi quanto para o filhote que segurava. Olhavam para ela com uma expressão de súplica e para o cachorro em seus braços com uma expressão de inveja. Todos esperavam que também fossem pegos no colo, que fossem levados para algum lugar. Era como se soubessem que ela não os abandonaria, que os levaria para a aldeia nas montanhas de Balou, onde quase todos os habitantes eram deficientes. Era como se soubessem que, em Avivada, finalmente encontrariam sua dona, sua mãe e sua ama de leite. Enquanto estavam ajoelhados, seus olhos se encheram de lágrimas.

O ar foi tomado pelo cheiro de lágrimas.

O mundo inteiro foi tomado pelo cheiro amargo das lágrimas dos cachorros. Eles choravam enquanto suplicavam, com as gargantas emitindo um rosnado peculiar de dor. Estavam inconsoláveis, chegando a um ponto em que não tinham opção senão implorar por ajuda.

Vovó Mao Zhi ouviu seus lamentos, que pareciam gritos. Viu suas lamúrias flutuando como nuvens. Sentiu o cheiro salgado de suas lágrimas, como sopa. Sabia o que estavam implorando que fizesse. Seu coração estava tão ensopado quanto um punhado de areia no meio de uma poça de água, mas, eventualmente, ele começou a se acomodar em seu peito, como um punhado de areia seca.

Os cães tinham de ir com ela para a aldeia, pensou enquanto olhava para a matilha de animais velhos e deficientes.

Finalmente parou de chover e o céu e a terra foram iluminados por uma luz brilhante. A matilha de mais de doze cachorros ajoelhados na água da chuva deu um latido patético e enlameado. Ela não sabia muito bem o que fazer, então colocou no chão o filhote que segurava. Achou que, se não o carregasse até o teatro para alimentá-lo e enfaixar sua perna, talvez a matilha parasse de implorar por ajuda. Depois que colocou o filhote no chão, contudo, ele rastejou abjetamente, emitindo sons chorosos, com lágrimas escorrendo dos olhos vermelhos, percorrendo sua cabeça em forma de melão e chegando à sua boca.

Ela não sabia o que fazer.

Acontece que os oficiais afiliados à trupe não tinham voltado para dentro do teatro. Eles esperavam por ela na entrada, ou talvez tivessem ido embora, trocado de roupa — Vovó Mao Zhi notou que todos usavam roupas secas — e retornado. Enquanto estava parada, sem saber o que fazer, um dos oficiais foi até ela. Olhou com curiosidade para a enorme matilha de cães e de volta para Vovó Mao Zhi.

— O que você decidiu? Já pedimos aos ajudantes de palco que começassem a preparar a viagem para a nova localidade hoje à noite. Decidimos pagar a cada um dos artistas cinco assentos por apresentação, ou seja, três ou quatro mil yuans.

"Se você concordar em ter um número, pagaremos a você dez assentos, ou seja, sete mil yuans. É claro, o mais importante não são os procedimentos, mas sim o fato de que precisamos ligar para o condado e relatar ao chefe que os aldeões querem sair da sociedade e da jurisdição de Shuanghuai. Quando voltar para casa, você pode levar o certificado de saída e nunca mais retornar à jurisdição de Shuanghuai e Boshuzi.

Nunca mais alguém poderá dizer a vocês o que fazer e, se decidirem se apresentar novamente, ficarão com cem por cento da renda.

"Diga-nos sua decisão, Mao Zhi. Se Avivada sairá ou não da sociedade, isso depende apenas de você."

Ela olhou para os inteiros de pé à sua frente, os oficiais que tinham vindo liderar a trupe. Por fim, olhou para o oficial que mais havia falado.

— Diga ao chefe Liu que, em Avivada, não há uma única pessoa que não deseje sair da sociedade.

O inteiro deu um suspiro de alívio.

— É bom ouvir isso.

— Tem mais. Em cada apresentação, não receberemos cinco assentos, mas dez, embora eu não queira um único centavo. O dinheiro remanescente das apresentações finais pode ficar com vocês, mas, primeiro, vocês têm de providenciar um carro e me ajudar a levar esses cachorros para a aldeia hoje à noite.

Os inteiros olharam para ela, confusos, riram e concordaram. Cada um deles começou a trabalhar em uma tarefa específica. Um foi ligar para a outra trupe, instruindo-a a relatar ao condado que todos os aldeões afiliados à trupe desejavam sair da sociedade. Outro foi providenciar um carro para levar a matilha de mais de uma dúzia de cachorros para Balou. Outro ainda foi buscar caixotes e veículos para transportar a trupe até Wenzhou. O último correu para comprar um figurino e acessórios para a apresentação de Vovó Mao Zhi.

Como ela seria apresentada como alguém de 241 anos, seu livro de família e sua carteira de identidade precisavam ser substituídos e a pessoa responsável por fazer novos documentos precisava de algum tempo para prepará-los. A pessoa responsável pelo figurino também precisava de pelo menos uma noite para concluir a tarefa.

Duzentos e quarenta e um anos antes, era a época do reinado Hongli da dinastia Qing, mais especificamente o vigésimo primeiro ano do reinado do imperador Qianlong. Desde então, a China havia passado pela ascensão e queda da dinastia Qing, pelo Exército Unido das Oito Nações, pela presidência de Yuan Shikai, pela Revolução

Xinhai, pelo período republicano e pelo novo governo após o período de resistência aos japoneses e a subsequente Libertação.

Para ter sobrevivido desde o reinado de Qianlong até hoje, era natural que ela precisasse de algumas técnicas especiais. Com uma vida de 241 anos, Vovó Mao Zhi não poderia simplesmente ter mantido uma dieta vegetariana, ela também precisaria ter trabalhado nos campos todos os dias. Mais importante ainda, quando havia ficado doente, no décimo sétimo ano do reinado de Daoguang, aos 80 anos, por precaução vestira seu traje fúnebre, mas, de algum modo, conseguira sobreviver. Era como se já tivesse morrido uma vez e, daquele ponto em diante, jamais temesse a morte outra vez. Havia usado o traje fúnebre trezentos e sessenta e cinco dias no ano — para comer, trabalhar nos campos e até mesmo dormir. Dessa maneira, estava sempre pronta para a possibilidade de não acordar na manhã seguinte. Mas todas as manhãs acabava acordando.

No terceiro ano do reinado de Guangxu, quando tinha 121 anos, voltara a ficar doente. Mas, depois de passar três dias à beira da morte, outra vez havia sobrevivido. Depois disso, estivera duplamente preparada para morrer a qualquer momento e continuara usando o traje fúnebre dia e noite. Ela o vestia para comer, para trabalhar nos campos e principalmente à noite, para dormir.

Ano após ano, mês após mês, tinha usado o traje fúnebre todos os dias, pronta para falecer a qualquer momento. Dessa maneira, vivera 241 anos, sobrevivendo desde o reinado de Qianlong. Nesse processo, testemunhara incontáveis eventos históricos, desde os reinados imperiais de Jiaquin, de Daoguang, de Xianfeng, de Tongzhi, de Guangxu e de Xuantong até o período republicano. Durante duzentos e quarenta e um anos, testemunhara nove reinados imperiais. Fora durante o reinado Daoguang que havia começado a usar o traje fúnebre e, no terceiro ano do reinado de Guangxu, passara a usá-lo dia e noite. No século seguinte, usara até rasgar um número incontável de trajes e, para se apresentar no palco aos 241 anos, precisava de, no mínimo, oito ou dez deles. As roupas tinham de parecer velhas e esfarrapadas para convencer a plateia de que realmente fora por usá-las que ela conseguira sobreviver cento e sessenta anos a mais.

Os inteiros correram de um lado para o outro preparando as coisas e, no início da manhã, tinham conseguido realocar a trupe para a nova cidade, onde logo começaria sua apresentação magnífica.

CAPÍTULO 7

O Mausoléu de Lênin é finalizado e tem início a apresentação de inauguração

O chefe Liu tivera de ir à sede do distrito e da província para comparecer a uma reunião importante.

Vovó Mao Zhi e os aldeões deficientes da trupe de artistas com habilidades especiais haviam retornado do sul viajando de trem e de carro. Antes de terem a chance de passar uma noite com filhos, casas, árvores, ruas, becos, galinhas, porcos, cães, patos, ovelhas e bois, o chefe Liu os mandou com urgência para a montanha dos Espíritos para que realizassem uma apresentação final celebrando a inauguração do mausoléu.

O Mausoléu de Lênin estava finalizado e até os banheiros ao lado da estrada tinham sido concluídos. A tinta das placas vermelhas indicativas de *Homens* e *Mulheres* na porta dos banheiros estava seca havia dias. Tudo estava pronto, só faltava o toque final.

A delegação responsável por comprar os restos mortais de Lênin tinha saído de Shuanghuai havia sete ou oito dias e dizia-se que já completara toda a burocracia necessária para viajar até a Rússia. Houvera um ou dois dias de atraso em Beijing, mas agora tudo estava pronto para a viagem e para as negociações para a compra do corpo. Na verdade, as chamadas "negociações" seriam simplesmente uma barganha de preço em que um lado diria que só pagaria dez milhões de yuans e o outro insistiria em cem milhões. O primeiro lado ofereceria quinze milhões e o outro lado repetiria que sequer consideraria uma oferta inferior a cem milhões. O primeiro lado ofereceria vinte milhões e o outro lado responderia que, se o primeiro realmente quisesse comprar os restos mortais, deveria oferecer um preço realista.

Nesse momento, o líder da primeira delegação havia franzido as ceubrancelhas,[1] com um conjunto de rugas surgindo em seu reluzente painel solar,[3] como se tivesse se deparado com um dilema terrível. E, para dizer a verdade, *era* de fato um dilema terrível. Se ele oferecesse um preço muito baixo, sua contraparte poderia se recusar a vender o corpo, mas, se oferecesse um preço muito alto, poderia acabar gastando, sem necessidade, milhões — ou mesmo dezenas ou centenas de milhões — de yuans. Durante os seis meses de apresentação das duas trupes, o condado conseguira juntar bastante dinheiro, além de ter recebido uma enorme quantia do distrito. Entretanto, no fim esse dinheiro não era como água da torneira e, depois de ser usado, acabaria para sempre. Os superiores não desembolsariam mais nenhum dinheiro para Shuanghuai por pelo menos três anos.

O contrato entre Shuanghuai e as trupes tinha chegado ao fim e a celebração de sete dias da inauguração do Mausoléu de Lênin servira como promessa e ameaça do chefe Liu a Vovó Mao Zhi. Essa havia sido a única forma de ela oferecer seu apoio. Depois de sete dias, não apenas as trupes já não poderiam mais se apresentar em benefício do condado de Shuanghuai como os próprios artistas não mais pertenceriam ao condado. A aldeia de Avivada deixaria de existir no mapa de Shuanghuai.

Era fundamental que o condado comprasse os restos mortais de Lênin.

Também era essencial que encontrassem uma forma de barganhar o preço. Para fazê-lo, o chefe Liu precisaria ir pessoalmente à Rússia, à frente de uma equipe de negociação. O distrito e a província convocaram uma reunião extraordinária emergencial e disseram que todos os chefes e secretários do condado deviam comparecer. Como a reunião tinha implicações nas eleições do comissário do distrito e do governador da província, o anúncio especificava que mesmo chefes e secretários do condado que estivessem no hospital, desde que não tivessem câncer, eram obrigados a comparecer à reunião na sede do distrito e da província. E se de fato tivessem câncer, mas a doença ainda estivesse em um estágio inicial, ainda assim tinham de comparecer.

Desse modo, o chefe Liu não teve escolha a não ser nomear seu mais confiável e capacitado vice-chefe para liderar a delegação no seu lugar. Na sala do vice-chefe, havia um grande retrato do próprio chefe Liu. A principal responsabilidade do vice-chefe era a indústria do turismo. Certa vez, ele se vira conversando em um jantar com um executivo de Taiwan que passava por Shuanghuai a caminho da capital da província, onde investiria alguns fundos. A despeito de terem sobrenomes diferentes, os dois prontamente se declararam irmãos de sangue, concordando inclusive em partilhar o mesmo local de sepultamento ancestral.

Dessa forma, eles se tornaram muito próximos. Discutiram os detalhes de suas respectivas famílias, a ponto de o visitante de Taiwan começar a chorar e decidir deixar em Shuanghuai as várias dezenas de milhares de yuans que havia planejado investir na cidade. Ele doou o dinheiro para que o condado construísse um gerador elétrico e, por causa disso, todas as casas de Shuanghuai passaram a ter eletricidade. O chefe Liu promoveu o vice-chefe à posição de vice-chefe administrativo e, depois de ser nomeado para o conselho permanente, ele pôde comparecer a todas as reuniões importantes, pequenas ou grandes, e seu voto se tornou crucial.

Esse vice-chefe era uma excelente escolha para liderar a expedição à Rússia, pois ele era um negociador magnífico. Seria acompanhado por um intérprete caro, que havia estudado na Rússia por muitos anos e conhecia o país tão intimamente quanto o chefe Liu conhecia seu próprio condado.

O chefe Liu não estava preocupado com a viagem para comprar o corpo de Lênin, pois havia se preparado para qualquer eventualidade. Se os russos pedissem um preço razoável, o vice-chefe não ofereceria imediatamente um valor específico, mesmo que o preço já tivesse sido discutido incontáveis vezes e eles houvessem concordado com um limite máximo. Contudo, mesmo que não concordassem com o preço, eles sabiam que precisavam fechar a compra de qualquer maneira para que levassem o corpo de Lênin para Shuanghuai e o alojassem na montanha dos Espíritos de Balou. A essa altura, a situação ficaria difícil para a equipe de negociação e eles teriam de contar com a paciência do vice-chefe, que era abundante.

Talvez as negociações ocorressem na sala ao lado da que guardava os restos mortais de Lênin, a sala de recepções a oeste do ataúde de cristal. Essa sala era muito menor que a sala de recepções subterrânea que Shuanghuai havia construído. As paredes eram feitas de tijolos, com o lado interno caiado com um pó especial e o de fora parecendo uma tumba chinesa tradicional. Em um lado da praça Vermelha de Moscou havia uma plataforma de pedra em uma área elevada do terreno, e nela, um buraco quadrado de seis metros de profundidade que dava em uma câmara do tamanho de duas ou três casas. No centro, protegido do frio do inverno e do calor do verão, estava o ataúde de cristal de Lênin. Isso era realmente desrespeitoso com Lênin, pois seu mausoléu não chegava ao tamanho do de alguns habitantes abastados de Wenzhou — a única diferença era que o buraco tinha o pé-direito mais alto que a maioria das casas chinesas. Como, em geral, os russos são mais altos que os chineses, era natural que seus pés-direitos fossem maiores, e suas tumbas, mais profundas. O lado interno das paredes fora pintado com uma cal resistente à água e à corrosão e, nesse espaço branco, jazia o ataúde de cristal. Embora setenta e cinco anos tivessem se passado desde a morte de Lênin, o ataúde não mudara e as paredes do mausoléu não tinham sido repintadas.

A despeito de administradores cuidadosamente selecionados passarem o dia inteiro polindo meticulosamente o ataúde com um espanador de penas e uma flanela, sua superfície não era resplandecente como fora três quartos de século antes. Visto de fora, o corpo de Lênin também não estava tão translúcido quanto havia sido. Na ampla sala subterrânea de recepção, funcionários varriam o chão todos os dias e, uma vez por mês, subiam em cadeiras ou sofás e tiravam o pó e as teias de aranha das paredes e do teto. Mas, no fim, aquelas paredes caiadas estavam lá havia setenta e cinco anos e a tinta branca já não conseguia mais cobrir a sujeira amarelada por baixo. Em alguns lugares, as paredes adquiriram uma cor amarelo-escura, como o papel amarelo que as pessoas de Balou, Shuanghuai e Hunan Ocidental queimavam todos os anos durante o festival Qingming.

Quanto à pequena sala de espera situada ao lado da sala que continha o corpo de Lênin, ao se passar pelo ornamentado arco entalhado da porta, a primeira coisa que se via era um óleo sobre tela em uma moldura de bétula-branca acima de um velho sofá de madeira, embora não estivesse claro que tipo de madeira. Com o tempo, a madeira se tornaria cada vez mais resplandecente, embora o forro do sofá não fosse envelhecer em bom estado e pudesse começar a desbotar e desfiar. Haveria buracos no encosto e várias molas de metal seriam visíveis. Seria nesse sofá — e, naturalmente, teria de ser nesse sofá — que o vice-chefe discutiria educadamente sua oferta. Após uma longa conversa, os dois negociadores finalmente concordariam em uma data para enviar o corpo de Lênin, quando, então, o vice-chefe anunciaria que, se o preço do corpo excedesse determinada quantia, seu grupo não o compraria nem que suas vidas dependessem disso. Em resposta, a contraparte russa argumentaria que, se a delegação chinesa não oferecesse mais que determinado valor, os russos não venderiam o corpo nem que *suas* vidas dependessem disso.

— Não se esqueça de que nosso país é o único que demonstrou interesse em comprar os restos mortais de Lênin — diria o vice-chefe do condado.

— Isso não é necessariamente verdade — responderia sua contraparte.

— É verdade que outros países estão dispostos a comprar os restos mortais, mas você precisa considerar sua pobreza e se eles serão capazes de pagar o preço exorbitante que vocês estão exigindo — argumentaria o vice-chefe.

— Se não pudermos vender os restos mortais, não os venderemos — replicaria a contraparte.

— Se não vender os restos mortais, vocês não terão dinheiro suficiente para mantê-los. Vocês sequer têm fundos para consertar o mausoléu ou pagar o salário dos funcionários. Se não nos vender o corpo, vocês não terão escolha senão observar sua deterioração dia após dia, até que fique desfigurado a ponto de se tornar completamente irreconhecível.

O vice-chefe estaria sentado em uma das salas adjacentes ao mausoléu. Por fim, aceitaria os termos dos russos e concordaria com o menor preço que os chineses pudessem conseguir e que sua contraparte achasse que era o maior preço que *eles* podiam conseguir. Quando todos concordassem com o preço, começariam a minutar o contrato.

É claro, era preciso fazer muitas coisas antes que o contrato pudesse ser assinado. Os administradores do mausoléu teriam de redigir um relatório aos seus superiores, seus superiores teriam de redigir um relatório aos *seus* superiores e assim por diante, até que finalmente um relatório pudesse ser enviado aos mais altos escalões do governo. Tudo teria de passar por muitas rodadas de discussão e estudo. E então, nada. Talvez os líderes russos que participassem dessas discussões recusassem a proposta por razões não declaradas, não permitindo que o condado chinês de Shuanghuai comprasse o corpo de Lênin. Talvez sentissem que, se Lênin fosse para a China, isso seria como ir para uma terra estrangeira. A fim de manter a dignidade da nação e ter uma explicação para oferecer ao povo, talvez concordassem em emprestar o corpo por um período de trinta ou cinquenta anos ou mesmo apenas dez ou vinte. Uma vez que concordassem com um período de tempo apropriado, especificariam que o corpo deveria ser devolvido em sua condição original. O chefe Liu já havia antecipado todas essas estipulações adicionais e dissera ao vice-chefe como proceder. Desde que pudessem levar o corpo o mais rápido possível, ele concordaria com quaisquer condições que o vice-chefe conseguisse negociar.

— Pense nisto: quanto mais rápido você trouxer o corpo — dissera o chefe Liu —, mais rápido o condado começará a ganhar toneladas de dinheiro.

Não havia com o que se preocupar. Eles simplesmente *tinham* de trazer o corpo de Lênin, qualquer que fosse o custo. Haviam considerado tudo o que precisavam considerar e feito tudo o que precisavam fazer. A delegação fora organizada no ano *wuyin* do Tigre, 1998, e àquela altura já seria o fim do ano lunar ou o início do ano seguinte, pelo calendário ocidental. O novo Mausoléu de Lênin já estaria completo e as duas trupes de artistas com habilidades especiais de Avivada já teriam retornado de Wenzhou, no sul, para passar o inverno nas montanhas de Balou. Já teriam passado sete ou oito dias da data em que originalmente concordaram que a aldeia seria liberada da jurisdição do condado de Shuanghuai.

Em tese, quando a delegação retornasse do exterior, o chefe Liu já teria enviado o documento certificando que a aldeia havia sido liberada da jurisdição de Shuanghuai, distribuindo-o a cada conselho, gabinete, município, cidade e comitê de aldeia. Então teria colocado o documento nas mãos de Vovó Mao Zhi.

Mas ele não enviou o documento e, em vez disso, exigiu que Vovó Mao Zhi e a trupe o ajudassem uma última vez. No salão de banquetes onde era oferecido um jantar de boas-vindas às trupes de artistas com habilidades especiais, ele entregou uma taça de bebida a ela e, com uma expressão queixosa, disse:

— Os documentos que liberarão a aldeia por completo da jurisdição do condado de Shuanghuai já foram impressos, estão noventa e nove por cento prontos e receberam os carimbos do comitê e do governo do condado. Mas, antes que Avivada possa sair totalmente da sociedade e se retirar da jurisdição do condado de Shuanghuai e do município de Boshuzi, devo pedir algo a você.

Ela ficou imóvel no meio do salão de banquetes da hospedaria do condado, olhando para ele.

— Durante toda a minha vida, eu nunca implorei por nada. Essa é a primeira vez — disse ele. — A construção do Mausoléu de Lênin já terminou e o novo ataúde de cristal já foi colocado no lugar. Precisamos organizar uma cerimônia para celebrar a conclusão da obra e eu gostaria que as trupes de artistas com habilidades especiais fizessem sete apresentações na montanha dos Espíritos.

"Vocês já viajaram milhares de quilômetros e não deveriam se importar em dar mais um passo. Se acharem que sete dias de apresentações são demais, podem fazer apenas três. Depois que tiverem se apresentado por três dias, eu vou ler em voz alta um documento certificando a retirada de Avivada da jurisdição do condado de Shuanghuai.

"O corpo de Lênin será enviado para cá e, antes que isso aconteça, quero criar certo *momentum* para a montanha dos Espíritos. E não podemos ter *momentum* sem uma apresentação da trupe de artistas com habilidades especiais. Se vocês se apresentarem na montanha dos Espíritos, não terá sido em vão. Quem quer que escale a montanha para visitar o memorial também assistirá à apresentação da trupe e as pessoas terão de comprar ingressos. Para as pessoas do condado, os ingressos custarão cinco yuans e, para os de fora, também cinco. Um terço da renda irá para a trupe, um terço para o Gabinete de Administração da Recreação da Montanha dos Espíritos, e o restante, para o tesouro do condado.

"Antes da primeira apresentação, eu vou até o mausoléu para cortar a fita cerimonial e seguirei para a sede do distrito, onde participarei de uma reunião. Depois da reunião que vai durar o dia inteiro, retornarei e, imediatamente após a terceira apresentação, vou ler no palco o documento anunciando a saída de Avivada da sociedade para que o condado inteiro fique sabendo. Desse ponto em diante, vocês terão oficialmente saído da sociedade e já não estarão mais sob a jurisdição de Shuanghuai, Boshuzi ou de qualquer outro condado ou município do país."

As coisas foram decididas. Na alvorada do dia seguinte, Vovó Mao Zhi e os aldeões se sentaram no caminhão carregado e seguiram até a montanha dos Espíritos para se apresentar durante a cerimônia de celebração da construção do Mausoléu de Lênin.

LEITURA COMPLEMENTAR

[1] *Ceubrancelhas.* DIALETO. *Significa "sobrancelhas". Como as sobrancelhas ficam acima do rosto, são chamadas de ceubrancelhas.*

[3] *Painel solar.* DIALETO. *Significa "testa". A origem do termo é comparável à de "ceubrancelhas".*

CAPÍTULO 9

Eles têm incontáveis habilidades, e sua aura é púrpura

Originalmente, concordara-se que a trupe faria mais três apresentações e, quando o chefe Liu voltasse, leria em voz alta, no palco, o documento certificando a saída de Avivada da sociedade. No entanto, um dia depois de cortar a fita cerimonial, o chefe Liu teve de descer a montanha novamente e, depois disso, não se soube mais dele.

Já era o décimo segundo mês do calendário ocidental e o último dia do mês chegara silenciosamente. Embora ainda estivesse bastante quente no sul, onde as árvores eram verdes, e as flores, abundantes, no norte o inverno já se aproximava. Estava insuportavelmente frio em algumas regiões e, embora ainda não tivesse nevado, no início da manhã a montanha inteira ficava coberta de geada, que congelava e formava uma fina camada de gelo. Se os tonéis de água fossem deixados pela metade durante a noite, na manhã seguinte estariam congelados. De forma parecida, se um balde úmido fosse deixado na porta da cozinha, pela manhã ele estaria colado ao chão e seria impossível tirá-lo do lugar, a ponto de precisarem de um tijolo para descolá-lo. Caso temessem que o tijolo fosse quebrar o balde, as pessoas primeiro acendiam um fogo para derreter o gelo.

As árvores também murcharam; suas folhas já haviam caído antes mesmo da chegada do décimo segundo mês. Na montanha e na aldeia, todas as árvores estavam desfolhadas. Os pardais já não se escondiam mais entre os galhos. Quando um deles emitia algum som, era possível se virar e vê-lo pousado na árvore. Então, podia-se atirar uma pedra e derrubar seu corpo congelado.

Nas montanhas de Balou durante o inverno, normalmente o único rastro de lebres, galinhas, doninhas e raposas ardilosas era a entrada das suas tocas. Caso uma pedra fosse rolada montanha abaixo, as raposas permaneciam escondidas, mas as lebres, as galinhas e as doninhas sairiam correndo e o som da arma do caçador seria ouvido logo em seguida.

Tanto durante o dia quanto durante a noite, era possível ver incontáveis caçadores indo para os campos e voltando, orgulhosos, com algumas lebres ou galinhas selvagens penduradas no cano de seus rifles.

Ocasionalmente, podiam até trazer uma raposa.

Contudo, no inverno do ano *wuyin* do Tigre, essas cenas estavam completamente ausentes da cordilheira. Em vez disso, foram todos para a montanha dos Espíritos assistir às apresentações das trupes de Avivada e visitar o que diziam ser o maravilhoso Palácio Lênin. Multidões ao longo da cordilheira caminhavam até a montanha, todas as pessoas sorrindo, como se estivessem indo a um festival do templo. Os adultos levavam as crianças e as pessoas de meia-idade usavam um carrinho para carregar os pais idosos. As pessoas que vinham de longe compravam não apenas bolinhos assados ou cozidos no vapor como também cobertores, panelas, tigelas e *hashis* para que pudessem comer e dormir na estrada. Os sons das pessoas conversando ao longo do caminho pela montanha, juntamente com os rangidos das carroças e os passos que não paravam de aumentar, deixavam o caminho até o topo coberto de poeira suspensa, que caía como água. Ao meio-dia, o tempo estava esquentando e os pardais se animavam, seguindo as pessoas e cantando, voando de uma árvore para a outra, como se estivessem migrando para o sul. As lebres ficavam assustadas, saíam das tocas e corriam montanha abaixo, mas, ao ouvirem tiros, voltavam para as tocas e observavam, inquietas, a multidão subindo a montanha.

Todas as aldeias da região das montanhas de Balou ficaram vazias.

Todas as aldeias de fora da região das montanhas de Balou também ficaram vazias.

As pessoas das cidades pediram férias no trabalho e foram de trem até a montanha dos Espíritos.

Primeiro, chegaram as pessoas das cidades e aldeias mais próximas, incluindo Boshuzi, em Shuanghuai; Lizanshuzi, Xiaoliu, Daliu, Yushu, Lishu, Xinghuaying e Shihezi, em Gaoliu; Qingshanzi, Caojiaying, Caoma, Shisanli Puzi e Taoshuzi, em Shangyu; e Taozi, Xiaohuai e Lianzi. Os aldeões dos três condados vizinhos subiram a montanha para assistir às apresentações, visitar o mausoléu e aproveitar a vista. O inverno era um período de descanso do trabalho agrícola, quando as pessoas saíam em busca de entretenimento, e seria precisamente nesse momento que o Mausoléu de Lênin teria sua cerimônia de inauguração e as trupes de artistas com habilidades especiais da aldeia de Avivada se apresentariam na montanha.

Um homem que foi visitar o mausoléu comentou, ao retornar:

— Céus, as árvores já estão em flor e o memorial é ainda mais deslumbrante que uma sala do trono. Dizem que há uma garota chamada Huaihua que é ainda mais bonita que o mausoléu.

Sobre a aparência de Huaihua e de uma sala do trono, o homem não podia dizer realmente nada, uma vez que nunca as vira — embora tivesse visto que havia relva fresca e árvores novas, mesmo no inverno do norte. Isso era muito incomum e dizia-se que uma fada tinha surgido em Avivada.

Uma mulher que visitou o mausoléu retornou e disse:

— Rápido, vocês precisam ver por si mesmos. Realmente *é* primavera lá. Eles já alojaram o ataúde de cristal no memorial. Há uma garota chamada Huaihua que é branca como o ataúde, que por sua vez é mais brilhante que o vidro. Se tocar nele, deixará marcas de dedos. Sob uma camada de dois *cun* de espessura de cristal, é possível ver o fundo do ataúde e até a poeira acumulada brilha.

Embora tivesse dito isso, ela não necessariamente vira por si mesma a poeira dentro do ataúde. Não necessariamente o tocara. Mesmo assim, era somente falando dessa maneira que podia provar que não apenas tinha ido até o memorial como também vira o ataúde de cristal que havia sido preparado para receber o corpo de Lênin.

Velhos que estavam sendo carregados pelos filhos até a montanha encontraram outras pessoas descendo, e elas disseram, entusiasmadas:

— Vá ver, vá ver. E, se for, mesmo que morra amanhã, você não terá vivido em vão. Lênin era uma pessoa tão importante que, quando seu corpo chegar, o inverno se transformará em primavera.

— Mesmo? — perguntou alguém. — A sala do trono é tão alta que toca as nuvens. Como será que eles transportaram todos aqueles tijolos e pedras lá para cima?

— Aquilo não é uma sala do trono — corrigiu a outra pessoa. — É um memorial. De qualquer forma, é a mesma coisa que uma sala do trono. O ataúde de cristal é branco e reluzente como jade. Ouvi dizer que um único ataúde de cristal é tão caro que, mesmo que vendêssemos todo o condado, não teríamos dinheiro suficiente para pagar por ele.

— Como não seria suficiente? Os aldeões saíram em turnê e, em apenas alguns dias, ganharam dinheiro suficiente para comprar o ataúde.

Quando o assunto se voltou para as apresentações da trupe, um homem suspirou e disse:

— Céus, eu queria ser deficiente. Se fosse surdo, também ousaria explodir fogos de artifício perto dos meus ouvidos.

Sua esposa se sentou no carrinho e acrescentou:

— Se eu fosse cega, também seria capaz de bordar flores em papel ou folhas de árvores.

Um velho que passava disse:

— Ainda não consigo entender. Tenho 53 anos, estou perdendo a visão e já perdi todos os dentes. Aquela velha aleijada tem 107 anos. Como ela ainda consegue mastigar milho frito e passar a linha por uma agulha?

Sua filha, que o acompanhava, disse:

— Pai, é porque ela usa seu traje fúnebre todos os dias, mesmo quando está comendo ou dormindo. Eu não gostaria que você usasse um traje fúnebre dentro de casa.

Nesse momento, um grupo animado de crianças com idades entre 7 e 9 anos foi arrastado montanha abaixo pelos pais. Elas viram muitos vizinhos das suas aldeias subindo a montanha e, embora não dissessem especificamente o que viram, as crianças gritavam para os pais:

— Eu quero voltar! Eu quero voltar!

Quanto ao que queriam ver, nem mesmo elas conseguiam dizer. Mas, mesmo que não conseguissem dizer, seus gritos ressoavam até os céus. No fim, apanharam; as mais obedientes se calaram e as mais insistentes subiram novamente a montanha com parentes ou amigos.

A montanha dos Espíritos estava extremamente lotada e agitada. O caminho de cimento de dez metros de largura que levava até o topo parecia um formigueiro, repleto de gente do amanhecer ao anoitecer. O caminho anteriormente limpo ficou coberto de papéis, trapos, gravetos, pedaços de bolinhos cozidos no vapor, maços de cigarro vazios, sapatos, meias, chapéus e toda espécie de lixo, como se fosse a estrada para um festival do templo recém-terminado. Também havia *hashis*, tigelas, vegetais, copos, alho e cebola, cascas de ovos e bolos de batata-doce espalhados, como em um teatro após uma apresentação. Em ambos os lados do caminho, havia incontáveis fornos feitos de pedras ou tijolos. As pessoas pegavam alguns gravetos ao longo da estrada e os usavam para acender o fogo. Depois de usarem o forno para cozinhar sopa ou assar bolinhos, os tijolos e as pedras ficavam pretos de um lado e o chão ficava coberto de madeira queimada, sobras de comida e pedras que foram trazidas para servir como bancos, juntamente com fósforos usados, isqueiros, roupas que as crianças tiraram e deixaram para trás e velhos potes e panelas que, por alguma razão, as pessoas não levavam embora. Espalhados por toda parte, também havia livros, jornais, revistas, brinquedos, pacotes de tabaco, armas de madeira, aviões de papel, carteiras de papel, colares de alumínio e braceletes de vidro que as pessoas não queriam mais.

A estrada estava cheia de gente.

A estrada estava cheia de lixo.

A estrada estava cheia de cinzas que sobraram dos fornos. Com um arbusto soltando fumaça aqui e outro pegando fogo acolá, parecia que a montanha tinha acabado de passar por um incêndio florestal. Havia muitas placas indicativas de CUIDADO COM O FOGO, mas ele continuava a se espalhar sem supervisão.

Naquele inverno, havia nevado intensamente em muitas áreas fora da região de Balou e, em algumas aldeias, ovelhas, porcos e bois de arado morreram congelados. Visitantes dos condados de Gaoliu e Shangyiu relataram que não somente nevara, mas que nevara tanto que as pessoas não conseguiam abrir as portas e, quando acordavam pela manhã, não eram capazes nem mesmo de abrir os portões do pátio. Mas, se caminhassem algumas poucas dezenas de *li* sobre uma montanha, até a região de Balou, já não parecia inverno. As árvores ao longo da cordilheira ainda estavam desfolhadas, mas o mato alpino, a relva e a grama nas encostas mais baixas estavam ficando verdes, como se a primavera estivesse chegando, com sua dormência de inverno tendo sido interrompida num piscar de olhos. Abaixo da camada de vegetação seca, algumas flores começavam a formar botões e as acácias-do-japão e olmos da montanha já apresentavam novas folhas. Até mesmo os pinheiros, que não perderam a cor verde original, começaram a exibir uma nova cobertura em apenas alguns dias.

As áreas com campos de trigo também estavam salpicadas pelo verde.

Lênin estava chegando e a primavera se adiantara. Sério, era um decreto dos céus. A cerimônia para celebrar a conclusão do mausoléu estava próxima e o inverno começara a assumir algumas das características da primavera ou mesmo do início do verão. O sol amarelo brilhava no topo da montanha e uma tepidez suave envolvia toda a região. Nuvens finas pendiam do céu como bolas de algodão. As pessoas subiam a montanha e a comoção que causavam ecoava pelo vale como uma trovoada.

Um cheiro úmido de início de verão permeava o ar.

Também havia o espocar de fogos de artifício por toda parte, como se fosse o festival de Ano-Novo.

O memorial emergia dessa cacofonia de sons e sombras e podia ser visto a quilômetros de distância. Os visitantes que vinham ob-

311

servar a empolgação mal chegavam à metade da montanha quando o viam, esperando por eles no topo. Sob o sol de inverno — que, na verdade, era mais quente que o da primavera ou do outono —, as telhas amarelas que cobriam o teto do memorial cintilavam, revelando um esplendor comparável ao de uma lendária sala do trono em um palácio. A cordilheira distante parecia tão imóvel quanto o dorso de um boi ou de um camelo. As árvores eram de um verde-claro, assim como a cordilheira e o desfiladeiro. Na verdade, o mundo todo era verde-claro. Nessa terra verde, o memorial se erguia do nada, um palácio que surgia no ar, fazendo com que os olhos de todos brilhassem de animação. Era possível ver claramente o lampejo dourado da luz refletida nas telhas amarelas, juntamente com o chumbo pesado da luz refletida nas paredes de mármore.

Também se podia ver o jade de Hanbai emoldurando ambos os lados dos cinquenta e quatro degraus prostrados[1] que levavam ao memorial, com sua luz contendo muitos traços de verde. Enquanto os degraus prostrados de mármore cintilavam ao sol, emitiam faíscas de ouro, chumbo e jade, com traços de bronze, misturando-se para produzir uma luz mercurial poderosa e pesada que parecia uma tira de seda branca molhada ou o misterioso relâmpago púrpura que, com frequência, surgia no céu. Quando as pessoas viam o palácio e a luz púrpura, ofegavam de assombro.

— Céus, é um relâmpago púrpura.

— Céus, como encontraram uma paisagem tão bonita?

Com todas as exclamações, todos, inconscientemente, aceleravam o passo.

Ao chegar ao memorial, viam uma grande placa perto da entrada. Assim como há uma placa com uma inscrição na frente do Mausoléu de Mao Zedong que diz POSSA O GRANDE LÍDER, O PRESIDENTE MAO, SER ETERNAMENTE LEMBRADO PELA POSTERIDADE, aquela dizia POSSA O GRANDE PROFESSOR DAS PESSOAS DO MUNDO, LÊNIN, SER ETERNAMENTE LEMBRADO PELA POSTERIDADE. Os visitantes viam que o memorial no alto da montanha era tão grande quanto um campo de trigo. Na frente, havia uma praça tão grande quanto dois campos de trigo. Era toda pavimentada com tijolos de cimento e, se você quisesse, poderia usá-la para secar o sorgo, o painço e o trigo de uma aldeia inteira. Era possível secar a colheita do ano inteiro. De ambos os lados da praça, como em qualquer região turística, havia duas fileiras de pequenas construções vendendo uma variedade de produtos locais, como fungos, ginkgo e cogumelos, além de produtos importados, como jade de baixa qualidade, que era comprado barato no sul e revendido no norte por um preço mais alto. Essas bugigangas incluíam braceletes, pingentes, cavalos, ovelhas, facas, espadas e imagens dos doze animais do zodíaco em jade, assim como acácias e queimadores de incenso também de jade. Tudo parecia ao mesmo tempo novo e familiar.

As pessoas vindas de longe sabiam que nem um único desses produtos era autêntico. Quando o vendedor rugia como um leão, pedindo cem yuans, o visitante respondia mansamente como um camundongo e oferecia dez. O vendedor aceitava os dez yuans e ainda tinha um lucro considerável. E, quando as pessoas ingênuas que desfrutavam de existências confortáveis e passavam o tempo todo em casa ouviam alguém anunciar que um pingente de jade custava dez yuans, seu primeiro pensamento era que dez yuans era barato demais e, para demonstrar ao vendedor sua condição de pessoas abastadas que não precisavam de dinheiro, ofereciam apenas nove. O vendedor fingia que estava refletindo um pouco e respondia, desapontado:

— Vou vender para você, porque é a cerimônia do memorial de Lênin e não estou tentando lucrar, mas sim obter boa fortuna.

Muitos visitantes começaram a formar filas no memorial carregando uma variedade de bugigangas para turistas. Uma pessoa disse:

— Lênin morreu jovem, partindo deste mundo com a tenra idade de 54 anos. Se você contar cuidadosamente os degraus prostrados, verá que há precisamente cinquenta e quatro.

Além disso, quando todos contavam, descobriam que o corrimão de cada lado dos degraus tinha exatamente vinte e sete colunas — que, somadas, também davam cinquenta e quatro. Todos caminhando por esses degraus, incluindo homens e mulheres, jovens e velhos, contavam em voz alta como estudantes: um, dois, três, quatro, cinco... até os cinquenta e quatro ou metade disso, ou seja, vinte e sete. Quando o total era o que esperavam, suas bocas se abriam em amplos sorrisos, como se tivessem descoberto algo extremamente divertido.

Então chegavam à porta do memorial. Algumas pessoas se colavam às paredes, enquanto outras, com mais experiência e que poderiam ter ido a Beijing e visitado o Mausoléu de Mao, procediam mais deliberadamente, querendo apreciar as similaridades e diferenças entre os dois. À distância, é claro, notavam, em primeiro lugar, as semelhanças entre as duas estruturas, que tinham aproximadamente o mesmo tamanho e altura, com paredes de pedra e um teto plano e quadrado, coberto de telhas amarelas.

De fato, a arquitetura dos dois edifícios era idêntica. Todos sabiam que, quando o Mausoléu de Lênin fora concebido, o chefe Liu levara seus operários até Beijing, onde passaram o dia inteiro visitando o Mausoléu de Mao, entrando e saindo ao menos sete ou oito vezes. Com isso, não apenas memorizaram o desenho do mausoléu como também conseguiram, evitando chamar a atenção da polícia, medir precisamente o comprimento, a largura e a altura da estrutura. Também tiraram incontáveis fotos, calculando centenas de medidas da locação do mausoléu e das distâncias entre seus vários componentes. Com isso, por que o Mausoléu de Lênin *não seria* igual ao do presidente Mao?

Falando estritamente, a única diferença que saltava aos olhos entre as duas estruturas era precisamente o fato de que o Mausoléu de Mao estava em Beijing, ao passo que o de Lênin estava localizado em Shuanghuai, no norte da China. Ou, para ser mais preciso, o Mausoléu de Mao estava localizado na praça da Paz Celestial, ao passo que o de Lênin estava no topo da montanha dos Espíritos, nas profundezas da região das montanhas de Balou.

Que outras diferenças existiam entre as duas construções? Nenhuma digna de nota. Mas, mesmo assim, algumas pessoas experientes eram capazes de perceber alguns detalhes interessantes. Lênin havia chegado aos 54 anos e a escadaria em frente ao seu mausoléu tinha cinquenta e quatro degraus, e os corrimãos, cinquenta e quatro colunas. No Mausoléu de Mao Zedong, havia quatro colunas de cada lado, em um total de dezesseis, enquanto o Mausoléu de Lênin tinha quatro colunas na frente e dez nos fundos, sem nenhuma dos lados, totalizando quatorze, duas a menos que dezesseis. Por quê? As pessoas educadas, que haviam frequentado soc-escolas e escolas do Partido e memorizado suas lições, diziam que as quatro colunas em frente ao Mausoléu de Lênin e as dez colunas nos fundos eram um reconhecimento à sua data de aniversário. Sob o velho calendário lunar, Lênin nascera no décimo dia do quarto mês do ano *gengwu* do Cavalo. Desse modo, as colunas prenunciavam que Lênin receberia vida nova no mausoléu e jamais envelheceria.

Além disso, não havia colunas em nenhuma das laterais do mausoléu, mas doze pinheiros médios do lado esquerdo e dezesseis ciprestes médios do lado direito. Todas as árvores tinham vários metros de altura, e suas copas bloqueavam o céu. Os números doze e dezesseis correspondiam à data da morte de Lênin. Como ele havia morrido no décimo sexto dia do décimo segundo mês do primeiro ano do ciclo *jiazi* de sessenta anos anterior, as doze e as dezesseis árvores simbolizavam sua vida eterna. Por que não haviam plantado mudas ou, contrariamente, transplantado árvores completamente desenvolvidas? Árvores desenvolvidas teriam bloqueado o sol por completo, como se estivessem crescendo lá por vários séculos ou mesmo milênios.

Se a pessoa encarregada do mausoléu fosse sua amiga, você poderia ouvir a esclarecedora história de que as árvores de tamanho médio tinham exatamente a idade de Lênin quando ele havia morrido e, portanto, cada uma tinha cinquenta e quatro anéis de crescimento. Quando cada árvore tinha sido transplantada, fora inspecionada por especialistas do condado, que fizeram um buraco no tronco, confirmando assim que tinha precisamente 54 anos. Se os especialistas florestais determinassem que a idade de uma árvore não batia com a idade de Lênin ao morrer, sendo um pouco mais nova ou mais velha, não importava quão reta e alta ela fosse ou quão densa fosse sua copa, não era transplantada. O gerente do mausoléu dizia que, para encontrar os doze pinheiros e os dezesseis ciprestes com exatos 54 anos, os especialistas florestais passaram seis meses arrancando árvores na montanha dos Espíritos e, para cada árvore da idade desejada, tinham arrancado cinco outras que não eram. Em toda a montanha, contudo, havia apenas uns cem pinheiros e ciprestes no total. A cada cem árvores, portanto, poderia haver apenas um pinheiro ou cipreste, e não havia como dizer se teria precisamente 54 anos.

Quando terminaram de procurar em várias montanhas do condado, devastando inúmeras florestas, eles finalmente conseguiram encontrar doze pinheiros e dezesseis ciprestes da idade solicitada.

Naturalmente, os doze pinheiros eram chamados de pinheiros Lênin, e os dezesseis ciprestes, ciprestes Lênin. Plantadas de ambos os lados do mausoléu, as árvores se tornaram uma obra-prima estrutural. Para verificar suas idades, um furo tinha sido feito no tronco de cada uma e, mesmo depois de os furos serem tampados com cimento, a seiva continuava vazando como cola.

Havia um odor pungente de pinho por toda parte.

É claro que apenas esses detalhes técnicos distinguiam o Mausoléu de Lênin de sua contraparte em Beijing. Mas, se alguém fosse ver as árvores e seguisse a multidão até o mausoléu, aprenderia algo ainda mais misterioso, como, por exemplo, o fato de que havia exatos treze pilares e colunas de mármore no memorial. Por quê? Porque o nome original de Lênin era Vladimir Ilitch Ulianov, que, em chinês, é escrito com treze caracteres. Se alguma pessoa soubesse disso tudo, poderia muito bem se perguntar sobre os outros detalhes e, desse modo, teria de visitar o memorial várias vezes.

Dentro do mausoléu, havia um salão principal com seis metros de altura que fazia todos se sentirem muito solenes. As luzes embutidas nas paredes eram suaves como leite e, abaixo dessa luz láctea, a multidão avançava lentamente, seguindo as cordas de isolamento. Embora o salão tivesse apenas metade do tamanho de um típico campo de trigo e fosse tão grande quanto o pátio de um homem abastado, o caminho ascendente era estreito como uma viela. Ainda que o corpo de Lênin ainda não tivesse sido colocado ali, o recém-fabricado ataúde já estava instalado no centro do salão. O salão era extremamente solene e não se permitia nenhuma conversa ali.

Se um bebê estivesse chorando, alguém imediatamente pediria à mãe dele que se retirasse.

E, se algum visitante tentasse fumar ou tirar fotos, imediatamente lhe pediria que saísse, além de ser multado.

Todos se amontoavam nas portas da frente e dos fundos, como se estivessem fazendo fila para cruzar uma ponte. Nesse movimento lento, era como se caminhassem por uma viela estreita e todos, jovens e velhos, sentiam calafrios no salão principal. Era como se tivessem entrado em um desfiladeiro profundo no meio do verão e então perdiam o fôlego, porque imediatamente avistavam o ataúde de cristal depositado em cima de uma plataforma no meio do salão. A plataforma era feita de grandes placas de mármore, tinha formato retangular e era larga como uma esteira de junco. O ataúde ficava em cima da plataforma, como um pedaço translúcido de água-marinha ou uma peça branca e transparente de cristal de jade. Uma corda de náilon demarcava um perímetro de algo entre cinco e seis *chi* ao redor em torno do ataúde, mantendo os turistas fora da área interna e assegurando que meramente observariam, sem tocar.

Como o ataúde não podia ser tocado, parecia ainda mais misterioso, levando as pessoas a querer examiná-lo com mais cuidado. E, quanto mais cuidadosamente o examinavam, mais confusas ficavam. Ele apresentava o mesmo formato de qualquer outro caixão, com uma parte ampla para a cabeça e uma mais estreita para os pés. A parte do meio parecia com a dos caixões rurais típicos — cerca de dois *chi* e sete *cun* de largura pelo mesmo de altura. Mas a parte para a cabeça era muito mais larga e alta que a de um típico caixão rural de madeira, e a parte para os pés, ligeiramente mais alta e larga. O ataúde, de modo geral, era cerca de meio *chi* mais comprido que um caixão normal.

Em suma, suas proporções pareciam estar ligeiramente erradas. Mas era um ataúde de cristal e, em alguns poucos dias, o corpo de um grande homem jazeria nele. O ataúde era destinado a uma enorme figura estrangeira admirada por meio mundo. Assim, ninguém ousava perguntar por que havia sido fabricado daquela maneira e não lhe restava escolha a não ser permanecer em silêncio e seguir a fila como todos os outros, movendo-se lentamente, como se caminhasse sobre uma viga instável. Ao se aproximar do ataúde, a pessoa sentiria uma brisa fria e poderia ver vários fios de cabelo em sua base transparente. Seriam cabelos grisalhos e fariam com que ela estremecesse mais uma vez.

Não havia praticamente nenhum ruído no imenso salão principal, e os passos de todos soavam como folhas caindo. Era possível ouvir as pessoas respirarem, como fios brancos de lã flutuando no ar. Também podia-se ver o bruxulear das luzes brancas, como a névoa de inverno ao longo da cordilheira. Se alguém não conseguisse se conter e tossisse com a mão cobrindo a boca, a tosse seca ressoaria pelo salão como uma pedra caindo do céu e estilhaçando o silêncio. Todos imediatamente deixariam de olhar para o ataúde e voltariam os olhos para essa pessoa.

Ela, então, curvaria a cabeça, como se tivesse acabado de cometer um crime imperdoável.

Todos, jovens e velhos, ainda estariam caminhando para a frente ao longo da corda e, quando tirassem os olhos da pessoa que havia tossido, já teriam chegado ao ataúde.

Mesmo que ainda não tivesse visto o bastante, os visitantes atrás já o estariam empurrando para a frente e para fora, pela porta dos fundos do salão.

Mesmo após ver o ataúde, todos se sentiam como se não tivessem visto nada. Assim, saíam do salão e permaneciam ali por perto, taciturnos, sentindo que não valera a pena, ficando então frustrados. Era como se tivessem viajado milhares de quilômetros para ir ao mercado, somente para descobrir que estava fechado, ou como se tivessem viajado dia e noite para ir à ópera, apenas para descobrir que a temporada já acabara.

O sol brilhava e fazia calor. Todos pareciam confusos e podia-se sentir meio perdido, ouvindo as pessoas em torno expressarem desapontamento e discutirem o que valia e o que não valia a pena ver. A essa altura, várias pessoas eram vistas reunidas em torno de uma figura de cabelos brancos de uns 40 anos, que talvez fosse o gerente do memorial. Ele diria que havia instalado pessoalmente o ataúde e que o memorial fora construído sob sua supervisão.

— Vocês sabem por que o salão principal do mausoléu tem três salas laterais, e não duas, quatro ou seis? — perguntaria ele. — Porque, quando o chefe Liu foi visitar a antiga residência de Lênin, ele relatou que a casa consistia em um salão principal com três cômodos laterais.

"Vocês sabem por que o ataúde de cristal não tem sete *chi* de comprimento, e sim sete *chi* e meio? E por que a altura, a largura e a profundidade da área da cabeça são dois *chi* e nove *cun*, em vez dos tradicionais dois *chi* e sete *cun*? E por que a altura, a largura e a profundidade da área dos pés são um *chi* e cinco *cun*, em vez dos mais convencionais um *chi* e nove *cun*? Por que isso? Alguém sabe?

"Como tenho certeza de que nenhum de vocês sabe a resposta, eu vou contar. Quando o chefe Liu viajou para a Rússia, ele mediu cuidadosamente a tumba de Lênin. O ataúde tem precisamente um décimo do tamanho da tumba. O chefe Liu disse que a tumba era longa e estreita, com vinte e dois passos e meio de comprimento. Três passos do chefe Liu têm precisamente dez *chi* e, desse modo, vinte e dois passos e meio equivalem a setenta e cinco *chi* — e dez por cento disso equivalem a sete *chi* e meio. A tumba de Lenin tinha vinte e nove *chi* de largura e, desse modo, a cabeça do ataúde mede dois *chi* e nove *cun* de largura. A tumba de Lênin tinha quinze *chi* de altura e, portanto, o ataúde de cristal tem um *chi* e meio.

"O Mausoléu de Lênin contém inúmeros detalhes maravilhosos e histórias suficientes para um livro. Vocês sabem por que o retrato de Lênin que podem ver ao entrar tem cinco *chi* e um *cun* de altura? Ou por que a moldura do retrato tem dois *chi* e um *cun* de largura, três *chi* e oito *cun* de comprimento e ter três *chi* de altura? Porque o chefe Liu conhece a fundo todas as obras de Lênin, desde que era menino na soc-escola. A razão pela qual ele disse que o retrato de Lênin deveria ter cinco *chi* e um *cun* de altura é porque equivale a um metro e setenta, e as obras reunidas de Lênin têm dezessete volumes. A razão para a moldura do retrato ter dois *chi* e um *cun* de largura é o fato de equivaler a setenta centímetros, e as obras selecionadas de Lênin consistem em seus setenta ensaios mais influentes. A razão para a moldura do retrato ter três *chi* e oito *cun* de comprimento é o fato de existirem trinta e oito edições chinesas das obras de Lênin. Por fim, a razão para a moldura do retrato estar a seis *chi* do chão é o fato de essa ser a altura de todos os livros de Lênin empilhados uns sobre os outros."

Ele ficava em frente à porta dos fundos do salão memorial, divagando enquanto as pessoas se reuniam em torno. Quanto mais pessoas houvesse, mais extravagantes se tornavam as descrições, até que, por fim, parecia que cada tijolo do memorial tinha sua própria história e cada pedra estava diretamente ligada, de algum modo, à vida de Lênin.

— Ao entrar — diria ele —, vocês provavelmente não notaram que as pedras do piso do salão formam uma imagem semicircular na qual são retratados incontáveis grilos e gafanhotos. Isso porque, no jardim da antiga residência de Lênin, também havia um tanque semicircular e, quando Lênin era criança, frequentemente ele ia até a beira do tanque para assistir a lutas de grilos e gafanhotos. Essa imagem no piso do memorial simboliza a noção de que, quando o corpo de Lênin chegar, será como se tivesse finalmente voltado para casa e, ao mesmo tempo, para sua própria infância.

"Quando grandes pessoas envelhecem, é como se voltassem à infância, o que corresponde a receber uma nova vida. No grande salão, há seis colunas amplas, três das quais apresentam imagens de dragões chineses, da Porta e da praça da Paz Celestial. Nas outras três, há várias igrejas estrangeiras, arquitetura estrangeira e cenas das massas operárias, juntamente com imagens dos livros de Lênin. Também há imagens de nossas próprias foices, machados, das obras do presidente Mao e uma cronologia da Revolução, assim como imagens da Revolução de Outubro daquele outro país, da derrubada do tsar, das pessoas celebrando a derrota de Hitler durante a Segunda Guerra Mundial e assim por diante."

Com o sol prestes a se pôr, o homem de cabelos brancos teria falado até ficar rouco, até que o mausoléu estivesse cheio de alusões e significado. Por fim, concluiria:

— Isso ilustra o princípio de que aqueles capazes de observar verão as coisas da maneira como são, enquanto aqueles que não conseguem observar verão, em vez disso, uma grande confusão. Como ainda é cedo, convido-os a voltar ao interior do memorial e examiná-lo novamente. Caso contrário, terão perdido a viagem, porque, uma vez que o corpo de Lênin esteja instalado, terão de comprar um ingresso sempre que quiserem entrar.

Ao terminar, ele se dirigiria para uma área abaixo do mausoléu. Nesse ponto, ocorreria a alguém que, na verdade, ele era o chefe do município de Boshuzi; então, a pessoa comentaria, surpresa, que, embora originalmente o chefe do município fosse um sujeito ignorante, agora que o memorial havia sido construído, ele se tornara um grande intelectual. A pessoa desejaria fazer mais algumas perguntas, mas alguém chamaria o chefe do município. Ele se afastaria, deixando as pessoas que originalmente se sentiam como se não tivessem ganho nada com a visita ao memorial encarando suas costas, enquanto elogiavam seu conhecimento e experiência, lamentando a própria ignorância e falta de visão.

A essa altura, a cordilheira já teria ficado carmesim. O sol estaria prestes a se pôr e, sob ele, o memorial pareceria calmo e sereno. Como o sol estaria prestes a se pôr, algumas pessoas correriam para a entrada uma segunda vez, enquanto outras decidiriam que escureceria em breve e que ainda havia muito mais para ver na montanha.

Ainda mais importante, nenhuma delas tivera a chance de ver uma apresentação da trupe de artistas com habilidades especiais de Avivada. Se não pudessem assistir à apresentação, realmente teriam ido a Balou por nada[3] e verdadeiramente teriam escalado a montanha dos Espíritos por nada.

Leitura complementar

[1] **Degraus prostrados.** *Nos velhos tempos, os templos budistas sempre tinham degraus na parte da frente. Quando as pessoas entravam no templo, tinham de se prostrar e, desse modo, as pessoas de Balou chamavam os degraus de "prostrados".*

[3] **Por nada.** *Sem compensação direta. A frase significa "fazer algo em vão".*

CAPÍTULO 11

*O clima fica cada vez mais quente, enquanto o
inverno se transforma em um verão tórrido*

As duas trupes de artistas com habilidades especiais de Avivada
nunca tinham se apresentado juntas. A primeira vez que o fizeram
foi durante a inauguração do Mausoléu de Lênin, pouco antes do
momento em que se esperava que o chefe Liu cortasse a fita. Elas se
apresentaram na praça em frente ao mausoléu e se dispersaram para
demonstrar suas habilidades em vários locais da área. Macaco Perneta
conduziu o Garotinho com Pólio, que colocara o pé dentro de uma
garrafa para se apresentar no poço do Dragão Negro, enquanto outra
pessoa conduziu Surdo Ma, que explodia fogos de artifício nos ouvidos, para se apresentar na floresta de Damascos Prateados. Mulher
Paraplégica, que podia bordar em uma folha, foi com Cega Tonghua,
que tinha uma audição aguçada, para se apresentar na margem do
Veado Olhando para Trás. Vovó Mao Zhi e suas nove mariposinhas
levaram sua apresentação para outra encosta, onde podiam observar
o nascer e o pôr do sol.

Depois de visitar o mausoléu, pode-se ir até a catarata dos Nove
Dragões, aos penhascos Rochosos, ao pico da floresta de Pedra e à
caverna da Serpente Verde e Branca. Se ainda tivesse tempo, também
havia uma antiga lenda, inventada pelos letrados do município, sobre
um píton negro monstruoso que emergia do poço do Dragão Negro.
Todos esses locais estavam situados em um caminho paralelo ao

riacho, onde ocorriam as apresentações. Talvez as montanhas e os córregos não fossem particularmente interessantes, mas as apresentações eram realmente extraordinárias e tinham de ser vistas.

Todos sabiam que o dinheiro usado para comprar o corpo de Lênin fora arrecadado pelas trupes. Sabiam que, quando estavam se apresentando no sul, cobravam até mil yuans por ingresso. As famílias de Balou, contudo, normalmente não conseguiam ganhar nem oitocentos yuans por ano. É desnecessário dizer que, para estarem dispostas a gastar o equivalente ao salário de um ano para assistir a alguns artistas cegos, surdos, mudos e aleijados, as apresentações tinham de ser realmente extraordinárias, consistindo em algo que os inteiros jamais ousariam tentar por si mesmos.

Houve um momento de silêncio pouco antes do crepúsculo, enquanto o sol escorregava para o outro lado da montanha. A distância, os riachos das montanhas se aquietaram, como se toda a terra caísse em um poço antigo.

Os visitantes, que antes estavam de mãos vazias, agora, quando foram até a praça em frente ao mausoléu para assistir à apresentação, carregavam algo para comer — incluindo bolinhos frios assados no vapor, sacos de amendoim, favas, pãezinhos doces assados, biscoitos e bolinhos comprados nas lojas, junto dos ovos cozidos no chá que os vendedores anunciavam. Como resultado, toda a área foi tomada pelo som de pessoas mastigando e bebendo.

As pessoas que vendiam comidas e bebidas descobriram uma mina de ouro e passaram a vender até mesmo os cereais velhos e estragados de suas famílias. Quem não tinha nada para vender pegava uma panela grande normalmente usada durante o abate de um porco e fervia água, que era levada até o alto da montanha em baldes e se tornava ouro líquido.

Apesar de ser inverno, ali, parecia uma noite de verão. Contudo, mesmo no auge do verão não fazia calor nas montanhas e, naquela região em particular, podia ficar bastante frio. Aquela noite, no entanto, foi uma pausa não tanto do calor do meio-dia, mas sim do frio implacável tipicamente associado a uma noite de inverno. Todos — das aldeias e das cidades, velhos e jovens, homens e mulheres — estavam de pé na praça ou sentados nos cinquenta e quatro degraus prostrados que conduziam ao mausoléu. Os degraus prostrados forneciam uma posição ideal para assistir à apresentação, ao passo que os corrimãos de pedra de ambos os lados proporcionavam aos jovens um poleiro perfeito para observar as festividades.

Um palco havia sido montado na praça em frente ao mausoléu. Ele era cercado em seus três lados por uma lona amarela nova, que também cobria o piso. O cheiro de tinta fresca da lona era tão intenso quanto a fragrância do trigo no verão, o que amolecia o coração das pessoas. O líder e o vice-líder da trupe de canções de Balou estavam presentes e, tendo aprendido com o exemplo do chefe Liu, eram muito mais respeitosos em relação às apresentações de Vovó Mao Zhi do que ele tinha sido. Mas de uma coisa eles estavam certos: quanto dinheiro extra Shuanghuai podia ganhar com as apresentações adicionais e, por extensão, quanto dinheiro extra suas próprias famílias podiam receber.

Mais cedo naquele dia, o chefe Liu dissera:

— Em breve, Avivada já não estará mais sob nossa jurisdição. Vocês se deram conta disso?

— Vovó Mao Zhi — acrescentara o diretor da trupe —, durante o dia, todos se apresentarão separadamente e, à noite, todos se reunirão para uma apresentação coletiva. Mas, o que quer que aconteça, você precisa nos conceder algumas apresentações adicionais.

— Chefe Liu — respondera ela —, concordamos que, em nossa última apresentação, você leria em voz alta, no palco, o documento declarando nossa saída da sociedade.

— Primeiro — dissera ele — vocês se apresentarão continuamente, atraindo todos para a montanha dos Espíritos, onde nossa influência é vasta como o céu e a terra.

— Chefe Liu, você concordou que um terço do lucro das apresentações na montanha dos Espíritos iria para a aldeia.

— As autoridades do condado disseram que a receita dos ingressos devia ser distribuída imediatamente após a apresentação — acrescentara Macaco Perneta.

Agora, contudo, o diretor da trupe disse:

— Rápido, rápido. Vá chamar os aldeões e Vovó Mao Zhi. A plateia está ficando impaciente e, se tiver de esperar mais, pode destruir o palco.

A apresentação estava uma hora atrasada.

Seria a apresentação final da trupe, durante a qual o chefe Liu tinha concordado em ler o documento permitindo que Avivada saísse da sociedade. Mas, quando chegou a hora de começar a apresentação, ele ainda não havia aparecido. Vovó Mao Zhi perguntara:

— Ele virá ou não?

— O chefe Liu nunca volta atrás em sua palavra — respondera o oficial do condado. — Se ele promete que vai comparecer a uma reunião, as pessoas presentes podem esperar e esperar antes de começá-la sem ele e, quando estão prestes a adiá-la, o chefe Liu invariavelmente chega. Não existe a possibilidade de ele não aparecer.

Assim, a apresentação começou. O programa era o mesmo que a trupe já havia feito centenas ou mesmo milhares de vezes durante a turnê pelo país, algo tão familiar quanto as mulheres do campo cozinhando arroz, preparando massa, fiando e consertando sapatos. A única diferença era que antes desse dia os artistas se apresentavam como duas trupes separadas e agora estavam unidos em uma única e tinham de eliminar os números repetidos e reorganizar a ordem das apresentações.

— Façam a apresentação — dissera o chefe Liu. — Mostrem os números com demonstração de habilidades especiais que as pessoas ainda não viram e eu darei um bônus de mil yuans a quem se apresentar bem.

— Certamente — respondera Vovó Mao Zhi. — De qualquer modo, será nossa última apresentação.

A apresentação final de fato não foi como nenhuma outra. Desde o início, foi diferente. A beleza de Huaihua era absolutamente etérea. Ela era uma deusa entre os inteiros, com um físico esbelto, um rosto como a lua e uma pele tão clara que parecia ter sido mergulhada em leite. Quando ficava de pé na frente do palco, em seu papel como apresentadora, usava um vestido claro e parecia a lua pendurada em um galho de salgueiro. Tinha o cabelo tão escuro que os holofotes pareciam brilhar diretamente sobre a sua cabeça. Seus lábios eram vermelhos como caquis, e seus dentes, brancos como ágata.

Todos sabiam que, quando ela havia partido de Avivada, era uma nainha minúscula como as irmãs Tonghua, Yuhua e Marileth. Enquanto se apresentava nos seis meses anteriores, contudo, se desenvolvera e se tornara inteira. A trupe observara enquanto ela ficava cada vez mais radiante, porém, como pais vendo os filhos crescerem, não consideraram a transformação extraordinária, vendo-a progredir dia após dia. Quando retornara a Shuanghuai e encontrara os artistas da outra trupe, aqueles que não a viam havia meses ficaram sem palavras. O coletor de lixo ficou abismado e esqueceu de pegar o lixo, o porteiro parou de repente e as pessoas que estavam agachadas se levantaram e olharam para ela, a ponto de Huaihua começar a se sentir desconfortável, como se tivesse feito algo errado ou tirado alguma coisa deles.

Quando Mulher Paraplégica a viu, deu um pulo. Ao voltar ao chão, exclamou, maravilhada:

— Céus! Céus! Huaihua, como você cresceu!

Vovó Mao Zhi observara a neta discretamente e à distância. Ela a encarou, perplexa, mas, por fim, riu e disse:

— Então valeu a pena! Esses seis meses de turnês e apresentações certamente valeram a pena.

Vovó Mao Zhi disse isso como se as apresentações não tivessem ocorrido para permitir que a aldeia se retirasse da sociedade, mas sim para que Huaihua crescesse e se transformasse em uma inteira extraordinária. Quanto a Marileth, ela ficou parada, com um ar de surpresa e inveja. Finalmente, puxou Huaihua para o lado e perguntou:

— Irmã, como você cresceu tanto?

Olhando ao redor furtivamente, Huaihua sussurrou:

— Marileth, se eu contar, você ainda falará comigo?

— Por que não falaria?

— Tonghua e Yuhua não falam mais comigo. Elas agem como se, ao me tornar inteira, eu tivesse tomado algo delas.

— Conte-me, irmã. Não agirei como elas.

— Você já tem 17 anos. Está na hora de ficar com um homem. E tem de ser um inteiro. Você deve dormir com um inteiro.

Marileth encarou a bela e inteira irmã com espanto. Parecia que ela estava prestes a dizer algo, mas notou alguém entrando no teatro. Era o secretário Shi. Quando Huaihua o viu, ela riu e imediatamente correu até ele.

Após alguns instantes, ela anunciou que acompanharia o secretário Shi até o edifício do governo do condado para cuidar de alguns assuntos e partiu com ele. Huaihua se retirou para o quarto dele e permaneceu lá até que as duas trupes estavam prestes a subir a montanha dos Espíritos. Quando o caminhão da trupe estava preparado para partir, Huaihua chegou correndo.

A lua nasceu na hora de sempre e as estrelas também surgiram no céu conforme o programado. Por dezenas ou centenas de *li* em torno da região das montanhas, tudo continuava congelado, mas em Balou o clima estava incomumente quente e o céu estava tão azul que parecia falso, como se tivesse sido tingido. A noite parecia extremamente tranquila, sem um traço de vento, e o brilho lácteo da lua flutuava sobre a montanha e os desfiladeiros, parecendo água correndo nas planícies.

Tudo estava em paz e apenas o memorial tinha luzes e som de vozes humanas. Era como se todos no mundo tivessem desaparecido e os únicos sobreviventes fossem as pessoas no memorial, celebrando sua sobrevivência. Huaihua caminhou lentamente até a frente do palco, com o vestido leve complementando seu rosto parecido com a lua. Nesse momento, os milhares de pessoas na plateia ficaram chocadas com sua beleza e, imediatamente, ficaram em silêncio, como um pardal da montanha ao ver uma fênix. Não conseguiam desviar o olhar de Huaihua, de seu corpo e rosto, esperando que falasse. Como continuou em silêncio, com um leve sorriso no rosto, a plateia se mostrou ansiosa e, por fim, ela disse com uma voz suave:

— Camaradas, amigos, anciões da aldeia. Para celebrar a conclusão do Memorial de Lênin na montanha dos Espíritos e a chegada, em dois ou três dias, do corpo de Lênin, as duas trupes de artistas com habilidades especiais da aldeia de Avivada organizaram a apresentação de hoje.

"As pessoas simplesmente não conseguem acreditar nessa apresentação quando ouvem falar dela ou mesmo quando a veem com os próprios olhos. Vocês podem acreditar ou não. Ver é acreditar. Agora, a apresentação começará e o primeiro número será o dos fogos de artifício nos ouvidos."

Quem poderia ter imaginado que ela não apenas se transformaria de uma nainha minúscula em uma bela inteira como também que teria uma voz de palco suave e agradável, soando como uma apresentadora profissional? De fato, observá-la era como assistir a um número em si. Mesmo assim, parecia que Huaihua mal conseguia falar e, em vez disso, meramente oferecia um punhado de breves comentários, fazia reverências para a plateia, dava alguns passos para trás e saía do palco — como um pardal que tivesse pousado e imediatamente voado para longe. Os olhos e os corações de todos ficaram vazios, como se tivessem perdido algo que realmente amavam.

Felizmente, assim que ela desceu do palco, a apresentação começou.

O número de abertura não era mais o salto sobre uma montanha de facas e um mar de fogo de Macaco Perneta, mas sim os fogos de artifício nos ouvidos de Surdo Ma. Como nas montanhas eles se apresentavam a céu aberto, as trupes não tinham de seguir a mesma ordem que seguiram nas cidades. Em vez disso, precisavam silenciar a tumultuada plateia, de modo que todos se limitassem a observar estupefatos. Por isso, decidiram usar os fogos de artifício nos ouvidos de Surdo Ma como número de abertura e ele deixou a plateia tão atônita que ninguém sabia o que fazer. Naquela noite, usava o figurino de seda branca que um acrobata vestiria. Embora no início da turnê tivesse ficado paralisado, com medo do palco, agora ele era um artista experiente. Todos os aldeões haviam se tornado artistas experientes. Surdo Ma caminhou lentamente pelo palco, fazendo uma reverência profunda para a plateia. Então alguém prendeu um cordão de duzentos fogos de artifício sobre suas orelhas.

A plateia imediatamente se acalmou, como se visse alguém saltar para a morte de um precipício ou de um edifício alto.

Huaihua reapareceu e ficou no canto do palco. Falando com uma voz normal, explicou que Surdo Ma tinha 43 anos e, como gostava de fogos de artifício desde a infância, aperfeiçoara sua técnica. Ela não disse que ele era surdo desde a infância, mas sim que tinha começado a brincar com fogos de artifício aos 7 anos e, depois de praticar a técnica, chegara a ponto de não temer *nenhum* som perto dos dois ouvidos. Depois, pegou uma capa de chuva no canto do palco e fez com que ele a vestisse para que protegesse o traje. Então lhe disse que ficasse na frente do palco, colocando uma lâmina de ferro bem fina entre os fogos de artifício e seu rosto.

Então Huaihua acendeu os fogos de artifício.

Os duzentos fogos de artifício vermelhos soltaram uma nuvem de fumaça e começaram a explodir do lado esquerdo do rosto de Surdo Ma. A plateia ficou petrificada e todos — adultos e crianças — empalideceram. Para provar que realmente não temia os fogos de artifício, ele virou a cabeça para que a plateia pudesse ver o lado esquerdo do seu rosto. Os fogos agora espocavam na direção da plateia. Isso fez com que todos ficassem em silêncio, perplexos.

Depois que todos os fogos foram detonados, Surdo Ma calmamente removeu a lâmina de ferro do rosto e bateu nela algumas vezes, como se batesse em um tambor. Então pegou um dos fogos de artifício que não havia detonado e o colocou em cima da lâmina. Ele o acendeu e foi como se um explosivo estivesse sendo detonado na superfície de um tambor. Em seguida, mostrou à plateia o lado esquerdo escurecido do rosto, convencendo-a de que, apesar disso, estava ileso. Por fim, deu um leve sorriso.

Com isso, a plateia pareceu acordar do estupor e explodiu em uma enxurrada de aplausos. O som ecoou pela montanha silenciosa, com os aplausos brancos se misturando ao som púrpura das vozes. O som não se limitou à praça, ressoando pelo memorial e pelo vale. Reverberou na noite silenciosa, a ponto de toda a região ser envolvida em aplausos brancos e vozes púrpuras. A noite calma absorveu o som, como alguém andando por um sonho e se deparando com uma região inteira repleta de gritos de contentamento.

A plateia vibrou, aplaudiu e acenou para o palco, gritando:

— Use um gongo no rosto! Use um gongo no rosto!

Como a plateia poderia saber que ele havia nascido surdo e, em função disso, jamais fora capaz de ouvir gritos, explosões ou trovões? Ele vira incontáveis relâmpagos, mas jamais ouvira os trovões que os acompanhavam. Anuindo, Surdo Ma colocou um gongo de bronze reluzente no formato da tampa de um pequeno pote perto da orelha e acendeu um cordão de quinhentos fogos de artifício. Quando a plateia gritou, maravilhada, Surdo Ma jogou o gongo no chão e deu um sorriso idiota, batendo no próprio rosto, como se estivesse golpeando uma rocha. Deitado na lona que cobria o palco, ele tirou do bolso um explosivo do tamanho de um nabo e o colocou ao lado da cabeça, gesticulando para a plateia, indicando que queria que alguém subisse no palco e o ajudasse a detoná-lo.

Nesse momento, a plateia ficou mortalmente silenciosa. Os gritos e os aplausos cessaram e o mundo inteiro parecia ter sido empurrado para o vale da morte. Todos podiam ouvir o som das luzes que incidiam sobre o palco. As pessoas olharam nos olhos umas das outras, que estavam fixos no palco, como mariposas vislumbrando uma chama.

Surdo Ma ainda gesticulava.

Nesse momento, Huaihua emergiu, sorrindo, de um canto do palco, e anunciou:

— Jovens, amigos, por favor, subam no palco para acender o fogo de artifício. Quando fazíamos uma turnê pelo sul, não apresentamos esse número nem mesmo para pessoas que pagavam mil yuans por ingresso. Nós o preparamos especialmente para nossos vizinhos, no dia de hoje.

Com isso, um jovem da plateia subiu no palco.

O sujeito riscou um fósforo, agachou-se e então se dispôs a acender o fogo de artifício.

Ele explodiu.

O som da explosão perdurou e foi seguido por um clarão e uma nuvem de fumaça. As luminárias penduradas acima do palco balançaram de um lado para o outro. Surdo Ma, contudo, continuou calmamente deitado, como se nada tivesse acontecido. Depois ficou de pé e sacudiu as cinzas do corpo. Ele tocou a face e descobriu que estava coberta de sangue e cinzas. Assim, aceitou um lenço branco de Huaihua e limpou o rosto. Finalmente, fez uma reverência para a plateia e caminhou para fora do palco.

Após um período de silêncio, a plateia outra vez irrompeu em aplausos desvairados e gritos de aprovação.

Vovó Mao Zhi estava de pé ao lado do palco.

Surdo Ma limpou o sangue do rosto e perguntou:

— Isso me renderá um grande bônus do chefe Liu?

Antes que ela pudesse falar qualquer coisa, o diretor da trupe riu e disse:

— Com certeza, você definitivamente ganhará seu bônus de mil yuans.

Surdo Ma sorriu e foi procurar alguém para fazer um curativo no rosto.

Começou o segundo ato. O primeiro tinha sido estrondoso, mas o segundo era extremamente pacífico — consistia em Um Olho passando uma linha em agulhas. No passado, quando fazia isso, ele pegava oito ou dez grandes agulhas usadas para consertar sapatos e as segurava com a mão esquerda, entre o polegar e o indicador, enquanto com a direita segurava a linha. Torcia a linha entre os dedos, mirava cuidadosamente e alinhava os buracos das agulhas em fila. Por fim, passava a ponta da linha pelos buracos das agulhas como se fosse uma flecha voando por uma viela.

Dessa vez, contudo, ele enfiou a mão em uma caixa de papelão e tirou um punhado de agulhas de bordar, segurando mais de cem entre os dedos da mão direita. Com a palma da mão virada para baixo, deu uma leve batida em uma placa de madeira e as agulhas ficaram alinhadas. Ele virou a mão, de modo que a palma ficasse voltada para cima, em direção à luz, abriu bem o olho e, usando o indicador e o polegar da mão direita, rolou as quatro fileiras de agulhas para a mão esquerda, para que os buracos estivessem alinhados com seu olho. Por essas quatro fileiras de buracos ele conseguia ver o esplendor das luzes acima. Pegou um pedaço de linha tão reto quanto um pedaço de arame e o passou pelas fileiras de buracos. Num piscar de olhos, as quatro fileiras ficaram penduradas na linha.

No começo, ele era capaz de passar a linha pelo buraco de oito a dez agulhas no tempo que se leva para engolir um pouco de saliva e por entre quarenta e sete a setenta e sete agulhas de acupuntura em menos tempo do que se leva para comer um bolinho cozido no vapor. Naquela noite, Um Olho conseguiu passar a linha por cento e vinte e sete agulhas de bordar quase imediatamente, precisando de menos tempo do que se leva para mastigar e engolir um pedaço de bolinho. Além disso, tinha sido capaz de repetir o feito três vezes, passando a linha por duzentas e noventa e sete agulhas no total.

— Posso receber o bônus mencionado pelo chefe do condado? — perguntou ele.

— Sim, certamente — respondeu o diretor da trupe.

O ato do bordado em folha também foi diferente do usual. Mulher Paraplégica não apenas foi capaz de bordar imagens de grama, flores, gafanhotos e borboletas em uma folha fina e quebradiça como também de bordar a imagem de uma minúscula mariposa na casca de uma cigarra pendurada em uma árvore no meio do inverno. Para dar à minúscula mariposa um destaque colorido, ela não usou linha vermelha, mas picou o dedo com a agulha, o que fez surgir uma pequena gota de sangue. Com isso, a minúscula mariposa se transformou em uma borboleta vermelha como uma flor.

O ato de Garotinho com Pólio também foi diferente do usual. Calçando uma garrafa de vidro, ele pulou ao redor do palco três vezes, de frente e de costas. Então parou, olhou para a plateia e deu um pisão forte com o pé da garrafa, quebrando-a. Ele ergueu o pé e a plateia viu quando pisou deliberadamente nos cacos com o membro murcho. O vidro era branco e claro, e ficou coberto com o sangue vermelho reluzente.

Nesse momento, a plateia havia chegado a um ponto em que já não conseguia mais parar de aplaudir. Quando as pessoas o viram erguer o pé minúsculo no ar, com sangue pingando como chuva na lona, notaram que seu rosto estava branco-amarelado, como uma folha de papel transparente. Alguém gritou:

— Dói?

— Eu aguento — respondeu o garoto.

— Duvido você se levantar e andar pelo palco! — gritou outra pessoa.

Garotinho com Pólio se levantou e, com a testa coberta ae suor e um traço de sorriso nos lábios, baixou o pé que havia sido cortado pelos cacos de vidro. Apoiou-se na perna fina como um graveto e deu três voltas no palco.

Estava escuro como breu agora, como se o sol tivesse caído em um buraco negro e profundo. O chefe Liu concordara que, naquela apresentação, anunciaria sua decisão de permitir que a aldeia de Avivada deixasse a jurisdição de Shuanghuai, lendo o documento correspondente em voz alta para a plateia. Perto do ato final, contudo, ele ainda não havia aparecido. Nervosa, andando de um lado para o outro nos bastidores, Vovó Mao Zhi não viu nenhum farol nem ouviu o som de algum carro se aproximando.

— O chefe Liu não deixaria de aparecer, não é? — perguntou ela.

— Como ele poderia não aparecer? — retrucou um oficial do condado. — Talvez seu carro tenha quebrado ou ele tenha sido retido por alguma emergência. Por que você não sobe ao palco e se apresenta? Você pode apresentar vários números enquanto espera por ele. Ele virá, o chefe Liu disse que leria o documento de saída da sociedade.

Ela concordou em apresentar vários números adicionais enquanto esperava.

Chamou o ensanguentado Garotinho com Pólio e pediu:

— Menino, se puder, por favor, dê mais algumas voltas no palco.

A lua já estava acima das montanhas e as pessoas ao norte já haviam partido para assistir ao nascer do sol. A lua parecia estar suspensa sobre uma árvore gigantesca. Encontrava-se em seu quarto final, uma meia-lua, enquanto estava pendurada entre os galhos. As estrelas estavam desaparecendo e o ar estava fresco como o de uma noite de verão. Mas ainda era inverno, afinal, e havia frio no ar. Algumas pessoas na plateia vestiram as jaquetas forradas, além dos suéteres e dos casacos que carregavam apoiados no antebraço. Em qualquer outra situação, todos já estariam dormindo, mas a plateia em frente ao memorial não sentia sono e continuava assistindo à apresentação de olhos arregalados.

Garotinho com Pólio já havia começado a caminhar pelo palco, usando o pé deformado e ensanguentado. Alternando entre andar e correr, deu seis voltas inteiras. Deixou o palco com uma espessa poça de sangue e, a cada poucos centímetros, a lona ficava marcada com suas pegadas ensanguentadas. Essas pegadas grudentas inicialmente eram de um vermelho brilhante, mas logo desbotaram para um púrpura profundo e preto. Sua testa estava coberta de suor, mas ele manteve um sorriso amplo e doce no rosto, como se finalmente tivesse vencido a si mesmo. Depois de terminar as seis voltas, dirigiu-se à frente do palco para fazer uma reverência e até ergueu o pé deformado para mostrar à plateia. Todos viram que a garrafa de vidro que originalmente usara como sapato havia desaparecido e, em seu lugar, agora cacos cobriam a sola do seu pé, de modo que ele deixava um rastro de pegadas ensanguentadas a qualquer lugar que fosse, como se caminhasse não sobre os pés, mas sobre uma daquelas torneiras que as pessoas da cidade usavam.

Finalmente, chegou a vez de Vovó Mao Zhi e Marileth. A essa altura, a lua estava do outro lado da montanha e a paz da cordilheira se estendia por toda a região. Quando havia pausas na comoção da plateia, era possível ouvir o vento nas árvores, juntamente com um ocasional trinado emanando de algum lugar nas profundezas das montanhas. As luzes do palco perfuravam o céu como uma flecha. Havia um frio invernal no ar, combinado a um refrescante ar de noite de verão.

— Quando voltar, você deve se lembrar de trazer o documento certificando nossa saída da sociedade — dissera Vovó Mao Zhi.

— Vovó Mao Zhi, mesmo que eles tentem me espancar até a morte, ainda assim retornarei para ler em voz alta o documento certificando a saída de Avivada da sociedade — respondera o chefe Liu.

Um dos superiores disse agora:

— Vovó Mao Zhi, você pode se apressar e começar seu ato. Estou ouvindo um carro subindo a montanha.

Ela foi para o palco. Era o *grand finale* especial e, assim que ela surgiu, a plateia arfou de espanto. Primeiro, contudo, sua neta, que já se tornara inteira, foi até a frente do palco e dirigiu uma série de perguntas à plateia, incluindo:

— Tem alguém na sua família com 80 anos?

"E com 90?

"Alguém com mais de 100?

"Se sim, seus dentes já caíram? Sua visão enfraqueceu? Eles ainda comem amendoim e nozes e mastigam grãos de soja? Ainda conseguem passar a linha pela agulha e costurar sapatos?"

Huaihua desceu do palco e Vovó Mao Zhi foi empurrada em uma cadeira de rodas. Foi anunciado que tinha 109 anos. Como tinha mais de 100, eles a vestiram com uma espécie de jaqueta azul-marinho de pala dupla que as mulheres costumavam usar durante o período republicano. Seu cabelo estava grisalho e ela parecia velha e decrépita, como se tivesse sido retirada de um caixão. Mas, justamente por isso, parecia impressionante. Como já havia sido anunciado que tinha 109 anos e fora aleijada durante toda a vida, era natural que fosse empurrada por um inteiro. Mais especificamente, quem a conduzia era um homem de meia-idade que, quando a trupe estava em turnê pelo sul, tinha se apresentado como um homem de 121 anos, embora agora parecesse *filho* da mulher de 109 anos. Sempre que abria a boca, ele a chamava de "mãe".

A decisão de fazer com que Vovó Mao Zhi tivesse 109 anos — e não 241, com um neto de 121 — fora resultado de um cálculo cuidadoso feito pelos inteiros. Todos na região das montanhas de Balou sabiam de Avivada e os inteiros não podiam alegar que Mao Zhi tinha 241 anos, mas, se dissessem que tinha 109, a maioria das pessoas provavelmente acreditaria. Havia alguns centenários no distrito e, embora fossem raros, não era como se ninguém tivesse ouvido falar deles. Se os inteiros afirmassem que tinha 109 anos, mesmo as pessoas das aldeias vizinhas não se sentiriam inclinadas a duvidar. Como a maioria dos aldeões de Avivada era deficiente, as pessoas das aldeias vizinhas jamais pensaram em visitar o lugar e nunca se interessaram pelos assuntos de lá. Assim, ninguém tinha como saber se a aldeia realmente tinha um habitante com mais de 100 anos.

O "filho" que a empurrou até o palco explicou, com uma expressão de camponês honesto, que a mãe havia nascido 109 anos antes, no ano *xinmao* do Coelho do ciclo *jiazi* anterior — o que significava que estava viva durante a queda da dinastia Qing e a subsequente era republicana. Para provar sua idade, ele pegou o livro da família e a carteira de identidade da mãe, fazendo-os circular pela plateia. Mostrou a todos a certidão de nascimento emoldurada que o chefe Liu havia gravado, assinado e carimbado pessoalmente. Como continha a assinatura e o carimbo do chefe Liu, a plateia não tinha motivos para duvidar de que Vovó Mao Zhi de fato tivesse 109 anos, e não meramente 71.

Nesse momento, o filho anunciou que, na verdade, não era notável que alguém vivesse mais de 100 anos. O mais importante era que a mãe ainda tinha todos os dentes e sua audição e visão permaneciam intactas. O único efeito da idade avançada era que ela caminhava de forma instável. Para provar que os dentes da mãe ainda eram fortes, ele entregou a ela duas nozes, cuja casca Vovó Mao Zhi quebrou. Para provar que sua visão ainda era boa, ele lhe entregou uma agulha e um pedaço de linha preta, então apagou os holofotes, deixando o palco nas sombras, como as casas iluminadas com lamparinas das pessoas do interior. Vovó Mao Zhi ergueu a agulha contra a luz turva e, após várias tentativas, conseguiu passar a linha por ela.

Todos ficaram surpresos com sua habilidade de passar a linha pela agulha, quebrar nozes e mastigar amendoim e feijão frito. Afinal, quem poderia esperar que seus pais e avós, em circunstâncias normais, vivessem mais de cem anos? E quem poderia viver 109 anos com audição, visão e dentes perfeitos? Enquanto a plateia ainda estava atordoada de espanto, o filho revelou o segredo de sua longevidade. Ele removeu a jaqueta de gola larga e as calças muito largas da mãe, ambas na moda na era republicana, e revelou que, por baixo, ela vestia roupas fúnebres pretas.

A plateia arfou de assombro e irrompeu em gritos quando seus olhares se voltaram para Vovó Mao Zhi, lá em cima no palco. Afinal, mesmo aos 109 anos, ela ainda era uma pessoa viva que havia acabado de quebrar nozes com os dentes. Enquanto passava a linha pela agulha, ela sorrira e dissera:

— Sou velha e, em alguns dias, já não conseguirei mais fazer isso.

E agora eles descobriam que ela usava roupas fúnebres, como uma pessoa morta!

O traje fúnebre era feito de cetim preto de excelente qualidade, com um brilho sutil que cintilava sob as luzes do palco. A barra do traje tinha uma borda florida da largura de um cinto, costurada com fios dourados e brancos, e essa borda cintilava de forma diferente do cetim. O cetim preto e a borda florida brilhavam sob as luzes como prata e ouro, como a luz do sol da manhã cintilando diretamente nos olhos das pessoas logo depois de surgir por trás das montanhas do leste. O vestido extragrande do traje parecia ainda mais incomum. Não apenas as cavas para o pescoço e os braços eram adornadas com uma borda dourada como também a lapela estava decorada com a imagem cuidadosamente bordada de uma fênix. Na lapela esquerda, havia a imagem de uma serpente que parecia um dragão vivo rugindo e dava a impressão de que, completamente esticado, teria mais de três metros. O dragão ondulava e se esticava da barra do vestido até o ombro, com cada garra e cada escama bordadas com extrema precisão, tão realistas que parecia que ele poderia saltar para o palco a qualquer momento. A fênix na lapela direita era uma combinação de carmim, púrpura, escarlate, cor-de-rosa e uma variedade de tons de vermelho, parecendo uma fênix real em chamas. Contra essa justaposição de vermelho e amarelo, o preto parecia emitir uma luz branca; o vermelho, uma luz púrpura; e o amarelo, uma luz dourada.

Esse traje fúnebre resplandecente chocou tanto as pessoas na plateia que elas ficaram em silêncio. Enquanto todos a encaravam assombrados, o homem que interpretava o papel de filho de Vovó Mao Zhi virou sua cadeira de rodas, de modo que o grande ideograma *longevidade* inscrito em suas costas brilhou à luz. O ideograma deveria ser em formato de quadrado, mas quem fizera o traje o bordara como um círculo. O alfaiate havia usado um fio platinado, e cada um dos pontos tinha pelo menos um *cun* de largura, enquanto o espaço entre eles parecia estreito como palitos de incenso, fazendo com que o ideograma lembrasse um sol nascendo ou se pondo. Nos dois círculos que cercavam o ideograma, havia um conjunto de pequenos ideogramas da longevidade aninhados uns nos outros, dando ao ideograma *longevidade* uma aura ainda mais intensa de morte e revelando uma ameaçadora qualidade *yin*.

Com isso, como um alpinista que finalmente chega ao topo de uma montanha, o ato chegou ao clímax, assim como a apresentação da trupe como um todo. De certo modo, os membros não deficientes eram mais espertos que os deficientes e tinham mais experiência com as coisas do mundo. Sabiam que o objetivo de cada ato era surpreender e maravilhar e que, uma vez que a apresentação chegasse ao clímax, não era necessário que a plateia gritasse e aplaudisse até que suas mãos sangrassem. A essa altura, as pessoas estariam roucas de tanto gritar, suas mãos estariam em agonia e elas se sentiriam exaustas e tontas. Assim, qualquer coisa menor que uma decapitação provavelmente não seria capaz de despertar seu interesse.

Os inteiros compreendiam a fundo o princípio de que devia haver ação quando era necessário haver ação e calma quando era necessário haver calma. Eles compreendiam em que momento era importante saber passar da calma para a empolgação e da empolgação para a calma. O rosto do artista dos fogos de artifício nos ouvidos estava escuro de sangue. Um Olho tinha passado a linha por quase trezentas agulhas ao mesmo tempo, Macaco Perneta, deliberadamente, havia colocado fogo na camisa e a artista cega chegara a ponto de distinguir entre o som do pelo de um porco e o de um cavalo. A trupe naturalmente não podia inventar nada mais extraordinário que isso e não tinha escolha a não ser concluir com um ato que traria a plateia de volta à terra, deixando todos sem palavras. A aparição de Vovó Mao Zhi em um traje fúnebre surtira o efeito desejado: a plateia simplesmente não conseguia entender como uma pessoa viva usava um traje fúnebre o tempo todo.

Era o meio da noite e estava escuro como o fundo de um poço. O mundo inteiro estava silencioso como um sonho e todos pareciam estar no limite entre a vida e a morte. Ao ver uma mulher de 109 anos surgir no palco usando traje fúnebre, todos ficaram brancos como a luz, como se todo o sangue tivesse sido drenado de seus rostos, e eles pareciam ter acabado de voltar dos mortos. A plateia estava mortalmente silenciosa, tão silenciosa que era como se não houvesse ninguém presente. No palco, podia-se ouvir o ronco de um bebê aninhado no peito da mãe e o som de outro menino chamando pela sua.

O homem de 61 anos que interpretava o papel de filho de 91 anos de Vovó Mao Zhi disse à plateia duas frases nada excepcionais e as pessoas não tiveram escolha senão acreditar.

— Durante várias décadas, minha mãe jamais despiu seu traje fúnebre. Ela tem comido e dormido com essas roupas durante mais de metade da vida.

Ele explicou que, no ano *wuzi* do Rato do ciclo *jiazi* anterior, o que significava o trigésimo sétimo ano da República, 1948, a mãe havia caído em um barranco enquanto catava lenha na montanha. Ela quebrara a perna e o susto a fizera ficar doente. Tinha passado sete dias e sete noites em coma, durante os quais ele a vestira com o traje fúnebre, preparando-se para sua iminente passagem e ascensão ao paraíso. Enquanto a preparava para a morte, ela acordara e tirara o traje fúnebre. Depois disso, havia ficado ainda mais doente e, por fim, voltara a entrar em coma; mas, assim que fora vestida com o traje fúnebre, imediatamente readquirira consciência. Eles passaram por esse ciclo várias vezes, até que ela decidira não tirar mais o traje. Em vez disso, seu filho havia preparado vários conjuntos adicionais para que ela pudesse alternar. Ela usara os trajes dia e noite, para comer, trabalhar nos campos, recolher esterco, fazer a colheita e até mesmo dormir.

O filho disse que a mãe usava trajes fúnebres havia 51 anos.

E que, durante esses 51 anos, jamais tinha ficado doente.

Os médicos da região das montanhas de Balou haviam relatado isso e, enquanto ela estivera em turnê com a trupe, os médicos da cidade confirmaram. Todos afirmavam que a razão para ela nunca ter ficado doente nos últimos 51 anos fora precisamente o fato de usar trajes fúnebres o tempo todo. Eles disseram que todos temem a morte e que nove em dez doenças podem ser atribuídas ao medo excessivo da morte, o que transforma doenças menores em doenças graves e doenças graves em crises fatais. Disseram que, desde que alguém não tema a morte e, em vez disso, a veja da maneira como se vê o ato de voltar para casa ou ir para a cama, o corpo não sofre com *qi* estagnado e o sangue continua a circular livremente dia após dia e ano após ano. Em consequência, durante dez, vinte, cinquenta ou mesmo cem anos, a pessoa não fica doente. E, se nunca fica doente, naturalmente vive muito tempo e é extraordinariamente saudável.

Quão saudável era Vovó Mao Zhi? Aos 109 anos, ela não apenas costurava edredons, colocava solas novas em sapatos, cozinhava e lavava a roupa para os filhos e netos como também podia ir aos campos e ajudar na colheita do trigo, batendo nele com um porrete de madeira igual ao de todo mundo. E não apenas era capaz de carregar uma canga pesando entre quarenta e cinco e noventa quilos como também, apoiada na muleta, conseguia erguer nove pessoas do chão.

Nesse momento, quatro jovens emergiram dos bastidores com dois sacos estourando de cheios. Colocaram uma canga entre os dois sacos e Vovó Mao Zhi, após uma ou duas tentativas, de fato foi capaz de erguê-los ligeiramente do chão.

Depois que baixou os sacos, nove garotas vivas saltaram deles.

Nove garotas minúsculas, como mariposas ou borboletas.

Eram as nove Marileths, que se dizia terem saído todas do mesmo útero. Uma vez no palco, elas começaram a cantar, dançar e voar como incontáveis borboletas minúsculas.

LIVRO 11

FLORES

CAPÍTULO 1

Um tecido branco coberto por uma miríade de pontos vermelhos

Para a surpresa de todos, o chefe Liu ainda não havia retornado quando a apresentação chegou ao fim. Contudo, enquanto os aldeões se preparavam para dormir, algo extraordinário aconteceu.

Os artistas estavam todos nas salas laterais do memorial. Como fizeram ao viajar pela China com a trupe durante os seis meses anteriores, eles estenderam as esteiras e dormiram juntos, agrupados por família, com homens e mulheres em quartos separados. Mas, naquela noite, no solstício de inverno do ano *wuyin* do Tigre, enquanto todos retornavam ao memorial para dormir após terem lavado as roupas usadas no palco, notaram que nem os edredons nem os travesseiros estavam onde haviam deixado, na cabeceira das esteiras. O algodão no interior dos edredons tinha sido arrancado e espalhado por toda parte e as roupas nas malas também foram espalhadas.

O dinheiro que ganharam nas apresentações durante os seis meses anteriores já não estava mais no interior dos edredons e dos travesseiros, nem nos baús de viagem ou em qualquer outro lugar.

O dinheiro tinha sido roubado.

Tudo havia sido roubado pelos inteiros.

A essa altura, as pessoas que foram assistir à apresentação tinham se dispersado ao longo da montanha dos Espíritos, e o som de seus passos já havia desaparecido. Por toda a região, era um inverno implacavelmente frio, mas ali a primavera chegara mais cedo e as árvores começavam a brotar. A grama estava verde e havia um leve aroma no ar cálido. Nesse clima quente, podia-se parar em qualquer lugar para passar a noite. Era possível dormir sob os beirais de uma casa, perto de uma vala, debaixo uma árvore ou em cima de uma pedra.

Os inteiros que escoltavam a trupe haviam desaparecido sem deixar rastros. Os visitantes de aldeias e cidades próximas podiam pagar dois yuans para alugar uma esteira para passar a noite ou quatro para alugar um tapete. De pé nos degraus prostrados em frente ao Salão Memorial de Lênin, um inteiro gritava:

— Quem quer emprestar[1] uma esteira? Só dois yuans. Quem quer emprestar um lençol? Só cinco yuans...

Embora gritasse, sua voz foi superada pelos gritos dos aldeões de Avivada. Era como se uma tempestade tivesse abafado completamente a brisa leve que a precedera. Os gritos vinham da ala lateral do salão do memorial, reverberando pela terra como explosões.

— Meu Deus, para onde foi meu dinheiro?

— Meu Deus, alguém cortou meu travesseiro e meu edredom!

— Meu Deus, fomos roubados! Tudo foi roubado! O que faremos agora?

A primeira pessoa a retornar à sala lateral foi Macaco Perneta, pois caminhava rapidamente. Ele não carregava nenhuma roupa ou acessório e, assim que entrou no salão, foi até o cômodo diretamente em frente ao ataúde de cristal. Abriu a porta, acendeu a luz e foi imediatamente atingido pela cena do crime. As alas laterais do mausoléu eram organizadas em cômodos, um ao lado do outro, e nas três alas havia mais de dez cômodos individuais. Assim que Macaco Perneta adentrou um deles, viu que o aldeão que ficara para cuidar das coisas havia sido amarrado e estava coberto de sangue. Tinha a perna de uma calça enfiada na boca e fora jogado em um canto do quarto como uma bola esquecida. Imediatamente, Macaco Perneta correu até a entrada do segundo cômodo e viu que seu edredom, que estivera cuidadosamente dobrado e encostado na parede, fora cortado. As roupas que tinha enfiado no travesseiro estavam espalhadas por toda parte. Surdo Ma, Um Olho, Carpinteiro Coxo, Seis Dedos e Mudo, normalmente encarregados de ajudar a carregar e descarregar as caixas, dormiam no chão, mas seus baús, suas malas e seus edredons foram revirados. As coisas de alguém haviam sido jogadas na entrada e a cueca vermelha de Surdo Ma estava no parapeito da janela.

Macaco Perneta logo percebeu que a catástrofe era grave, jogou a muleta longe e passou a pular em uma perna só, como se estivesse no palco saltando sobre um mar de fogo. Ele agarrou o edredom e viu que alguém o abrira com uma tesoura e que os dez mil yuans em notas novinhas de cem que colocara no interior haviam desaparecido. Conferiu o dinheiro que guardara na esteira e descobriu que ela também tinha sido cortada e tudo o que restara fora um buraco enorme.

Ele se ajoelhou e começou a lamentar:

— Para onde foi o meu dinheiro? Para onde foi o meu dinheiro?

Rapidamente, os lamentos se tornaram uma onda de som que ecoou por montanhas e vales. Mulher Aleijada, Carpinteiro Coxo, Mulher Cega, Seis Dedos, Mudo, Perneta, Tonghua, Marileth, Huaihua e Yuhua, junto dos inteiros que cozinhavam para a trupe — mais de cem aldeões no total —, começaram a se lamentar e soluçar no interior do Salão Memorial de Lênin. Alguns se apoiaram no batente da porta e bateram os pés no chão, enquanto outros se sentaram no chão, abraçando as trouxas de roupas vazias, soluçando e golpeando-se abjetamente. Os que costuraram o dinheiro no interior dos edredons descobriram que foram rasgados e os que o guardaram dentro do travesseiro descobriram que tudo o que havia sobrado fora trigo e farelo. Os que o enfiaram no interior dos sacos de dormir encontraram algodão espalhado pelo chão. Aqueles que o guardaram dentro de um baú de madeira descobriram que o cadeado tinha sido forçado ou que o baú fora destruído. Huaihua, que comprara o tipo de bauzinho de couro com alto-relevo de que os moradores da cidade gostavam e o usara para guardar dinheiro e bens, descobriu que ele havia desaparecido.

Alguns dos aldeões mais velhos enfiavam o dinheiro dentro de baldes de metal e, sempre que iam se apresentar, cavavam um buraco e enterravam o balde, colocando o saco de dormir e o travesseiro em cima dele. Esses aldeões presumiam que ninguém sabia onde enterravam o dinheiro, mas, nesse momento — e precisamente nesse momento —, encontraram os baldes vazios descartados perto do ataúde de cristal de Lênin.

O povo de Avivada fora vítima de um roubo devastador.

No salão principal do mausoléu, perto do ataúde de cristal de Lênin, havia cegos, surdos, mudos e aleijados sentados no chão das três alas laterais. Homens e mulheres, jovens e velhos — os sons dos gritos e xingamentos cortavam o ar como uma lâmina afiada corta bambu. Suas vozes soavam alternadamente roucas e agudas, e parecia que o som dos seus gritos seria suficiente para derrubar o memorial.

Vários inteiros entraram no salão. Eles haviam dormido na área em torno do mausoléu depois de assistir à apresentação e, ao ver os aldeões amaldiçoando os céus e secando as lágrimas dos olhos, tentaram consolá-los.

— Não chorem. Vocês podem ganhar esse dinheiro de volta.

— Enquanto houver uma montanha verdejante, como podem se preocupar em não encontrar lenha suficiente?

— O fato de que, nos últimos meses, vocês foram capazes de ganhar tanto dinheiro a despeito de serem deficientes é de tirar o fôlego.

Depois de consolar os aldeões dessa maneira, os inteiros começaram a se sentir sonolentos e se retiraram para voltar a dormir.

Sob a escaldante luz branca, o ataúde de cristal emitia um brilho azulado. Era como se fosse feito não de cristal, mas de jade duro e frio. Após gritar e se lamentar por muito tempo, os aldeões pararam. Permaneceram no salão principal do mausoléu, alguns à esquerda e a maioria à direita, e toda a multidão sombria dirigiu o olhar para Vovó Mao Zhi.

Seu rosto estava coberto por uma camada espessa de poeira, mas, por baixo, ela estava pálida como a morte. Ficou parada na ponta do ataúde, com a muleta apoiada no meio. Suas roupas fúnebres de cetim preto jaziam em uma trouxa em cima do ataúde de cristal azulado, com tanta naturalidade quanto agulha e linha no cesto de costura ou uma vela em um castiçal. O brilho azul do ataúde era como um céu sem nuvens, ao passo que as roupas fúnebres pareciam uma lâmina de vidro negro. Ambos eram incomparavelmente brilhantes e poderosamente silenciosos.

Quando ela terminou de arrumar as coisas no palco, depois da apresentação, ficou observando o memorial por algum tempo, antes de retornar. Após decidir que o chefe Liu provavelmente não chegaria naquela noite, suspirou e voltou claudicando.

Já era tão tarde que a lua estava prestes a se pôr e as estrelas começavam a se desvanecer. O memorial ficava no alto das montanhas e era como se a cordilheira estivesse se elevando aos céus. Tudo era extremamente pacífico e o vento soprando sob os beirais do edifício emitia um sussurro baixo.

Foi nesse momento que ela ouviu os gritos e lamentos no interior do memorial. Claudicando, correu até a ala lateral onde ela e as quatro netas dormiam, mas tudo o que encontrou foi Yuhua sentada na esteira de junco, agarrada às cobertas e soluçando.

— Eu não consegui me obrigar a gastar dinheiro para comprar uma única peça de roupa! Não gastei dinheiro nem com uma única peça de roupa!

Marileth também estava sentada em uma esteira, agarrada ao travesseiro e dizendo:

— Depois do jantar, tudo ainda estava aqui e, antes de sair para me apresentar, pude sentir que ainda estava aqui!

Huaihua e Tonghua estavam de pé ao lado de suas esteiras, mas Cega Tonghua apenas contemplava o vazio, sem dizer uma palavra, como se já tivesse previsto o roubo. Huaihua não chorava. Apenas batia os pés no chão e se queixava:

— Ótimo, isso é ótimo! Agora você não pode reclamar que eu não gasto nada! Não precisa dizer que trato a compra de uma blusa de algodão como se estivessem me pedindo para comprar todo um campo de trigo.

Vovó Mao Zhi ficou parada na porta, olhando para as quatro netas e, imediatamente, dando-se conta do que havia acontecido. Ela claudicou até o segundo cômodo e olhou para o interior.

Claudicou até o terceiro cômodo e olhou para o interior.

Claudicou até o quarto cômodo e olhou para o interior.

Depois de ter olhado para o interior de sete cômodos laterais, ela se virou abruptamente. Ocorreu-lhe que devia procurar um dos superiores — um dos inteiros do condado — e relatar o que tinha acontecido.

Contudo, quando correu para o cômodo atrás do ataúde, abriu a porta e imediatamente notou que as roupas e as esteiras dos inteiros já não estavam mais lá. O cômodo estava completamente vazio.

Não havia nenhum sinal de ninguém.

Seu coração disparou e ela sentiu como se houvesse um pedaço de gelo pesado pressionando seu peito. Correu para fora e foi até a frente do palco, onde notou que os dois caminhões que os haviam acompanhado nos últimos seis meses já não estavam mais lá. Restavam apenas algumas marcas de pneus e alguns gravetos.

Parada na entrada do memorial, ela apoiou a mão no frio batente de madeira e caiu no chão.

Não gritou, apenas ficou sentada no chão de pedra, sem se mexer. Após uma longa pausa, depois que as pessoas que foram conferir a cena passaram por ela e voltaram a dormir, retornou ao ataúde de cristal e chamou todos os aldeões. Também chamou o jovem que havia ficado para trás no salão principal para supervisionar as coisas.

Comparado aos outros aldeões que saíram em turnê, o jovem era praticamente um inteiro. Não era cego, aleijado nem mudo, sua única deficiência eram os dedos da mão esquerda, grudados como o pé de um pato. A mão era assim desde que ele havia nascido e, dez anos depois, permanecia igual. Ele se agachou em frente a Vovó Mao Zhi, pálido como a morte, como se a tragédia dos aldeões fosse culpa sua. Havia apanhado muito, a ponto de metade do seu rosto estar inchado, de a boca e nariz estarem deformados e de sua mão esquerda, normalmente fina, estar tão inchada que quase parecia a mão de uma pessoa normal. Olhou para Vovó Mao Zhi e para os aldeões. Sentia-se tão culpado que curvou a cabeça, com lágrimas escorrendo pelo rosto como pedregulhos e se espatifando no chão de mármore.

— Quem fez isso? — perguntou Vovó Mao Zhi.

— Uma pilha[3] de gente — respondeu ele.

— Mas *quem* precisamente?

— Eram todos superiores, os inteiros que viajaram conosco quando fomos nos apresentar no sul. Era um grupo grande, pelo menos uns dez ou vinte.

— Por que você não nos chamou?

— Eles me amarraram assim que chegaram e colocaram alguém na porta para servir de vigia.[5] Alguém foi até os quartos e começou a revirar as cobertas e abrir os baús. Eles sabiam exatamente onde todos escondiam o dinheiro. Era quase como se estivessem pegando suas próprias coisas.

— Por que você não nos chamou?

— Eles eram todos inteiros e falaram que, se eu dissesse uma palavra, me espancariam até a morte. Depois tamparam minha boca.

— O que eles disseram?

— Nada. Só disseram que o mundo estava de cabeça para baixo e agora pertencia aos cegos e aleijados.

— O que mais disseram?

Ele pensou um pouco e respondeu:

— Disseram que vocês estavam esperando, mas vão esperar para sempre, porque o chefe Liu não vai mais voltar.

Depois disso, não houve mais perguntas nem respostas. O salão principal ficou silencioso — tão silencioso que era como se estivesse completamente vazio, à exceção do ataúde. Nessa imobilidade, todos olharam para Vovó Mao Zhi, mas, para sua surpresa, sua expressão ansiosa desapareceu gradualmente e seu rosto pálido retomou a cor normal. Era como se o inverno estivesse finalmente abrandando e começando a desenvolver uma atmosfera avivada. Havia uma insinuação de flexibilidade em sua expressão, mas, nessa flexibilidade, era como se ela tivesse pensado em algo. Como se tivesse algo muito importante a dizer.

— Agora vocês sabem do que os inteiros são capazes. Eu gostaria de perguntar uma coisa: vocês querem ou não se retirar da sociedade? Vocês querem ou não retornar à vida avivante que costumávamos ter?

Depois dessa pergunta, ela não usou o olhar para forçar os aldeões a responder, como poderia ter feito no passado, simplesmente se virou e abriu a trouxa de trajes fúnebres que estava em cima do ataúde de cristal. Usou os dentes para rasgar uma tira do forro branco, rasgando e rasgando, até obter um quadrado perfeito, como uma daquelas folhas de papel usadas para cozinhar bolinhos no vapor. Colocou o quadrado em cima o ataúde de Lênin e caminhou até a ala lateral à procura de uma tesoura. Quando voltou, ficou de pé na frente de todos e usou a ponta da tesoura para furar o dedo médio da mão esquerda, deixando o sangue formar uma poça do tamanho de uma moeda em cima do ataúde. Em seguida, mergulhou o indicador no sangue e o pressionou no tecido branco, deixando uma digital escarlate. Por fim, virou-se para os aldeões e disse:

— Todos que agora reconhecem a verdadeira natureza dos inteiros e desejam sair da sociedade devem vir até aqui e deixar a digital nesse tecido. Se discordarem, podem permanecer aqui e sofrer os desastres negros[7] e as dificuldades vermelhas[9] que os inteiros lhes causarão.

Ela falou com um tom de voz suave, mas suas palavras eram extremamente poderosas. Vovó Mao Zhi só olhou para os outros após terminar de falar. Sob a luz do salão, seus rostos tinham uma aparência ligeiramente petrificada. Todos pareciam constrangidos, como se não soubessem o que dizer ou fazer. Era como se o roubo os tivesse paralisado. Depois que ela trouxe à tona o tópico da saída da sociedade, todos se viram incapazes de reagir apropriadamente, como cavalos presos em um beco estreito, sem ter como virar a cabeça. Enquanto ficavam lá parados, em silêncio e petrificados, o tempo fluiu lentamente como a seiva das árvores. Seu ressentimento por terem sido roubados se desvaneceu, mas somente depois de terem suportado incontáveis crimes negros[11] e crimes vermelhos[13] foi que transferiram sua atenção para outras questões, como sair ou não da sociedade.

Não havia mais ninguém naquele enorme salão. Até as pessoas enviadas pelo condado para supervisionar o salão memorial tinham desaparecido. Talvez tivessem partido com os inteiros superiores ou estivessem dormindo pacificamente em suas camas. O piso e as paredes do enorme salão eram feitos de um mármore reluzente e, no centro, havia um retrato de Lênin e seu ataúde de cristal. Havia uma multidão de aldeões sentados em torno do ataúde, incluindo cegos, surdos, mudos e aleijados, junto de pessoas sofrendo de uma variedade de outras deficiências. Outros estavam de pé ou apoiados nos batentes das portas ou em uma das frias colunas de mármore. O salão estava absolutamente silencioso, e esse silêncio fazia com que a cena parecesse ainda mais solene. Era como se a escolha entre deixar ou não a digital no pano branco fosse uma decisão de vida ou morte.

Todos se entreolhavam, esperando que alguém desse o primeiro passo.

Por fim, Macaco Perneta perguntou:

— Ainda poderemos sair em turnês mesmo depois de sairmos da sociedade?

Vovó Mao Zhi não respondeu, apenas o encarou com frieza.

Nesse momento, o jovem que ficara para trás para cuidar das coisas dos aldeões exclamou:

— Foda-se, eu quero sair da sociedade mesmo que isso me mate. Vivo com medo agora, e sentir medo é pior que morrer.

Ele foi o primeiro a ir até o ataúde, mergulhar o dedo na poça de sangue e deixar a digital no tecido.

Mulher Paraplégica, a bordadeira de folhas, se arrastou para a frente e disse que preferia morrer a se apresentar outra vez, estando disposta a morrer para retornar ao antigo modo de vida. Enquanto falava, ela continuava se arrastando e, quando estava diretamente abaixo do ataúde, tirou uma agulha do cabelo e a usou para furar um dos dedos da mão direita, que pressionou no tecido branco.

Alguns dos aldeões mais velhos começaram a se adiantar para deixar suas digitais, gradualmente transformando o tecido branco em um mar de pontos vermelhos. Por fim, contudo, chegou-se a um ponto em que ninguém mais queria deixar suas digitais. A atmosfera no salão ficou bastante opressiva, como se água lamacenta estivesse fluindo pelo ar. De início, todos ficaram pesarosos por terem sido roubados, mas Vovó Mao Zhi não lhes dissera o que fazer a respeito e, em vez disso, os forçara, nesse momento de dificuldade, a decidir se queriam ou não se retirar da sociedade. Aquele não parecia o melhor momento para decidir — era como se uma pessoa caísse em um poço e alguém tirasse proveito da situação para lhe pedir algo. De qualquer modo, nenhum dos jovens aldeões se adiantou, mantendo os olhos fixos em Macaco Perneta. Até as netas de Vovó Mao Zhi ficaram imóveis atrás dela, com Yuhua e Marileth olhando para o rosto da avó e Huaihua olhando, como os outros jovens, para Macaco Perneta, como se o urgisse a não deixar a digital no tecido. Se ele o fizesse, os outros não teriam escolha senão fazer o mesmo; se não fizesse, eles tampouco o fariam.

Macaco Perneta se tornou o líder *de facto* dos aldeões mais jovens. Vovó Mao Zhi olhou para ele.

Macaco Perneta desviou o olhar e resmungou:

— Se sairmos da sociedade, as coisas chegarão a um ponto em que não teremos nem nossas próprias sombras[15] e, se não tivermos nossas sombras, como poderemos nos apresentar? Agora que nosso dinheiro foi roubado, como podemos não nos apresentar?

Enquanto gritava isso, era como se estivesse explicando algo ou tentando lembrar os aldeões de algo. Quando terminou, claudicou até o cômodo lateral onde dormia.

Huaihua olhou para a avó e o seguiu.

Os outros jovens os seguiram até o cômodo lateral, um por um, com seus passos fazendo parecer que uma reunião noturna da aldeia tinha acabado de ser adiada.

Somente um punhado de aldeões ficou ao lado de Vovó Mao Zhi — talvez dez ou vinte no total, todos com mais de 40 ou 50 anos. Eles olharam uns para os outros e voltaram os olhos para ela. Vovó Mao Zhi falou, calmamente:

— Vão dormir. Ao alvorecer, retornaremos para a aldeia.

Quando terminou de falar, ela se virou e se arrastou lentamente até o cômodo lateral. Andou extremamente devagar e parecia que, se reduzisse ainda mais o passo, acabaria tropeçando.

CAPÍTULO 3

LEITURA COMPLEMENTAR: *Desastres negros, dificuldades vermelhas, crimes negros e crimes vermelhos*

[1] *Emprestar. Significa "alugar". Há muitas situações em que as pessoas de Balou usam "emprestar" em vez de "alugar" a fim de acrescentar um nível de intimidade à relação entre locador e locatário.*

[3] *Pilha. Originalmente, refere-se a uma pilha de sujeira, mas aqui se refere a um grande grupo de pessoas.*

[5] *Vigia. Significa sentinela. Ser vigia significa ficar de guarda.*

[7] *Desastres negros,*[9] *dificuldades vermelhas,*[11] *crimes negros,*[13] *crimes vermelhos. Os quatro termos são equivalentes. Somente os aldeões usam essas palavras regularmente e somente aqueles com mais de 40 anos entendem seu significado histórico.*

Os crimes negros e vermelhos não são meramente alusões, tendo uma etimologia própria. Os termos tiveram origem em eventos que ocorreram mais de vinte anos antes, no ano bingwu *do Cavalo, 1966. Naquela época, a Revolução atingia a nação como uma tempestade, das montanhas aos mares, das cidades à área rural. Por todo o país, todos estavam ocupados destruindo o velho e erigindo o novo, obrigando pessoas a desfilar pelas ruas enquanto eram criticadas, retirando das paredes antigos retratos do deus da longevidade, do deus da cozinha, de lorde Guan, de Zhong Kui, o caçador de demônios, de Buda e de vários bodisatvas, substituindo-os por retratos do presidente Mao.*

No ano seguinte, as lutas se voltaram contra o próprio povo. Como se estivesse alimentando o apetite insaciável da Revolução, de duas em duas semanas cada grande brigada tinha de enviar à sede do condado um proprietário de terras, um camponês rico, um contrarrevolucionário, uma maçã podre ou um direitista que seria publicamente humilhado e torturado; caso ele não sofresse essa humilhação pública, era obrigado a usar um chapéu de burro e varrer as ruas, melhorando a paisagem política da sociedade e sua atmosfera revolucionária. Em cada grande brigada, esse período era tratado como um festival e todos encaravam as denúncias públicas como concertos destinados a divertir o povo.

Com o tempo, contudo, a comuna de Boshuzi percebeu que não tinha proprietários de terras e camponeses ricos suficientes, então lhe ocorreu que a Revolução já durava do ano bingwu *do Cavalo ao ano* jiyou *do Galo e que, nesse período de três anos, a aldeia de Avivada, nas profundezas das montanhas de Balou, tinha sido completamente esquecida. Ocorreu à comuna que, durante esses três anos, a população de Avivada não havia denunciado um único proprietário de terras ou camponês rico. Assim, enviaram revolucionários para notificar Mao Zhi de que, no início do mês seguinte, ela deveria mandar algum proprietário de terras que pudesse ser submetido à humilhação pública.*

— Nossa aldeia não tem nenhum proprietário de terras — retrucou ela.

— E camponeses ricos? — perguntou o revolucionário.

— Tampouco temos camponeses ricos.

— Se vocês não têm proprietários de terras nem camponeses ricos, por que não mandam um camponês de classe média-alta?

— Não temos camponeses de classe média-alta ou média, camponeses pobres ou mesmo camponeses contratados. Cada domicílio da aldeia tem apenas revolucionários.

— Mulher desgraçada! Não apenas não está disposta a contribuir com a Revolução como ousa dizer besteiras na presença de um verdadeiro revolucionário.

— Avivada só passou à jurisdição do condado e da comuna depois da conclusão do movimento de coletivização e nossos aldeões nunca foram classificados como proprietários de terras, camponeses ricos e assim por diante. Ninguém na aldeia jamais soube se seu domicílio pertencia a algum proprietário de terras, um camponês rico ou de classe média ou da classe baixa.

O revolucionário olhou para ela, surpreso. Ao perceber que faltava algo na história revolucionária da aldeia, decidiu que era necessário dar uma lição a Avivada, acrescentando uma página aos seus livros de história. Então enviou uma equipe de trabalho e uma equipe de investigação até lá e ordenou que, no outono daquele ano, eles dividissem os aldeões em proprietários de terras, camponeses ricos e camponeses de classes média e baixa.

— Avivada enviou ao comitê do condado uma solicitação de permissão para sair da sociedade e, assim, não é necessário dividir nossos residentes em diferentes classes — comentou Mao Zhi.

— Sabemos que você conhece o secretário do comitê do condado, Yang, e que vocês dois estiveram em Yan'an. Mas agora o secretário Yang é um contrarrevolucionário e está com medo de ser enforcado. Vamos ver quais outros contrarrevolucionários concordarão em permitir que você saia da sociedade — retrucou o revolucionário.

— Então pedirei a você, tudo bem?

— Que merda, você quer morrer?

— Originalmente, Avivada não tinha proprietários de terras ou camponeses ricos e, se fizermos uma divisão de classes agora, todos devem ser camponeses pobres ou de classe média-baixa.

— Se não houver proprietários de terras, camponeses ricos ou tiranos, você deverá ir até a comuna todos os dias para ser humilhada publicamente. Terá de usar um chapéu de burro e varrer as ruas todos os dias.

Ela ficou tão chocada que não soube o que dizer.

A essa altura, os brotos de milho estavam da altura de hashis e a cordilheira estava tomada pelo aroma fresco de relva e grãos. A equipe de trabalho havia chegado à aldeia e fizera uma reunião, perguntando em cada domicílio quanta terra, quantos bois e quantos cavalos tinham antes da Revolução, além de quanto painço, trigo, sorgo e soja colhiam por ano. Eles também deviam relatar se eram ou não capazes de comer farelo, aveia, trigo-sarraceno e vegetais selvagens diariamente; se haviam mendigado durante a fome; se trabalhavam para outras pessoas por períodos curtos ou prolongados; e se, ao trabalhar para um proprietário de terras, tinham de massagear suas costas, lavar sua louça, comer os restos de suas refeições e permitir que sua mulher batesse em seus rostos e mãos com um furador de ferro.

Na reunião, Mao Zhi instruiu os aldeões a dizer a verdade e relatar quanta terra possuíam vinte anos antes. Ela os avisou para não exagerar, porque, se o fizessem, corriam o risco de serem classificados como proprietários de terras ricos. Ao mesmo tempo, contudo, não deviam subestimar quanto tinham, pois, se o fizessem, seriam classificados como camponeses pobres. Cada residência incluía alguns membros cegos e aleijados e, portanto, se uma família fosse classificada como residência de camponeses pobres, isso significaria que outra família precisaria ser classificada como residência de proprietários de terras e os membros da primeira família teriam isso em suas consciências para o resto da vida.

Os membros da unidade de trabalho instalaram uma mesa quadrada bem no centro da aldeia e registraram a quantidade de terra e bens que cada domicílio possuíra antes da Libertação. Todos fizeram seus relatos oralmente, enquanto os membros da equipe de trabalho anotavam tudo. Mas, quando terminaram de registrar tudo, descobriram, para sua surpresa, que, antes da Libertação, cada domicílio na aldeia de Avivada tivera mais de dez mu de terra e mais grãos do que podia consumir e que, se um domicílio não tivesse um boi, eles partilhavam seus arados, suas enxadas ou seu carro com rodas de metal.

Alguém perguntou a um cego se sua família tivera grãos suficientes naquele período.

— Como poderíamos comer tudo aquilo? — retrucou o cego.

— No Ano-Novo, vocês comiam um pãozinho branco e meia tigela de bolinhos?

— Normalmente, podíamos comer o que quiséssemos. Essas comidas eram consideradas iguarias.

— Você é cego. Como conseguia trabalhar nos campos?

— Eu ajudava os outros aldeões a construir cercas de bambu e, quando terminavam de arar e semear seus campos, eles vinham me ajudar.

Eles perguntaram a um aleijado:

— Quanta terra seu domicílio possuía?

— Mais de dez mu.

— Você é aleijado. Como trabalhava nos campos?

— Nós tínhamos um boi que emprestávamos para os outros. Quando eles terminavam de trabalhar em seus próprios campos, vinham nos ajudar.

— Você vivia bem?

— Melhor que agora.

— Quão bem você vivia?

— Tínhamos mais grãos e legumes do que conseguíamos comer.

Por fim, perguntaram, gritando, a um surdo:

— Como sua família tinha tanta terra, vocês contratavam ajudantes?

— Não, não contratávamos.

— Então como cuidavam de toda aquela terra?

— Nosso domicílio não tinha um boi, mas tínhamos um carrinho que nossos vizinhos usavam com frequência. Quando os vizinhos terminavam de trabalhar em seus próprios campos, eles vinham nos ajudar.

No fim, provou-se impossível dividir os aldeões entre camponeses pobres, camponeses ricos e proprietários de terras. Todos tinham mais terra do que podiam administrar e cada família tinha mais grãos do que conseguia comer. Todos pediam a ajuda dos outros, ao mesmo tempo ajudando os vizinhos. Naquela época, um aleijado podia usar as pernas de um cego, um surdo podia usar os ouvidos de um mudo e um mudo podia usar a boca de um surdo. A aldeia inteira se comportava como uma grande família — pacífica e próspera, sem lutas ou conflitos. No fim, os visitantes deram a cada família um livrinho preto do tamanho do punho de um homem. Na capa, estava anotado o nome do chefe da família e, no interior, havia apenas duas páginas — em uma havia uma citação do presidente Mao e, na outra, uma passagem pedindo a todos que obedecessem às leis e servissem ao povo.

Os visitantes partiram de Avivada e, depois de retornar à comuna, enviaram um aviso instruindo todos a se alinhar na frente da aldeia a cada duas semanas e fazer com que um domicílio enviasse alguém — cego, aleijado, surdo ou mudo — até a comuna com o livrinho preto. Lá, o aldeão teria de usar um chapéu de burro e desfilar pelas ruas ou ficar no palco durante uma reunião e permitir que as pessoas o humilhassem.

Perguntaram ao primeiro aldeão enviado:

— Os membros da sua família são proprietários de terras?

— Não.

— São camponeses ricos?

— Não.

— Se você não é nem proprietário de terras nem camponês rico, por que tem um livrinho preto?

Várias pessoas deram tapas no rosto do aldeão e chutes no meio das suas pernas. Ele grunhiu e se ajoelhou no palco, na frente das centenas ou talvez milhares de pessoas que compareceram à reunião.

Perguntaram a ele:

— O que você roubou?

— Eu não roubei nada. Os aldeões nunca foram ladrões.

— Mesmo quando não tinha o suficiente para comer, você nunca roubou sorgo ou batata-doce?

— Se não fosse pelo fato de todos os inteiros do condado irem até a aldeia para roubar os nossos grãos durante vários anos, cada domicílio teria tido grãos suficientes para uma década ou mais.

As pessoas espancaram o aldeão um pouco mais, dizendo:

— Deficiente ou não, uma pessoa má ainda é uma pessoa má. Afinal, olhe quantos grãos seu domicílio estocou.

As pessoas disseram que queriam seus grãos de volta, mas o aldeão respondeu que outras pessoas já tinham ido até sua casa e confiscado tudo. Bateram nele ainda mais severamente que antes, dando socos no seu nariz, na sua boca e nos seus olhos, e os porretes atingiam sua cabeça e suas pernas. Quando atingiram o nariz, ele começou a sangrar e, quando atingiram sua boca, seus dentes ficaram moles. Eles bateram em seu rosto com tanta força que o deixaram com um grande olho roxo e bateram em suas pernas com tanta violência que ele teria ficado aleijado, se já não fosse.

Quando voltou para casa, quinze dias depois, para se recuperar, foi a vez de outra pessoa pegar o livrinho preto e suportar esse crime e desastre negros. A pessoa que voltava para casa para se recuperar dos ferimentos encontrava Mao Zhi na aldeia e a encarava furiosamente. Quando via seus porcos, chutava-os com violência e, quando via suas galinhas, jogava pedras nelas. Quando via seus melões atarracados[1] e as vagens que sua família plantara nos fundos da casa, a pessoa os arrancava, jogava no chão e pisava em cima, transformando-os em uma pasta que seria usada para alimentar seus próprios porcos e bodes.

Certa manhã, quando Mao Zhi saiu da cama, viu que o porco da sua família, que haviam criado desde que era filhote, fora envenenado e jazia morto no chão do chiqueiro. A galinha que mantinham para fornecer ovos frescos comera um pouco da lavagem envenenada do porco e também estava morta no pátio. Ela encarou a cena, chocada, abriu o portão do pátio e viu que todos os aldeões — os que foram enviados à comuna para serem humilhados e os que não foram — estavam parados na frente da sua casa. Cada um deles segurava um livrinho preto e, quando a viram, encararam-na com frieza. Alguém cuspiu nela e a atingiu com o livrinho preto, dizendo que fora ela quem os instruíra a dizer a verdade aos superiores, o que levou todos no vilarejo a serem classificados como proprietários de terras e camponeses ricos e terem de ser humilhados. Eles disseram:

— Vá, vá lá ver. Ontem Cego Lin foi para a cidade e foi espancado até a morte. As pessoas perguntaram a ele se era proprietário de terras ou camponês rico e ele respondeu que não era nem uma coisa nem outra. Então bateram na cabeça dele com um pedaço de pau e, antes de terminarem de extravasar sua raiva, ele morreu no palco.

Ela imediatamente correu até a casa de Cego Lin, onde descobriu que ele de fato havia morrido. Seu corpo estava estendido sobre um estrado de madeira e sua família estava em torno, soluçando inconsolavelmente.

Mao Zhi não disse mais nada.

Ela voltou para casa, onde recolheu um livrinho preto que estava caído no chão em frente à porta. Apoiando-se na muleta, foi até a comuna de Boshuzi. Estava quase escuro quando chegou ao comitê revolucionário. Ela encontrou uma das pessoas que haviam distribuído os livrinhos pretos aos aldeões, ajoelhou-se e perguntou:

— Como é possível que todos em Avivada sejam proprietários de terras? Como pode haver uma aldeia em que cada pessoa é proprietária de terras?

— Também é impossível haver uma aldeia sem proprietários de terras — retrucou o revolucionário.

— Vou dizer a verdade. Antes da Libertação, minha família tinha várias dezenas de mu de terra, juntamente com vários ajudantes contratados por períodos longos e curtos. Toda a nossa família gozava de uma vida em que era preciso apenas estender a mão para pegar roupas e abrir a boca para conseguir comida. Você deveria classificar minha família como proprietária de terras.

O revolucionário olhou para ela, deliciado. Ele fez muitas perguntas. Então pegou o livrinho preto que ela segurava e retornou ao escritório, para trocá-lo por um vermelho. Os livrinhos vermelhos eram do mesmo tamanho que os pretos e também continham poucas páginas. Na capa, estavam impressos os nomes dos chefes de família de Avivada. No interior, uma página continha uma citação do presidente Mao e a outra continha uma declaração sobre as políticas e o futuro da nação. O revolucionário entregou a ela a pilha de livrinhos vermelhos, dizendo:

— *Vá embora agora. Não maltratamos os aldeões. De acordo com as políticas de reforma da terra e as proporções especificadas no programa de redistribuição, antes da Libertação Avivada devia ter ao menos um proprietário de terras e um camponês rico. Assim, agora que a identificamos como proprietária de terras, estamos satisfeitos. Você deve voltar à aldeia hoje à noite e retornar amanhã com sua esteira. No dia seguinte, haverá uma grande reunião e você será submetida ao público.*

Mao Zhi retornou a Avivada naquela noite e distribuiu os livrinhos vermelhos para todos, explicando que eram indicativos de status revolucionário. Ela explicou que todos haviam sido classificados como camponeses pobres de classe média-baixa e que a aldeia tinha apenas um proprietário de terras: ela. Disse que, se algo precisasse ser feito por um proprietário de terras ou um camponês rico, ela assumiria a responsabilidade. Depois de distribuir os livrinhos vermelhos, ela pegou suas malas e roupas de cama, cozinhou uma panela de comida e preparou alguns bolinhos no vapor para a filha, Jumei, que já estava com 9 anos. Depois de alimentar Jumei e colocá-la na cama, pegou o único livrinho preto da aldeia e, carregando a esteira, retornou à comuna para receber o crime negro.

O sorgo já estava maduro e sua doce fragrância envolvia toda a região das montanhas. A lua brilhava sobre a aldeia e, quando ela estava prestes a partir para a comuna, os aldeões vieram se despedir.

— *Vá em frente, nós cuidaremos de Jumei enquanto você estiver fora — disseram eles.*

— *Vá em frente, revolucionários são pessoas boas e honestas e, se exigirem que você diga algo, apenas diga. Dessa maneira, não a chutarão nem espancarão com violência — disseram eles.*

— *Vocês deveriam voltar para dentro — disse ela. — Enquanto eu estiver fora, separem o sorgo. Continuem a fazer o que precisa ser feito. Depois de separarem o sorgo, arem os campos e, depois de ararem os campos, semeiem o trigo rapidamente.*

Então ela partiu.

A reunião em massa do dia seguinte foi realizada na margem do rio, na extremidade leste da rua Boshuzi. Anteriormente, a área estivera ocupada por água corrente, mas, vários dias antes, a comuna havia alterado o curso do rio para que o fundo arenoso pudesse ser usado como local de reunião. A principal atração da reunião era o julgamento público de um contrarrevolucionário que, após dar aulas por apenas três dias, estava escrevendo a frase "Vida longa ao presidente Mao" no quadro-negro quando, acidentalmente, escrevera "Vida longa a Shi Jingshan". "Shi Jingshan" era o nome adulto do próprio professor. Seu nome infantil era Shi Heidou. Antes de ter um nome adulto, ele tivera apenas um nome infantil, mas, após ser nomeado professor, sentira que "Heidou", ou "feijão-preto", não era um nome muito apropriado e dera a si mesmo o nome "Shi Jingshan". Ele pretendera dizer aos alunos que seu nome era Shi Jingshan, mas, ao chegar ao quadro-negro, acidentalmente escrevera "Vida longa a Shi Jingshan".

É desnecessário dizer que, ao fazer isso, cometera uma transgressão grave e, quando os revolucionários o prenderam, confessou de imediato.

— Você está ciente do crime que cometeu? — perguntou o revolucionário.

— Sim.

— Qual foi?

— Eu escrevi "Vida longa a Shi Jingshan" no quadro-negro.

O revolucionário bateu o punho na mesa e disse:

— Você não deve dizer as palavras que escreveu no quadro-negro. Cada vez que as repete, você comete outro crime.

— Então o que devo dizer?

— A verdade e, se tiver algo a dizer, diga.

Ele curvou a cabeça e refletiu.

— Você está ciente do crime que cometeu? — perguntou o revolucionário novamente.

— Sim.

— Qual foi?

— Eu escrevi cinco palavras no quadro-negro.

— Quais palavras?

Ele olhou para o revolucionário e respondeu:

— Vida longa a Shi Jingshan.

O revolucionário começou a tremer de fúria, jogou os autos do julgamento e o pote de tinta no rosto de Shi Jingshan e disse:

— Se ousar dizer essas palavras novamente, atirarei em você.

— Então o que devo dizer?

— Descubra sozinho.

Ele curvou novamente a cabeça e refletiu.

— Você está ciente do crime que cometeu? — perguntou o revolucionário.

— Sim.

— *Qual foi?*

— *Eu escrevi cinco palavras no quadro-negro.*

— *Que palavras?*

O professor olhou novamente para o revolucionário, mas não respondeu, e, em vez disso, escreveu "Vida longa a Shi Jingshan" no chão, usando o dedo. O revolucionário ficou tão irritado que seu rosto ficou vermelho e todo o seu corpo começou a tremer.

— *Foda-se!* — *disse ele.* — *Escrever isso é ainda pior que dizer. É outro nível de crime.*

Com o crime inicial do professor tendo sido agravado por vários outros, por fim ele seria executado. Aquele era um dia de mercado, pouco antes da colheita de outono, e mais de cinquenta mil pessoas estavam presentes à reunião para julgá-lo na bacia do rio. A bacia tinha um li de largura por dois de comprimento, e as cabeças da plateia pareciam um campo de feijão-preto. Além disso, em frente a cada cabeça havia um livrinho vermelho provando seu status revolucionário. O sol de outono brilhava, quente como uma pequena chama. As pessoas na areia tinham vindo de aldeias localizadas a dezenas de li de distância e agora se amontoavam na bacia do rio até quase transbordar, com os livrinhos pendurados no pescoço parecendo vermelhos como um mar de fogo. Aquilo era diferente de tudo que já tinham visto e não haveria uma cena tão tumultuada no distrito até trinta anos depois, quando a trupe de artistas com habilidades especiais de Avivada começasse sua turnê. Todos se amontoaram, ombro contra ombro, como dez mil cavalos relinchando juntos.

Foi exatamente nesses momentos finais, antes que tudo começasse, que Vovó Mao Zhi foi amarrada pelos revolucionários e carregada até a frente do palco. Ela era não apenas uma mulher mas também uma aleijada, e eles não permitiram que ela trouxesse a muleta. Como resultado, embora houvesse duas pessoas a apoiando, ainda caminhava muito instavelmente, como um gafanhoto com apenas três pernas tentando saltar pelo palco. Enquanto pulava, a placa pendurada em seu pescoço balançava de um lado para o outro e o barbante que a segurava arranhava seu pescoço até estar em carne viva. Ela acabara de fazer 40 anos e seu cabelo ainda era preto como breu. Vestia um casaco azul-escuro de lapela dupla e seu cabelo despenteado caía sobre os ombros como relva flutuando na superfície de uma lagoa. A placa branca pendurada em seu pescoço trazia as palavras "contrarrevolucionária" e "proprietária de terras" e, como se para confirmar a acuidade desses rótulos, o livrinho preto que havia recebido recentemente também estava pendurado.

Assim que chegou ao palco, a plateia ficou em silêncio abruptamente, como se tivesse sido atingida por um porrete.

Quem poderia esperar que uma mulher fosse levada até o palco e, ainda por cima, uma aleijada?

O interrogatório começou.

Ela foi forçada a se ajoelhar no palco, com o rosto pálido como a morte e os lábios azuis e purpúreos, como duas linhas coloridas desenhadas em papel branco. Então uma torrente de perguntas e respostas começou a jorrar dos alto-falantes no baixio do rio.

— Qual é seu status?

— Sou uma grande proprietária de terras.

— Que crime cometeu?

— Sou uma contrarrevolucionária ativa.

— Diga-nos a verdade novamente.

— Eu não fui soldada do Exército Vermelho, mas insisto em dizer que estive no local revolucionário em Yan'an. Eu não sou descendente da Revolução, mas insisto em dizer que meus pais participaram da Grande Construção de Ferrovias no ano dingmao da Lebre. Eu não sou membro do Partido, mas insisto em dizer que, quando estava no Exército Vermelho, uni-me ao Partido. Eu afirmo que estive no Exército Vermelho e que sou membro do Partido, mas não tenho um certificado. Na verdade, eu sou uma contrarrevolucionária ativa, uma grande proprietária de terras que se escondeu nas montanhas de Balou. Antes da Libertação, minha família possuía várias dezenas de mu de terra, juntamente com vários bois e carros de boi. Também empregávamos muitos trabalhadores por períodos longos e curtos. Gozávamos de uma vida na qual tudo que tínhamos de fazer era estender a mão para pegar roupas e abrir a boca para conseguir comida. Quanto à Revolução, camaradas, olhem aqui, eu deveria ser executada por meus crimes. Deveria ser executada juntamente com Shi Jingshan.

— O que sua família comia antes da Libertação?

— O que quiséssemos. Tínhamos tantos bolinhos cozidos no vapor que alimentávamos os porcos com as sobras. E não deixávamos os trabalhadores comerem.

— O que vocês vestiam?

— Seda e gaze. Até as cortinas de nossa casa eram feitas não de talos de painço, mas sim da mais fina seda.

— O que você esteve fazendo durante todos esses anos desde a Libertação?

— Todos os dias tento promover a restauração para retornar à vida de conforto que tínhamos antes da Libertação.

Ele não fez nenhuma outra pergunta. Em vez disso, olhou para os milhares de pessoas na plateia e perguntou:

— O que devemos fazer com essa contrarrevolucionária ativa e proprietária de terras?

A multidão ergueu os braços como uma floresta e respondeu:

— Executem-na! Executem-na!

A resposta estrondosa determinou o caminho de seu destino.[3] Após interrogar o professor chamado Shi Heidou ou Shi Jingshan, que dera aula por apenas três dias, eles o arrastaram até a margem para executá-lo e, em seguida, arrastaram-na também. Mao Zhi recebeu a ordem de se ajoelhar perto dele em uma cova recém--cavada, com as costas apoiadas pelo tipo de placa de madeira normalmente usada pelas pessoas enfrentando uma execução. O sol brilhava. O céu era uma extensão infinita de azul, sem um traço de nuvens. O milho plantado na margem do rio já deveria ter sido separado e colocado para secar. O ar estava tomado por sua fragrância reluzente junto do cheiro de suor da multidão.

Quando chegou a hora de os revolucionários abrirem fogo, o professor Shi Jin-gshan, que tinha apenas 22 anos, ficou tão aterrorizado que caiu perto do buraco como uma pilha de lama, com fedor de fezes e urina emanando de seu corpo. Quanto a Mao Zhi, de meia-idade, sua palidez subitamente desapareceu, assim como a cor azul e púrpura de seus lábios. Ela ficou ajoelhada, calma como alguém que se cansara de caminhar e decidira descansar por um tempo.

O revolucionário se aproximou do jovem prestes a morrer e perguntou:

— Você tem algum último pedido?

Ele tremeu e respondeu:

— Sim.

— Diga — ordenou o revolucionário.

— Minha mulher está prestes a dar à luz. Você poderia entregar uma mensa-gem a ela? Diga que, depois que o bebê nascer, ela deve se assegurar de fazê-lo ficar surdo ou aleijado. Deve levá-lo até uma aldeia nas profundezas das montanhas de Balou, onde se diz que todos são deficientes e, portanto, não há distrito, condado ou comuna que queira a aldeia ou preste atenção nela. As pessoas dessa aldeia comem o que plantam, gozando de uma vida celestial de relaxamento e avivamento. Por favor, diga à minha mulher e ao meu filho que devem ir para lá.

O revolucionário de pé atrás dele riu friamente.

Mao Zhi olhou para o jovem e quis dizer algo, mas o revolucionário caminhou até ela e perguntou:

— Você deseja dizer algo?

— Sim.

— Então diga logo — ordenou o revolucionário.

— Depois que eu morrer, por favor, vá até a aldeia de Avivada, nas profundezas das montanhas de Balou, e diga aos aldeões deficientes que vivem lá que podem esquecer qualquer coisa, exceto a necessidade de sair da sociedade e voltar a levar uma vida na qual ninguém exerça controle sobre nós.

Ao terminar, o jovem ajoelhado ao seu lado se virou e olhou para ela com assombro. Quando estava prestes a perguntar algo, contudo, a arma disparou e ele caiu no buraco como uma saca de grãos. Gotas de sangue espirraram no rosto de Mao Zhi e por todo o chão.

Mao Zhi sobreviveu, é claro. Ocorre que ela havia sido levada até lá apenas para se ajoelhar ao lado do jovem. Depois que a arma disparou, ela estremeceu como se alguém a tivesse empurrado e, por um momento, pareceu que também cairia no buraco. Mas o empurrão fora leve e, no fim, ela meramente oscilou para a frente e para trás, permanecendo ajoelhada.

Passou os quinze dias seguintes varrendo as ruas em frente à comuna. Quando recebeu permissão para retornar à aldeia, Avivada tinha ganho dois novos membros — uma jovem mulher e um bebê que nascera apenas alguns dias antes. A criança tinha nascido inteira, mas, de alguma forma, ficara paralítica. A mulher explicara que, quaisquer que fossem as consequências, ela simplesmente tinha de morar em Avivada. E disse que, desde criança, sempre soubera bordar e podia bordar uma flor em couro de boi. Se a deixassem ficar, ficaria feliz em bordar o que quer que as outras famílias necessitassem.

A mulher se estabeleceu na aldeia e Mao Zhi lhe entregou um livrinho vermelho, que ela pendurava no pescoço todos os dias, como um amuleto.

Contudo, o livrinho vermelho também trouxe desastre. Embora o desastre fosse diferente do causado pelos livrinhos negros, o sofrimento que causara não era de modo algum inferior. Um dia após o outro, Mao Zhi era frequentemente vista var-

rendo as ruas de Boshuzi e sendo humilhada. Mas, na aldeia, eles continuaram a lhe designar o mesmo número de pontos de trabalho e a lhe dar o mesmo número de rações diárias de grãos que antes. Quando ela retornava à aldeia, era respeitada por todos. Quando seus vizinhos — incluindo as famílias do surdo e do cego, juntamente com os inteiros nas famílias do surdo-mudo e do idiota — viam que retornara, todos queriam ir até sua casa para demonstrar respeito e levar para a própria casa um pouco de seu arroz e de seus saborosos bolinhos. Eles forneciam ouvidoins,[5] que originalmente seriam usados como sementes e, de algum modo, conseguiam arranjar alguns pêssegos e castanhas que haviam sido escondidos.

Em benefício dos outros aldeões, ela voluntariamente assumiu as consequências dos desastres e dos crimes negros. Como resultado, todos os outros eram capazes de gozar de boa fortuna e passaram a vê-la como uma figura ainda mais importante. Mas, dois ou três anos depois, toda a terra precisou ser dividida em campos de treliça[7] e a comuna enviou todos que receberam livrinhos vermelhos para um cume fora das montanhas de Balou. Lá, receberam diferentes colinas em função da aldeia a que pertenciam. Todos os residentes de Avivada naturalmente foram enviados para a mesma colina. A Revolução não queria saber se eram ou não deficientes. Tudo o que importava era quantos livrinhos vermelhos haviam aceitado dos revolucionários. As pessoas com livrinhos vermelhos tinham de construir, durante um único inverno, dois mu de campos de treliça. Avivada tinha trinta e nove domicílios com livrinhos vermelhos e, desse modo, devia construir pelo menos setenta e oito mu de campos de treliça.

Dessa maneira, o trabalho forçado do desastre vermelho e do crime vermelho começou. Parecia que a colina inteira tinha aldeões vivendo nela, todos plantando bandeiras vermelhas e espalhando slogans vermelhos. Toda a terra ficou vermelha, como se estivesse em chamas, e por toda parte havia o som de picaretas furando o solo, de pás nivelando a terra e do ferro sendo malhado em fornalhas usadas para produzir mais pás e picaretas.

É desnecessário dizer que todos os domicílios de Avivada enviaram pessoas para viver e trabalhar naquele declive árido. Como a terra era distribuída com base nos livrinhos vermelhos, que, por sua vez, eram distribuídos com base no status do domicílio, cada domicílio recebeu dois mu de terra para converter em campos de treliça até o fim do inverno. Cada domicílio era responsável por descobrir um jeito de fazer isso, sem que fosse levada em conta a deficiência de seus integrantes

— não importava se o domicílio tinha cinco pessoas e três delas fossem cegas, sete pessoas e cinco delas fossem aleijadas ou três pessoas e o único inteiro fosse apenas uma criança.

Em que tipo de solução os aldeões pensaram? Enquanto todos estavam no processo de dividir a terra em campos de treliça, um cego pegou uma picareta durante uma tempestade de neve e começou a cavar. Ele acariciou o rosto do filho cego de 14 anos, pegou a mão da mulher — paralítica, mas não cega — e lhe pediu que o conduzisse até a latrina. A mulher o seguiu, orientando-o a seguir para leste. Ele, contudo, deliberadamente se virou para oeste e mergulhou no penhasco, tirando a própria vida.

Como resultado, os revolucionários isentaram a família da mulher de ter de construir mais campos de treliça e lhe disseram que retornasse às montanhas de Balou e enterrasse o cego.

Em outro domicílio, toda a família sofria de pólio. Havia cinco membros ao todo e as pernas das três crianças haviam definhado em função da doença. Um dia, o pai foi até uma ferraria na encosta para forjar uma picareta e, a caminho de lá, enforcou-se ao lado da estrada. Os revolucionários também permitiram que sua família retornasse à aldeia para enterrá-lo.

Havia uma família de inteiros que tinha sido designada para construir campos de treliça. A família não tinha homens, apenas a mãe e as filhas de 13 e 15 anos. Um dia, a mãe sorriu e perguntou às filhas:

— Vocês querem voltar para a aldeia e descansar?

— Sim.

— Então estejam prontas para voltar para casa amanhã.

As filhas acharam que ela estava brincando. Naquela noite, dormiram nos campos, em uma área protegida do vento, e, quando acordaram na manhã seguinte, descobriram que a mãe bebera veneno de rato e morrera durante o sono. Os revolucionários a amaldiçoaram, mas, mesmo assim, permitiram que as filhas devolvessem o corpo da mãe à aldeia para que fosse enterrado.

Naquele inverno, trinta e nove domicílios de Avivada, com seus livrinhos vermelhos, foram construir campos de treliça, mas treze chefes de família morreram segurando os mesmos livrinhos. No fim, os revolucionários ficaram com raiva. Eles disseram a todos os aldeões deficientes que retornassem para casa, mas instruíram os inteiros a ficarem para trás. Contudo, quando saíram para fazer uma pesquisa, descobriram que não havia um único domicílio formado integralmente por inteiros e, portanto, não tiveram escolha senão pôr em ação seu revolucionário humanismo e permitir que todos retornassem a Avivada.　ˋ

Esses foram os desastres negros e as dificuldades vermelhas que foram trazidos pelos livrinhos negros e vermelhos. Muitos anos depois, somente os aldeões mais velhos compreenderam a que Vovó Mao Zhi se referia quando falou de desastres negros, dificuldades vermelhas ou crimes negros e vermelhos. Como resultado, foram somente esses aldeões mais velhos com boa memória que, no Salão Memorial de Lênin, deixaram suas digitais naquele pano branco.

[15] **Sombras.** DIALETO. Não se refere às sombras reais das pessoas, mas sim às pessoas que, ao saírem da sociedade, já não têm mais nenhum status ou certificado, nenhuma prova de existência.

LEITURA COMPLEMENTAR DA LEITURA COMPLEMENTAR

[1] **Melões atarracados.** DIALETO. Refere-se a melancias.

[3] **Caminho do destino.** DIALETO. Refere-se ao destino de alguém.

[5] **Ouvidoins.** DIALETO. Refere-se a amendoins.

[7] **Campos de treliça.** A expressão não pertence ao dialeto local, sendo um termo histórico especializado. Por um lado, refere-se a uma série de campos planos que, como uma gelosia, ficam situados cada um em um nível superior ao anterior. Por outro, também pode ser usado para se referir ao período especial durante o Movimento "Aprenda com Dazhai", em que se expressava um estilo revolucionário por meio do trabalho.

CAPÍTULO 5

O verão volta a ser inverno e a primavera está logo ali na esquina

Não apenas o chefe Liu não voltou e os aldeões descobriram ter sido vítimas de um grande roubo como também, nos últimos dias do ano *wuyin* do Tigre, ocorreu um evento estarrecedor.

Em tese, deveria ser o auge do inverno, mas o calor do verão pulou por cima da primavera e chegou às montanhas de Balou. As estações estavam completamente confusas. Embora estivesse quente na cordilheira nos quinze dias anteriores, isso ainda podia ser visto como mero calor de inverno; mas, depois daquela noite, o sol passou de um amarelo pálido a um branco escaldante. A floresta havia começado a ficar verde, mas ainda não germinara por completo. No alto das montanhas, entre os picos distantes e os espinhaços mais próximos, uma nuvem de névoa branca se avolumava.

O verão havia chegado.

Havia chegado silenciosa mas repentinamente. O primeiro a acordar foi Garotinho com Pólio. Na noite anterior, depois de tirar a garrafa quebrada do pé, ele limpara o sangue, enfaixara o pé e choramingara de dor durante metade da noite. Por fim, tinha conseguido dormir, mas, assim que acordou, sentiu muita sede e percebeu que seus lábios estavam secos como areia no verão. E por isso ele tinha acordado antes de todos os outros.

Havia um zumbido no quarto. Era um mosquito que, bem na hora, viera voando de algum lugar do verão.

O garoto esfregou os olhos e sentiu uma fisgada de dor na perna murcha, como se tivesse levado uma ferroada. A dor inicial foi seguida por torpor, mas isso era mais ou menos normal para ele. Sentindo muita sede, queria pegar um pouco de água, mas, quando afastou a mão dos olhos, viu que o sol brilhava pela janela, fazendo com que todo o quarto parecesse em chamas. As paredes eram pintadas de branco, mas agora pareciam cobertas de fumaça. O ar estava repleto daquele tipo de poeira que normalmente só se vê sob o sol de verão, e havia aquele cheiro fraco de alguma coisa queimada que, em geral, só se sente no verão.

O garoto estava confuso. Na noite anterior, os aldeões nos cômodos laterais tinham ficado sentados em um estado de torpor, lamentando o dinheiro que fora roubado e amaldiçoando os superiores da trupe — dizendo que deveriam levar a queixa aos superiores políticos e ao chefe do condado. Eles estavam profundamente desconcertados e incapazes de dormir. Mas agora, quando o garoto olhou ao redor, viu que o quarto estava cheio de aldeões nus, todos dormindo profundamente. O sol já estava alto no céu, mas eles ainda roncavam alto, como se houvesse pedras em suas gargantas. Além disso, haviam jogado as cobertas e dormiam com as bundas de fora. Alguns estavam cobertos com um lençol fino, enquanto outros tinham a camiseta enrolada em torno da barriga, cobrindo o ventre para que não pegassem um resfriado.

O verão realmente havia chegado. O garoto sentia tanta sede que era como se sua garganta estivesse queimando. Ele saiu da cama e foi buscar água em um cômodo lateral onde havia uma bomba. Baixou a alavanca o máximo possível e descobriu que não havia uma única gota de água.

Experimentou uma bomba diferente, então descobriu que não havia sequer uma gota de água nela também.

Ele saiu do cômodo lateral e, quando tentou a ir ao salão principal para procurar água, viu que as pesadas portas vermelhas estavam trancadas. Normalmente, o trinco estaria passado por dentro e, uma vez que fosse erguido, as portas se abririam de imediato. Agora, contudo, ele tentou empurrá-las várias vezes, mas não conseguiu fazer com que se mexessem. Ele era apenas uma criança e não percebeu que não apenas o inverno tinha desaparecido e o verão saltara sobre a primavera como tudo estava de cabeça para baixo, como se tivesse havido uma mudança entre dinastias. Ele bateu os punhos na porta e gritou, irritado:

— Abram a porta! Eu estou morrendo de sede aqui! Abram a porta! Eu estou morrendo de sede aqui!

Um inteiro do lado de fora deu um chute na porta e gritou:

— Quem está acordado aí dentro?

— Eu estou morrendo de sede — falou o garoto.

— Tem mais alguém acordado?

— Ainda não. Abra a porta, eu estou morrendo de sede!

— Você só está com sede? Não está com fome?

O homem deu uma risada fria. Ele tinha a voz rouca e parecia o motorista forte que dirigia o caminhão que carregava os equipamentos de palco da trupe. O motorista tinha um físico que parecia feito de pedra, sem praticamente nenhuma gordura no corpo e ombros largos feito uma porta. Ele era capaz de levantar um dos pneus do caminhão com apenas uma das mãos e chutar uma caixa de equipamentos de palco para bem longe. Quando reconheceu a voz do motorista, o garoto disse:

— Tio, eu estou com sede. Por favor, abra a porta.

— Você quer água? Vá buscar Vovó Mao Zhi — pediu o motorista.

O garoto foi até o segundo cômodo lateral em frente ao ataúde de cristal para procurar por ela. Vovó Mao Zhi também tinha acabado de acordar, enquanto as quatro netas, junto com a mulher paralítica que ajudava a cozinhar para a trupe, ainda dormiam em um sono profundo, exatamente como os homens no outro cômodo. Elas haviam chutado os lençóis e estavam descobertas. O garoto reparou que o corpo de Vovó Mao Zhi parecia uma trouxa de gravetos e que a mulher paralítica era tão gorda que, dormindo, parecia um grande amontoado de ervas daninhas. Ele viu Tonghua, Yuhua e Marileth dormindo, alinhadas umas às outras, com os seios ainda desabrochando parecendo bolinhos recém-saídos do vapor. Entendeu por que às vezes as pessoas se referem a seios como "bolinhos doces" e, imediatamente, sentiu a garganta seca de fome e de sede. Teve o desejo súbito de se arrastar até aqueles seios e beber apaixonadamente.

Ainda mais importante, notou que Huaihua estava dormindo embaixo da janela, na extremidade do quarto e separada de todos os outros, como se estivesse com medo de que chegassem muito perto. Seu saco de dormir estava coberto por um lençol vermelho brilhante e ela estava deitada à luz do sol que era filtrada pela janela. Usava calcinha e sutiã branco, curvado e pontudo, que apenas as garotas da cidade usavam. Com exceção disso, estava completamente nua, exibindo a todos o corpo que lembrava peixes e serpentes. O garoto conseguia sentir sua fragrância de salgueiro e viu que suas pernas, barriga e rosto eram brancos como jade e tenros como um papa-figo que tinha acabado de sair do ninho. Ele desejou acariciar e beijar seu corpo pálido. Queria chamá-la de "irmã" e segurar sua mão, mas Vovó Mao Zhi se sentou e olhou ao redor, procurando o vestido de verão, enquanto resmungava:

— Esse clima, esse clima!

Ela tirou uma blusa verde de baixo do travesseiro e a vestiu, notando o garoto de pé na porta.

— Sua perna não está doendo? — perguntou ela.

— Eu estou com muita sede.

— Beba um pouco d'água.

— A porta está trancada pelo lado de fora. O motorista pediu que você fosse até lá. Ele está esperando do outro lado da porta.

Quando ela ouviu isso, ficou confusa. Estreitou os olhos e pareceu se lembrar de algo. Então ficou pálida, como se alguma coisa tivesse acabado de ser confirmada. Vovó Mao Zhi se levantou e seguiu o garoto até o salão principal que continha o ataúde de cristal. Empurrou as grandes portas vermelhas, com o rosto pálido como um céu enevoado.

Ela gritou pelo vão da porta:

— Ei, quem é você? Se tem algo a dizer, abra a porta e diga.

Como não houve resposta, ela gritou novamente:

— Aqui é Vovó Mao Zhi. Por favor, abra a porta.

Por fim, eles ouviram movimento do lado de fora. Primeiro, os passos de pessoas subindo os degraus prostrados, seguidos pelo som de várias outras esperando silenciosamente do outro lado da porta e, finalmente, a voz rouca do motorista do caminhão de acessórios da trupe.

— Vovó Mao Zhi, você sabe quem sou eu? Acredito em fazer tudo às claras. Eu sou o motorista que viajou com você e a trupe pelos últimos seis meses e comigo estão os administradores do salão memorial. Eu vou ser franco: trancamos a porta por fora porque queremos o dinheiro da trupe. Sei que a trupe foi roubada, mas isso foi feito por alguns malditos superiores e oficiais filhos da puta que trabalham para o teatro. Enquanto vocês estavam no meio do penúltimo ato, eles entraram em ação e, antes que vocês terminassem, tiraram vantagem da confusão e pediram a mim que dirigisse o caminhão montanha abaixo. Acharam que eu não sabia o que estava acontecendo e, quando dividiram o dinheiro, não me deram um centavo. Asseguro que realmente não consegui um centavo com eles. Enquanto estávamos na estrada, eu disse que o caminhão estava com problemas no motor e que precisava parar para consertá-lo. Assim que eles desceram, voltei para cá imediatamente. Não seremos tão gananciosos quanto eles, pedimos apenas que nos deem de oito a dez mil yuans cada. Assim, não terá sido em vão que fui seu motorista nos últimos seis meses ou que meus companheiros tenham cuidado do memorial durante todo esse tempo sem abandoná-lo um único instante.

Nesse momento, alguém mais no salão memorial acordou — Surdo Ma. Como não conseguia ouvir o que estava acontecendo, ele foi até o banheiro se lavar e voltou ao cômodo lateral. Talvez já fosse quase meio-dia. A luz do sol que entrava no salão pela imensa janela parecia vermelho-escura, como carvão em brasa. No verão, o enorme salão ficaria bastante fresco, mas, como naquele ano o verão tinha vindo imediatamente depois do inverno, todas as janelas estavam fechadas, deixando o ambiente tão quente e abafado que era como se eles estivessem trancados dentro de um baú hermeticamente selado.

Vovó Mao Zhi se virou para olhar para as janelas, cada uma com mais de dez *chi* de altura. O memorial ficava nas profundezas das montanhas e todas as janelas ficavam a duas pessoas de altura do piso e a três, quatro ou até cinco pessoas do terreno lá fora — tão altas que estavam no nível de um segundo ou terceiro andar de um edifício normal. Se os aldeões não conseguissem abrir a porta, seria impossível sair do memorial. Todos eles eram deficientes, é claro, mas, mesmo que fossem inteiros, não teriam como escapar, supondo-se, em primeiro lugar, que conseguissem chegar às janelas.

Ela desviou o olhar das janelas.

As pessoas do lado de fora ficaram impacientes. Deram chutes na porta e gritaram:

— Você já decidiu? Não queremos muito dinheiro. Há apenas oito de nós e tudo o que pedimos é que nos deem dez mil yuans cada. Se não tiverem tudo isso, oito mil yuans serão suficientes.

— Não temos dinheiro nenhum, nós realmente não temos — retrucou ela. — Todo o nosso dinheiro foi roubado.

As pessoas do lado de fora deram chutes na porta novamente e disseram:

— Se vocês não têm dinheiro, podem esquecer. Mas, quando conseguirem algum, chamem. Se não respondermos, batam na porta três vezes.

Dito isso, as pessoas partiram e os aldeões dentro do memorial podiam ouvir seus passos enquanto caminhavam para algum lugar além dos degraus prostrados. O salão ficou silencioso e, quando Vovó Mao Zhi se virou, viu que os aldeões haviam se levantado e estavam em pé atrás dela, e aquela massa escura de pessoas parecia um grupo pronto para participar de uma reunião. Como fazia muito calor, todos os homens estavam sem camisa e alguns as haviam enrolado nos ombros. As mulheres não estavam sem camisa, mas vestiam blusas de verão. Era verão quando partiram das montanhas de Balou para o início da turnê e, ao retornar, não tinham passado pela aldeia, indo diretamente para a montanha. Assim, felizmente, ainda estavam com roupas de verão nas malas.

Os aldeões compreendiam a situação — cada um dos inteiros do lado de fora queria algo entre oito e dez mil yuans, o que significava que estavam exigindo, no mínimo, sessenta mil. Mas de onde viriam esses sessenta mil yuans? Os aldeões que lotavam metade do salão principal do memorial se entreolharam e o salão ficou em silêncio.

O mais estranho era que, a essa altura, eles já não estavam mais tão indignados quanto estiveram na noite anterior nem tão estressados. Era como se soubessem o tempo todo que esse tipo de coisa poderia acontecer. Ninguém disse uma palavra. Em vez disso, ficaram atrás da porta ou se apoiaram nos pilares do salão. As mulheres olharam para os homens, ao passo que os homens se agacharam fumando seus cigarros, como se nada tivesse acontecido. Huaihua ainda usava um vestido transparente e, como todos os outros, ainda não tinha lavado o rosto, mas parecia sedutora e arrebatadoramente bela. Ela olhou para Macaco Perneta e viu que ele estava apenas parado lá, de braços cruzados, sem dizer uma palavra. Ele esfregava o lábio superior nos dentes inferiores e o lábio inferior nos dentes superiores. Quando percebeu que não havia nada novo para ver, bufou com desdém e passou a olhar para outra coisa.

O salão estava dominado por um silêncio interminável.

Vovó Mao Zhi olhou para Macaco Perneta. Era como se o estivesse testando, mas, ao mesmo tempo, quisesse genuinamente lhe perguntar algo.

— O que faremos?

Macaco Perneta virou a cabeça e respondeu:

— Como eu vou saber? Se eu tivesse dinheiro, entregaria a eles.

Ela se virou para um surdo.

O surdo estivera de pé, mas se agachou e anunciou em voz alta:

— Eu não tenho um centavo! Todo o meu dinheiro foi roubado.

Ela se virou para doïs jovens inteiros, que disseram:

— Definitivamente, não ganhamos tanto quanto vocês. Para cada apresentação, vocês recebem dois assentos, enquanto nós dois juntos não ganhamos sequer o equivalente à perna de uma cadeira. Tudo o que ganhamos, guardamos embaixo do travesseiro, e agora o dinheiro sumiu.

Ficou evidente que não havia razão para continuar discutindo. Ela refletiu por um instante e foi até o cômodo lateral onde havia dormido. Depois de um tempo, voltou com um grande maço de dinheiro. Não estava claro de onde ele tinha vindo, mas todas as notas estalavam de novas, notas de cem yuans, amarradas juntas em pilhas espessas como tijolos. As quatro netas olharam para ela com assombro. Huaihua ficou parada em um canto do quarto petrificada, mas corou intensamente enquanto esperava que a avó caminhasse ao seu encontro. Subitamente, arremeteu contra ela e agarrou a mão que segurava o dinheiro, puxando com tanta força que Mao Zhi quase caiu.

Felizmente, ela conseguiu manter o equilíbrio. Olhou para Huaihua, atônita, e lhe deu um tapa no rosto. Vovó Mao Zhi parecia ter envelhecido da noite para o dia e, embora a bofetada não tivesse sido muito forte, ainda assim era uma bofetada. O rosto de Huaihua ficou vermelho.

— Esse dinheiro é meu! — gritou ela. — Não posso nem comprar um vestido.

— Você já comprou o bastante! — exclamou Vovó Mao Zhi.

Ela olhou irritada para a neta, que segurava sua mão, foi até a porta e bateu. Uma resposta empolgada se fez ouvir do outro lado.

— Todos vocês têm habilidades especiais e, cada vez que se apresentam, ganham muito dinheiro. Por que deveriam se ressentir de nos dar um pouco?

Enquanto diziam isso, gritaram para as pessoas abaixo dos degraus prostrados:

— Venham, venham rápido!

Vovó Mao Zhi passou o punhado de dinheiro sob a porta e a pessoa do outro lado aceitou. Ao fazê-lo, disse:

— Continue empurrando.

— Eu realmente não tenho mais nada — explicou ela. — Esses oito mil yuans são tudo o que temos. Todo o restante foi roubado na noite passada.

A pessoa falou, infeliz:

— Você pode tentar enganar fantasmas e porcos, mas não somos fantasmas nem porcos e não deixaremos que nos engane. Isso é só um maço de oito mil yuans, você ainda nos deve outros sete. Se não passar o restante, eu os deixarei morrer de fome e sede.

O homem ficou em silêncio e eles ouviram o motorista murmurar algo para alguém. Ele conduziu algumas pessoas pelos degraus prostrados. Então Vovó Mao Zhi gritou para os passos que retrocediam:

— Ei, nós realmente não temos mais nada. Esses oito mil yuans eram tudo o que nos restava.

— Não venha me dizer "ei" — respondeu a pessoa — e pare de dar desculpas esfarrapadas.

— Se você não acredita em mim, abra a porta e venha procurar.

— Vai se foder! Você realmente acha que vocês, deficientes, poderiam vencer a nós, inteiros?

— Você não tem medo da lei.

— Nós, inteiros, *somos* a lei.

— Você não tem medo do chefe Liu?

A pessoa riu.

— Para dizer a verdade, o chefe Liu está com grandes problemas. Se não estivesse, você acha que aqueles canalhas do condado teriam ousado roubar seu dinheiro, para começo de conversa? Se ele não estivesse com problemas, eu jamais ousaria prendê-los no interior do Salão Memorial de Lênin.

Ela ficou atônita e a pessoa foi embora, falando com os outros ao pé dos degraus prostrados. O único som que permaneceu foi o eco dos seus passos nos degraus de pedra, que reverberavam nas paredes de tijolos do memorial e no coração dos aldeões.

O ar no interior do salão estava tão quente que era difícil respirar. Todos ficaram agitados, com as bocas secas e os corpos cobertos de suor. Estavam com sede e com fome. O garoto que, no início, havia acordado porque estava com sede e percebera que a porta do salão memorial estava trancada agora sentia tanta sede que nem conseguia mais falar para pedir água. O surdo murmurou:

— Vai se foder, vai conseguir água em algum lugar.

O mudo fez um gesto na direção da garganta e bateu os pés no chão. Não havia água na bomba, mas as pessoas continuavam tentando.

Vovó Mao Zhi se lembrou do garoto e foi procurá-lo. Viu que ele e o tio estavam deitados em um canto. O garoto se acomodara no colo do tio, como um bebê no peito da mãe. O tio tinha 63 anos e acompanhara a trupe para servir como cozinheiro. Ele acariciava a cabeça do garoto e dava tapinhas em suas costas. Quando ela se aproximou, ele disse:

— Precisamos conseguir água, o garoto está com febre. Precisamos conseguir água, o garoto está com febre.

Vovó Mao Zhi sentiu a testa do garoto e percebeu que estava queimando. Agitou a mão para resfriá-la e a colocou novamente em sua testa. Então foi até a porta do salão e bateu.

— Passe o dinheiro debaixo da porta — disse a pessoa do lado de fora.

— Tem um garoto aqui com febre. Estou implorando por uma tigela de água.

— Precisamos de água — disse a pessoa para alguém.

— Faça com que paguem por ela — respondeu o motorista que estava ao seu lado.

— Vocês querem água? Então passem o dinheiro.

— Você não tem um fiapo de consciência?

— Aja como se tivéssemos dado nossas consciências aos cães.

— Quanto por uma tigela de água?

— Cem yuans.

— Você realmente não tem consciência.

— Eu já disse, aja como se tivéssemos dado nossas consciências aos cães.

Ele não disse mais nada e todos do lado de dentro olharam para ela. Vovó Mao Zhi, por sua vez, olhou desamparada para o canto do salão, onde o tio do garoto parecia tão perplexo que sua cabeça parecia prestes a cair. Os aldeões ficaram em um silêncio mortal, como se todos tivessem caído em uma sepultura aberta. Macaco Perneta foi até a porta e gritou para a pessoa do outro lado:

— Como pode uma tigela de água custar cem yuans?

— Vocês todos vão morrer. Precisam fazer alguma coisa.

— Que tal um yuan por uma bacia?

— Vai foder a sua mãe.

— Que tal dez yuans?

— Vai foder a sua mãe.

— Vinte yuans?

— Vai foder a sua mãe. Não aceitarei nem cinquenta.

Macaco Perneta não disse mais nada. Nesse momento, Vovó Mao Zhi foi até o cômodo lateral onde havia dormido e coletou várias notas de dez yuans e uma pilha de notas menores. Em seguida, gritou para a pessoa do outro lado da porta:

— Que tal oitenta yuans?

— Cem yuans por uma tigela de água do poço,[1] duzentos por uma tigela de macarrão e quinhentos por um bolinho cozido no vapor. Se quiserem, são seus e, se não quiserem, podem morrer de fome aí dentro.

Sem dizer uma palavra, ela passou uma nota de cem yuans por baixo da porta. Após alguns instantes, os aldeões ouviram um farfalhar do lado de fora. Inicialmente, presumiram que as pessoas abririam a porta e passariam uma tigela de água, mas, em vez disso, os inteiros colocaram uma escada apoiada na porta, subiram e bateram na janela, pedindo que alguém a abrisse e pegasse a água. A pessoa que fez isso foi Macaco Perneta, subindo nos ombros de Mudo. Ele viu que, do outro lado da janela, havia alguém de uns 20 e poucos anos com um corte de cabelo *flat top* e o rosto vermelho. Macaco Perneta disse rapidamente:

— Se deixar a escada aqui esta noite, eu lhe darei mil yuans. Combinado?

O jovem de rosto vermelho ficou pálido imediatamente e falou:

— Eu dou valor à minha vida.

Ele desceu rapidamente, movendo a escada para o lado.

A essa altura, já passava do meio-dia. O sol intenso estava a pino. Estava tão quente que os campos pareciam capazes de escaldar qualquer um que tentasse trabalhar neles. Como grama queimada, os aldeões voltaram aos seus respectivos cômodos para se deitar.

Como Macaco Perneta aceitara a água através da janela, ele se sentia desperto. Ele e vários inteiros encontraram duas caixas vazias e uma antiga mesa em um canto do salão e, quando os empilharam uns sobre os outros, conseguiram chegar à janela.

Escalou silenciosamente e viu que o alto da montanha do lado de fora estava vazio e silencioso. Não sabia para onde todos os turistas que cobriam a encosta no dia anterior foram e por que não havia um único deles à vista. O caminhão que tinha sido usado para transportar os acessórios de palco estava estacionado debaixo de uma grande árvore em frente ao memorial e os inteiros — sete ou oito deles — estavam deitados na sombra criada pelo veículo. Já haviam almoçado, e suas tigelas e seus *hashis* estavam espalhados. Debaixo da árvore, alguns jogavam cartas, enquanto outros haviam estendido esteiras e cochilavam. É desnecessário dizer que o motorista baixo e gordo de 30 e tantos anos era o líder informal do grupo. Estava só de cueca e dormia perto dos outros, parecendo não se preocupar com o fato de que os aldeões não estavam entregando dinheiro.

Parecia que os inteiros haviam organizado tudo cuidadosamente. Ao longo do amplo caminho de cimento que levava ao sopé da montanha, sob a luz branca do sol, era como se houvesse uma camada de fumaça e poeira, e tudo estava brilhante e limpo, sem uma alma à vista. Os turistas que foram para a montanha no dia anterior tinham voltado para casa e, agora, fazia tanto calor que ninguém mais parecia interessado em visitar o lugar. Ou talvez as pessoas que haviam tentado subir a montanha mais cedo tivessem sido enganadas para que voltassem para casa e as que ainda assim queriam ir até o memorial tivessem sido impedidas na base da montanha. Qualquer que fosse a razão, o cume estava extraordinariamente quieto e, à exceção dos sete ou oito inteiros, não havia mais ninguém.

Pela janela, Macaco Perneta conseguia ver os pinheiros e os ciprestes que cercavam o memorial, enquanto as castanheiras e as alfarrobeiras perto do desfiladeiro estavam verdes e brotando no calor. Desse verdume, as cigarras também emergiam e ficavam nos galhos e nas folhas das árvores, ciciando. Num piscar de olhos, a relva e as amoras-silvestres no declive da montanha tinham crescido imensamente e, no meio desse verdume, havia incontáveis gafanhotos e outros insetos. Toda a vegetação da montanha estava verdejante e viçosa.

À medida que esquentava, os aldeões trancados no memorial se sentiam ainda mais sufocados e oprimidos, como se estivessem no interior de uma panela de bambu. Macaco Perneta olhou pela janela por mais algum tempo e moveu as caixas e cadeiras para uma janela diferente, confirmando que estavam trancados dentro do memorial como se estivessem em uma panela de pressão. Essa panela hipotética, além disso, estava suspensa no ar, de modo que, se alguém tentasse sair pela janela, ainda assim não conseguiria chegar ao chão. As janelas nos fundos e em ambos os lados da construção davam para um penhasco e estavam posicionadas a vários metros do chão. A janela da frente era ligeiramente mais baixa, no entanto também era alta como uma janela de segundo andar. Em frente aos degraus prostrados, por outro lado, a janela acima da porta era baixa o bastante para ser aberta com o ombro. Mas havia dois jovens vigias cuidando da porta, cada um deles com um porrete de três *chi* e parecendo preparados para usá-lo.

Era impossível escapar pelas janelas. Nem mesmo um inteiro ousaria pular delas, muito menos um dos aldeões deficientes. Além disso, como desceriam a montanha à vista das pessoas do lado de fora?

Quando Macaco Perneta desceu da janela, todos olharam com expectativa para ele. Seu rosto estava coberto de poeira, como se ele tivesse topado com uma parede.

— Há alguma esperança? — perguntaram os aldeões.

— Nenhuma.

Eles imediatamente perderam as esperanças remanescentes de fugir. Então abriram várias janelas para arejar o memorial. A brisa trouxe o cheiro da vegetação da montanha e todos se sentaram ou deitaram pacificamente em seus respectivos quartos. O tempo se arrastou como um cavalo ou um boi andando pela relva alta e, quando o sol finalmente passou do zênite, alguém gritou do outro lado da porta:

— Ei, vocês estão com fome? Com sede? Se estiverem com fome e com sede, é só passar o dinheiro por baixo da porta e mandaremos sopa e comida pela janela.

O grito entrou no salão e reverberou. Mas os aldeões não responderam, meramente deixando o som desaparecer sozinho. Uma vez que o salão estava mais uma vez em silêncio, sua fome e sua sede se tornaram ainda mais pronunciadas, como se eles tivessem sido acordados de um sono profundo. Todos sentiam como se houvesse manadas de animais galopando no estômago. Dessa maneira, o dia passou e, por fim, chegou o ocaso.

Nesse momento, houve uma batida na janela do salão. As pessoas saíram dos quartos para olhar e, quando retornaram, avisaram que todas as janelas estavam sendo pregadas. Relataram o fato como se, o tempo todo, soubessem que isso ocorreria. Era como se sentissem que, uma vez que eram deficientes e não podiam subir até as janelas mesmo que elas estivessem ao seu alcance, elas podiam muito bem ser fechadas. Assim, ninguém prestou atenção ao aldeão que estava falando e todos focaram no som de martelos nas janelas. Continuaram sentados ou deitados onde estavam, tentando usar o silêncio para suprimir a fome e a sede. Era como se tentassem fazer um mosquito controlar um incêndio cada vez maior e mais violento.

O som das marteladas nas janelas ecoava como trovões no coração de todos. A cada batida, seus corações disparavam e, conforme o sol atravessava as centenas de *li* de céu do fim da tarde à noite, eles continuaram a suportar as marteladas incessantes.

Quando o sol se pôs, a fome e a sede surgiram novamente, ainda mais intensas. Algumas pessoas estavam dormindo e, nesse momento, acordaram confusas. A luz do sol passando pela janela mudara de um branco escaldante para um amarelo reluzente e, então, para vermelho--sangue. O sol havia se deslocado da janela em frente ao salão para a janela sobre o retrato de Lênin e o ataúde de cristal e, de lá, para a janela dos fundos. Parecia haver um lençol de seda vermelha sobre cada painel de vidro. De dentro do salão, era possível ver a cobertura que fora pregada nas janelas, como um pequeno chapéu. As pessoas do lado de fora eram inteiras altas e, a despeito dos desfiladeiros escarpados e valados embaixo das janelas, ainda assim foram capazes de acessá-las com facilidade para cobri-las.

Vovó Mao Zhi não passara o tempo deitada, ficara apenas sentada, olhando estupidamente para a porta. Através dela, conseguia ver o ataúde de cristal no centro do salão principal, juntamente com o tecido branco estendido sobre o ataúde, no qual umas dez ou vinte pessoas deixaram suas digitais, afirmando seu apoio à saída da sociedade. Ninguém tinha ideia do que ela estava pensando, ali sentada. Quando o sol se pôs, Vovó Mao Zhi finalmente desviou os olhos do ataúde e olhou para as quatro netas: Tonghua, Huaihua, Yuhua e Marileth. Em seguida, olhou para Mulher Paraplégica, que estava deitada à sua frente. Falando em parte com elas e em parte consigo mesma, perguntou:

— Estão com fome?

Todos olharam para ela.

— Se tiverem dinheiro, vão comprar alguma coisa — disse ela. — Não vale a pena todos morrerem de fome.

— É quase noite — comentou Mulher Paraplégica. — Talvez amanhã eles abram a porta.

Vovó Mao Zhi foi para outro cômodo. Olhou para os aldeões sentados ou deitados e disse:

— Se estiverem com fome, comprem alguma coisa. Não vale a pena todos morrerem de fome.

Ninguém respondeu. Eles apenas contemplaram o sol se pondo pela janela.

Ela foi até outro cômodo e disse:

— Decidi que, se precisarem comprar alguma coisa, devem fazê-lo. Não vale a pena todos morrerem de fome.

Foi até outro cômodo e repetiu:

— Se precisarem comprar alguma coisa, façam isso. Não vale a pena todos morrerem de fome.

Ela foi a cada um dos cômodos laterais, dizendo a todos a mesma coisa. No fim, contudo, ninguém foi comprar um bolinho ou uma tigela de água. Uma pessoa disse:

— Não tenho um único centavo!

Outra disse:

— Toda a merda do meu dinheiro foi roubada!

Todos alegavam não ter dinheiro e que não podiam fazer nada se estivessem prestes a morrer de sede e fome.

O dia deu lugar à noite. Por volta da hora do jantar, as pessoas do lado de fora da porta chamaram repetidamente os aldeões, dizendo:

— Se estiverem com sede e com fome, passem dinheiro por baixo da porta.

À exceção de um aldeão que já não conseguia mais suportar e passou cinquenta yuans por baixo da porta em troca de meia tigela de água, ninguém prestou atenção. Ninguém conseguia se obrigar a pagar duzentos yuans por uma tigela de macarrão ou quinhentos por um bolinho.

Dessa forma, a noite passou.

Um novo dia chegou.

No terceiro dia, os aldeões estavam tão famintos que seus olhos pareciam prestes a cair das órbitas e, quando caminhavam, tinham de se apoiar na parede. Mas o sol ainda estava tão quente quanto nos dias anteriores e, quando brilhava, era como se incontáveis varetas incandescentes de ferro tivessem sido enfiadas pelas janelas. Os lábios de todos estavam tão secos que sangravam e, para aplacar a sede, eles não ficavam nos cômodos laterais, mas sim no salão principal ou nos banheiros. O ar nesses lugares continha alguma umidade, mas, como a bomba já não funcionava mais, também havia fezes e urina por toda parte.

As pessoas do lado de fora haviam endurecido os corações e decidido esperar. Sabiam que, quando os aldeões tivessem suportado toda a fome e toda a sede de que fossem capazes, entregariam o dinheiro. Assim, com exceção de gritar durante as refeições para ver se estavam com fome e com sede, as pessoas do lado de fora não os incomodavam e se limitavam a usar o próprio tempo para atormentá-los.

E, no fim, os aldeões de fato ficaram alquebrados.

Ao meio-dia do terceiro dia, as pessoas do lado de fora chamaram os aldeões no memorial como se estivessem vendendo mercadorias:

— Ei, querem água? Cem yuans por uma tigela...

— Ei, querem sopa? Duzentos yuans por uma tigela de sopa de macarrão com ovos, tão cheia que está transbordando...

— Ei, querem bolinhos cozidos no vapor? Nossos bolinhos brancos são tão grandes quanto a cabeça de uma criança ou os seios de uma mulher, e nossos bolinhos assados de chalota são tão amarelos quanto ouro e tão saborosos quanto bolo frito. Vocês querem um? Quinhentos yuans por um bolinho branco cozido no vapor e seiscentos por um bolinho assado amarelo.

Eles gritavam do outro lado da porta e, de tempos em tempos, subiam a escada e espiavam o interior. Gritavam as mesmas coisas pela janela, vezes e vezes sem conta, como um alto-falante repetindo um anúncio dez vezes ou mais, e estendiam uma tigela de água, perguntando:

— Alguém quer isso? Se ninguém quiser, vamos virar.

E, de fato, viravam a bacia no salão. A água era como um tapete de feijões branco-prateados, reluzindo brevemente no ar antes de se espalhar pelo chão de cimento. O chão ficava imediatamente coberto por uma camada de água.

Eles também estendiam um bolinho pela janela e perguntavam:

— Alguém quer isso? Quer?

Em seguida, esmigalhavam o bolinho em farelos minúsculos e os espalhavam do lado de fora da janela, como se estivessem alimentando pássaros, deixando no salão apenas o saboroso aroma do bolinho, como a fragrância do trigo no período anterior de fome.

Ao esfarelar o bolinho e despejar a água no chão, eles atraíam os aldeões para o salão principal, onde se sentavam ou ficavam de pé, observando enquanto uma tigela de água após a outra era derramada no piso e farelos de bolinho choviam como areia no chão, do lado de fora da janela.

O sol do meio-dia estava tão quente que não era possível esquentar mais. Não fazia tanto calor havia centenas de anos. Dentro do memorial, não se sentia um sopro de brisa. O ar parecia já ter sido respirado. Todos pareciam precisar transpirar, mas seus corpos já não tinham mais nenhuma umidade para liberar. Se o calor continuasse, começariam a transpirar sangue. Como não havia água para dar descarga na urina e nas fezes que as pessoas depositavam no banheiro do salão, o fedor preenchia o cômodo e cobria a todos.

O inteiro que estivera derramando água e esfarelando bolinhos pela janela saiu para tirar um cochilo e, dentro do salão, tudo ficou silencioso e imóvel como uma tumba. Os aldeões estavam tão famintos e sedentos que estavam prestes a desmaiar, e todos estavam sentados no chão, como se estivessem paralisados.

Seus lábios estavam tão brancos e enrugados quanto arenito rachado.

Com exceção dos inteiros falando, havia silêncio absoluto do lado de fora. Ou seja, durante três dias ninguém tinha subido a montanha e, portanto, ninguém sabia daquele evento sem precedentes. Ninguém sabia que os aldeões de Avivada estavam presos no Memorial de Lênin e que, há três dias, não tinham acesso a água nem comida.

Ninguém sabia que Garotinho com Pólio estava com febre nem que todas as vezes que os aldeões queriam lhe dar meia tigela de água tinham de passar cinquenta ou cem yuans por baixo da porta.

O tio do garoto já havia desmaiado perto de um dos pilares de mármore do salão.

Surdo Ma estivera deitado perto da parede, imóvel, durante um dia e uma noite. Era como se nem mesmo seus olhos quisessem se mover.

A mulher paralítica que estivera viajando com a trupe para ajudar a cozinhar sentiu tanta fome que já não conseguia mais suportar. Ela usou uma tigela para recolher a própria urina e a bebeu, mas imediatamente vomitou.

Por fim, no calor da tarde do terceiro dia, Vovó Mao Zhi emergiu do cômodo lateral onde estivera dormindo, segurando a muleta e se apoiando na parede. Seu rosto estava cinzento depois de ter suportado três dias e três noites de fome e sede. Seu cabelo estava grisalho e desgrenhado. Sua blusa azul costumava ser justa, mas agora parecia pender de um cabide. Quando caminhou para fora do quarto, nenhum dos aldeões prestou atenção, pois concluíram que não tinha nada a relatar, uma vez que, como todos os outros, tinha passado os três dias anteriores sentada ou deitada. Mas ela abriu a boca e falou, de modo que os outros não tinham opção senão ouvi-la, prestando atenção a cada palavra. Ela não estivera no salão quando as pessoas de fora haviam derramado água e esfarelado bolinhos pela janela, mas sabia muito bem o que eles estavam fazendo. Vovó Mao Zhi ficou lá de pé, segurando uma das muletas com uma das mãos e se apoiando na parede com a outra. E perguntou:

— Eles pararam de derramar água e esfarelar bolinhos?

Todos a encararam.

— Sei que a maioria tem dinheiro e também sei exatamente onde o guardam. Se não acreditam em mim, que todos tirem as roupas e deixem alguém examiná-las ou levantem os tijolos embaixo da esteira e deixem alguém olhar.

"Não vale a pena morrer de fome ou de sede. Cem yuans por uma tigela de água, duzentos yuans por uma tigela de macarrão e quinhentos yuans por um bolinho cozido no vapor... Se comprarem, viverão; se não comprarem, morrerão. Vocês vão comprar ou não?

"Vocês não precisam esconder seu dinheiro. Cada família pode beber a água e comer os bolinhos que comprar com suas próprias economias. Acreditem, aqueles que não têm dinheiro morrerão de fome e sede antes de usarem um centavo dos outros."

O salão caiu em um silêncio profundo. Então, ouviu-se o som das pessoas olhando ao redor. Em breve, todos olhavam para os cantos do cômodo onde haviam escondido o dinheiro. Era como se temessem que Vovó Mao Zhi tivesse encontrado seus esconderijos secretos, como se ela tivesse revelado suas fraquezas. Alguns a odiaram por isso, outros ficaram simplesmente constrangidos e outros ainda se sentiram gratos por ela enfim derrubar a barreira artificial que tinha sido erguida dentro do salão. Contudo, todos permaneceram onde estavam sentados ou deitados, olhando em silêncio uns para os outros. Era como se cada um deles sentisse que ela falava com outra pessoa. Era como se sentissem que, caso alguém pegasse dinheiro para comprar água, teria de dividi-la com os outros e, do mesmo modo, caso eles próprios pegassem dinheiro para comprar bolinhos, não teriam escolha senão dar um pouco aos outros. O que os deixava particularmente temerosos e ansiosos era a ideia de que, se fossem os primeiros a pegar o dinheiro, os outros poderiam bater neles, dizendo "Vai se foder, você tinha todo esse dinheiro e nos fez suportar três dias de fome e sede", roubando o dinheiro e usando-o para comprar água, macarrão e bolinhos cozidos no vapor para si mesmos.

Assim, todos permaneceram onde estavam, sem se mexer ou dizer palavra, como se o salão estivesse completamente vazio.

O ar ficou cada vez mais nocivo.

E ainda pior por causa do fedor do banheiro.

O salão principal estava tão quieto que parecia que uma folha ou uma pena abriria um buraco enorme se caísse no chão e causaria uma enorme rachadura se batesse em um dos pilares de mármore. Era como se a folha ou a pena pudesse estilhaçar o ataúde de cristal de Lênin, gerando incontáveis cacos de vidro. De fato, o salão estava tão quieto que seria impossível encontrar um lugar mais silencioso em todo o mundo. Enquanto todos olhavam para Vovó Mao Zhi, sentiam-se cada vez mais desconfortáveis e passaram a olhar para um ponto indeterminado à sua frente.

Dessa maneira, aquele tempo de desorientação se arrastou, como se estivesse contando fios de cabelo; talvez tivesse coberto cem *li* ou talvez o equivalente a vários fios de cabelo. Por fim, ela olhou para Garotinho com Pólio.

O garoto estava sentado no canto mais próximo da porta do salão. Estava apoiado no batente e a água que tinha sido derramada pela janela chegara aos seus pés e espirrara em seu rosto. Sempre que as pessoas de fora jogavam água, ele queria tentar pegá-la com a boca, mas tinha medo de ficar preso em outro lugar e incapaz de se mover. É desnecessário dizer que seu rosto exibia uma palidez mortal, causada pela fome e pela sede, e ficara tão inchado e brilhante quanto uma maçã ou pera podres, enquanto seus lábios estavam cobertos de rachaduras secas e ensanguentadas, além de estarem extraordinariamente inchados. Vovó Mao Zhi olhou para ele e ele olhou para ela. Era como se visse alguém parecido com sua mãe. Ele parecia querer chamá-la, mas temia ter se enganado. Assim, limitou-se a ficar olhando para Vovó Mao Zhi em silêncio, como se estivesse esperando que ela o reconhecesse.

Ela o observou por algum tempo e disse:

— Garoto!

Ele grunhiu em resposta.

— Você quer comer? — perguntou ela.

— Eu estou com muita sede — respondeu ele, assentindo com a cabeça.

— Então me dê o dinheiro que você costurou dentro do bolso da calça e eu comprarei alguma coisa para você.

O garoto tirou a calça na frente de todos, revelando sua cueca florida. Na cueca, havia um bolso branco saliente, com a abertura fechada com pontos. O garoto se inclinou e abriu o bolso com os dentes. Ela se aproximou e pegou o dinheiro. Após contar seis notas, devolveu o restante a ele, foi até a porta do memorial e bateu algumas vezes, dizendo:

— Quero uma tigela de água e um bolinho cozido no vapor!

E passou o dinheiro por baixo da porta.

Num piscar de olhos, uma tigela de água e um bolinho cozido no vapor foram passados pela janela acima da porta. O garoto ficou atrás da porta para recebê-los e começou a beber e comer na frente de todos. Era apenas um garoto e, no começo, ninguém prestou atenção, mesmo quando o som dele bebendo água reverberou pelo salão como um rio, enquanto o som dele comendo era como o som de comida fritando durante o festival de avivamento da aldeia.

O garotinho devorou o bolinho, sem prestar atenção em ninguém.

O aroma varreu o memorial como um tornado, seguido pelo som do garoto mastigando. Sua perna direita era murcha como um graveto e ele era magro como uma haste de trigo, e normalmente, ao abrir a boca, não conseguia abocanhar nem mesmo um ovo. Mas agora o garoto pequeno e magro abriu bem a boca e, em duas ou três bocadas, conseguiu engolir dois terços do bolinho, que era grande como a cabeça de um coelho.

O olhar de todos estava fixo no bolinho e no garoto se deliciando com a comida.

Ninguém disse uma palavra. Estavam todos consumindo a visão dele bebendo a água e o som dele comendo o bolinho cozido no vapor. Macaco Perneta estava de pé ao seu lado, lambendo os lábios rachados. Surdo Ma, por alguma razão, cobria a boca com a mão. Tonghua, Huaihua, Yuhua e Marileth não observavam o garoto, mas sim a avó, como se ela, que estava parada ao seu lado, pudesse produzir uma pilha de dinheiro e comprar uma tigela de água e um bolinho para cada uma delas.

A essa altura, já era tarde e parecia que o ar no cômodo e até o próprio tempo eram mastigados pelo garoto.

Surdo Ma desabotoou as calças e resmungou:

— Se estamos prestes a morrer, para que preciso de dinheiro?

Ele tirou mil e duzentos yuans da cueca e gritou para a porta:

— Me dê dois bolinhos e duas tigelas de água!

A face sorridente de alguém com uns 30 e poucos anos surgiu na janela e entregou os bolinhos e a água.

Mudo gemeu várias vezes, bateu os pés no chão e voltou ao cômodo lateral onde tinha dormido. Começou a contar os tijolos ao longo da parede e, ao chegar ao quinto, ergueu os tijolos correspondentes embaixo de seu saco de dormir e removeu várias pilhas de dinheiro. Retirou uma delas e, ao recomeçar a andar, mostrou três dedos e gemeu. Vovó Mao Zhi pegou o dinheiro e explicou ao rosto sorridente na janela:

— Ele quer três bolinhos e três tigelas de água. Aqui estão oitocentos yuans. Conte você mesmo.

Então passou as notas pela janela e as entregou na mão da pessoa.

O rosto sorridente aceitou o dinheiro. Mesmo sem contar, imediatamente gritou para as pessoas abaixo dele:

— Rápido, tragam três bolinhos cozidos no vapor e três tigelas de água.

Dessa maneira, a situação começou lentamente a mudar. Os aldeões já não precisavam mais evitar uns aos outros. Como dissera Vovó Mao Zhi, seu dinheiro fora roubado três dias antes, mas todos ainda guardavam algum consigo. As mulheres abriram as blusas na frente de todos e a maioria tinha dinheiro escondido em bolsinhos costurados do lado de dentro. Uma delas não tinha esse tipo de bolso, mas foi até o banheiro e, num piscar de olhos, voltou com várias centenas de yuans.

O tio do garoto continuou sentado, sem se mover. Por fim, rasgou a perna da calça, revelando várias centenas — ou mesmo milhares — de yuans.

O velho que subira ao palco interpretando o papel de homem de 121 anos não procurou nas roupas nem foi ao cômodo lateral pegar dinheiro. Em vez disso, foi até o ataúde de cristal de Lênin e, deitando-se no chão, começou a tatear, retirando uma carteira do tipo que somente as pessoas da cidade usam. A carteira estava cheia de notas de cem yuans, estalando de novas. Ele retirou sabe-se lá quantas notas, resmungando:

— Foda-se! Se todos vão morrer, de que nos servirá o dinheiro?

Ele não comprou um bolinho cozido no vapor nem uma tigela de água. Em vez disso, comprou três bolinhos assados e três tigelas de macarrão. Os bolinhos haviam sido assados até adquirirem um suculento tom de marrom e o macarrão, de forma similar, fora preparado à perfeição.

Depois que o velho aceitou os três bolinhos assados e as três tigelas de macarrão, colocou duas tigelas no chão e segurou a terceira com a mão esquerda, ninando os bolinhos na direita. Então levou os bolinhos e a tigela até o ataúde de cristal de Lênin antes de voltar para recolher as duas tigelas remanescentes. O ataúde era claro e brilhante e, quando ele colocou o macarrão e o bolinhos em cima dele, era como se os colocasse em cima de uma mesa de jade imperial. Dessa forma, não era como se estivesse comendo simplesmente porque estava com fome, mas como se dissesse: *Comam e bebam, porque o importante é sobreviver. Qual é a utilidade do dinheiro? O que há de especial a respeito dele? Comida é a coisa mais valiosa do mundo.*

Ele saboreava o bolinho com tanta alegria quanto uma vaca ruminando e sorvia o caldo do macarrão como se sorvesse água no meio de um deserto. Concentrou-se apenas em comer e beber, ignorando completamente os outros. Era como se estivesse no palco, interpretando o papel de um homem esfomeado.

Várias pessoas o observavam, enquanto outras tiravam dinheiro de vários lugares e, como ele, compravam porções de bolinho e macarrão. Ao fazê-lo, diziam:

— Vovó! Se as pessoas não podem sequer sobreviver, devem ao menos comer e beber bem.

Macaco Perneta estivera escondido, imóvel, atrás da multidão de aldeões, mas, ao ver todos comerem e beberem, pegou dinheiro de algum lugar. Então, viu Aleijado, o homem de 121 anos. Ele comia e bebia em cima do ataúde de cristal, enquanto espiava embaixo dele, olhando para o tijolo do qual acabara de remover o dinheiro. Macaco Perneta começou a desenvolver uma suspeita e gritou:

— Vai se foder!

Não estava claro se xingava o velho aleijado ou a si mesmo. Ele pegou uma das solas duras especiais que usava ao apresentar o ato de saltar sobre uma montanha de facas e cruzar um mar de fogo e removeu várias notas de cem yuans, usando-as para comprar bolinhos e macarrão.

Enquanto comia e bebia, observava ao redor e seu olhar pousava de tempos em tempos na área abaixo do ataúde de cristal, que Aleijado continuava vigiando.

Nesse meio-tempo, o salão principal se tornou um tumulto só, com todos pedindo bolinhos e água. Os aldeões claudicavam até a porta do salão, onde, como o velho aleijado, diziam:

— Isso mesmo. Foda-se! Se as pessoas estão morrendo de fome, para que precisam de dinheiro? Comam, bebam. Não vale a pena todos morrerem de fome e sede. Não importa se uma tigela de água custa cem yuans. Mesmo que custasse mil, eu não aceitaria essa sentença de morte.

Em breve, o salão inteiro estava tomado pelo som de pessoas comendo e bebendo.

Uma pessoa secou uma tigela de água e estendeu uma nota de cem yuans para a janela, gritando:

— Venda-me mais água! Eu preciso de mais água!

Outra devorou um bolinho em algumas mordidas e gritou:

— Venda-me outro bolinho, venda-me outro. Eu quero um bolinho de azeite!

Nesse momento, contudo, as quatro pequenas janelas acima da porta do memorial foram abertas e, nelas, surgiram os rostos de quatro inteiros. Na janela do meio, apareceu o rosto do motorista, mas ele não sorriu alegremente como o inteiro ao seu lado. Em vez disso, enfiou a cabeça pela janela, olhou ao redor, pigarreou e disse:

— Se tivessem feito isso antes, não teriam passado fome por tanto tempo!

E acrescentou:

— Peço desculpas, mas o preço do bolinho subiu. Eles agora custam oitocentos yuans cada. E o preço da água também subiu para duzentos yuans por tigela.

Todos os aldeões ficaram em silêncio, como se o motorista tivesse jogado água no fogo. Algumas das pessoas segurando dinheiro para comprar bolinhos e água imediatamente baixaram os braços, mas uma mulher permaneceu congelada, com os braços suspensos no ar e o dinheiro ainda nas mãos. Um dos inteiros na janela rapidamente agarrou o dinheiro e a mulher gritou:

— Você roubou o meu dinheiro! Você roubou o meu dinheiro!

A pessoa que havia pego o dinheiro se inclinou para dentro do salão e disse, rindo:

— Se quiséssemos roubar o seu dinheiro, por que teríamos esperado três dias e três noites?

Seu grito a silenciou e ela rapidamente se afastou da porta, agarrando o bolso costurado à blusa. De longe, Macaco Perneta viu o velho com a muleta olhar instintivamente para a área embaixo do ataúde. Ele notou que todas as pessoas no salão ficaram sem palavras e olhavam para Vovó Mao Zhi.

Enquanto tudo isso acontecia, ela simplesmente ficou parada no meio do salão, perto de uma coluna. Huaihua, contudo, já recuara para o lado, com meio bolinho em uma da mãos e meia tigela de água na outra, comendo e bebendo alegremente, mas em silêncio. Ninguém sabia onde conseguira dinheiro para comprá-los, mas agora, enquanto se escondia no canto comendo, ela olhava várias vezes para trás, com os olhos arregalados e vívidos, para a avó, para a irmã cega e para as nainhas. O sol brilhava na janela, tão intenso quanto antes, e, a despeito do fedor anterior, o ar tinha o aroma de bolinhos e umidade. Huaihua estava de pé, mastigando o bolinho e bebendo água, ainda mais silenciosa que antes, como se temesse que alguém pudesse ouvi-la, como se um bando de ratos ou pardais estivesse prestes a roubá-la.

Os aldeões que não conseguiram comprar água ou bolinhos olhavam miseravelmente para Vovó Mao Zhi, como se simplesmente ao olhar para ela pudessem conseguir algo para comer e beber. Todos tinham expressões de amargura e arrependimento, pois haviam perdido a oportunidade de sobreviver e estavam prestes a morrer de fome e sede. Estavam deitados, imóveis, encostados na parede e com as cabeças curvadas, olhando para ela e para os inteiros na janela.

Nesse momento, a situação mudou rapidamente e os inteiros começaram a sorrir com malícia. O sol atrás deles ofuscava os olhos dos aldeões. Ele estava acima de suas cabeças e seus rostos estavam cobertos de suor. Eles haviam tirado as camisas e as túnicas e seus ombros estavam vermelhos, como se estivessem cobertos de óleo vermelho e preto. O motorista ainda estava na escada, falando com as pessoas do lado de dentro em voz alta, porém deliberada.

— Sei que muitos têm um monte de dinheiro escondido. Em cada apresentação, vocês receberam um ou dois assentos; sabe-se lá quanto ganharam nos últimos seis meses. Os outros só roubaram um ou dois terços do que vocês devem ter. Estou dizendo a verdade quando afirmo que, se me derem entre oito e dez mil yuans, não pedirei mais nada. Simplesmente ficarei aqui, vendendo água e bolinhos. O preço da água subiu novamente para trezentos yuans por tigela. O preço dos bolinhos também subiu para mil yuans cada. Se quiserem, também tenho pacotes de legumes em conserva. Eles são comparativamente baratos e vocês podem comprá-los por duzentos yuans cada. Querem ou não? Se quiserem, esse é o preço. Se não quiserem, podem esperar até amanhã, mas o preço pode subir de novo.

Ele olhou para Vovó Mao Zhi e disse:

— Eu sou o líder dos inteiros do lado de fora e você é a líder dos deficientes do lado de dentro. Sei que passou por muita coisa e que as pontes que cruzou são muito mais longas que as estradas por onde viajei. Mas você não deve ficar confusa e fazer coisas das quais se arrependerá, como, por exemplo, não me passar o dinheiro.

Olhando atentamente para ela, ele disse:

— Esse é o preço. Você quer água e bolinhos?

Continuou olhando para ela.

— Quer ou não? Sinto muito, mas, se não quiser esse bolinho, o preço vai subir de novo. Um bolinho cozido no vapor logo custará mil e duzentos yuans. O preço da água também subirá, para quinhentos yuans por tigela. Um pacote de vegetais em conserva custará trezentos yuans. Esse é o preço atual e, se quiser morrer de fome, não compre nada. Pense nisso. Vou descer para um período de descanso.[3] Quando decidir, dê um grito.

Depois que o motorista terminou sua explicação sobre o aumento de preços, ele sorriu mais uma vez para os aldeões lá da janela e disse ao seu pessoal que descesse, acrescentando:

— Ei, Vovó Mao Zhi, você deve urgir os aldeões a se apressar e comprar o que querem, porque, se não o fizerem, posso ficar irritado e subir os preços de novo.

Em seguida, desapareceu da janela.

O salão retornou ao silêncio anterior. Aqueles que ainda não tinham terminado sua água e seus bolinhos rapidamente os enfiaram na boca e colocaram as tigelas vazias no chão. Outros que não haviam terminado os bolinhos cozidos no vapor ou assados os comeram rapidamente ou os esconderam em algum lugar. De todo modo, os aldeões voltaram a se aquietar e a janela também retornou ao seu estado anterior.

O salão ficou silencioso como uma sepultura. Um após o outro, os aldeões foram recuando do salão principal para os cômodos laterais onde dormiam. Lá, sentaram ou deitaram, como se esperassem morrer ou que os inteiros abrissem a porta e os deixassem ir embora com seu dinheiro.

Macaco Perneta, entretanto, não voltou ao quarto lateral. Reparou que, antes de o velho com a muleta se afastar do ataúde, ele se inclinara e o tateara, mas não estava claro se estava procurando algo ou colocando algo lá embaixo. Macaco Perneta decidiu que também tatearia embaixo do ataúde. Primeiro, foi ao banheiro e ficou lá por um tempo, como se estivesse urinando. Quando saiu de lá, o salão estava vazio e todo mundo havia se retirado para os quartos laterais. Até Vovó Mao Zhi, agarrando Tonghua com uma das mãos e Marileth com a outra, sentou-se com as netas no saco de dormir, todas com os olhos fechados e as cabeças encostadas na parede.

Tudo ficara quieto. Mortalmente quieto. Tão quieto que era possível ouvir o som da poeira flutuando no salão.

Nesse momento, Macaco Perneta saiu do banheiro e, discretamente, agachou-se para tatear embaixo do ataúde de cristal. O ataúde estava em cima de uma mesa de mármore e era apoiado por duas barras de pedra. Com exceção de uma camada de poeira, não havia nada embaixo dele. É desnecessário dizer que o velho de muleta previamente mantivera seu dinheiro ali, mas devia tê-lo removido, deixando para trás apenas uma camada de poeira. Macaco Perneta ficou desapontado e se odiou por ter passado tanto tempo observando que o velho de muleta notara o que ele estava fazendo.

Ele tirou a mão de baixo do ataúde e limpou a poeira. Estava petrificado de medo, mas se recusava a desistir. Olhou para as portas dos cômodos laterais, deitou novamente e olhou embaixo do ataúde. Viu não apenas três marcas na poeira perto das barras de apoio, onde Aleijado havia guardado o dinheiro, como também um buraco negro com a metade do tamanho de um livro no centro da mesa. Era como se, quando os operários estavam construindo a mesa, tivessem se esquecido de adicionar uma das placas de mármore.

Ele enfiou a mão no buraco negro. Acidentalmente, pressionou algo e as duas lousas de mármore sobre as quais estava começaram a afundar no chão. Antes que soubesse o que estava acontecendo, elas já haviam descido vários *cun* e recuado para os lados.

Um buraco profundo e escuro surgiu sob seus pés.

Ele ficou tão surpreso que se sentou no chão.

Espiou o buraco de dois *chi* de comprimento e um *chi* de largura na frente do ataúde, percebendo que, ao tocar o buraco, devia ter acidentalmente acionado algum tipo de mecanismo. A essa altura, o salão estava completamente vazio e não havia ninguém nas portas dos cômodos. Suas mãos estavam suadas, e seu rosto, pálido. Usando a luz do ataúde, ele olhou para o buraco que se abrira e notou, surpreso, que embaixo do ataúde havia outro buraco. Era menor que a mesa de mármore e tinha cerca de cinco *chi* de largura, oito ou nove *chi* de comprimento e três *chi* de profundidade. As laterais do buraco também estavam cobertas com lousas brancas de mármore, como se fosse um tapete de seda branca. Dentro desse buraco branco, havia outro ataúde de cristal, idêntico ao de Lênin. Talvez o segundo ataúde fosse ligeiramente menor que o primeiro, mas, de qualquer forma, os dois eram praticamente idênticos.

Ele ficou tão espantado com a visão desse segundo ataúde que começou a suar frio. Sua perna, que estava pendurada no buraco, começou a tremer. Ele queria tirar o pé de lá, mas algo parecia segurá-lo, tornando difícil até mesmo movê-lo. Olhou para o buraco e ouviu o som da luz do sol brilhando, através da janela do salão, sobre o ataúde de cristal de Lênin, tornando-o vermelho, como se fosse feito de ágata cor-de-rosa. Aquela luz suave também brilhou sobre o segundo ataúde dentro do buraco, que ficou da cor de jade negro. O segundo ataúde começou a brilhar, mas seu brilho era profundo e turvo, como um pedaço de jade negro imerso na água.

Nesse momento, ele viu com clareza que havia uma fileira de ideogramas chineses na tampa do segundo ataúde. Os ideogramas eram de um amarelo brilhante e, embora não cintilassem, eram muito luminosos. Cada ideograma era grande como uma tigela e eles começavam no alto, com um espaço de vários dedos entre eles. Estavam escritos em uma caligrafia antiga e eram espessos como um pedaço de casca de árvore.

Estavam inscritos diretamente na tampa do ataúde e havia nove deles no total. Ele os leu cuidadosamente:

Que o camarada Liu Yingque possa ser lembrado eternamente pela posteridade.

Ele se sentiu meio perdido. Percebeu imediatamente que o chefe Liu preparara esse segundo ataúde de cristal para si mesmo, mas não conseguia entender por que desejaria preparar o próprio caixão enquanto ainda estava vivo, por que tinha de ser um caixão de cristal ou por que fora posicionado no Memorial de Lênin e próximo de seu ataúde. Ele olhou para os nove ideogramas inscritos na tampa, mas esperou até mais tarde para ponderar sobre seu significado. A cor dourada dos nove ideogramas em relevo o atraiu. Eles não produziam luz por si mesmos, mas emitiam um brilho dourado no buraco subterrâneo — como uma fileira de nove sóis escondidos atrás das nuvens. Ele observou atentamente os nove ideogramas, focando, em particular, em sua cor e se perguntando do que seriam feitos. É claro, se fossem feitos de latão, teriam oxidado rapidamente no buraco úmido. Em vez disso, permaneciam amarelos e brilhantes. Do que poderiam ser feitos?

Ele pensou em ouro.

Quando lhe ocorreu que os ideogramas poderiam ser feitos de ouro, o frio em suas pernas desapareceu imediatamente e ele sentiu uma onda de sangue quente subir dos pés até a cabeça. Sem perder um segundo, deslizou como um macaco até o buraco, inclinou-se e passou o dedo pelos ideogramas. Então, como se tivesse enlouquecido, agarrou os ideogramas na tampa. Mas era como se cada traço tivesse sido firmemente pregado, o que, combinado ao fato de que suas mãos estavam suadas, significava que não seria capaz de arrancar nem mesmo um.

Os sons no salão principal ressoavam dentro do buraco, como se houvesse um rio subterrâneo por perto. Ele ficou de pé, batendo a cabeça no fundo do ataúde de cristal de Lênin. Então ouviu um baque que o assustou tanto que ficou coberto de suor. Teve o súbito desejo de urinar, exatamente como tivera, seis meses antes, ao se apresentar pela primeira vez em um palco de Shuanghuai.

Mas foi capaz de se controlar e não permitiu que a urina deixasse seu corpo. Em vez disso, começou a cutucar os ideogramas dourados, e, por fim, conseguiu arrancar um único traço de um deles. Era do tamanho de uma unha e no formato da ponta de seu indicador, grossa como um pedaço de casca de árvore. Ele segurou a peça minúscula na mão e tentou estimar quanto pesava. Parecia que ela, pressionada na palma de sua mão, era tão pesada quanto um martelo de ferro.

Ocorre que os ideogramas eram de fato feitos de ouro.

Os nove ideogramas de ouro na tampa do ataúde de cristal do chefe Liu diziam:

Que o camarada Liu Yingque possa ser lembrado eternamente pela posteridade.

Ao perceber que os ideogramas em relevo eram de fato feitos de ouro, ele ficou ali sentado, estupefato, e em seguida tentou arrancar outra peça. Depois de falhar em soltar até mesmo metade de um traço, já não conseguia mais pensar em nada a não ser urinar e escalou para fora do buraco. Imediatamente foi até as duas lousas de mármore e começou a pressionar a abertura entre elas. Não sabia qual botão pressionar, mas algo cutucou sua mão, como se fosse a ponta de um galho. Ele pressionou esse botão em forma de galho, movendo-o de um lado para o outro até que, finalmente, o buraco voltou se fechar.

Nesse momento, Macaco Perneta percebeu que havia urinado nas calças e a área úmida arranhava suas coxas como se fosse areia molhada.

Ao ver o mortalmente silencioso salão, ele rapidamente claudicou até o banheiro, mas só conseguiu secretar algumas gotas a mais.

Como nos três dias anteriores só havia bebido meia tigela de água, tivera vontade de urinar sem ter nada na bexiga. Além disso, já urinara o excesso de líquido ao molhar as calças dentro do buraco.

Depois de urinar essas poucas gotas, ele se sentiu despreocupado e avivado, como se finalmente tivesse se aliviado da urina que estivera segurando nos últimos três dias. Ficou ereto no banheiro, sem fechar as calças, com os ombros retos e os braços no ar. Nesse momento, ouviu alguém na janela acima da porta do salão principal gritar:

— Ei, venham aqui. Povo de Avivada, venha até aqui. Meu irmão mais velho quer falar com vocês. Tem uma coisa que ele deseja dizer.

Depois que alguns aldeões apareceram, a pessoa na janela repetiu:

— Alguém vá buscar Vovó Mao Zhi. Meu irmão quer falar com vocês e, depois de ouvirem o que ele tem a dizer, ele os deixará partir.

Macaco Perneta ouviu o som de muitos passos. Ele emergiu do banheiro e viu que os aldeões estavam saindo dos cômodos laterais, caminhando atrás de Vovó Mao Zhi. Eles se dirigiram ao centro do salão, onde se agruparam. Ninguém, nem mesmo Velho de Muleta, olhou para o ataúde de cristal. Na janela, reapareceram os rostos dos quatro inteiros. Um deles ainda mantinha o sorriso condescendente que exibira antes, enquanto o outro havia empalidecido. O motorista do caminhão, que os outros chamavam de "irmão mais velho", parecia completamente calmo. Estava na janela do meio, olhando para o salão, e deixou o olhar pousar sobre Vovó Mao Zhi. Então disse:

— Ei, povo de Avivada, Vovó Mao Zhi, ouçam todos. Serei sincero com vocês. Estou ficando impaciente. Está muito quente e nós queremos ir para casa. Estou certo de que vocês estão ainda mais ansiosos para voltar para casa e retomar seus dias despreocupados de avivamento. Todos queremos voltar para casa; sejamos honestos. Vocês são todos deficientes e não precisam *realmente* de dinheiro para gozar de uma vida despreocupada. Mesmo que cozinhassem e comessem como loucos, não poderiam gastar muito dinheiro todos os meses. Além do mais, não suporto vê-los presos nesse memorial, sem nada para comer ou beber. Alguns de vocês não têm braços ou pernas, ou são incapazes de ver, ouvir ou falar. A vida não deve ser fácil para vocês.

"Nós, inteiros, estivemos pensando. Estivemos observando vocês e sabemos onde esconderam o dinheiro. Calculamos que, em cada apresentação, cada um recebeu, em média, um assento. Não sabemos precisamente quanto ganharam nos últimos seis meses, mas os ladrões não podem ter roubado mais que um terço ou metade. O restante ainda deve estar escondido. Vocês precisam nos entregar esse dinheiro, cada centavo dele.

"Depois que fizerem isso, daremos a cada um de vocês três mil yuans. Vocês estiveram viajando e se apresentando durante os últimos seis meses e é justo que recebam três mil yuans, o que equivale a terem recebido quinhentos yuans por mês. Esse seria um bom salário mesmo para alguém da cidade. Três quartos dos residentes de Shuanghuai são operários que não recebem nenhum salário, mas eu proponho dar a cada um de vocês quinhentos yuans por mês trabalhado, além do que já lhes demos em comida, roupa e abrigo, pelos quais não pagaram nada. Se somarem tudo, isso equivale a algo entre novecentos e mil yuans por mês."

Nesse momento, o motorista fez uma pausa. O sol poente brilhou no lado direito do rosto dele, revelando que estava coberto de suor. Ele secou a testa e olhou para o salão, onde viu que os aldeões pareciam mais avivados. Eles trocaram olhares, sugerindo que estavam considerando sua proposta. Ele viu que, no fim, todos os aldeões se viraram para Vovó Mao Zhi, como se aguardassem sua decisão, esperando que ela dissesse algo a eles e aos inteiros. Contudo, ela não disse uma única palavra. Vovó Mao Zhi permaneceu na frente do salão, encostada em um pilar de mármore. Limitou-se a olhar para o rosto dos inteiros na janela e para os lábios do motorista. Pareciam pálidos, como se já tivessem levado centenas — ou mesmo milhares — de tapas e ainda levassem.

— Ei, pessoas de Avivada e Vovó Mao Zhi, vocês estão me ouvindo?

O motorista secou o suor novamente e pigarreou.

— Vamos acertar nossas contas. Vocês entregam todo o seu dinheiro e cada um de vocês pode retornar para sua aldeia com três mil yuans para gozar de uma existência despreocupada e avivante. Ou vocês preferem ficar trancados no memorial, pagando quinhentos yuans por uma tigela de água, mil e duzentos por um bolinho cozido no vapor e trezentos por um pacote de legumes em conserva?

"Caso não consigam se separar do seu dinheiro e se recusem a comprar coisas, vocês morrerão lentamente de fome e de sede. Talvez achem que não é tão ruim morrer de fome e de sede aqui. Afinal, vocês têm o ataúde de cristal de Lênin e quem morrer pode usá-lo.

"Pensem a respeito disso. Vocês preferem morrer e ser colocados naquele ataúde de cristal ou entregar o dinheiro, pegar os três mil yuans de salário dos últimos seis meses e retornar para Avivada, vivendo felizes para sempre?"

Depois disso, ele não disse mais nada. Era como se tivesse concluído uma reunião, dito tudo o que queria dizer e esperasse pela votação de todos.

Os aldeões olharam em silêncio para Vovó Mao Zhi. A atmosfera no salão principal havia se tornado extremamente opressiva, como se todos tivessem milhares de quilos de pressão nas cabeças. Nesse momento, ela se afastou da coluna em que estivera apoiada e desviou os olhos da janela acima da porta. Virou-se lentamente e olhou para os aldeões. Depois de observá-los por algum tempo, pareceu chegar a uma decisão. Olhou novamente para a janela e perguntou:

— Se não abrirem a porta, como pegarão o dinheiro?

O motorista sequer teve de pensar a respeito. Em vez disso, da mesma forma que tipicamente precisava de apenas um olhar de relance para estacionar o caminhão carregando os acessórios de palco dos aldeões, acenou da janela e disse:

— Vocês já decidiram? Se sim, ouçam atentamente. Quero que todos se alinhem na extremidade sul do salão. Estendam um lençol no chão e coloquem todo o dinheiro nele. Depois que todos tiverem feito isso, podem ir para o lado norte do lençol.

Quando parou de falar, ele olhou para Vovó Mao Zhi, como se tentasse discernir algo em sua expressão.

Mas não foi capaz de ler nada. Ela não foi até o quarto lateral buscar um lençol. Em vez disso, tirou a blusa azul de tecido leve e a estendeu no chão no meio do salão, levando Tonghua e Marileth para a extremidade sul.

Com isso, a situação mudou abruptamente. Seja porque tinham acabado de comer bolinhos e beber água e já não sentiam tanta fome quanto antes, seja porque estavam paralisados de fome, eles primeiro olharam para ela e para o rosto do inteiro na janela e, depois, a seguiram até a extremidade sul do salão.

Macaco Perneta e Huaihua também foram.

Na atmosfera abafada, um leve frescor começou a se condensar.

As expressões dos inteiros na janela ficaram vidradas, como gelo.

Ninguém disse uma única palavra. Vovó Mao Zhi, Surdo Ma e Cega Tonghua, além das irmãs nainhas Yuhua e Marileth, estavam de pé na primeira fileira, enquanto Velho de Muleta, Garotinho com Pólio e o tio estavam em um grupo ligeiramente atrás. Na última fileira, Huaihua e Macaco Perneta estavam lado a lado. Ele a cutucou, deu uma risada leve e disse:

— Ei, depois que voltarmos a Avivada, quero me casar com você.

Ela semicerrou os olhos e fungou com desdém. Macaco Perneta sorriu e disse:

— Você agora se vê como uma bela inteira, mas ainda posso usar meu dinheiro para me casar com você.

Huaihua olhou para ele friamente e se afastou.

Macaco Perneta se aproximou, sorriu outra vez e disse baixinho:

— Se não se casar comigo, garanto que se arrependerá pelo resto da vida.

Ele não olhou para Huaihua novamente, nem ela para ele. O salão estava mortalmente silencioso e ninguém falava ou se mexia. Depois de um longo silêncio, Vovó Mao Zhi emergiu da multidão, foi até o lado norte e disse para a neta:

— Tonghua, durante toda a vida, você nunca foi capaz de ver a cor do dinheiro. Para que você quer dinheiro? Por que você não pega o dinheiro que costurou naquele bolso para que possamos ir para casa?

Quando Tonghua ouviu Mao Zhi, ela começou a tremer. Seguindo o som de sua voz, ela se virou para a avó e parecia que podia ver seu rosto calmo e inescrutável. Ficou lá em silêncio, parecendo querer pegar o dinheiro que tinha escondido, mas sem conseguir se obrigar a fazê-lo. Hesitou, presa em um impasse com a avó. Nesse momento, Macaco Perneta abruptamente saiu do lado de Huaihua e abriu caminho até a frente da multidão. Para a surpresa de todos, claudicou até a blusa azul estendida no chão, removeu o sapato esquerdo e tirou vários milhares de yuans em notas novas da palmilha, além de outro maço de vários milhares de yuans da cintura das calças. Então se inclinou e colocou todo o dinheiro em cima da blusa.

— Aí está todo o meu dinheiro. Afinal, de que vale o dinheiro? Retornar à aldeia para gozar de uma vida de avivamento é mais importante que tudo.

Tendo dito isso, ele olhou para o motorista na janela e acrescentou:

— O importante é que você abra a porta e nos deixe partir. Eu nem mesmo ligo se nos dará ou não aqueles três mil yuans. O importante é que tenhamos permissão de voltar para casa.

Com isso, obedientemente foi do lado sul para o lado norte do salão, onde parou ao lado de Vovó Mao Zhi.

O motorista na janela assentiu, satisfeito.

Com isso, a situação mudou de repente. Era como se Macaco Perneta tivesse aberto uma porta e, depois de passar por ela, todos pudessem segui-lo. Em silêncio, Cega Tonghua tirou a blusa florida, rasgou-a e removeu um maço de dinheiro após o outro. Então, tateou seu caminho até a blusa da avó no chão. Depois de terminar, também caminhou com confiança até o lado norte do salão.

— Marileth, obedeça à sua avó — disse Vovó Mao Zhi.

E Marileth desamarrou sua fita de cabelo de veludo vermelho, com a espessura de um dedo, removendo vários maços de dinheiro. Ela os colocou em cima da blusa e foi para o lado norte.

Garotinho com Pólio tirou dinheiro de um bolso e o colocou em cima da blusa.

Surdo Ma foi até a frente da multidão, tirou dinheiro da perna da calça e o colocou em cima da blusa.

Alguns aldeões hesitaram. Maneta, de 50 anos, que, com apenas um braço, era capaz de cortar rabanetes e pepinos em fatias finas como papel mais rápido que qualquer chef inteiro, ganhara uma considerável quantia de dinheiro com essa habilidade, mas ninguém sabia onde o escondera. A maioria já havia ido para o lado norte do salão e somente um punhado permanecia no lado sul. Maneta olhou para os quatro rostos na janela e para os aldeões à sua frente, foi até o cômodo lateral para pegar um chapéu de inverno e removeu o dinheiro que escondera dentro dele. Colocou vários maços de notas em cima da blusa e foi para o lado norte do salão. Então o motorista à janela disse friamente:

— Coloque o chapéu em cima da blusa.

Maneta agarrou o chapéu com firmeza e não saiu do lugar.

— Que merda, você não quer viver? — amaldiçoou o motorista.

— Lembre-se de que só tem um braço!

Com isso, Maneta depositou o chapéu em cima da blusa. As proteções para orelhas estavam tão rígidas que pareciam estar recheadas com tábuas. É desnecessário dizer que estavam cheias de dinheiro.

A essa altura, todos os aldeões já haviam se deslocado para o lado norte do salão. Os que tinham dinheiro o entregaram e os que não tinham afirmavam não tê-lo, já que foram roubados, e também iam para o lado norte do salão. Havia uma pequena montanha de dinheiro em cima da blusa azul de tecido leve de Vovó Mao Zhi, como uma pilha de legumes ou telhas quebradas. O sol reluzia diretamente sobre o dinheiro, iluminando o design colorido das notas. Metade das cédulas na pilha era nova em folha — tão nova que o salão ficou impregnado pelo cheiro de tinta. Os que depositaram dinheiro na pilha haviam deixado centenas ou mesmo milhares de yuans cada um. Uma vez reunido todo o dinheiro, a pilha era inacreditavelmente grande, tão grande que todos tinham a sensação de que estavam olhando para uma torre de ouro ou uma montanha de dinheiro. Os aldeões não olhavam para as pessoas na janela, mantendo os olhos fixos em sua pilha de dinheiro, como se estivessem olhando para o rosto de seus filhos e quisessem abraçá-los. Todos estavam de pé, com exceção das duas mulheres paralíticas deitadas no chão, e agrupados no lado norte do salão.

Nesse momento, o motorista falou com frieza:

— Vovó Mao Zhi, venha até aqui. Os outros, não se mexam. Junte todo o dinheiro em uma trouxa, cada nota, e passe para mim com a muleta.

Todos mantiveram um silêncio mortal, olhando atentamente para ela, como se esperassem que não fosse até lá. Vovó Mao Zhi hesitou por um instante e fez o que fora instruída a fazer. Amarrou a barra da blusa à gola e fez o mesmo com as mangas. Depois que a trouxa estava amarrada, deu umas batidinhas com a mão, como se se certificasse de que estava segura. Enquanto a erguia com a muleta, olhou calmamente para o motorista e disse:

— Filho, eu já tenho 71 anos e fui eu que conduzi os aldeões em suas apresentações. Se eu lhe der o dinheiro, você deve abrir a porta e me deixar conduzi-los de volta para casa.

Ela disse isso com uma voz bastante suave, como se fosse uma inválida pedindo ao médico que lhe desse uma prescrição, e, quando o médico — ou seja, o motorista — respondeu, ele foi muito gentil, com a face ruborizada. Olhou para ela e para a trouxa de dinheiro e disse, delicadamente:

— Quando receber o dinheiro, certamente abrirei a porta.

Ao dizer isso, ele retirou um molho de chaves do bolso e o mostrou a Vovó Mao Zhi. Ele o sacudiu para a frente e para trás, fazendo as chaves tilintarem, e disse:

— Entregue o dinheiro. Vou honrar a minha palavra.

Com enorme esforço, ela ergueu a trouxa de dinheiro até a janela. O motorista a aceitou sem pressa.

Toda a transação foi completada em menos tempo do que é necessário para engolir um pedaço de bolinho cozido no vapor ou um gole de água. Foi mais breve que o comprimento de uma agulha e, então, o dinheiro estava na mão do motorista. Sem pressa, ele pegou uma ponta frouxa da trouxa e a amarrou novamente, entregando-a para a pessoa na escada abaixo dele. Em seguida, olhou pela janela, diretamente para Vovó Mao Zhi, e perguntou em um tom suave:

— Todo o dinheiro está aqui?

— Está tudo aí.

— Você tem certeza de que ninguém tem mais?

— Você não estava observando quando pegaram o dinheiro?

O motorista não disse mais nada. Colocou a língua para fora, passou-a nos lábios e a colocou para dentro. Repetiu o gesto várias vezes, até os lábios estarem molhados, e pensou por um instante. Então perguntou, gentilmente:

— Huaihua e as três irmãs nainhas são suas netas?

Ela olhou para Huaihua, Tonghua, Yuhua e Marileth. Não sabia por que o motorista estava perguntando isso, mas assentiu.

— Que idade elas têm?

— Dezessete.

— Que tal isso? — perguntou ele. — Sei que há vários inteiros entre vocês e que eles estão com energia depois de terem comido bolinhos e bebido água. Para garantir que eles não causarão problemas quando abrirmos a porta, você deve deixar que suas netas se arrastem pela janela. Quando as tivermos, abriremos a porta e seguiremos nossos caminhos.

Com isso, a situação abruptamente mudou de rumo. O rosto do motorista imediatamente deixou de ficar ruborizado, como o sol desaparecendo atrás das nuvens. Após considerar brevemente o que ele tinha dito, os aldeões decidiram que parecia razoável. As pessoas atrás de Vovó Mao Zhi começaram a se mover para a frente, para o centro do salão. O sol já ultrapassara o memorial, e seus raios, que haviam brilhado através da janela da frente, em certo momento haviam se movido para a janela dos fundos. O salão estava coberto por uma luz vermelha suave e o calor do meio-dia começava a desaparecer.

Uma brisa fresca começou a soprar pelo salão e, com ela, todos gradualmente foram recuperando seus sentidos. Alguns dos aldeões mais velhos ficaram ao lado de Vovó Mao Zhi e disseram ao motorista na janela:

— Filho, olhe para nós. Somos cegos, aleijados, surdos, mudos e paralíticos. Alguns não têm um braço ou uma perna. Embora seja verdade que há alguns inteiros entre nós, todos têm mais de 60 anos. Como poderíamos causar problemas? Se nos deixar sair e retornar a Avivada, nós nos prostraremos em eterna gratidão.

— Não me faça perder tempo com isso — retrucou o motorista, olhando para o céu. — Você deixará as quatro garotas saírem ou não?

Ninguém respondeu e todos olharam para Huaihua e as três irmãs nainhas e, em seguida, para Vovó Mao Zhi. Ela estava branca como um lençol e os cantos de sua boca tremiam. As rugas em seu rosto também tremiam, como uma teia de aranha ao vento. Ela não sabia se devia ou não permitir que as netas saíssem primeiro e não sabia nem mesmo se estariam dispostas a fazer isso. O salão ficou mais uma vez em silêncio. O som do sol poente brilhando na janela era tão alto quanto o das cigarras cantando, reverberando nos ouvidos de todos. Nesse silêncio mortal, Huaihua anunciou em voz alta:

— Eu vou. Prefiro ir lá para fora e morrer a viver nesse lugar sufocante.

Após dizer isso, ela empurrou a mesa até a janela e colocou a cadeira de três pernas no alto, apoiando o lado sem perna no batente da porta. Subiu na mesa e na cadeira. De lá, estendeu o braço e o inteiro do lado de fora agarrou sua mão e a puxou pela janela.

Yuhua também subiu e foi puxada.

Marileth também subiu e foi puxada.

Apenas Cega Tonghua permanecia ao lado da avó. Vovó Mao Zhi olhou para ela e disse:

— Ela é cega.

— A cega também tem de vir — avisou o motorista. — Dessa maneira, sei que você se preocupará com ela.

Tonghua se virou para a avó e disse:

— Vovó, eu não consigo ver nada e não tenho nada a temer.

Ela começou a caminhar até a porta. Vovó Mao Zhi a conduziu até a mesa e a ajudou a subir, para que as pessoas do lado de fora pudessem puxá-la pela janela como se fosse uma galinha.

Com isso, os aldeões tinham feito tudo o que deviam fazer, entregado tudo que deviam entregar e dito tudo que deviam dizer. Eles esperaram que as pessoas do lado de fora abrissem a porta. Nesse momento, contudo, o motorista olhou para eles com um leve sorriso. O sorriso era amarelo como um campo de flores de nabo no verão, tanto obsequioso quanto inflexível. Ele gritou de repente:

— Vão se foder! Vocês estão tentando foder conosco? Acham que não sabemos? Acham que acreditamos que nos deram todo o dinheiro? Vi que muitos de vocês ainda têm dinheiro escondido. Têm dinheiro escondido sob os tijolos debaixo de seus sacos de dormir, nas rachaduras da parede do banheiro e sob o ataúde de cristal. Vocês esconderam seus ganhos com as apresentações por toda parte. Estou dizendo...

Ele começou a rugir, abrindo tanto a boca quanto o portão de uma cidade:

— Estou dizendo, se vocês não passarem *todo* o dinheiro por baixo da porta, hoje à noite deixarei meus homens aproveitarem a beleza de Huaihua e, antes de a noite cair, eu os deixarei devastar os corpos das três nainhas.

Tendo dito isso, ele desceu imediatamente da escada, como alguém afundando sob as ondas. Em pouco tempo, não havia mais sinal dele.

O sol poente continuou a entrar pela janela dos fundos do salão, brilhando nos corpos e rostos dos aldeões.

LEITURA COMPLEMENTAR

[1] *Água de poço. Água fresca que acabou de ser retirada de um poço.*

[3] *Período de descanso. Refere-se a um cochilo ao meio-dia.*

CAPÍTULO 7

A porta está aberta! A porta está aberta!

O céu estava quase completamente escuro.

Todo o dinheiro tinha sido passado por baixo da porta. Ninguém tinha um centavo consigo ou no quarto. Primeiro, Mulher Paraplégica passou todo o dinheiro que havia ganho em suas últimas apresentações e costurara na manga. Em seguida, Surdo Ma passou todo o dinheiro que escondera na placa de metal com duas camadas. Em seguida, Mudo passou o dinheiro que tinha escondido sob os tijolos embaixo do saco de dormir. Por fim, o dinheiro de todos foi mandado para fora. O sol já se pusera e não havia um único traço de vermelho na janela dos fundos. Enquanto os aldeões esperavam que a porta fosse aberta, o homem coletando o dinheiro gritou para as pessoas do lado de dentro:

— Ei! O sol já se pôs. Vocês poderão sair amanhã. Passem outra noite ao lado do ataúde de cristal de Lênin e, amanhã, quando partirem, daremos a cada um de vocês o salário dos seis últimos meses.

Quando ele parou de falar, tudo voltou a ficar silencioso.

A noite caiu e uma atmosfera úmida permeava cada quarto lateral do salão. A pessoa dissera que estava escuro e que no dia seguinte eles discutiriam a partida, mas os aldeões estavam exaustos demais para dizer ou pensar em qualquer coisa. Era como se a questão de a porta ser ou não aberta ou mesmo se receberiam ou não permissão para partir tivesse se tornado completamente imaterial.

Os aldeões retornaram para seus respectivos quartos, onde se deitaram e ficaram encarando o teto. A luz da lua se derramava pelas janelas como água. O teto branco como a neve parecia ter um tom verde pálido à luz noturna. Ninguém falava nada. Era como se todos estivessem extremamente cansados e quisessem apenas se deitar, descansar e aguardar silenciosamente o que viria em seguida.

Eles presumiram que o restante da noite se passaria assim, mas, logo depois da hora do jantar, começaram a ouvir os gritos agudos de Tonghua, Yuhua e Marileth vindo de muito longe. O som era amargamente frio e parecia vir dos mortos. Ele parava e recomeçava, e parecia um pedaço de gelo flutuando em um rio em um dia de inverno terrivelmente frio. De tempos em tempos, também ouviam a risada maníaca dos inteiros, enquanto gritavam:

— Venham foder essas meninas! Elas são pequenas e seus buracos são pequenos, apertados e avivantes. Se não foder essas meninas, vão se arrepender pelo resto da vida!

Esses gritos eram imediatamente seguidos pelos berros e gemidos das nainhas. Ao ouvirem esses sons, os aldeões ficaram tão chocados que se sentaram nas camas.

Por fim, todos foram até o quarto de Vovó Mao Zhi e viram que a luz estava acesa e que ela estava sentada em um canto, ouvindo os gritos. Ela dava tapas no próprio rosto, como se estivesse estapeando o rosto de outra pessoa. E praguejava, com a voz rouca:

— Morra.

"Morra.

"Morra.

"Morra agora.

"Morra agora."

Os tapas e os xingamentos superavam os lamentos e os gritos das nainhas do lado de fora, da mesma forma que uma tempestade pode superar o som de alguém batendo à porta. Ela estava com mais de 70 anos e os aldeões acharam quase insuportável ver uma mulher tão idosa amaldiçoar e bater em si mesma dessa maneira. Eles correram até ela e seguraram suas mãos.

Mulher Paraplégica, que dividia o quarto com Vovó Mao Zhi, se aproximou e segurou sua mão, repetindo:

— Tia, ninguém a culpa. Tia, de verdade, ninguém disse uma palavra para culpá-la.

Os aldeões se aproximaram correndo e a seguraram até que ela se acalmasse. Quando Vovó Mao Zhi se recuperou, os gritos das nainhas haviam cessado. O mundo todo ficara mortalmente silencioso e havia apenas o som dos raios da lua e da luz das estrelas brilhando na janela.

Dessa maneira, a noite passou.

Os aldeões permaneceram em seus respectivos quartos, incapazes de dormir. Sem dizer uma palavra ou mover um músculo, esperavam que o dia seguinte se apressasse e chegasse de uma vez. Somente Macaco Perneta se mexia irrequieto na cama. Por fim, exclamou "Foda-se" e foi beber a água sem ferver que os inteiros haviam passado pela janela. Depois disso, teve diarreia e passou a noite inteira correndo para o banheiro. Ao fazer isso, sistematicamente arrancou todos os ideogramas de ouro em relevo da tampa do ataúde de cristal do chefe Liu no buraco embaixo do ataúde de Lênin. Desse momento em diante, ele se tornou o habitante mais extraordinário de Avivada.

Mas, enquanto todos esperavam pela alvorada, Garotinho com Pólio se levantou para fazer algo e, ao passar em frente à porta do memorial, gritou:

— Está aberta! A porta está aberta!

"A porta está aberta! A porta está aberta!"

Todos saíram correndo da cama. Paraplégicos, aleijados, cegos e surdos correram para a porta do memorial. Um aleijado caiu no chão e uma mulher foi empurrada, bateu no batente da porta e começou a sangrar. Surdo Ma não ouviu os gritos, mas, ao ver todos correndo para a porta, também saiu correndo do quarto, nu. Era verdade — as duas portas vermelhas estavam escancaradas. A brisa do início da manhã entrava por elas como se soprasse diretamente dos muros da cidade. O céu ainda estava enevoado. Havia uma camada de água cintilante nos degraus prostrados de calcário em frente ao memorial, e os pinheiros e os ciprestes de ambos os lados eram como uma fileira de sombras na escuridão. Os aldeões correram para fora como pessoas saindo de uma prisão ou caverna e pararam em frente às portas do memorial, esfregando os olhos. Alguns esticaram os braços, como se tentassem agarrar o céu e segurá-lo com força. Alguém se lembrou de Huaihua e de suas irmãs nainhas e disse:

— Rápido, vamos procurar Tonghua, Huaihua, Yuhua e Marileth.

Todos desceram correndo os degraus prostrados.

Rapidamente, encontraram-nas nos quartos vazios que eram usados para vender quinquilharias na base dos degraus prostrados. Os quartos estavam cheios de tigelas vazias, *hashis* e roupas que os inteiros deixaram para trás ao partir, além do odor desagradável de comida não consumida. As garotas foram deixadas completamente nuas, cada uma delas amarrada em um quartinho diferente. Tonghua e Huaihua estavam amarradas a camas enquanto Yuhua e Marileth estavam amarradas a cadeiras. Tonghua, Yuhua e Marileth não apenas foram espancadas pelos inteiros como também, por serem nainhas minúsculas, tiveram suas genitálias rasgadas, ficando com a área entre as pernas coberta de sangue. Para impedir que gritassem, suas blusas e calças foram enfiadas em suas bocas. A boca de Marileth havia sido tampada com sua calcinha. Quando os aldeões as encontraram, o dia já estava claro e a neblina branca havia sido substituída pela luz da manhã, e assim eles puderam ver nitidamente que os tenros corpos das meninas estavam feridos e que, por baixo dos ferimentos, elas estavam pálidas como a morte.

Ocorreu a todos que Vovó Mao Zhi ainda não havia saído do memorial; assim, todos correram de volta ao cômodo lateral e viram que ela vestira o traje fúnebre que normalmente só usava ao se apresentar. A seda negra brilhava e cintilava no quarto escuro. Ela estava sentada, inexpressiva, como se já soubesse o que tinha acontecido do lado de fora do memorial.

— Tia, a porta está aberta — disseram os aldeões.

— Eu só quero morrer. Diga a todos que desçam a montanha e voltem para casa — disse ela.

— Os inteiros fugiram na noite passada. Tia, leve-nos de volta para a aldeia. Você deve nos levar de volta.

— Vocês devem voltar rapidamente para casa.

— Huaihua e as irmãs nainhas foram violentadas.

Vovó Mao Zhi olhou para eles, chocada, refletiu por um instante e falou:

— Muito bem. Dessa maneira, no futuro, todos saberão que os inteiros devem ser temidos. Dessa maneira, não ocorrerá a ninguém querer sair e se apresentar de novo, e todos apreciarão as vantagens de permanecer em Avivada.

Quando o sol saiu, o cume ficou tão quente quanto o verão. Vovó Mao Zhi vestia o traje fúnebre ao liderar os aldeões, que empurravam, puxavam, carregavam e arrastavam a bagagem e as esteiras que levaram consigo ao partir da aldeia. Juntos, desceram a montanha dos Espíritos e se dirigiram para Avivada. Ainda era inverno e a região fora das montanhas de Balou estava coberta de neve e gelo. Fora somente nas montanhas que as estações haviam pulado a primavera e partido diretamente para o verão. As árvores estavam começando a brotar e exibir folhas novas, e até mesmo a relva na encosta esburacada tinha ficado verde, transformando todo o declive em uma extensão verdejante.

O grupo de aldeões desceu a montanha. Viram muitas coisas ao longo do caminho, incluindo inteiros com boa visão parados nos campos com vendas pretas sobre os olhos e tateando vários objetos, praticando a técnica da audição aguçada, e pessoas com os ouvidos cheios de algodão ou palha de milho, com uma tábua ou um pedaço de papelão perto do rosto, praticando a técnica dos fogos de artifício nos ouvidos. Também havia mulheres e garotas sentadas em uma área ensolarada em frente a uma aldeia, bordando imagens em folhas de árvore ou pedaços de papel, junto de algumas pessoas de 40 ou 50 anos usando trajes fúnebres enquanto aravam os campos, carregavam esterco e espalhavam fertilizante. Enquanto os aldeões caminhavam lentamente pelas cordilheiras, viram muitos inteiros usando trajes fúnebres. Em uma aldeia, dezenas ou talvez centenas de pessoas estavam reunidas em uma encosta capinando brotos de trigo, todas usando trajes fúnebres de seda e cetim negros, com grandes ideogramas de *longevidade, sacrifício* e *libação* bordados nas costas. Todos riam ao erguer e baixar as enxadas, e toda a encosta estava tomada pelo farfalhar de suas roupas de seda e pelo brilho de seus trajes fúnebres sob o sol.

Depois que passaram por essa aldeia, viram que já não eram mais apenas pessoas de 40 ou 50 anos que usavam trajes fúnebres, mas meninos e meninas, vestindo-os para ir à escola. Até os bebês tinham ideogramas dourados de *longevidade, sacrifício* e *libação* bordados nas costas.

Em toda a região, os ideogramas *longevidade, sacrifício* e *libação* podiam ser encontrados por toda parte.

Toda a região havia se tornado uma terra de longevidade, sacrifício e libação.

Livro 13

FRUTO

CAPÍTULO 1

Pouco antes do crepúsculo,
o chefe Liu retorna a Shuanghuai

Pouco antes do crepúsculo, o chefe Liu retornou a Shuanghuai.

Ele e a delegação que tinha sido designada para viajar até a Rússia e comprar o corpo de Lênin inicialmente chegaram à sede do condado por volta do meio-dia e, de lá, ele instruíra todos a sair do carro e voltar para casa. Quanto a ele, dirigiu até a montanha dos Espíritos para examinar o Memorial de Lênin.

Quando voltou ao portão leste da sede do condado, já era quase noite. Não entrou imediatamente na cidade e instruiu seu motorista a ir para casa enquanto ele esperava do lado de fora. Ficou ao lado da estrada, como se tivesse medo de encontrar alguém. Caminhou de um lado para o outro, pairando como um espectro em frente ao portão da cidade.

Queria esperar até que o céu estivesse completamente escuro antes de voltar para casa.

Era o primeiro dia do ano *jimao* da Lebre, 1999. Embora fosse meio do inverno, não fazia muito frio. Havia alguns poucos blocos de gelo nas laterais do rio, mas a água no centro ainda corria livremente, produzindo uma faixa branca que se estendia em ambas as direções. Nas profundezas das montanhas de Balou, entretanto, estava tão abafado quanto no auge do verão. Todas as árvores estavam verdes, as plantas começavam a brotar e o Mausoléu de Lênin estava cercado por todos os lados por uma vegetação luxuriosa e verdejante.

Mas, no fim, isso era meramente uma peculiaridade da região das montanhas de Balou e, no mundo externo, as circunstâncias e o clima permaneciam inalterados. O inverno ainda era inverno. As árvores estavam nuas e a encosta da montanha estava escura e cinzenta. Nos campos, os brotos de trigo ainda estavam dormentes, mas pareciam ter um ar opressivo. As aldeias estavam tão silenciosas que pareciam cidades-fantasma. Havia uma leve brisa que vinha do norte e soprava como uma faca sob os beirais das casas e pelos becos e ruas.

Não havia sol.

O céu estava cinzento e um pouco de névoa começara a se formar durante a tarde, embora provavelmente fosse mais correto dizer que uma grossa camada de ar de inverno havia se espalhado sobre o solo, sobre a face da montanha e pelo profundo desfiladeiro. Nas profundezas da região, todos pareciam sonolentos, como se não tivessem dormido o suficiente, mas ainda precisassem se levantar e cuidar das coisas. Quando as pessoas olhavam para cima, viam que o sol tinha se escondido atrás das nuvens, como uma panqueca de milho escondida atrás de uma placa de metal.

Normalmente, estaria nevando nessa época do ano, mas tinha sido um inverno seco e, assim, implacavelmente frio. Todos na região estavam com febre, e o som dos espirros e das tosses podia ser ouvido a noite inteira. Remédios contra gripe vendiam como grãos durante a fome.

O gado, contudo, não corria o risco de adoecer. Os porcos se escondiam nos chiqueiros, dormindo o dia todo e acordando apenas para comer. Depois de comer, espirravam animadamente e voltavam a dormir. As ovelhas pastavam na encosta da montanha durante o dia e, ao anoitecer, voltavam para o curral para passar a noite fria de inverno. Quanto às galinhas, quando havia sol, elas ciscavam em busca de comida onde estava ensolarado e engoliam um pouco de areia para ajudar na digestão. Quando não havia sol, escondiam-se na base da montanha ou em um canto dos becos da aldeia.

Foi no meio dessa espécie de inverno que o chefe Liu retornou a Shuanghuai, junto da delegação que enviara à Rússia. Ele havia chegado em um carro com seis pessoas, todas com expressões glaciais. A situação surpreendera a todos, como se tivessem partido para Beijing, mas, em vez disso, chegassem a Nanjing.

Quinze dias antes, ele visitara a montanha dos Espíritos com uma fita de seda vermelha para a cerimônia de inauguração do memorial. Uma flor já havia sido colocada no meio da faixa de seda e a tesoura de cabo vermelho já fora preparada. Ele a testou em um livro e descobriu que estava tão afiada que cortou um canto da capa. Também observou os aldeões de Avivada apresentarem seus atos em diferentes locais cênicos da área, mas esses números já estavam ligeiramente sem graça depois de seis meses de apresentações contínuas e ele decidiu que, para a cerimônia de inauguração, eles precisariam desenvolver algo completamente novo, que fizesse com que as dezenas de milhares de espectadores vibrassem de assombro.

Ele havia decidido que definitivamente não poderia cortar a fita antes da apresentação de inauguração do memorial, e devia fazê-lo logo após sua conclusão, quando anunciaria a abertura oficial do memorial. Anunciaria que a delegação que tinha enviado para comprar o corpo de Lênin chegara à capital, onde preenchia a papelada necessária para ir até a Rússia. Em dois ou três dias, quando a papelada estivesse completa, eles partiriam e, em dez dias ou duas semanas — vinte dias, no máximo —, enviariam o corpo de Lênin da Rússia e o instalariam no ataúde de cristal do memorial.

Ele usaria sua potente voz para anunciar às pessoas na plateia que, no ano seguinte, a renda de Shuanghuai cresceria de nada para cinquenta milhões de yuans, dobrando para cem milhões no ano seguinte e dobrando novamente, para duzentos milhões, no ano posterior. Em quatro anos, o condado seria capaz de entregar a cada um de seus habitantes uma casa em estilo ocidental, com cumeeira e telhado inclinado. Começando no dia em que instalassem o corpo de Lênin no memorial, nenhum dos camponeses de Shuanghuai precisaria pagar imposto sobre os grãos e, em vez disso, as tesourarias locais enviariam todos os fundos necessários para os cofres nacionais, em pagamentos mensais. Começando no primeiro mês após a instalação do corpo de Lênin no memorial, toda família de camponeses do condado beberia leite enriquecido com cálcio no café da manhã, todas as manhãs. Quem não bebesse o leite não receberia a geladeira e a televisão colorida distribuídos pelo condado, e, se já tivessem recebido, teriam de devolver. As famílias que não comessem costeletas ou ovos no almoço não receberiam suplementos nutricionais como ginseng e galinhas de ossos pretos no fim do mês.

Em resumo, durante os seis meses após a instalação do corpo de Lênin, a vida das pessoas de Shuanghuai melhoraria imensuravelmente. Os camponeses que trabalhavam nos campos receberiam salários, que seriam definidos não pela quantidade de grãos que colhessem, mas sim pelo número e pelo tamanho das flores que plantassem nos campos ao lado das estradas. Quem plantasse mais de meio *mu* de flores receberia milhares de yuans por mês e, no fim do ano, um bônus de mais de dez mil. Como Lênin estaria descansando na montanha dos Espíritos, nas profundezas das montanhas de Balou, a sede do condado de Shuanghuai se tornaria uma metrópole agitada. A água fluiria sem cessar pelas ruas e não haveria um único grão de poeira em lugar nenhum. As calçadas de ambos os lados das ruas seriam pavimentadas não com tijolos, mas com granito ou mármore e, em locais importantes, como as grandes interseções e em frente aos edifícios do comitê e do governo do condado, não seriam pavimentadas nem com granito nem com mármore, mas com jade Nanyang da montanha Funiu.

Enquanto ele estivesse falando, alguém poderia contestar dizendo que ter um monte de dinheiro não era necessariamente uma coisa boa, pois o dinheiro pode mudar as pessoas. Mas ele havia antecipado essa objeção e usaria a oportunidade para avisar aos setecentos e trinta mil camponeses e aos oitenta mil citadinos de Shuanghuai que, àquela altura, todos, da sede do condado às profundezas das montanhas de Balou, teriam tanto dinheiro que ou teriam mais do que o suficiente para pagar por casa, comida e carro ou se suicidariam, tratando o dinheiro como algo sem valor. Ele avisou que, depois que os cem mil domicílios do condado ficassem ricos, não deveriam permitir que suas crianças *deixassem* de estudar ou de ler os jornais, e eles próprios não deveriam ficar sentados o dia inteiro, saboreando refeições magníficas, usando o dinheiro como se fosse lixo e aproveitando os frutos do trabalho alheio. Não deveriam contratar habitantes de outros condados para trabalhar como babás em suas casas e lhes dar ordens como se não fossem humanos. Até mesmo as áreas rurais mais remotas poderiam desenvolver problemas com jogatina e drogas e, quando chegassem a esse estágio, Shuanghuai precisaria de algumas novas leis, entre elas:

1. *Todo camponês que não plantar ao menos 2 mu de flores na frente e nos fundos de casa, ao longo da rodovia e em frente aos campos, terá seu bônus de fim de ano cortado pela metade (mas não para menos de 50 mil yuans).*

2. *Todos os domicílios cujos filhos não concluírem a faculdade sofrerão um corte de três anos em seus salários e bônus; e todos os domicílios com filhos que foram à faculdade receberão salários e bônus em dobro (e não menos de 200 yuans).*

3. *Todas as famílias que doarem seu dinheiro extra para causas de caridade — como mudar as mesas para jogos das residências geriátricas das aldeias e pavimentar os caminhos para os jardins com tijolos e cobri-los com calcário — serão reembolsadas com o dobro do que doaram; contudo, se gastarem seu dinheiro extra em apostas ou drogas, o condado as enviará para a área mais pobre de algum condado vizinho para que trabalhem a terra, retornando, assim, à sua pobre vida anterior; todos os salários de sua família, no valor de dezenas de milhares de yuans, serão transferidos para uma escola ou aldeia pobre em um condado vizinho e elas não receberão autorização para retornar a Shuanghuai até que tenham sido reeducadas com sucesso.*

Para impedir que os habitantes do condado enlouquecessem assim que ficassem ricos, ele havia esboçado uma dúzia de novas leis e regulamentos. O chefe Liu reconhecia que o real clímax da cerimônia de inauguração do memorial não seria a apresentação das habilidades especiais dos aldeões, mas sim seu emocionado e comovente discurso. Ele sabia que, assim que terminasse de falar, todos no palco começariam a pular como loucos e temia que pudessem começar a saudá-lo da maneira como haviam gritado "Vida longa ao presidente Mao" no auge da Revolução Cultural e que cada domicílio fosse pendurar seu retrato no centro da parede do cômodo principal da casa, prostrando-se para ele da mesma forma como se prostrariam para Lênin no memorial. Na verdade, desde o dia em que a delegação encarregada da compra dos restos mortais de Lênin havia partido de Shuanghuai com destino a Beijing, ele mal fora capaz de dormir. O sangue corria por suas veias e, quando os aldeões de Avivada começaram a chegar à montanha dos Espíritos para a apresentação, o chefe Liu não conseguia dormir de modo algum. Não fechava os olhos havia mais de setenta e duas horas, mas permanecia tão desperto quanto se tivesse acabado de tomar um longo banho após uma boa noite de sono.

Para ele, esperar o dia em que finalmente seria capaz de anunciar a inauguração do Memorial de Lênin era como um lago à espera de um homem que morresse de sede. Por mais sedento que o homem estivesse, ainda levaria vários dias para chegar ao lago. Ele ficou cada vez mais impaciente, mas, afinal, era o chefe do condado e, quanto mais impaciente ficava, mais era importante que permanecesse calmo.

Depois de acompanhar a delegação até o carro e retornar à sede do distrito e da província para comparecer a algumas reuniões, ele conduziu o secretário Shi de volta ao interior, à área rural do condado depois das montanhas de Balou. Para se acalmar um pouco, foi até a região montanhosa ao sul do condado, onde não havia nem mesmo cobertura telefônica. Não foi até lá para conduzir qualquer pesquisa ou visitar os pobres, mas sim para descansar perto de um reservatório e avivar por alguns dias. Somente um dia antes da cerimônia de inauguração na qual cortaria a fita, quando a trupe de Avivada retornou a Shuanghuai e subiu até o cume da montanha, foi que retornou à montanha dos Espíritos e voltou a se sentir completamente avivado. Contudo, foi nesse momento — depois que ele e os aldeões subiram a montanha, depois que ele viu os novos atos que a trupe de artistas com habilidades especiais acrescentara ao repertório e depois que se sentou no Memorial de Lênin — que uma questão urgente surgiu.

Era uma questão extremamente urgente.

Era como se um relâmpago devastador aparecesse no meio de um céu sem nuvens e, em seguida, as nuvens chegassem imediatamente de todos os lados e começasse a chover, sem nenhum sinal do sol ou da lua.

— O secretário Niu quer que você volte ao distrito assim que possível.

— O que houve?

— Você deve retornar ao distrito hoje. Agora. Nesse momento.

— Amanhã será a cerimônia de inauguração do memorial.

— O secretário Niu disse que você deve retornar imediatamente.

— O que pode ser tão urgente? Eu sou a única pessoa que ele quer ver?

— Chefe Liu, você acha que o secretário Niu convidaria outra pessoa para ir à sua casa?

Quem falava com ele era um dos vice-secretários do condado. Depois de receber uma ligação da sede do distrito, o vice-secretário tentara desesperadamente entrar em contato com ele e, como não havia conseguido, fora de carro até a montanha dos Espíritos. Enquanto falava com o chefe Liu, sequer tivera a chance de limpar a poeira do rosto e o suor ainda escorria de sua testa como gotas de lama.

— Porra! — exclamou o chefe Liu. — Não somente ele não aparece para a cerimônia de inauguração como também escolhe esse exato momento para interromper.

— Chefe Liu — disse o vice-secretário rapidamente —, se sair agora, provavelmente estará de volta amanhã, a tempo para a cerimônia.

Assim, ele partiu. Não levou ninguém consigo e dirigiu com pressa montanha abaixo, em direção à sede do condado. No caminho, quando conseguiu sinal, ligou para o secretário Niu, que disse:

— O que você quer dizer com questão importante? Isso é mil vezes... Não, dez mil vezes maior que uma questão importante. Você verá quando chegar!

Dito isso, o secretário Niu desligou o telefone como se estivesse partindo um galho. O chefe Liu pediu ao motorista que dirigisse como um louco e, ao cair da noite, eles haviam conseguido cobrir os quinhentos *li* até Jiudu, onde foram diretamente para a casa do secretário Niu.

A lua estava fria e brilhante, e parecia haver uma camada fina de gelo no chão. A residência oficial do secretário Niu ficava em um pátio enorme. Dentro dos muros, estava tão quente quanto o verão anormal no topo da montanha dos Espíritos. No passado, quando o chefe Liu o visitava, ele se jogava no sofá da construção central como se estivesse na própria casa. Dessa vez, contudo, quando entrou e viu a expressão gélida do secretário Niu, ficou parado na porta. O secretário Niu desligou o telefone e atirou para ele o jornal que estava segurando como se jogasse um trapo em cima da mesa.

O chefe Liu, como costumava fazer, disse:

— Estou faminto.

— Então morra de fome — retrucou o secretário Niu. — Aconteceu uma coisa extremamente urgente.

— Não importa quão urgente seja, eu ainda preciso comer.

— Eu não comi nada o dia inteiro, e você quer comer agora? — questionou o secretário Niu, estreitando os olhos.

O chefe Liu ainda não fazia ideia do que havia acontecido e, por isso, apenas ficou parado, olhando para o secretário Niu. Em seguida, perguntou:

— Posso ao menos beber um copo d'água?

O secretário Niu se levantou do sofá e disse:

— Não há tempo nem para isso. O governador da província quer vê-lo o mais rápido possível. Ele quer que você vá ao seu escritório amanhã.

Seu olhar seguiu o secretário Niu. Ele então perguntou:

— O que aconteceu?

O secretário Niu lhe deu um copo d'água e disse:

— O grupo que foi enviado para comprar o corpo de Lênin da Rússia foi detido em Beijing.

O chefe Liu não pegou o copo d'água, e seu rosto ficou mortalmente pálido.

— O que aconteceu? Os papéis estavam em ordem e eles inclusive tinham cartas de apresentação em branco que podiam preencher se necessário.

Ainda segurando o copo d'água, o secretário Niu disse:

— O que aconteceu? Você vai saber quando encontrar o governador amanhã.

— Mas eu nunca me encontrei com o governador antes.

O secretário Niu se apoiou na velha mesa de sândalo vermelho e disse:

— Dessa vez, o governador quer se encontrar com você sozinho.

Ele pegou o copo d'água do secretário Niu e o esvaziou rapidamente. Em seguida, secou a boca e disse:

— Se ele quer me encontrar, vou me encontrar com ele. Afinal, não é como se o governador fosse o presidente Mao.

O secretário Niu olhou para ele, fez uma pausa e disse:

— Se sair agora, você consegue chegar à capital da província ao amanhecer. No entanto, é bastante provável que, depois dessa reunião, você já não seja mais chefe do condado e eu já não seja mais secretário do Partido.

O chefe Liu ergueu a voz e falou:

— Secretário Niu, não tema. Assumirei a responsabilidade pelo que quer que aconteça.

O secretário Niu abriu um sorriso lentamente e disse:

— Por que eu deveria temer? Eu já planejava me aposentar no fim do ano.

O chefe Liu foi se servir de outro copo d'água. Ela ainda estava tépida e, enquanto a balançava de um lado para o outro, ele disse:

— Vou tomar outro copo d'água e partir para a capital da província. Tenha certeza, secretário Niu, de que não há rio que não possa ser vencido ou ponte que não possa ser cruzada. Quando eu me encontrar com o governador, enfatizarei o quanto é importante para o condado de Shuanghuai que tragamos o corpo de Lênin e também salientarei que isso será extremamente benéfico para o distrito e até mesmo para toda a província.

O secretário Niu continuou sorrindo, com o rosto amarelo luminoso parecendo um bolinho assado envolvido em uma nuvem de vapor. Sem dizer uma palavra, ele pegou o copo e voltou a enchê-lo. Depois que o chefe Liu bebeu a água, o secretário Niu o urgiu a seguir rapidamente para a capital da província, dizendo que a estrada de Jiudu até a capital estava em obras e que provavelmente o tráfego estaria parado. Assim, ele precisava sair o quanto antes.

O chefe Liu seguiu sua viagem até a capital da província no escuro. No caminho, o motorista disse que o pé que usava no acelerador estava cansado e inchado e que os pneus do carro estavam fazendo a luz da lua refletir na beira da estrada, assustando os pardais nas árvores. Finalmente, ao amanhecer, eles chegaram à capital da província, onde os prédios eram tão abundantes quanto árvores em uma floresta.

Ao partir para a sede do condado na noite anterior, a única coisa em que conseguia pensar era que deveria se prostrar, queimar um pouco de incenso e talvez até mesmo deixar algumas lágrimas escorrerem. Afinal, para o melhor ou para o pior, ele era o chefe do condado e havia oitocentas e dez mil pessoas que, ao vê-lo, iriam querer se prostrar. Após chegar à capital da província naquela manhã, não ousou sequer comer uma tigela de tofu, com medo de perder tempo. Em vez disso, correu para o edifício governamental de estômago vazio. Depois de explicar por que estava lá e assinar, entrou em um pátio de mármore marrom. Ao chegar ao edifício de mais de dez andares, pegou sua identificação como chefe do condado e pediu ao porteiro que chamasse o secretário do governador. O governador disse que ele deveria esperar "um pouco".

Esse "pouco", contudo, tornou-se praticamente uma eternidade, a ponto de ele acabar passando dez vezes mais tempo esperando do que levara para chegar lá de Shuanghuai. Por fim, quando era quase meio-dia, uma mensagem vinda do andar de cima o instruiu a seguir até o sexto andar. Para sua surpresa, o governador falou com ele apenas pelo tempo necessário para uma gota d'água cair do teto de um prédio.

— Sente-se — disse o governador.

"Eu não tenho nada a dizer. Eu o chamei aqui apenas para ver que tipo de pessoa você é. Não pude acreditar que havia um oficial abaixo de mim que havia ousado arrecadar dinheiro para ir até a Rússia e comprar o corpo de Lênin.

"Você não quer se sentar? Se não se sentar, pode ir embora. Já sei quão grandioso você é. Vá embora e encontre um lugar melhor que o Kremlin para você. Eu já enviei uma pessoa a Beijing para encontrar a delegação que você pretendia enviar à Rússia e, quando ela chegar, em dois ou três dias, também quero vê-la. Não importa quão ocupado eu esteja, definitivamente quero ter a chance de conhecer os gloriosos líderes de Shuanghuai.

"Depois que eu conhecer os líderes de Shuanghuai, você pode acompanhá-los de volta à sede do condado e se preparar para entregar os assuntos do condado ao seu segundo em comando."

Depois de viajar a noite inteira para chegar à capital, o chefe Liu descobriu que isso era tudo o que o governador queria dizer. Ele não falava muito alto, soando como uma brisa que passa sob uma porta fechada para manter o frio do lado de fora. Mas, quando o ouviu, ele sentiu a mente se esvaziar e tudo o que restou foi um pouco de névoa negra e nuvens brancas. Ele havia perdido três refeições seguidas e não tinha bebido nada desde os dois copos d'água que tomara na casa do secretário Niu. Agora se sentia tão faminto que estava prestes a desmaiar em cima da mesa do governador, com as pernas tão fracas quanto um galho de salgueiro na primavera ou o macarrão que o povo de Shuanghuai preparava apenas para ele.

É desnecessário dizer que não podia desmaiar no gabinete do governador. Afinal, ele era o chefe do condado, responsável por oitocentas e dez mil pessoas, todas prontas para se prostrar ao vê-lo, portanto não podia desmaiar bem ali. Lá fora, o sol brilhava no telhado do edifício e seus raios entravam pela janela. Quando sua visão começou a ficar borrada e ele sentiu que estava prestes a desmaiar, olhou para o governador — do mesmo modo como, dois anos antes, quando visitara o presídio de Shuanghuai, os criminosos haviam olhado para ele. Queria se sentar. Havia um sofá atrás dele, mas, como não se sentara quando o governador o convidara a fazê-lo, naturalmente não podia se sentar agora que o governador lhe pedira que fosse embora. Também estava morrendo de sede e desesperado para encontrar um pouco de água para molhar a garganta seca. Atrás do governador havia um pouco de água mineral que alguém havia trazido das montanhas. O chefe Liu olhou para a jarra d'água e, embora o governador tivesse percebido para onde estava olhando, não só não ofereceu água para acalmar sua garganta em chamas como também pegou a maleta preta de couro que estava em cima da mesa e a colocou debaixo do braço.

O governador fez um gesto para que ele fosse embora, como alguém espantando uma mosca.

O chefe Liu não teve escolha senão partir.

Antes de ir, contudo, deu uma última olhada no gabinete. Era a primeira vez que pisava ali e, provavelmente, a última. Disse a si mesmo que devia se esforçar e examiná-lo cuidadosamente. O gabinete não era tão grande quanto imaginara nem tão impressionante. No todo, havia três salas, uma mesa, uma cadeira de couro e uma fileira de estantes, além de mais de uma dúzia de vasos e o sofá atrás dele. Também havia três ou quatro telefones sobre a mesa.

Mais tarde, não teria certeza sobre o que mais havia lá. É claro, viu e se lembrou da expressão e da aparência do governador, assim como se lembrava do tamanho exato do ataúde de cristal no Memorial de Lênin. O rosto do governador tinha uma camada de um vermelho profundo sob a cor morena mais superficial, tão reluzente quanto se seu rosto tivesse ficado mergulhado em sopa de ginseng por muitos anos. Ele tinha o rosto redondo, a testa estreita e o cabelo branco. Seu rosto parecia uma maçã velha que desenvolvera muitas rugas com o tempo, mas que, por ser originalmente de boa qualidade, ainda mantinha um aroma delicioso. Ele usava um suéter amarelo-claro sob uma jaqueta cinza com um ótimo caimento e um casaco de lã cor de canela. Calçava um par de sapatos pretos de couro, de bico redondo, e suas calças eram feitas de um tecido azul-marinho. Na verdade, não havia nada particularmente extraordinário em sua roupa, que não era diferente da de qualquer homem idoso de certa classe que se poderia encontrar pelas ruas.

A única diferença era seu tom de voz, muito calmo e comedido, mas carregado de um traço de frieza. Ele era o governador e conseguia falar de uma catástrofe da mesma forma que pessoas comuns falam de uma brisa leve ou de uma garoa. Ele era capaz de discutir assuntos de gelar o sangue como se contivessem o calor de uma brasa — e, de fato, no fundo dessas brasas havia um bloco de gelo eterno, que jamais derreteria.

O governador mencionou o evento catastrófico como se fosse um mero amentilho de salgueiro pouco acima do chão ou uma semente de gergelim esmagada debaixo do casco de um boi. Naquele momento, o chefe Liu não percebeu que o discurso do governador era mais profundo que o mar e simplesmente pensou que viajara a noite inteira e esperara o dia todo apenas para descobrir que o governador pretendia dizer algumas poucas palavras. Ele queria desesperadamente oferecer uma resposta, mesmo que fosse tão curta quanto um broto de feijão ou tão passageira quanto uma chama, mas o governador pegou sua maleta de couro e se preparou para sair, deixando-o sem alternativa a não ser sair também.

Com essas poucas palavras — que duraram não mais que o comprimento de um *hashi* ou o tempo que uma gota d'água leva para cair do telhado de uma casa — e antes que tivesse a chance de voltar a si, foi conduzido, com os joelhos fracos, para fora do gabinete. Somente então despertou para o fato de que o governador o conhecera — e ele conhecera o governador — e dissera tudo o que queria dizer.

Nesse processo, jogara fora tudo pelo que ele havia trabalhado a vida inteira. Ele sentiu como se tivesse sido retirado de um verão quente e lançado em um inverno extremamente frio, como se o trabalho de sua vida tivesse sido jogado ao vento. Num piscar de olhos, tudo tinha sido jogado sabe-se lá onde. Contudo, mesmo que ele e o governador tivessem acabado de se conhecer, ocorreu-lhe, ao deixar o gabinete, que não tivera a chance de dizer uma palavra.

Enquanto estava na hospedaria da capital da província, ficou doente. Pegou uma gripe e teve febre. Se estivesse em Shuanghuai, seu secretário e o hospital do condado teriam enviado os melhores remédios, mas ali, na capital da província, não lhe restava escolha a não ser passar dois ou três dias em delírio, engolindo um punhado de pílulas após o outro, como se fossem ervilhas. Estava com medo de que a febre não cedesse e ele continuasse tossindo até a gripe virar pneumonia. Quando a delegação foi chamada de Beijing por oficiais do comitê provincial do Partido e o governador passou algum tempo com seus membros, descobriu que a gripe havia melhorado e a febre começara a baixar. Era como se tivesse ficado gripado e com febre somente para ter uma desculpa para dormir enquanto esperava que a delegação voltasse de Beijing — esperando que retornasse para que pudesse falar com ela.

— O que o governador disse?

— O governador não disse nada. Ele só queria nos ver, ver o que havia de errado conosco. Ele disse que, se precisássemos, ele poderia fazer com que o hospital psiquiátrico da província organizasse uma clínica em Shuanghuai.

— Que tipo de clínica?

— Ele disse que seria uma clínica psicológica política. Disse temer que todos nós estivéssemos sofrendo de algum tipo de insanidade política.

— Ele que se foda! O que mais ele disse?

— Ele nos disse para voltar a Shuanghuai, onde faremos nossos relatórios pela última vez, pois, em alguns dias, ele enviará alguém para assumir nossas responsabilidades.

— Ele que se foda! Ele que se foda em dobro! Ele que se foda três vezes!

Após xingar por algum tempo, o chefe Liu não teve escolha senão liderar a delegação da capital da província de volta para a sede do condado. Eles estavam com a sensação de que eram pessoas que, depois de estudar diligentemente para uma prova por mais de uma década, descobriam, quando estavam prestes a entrar na sala onde ela seria realizada, que sua entrada tinha sido barrada pelo administrador e, como resultado, seus dez anos de estudo diligente haviam desaparecido num piscar de olhos, com os sonhos acalentados durante toda a vida destruídos.

A delegação partiu quando o céu ainda estava escuro e, primeiro, pegou um trem para o distrito, retornando a Shuanghuai em um carro enviado pelo condado. Durante a viagem, havia comoção por toda parte, mas nem o chefe do condado nem seus companheiros disseram uma palavra. O chefe Liu parecia alguém no leito de morte e era algo realmente devastador de se ver. Durante toda a jornada de centenas de *li*, ele ficou sentado no banco da frente sem dizer uma palavra e, dessa forma, ninguém ousou falar com ele.

A delegação partira para Beijing após ter preenchido uma montanha de formulários para ir até a Rússia. Eles tinham até comprado as passagens para voar de Beijing para a Rússia. Mas fora naquele momento — porque estavam viajando para a Rússia com o expresso objetivo de comprar o corpo de Lênin, enterrado sob a praça Vermelha, em Moscou — que descobriram que precisavam ir até um dos departamentos chineses para carimbar os formulários que haviam trazido da sede do condado. Era um carimbo redondo e vermelho, contendo apenas uma dezena de ideogramas. Mas, quando foram ao departamento para pegar o carimbo, alguém lhes pediu que se sentassem e esperassem um instante, convidando-os a beber um pouco d'água e não se preocupar. A pessoa trouxe um copo d'água para cada um e saiu da sala.

Logo surgiu outro oficial para acompanhá-los. Ele fez muitas perguntas: se dispunham de dinheiro suficiente para comprar o corpo de Lênin, onde o memorial para abrigá-lo estava localizado, quão grande era e se eles tinham a tecnologia necessária para preservar o corpo. Também perguntou sobre o parque florestal da montanha dos Espíritos, onde o corpo seria alojado, incluindo quanto custariam os ingressos e como planejavam usar o dinheiro depois que o condado ficasse rico. Por fim, depois de ter perguntado tudo o que poderia ser concebivelmente perguntado e eles terem respondido tudo o que podia ser respondido, o oficial disse que não se preocupassem, pois a pessoa encarregada de carimbar os formulários partira naquela manhã com alguns outros oficiais para visitar a Grande Muralha em Badaling. A pessoa já havia sido notificada e recebera ordens de voltar imediatamente. Assim, ele pedia à delegação de Shuanghuai que aguardasse pacientemente.

— Quando for a hora de comer, alguém trará comida e, dessa maneira, vocês podem esperar pela volta dos oficiais provinciais. Se necessário, enviaremos alguém para buscá-los.

Num piscar de olhos, tudo acabara e a sala parecia um teatro depois de uma apresentação ter sido concluída e de tudo ter sido guardado. Ninguém sabia o que o chefe Liu estava pensando durante a viagem para casa. Ninguém sabia o que tinha visto quando subira a montanha dos Espíritos para visitar o memorial. De qualquer modo, já era noite quando ele chegou ao portão leste da sede do condado. Seu rosto parecia o de um morto, e seu cabelo ficara completamente grisalho. Não estava claro se seu cabelo ficara grisalho depois da reunião com o governador ou quando havia retornado ao memorial. De qualquer forma, estava tão cinza quanto um ninho de pardais brancos.

Ele envelhecera da noite para o dia.

Ficara completa e profundamente velho.

Como um homem idoso, ele se arrastou até a sede do condado. Suas pernas estavam fracas e parecia que ele tropeçaria se não tomasse cuidado.

Desde que havia deixado a apresentação inicial na montanha dos Espíritos liderada por Vovó Mao Zhi, passo a passo,[1] apenas alguns dias haviam se passado. Mesmo assim, ele sentia como se tivesse ficado longe de Shuanghuai por vários anos, várias décadas ou mesmo metade da vida. Agora parecia que o povo de Shuanghuai sequer o reconhecia. No passado, ele sempre andava de carro, com o cenário passando do lado de fora da janela como vento soprando em seus olhos. No entanto, o passado era passado, e agora nada mais restava.

Ocasionalmente, naquela época, quando saía do carro por alguma razão, todas as pessoas nas ruas o reconheciam e iniciavam um tumulto. Na comoção, gritavam afetuosamente "Chefe Liu, chefe Liu" e imediatamente o cercavam. Se não estivessem tentando arrastá-lo até suas casas para jantar, estavam trazendo um banquinho para que se sentasse, convidando-o a descansar em sua soleira. Algumas pessoas enfiavam recém-nascidos em seus braços, pedindo que os segurasse e implorando que lhes concedesse boa fortuna e lhes desse um nome. Outros pediam para usar sua caligrafia bastante medíocre para escrever as pequenas tábuas duplas que seriam colocadas de ambos os lados da porta da frente. Estudantes traziam seus livros ou deveres e pediam que os autografasse. Quando caminhava pela cidade, ele se sentia como um imperador passeando pelas ruas, e sua simples presença tornava as pessoas completamente felizes, de modo que o chefe Liu sequer prestava atenção ao que acontecia ao redor.

Mas, naquele dia, já havia anoitecido, fazia bastante frio e havia poucas pessoas nas ruas. As portas das lojas estavam fechadas e até mesmo os pequenos becos estavam quase vazios. A rua principal estava silenciosa como um quarto vazio e as únicas pessoas ainda do lado de fora eram as prostitutas.

E, como temia ser visto, saíra do carro antes de chegar ao portão da cidade para cruzar as velhas ruas do centro a pé. Contudo, a rua estava completamente vazia e não havia ninguém à vista. Não havia ninguém lá para reconhecê-lo, como teriam feito no passado. Ele ansiava por aquele tipo de reconhecimento. Aquela era a *sua* sede de condado e Shuanghuai era o *seu* condado. Em Shuanghuai, não havia ninguém que não soubesse quem ele era. Quando caminhava pelas ruas, todos reagiam com surpresa. Naquele dia, porém, a rua estava quase completamente vazia. Vez ou outra ele via alguém, mas a pessoa rapidamente se afastava, correndo para casa sem olhar para trás. Em certo momento, viu uma mulher, mas, quando ela abriu a porta para chamar os filhos para jantar, ficou olhando para ele por um bom tempo, comportando-se como se não o reconhecesse, chamou os filhos novamente, fechou a porta e voltou para dentro.

A cidade velha não se comparava à nova. A rua estava cheia de casas com tijolos quebrados e ladrilhos rachados, embora, ocasionalmente, houvesse uma ou outra casa com ladrilhos novos. Essas casas eram quadradas e feitas de tijolos vermelhos e, naquele dia invernal, pareciam caixões de pinho vermelho recém-fabricados e ainda não pintados.

Ele caminhou sozinho, sentindo que entrara em um cemitério, como se tivesse morrido e sido trazido de volta à vida. Assim, quando as pessoas o viam, não tinham coragem de olhá-lo nos olhos.

A certa altura, duas pessoas passaram por ele carregando cangas cheias de frutas, indo em direção ao mercado para vender seus produtos. É desnecessário dizer que os dois homens eram de Shuanghuai e provavelmente vinham de famílias que viviam ali havia muitas gerações. Disse a si mesmo que, se o reconhecessem e o saudassem pelo nome, no dia seguinte ele nomearia um deles vice-diretor do gabinete de negócios, e o outro, vice-diretor do gabinete de comércio exterior. Ainda era chefe do condado e secretário do Partido e, se quisesse nomear alguém para certa posição, não havia ninguém que pudesse impedi-lo. Não apenas podia nomeá-los para servir como vice-diretores como também podia nomeá-los diretores. Tudo o que queria era que os dois vendedores de frutas o reconhecessem, colocassem no chão os produtos que carregavam, se curvassem e o chamassem de chefe Liu, como as pessoas costumavam fazer quando o encontravam nas ruas.

Ele ficou parado, imóvel, esperando que os homens o reconhecessem e saudassem.

Mas os homens apenas olharam de relance para ele antes de continuar seu caminho. O som agudo de suas cangas foi morrendo gradualmente enquanto se afastavam, até que, por fim, não mais podia ser ouvido.

Ele ficou ali parado, em choque, observando as duas figuras desaparecerem na escuridão. Não o haviam reconhecido como chefe do condado! Isso o fez se sentir como se houvesse cobras e abelhas em seu coração. Contudo, continuou sorrindo. Ocorreu-lhe que os dois homens se sentiriam profundamente injustiçados[3] por terem perdido a oportunidade de serem nomeados vice-diretores.

Ele caminhou sozinho da cidade velha para a nova. Sempre que encontrava alguém, parava e esperava ser reconhecido. Se o reconhecessem, estava pronto para nomeá-los chefes de gabinete ou algo assim. No fim das contas, nem uma única pessoa o reconheceu. Ao contrário do que havia acontecido no passado, ninguém ao vê-lo correu para ficar na calçada, sorrindo, acenando ou fazendo uma reverência e entoando suavemente "Chefe do condado Liu". A essa altura, o céu já estava escuro e ele deixara as ruas da cidade para trás e percorria ruelas do campo. Só ao chegar ao terreno de sua família foi que as luzes das ruas enfim se acenderam.

Nunca se sentira tão ansioso para que alguém o reconhecesse e o chamasse pelo nome. De início, tinha decidido retornar à cidade sob o manto da escuridão, pois temera encontrar alguém, mas, como não havia encontrado ninguém — ou, se encontrara, não tinha sido reconhecido —, seu coração ficou vazio como um armazém recém-roubado, a ponto de somente a construção ficar para trás. No mínimo, disse a si mesmo, o porteiro o reconheceria e correria para saudá-lo, mas, quando chegou à entrada, o porteiro não saiu para saudá-lo como normalmente fazia. À distância, ele viu uma luz dentro de casa, mas, ao chegar, a entrada estava quieta como uma tumba.

Ele não fazia ideia de para onde o velho porteiro tinha ido. O portão estava aberto, mas não havia ninguém lá.

Após limpar os pés na entrada, ele entrou no pátio.

Precisava voltar para casa.

Não conseguia lembrar havia quanto tempo estivera em casa pela última vez. Parecia muito, muito tempo. Sua mulher lhe dissera que, se pudesse, ele devia ficar fora por três meses e ele tinha dito que ficaria por seis meses.

Parecia que, de fato, ficara longe de casa por seis meses. Era início da primavera quando havia partido e agora estavam no auge do inverno. Entre visitar o interior, comparecer a reuniões e supervisionar a construção do Memorial de Lênin, parecia que já fazia mais de seis meses. De fato, era quase como se estivesse fora havia vários anos. Às vezes, ele ia até a sede do condado, mas preferia ficar no escritório a voltar para casa. E agora, enquanto caminhava pelo pátio da família, sentia que não conseguia se lembrar exatamente da aparência da esposa. Não conseguia lembrar se era gorda ou magra, de pele clara ou escura ou mesmo que tipo de roupas gostava de usar.

A essa altura, o céu já estava escuro, mas a lua e as estrelas não estavam visíveis, pois nuvens cobriam o céu como uma névoa negra. Enquanto ficava parado na entrada escura, ele se concentrou por um tempo até enfim lembrar que a esposa tinha 30 e poucos anos, era baixa, tinha o rosto branco e um cabelo preto que com frequência usava solto e caindo pelos ombros. Lembrou que também tinha um sinal de nascença no rosto, o que as pessoas chamavam de pinta de beleza, e que o sinal era preto e marrom, mas por nada conseguia lembrar se era do lado direito ou do lado esquerdo do rosto.

A primeira coisa que queria fazer assim que entrasse era verificar em que lado do rosto ficava o sinal. Ele olhou para a casa e viu a sombra da mulher passar pela janela da cozinha. Ela passou em um instante e seu coração pareceu ter sido gentilmente tocado por algo. Ele imediatamente voltou a se mexer.

Queria voltar para casa.

Após caminhar alguns passos, virou à esquerda, pensando que, primeiro, devia parar na Sala da Devoção, em sinal de respeito. Já fazia seis meses, ou vários anos, desde que estivera em casa pela última vez e sabe-se lá em que condições estaria a sala.

Assim, foi primeiro à Sala da Devoção. Abriu a porta, fechou-a depois de entrar e acendeu as luzes. Quando as luzes se acenderam, olhou para os retratos na parede, mas não teve a sensação de avivamento que costumava ter ao olhar para eles. Os retratos de Marx, Engels, Stálin, presidente Mao, Hoxha, Tito, Ho Chi Minh, Kim Il Sung e Carlos Mariátegui ainda estavam na parede, como antes, e os dos dez grandes líderes militares da China ainda estavam pendurados abaixo deles. A única diferença era que seu retrato já não estava mais na segunda fileira, onde o de Lin Biao estivera, mas sim na primeira fileira, ao lado dos de Marx, Engels, Lênin, Stálin e Mao.

Ele ficou parado no centro da Sala da Devoção pelo que pareceu uma eternidade, deixando que o tempo no cômodo passasse lentamente. No fim, removeu seu retrato da posição ao lado do de Mao e o colocou em frente ao de Marx, pendurando-o no primeiro lugar da primeira fileira. Então preencheu todas as linhas vazias na tabela abaixo do seu retrato, sublinhando-as em vermelho, e, no espaço final, escreveu duas fileiras de ideogramas:

O maior líder campesino do mundo.
E o mais proeminente revolucionário proletário do Terceiro Mundo.

Desenhou nove linhas vermelhas abaixo de cada uma das linhas de texto. Essas nove linhas eram espessas como o dragão vermelho que descrevera, atraentes e deslumbrantes. Ele encarou as duas linhas de texto e o dragão vermelho por um instante, ajoelhou-se e se prostrou para eles e para seu próprio retrato. Em seguida, virou-se e olhou para o retrato do pai adotivo, acendendo três palitos de incenso. Finalmente, saiu da Sala da Devoção.

Do lado de fora, na noite silenciosa, ouviu o som de um carro a distância. Aquele ruído baixo parecia familiar, quase como o som de seu próprio carro. Talvez o secretário Shi tivesse recebido a notícia de seu retorno e viera vê-lo. É desnecessário dizer que ao menos seu secretário, ao vê-lo, o chamaria de "chefe do condado Liu".

Ele saiu da Sala da Devoção e apagou as luzes. Seu sedã preto de fato estava estacionado em frente à casa e, de fato, o secretário Shi viera vê-lo. Desde que tinha sido nomeado chefe do condado e escolhera Shi para ser seu secretário, ele sempre o chamara de "chefe do condado Liu" e certamente faria o mesmo agora.

E, de fato, o secretário Shi não havia deixado de chamá-lo de "chefe do condado".

Leitura complementar

[1] *Passo a passo.* DIALETO. *Refere-se ao ato de esticar o tempo e significa calcular tudo na maior medida possível; não tem nenhuma relação com passos reais.*

[3] *Profundamente injustiçado.* DIALETO. *Refere-se ao ato de perder completamente uma oportunidade e, por isso, sentir-se injustiçado.*

CAPÍTULO 3

Chefe Liu, chefe Liu, posso me curvar?

— Eu sinto muito, chefe Liu. Eu errei, chefe Liu.

— Foda-se! Eu vou cortar a sua cabeça! Vou atirar em você! Mas, mesmo que corte sua cabeça ou atire em você, isso não será suficiente para aplacar a minha fúria!

— Chefe Liu, chefe Liu, eu errei, chefe Liu.

— Curve-se, vocês dois se curvem!

— Não o culpe, não culpe o secretário Shi. Culpe a mim por tudo!

— Saia daqui! Sua safada, porca, cadela, doninha!

— Chefe Liu, não bata nela. Bata em mim. Veja, o rosto dela está coberto de sangue. Se continuar a bater nela, você vai matá-la. É tudo culpa minha, é tudo culpa do secretário Shi.

— Você está me dizendo para não bater nela e, em vez disso, bater em você? Você realmente acha que vou deixá-lo ir?

— Ah...

— Eu já o demiti. Depois que tiver cumprido seu tempo na prisão, farei com que volte para casa e vá trabalhar nos campos.

— Bata em mim, chefe Liu! Pode me chutar até a morte, se quiser, pisar em mim e me transformar em polpa de tomate!

— Eu vou foder oito gerações dos seus ancestrais! Farei com que o Gabinete de Segurança Pública mande você para a prisão. Com uma palavra, posso exterminar toda a sua família. Posso arrastar o seu nome na lama, reduzi-lo ao status de um rato de rua. Posso tornar difícil para você até andar pelas ruas de Shuanghuai. Posso fazer com que não haja lugar no condado onde você possa implorar comida.

— Estou implorando, não bata nele. Olhe, ele desmaiou. Chefe Liu, chefe Liu, eu estou implorando, bata em mim, não nele.

— Vai se foder! Diga a verdade: quando você sai de casa, todos a reconhecem como mulher do chefe do condado e a chamam de primeira-dama. Você sabia disso?

— Eu sei. Mas não quero ser primeira-dama. Quero apenas ser a mulher comum de alguém. Quando sair do trabalho, quero preparar o jantar e limpar o chão e, enquanto meu marido se senta no sofá e lê o jornal, quero estar na cozinha. Quando levar a comida à mesa, ele largará o jornal e comeremos juntos. Depois de termos comido, eu me sentarei no sofá lendo o jornal enquanto ele lava a louça. Depois que ele tiver terminado, nos sentaremos no sofá para ver TV e conversar e, depois, iremos juntos para a cama.

— Chefe Liu, você deve satisfazer o nosso desejo. Se não nos perdoar, ficaremos ajoelhados aqui a noite inteira.

— Água! Água! Vai se foder! Essa casa não tem uma gota d'água?

— Não temos nenhuma água pronta para beber. Vou lá ferver um pouco.

— Vai se foder! Eu jamais esperei, quando o nomeei meu secretário, que você me esfaqueasse pelas costas. Até meu fracasso em comprar o corpo de Lênin não doeu tanto assim.

— Eu errei, chefe Liu. Eu realmente errei com você.

— Ok, ok. Mesmo que se prostre diante de mim até sua testa sangrar, não o perdoarei.

— Não estou pedindo que me perdoe. Preciso pagar pelos meus crimes.

— Por favor, aceite um pouco d'água. Ainda está quente, deixe-a esfriar primeiro.

— Temos chá?

— Você quer chá verde ou preto?

— Não dou a mínima para isso.

— Ok, vou fazer um pouco de chá verde. Tenho um pouco bem aqui.

— Levante-se. Diga-me o que pretende fazer.

— Chefe Liu, se não nos conceder seu perdão, não me levantarei nem que minha vida dependa disso.

— Então fique aí ajoelhado e me diga o que pretende fazer.

— Eu imploro, chefe Liu, que satisfaça os nossos desejos...

— Satisfaça os nossos desejos, porque, se não o fizer, morreremos bem aqui, ajoelhados à sua frente.

— Diga-me como quer que eu satisfaça o desejo de vocês.

— Permita que casemos. Eu o envergonhei em Shuanghuai. Assim, depois que nos casarmos, você pode nos transferir para outro lugar.

— Chefe Liu, não esqueceremos sua benevolência e generosidade. Fui seu secretário por muitos anos e ninguém sabe melhor que eu o que você quer. Se satisfizer os nossos desejos, farei com que todos, no condado inteiro, façam reverência diante de você. Sei que não conseguiu comprar o corpo de Lênin. Mesmo assim, farei com que o condado inteiro se curve diante de você. Farei com que todos, no condado inteiro, se curvem sempre que o virem. Se não acredita nisso, deixe-me tentar. A partir de amanhã, farei com que todos façam reverência sempre que o virem. Farei com que todos, na cidade velha e na nova, pendurem seu retrato na parede principal de suas casas. Está bem?

— Você acha que é um ser celestial? Estou dizendo: nem mesmo Deus tem a habilidade de fazer isso.

— Chefe Liu, eu posso fazer o que me propus.

— Saiam daqui! Saiam daqui, os dois! Sumam da minha vista!

— ...

— Você ficou longe por seis meses e eu achei que poderia passar a noite aqui para conversarmos.

— Você pode levar o que quiser dessa casa.

— Eu não quero nada. Só quero o retrato do meu pai.

— Pode ficar com ele. Pode ficar com o que quiser.

— Ok. Estamos indo.

— Vão. Vão rápido. Não quero mais ver nenhum de vocês.

— Obrigado, chefe Liu. Sei que a benevolência deve ser retribuída. Vou me lembrar da sua generosidade e benevolência. Amanhã, farei com que todas as pessoas do condado se prostrem e o tratem como uma deidade.

CAPÍTULO 5

O mundo inteiro se curva

As lágrimas de avivamento do chefe Liu finalmente caíram no chão.

Para sua surpresa, quando saiu de casa, no dia seguinte, todos estavam de fato fazendo reverência para ele.

Quando acordou, o sol já havia passado de seu ponto mais alto no céu e já estava quase na hora do almoço. O que ele não esperava era que, após os eventos devastadores dos dias anteriores, seria capaz de dormir tão bem durante a noite. Nem mesmo as ligações do secretário Niu o acordaram.

Sentia-se exausto e precisava de uma boa noite de descanso. Assim, dormira profundamente por algum tempo.

— Se você estava em casa, por que não atendeu o telefone?

— Sinto muito, secretário Niu, eu estava muito cansado.

— O governador ligou e disse que queria que o distrito enviasse um novo secretário do Partido e um novo chefe de condado para Shuanghuai em três dias.

Sua mente estava envolta em névoa.

— Você não enviou a documentação destinada à compra do corpo de Lênin para a Rússia?

— Como poderia não ter enviado? Para uma transação comercial de tal porte, como poderíamos não ter enviado a papelada? Mandamos duas cópias da declaração de intenção de compra, junto de cópias de todos os documentos. Afinal, a Rússia fica longe e não seríamos capazes de discutir tudo pessoalmente. Primeiro, enviamos a declaração de intenção de compra.

— Isso é ótimo... Você enviou alguém à capital com uma declaração de intenção de compra, juntamente com uma declaração separada de recusa de compra, e isso fez com que os líderes da província explodissem de raiva, tão irritados que seus intestinos vazaram!

Ele sabia que era o chefe do condado de Shuanghuai, assim como secretário do Partido, mas, nesse momento, sentia-se como se tivesse chegado à beira de um precipício e não houvesse mais como fugir.

— O que eu devo fazer agora? — perguntou ele.

— Vou encontrar algum lugar para você — respondeu o secretário Niu. — O distrito acabou de estabelecer um novo museu da tumba imperial e eles deslocaram as tumbas de todos os imperadores, da família imperial e dos ministros que foram enterrados em Jiudu para que as pessoas possam vê-las e apreciá-las. O museu conta com uma equipe de primeira linha e você pode ser o diretor do lugar.

Quando o secretário Niu terminou, ele sentiu como se ainda quisesse dizer algo, mas o secretário desligou.

Foi dispensado de sua posição e, para a nomeação que receberia em seguida, o secretário Niu lhe disse que esperasse e visse os planos que as autoridades provinciais poderiam ter para ele. Se fosse demovido, que assim fosse; em se tratando de punições, não era lá grande coisa. O importante, contudo, era que ainda queria dizer algo, mas o secretário Niu o evitava como se evita uma praga e desligou sem esperar para ouvir o que tinha a dizer. O som do telefone sendo desligado ecoou friamente, como uma faca cortando gelo. Ele se sentou, atônito, na beira da cama e um longo tempo se passou antes de perceber que ainda estava nu. Jogou o telefone na mesa como se fosse uma escova e vestiu a jaqueta. Com exceção de palavras associadas ao museu de tumbas antigas, como "corpo" e "caixão", sua mente estava completamente vazia.

Ao se sentar na beirada da cama olhando para o vazio, não sentiu o menor arrependimento ou infelicidade; sentia apenas como se tudo fosse irreal, como se ainda não tivesse acordado e esses novos desdobramentos não passassem de um sonho. Ele queria se beliscar para provar que tudo era real e até ergueu a mão para fazê-lo, mas, ao mesmo tempo, estava com medo de que o beliscão confirmasse que tudo era o que parecia ser. Assim, baixou a mão e continuou sentado, imóvel, na beira da cama. Gradualmente, sentiu algo se movendo na sua cabeça, como uma brisa empurrando a névoa para bem longe. Tentou agarrar as sombras flutuando por seu cérebro, olhou para a parede à sua frente e se concentrou. Ocorreu-lhe que, embora tivesse concordado em permitir que Avivada saísse da sociedade, ainda não havia feito a reunião necessária. Ao se lembrar disso, uma fenda se abriu na névoa em sua mente. Essa pequena fenda aumentou, e um reluzente raio de sol a atravessou como se uma porta tivesse acabado de ser aberta.

Ele saiu do quarto.

Queria convocar uma reunião do comitê permanente do condado. Como o novo chefe do condado e o novo secretário do Partido já estavam a caminho para substituí-lo, seria sua última reunião com o comitê.

Mas, assim que saiu do prédio, descobriu que todos na cidade, ou até mesmo no mundo, se curvavam e se prostravam diante dele. Primeiro, o velho que recolhia o lixo e varria o pátio todos os dias se aproximou, sorrindo. O homem tinha mais de 50 anos e limpava e varria o pátio havia mais de uma década. O sujeito sorria em silêncio, como se tivesse acabado de encontrar ouro ou prata no lixo. Foi até o chefe Liu sem dizer nada e fez uma reverência profunda. Só depois de endireitar a cintura fina como um graveto foi que abriu a boca banguela e disse:

— Obrigado, chefe Liu. Ouvi dizer que no ano que vem começarei a receber milhares de yuans por mês para varrer o pátio.

O chefe Liu pegou seu lixo e se encaminhou para a lixeira. Por um instante, não conseguiu entender o que tinha acontecido. Quando chegou ao portão do pátio, o velho porteiro estava ocupado lavando a louça, mas, quando se virou e o viu, imediatamente largou os pratos e, sacudindo a água das mãos, correu para fazer uma reverência, dizendo:

— Chefe Liu, eu deveria me prostrar, mas sou velho demais e já não consigo. Realmente nunca esperei que, sem ter filhos, pudesse algum dia me aposentar e descansar. Mas agora você construiu uma casa de repouso para o condado e anunciou que todos com mais de 60 anos têm um quarto garantido e receberão benefícios correspondentes a duas vezes seu salário original.

Quando terminou, a água no fogão começou a ferver e ele correu de volta para dentro.

O chefe Liu foi para a rua. Para sua surpresa, ao vê-lo, os vendedores itinerantes que passaram o inverno vendendo sementes de melão, cana-de-açúcar e maçãs, sem importar se eram homens ou mulheres, jovens ou velhos, abriram sorrisos largos e lhe agradeceram profusamente.

— Chefe Liu, somos gratos. Graças a você, Shuanghuai agora tem uma boa fortuna e, de agora em diante, não precisaremos mais sair no meio do inverno para vender sementes de melão.

Ou então:

— Obrigado, chefe Liu. Nunca esperamos que, após vender maçãs durante toda a vida, poderíamos descansar em casa quando ficarmos velhos e ainda ter o bastante para comer e beber.

Uma mulher de 30 e poucos anos atravessou a rua. Ela fora até a cidade, vinda do interior, para vender os sapatos infantis com cabeça de tigre que fabricava, e estava agachada perto de um muro para se abrigar do sol e do vento. Timidamente, ela se aproximou e, quando estava diante dele, começou a se prostrar, com o rosto coberto de lágrimas. Então disse:

— Chefe Liu, as pessoas dizem que, depois do fim do ano, já não precisaremos mais trabalhar a terra e, todos os meses, receberemos grãos, vegetais e carne de graça. Dizem que os turistas que vierem a Shuanghuai pagarão dezenas de yuans pelos sapatos com cabeça de tigre que fabrico para que possam levá-los para casa e pendurá-los na parede.

Ele percebeu que a sede do condado devia ter passado por uma grande transformação da noite para o dia; não apenas todos estavam fazendo reverência e se prostrando diante dele como também caminhavam com sorrisos oraculares, como se um bodisatva tivesse ido até a cidade e dito algo para todos. E, enquanto na noite anterior a região ficara envolta em névoa, agora o céu estava completamente limpo. O sol brilhava e o céu era uma extensão de azul, tão límpido que parecia ter sido lavado à mão. Se, ocasionalmente, houvesse um mínimo sinal de nuvens, elas pareciam seda branca. Estava quente, quente como a primavera. Se aquele clima pudesse durar por quatro ou cinco dias, os salgueiros e os álamos começariam a brotar e as flores selvagens começariam a desabrochar, como haviam feito na montanha dos Espíritos algumas semanas antes.

Talvez o clima quente fosse alguma espécie de presságio.

Ele permitiu que todos se aproximassem e lhe agradecessem e, enquanto ia do pátio até o edifício do governo do condado, a multidão continuou a crescer. O número de pessoas fazendo reverência aumentava cada vez mais, assim como o de idosos se prostrando. Num piscar de olhos, havia tanta gente o cercando em menos de um *li* de rua que o chefe Liu já não conseguia mais seguir em frente, como se fosse uma deidade surgida do nada.

Ocorre que, mais cedo naquela manhã, as pessoas ouviram dizer que os relatórios anteriores sobre as tentativas de comprar o corpo de Lênin terem falhado não passavam de um simples rumor e que, na verdade, tanto a sede do distrito quanto a sede da província queriam instalar o corpo em suas respectivas cidades por alguns dias, tendo criado problemas para Shuanghuai e para o chefe Liu deliberadamente. Agora, contudo, os problemas estavam resolvidos e Beijing apoiava tanto Shuanghuai quanto o chefe Liu. Havia uma grande chance de o plano estar de volta ao cronograma normal em quatro ou cinco dias e Shuanghuai teria permissão para comprar o corpo de Lênin da Rússia e enviá-lo para a montanha dos Espíritos. Além disso, o chefe Liu já enviara representantes à Alemanha para comprar itens pessoais de Marx e Engels, e eles mandaram um relatório dizendo que suas contrapartes alemãs não apenas concordaram em vender a Shuanghuai um pijama de tricô de Marx como, em reconhecimento à extrema devoção dos aldeões, se ofereceram para lhes dar sua mesa, sua cadeira e sua caneta-tinteiro. Disseram que os descendentes de Engels estavam dispostos a doar todos os fraques que seu ancestral havia usado. E disseram que, quando o túmulo honorário de Lênin em Shuanghuai estivesse completo, seus descendentes compareceriam à cerimônia de inauguração e sequer pediriam ao condado que pagasse as passagens de avião. Disseram que os descendentes do vietnamita Ho Chi Minh estavam dispostos a conceder ao condado metade dos bens pessoais de seu ancestral. E que os atuais líderes da Albânia e da Iugoslávia concordaram em doar tudo o que Hoxha e Tito haviam usado e não pediam um centavo em troca; estavam dispostos até mesmo a enviar as cinzas de seus antigos líderes. Disseram que os líderes de Cuba foram ainda mais rápidos em concordar, afirmando querer manter o corpo de Castro, mas autorizando Shuanghuai a pegar qualquer outra coisa que desejasse. As únicas coisas que não poderiam ser obtidas com facilidade eram os itens pessoais do norte--coreano Kim Il Sung. Seu filho, Kim Jong Il, era, atualmente, o líder da nação e pedia algo entre cento e dez e cento e cinquenta mil yuans por cada caneta que o pai havia usado e cada botão que já caíra de suas roupas. Disseram que, se o chefe Liu quisesse comprar o velho revólver de Kim Il Sung, ele teria de pagar ao menos nove milhões de yuans pelo objeto.

Mesmo custando nove milhões de yuans, ele concordara em comprar o revólver.

Dessa forma, não apenas o Memorial de Lênin abriria de imediato como, no ano seguinte, eles poderiam organizar uma sala de exibição com as cinzas, as roupas e os itens pessoais de outros líderes mundiais. Assim, cada um dos dez picos da montanha dos Espíritos teria um memorial para um dos dez grandes líderes mundiais e, todos os dias, eles atrairiam pelo menos entre três e cinco vezes mais turistas que o Memorial de Lênin sozinho. Isso incluiria os visitantes dos condados vizinhos, do distrito, da província, da nação e mesmo de outros países. Assim como os estrangeiros que chegavam ao país não podiam deixar de visitar Beijing, tampouco teriam escolha senão visitar Shuanghuai. De fato, algumas pessoas poderiam ir à China com o objetivo expresso de visitar Shuanghuai, sem ter interesse em ir a Beijing. Era estonteante pensar em quanto dinheiro isso traria!

As pessoas diziam que o chefe Liu já havia tomado providências para que Shuanghuai construísse novas rodovias e até mesmo um aeroporto. Diziam que, para que o condado fosse capaz de vender ingressos por cem yuans, teriam de ser construídas algo entre três e cinco grandes gráficas para imprimir ingressos em grande velocidade. Que todos os bancos da China estavam se preparando para abrir filiais em Shuanghuai, de modo que os residentes pudessem depositar todo o dinheiro que não seriam capazes de gastar. Que, para competir com a quantia exorbitante de dinheiro que cada residente teria em alguns anos e encorajá-los a depositá-la neles, os bancos competiam para ver quem seria o primeiro a conceder empréstimos para a construção de uma autoestrada levando até a montanha dos Espíritos, com hospedarias de ambos os lados.

De fato, a vida dos residentes de Shuanghuai havia se transformado da noite para o dia. Seus dias celestiais estavam quase chegando. Assim, por que *não* expressar sua gratidão ao chefe Liu? Quem no condado não sabia com quanto afinco ele trabalhara para comprar o corpo de Lênin? Ou quanto lutara para criar as trupes de artistas com habilidades especiais de Avivada?

Quem saberia, contudo, que, mesmo enquanto trabalhava para comprar os restos mortais de Lênin, ele já fazia planos para obter os itens pessoais de todos aqueles líderes mundiais? Ninguém esperava que todas aquelas tarefas aparentemente impossíveis pudessem ser realizadas praticamente da noite para o dia, que tudo estivesse à venda e pudesse ser enviado de imediato para Shuanghuai.

— Quem disse tudo isso? — perguntou o chefe Liu, rindo.

— Seu secretário — respondeu a pessoa. — E, se seu próprio secretário disse, como poderia não ser verdade?

O coração do chefe Liu perdeu o compasso, mas, naquele momento, o choque foi esquecido por causa das pessoas que o cercavam, prostravam-se e se aglomeravam para dizer algo, apertar sua mão ou pedir que tocasse a cabeça de seus filhos. Elas se aglomeraram a ponto de ele mal conseguir manter o equilíbrio. De fato, com algumas pessoas empurrando e outras puxando, em um instante a rua estava congestionada. Os vendedores de rua começaram a gritar:

— Você derrubou a minha barraca de maçãs! Você derrubou a minha barraca de maçãs!

— Você está amassando as minhas sementes de melão! Você está amassando as minhas sementes de melão!

A multidão derrubou a tábua de madeira que um vendedor havia montado em sua barraca e o papel vermelho e os fogos de artifício que ele vendia para o Ano-Novo, além de pequenas tábuas vermelhas, pequenas tábuas para o portão e imagens do deus da cozinha, que se espalharam pelo chão. Ele ficou de pé ao lado da barraca e começou a bater no peito, gritando:

— Vocês não têm medo de que os fogos de artifício explodam? Não têm medo de que os fogos de artifício explodam?

Tudo isso para que as pessoas pudessem fazer reverência e se prostrar diante do chefe Liu para expressar sua gratidão. Pessoas que faziam compras imediatamente colocavam as sacolas no chão e saíam das lojas. Pessoas que estavam comendo e bebendo imediatamente abandonavam xícaras e *hashis* e saíam dos restaurantes. Elas faziam reverência e se prostravam, murmurando palavras de gratidão. Naturalmente, não se esqueciam de perguntar:

— Chefe Liu, ouvi dizer que, no ano que vem, a rua em frente à nossa casa será pavimentada com mármore...

Tampouco se esqueciam de perguntar se:

— É verdade que todos terão direito a um salário mensal de cinco mil yuans?

— Ouvi dizer que, sempre que quisermos comer algo, o condado nos dará... — disse alguém.

— Mas as pessoas não vão ficar cada vez mais preguiçosas? — questionou alguém, preocupado.

— Talvez nossas crianças não queiram nem mesmo estudar.

Era tudo tão real, percebeu ele, enquanto todos se aglomeravam à sua volta. Sob o sol, havia o cheiro rançoso do suor das pessoas, o cheiro da poeira abrasadora e o fedor oleoso dos chapéus que os camponeses usavam havia muitos anos sem lavar, além do cheiro de algodão de casacos e cachecóis novos dos moradores da cidade. De pé no meio dessa multidão, ele foi empurrado para um lado e para o outro. Apertou a mão de uma pessoa e respondeu às perguntas de outra.

Esse verdadeiro avivamento era tão real quanto o calor que se sente ao colocar as roupas ou a dor que se sente ao sangrar. Um grupo de pessoas após outro se aproximou dele para fazer reverência, se prostrar e expressar gratidão. Assim que um grupo se afastava, outro tomava seu lugar.

O sol estava a pino, com um vento quente soprando nas ruas. As cabeças das pessoas estavam tão próximas quanto fileiras de melão no campo. Alguns dos homens usavam chapéus forrados, ao passo que outros usavam chapéus de apenas uma camada ou ficavam com a cabeça descoberta durante todo o inverno. O resultado era uma colorida mistura de cabeças pretas, azuis e cinza. A maioria das mulheres, por outro lado, usava cachecóis. As mulheres da cidade portavam longos cachecóis de lã, vermelhos, amarelos, verdes ou azuis, e escolhiam sua cor favorita, dependendo de sua idade e inclinação.[1] Quando estava frio, enrolavam os cachecóis na cabeça e, quando estava mais quente, penduravam-nos no pescoço ou nos ombros, usando-os meramente como acessórios. Algumas jovens mulheres da área rural seguiam essa moda urbana, usando longos cachecóis de tricô, mas a maioria se inclinava pelo tradicional lenço quadrado que as pessoas sempre usaram no campo, especialmente os baratos, comprados em liquidações. Embora fosse uma mercadoria barata, as cores ainda eram reluzentes, vermelho e verde, preenchendo a rua de cor. Estivessem fazendo uma reverência ou se prostrando, o mundo inteiro tinha sido preenchido de cores dançantes.

O mundo inteiro saudava o chefe Liu.

O mundo inteiro se aglomerava.

Ele experimentou uma intensa felicidade. Achava que esse tipo de cena só seria possível depois que o Mausoléu de Lênin estivesse aberto e o corpo tivesse sido trazido da Rússia e alojado, ou quando o condado ficasse tão rico que pareceria que o dinheiro crescia em árvores e os residentes de cada cidade e aldeia já não precisassem mais trabalhar nos campos para ter o que quisessem e, em vez disso, simplesmente fossem até o centro público para conseguir.

Mas ali estava aquela cena, bem diante dele. Ele viu que havia muitos camponeses carregando os papéis vermelhos, fogos de artifício e pinturas do deus do fogão que haviam preparado para o Ano-Novo. Viu que havia pinturas a óleo enroladas em torno de muitas das pinturas do deus do fogão e imediatamente percebeu que essas pinturas externas eram, na verdade, retratos seus de dois por três *chi* que as pessoas haviam comprado nas ruas. Parecia haver um halo vermelho em torno deles. Depois de notar a moldura vermelha dos retratos e perceber que se tratavam de retratos seus, tentou perguntar a alguém se o papel vermelho e os fogos de artifício estavam custando caro naquele ano. Uma pessoa respondeu que os preços não estavam muito ruins e acrescentou que os lugares que vendiam retratos do chefe Liu também vendiam papel vermelho e fogos de artifício pela metade do preço de outros lugares.

— Não é uma boa ideia comprar meu retrato para pendurá-lo na parede. Seria melhor comprar pinturas dos mais velhos ou do caçador de demônios Zhong Kui — disse ele.

— Penduramos pinturas dos mais velhos e de Zhong Kui em casa há muitas gerações, mas eles jamais nos concederam uma boa vida. Somente você, chefe Liu, fez com que nossa boa vida estivesse logo ali.

Ao ouvir isso, ele sentiu um cálido e avivante brilho surgir no centro de seu ser. Estava grato pelas providências do secretário Shi e sentiu que, após tantas calamidades de partir o coração, ter milhares de pessoas fazendo reverência e se prostrando diante dele era suficiente. Sabia que devia se sentir contente. E tinha valido a pena. Um rubor vermelho cobriu seu rosto e lentamente ele se afastou da multidão em direção à frente da rua. Quando estava quase no edifício do comitê e do governo do condado, sentiu que o trecho de rua era na verdade muito curto. Lamentou ter andado tão rápido e não ter estendido a rua para que tivesse oito ou dez *li* de comprimento, como a avenida Chang'an em Beijing.

Contudo, felizmente, em frente ao edifício do comitê e do governo do condado, não havia uma praça, mas sim uma rua ampla. Uma multidão densa já estava lá, todos segurando reverencialmente retratos seus enrolados e presos com barbante vermelho — como se fossem maços de palitos de incenso. Era como se estivessem todos reunidos esperando pela sua chegada. Estavam nas pontas dos pés, com pescoços esticados e olhos fixos nele, como se esperassem pelo chefe Liu há cem ou mesmo mil anos. Agora que finalmente estava lá, todos pareciam gratos e avivados, felizes e abençoados. Queriam que ele se aproximasse e, quando ele chegou ao portão, várias dezenas de pessoas de 50 e poucos anos da cidade e do interior se curvavam no meio da rua, prostrando-se em uníssono e gritando a mesma frase:

— Muito obrigado, chefe Liu! Obrigado por nos dar essa fortuna celestial...

— Que o chefe Liu goze de uma vida longa, que possa viver por cem ou mesmo mil anos...

— Chefe Liu, o povo de Shuanghuai se prostra em gratidão...

As pessoas gritavam essas saudações em uníssono. Subitamente, milhares de pessoas reunidas se prostraram juntas, como se seguissem uma ordem. Todas as cabeças, pretas ou coloridas, se curvaram como grãos soprados pelo vento. Todas ergueram a cabeça e a curvaram novamente. Nesse ínterim, o mundo inteiro ficou em silêncio, de modo que o som das pessoas respirando era mais alto que o vento. Muito mais alto e tão solene quanto a ocasião, no passado, em que o imperador visitara Shuanghuai e ficara perante as dezenas de milhares de residentes do condado. O céu estava claro, com sol escaldante, e as pessoas conseguiam ouvir o som das nuvens se movendo no céu.

Nesse momento, ele ouviu o som da testa de alguém batendo no asfalto, como um martelo de madeira batendo na superfície de um tambor, e lágrimas imediatamente surgiram em seus olhos. Ele queria ir até lá e erguer as pessoas idosas do chão, mas, ao mesmo tempo, queria que terminassem suas retumbantes saudações e expressassem sua gratidão. Ele sabia que, sempre que as pessoas se prostravam, elas o faziam três vezes e somente elas podiam dizer quando haviam completado o ritual com sucesso.

Enquanto hesitava e os milhares de residentes se prostravam, ele ficou olhando para as cabeças curvadas dos oficiais do condado na entrada do edifício do governo. Lá também estava o vice-chefe do condado, que fora responsável pela compra do corpo de Lênin, mas havia retornado de mãos vazias, juntamente com o secretário Shi, que trabalhara com ele por muitos anos, mas, na noite anterior, acompanhara sua esposa de volta para casa.

Todos os oficiais tinham expressões confusas e somente o secretário Shi sorria com ar cúmplice. Ele secou as lágrimas e caminhou até eles.

— Vamos organizar uma reunião — declarou ele baixinho ao secretário Shi.

E acrescentou, como explicação para o confuso vice-secretário do chefe do condado:

— Reúna os membros do conselho permanente na sala de reuniões. Faremos uma reunião do comitê.

Dito isso, olhou de volta para os milhares de pessoas na rua. E viu que os residentes de Shuanghuai, após terem se prostrado três vezes, ainda estavam ajoelhados e não haviam se levantado. Era como quando, no passado, não ousavam se levantar antes que o imperador tivesse falado.

Ele deu um passo em direção à porta. Parou perto do vaso da entrada, com mais de três *chi* de altura, mas, como era inverno, o vaso não tinha nenhuma flor e o solo no interior tinha sido pisoteado pelas crianças que o escalavam para brincar. Subindo na beirada do vaso, ele olhou para as fileiras e fileiras de cabeças à sua frente e viu que, atrás da multidão, havia milhares de camponeses que tinham vindo de aldeias e cidadelas em torno da sede do condado. Todos carregavam retratos enrolados, como muitos rolos de palitos de incenso. Como havia pessoas demais, elas não conseguiam se aproximar e, por isso, começaram a se ajoelhar bem no meio da rua, uma após a outra. Era como se estivessem alinhadas até o fim do mundo.

Ele sabia o porquê de todos estarem ajoelhados: temiam bloquear a vista de quem estivesse atrás, e por isso se ajoelhavam por tanto tempo, permitindo que os que chegaram por último dessem uma espiada nele. Depois que o tivessem visto, também se ajoelhariam e se prostrariam três vezes.

Enquanto essas multidões chegavam à sede do condado vindas do interior para a rua em frente ao prédio do governo, permaneciam a um *li* de distância, olhando para ele. Então se ajoelhavam e começavam a se prostrar.

Ao meio-dia, quando o sol começou a se deslocar para oeste, já havia um mar de gente reunida em frente ao edifício que parecia tomar a cidade inteira — ou mesmo o mundo inteiro — com seus corpos ajoelhados. Nesse momento, ele sorriu, com lágrimas de avivamento escorrendo pelo rosto e caindo no chão.

LEITURA COMPLEMENTAR

[1] *Inclinação*. DIALETO. *Preferência ou amor excessivo.*

CAPÍTULO 7

Todos que não concordam em permitir que Avivada saia da sociedade levantem a mão direita

As pessoas reunidas do lado de fora do pátio principal ainda estavam ajoelhadas quando ele foi até o escritório do comitê do condado para presidir sua última reunião do comitê permanente como chefe do condado.

— A despeito do que vocês possam dizer, já decidi me mudar para Avivada — avisou ele. — É claro, existe uma condição para se estabelecer lá: não se pode ser um inteiro saudável. Se for inteiro, não pode ser residente de Avivada.

"Agora, por favor, concordem em permitir que a aldeia se retire da sociedade para que, desse momento em diante, já não esteja mais sob a jurisdição do condado de Shuanghuai ou do município de Boshuzi. Todos que concordam, por favor, ergam a mão."

Houve um longo silêncio na sala. À exceção dele mesmo, ninguém mais ergueu a mão.

Ao ver que ninguém além dele havia erguido a mão, o chefe Liu baixou a sua e disse:

— Que tal isso, que tal se todos que *não* concordam em permitir que Avivada saia da sociedade levantem a mão direita na minha presença.

Houve outro longo silêncio e ninguém levantou a mão.

— Se ninguém erguer a mão, isso significará que todos os votos concordam em permitir que a aldeia se retire da sociedade — comentou ele com o secretário sentado ao seu lado. — A votação foi unânime. Depois de terem registrado sua decisão, por favor, façam com que vigore.

Em seguida, acrescentou:

— Digam ao motorista que traga o meu carro.

Finalmente, ele se virou para os membros do comitê permanente e perguntou:

— Nenhum de vocês quer se mudar para Avivada? Se não querem, a reunião está encerrada.

Depois de anunciar o fim da reunião, ele foi a primeira pessoa a sair da sala de conferências. Todos acharam que iria saudar todas aquelas pessoas ajoelhadas no pátio do edifício governamental. Quem poderia imaginar que, assim que saísse do edifício, haveria um grito assustador:

— Venham rápido! Houve um acidente terrível. O chefe do condado foi atropelado por um carro...

— Venham rápido! Houve um acidente terrível. O chefe do condado foi atropelado por um carro...

Os gritos caíram do céu como sangue, espalhando-se pelo pátio do edifício governamental e pelo mundo inteiro.

LIVRO 15

SEMENTES

LIVRO 15

SEMANTES

CAPÍTULO 1

O que tiver que ser, será

Vovó Mao Zhi partiu.[1]

A essa altura, o novo ano lunar já havia chegado e o clima ficara mais quente. Os salgueiros, os álamos e a relva estavam verdes e brotando. A primavera de fato chegara mais cedo, no primeiro mês lunar, e, na cordilheira de Balou, o cheiro perfumado da relva se espalhava por toda parte. Nessa transição do inverno para a primavera, alguém do município de Boshuzi apareceu. Ele estava a caminho da casa de um parente nas profundezas das montanhas de Balou e, ao passar por Avivada, parou na frente da aldeia e começou a gritar:

— Ei, pessoas de Avivada, pessoas de Avivada... Estão ouvindo? Tenho uma carta para sua aldeia. É um documento...

Embora estivesse quente naquele dia, o frio do inverno ainda não havia desaparecido por completo. Os aldeões estavam tomando sol em torno da velha alfarrobeira, no centro da aldeia. Vovó Mao Zhi envelhecera tanto que não tinha mais um único fio de cabelo preto. Todos os seus fios ficaram cinzentos e quebradiços, como uma faixa de grama seca. Ao retornar da montanha dos Espíritos, depois de liderar os aldeões durante a turnê, ela não despiu mais o traje fúnebre. De fato, ela o vestia todos os dias para cozinhar, comer e até mesmo tomar sol. À noite, ela o vestia para dormir.

Raramente falava, com os lábios tão cerrados que parecia já estar morta. Mas, quando abria a boca, sempre repetia a mesma coisa:

— Eu estou prestes a partir por uma causa. Se morrer, que seja! Quando se morre, o corpo endurece. Enquanto estava viva, não fui capaz de ajudar os aldeões a sair da sociedade e falhei com toda a aldeia. Quando chegar a hora de me vestirem com o traje fúnebre depois que eu morrer, usarão a oportunidade para me fazer em pedaços. É por isso que não tiro o traje fúnebre e não darei aos aldeões a oportunidade de me fazerem em pedaços.

Por isso, ela vestia o traje fúnebre o dia inteiro — independentemente de estar descansando em casa ou caminhando pela aldeia, sempre levava consigo seus dezesseis ou dezessete cães cegos, aleijados ou semiparalíticos.

A lateral do rosto de Surdo Ma estava completamente desfigurada como resultado dos seis meses que havia passado apresentando o número com os fogos de artifício. Ele não tivera nenhum problema enquanto se apresentava todos os dias, mas, assim que parou, aquela metade do rosto ficou coberta de pus e, quando estava ocioso naquele inverno, com frequência ia até o centro da aldeia para tomar sol, virando o lado machucado para a luz. Dizem que o sol pode curar muitas coisas e, depois de tomar sol o inverno inteiro, o rosto de Surdo Ma de fato foi se curando gradualmente. Mulher Paraplégica já não bordava nada em papel ou folhas de árvores, passando todo o seu tempo tomando sol e consertando sapatos. Enquanto trabalhava, resmungava sobre os filhos, dizendo que deviam ter crescido pés nos pés deles para que seus sapatos estragassem assim tão rápido.

Quando Macaco Perneta retornou a Avivada, ele estava sem um centavo, mas carregava uma grande algibeira de peças de ouro que durariam por toda a sua vida. Mesmo que não pudesse beber ou comer as peças, frequentemente dizia que queria construir uma casa de dois quartos no topo do espinhaço e abrir uma loja e um restaurante. Dizia que queria ser o chefe e, antes de completar 30 anos, esperava transformar o depósito de ouro em um investimento substancial. A certa altura, tomou emprestadas todas as ferramentas do carpinteiro e passou a trabalhar todos os dias construindo prateleiras para sua loja, até que a aldeia e a encosta inteiras estavam tomadas pelo som de suas marteladas.

Huaihua estava grávida e, embora seu ventre ficasse maior a cada dia, ela ainda vestia sua blusa de lã vermelha. Como era magra, quando o ventre começou a crescer, ela ficou parecendo uma canga com um cesto redondo de salgueiro amarrado. Como estava grávida, e particularmente porque esperava um filho bastardo como resultado do que tinha acontecido na montanha dos Espíritos, sua mãe, Jumei, se sentia humilhada e não queria ver ninguém, por isso passava o dia inteiro dentro de casa. Assim como todos que viam a barriga de Huaihua sabiam o que acontecera a ela, também sabiam que Cega Tonghua e suas irmãs nainhas Yuhua e Marileth haviam sido violentadas pelo grupo de inteiros e, consequentemente, ficavam fora de vista.

Mas a destemida Huaihua começou a caminhar pela aldeia todos os dias, pois lhe disseram que era bom se manter ativa durante a gravidez. Ela caminhava como uma bola rolando de um lado para o outro, com um sorriso cintilante no rosto e sempre comendo algum tipo de lanche. Enquanto andava de um lado para o outro, parecia orgulhosa do bebê em seu ventre.

— Huaihua, de quantos meses você está? — perguntavam as pessoas.

— Não muitos — respondia ela, mastigando sementes de melão.

— É para quando? — perguntavam novamente.

— Ainda é cedo.

— É menino ou menina?

— Não sei, mas sei que será um inteiro.

Garotinho com Pólio queria aprender a ser carpinteiro e passava os dias com Macaco Perneta, auxiliando em pequenas tarefas.

Ninguém sabia o que Um Olho fazia durante o inverno e, quando os outros aldeões estavam passeando pelas ruas, ele nunca estava em lugar nenhum. Quando os aldeões não estavam por perto, contudo, ele podia ser visto andando sem rumo. Vez ou outra, perguntava a alguém:

— Onde estão todos? Para onde foram? Eles fugiram para se apresentar?

Dessa maneira, as coisas voltaram a ser como antes. Mas, embora parecesse que nada havia mudado, na verdade tudo estava diferente.

Naquele dia, Vovó Mao Zhi estava tomando sol sob a alfarrobeira, vestindo seu traje fúnebre, cercada pelos dezesseis ou dezessete cães, que tratava como se fossem seus netos. Mulher Paraplégica estava sentada em um banquinho de madeira na borda oeste da aldeia, consertando sapatos, e Surdo Ma tinha se posicionado atrás de uma porta, de modo que podia tomar sol e, ao mesmo tempo, proteger do vento o lado de seu rosto coberto de pus. Algumas pessoas jogavam pôquer e xadrez para espantar o tédio do inverno, quando um grito se fez ouvir no espinhaço:

— Residentes de Avivada, estão ouvindo? Tenho um documento oficial do município para vocês...

Garotinho com Pólio tinha ido até o tergo cortar uma alfarrobeira morta que planejava que Macaco Perneta transformasse na perna de um armário e trouxe a carta. Claudicou com o tronco da alfarrobeira apoiado no ombro e o restante da árvore se arrastando pelo chão, criando uma nuvem de poeira e deixando um longo rastro. Quando chegou ao centro da aldeia, parou em frente a Vovó Mao Zhi, que ainda estava sentada sob a alfarrobeira, e disse:

— Vovó, essa carta é para você.

Ela pareceu surpresa.

— A pessoa disse que é um documento oficial da sede do condado.

Sua surpresa se transformou em perplexidade.

Enquanto estendia o braço para aceitar o envelope de couro, o movimento fez com que seu traje fúnebre de seda farfalhasse. Ao pegar a carta de Garotinho com Pólio, sua mão tremia tanto que ela teve dificuldade para abri-la, mas finalmente rasgou o envelope e conseguiu retirar a grossa carta dobrada de dentro dele. Quando a desdobrou, viu os ideogramas pretos e os dois carimbos redondos do comitê e do governo do condado. Subitamente, começou a chorar. De repente, ficou de pé, soluçando, com lágrimas grisalhas escorrendo como pérolas pelo seu rosto encovado.

O sol estava quente. Era quase meio-dia, e a imobilidade da aldeia brilhava por toda parte como a luz do sol. Nesse momento, ela deu um grito, como se fosse uma velha que já havia morrido e surpreendera a todos voltando à vida. Um som de "ah, ah" saiu de sua garganta, como gravetos queimando dentro de uma lareira. Os cães deficientes aos seus pés abriram os olhos e olharam para cima, confusos.

Garotinho com Pólio deu um passo para trás.

Mulher Paraplégica enfiou a agulha para sapatos na própria mão.

Surdo Ma se sentou de repente, com o pus liberado pelo calor do sol escorrendo pelo pescoço.

As cartas dos aldeões que estavam jogando pendiam, quase soltas no ar, como se eles continuassem vivos, mas suas mãos tivessem morrido.

A grávida Huaihua atravessava a aldeia. A distância, ouviu o grito da avó e começou a correr, segurando a barriga. Antes de chegar à alfarrobeira, seus gritos se fizeram ouvir:

— Avó! Avó! O que houve?

"Avó, avó, o que houve?"

Mulher Paraplégica, Surdo Ma e as pessoas ociosas jogando cartas gritaram juntos:

— O que houve? O que houve?

Imediatamente, Vovó Mao Zhi parou de chorar. Suas lágrimas, contudo, continuaram escorrendo pelo seu rosto. A despeito das lágrimas, seu rosto gradualmente foi coberto por um rubor de empolgação. Ela olhou para os aldeões surpresos, abaixou-se e carregou sua cadeira de bambu até o sino pendurado na alfarrobeira. Enquanto caminhava, resmungava consigo mesma, com a voz rouca:

— Sair da sociedade, vamos sair da sociedade. Dessa vez, realmente vamos sair da sociedade. O documento foi enviado há mais de um mês. Deve ter chegado ao município no fim do ano passado, mas só chegou à aldeia agora.

Ela continuou resmungando e caminhando, sem olhar para ninguém. Era como se não houvesse ninguém à sua volta. Ainda resmungando, chegou ao sino. Colocou a cadeira debaixo dele e pegou uma pedra redonda. Subiu na cadeira e começou a bater no sino redondo, produzindo um som nítido de *bong, bong, bong, bong*. Sob o sol do meio-dia daquele dia do primeiro mês do ano *jimao*, a aldeia e a encosta foram tomadas pelo som reluzente do sino, toda a região de Balou foi tomada pelo rosáceo som do sino e o mundo inteiro parecia tomado por seu *bong, bong, bong*.

Os moradores de Avivada saíram de suas casas. Homens e mulheres, jovens e velhos, cegos, aleijados, surdos e mudos, junto com aqueles que não tinham braços ou pernas, todos foram convocados pelo som do sino. Macaco Perneta apareceu com o avental de lona ainda amarrado à cintura e uma plaina na mão. Jumei estava cozinhando, com as mãos cobertas de farinha. Tonghua, Yuhua e Marileth, mesmo ocupadas, foram todas se reunir aos outros aldeões. A aldeia inteira ficou de pé, como uma massa escura, embaixo da alfarrobeira.

— O que ela está fazendo?

— Não sei.

— Por que ela está tocando o sino?

— Só se deve tocar o sino em caso de emergência.

Em meio a esse burburinho, Vovó Mao Zhi olhou para Macaco Perneta, que estava de pé na frente da multidão. Ela lhe entregou a carta, dizendo:

— Leia isso para os outros aldeões, em voz alta!

Ele perguntou o que exatamente estava prestes a ler, e ela respondeu que, quando lesse, ele saberia. Macaco Perneta pegou a carta, desdobrou-a e arfou de surpresa. Olhou para ela por um instante e seu rosto se contorceu de prazer. Ele claudicou até a elevação de pedra sob a árvore, subiu nela, pigarreou e balançou os braços, gritando como se fosse uma figura importante:

— Silêncio, por favor. Silêncio, por favor. A documentação da saída de Avivada da sociedade chegou, porra! Agora eu vou ler essa merda desse documento para todos! Será uma apresentação!

Sob a alfarrobeira, tudo ficou absolutamente silencioso — tão silencioso que parecia não haver ninguém presente.

De pé sobre a elevação de pedra, ele leu, com a voz aguda, o documento que tinha sido enviado pelo comitê e pelo governo do condado de Shuanghuai.

Aos comitês do Partido de cada departamento, gabinete e municipalidade.

De acordo com as repetidas solicitações de Avivada para obter permissão para "sair da sociedade" — o que significa deixar voluntariamente a jurisdição administrativa do condado de Shuanghuai e do município de Boshuzi —, o comitê e o governo do condado estudaram cuidadosamente a questão e chegaram à seguinte conclusão:

1. *A partir de hoje, a aldeia de Avivada, localizada nas profundezas das montanhas de Balou, não estará mais sob a jurisdição administrativa do condado de Shuanghuai e do município de Boshuzi. Shuanghuai e Boshuzi não terão mais autoridade sobre Avivada e Avivada não terá obrigações em relação a Shuanghuai e Boshuzi.*

2. *Em um mês a partir do dia em que este documento for publicado, o município de Boshuzi deve coletar e destruir todos os livros de família e carteiras de identidade que, previamente, concedeu aos aldeões de Avivada. Se for descoberto que qualquer um em Avivada continua usando os livros de família e as carteiras de identidade do município, serão tratados como cópias ilegais.*

3. *De agora em diante, todos os mapas administrativos impressos por Shuanghuai deverão ter suas fronteiras revisadas para não incluir o trecho das montanhas de Balou em que Avivada está localizada e os mapas administrativos do condado jamais devem incluir a aldeia novamente.*

4. *A partir de hoje, a liberdade e os direitos de Avivada — incluindo o direito à cidadania, à propriedade, à moradia, ao auxílio contra desastres, a tratamento médico e assim por diante — não terão relação com Shuanghuai ou Boshuzi. Por outro lado, Shuanghuai e Boshuzi não devem interferir nos contatos informais de Avivada com o condado, o município ou qualquer uma das regiões associadas.*

No fim do documento havia apenas a assinatura e os carimbos do comitê e do governo do condado de Shuanghuai, juntamente com a data em que o documento fora publicado.

Quando terminou de ler, Macaco Perneta dobrou o documento e o colocou de volta no envelope. Nesse momento, o sol brilhava diretamente sobre a árvore e o calor flutuava pela aldeia como água fervendo. Várias rolinhas e bandos de pardais se alinhavam nos galhos da alfarrobeira, e seu chilreado caía do céu como chuva, despejando-se nas cabeças e nos corpos de todos. Mesmo depois que os aldeões ouviram e compreenderam o anúncio, permaneceram ali, sentados ou de pé, olhando atentamente para as mãos de Macaco Perneta, como se ele não tivesse terminado de ler, como se não tivesse lido a parte mais compreensível e, portanto, como se houvesse muitas partes ainda pouco claras. Todos pareciam calmos, como se a saída da aldeia da sociedade fosse esperada e nada com que se empolgar. Também era como se as assombrosas notícias simplesmente não pudessem ser anunciadas assim, com um pedaço de papel e dois carimbos. A saída parecia algo irreal e as pessoas quase não se permitiram acreditar nela. Elas olharam umas para as outras, confusas, como alguém que acabou de acordar de um sono profundo.

Então, Macaco Perneta desceu da elevação de pedra. Algo lhe ocorreu e ele perguntou em voz alta:

— Mas, agora, se quisermos criar nossa própria trupe, a quem pediremos uma carta de apresentação? Se não tivermos uma carta formal de apresentação, ainda seremos capazes de ganhar tanto dinheiro quanto antes?

Essa pergunta foi dirigida a Vovó Mao Zhi, mas, enquanto a fazia, ele se virou e viu que ela estava sentada em seu banco de bambu apoiada na árvore, completamente imóvel, como se tivesse dormido. Seu traje fúnebre cintilava como se fosse novo em folha, com a luz do sol fazendo-o brilhar exatamente como haviam feito os holofotes quando ela se apresentava no palco. Vovó Mao Zhi ficou lá, sentada em seu banco, apoiada na alfarrobeira, com a cabeça pendida para o lado. Tinha um sorriso estampado no rosto reluzente e uma aparência avivada, como uma criança em meio a um sonho agradável. Ele repetiu a pergunta e novamente não recebeu resposta. Estava prestes a perguntar uma terceira vez quando sua voz ficou presa na garganta.

— Vovó Mao Zhi, Vovó Mao Zhi! — exclamou Macaco Perneta, alarmado.

— Vovó, vovó... — começou a gritar Jumei.

Huaihua e as três irmãs nainhas abriram caminho pela multidão e gritaram juntas:

— Vovó, vovó, o que houve? Por que você não diz nada?

A multidão se agitou e toda a encosta começou a chorar e chamar por Vovó Mao Zhi.

A despeito de todos os gritos e sacudidelas, ela não respondeu.

Vovó Mao Zhi havia partido.

Morrera pacificamente, com um sorriso nos lábios. Quando morreu, o ar de satisfação do avivamento em seu rosto era tão cálido e generoso quanto o sol.

Tinha 71 anos e seu velório deveria ser um evento bastante alegre. Era inevitável que houvesse choro e luto, mas, em caráter privado, as pessoas comentavam que ela havia merecido a morte tranquila que tivera e que o olhar pacífico estampado em seu rosto ao morrer era algo que pouquíssimas pessoas teriam.

Eles a enterraram três dias depois. Não foi preciso providenciar seu traje fúnebre apressadamente e ela já havia até preparado o próprio caixão. Como resultado, tudo transcorreu com tranquilidade. No dia em que ergueram seu caixão e caminharam em direção ao cemitério, localizado a vários *li* das profundezas das montanhas de Balou, algo inesperado aconteceu. Huaihua estava grávida e não podia acompanhar a avó até a sepultura. Era uma regra muito antiga. Jumei e as outras filhas, Tonghua, Yuhua e Marileth, eram mulheres e jovens e, como Mao Zhi não tinha descendentes do sexo masculino, tiveram de recrutar homens e meninos para que o cortejo fúnebre pudesse partir. Os aldeões — jovens ou velhos, cegos ou aleijados — eram todos mais jovens que Mao Zhi e tinham uma espécie de senso de obrigação filial em relação a ela, achando correto e sensível acompanhá-la até a sepultura.

No dia em que estavam prestes a partir com o caixão, viram que a matilha de dezesseis cães deficientes os seguia miseravelmente. Os cães não soluçavam nem lamentavam como os humanos, mas cada um deles tinha dois riscos de sujas e empoeiradas lágrimas abaixo dos olhos. Enquanto seguiam atrás do caixão e do cortejo de devotos enlutados, como costumavam fazer quando ela estava viva, suas lágrimas continuaram a cair. Quando o caixão estava a meio *li* da aldeia, a matilha original de dezesseis cães incluía mais de vinte animais, e depois mais de trinta. Talvez tivessem vindo de aldeias vizinhas ou do outro lado das montanhas de Balou. Havia cães brancos, pretos e cinzentos, além de um punhado de gatos sujos, magros e deficientes e, enquanto o cortejo fúnebre avançava, a matilha chegou a mais de cem cães, superando, por fim, os residentes humanos de Avivada.

Quando chegaram ao cemitério, toda a encosta estava repleta de cães domésticos e selvagens, gatos selvagens e sabe-se lá mais o quê, a vasta maioria cega, aleijada, sem uma orelha ou o rabo ou com alguma outra deficiência. Nenhum deles se moveu ou emitiu um som sequer. Apenas ficaram lá, pacificamente, observando Vovó Mao Zhi ser colocada para descansar.

Enquanto as pessoas partiam, alguém comentou:

— Nunca vi tantos cães assim em toda a minha vida.

— Sim, e são todos deficientes — acrescentou outro.

Então todos ouviram um som lamentoso vindo da região em torno da sepultura. O som vinha da enorme matilha de cães e gatos deficientes. Ao contrário das pessoas, que se queixavam das coisas enquanto choravam, os animais apenas abriam a boca e uivavam ou miavam, como o vento soprando nos becos da aldeia. Os parentes e os amigos de Vovó Mao Zhi se viraram e viram que os cães e os gatos haviam esperado que as pessoas partissem para se reunir em frente à sepultura. A encosta estava em flor, os brotos de feijão já verdes e se desenvolvendo. A terra da sepultura recém-cavada atraía o olhar. Os cães estavam deitados no campo verde, com a cabeça voltada para a sepultura. Enquanto olhavam para o lugar onde Vovó Mao Zhi tinha sido enterrada, pareciam uma pilha de pedras multicoloridas sobre uma piscina. E dezenas e dezenas de cães deficientes começaram a cavar, espalhando terra por toda parte, como se estivessem tentando tirá-la do solo.

Os aldeões na encosta gritaram:

— O que vocês acham que estão fazendo? Se alguém já está morto, de que adianta tentar desenterrar? Voltem. Vovó Mao Zhi foi embora, mas Avivada ainda é a sua casa.

Aos poucos, a matilha parou de cavar e começou a uivar e miar ainda mais alto, como se o mundo inteiro estivesse tomado pelo vento do inverno soprando nos becos da aldeia.

Os aldeões cegos e aleijados disseram muitas coisas aos cães e gatos e, lentamente, voltaram para Avivada, apoiando-se uns nos outros. Quando chegaram ao espinhaço onde ficava a aldeia, viram onda após onda de pessoas se aproximando, vindas das montanhas de Balou. Como os próprios aldeões, quase todas eram deficientes — cegas, aleijadas, paralíticas, surdas, mudas, com um membro faltando ou um dedo extra. Pouquíssimas eram inteiras. Elas se apoiavam umas nas outras, uma família atrás da outra, empurrando carrinhos e carregando cangas com roupas de cama, comida e outras coisas. Roupas, panelas, *hashis*, utensílios, areia, ladrilhos, jarros, mesas, cadeiras, camas, fios elétricos e cordas, além de galinhas, patos, gatos, porquinhos e ovelhas — tudo isso e muito mais empilhado nos carrinhos e nas cangas. Os cães corriam atrás, com as línguas de fora. Os bois eram conduzidos lentamente, junto de bodes montanheses robustos.

Um grupo após o outro chegou ao vale. Os cegos empurravam carrinhos com paraplégicos, que lhes diziam para onde ir. Surdos e mudos carregavam cangas, gritando e fazendo sinais. Os aleijados conduziam bois e bodes e, quando os animais paravam de andar, batiam neles com um galho. Havia inteiros empurrando carrinhos nos quais não havia bens; apenas crianças e velhos. Algumas crianças cegas faziam perguntas e as crianças mudas faziam sinais em resposta, mas, como as cegas não podiam vê-las, elas inevitavelmente começavam a brigar. Desse modo, a comitiva gradualmente seguiu em direção a Avivada.

Quando os aldeões retornaram, eles pararam na beira da estrada e ficaram olhando, surpresos.

— Para onde vocês estão se mudando? — perguntaram.

— Vocês são de Avivada? — perguntaram as pessoas da comitiva.

— Viemos de muito longe, de uma região onde o governo construiu uma represa, forçando todos a se mudar. Eles deram um pouco de dinheiro a cada família e disseram que podíamos nos mudar juntos ou separados. Já encontramos um novo lugar ainda melhor que essa aldeia nas profundezas das montanhas de Balou.

Elas disseram que Avivada estava localizada na junção entre os condados de Shuanghuai, Gaoliu e Dayu, ao passo que o lugar para onde estavam indo ficava na junção entre seis condados diferentes, incluindo Baishizi, Qingshui, Mianma e Wanbozi. Lá, havia um pequeno desfiladeiro que não constava em nenhum mapa administrativo e não estava sob controle ou jurisdição de ninguém, com solo fértil e água abundante. Assim, as centenas de pessoas deficientes concordaram em se mudar para o desfiladeiro para construir uma aldeia, lavrar a terra e avivar.

— Não se preocupem — disseram elas. — Gozaremos de uma vida melhor que a que vocês têm aqui.

— E onde exatamente é esse lugar? — perguntaram os aldeões.

— É no extremo das montanhas de Balou, do outro lado da montanha dos Espíritos.

Enquanto a conversa se desenrolava, os integrantes da comitiva começaram a empurrar seus carros e erguer suas cangas. Eles deram adeus a Avivada e aos aldeões e seguiram para as profundezas das montanhas de Balou. Os aldeões continuaram na trilha do tergo, observando enquanto se afastavam, lentamente, as centenas de cegos, aleijados, surdos e mudos da terra dos inteiros.

Eles esperaram até que suas sombras tivessem desaparecido à distância e prosseguiram rumo à aldeia, parecendo ter perdido algo. Quando passaram pela encosta da Irmã Flor,[3] olharam para o solo fértil, onde haviam sido plantados não cereais, mas sim centenas de crisântemos e flores de verão.

— Já saímos da sociedade — disseram eles. — Por que ainda estamos semeando em terra solta?[5]

— É claro que estamos semeando em terra solta — retrucaram outros. — Tendo dias soltos,[7] como poderíamos não semear em terra solta?

— O que significam os dias do Dragão,[9] da Fênix[11] e das Pessoas Idosas[13] nesses dias soltos? — indagou alguém.

— Não me pergunte — respondeu outro. — Agora que Vovó Mao Zhi já não está mais conosco, você deve perguntar a quem quer que seja o mais velho.

— E como se canta a canção avivante?[15]

— Agora que Vovó Mao Zhi partiu, acho que ninguém mais se lembra.

— Agora que Vovó Mao Zhi já não está mais conosco, quem cuidará dos assuntos da aldeia?

— Como ninguém mais administra ninguém, por que precisamos de alguém para cuidar dos assuntos da aldeia?

Nesse momento, um paraplégico, um aleijado e um cego chegaram a Avivada. A grávida Huaihua esperava por eles na entrada da aldeia, com um olhar perplexo. Quando os viu retornando do funeral, gritou de longe:

— O chefe Liu foi atropelado por um carro. Suas pernas estão quebradas e ele já não é mais chefe do condado. Veio morar em Avivada. Está lá na hospedaria do templo. Disse que, de agora em diante, ficará lá.

Os aldeões que estavam na entrada da aldeia ficaram atônitos. Tonghua, Yuhua e Marileth permaneceram no meio da multidão como pintinhos que acabaram de cair do ninho. Jumei, sua mãe, estava logo atrás, pálida de espanto, como se alguém tivesse batido nela ou a beijado.

Os aldeões se entreolharam, sem saber o que fazer. Somente Macaco Perneta pareceu satisfeito.

Desse modo, o chefe Liu foi morar em Avivada, tornando-se um dos moradores deficientes da aldeia.

Huaihua deu à luz seis meses depois. Teve uma filha minúscula e frágil.

Embora fosse menina, ao menos pertencia à geração seguinte. Quanto ao futuro, somente o futuro poderia dizer.

CAPÍTULO 3

LEITURA COMPLEMENTAR: *Encosta da Irmã Flor, feriado e canção de avivamento*

[1] **Partir.** *O termo significa "morrer" mas também conota certo grau de respeito pelo falecido. É dessa maneira que as pessoas de Balou demonstram respeito quando morre alguém altamente estimado.*

[3] **Encosta da Irmã Flor.** *"Encosta da Irmã Flor" é o nome de um lugar na aldeia de Avivada e "Irmã Flor" é o nome de uma pessoa. Todos na aldeia conhecem a história.*

Diz-se que ela começou quatro ciclos jiazi atrás, no ano gengzi do Rato, quando Irmã Flor tinha 17 anos. Um de seus pais era surdo, e o outro, mudo e, embora ela mesma tivesse boa audição e uma voz doce, suas pernas não funcionavam muito bem. Mesmo assim, tinha uma beleza graciosa, com a pele tão branca quanto as nuvens puras no céu, abaixo da qual havia um leve tom cor-de-rosa como o de uma orquídea aquática.

Irmã Flor vivia com os pais na encosta da montanha, não muito longe de Avivada, em uma casa de vários cômodos com teto de palha e um poço. A família tinha bois e bodes, galinhas e patos, e o solo da encosta era tão fértil que, se alguém enfiasse um hashi no chão, ele imediatamente começaria a brotar.

Os dias se passavam e, quando Irmã Flor fez 17 anos, já era uma das mais belas mulheres já vistas. Foi naquele ano, no auge da dinastia Qing, enquanto todo o reino desfrutava de paz e prosperidade, que um jovem vindo de Xi'an tentou cruzar a montanha Funiu para chegar à sede do condado de Shuanghuai, onde assumiria um cargo oficial para o qual tinha sido nomeado. Mas, como achava que a rota era longa demais, decidira cortar caminho pelas montanhas de Balou. Quando chegou a Avivada, estava morto de sede e foi até a casa de Irmã Flor pedir uma tigela de água. Foi lá que a conheceu.

Em pé diante da casa e segurando uma tigela de água, ele notou que as plantas que os pais de Irmã Flor haviam plantado cresciam excepcionalmente bem. As hastes do trigo na encosta estavam cheias de grãos e a colheita de um único ano produziria cereais suficientes para durar mais três. Por perto, havia fileiras e mais fileiras de milho do ano anterior, penduradas nos beirais da casa, e mesmo que a aldeia tivesse colheitas pobres por uma década, a família ainda teria mais milho do que conseguiria comer. Todos os vegetais, flores e girassóis plantados na frente e nos fundos da casa estavam em flor, vermelhos na primavera e verdes no verão, com crisântemos e orquídeas da montanha brancas combinando com as rainhas-da-noite, as nuvens brancas e o sol vermelho. Também havia glicínias púrpuras e árvores-da-castidade, lagartixas escalando as paredes, flores vermelhas e salgueiros verdes, vegetação e perfume por toda parte.

Tendo encontrado esse lugar idílico, o jovem, que acabara de ser nomeado para a posição de oficial de sétimo nível, decidiu não prosseguir até Shuanghuai para se tornar magistrado do condado, preferindo permanecer em Avivada para se casar com Irmã Flor e abrir um negócio.

É claro que a família dela negou categoricamente o pedido para que se casasse com um homem que passaria a morar com eles e seria seu genro, em vez de levá-la para longe.

— Somos apenas aldeões, como podemos pretender casar nossa filha com um oficial do condado? — perguntaram.

O oficial pegou as cartas e os carimbos imperiais, juntamente com a papelada que trouxera consigo na busca por fama e glória, e os jogou no penhasco.

— Todos em nossa família são deficientes — disse o pai de Irmã Flor. — Como podemos aceitar um inteiro como genro?

O oficial foi até a cozinha. Todos achavam que iria devolver a tigela de água. Jamais imaginariam que ele fosse pegar um cutelo e cortar a mão esquerda na altura do punho, tornando-se deficiente.

Irmã Flor não teve escolha a não ser se casar com ele.

Daquele momento em diante, ele deixou de ser oficial e se tornou marido de Irmã Flor, passando a morar com ela. O pai de Irmã Flor começou a ensinar ao jovem, *que havia estudado desde criança, como cuidar da terra e usar uma enxada. Ele o ensinou a usar a única mão para segurar uma foice e debulhar os grãos, ao passo que a própria Irmã Flor o ensinou a plantar vegetais e flores. Eles desfrutavam de dias celestiais.*

Quando os pais de Irmã Flor morreram, o oficial já conseguia usar a única mão para plantar painço e semear feijão, colher sorgo e trigo e transplantar mudas. Como resultado, no verão a encosta estava sempre coberta de trigo e, no outono, de milho, cujas espigas eram tão grandes quanto porretes de madeira. Quando o algodão ficava branco, era como se nuvens tivessem descido do céu e, quando a colza florescia na primavera, parecia que o sol fora engolido pela água. Durante todo o ano, havia flores e vegetais frescos, e os patos e as galinhas podiam comer o dia inteiro, se quisessem.

Como Irmã Flor era não apenas incomparavelmente bela como também, desde jovem, gostava de plantar flores nos fundos da casa, ela transplantava magnólias, crisântemos selvagens e rainhas-da-noite para a encosta, de modo que, na primavera, ela era dominada pela fragrância das magnólias; no verão, tinha o aroma vermelho e verde da rainha-da-noite e das flores banhadas pelo sol; e, no outono, tinha o perfume dos crisântemos selvagens, dos melões nas trepadeiras e das vagens colocadas para secar. No inverno, ela plantava amora-silvestre, que crescia sob os beirais da casa, e ameixas da montanha, que cresciam ao longo do desfiladeiro. Deixava que as rainhas-da-noite crescessem sob a cálida luz do sol na cabeceira de sua cama, onde geravam florezinhas vermelhas como a dos crisântemos, e no inverno plantava as perfumadas rosas púrpuras e peônias chinesas, que sempre murchavam sob o sol, mas se abriam quando o tempo ficava nublado. Desse modo, era como se fosse primavera o ano inteiro e ela sempre podia contar com o perfume de flores frescas. Durante todo o ano, era possível sentir a fragrância primaveril de muito, muito longe.

Era um lugar excelente, um lugar celestial.

Durante o dia, enquanto o oficial trabalhava nos campos, Irmã Flor costurava ou remendava sapatos. Com um deles trabalhando nos campos e o outro na soleira da porta, estavam sempre conversando.

— Como você pôde simplesmente cortar a mão fora? — perguntava ela.

— Se eu não fosse deficiente, você teria concordado em se casar comigo? — respondia ele.

— Não, não teria.

— Aí está a resposta.

Às vezes, quando ele estava trabalhando nos campos e se afastava muito da casa, de modo que os dois já não conseguiam conversar, ela movia a roda de fiar para onde ele estava trabalhando e fiava algodão ou consertava sapatos enquanto ele trabalhava.

— Esse solo é muito rico — dizia ele.

— Na verdade, você deveria ter aceitado a posição de magistrado; é uma verdadeira honra para um homem.

— Para dizer a verdade, quando tinha 7 anos, sonhei que, se quisesse ter uma existência celestial, deveria estudar muito. Se estudasse muito e me tornasse oficial, dias celestiais aguardariam por mim. Assim, estudei diligentemente durante treze anos, passei no exame jinshi e fui nomeado magistrado do condado. Quando passei em frente à sua casa, aquele sonho de treze anos antes subitamente ressurgiu em minha mente, com você e os campos de grãos aparecendo exatamente como eram no meu sonho. Lembrei que, no meu sonho, havia nove galinhas e sua casa também tinha nove galinhas. No meu sonho, havia seis ou sete patos e sua casa também tinha seis ou sete patos. No meu sonho, a garota era três anos mais nova que eu e, quando a conheci, descobri que você tinha 17 anos, e eu tinha 20. No meu sonho, havia uma pilha de grãos tão grande quanto uma montanha e a encosta estava coberta de flores frescas, e sua casa também tinha uma pilha de grãos tão grande quanto uma montanha e a encosta estava coberta de flores frescas. Por que eu não ficaria aqui?

É desnecessário dizer que, todas as noites, eles se abraçavam bem apertado. Ele contou a ela inúmeras histórias que aprendera nos livros e ela contou a ele infinitas histórias sobre a vida nas montanhas. O tempo passou como água, grama ou cheiro de trigo e um dia se seguiu ao outro, ano após ano. Por fim, ela disse:

— Algum dia, quero lhe dar um filho.

— Temo que ele seja inteiro. Se for inteiro, quando crescer, não compreenderá a vida das pessoas daqui e poderá perder essa vida celestial e, em vez disso, querer partir e vaguear sem rumo. Ele conheceria imensas dificuldades e muito pesar.

Ela refletiu por um momento, mas não respondeu. Acabou engravidando, de qualquer modo, e, enquanto estava grávida, oficiais da província descobriram que, quando o novo magistrado estava a caminho da sede do condado de Shuanghuai, encontrara dias de avivamento e decidira não assumir o cargo. Os oficiais relataram o problema ao imperador, que pensou: "Ele não está usando os dias avivantes dos deficientes para zombar da prosperidade dos não deficientes?" E respondeu, furioso:

— Com apenas uma mão, ele não pode lutar muito bem, mas certamente pode cozinhar. Envie alguém para obrigá-lo a entrar para o Exército e cozinhar para as tropas.

Naquela época, havia muitos levantes na área de Yunnan, e o oficial recebeu ordens de ir até lá e servir como cozinheiro do Exército. Quando estava pronto para partir, Irmã Flor agarrou sua perna e soluçou.

— Eu deveria ter cortado ambas as mãos — comentou ele —, pois, assim, os acontecimentos de hoje não teriam ocorrido. Mas esses anos de avivamento valeram a pena. A única coisa que me preocupa é que, quando nosso filho nascer, você não consiga torná-lo deficiente. Marque minhas palavras. Primeiro, espere pelo meu retorno e, segundo, quando ele nascer, no mínimo deixe-o manco, para que não possa andar propriamente e seja deficiente.

Tendo dito isso, o magistrado foi levado embora pelas tropas.

Irmã Flor deu à luz na encosta da Irmã Flor. O bebê era um inteiro perfeitamente saudável. Temendo que ela tivesse dificuldades no parto, as mulheres da aldeia foram até lá e ficaram encantadas quando ela teve um inteiro. Sendo mãe do bebê, como poderia mutilá-lo? Mesmo a ideia de retirar uma camada de pele das costas de sua mão já era suficiente para fazê-la explodir em lágrimas. Assim, ela e o filho esperaram que seu marido retornasse de Yunnan. Esperaram e esperaram e, quando seu filho completou 17 anos, anunciou que queria ir embora das montanhas de Balou e procurar pelo pai. Um dia, de fato foi embora à procura do pai, vagueando por terras distantes.

E, assim como o pai, nunca retornou.

Para encorajar o filho e o marido a voltar para casa, Irmã Flor parou de plantar na encosta e, em vez disso, a cobriu com flores e grama. Plantou crisântemos, ameixas rizhao, magnólias e orquídeas brancas da montanha. As flores eram perfumadas no outono e floresciam vermelhas no inverno. Durante o ano inteiro, havia uma fragrância floral que podia ser sentida a mais de dez li em todas as direções.

Ela esperava que o marido e o filho pudessem sentir o cheiro das flores e retornar a Balou. Todos os anos, quando as flores desabrochavam, Irmã Flor se sentava na encosta, olhando para o mundo com os olhos marejados. No ano em que as flores e a grama estavam mais verdejantes que nunca e sua fragrância permeava toda a região, ela completou 60 anos e estava cega de ambos os olhos, tendo perdido a visão de tanto olhar para além da encosta florida.

No fim, o marido e o filho nunca retornaram. Os moradores da região de Balou jamais plantaram cereais no rico solo da encosta, deixando que as flores e a grama continuassem a crescer. O lugar ficou conhecido como encosta da Irmã Flor.

[5] **Terra solta.** O termo se refere não apenas à terra que cada família lavrou para si mesma mas também a uma forma de cultivo e a um estilo de vida que Avivada praticou por muito tempo e que são opostos àqueles associados aos movimentos de coletivização da terra e do trabalho. Mais especificamente, o termo se refere a uma existência em que se come aquilo que se planta, não se pagam impostos sobre a colheita e não se tem nenhum tipo de relacionamento com o governo.

[7] **Dias soltos.** O termo se refere a um tipo de vida livre, a uma forma de existência que, desde tempos imemoriais, foi tornada possível pela terra solta.

[9] **Dia do Dragão,** [11] **Dia da Fênix,** [13] **Dia das Pessoas Idosas.** São feriados únicos, honrando homens, mulheres, a idade avançada e a sabedoria acumulada, que os anciões de Avivada costumavam celebrar, mas desapareceram há muitas décadas. O Dia do Dragão honrava os homens e era comemorado no sexto dia do sexto mês; o Dia da Fênix honrava as mulheres e era comemorado no sétimo dia do sétimo mês; e o Dia das Pessoas Idosas honrava os mais velhos e era comemorado no nono dia do nono mês.

As origens desses feriados podem ser traçadas até a dinastia Ming. Após a Grande Migração, a aldeia de Avivada foi fundada nas montanhas de Balou, mas, como seus habitantes eram cegos, surdos, paraplégicos, aleijados ou mudos, a maioria dos homens não era capaz de arar os campos ou participar da colheita. Eles tinham uma existência solitária e muitas pessoas não estavam contentes com isso e com seu estilo de vida. Um dia, uma pessoa mais velha chegou à aldeia e relatou que, se os habitantes de Avivada fossem para sudeste, os cegos poderiam recuperar a visão, os surdos poderiam ter a audição restaurada, os paraplégicos seriam capazes de caminhar tão energicamente quanto se estivessem voando e os mudos seriam capazes de falar e cantar. Mesmo os inteiros pouco atraentes, se estivessem dispostos a ir para o sudeste, poderiam se tornar belos e poderosos. Assim, os homens, escondidos das mulheres, concordaram em partir e foram embora no meio da noite, em direção ao sudeste.

Quando sentiam fome no meio do caminho, ajudavam as pessoas a arar os campos, faziam pequenos trabalhos ou mendigavam. Quando tinham sede, pegavam água em rios ou lagoas. Passaram por imensas dificuldades e estavam exaustos, mas, um dia, depois de terem caminhado por um ano e meio, encontraram um homem grisalho deitado ao lado da estrada. O velho estava extremamente faminto e sedento, e pediu algo para comer e beber. Ao lhe entregar água e comida, notaram que era cego, aleijado e surdo. Quando o homem terminou de comer e beber, disseram:

— Embora sejamos todos deficientes, somos jovens e cada um de nós tem uma única deficiência. Você, contudo, já tem mais de 80 anos e possui múltiplas deficiências, incluindo o fato de ser cego, aleijado, surdo e perneta. Por que não ficou em casa?

— Já estou na estrada há sessenta e um anos — respondeu o velho —, há mais de um ciclo jiazi inteiro. Quando tinha 19 anos, tentei tirar minha própria vida várias vezes por ser deficiente. Mais tarde, Deus me enviou um sonho, dizendo-me para ir para o noroeste, onde havia uma montanha chamada Balou e uma aldeia chamada Avivada. Na aldeia, havia uma enorme alfarrobeira, debaixo da qual estava enterrado um segredo que permitiria que cegos recuperassem a visão, que os surdos recuperassem a audição, que os mudos recuperassem a voz e que os aleijados corressem novamente. Foi para encontrar esse segredo que parti da minha casa no sudeste e caminho há sessenta e um anos. Parti quando tinha 19 anos e agora estou com quase 81. Sei que, se continuar por mais um ano e meio, chegarei a Avivada, mas, infelizmente, já tenho mais de 80 anos e temo não sobreviver tempo suficiente para vê-la.

Ao dizer isso, ele começou a soluçar.

Os aldeões deram meia-volta de imediato e se dirigiram novamente para as montanhas de Balou, carregando o homem severamente deficiente consigo. Contudo, a despeito do fato de cuidarem dele diligentemente, ele morreu três dias depois, no meio da noite. Antes de morrer, disse:

— Vivi por mais de oitenta anos e viajei mais de um ciclo jiazi inteiro. Mas tudo valeu a pena apenas para ter aproveitado esses últimos três dias.

Então dormiu e, na manhã seguinte, não acordou.

Depois de selecionar um lugar para enterrar o velho, os aldeões passaram outros seis meses na estrada, até que finalmente chegaram à aldeia. Uma vez lá, rapidamente pegaram picaretas e pás, então começaram a cavar debaixo da velha alfarrobeira. Desenterraram um grande jarro de porcelana, dentro do qual havia uma pequena caixa de sequoia. A boca do jarro era tão estreita que tiveram de quebrá-lo para pegar a caixa. Quando finalmente conseguiram abrir a caixa e olharam para o interior dela, descobriram que estava vazia, sem sequer um pedaço de papel ou um pouquinho de terra.

Jogaram a caixa longe, amaldiçoando o velho, e foram descansar. Como tinham levado um ano e meio viajando para o sudeste e outro ano e meio retornando às montanhas de Balou, haviam passado três anos na estrada. Estavam exaustos e ninguém mencionou novamente a possibilidade de deixarem Avivada e as esposas. Em vez disso, focaram em trabalhar nos campos e ficar com as famílias.

Entretanto, naquela temporada da colheita do trigo e da plantação do sorgo, os homens com apenas um braço descobriram que, depois de terem passado três árduos anos na estrada, podiam ceifar o trigo e cavar a terra com apenas uma mão, chegando a fazer o mesmo trabalho dos inteiros com dois braços. Os aleijados descobriram que, após terem permanecido longe de casa durante três anos, estavam tão acostumados a caminhar que eram ainda mais rápidos e vigorosos que as pessoas sem deficiência. Os cegos descobriram que, como haviam chegado tão longe, podiam usar as bengalas ainda mais efetivamente do que as pessoas com visão usavam os olhos. Os surdos, de modo similar, descobriram que, após terem passado três anos na estrada e conversado com tantas pessoas diferentes, haviam aprendido a adivinhar o que os outros estavam dizendo apenas olhando para seus lábios. Os mudos descobriram que, como resultado de terem precisado fazer sinais para as pessoas na estrada, haviam gradualmente desenvolvido a própria linguagem.

Todos que pegaram a estrada descobriram que podiam cuidar da terra e viver tão bem quanto os inteiros. Quando se lembraram da benevolência do velho de 81 anos, decidiram designar o nono dia do nono mês Dia das Pessoas Idosas. Para congratular os homens não somente por terem retornado mas também por terem aprendido habilidades especiais para compensar as que não possuíam, as mulheres designaram o sexto dia do sexto mês — o dia em que retornaram — Dia dos Homens e o chamaram de Dia do Dragão. Para agradecer às esposas terem permanecido tão ocupadas e criado os filhos pelos três anos em que estiveram ausentes, os homens decidiram designar o sétimo dia do sétimo mês Dia da Mulher, também conhecido como Dia da Fênix. No Dia das Pessoas Idosas, todos os membros das gerações mais novas se prostravam para os mais velhos e não apenas lhes davam coisas boas para comer e beber como também pegavam todas as roupas forradas e sem forro que haviam preparado e as comparavam, para ver qual era mais atraente, e as doavam aos idosos.

O sexto dia do sexto mês geralmente era uma época ocupada do ano, mas, depois que foi designado Dia do Dragão, os homens passaram a não fazer nada e as mulheres ficaram responsáveis por preparar comidas e bebidas e trabalhar nos campos, enquanto eles ficavam em casa e descansavam. Depois de passar o dia descansando, contudo, tinham de ir até os campos e trabalhar horas a mais para compensar. No sétimo dia do sétimo mês, a época atarefada já havia passado e, a essa altura, as mulheres também estavam cansadas e era sua vez de descansar por um dia. Nesse dia, os homens não apenas preparavam as refeições como também faziam os pratos favoritos de suas esposas.

É claro, também era necessário convidar pessoas para cantar canções de Balou nos dias do Dragão, da Fênix e das Pessoas Idosas, e a aldeia gastava enormes somas de dinheiro para contratar, a várias dezenas de li de distância, um grupo de inteiros que encenava a dança do leão. Naturalmente, as crianças queriam soltar fogos de artifício e vestir roupas novas, assim como faziam no Ano-Novo.

[15] **Canção de avivamento.** A canção de avivamento foi o protótipo inicial das canções de Balou. A melodia era a de um dueto, com perguntas e respostas, ou, com menos frequência, um solo. Contudo, a apresentação podia assumir diversas formas: algumas pessoas cantavam sozinhas na encosta quando se sentiam solitárias ou cansadas; outras cantavam em dueto entre duas montanhas; e havia um grupo que se reunia na entrada da aldeia para cantar em coral. As melodias tinham padrões estabelecidos, mas a letra variava, dependendo do cenário e da estação.

A letra mais popular entre a velha geração de aldeões deficientes era:

> Ei, ei, ei, ei...
> Surdo na encosta, ouça o que digo.
> No céu há uma fada celestial cantando.
> Se puder ouvi-la com clareza, ela se casará com você,
> Mas, se não puder, terá de passar o resto da vida sozinho.

Ei, ei, ei, ei...
Homem cego na outra encosta, veja isso.
Há um coelho dourado dormindo aos seus pés.
Se puder pegá-lo, terá boa fortuna para o resto da vida.
Mas, se não puder, terá de comer pão seco para sempre.

Ei, ei, ei, ei,
Paraplégico no tergo, ouça o que digo.
A virgem celestial está solitária.
Se puder ficar de pé, ela lhe dará sua mão,
E, se a levar para casa, ela será sua esposa.

Normalmente, a pessoa cantando era alguém arando o campo no tergo, alguém que começava a cantar para aliviar a solidão. A melodia era similar à do dueto, apenas mais livre e lírica. A fim de escrever este romance, vivi em Avivada por vários anos, mas as únicas letras que fui capaz de coletar foram as seguintes:
Letra da primeira canção:

O solo é rico, é sim, está jorrando óleo.
Os grãos de trigo são grandes como pedras.
Pego um grão do lado da estrada,
E, quando o atiro, acidentalmente quebro sua cabeça...

E a letra da segunda canção:

Sou cego e sua perna é coxa.
Você senta no carrinho enquanto eu empurro.
Meus pés trabalham pelos seus,
Enquanto você me empresta seus olhos...

Este livro foi composto na tipografia Palatino
LT Std, em corpo 11/15, e impresso em
papel off-white no Sistema Cameron da
Divisão Gráfica da Distribuidora Record.